藝術文獻集成

溥儒集

上

溥儒

浙江人民美術出版社

圖書在版編目(CIP)數據

溥儒集 / 溥儒著；毛小慶整理. —杭州：浙江人民美術出版社，2019.12

（藝術文獻集成）

ISBN 978-7-5340-7509-4

Ⅰ. ①溥… Ⅱ. ①溥… ②毛… Ⅲ. ①中國文學－當代文學－作品綜合集 Ⅳ. ①I217.2

中國版本圖書館CIP數據核字(2019)第152552號

溥儒集

溥　儒　著

毛小慶　整理

責任編輯　霍西勝　張金輝　羅仕通
責任校對　余雅汝　於國娟
裝幀設計　劉昌鳳
責任印製　陳柏榮

出版發行　浙江人民美術出版社
（浙江省杭州市體育場路347號）
網　　址　http://mss.zjcb.com
經　　銷　全國各地新華書店
製　　版　浙江新華圖文製作有限公司
印　　刷　三河市元興印務有限公司
版　　次　2019年12月第1版・第1次印刷
開　　本　880mm×1230mm　1/32
印　　張　34.5
字　　數　518千字
書　　號　ISBN 978-7-5340-7509-4
定　　價　198.00圓（全二册）

溥儒像（攝於二十世紀四十年代）

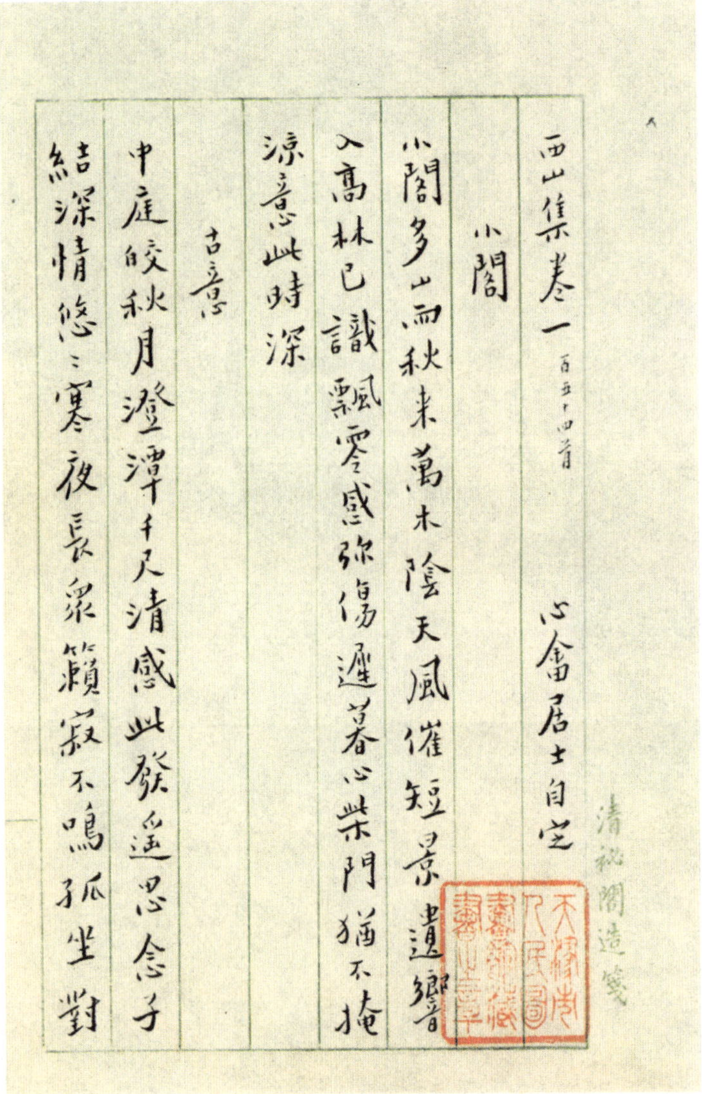

西山集卷一　百五十四首　心畬居士自定

小閣

小閣多山雨秋来萬木陰天風催短景遺響入高林已識飄零感彌傷遲暮心柴門猶不掩涼意此時深

古意

中庭皎秋月澄潭千尺清感此發遥思念子結深情悠悠寒夜長衆籟寂不鳴孤坐對

清秘閣造箋

《西山集》稿本（天津圖書館藏）

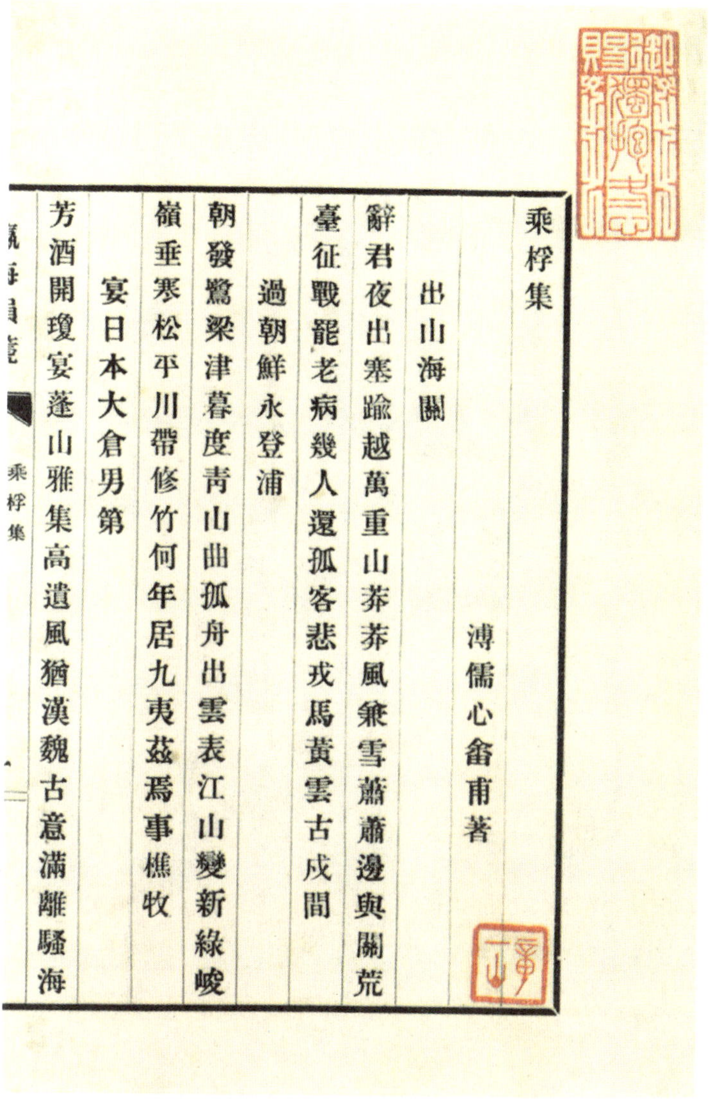
乘桴集

溥儒心畬甫著

出山海關

辭君夜出塞踰越萬重山莽莽風兼雪蕭蕭邊與關荒臺征戰罷老病幾人還孤客悲戎馬黃雲古戍間

過朝鮮永登浦

朝發鷺梁津暮度青山曲孤舟出雲表江山變新綠峻嶺垂寒松平川帶修竹何年居九夷茲焉事樵牧

宴日本大倉男第

芳酒開瓊宴蓬山雅集高遺風猶漢魏古意滿離騷海

乘桴集

《乘桴集》鉛印本（浙江圖書館藏）

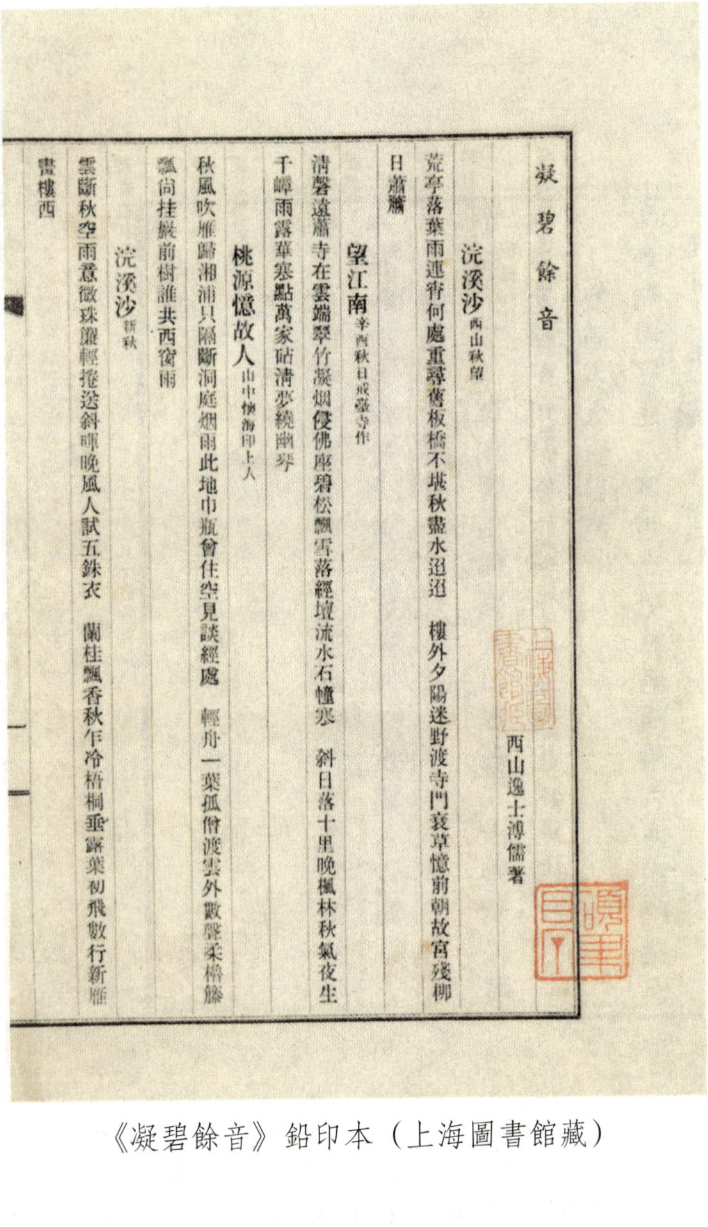
凝碧餘音

西山逸士溥儒著

浣溪沙 西山秋望

荒亭落葉雨連宵何處重尋舊板橋不堪秋盡水迢迢　樓外夕陽迷野渡寺門衰草憶前朝故宮殘柳日蕭蕭

望江南 辛酉秋日戒臺寺作

清磬遠蕭寺在雲端翠竹凝烟侵佛座碧松飄雪落經壇流水石幢寒　斜日落十里晚楓林秋氣夜生千嶂雨露華寒點萬家砧清夢繞幽琴

桃源憶故人 山中懷海印上人

秋風吹雁歸湘浦只隔斷洞庭烟雨此地巾瓶會住空見談經處　輕舟一葉孤僧渡雲外數聲柔櫓瓢尚挂巖前樹誰共西窗雨

浣溪沙 新秋

雲斷秋空雨意微珠簾輕捲送斜暉晚風人試五銖衣　蘭桂飄香秋乍冷梧桐垂露葉初飛數行新雁晝樓西

《凝碧餘音》鉛印本（上海圖書館藏）

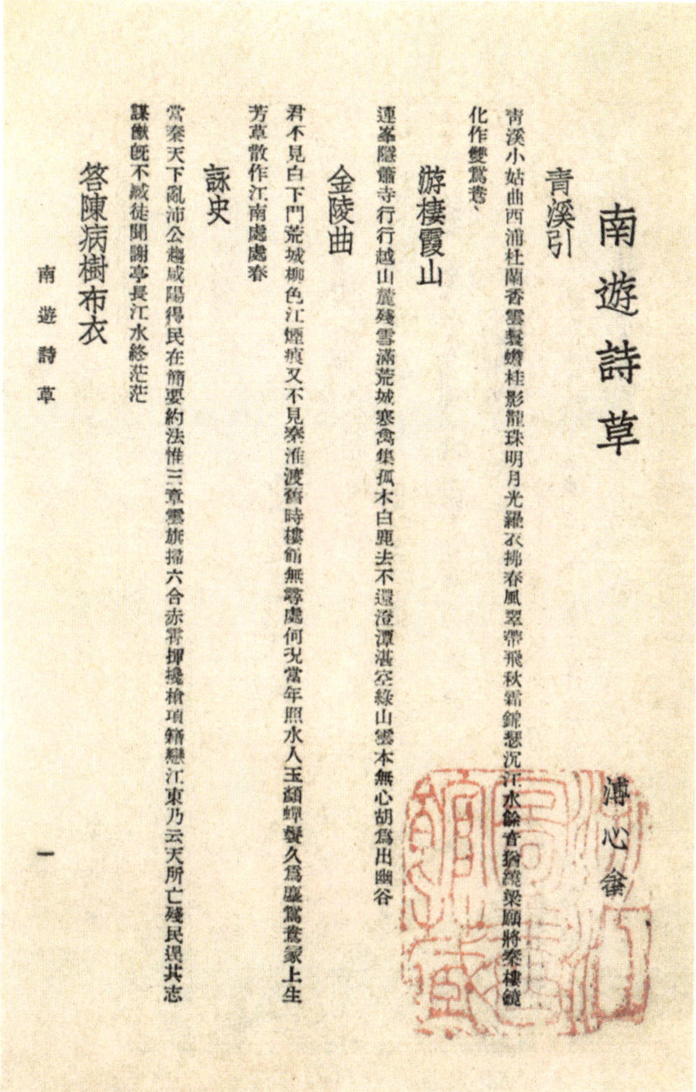

南遊詩草

溥心畬

青溪引

青溪小姑曲西浦杜蘭香雲鬟蟾桂影龍珠明月光羅衣拂春風翠帶飛秋霜錦瑟沉江水餘音猶繞梁願將秦樓鏡化作雙鴛鴦、

游棲霞山

連峯隱靈寺行行越山麓殘雪滿荒城寒禽集孤木白鹿去不還澄潭湛空綠山雲本無心胡爲出幽谷

金陵曲

君不見白下門荒城柳色江煙瘦又不見秦淮渡舊時樓舘無尋處何况當年照水人玉顏蟬鬢久爲塵鶯鶯冢上生芳草散作江南處處春

詠史

當秦天下亂沛公趨咸陽得民在簡要約法惟三章雲旗掃六合赤帝揮欃槍項籍戀江東乃云天所亡殘民誰共志謀猷旣不臧徒聞謝亭長江水終茫茫

答陳病樹布衣

《南游詩草》鉛印本（浙江圖書館藏）

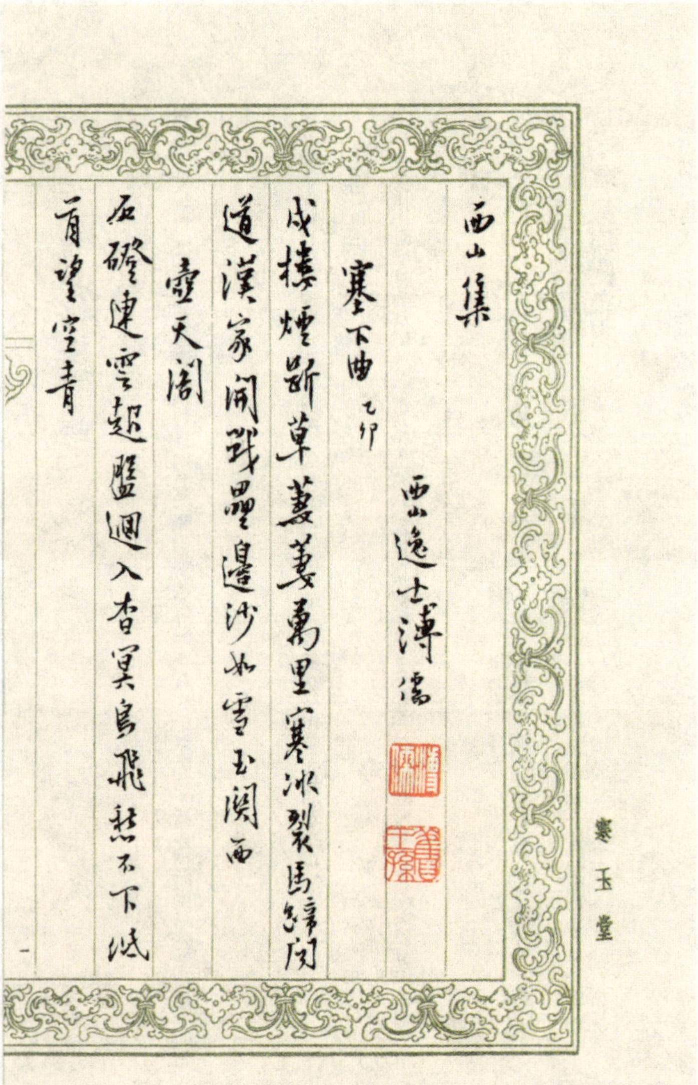

西山集

西山逸士溥儒

塞下曲 乙卯

戍樓煙斷草萋萋萬里寒冰裂馬蹄聞道漢家閒戰壘邊沙如雪玉關西

壺天閣

石磴連雲起盤迴入杳冥鳥飛愁不下低首望空青

寒玉堂

一

《寒玉堂詩集》影印本（蘇州大學圖書館藏）

青緑山水（寒玉堂託管書畫文物之一）

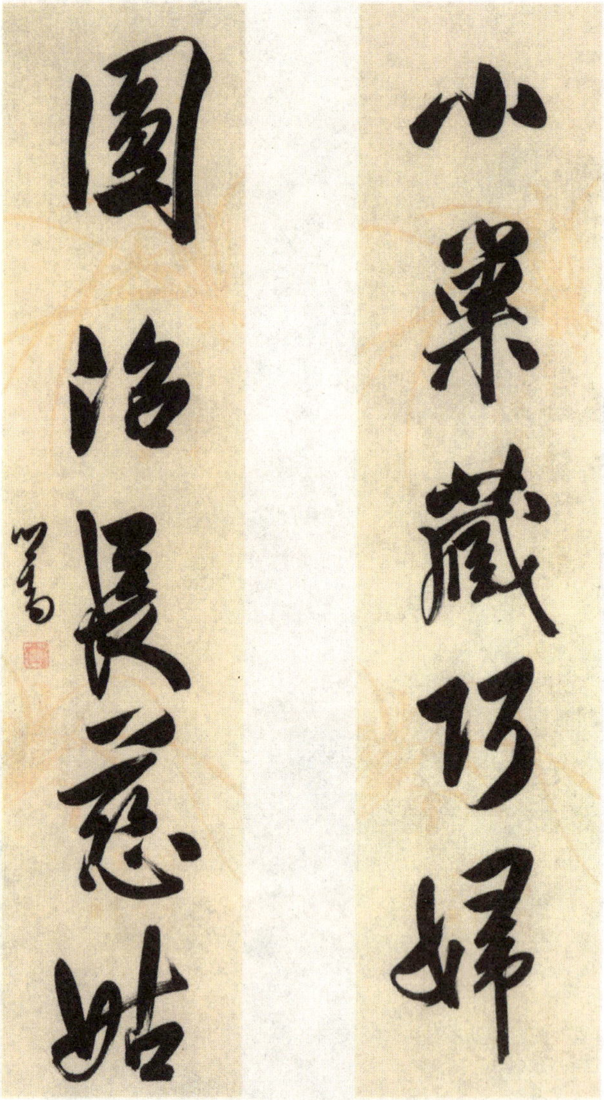

五言聯文（寒玉堂託管書畫文物之二）

點校説明

溥儒（一八九六—一九六三），初字仲衡，改字心畬，號羲皇上人、西山逸士等，齋名寒玉堂。清宗室，道光帝旻寧曾孫，恭親王奕訢之孫，貝勒載瀅之子。自幼即聰慧過人，九歲能詩，十二歲能文，於經史子集皆有涉獵，有「皇清神童」之譽。辛亥革命以後，奉親隱居於京西戒臺寺，泛濫百家，窮究今古，尤致力於詩文書畫創作。與當時的舊臣遺老多有文字交往，所爲詩詞往往出群拔類，令耆宿歎服。而家藏宋元名跡頗富，積年潛心研摹，遂成一代書畫大家。與時人張大千頡頏，世稱「南張北溥」，又與吴湖帆齊名，世稱「南吴北溥」。一九四九年浮海去臺，曾在臺灣師範大學、香港新亞書院等學校授課講學。平居依舊揮灑時興，點染不輟，尺素寸縑，人爭寶之，復與張大千、黄君璧并稱「渡海三家」。

溥氏嘗自云：「如若你要稱我畫家，不如稱我書家；如若稱書家，不如稱我詩人；如若稱我詩人，更不如稱我學者了。」〔一〕於此可見其畢生追求所在。他也正是憑藉着深厚的學養，而被視作爲「中國文人畫最後的一筆」：「我以爲文人畫的定義，應該嚴格一點。必須是作者書既讀得多又讀得通，而畫出來的畫又確能顯示高度的工力水準。依此定義，恐怕及格的代不數人，溥心畬當然是此中矯矯。」〔二〕

溥氏「書既讀得多又讀得通」，最明顯的佐證當是存世著述的豐厚。其一生筆耕不輟，留下了大量詩文詞曲、隨筆札記以及學術專書等著作。例如，所著《毛詩經證》成書即有十餘册，而所編清遺民詩選《靈光集》積稿亦有十餘册。可惜的是，溥氏著述之價值往往爲其書畫聲譽所掩蓋，未能引起世人的充分重視。目前，彙編出版的溥氏詩文著述共計三種：其一爲溥氏生前寫定、其子溥孝華付印的《寒玉堂詩詞聯文集》，其二爲臺北故宫博物院整理出版的《溥心畬先生詩文集》，其三爲毛大風先生整理出版的《寒玉堂詩》。此三種詩文集多草創之功，所録亦各具特色。此次整理出版《溥儒集》，旨在在前人工作基礎上，爲讀者和研究者提供一部更爲全面的、可靠的溥氏詩文作品集。

現將本書收録的溥氏詩、詞、文、曲等著作的版本情況以及整理所做工作具體臚述如左。

一、詩集的版本及整理情況。

溥儒雖以詩、書、畫兼擅其能著稱，但究平生最爲留意者則非詩莫屬，嘗教誨後學云："「畫不用多學，詩作好了，畫自然會好。」〔三〕其詩思迅捷，而詞藻富麗，徐復觀贊之「根深葉茂，沉麗深醇，非時流所能企及」〔四〕，而錢仲聯亦稱其「唐音落落，逸氣飄雲，融少陵、摩詰、龍標、玉溪於一冶。故國之思，身世之感，離亂之情，溢於行間」〔五〕。

或以爲溥氏詩作「只模仿唐人腔調和常用的詞藻，没有什麽自己獨具的情感和真實的經歷有得的生活體會」〔六〕。溥氏身爲宗室，貂珥朱輪，生長華膴，確實難以深刻體會民間的疾苦；而詩又多應酬、題畫之作，集中有不少「空唐詩」毋庸諱言。但是我們不能以此便以偏概全，對其詩作一概否定。作爲末代王孫，溥氏畢竟身歷滄桑，飽經憂患，這些經歷在其詩中是留下了不少痕跡的。周學藩記其曾當面暗誦溥氏詩作膚廓空虛，溥氏隨即舉出早年詩句「告凶今日渾閒事，已是曾經十死餘」以對，周氏乃不由感喟：「從那一次我纔知道，這位老先生的『真詩』也是很了不起的。」〔七〕今檢集中如《悼清媛夫人詞》《哀公路》《西湖暮雪寄蒼虬侍郎》以及《帚生菌》等作，皆言之有物，寄託遥深，是難以用「空唐詩」全面抹殺的。

溥氏平生作詩至多，曾數次結集。這些詩集中，有生前業已出版的，也有臨終寫定而身後付印的，更有稿本已具而未付刊印的。而各集之間的版本關係也較爲複雜，有集名相同而所收詩歌不同的，也有集名不同所録詩歌大部分重複的。此次整理所涉及的溥氏詩集共計有以下幾種：

（一）《西山集》三卷，手書石印本。此書爲溥氏公開出版的首部詩集，後來其自述緣起云：「余自十八歲隱居馬鞍山戒臺寺，奉母讀書之暇，喜習吟詠。年二十九，爲先姑母榮壽固倫公主壽，始出山，居城中，取所作詩印百册。」據姜德明先生《〈西山集〉和〈凝碧餘音〉》介紹，此書乃三卷合爲一册，書前無序，書後無跋，惟署「西山逸士自定并書」〔八〕。李猷曾獲得此書複印件，其在《溥心畬詩與詞的研究》一文中寫道：「按此爲先生開始寫詩時起至二十九歲時止之詩作。共計一百五十七首，較自寫影印本卷一部分《西山集》，多出百首之多。」〔九〕二十世紀九十年代，臺北故宫博物院整理出版的《溥心畬先生詩文集》中收録了《西山集》，標明所據底本爲「民國十四年自書本」。檢其中所收的詩作亦恰爲一百五十餘首，所據底本或即李氏所見本。值得注意的是，姜文提到的《憶清河二旗村居》《歸家》《故園》《山中寒食》等詩作，却均未見此整理本中，可見其所録并非全本，應當如《溥心畬先生詩文集》整理者所注明的，僅爲原書卷一。一卷有百五十餘首，由此推之，整體規模或在四五百首左右。

（二）《西山集》三卷，現藏於天津圖書館。該本以行楷書於清閟閣造箋上，以行款「心畬居士自定」及字蹟來看，當爲溥氏自書稿本。書前有徐琪序，另面復有「乙亥穀雨後三日經沅讀畢敬題」一行。内文半葉八行，行十四至十七字不等，共收詩四百八十餘首。

此稿本無明確的起訖時間。雖然徐序末署「丁巳穀雨後五日」，但從稿本收詩數量明顯超出序中所稱「比三百而略有加增」的事實來看，稿本之結集并不在作序的一九一七年。檢卷三中已收有《聞海印上人示寂詩以弔之》及《弔海印上人》諸詩，皆爲一九二四年左右的詩作，則所録已包含二十年代中期的作品。而將稿本卷一與《溥心畬先生詩文集》所收《西山集》內容相比可以發現，除後者《擬古》「飄風吹汝寒」作「飄風脱枯葉」、《懷程居士子大》詩題目少「子大」二字及《西山感舊》末首小注少凌雲上人原詩等三處不同外，所録詩作毫無差異，且詩作先後順序也完全一致。另外，姜德明所提到的早期石印本《西山集》中的《憶清河二旗村居》《歸家》《故園》《山中寒食》等詩，亦分見於此稿本的二、三卷中。基於以上數點可知，此稿本收詩作範圍大概與石印本《西山集》相同，包括了溥氏作詩以來至一九二四年出山前的大部分作品。

（三）《乘桴集》一卷，鉛字排印本，收入《瀛海塤篪》中。啟功先生在《溥心畬先生南渡前的藝術生涯》中寫道：「先生曾告訴我説有一本《瀛海塤篪》

詩集，是先生與三弟同游日本時的詩稿，但我始終没有見着。」〔一〇〕《瀛海塤篪》爲民國十六年（一九二七）溥儒、溥僡二人東游日本所作詩歌合集。此書封面由羅振玉題籤，内文半葉十行，行二十一字，其中溥儒所作《乘桴集》計有十頁。書前有溥氏自作序文，末署「丁卯十二月，西山逸士書」，則這部詩集的刊行當在此際。此本國家圖書館、上海圖書館及浙江圖書館等有藏。

（四）《寒玉堂集》二卷，現藏河北大學圖書館。該本爲小楷手書，封面無題籤，内文無序跋，惟各册卷首相應題有「寒玉堂集卷上」及「寒玉堂集卷下」字樣。全書半葉六行，行十四字，共收詩作四百餘首（其中《贈陳紫綸太史》有題無詩）。此書河北大學圖書館原著録爲鈔本，據羅敬箴先生、張峻亭先生考證，乃溥氏親書稿本，「書法精妙，意匠天成，令人歎爲觀止」〔一一〕。

從内容分析來看，此稿本所收作品大體依成詩先後爲序。所收詩作可考紀年者，最早爲作於一九一五年之《塞下曲》，最遲爲作於一九四二年之《秋日有懷雪齋宗兄》，而其後尚有數十首詩，則收詩作當終止於稍後的數年間。此稿本頗具價值：一則所録詩作時間跨度較大，在很大程度上彌補了《乘桴集》之後、《南游詩草》之前溥氏詩歌創作的空缺；二則所收詩作數量也極其可觀，往往溢出後來手書定本的範圍。誠如張峻亭先生所指出的：「手寫本（即稿本）非常全面詳細地反映出溥儒南渡前詩歌創作的整體面貌，透過作品可以更具體地了解當時詩人的經歷、交往、感受及心靈軌跡。」〔一二〕

（五）《南游詩草》一卷，鉛字排印本。該本封面題作「寒玉堂詩」，卷首則作「南游詩草」，共計十頁。此本爲編年作品集，開篇爲溥氏游歷南京名勝之作，如《青溪引》《游棲霞山》《金陵曲》等，當是民國三十五年（一九四六）至南京後的作品。最後兩篇分别爲《歲暮江南未歸》《西湖暮雪寄蒼虬侍郎》，檢同集《戊子三月游靈谷寺》題下有小注云「以下戊子」，則最晚的這兩首當作於民國三十七年（一九四八）歲暮。此本收録了溥氏南游後至去臺前的大部分詩作，内容較後來的手寫定本更爲豐富，往往有後者所未收的篇章。此本較爲罕見，目前所見僅浙江圖書館有藏。

（六）《南游詩草》一卷，稿本。此本乃寒玉堂託管文物，具體藏地不詳，收入《溥心畬書畫文物圖録》中。該本縱三十一釐米，横一千二百四十八點八釐米，爲稿紙綴合而成之手卷。卷首題「南游詩草一卷」，卷末署「癸巳夏六月，西山逸士溥儒書」，可知書成於一九五三年。開篇爲《石塘道中》《寒雨》《小邑》等，多與《南游詩草》排印本重疊，且卷中每有塗乙痕跡，當爲溥氏追憶民國三十五年（一九四六）南游以後舊作的草稿。終篇《感遇》組詩中有「兵戈亂宇宙，乘桴出海門」「卜居在東門，連廛皆版屋」等語，乃記述渡海後的生活。另外，集中還有一篇明確紀年的《壬辰九日竹亭》，壬辰當爲一九五二年，則稿本又包括了去臺初期的詩作。此本所收詩作往往有排印本及後來手書定本《南游詩草》所未收者，而且不少詩作雖見諸他本却每多異文，故而頗具輯補校勘的價值。

（七）《寒玉堂詩》一卷，稿本。此本亦寒玉堂託管文物，具體藏地不詳，亦見於《溥心畬書畫文物圖録》中。該本縱三十二點五釐米，横一千零二十四點四釐米，亦爲稿紙綴合而成的手卷。卷首題「寒玉堂詩」，首尾皆無書寫年月。全篇爲小楷精書，行二十字，共收詩作近二百題。開篇爲《小邑》《寒雨》《江邊暮雪》等，亦多與排印本及手寫定本《南游詩草》重疊。終篇爲《辛丑春游大屯山賦詩題壁》，辛丑爲一九六一年，可知此本寫定當不早於此年。另外，稿本通篇無塗改痕跡，行文格式亦極爲整飭，以此推之，也當是溥氏晚年所擬的定本之一，自具版本價值。

（八）《寒玉堂詩》三卷，手書影印本，收入《寒玉堂詩詞聯文集》中。此本無明確寫定時間，檢其中有《癸卯春日湯谷閒步》，乃作於溥氏病逝前不數月，可知結集極晚。王壯爲在《憶舊王孫》一文寫道：「他病中積極編録他的詩詞稿件，希望能夠看到出版。但詩詞集終於没有來得及，逝後由其子孝華付印，於其週年忌日出版。」[一三]當即此本。全書包括《西山集》一卷、《南游集》二卷，不僅收録近作，還選輯了早年作品，故而可視爲溥氏就一生詩歌創作所編選的定本，其版本價值非常。此書有六藝社一九六四年、華正書局一九七七年影印本，較爲常見。

通過上述簡單考察可知，《西山集》稿本、《乘桴集》、《寒玉堂集》以及

《南游詩草》排印本四部詩集，雖收詩作範圍略有重疊，但基本上可以做到前後銜接，較爲完整地反映出溥氏去臺前的生活經歷，故此次整理將此四集歸爲甲編。至於各集中重複詩作，爲保證信息完整則不作删汰。又據李猷先生記載，他曾將《西山集》石印本複印件交給溥氏，「所不能了解的，當初先生見到此册，應有珠還合浦之感，而予以重新整編，却隨便題了一段簡單的話，還給陳雋甫。其時《寒玉堂詩集》尚未寫定，爲何放棄這其中許多好詩，實在費解」〔一四〕。是知溥氏臨終所編成手寫定本，其間的删存、更改等皆有其深意在。故此次整理，將此手寫本歸爲乙編。至於《西山集》石印本、《南游詩草》稿本以及《寒玉堂詩》稿本，因與上述甲乙編中各集詩作重複過多，因此删除其中重複的詩作，以補遺形式歸爲丙編。

二、詞集的版本及整理情況。

溥儒亦擅長作詞，「他詞雖不多，要之可稱上品，近數十年詞家中應有他的地位」〔一五〕。值得注意的是，汪辟疆《光宣以來詩壇旁記》以及夏敬觀《忍古樓詞話》均載溥氏詞集名《寒玉堂詩餘》，至二十世紀四十年代溥氏在《同聲月刊》

發表詞作，纔出現了《凝碧餘音》這個詞集名稱。有學者認爲：「溥先生詞集叫《凝碧餘音》。這『凝碧』二字有典故，安禄山之亂的時候，王維没有離開長安，他作了首詩，中有『凝碧池頭奏管絃』，有故國之思在裏面。所以溥心畬先生把他的詞集叫《凝碧餘音》，他不能忘懷過去的貴族生活。」〔一六〕

這種觀點是值得商榷的，「凝碧」用王維的典故毋庸置疑，然而却不是用來表明「他不能忘懷過去的貴族生活」。溥氏名詞集《凝碧餘音》正值抗戰時期，雖然「平津淪陷，北平有僞組織的成立，溥心畬因爲是滿清貴族一份子的關係，着實受過不少次數敵僞的利誘與威脅，好在他以淡於利禄爲辭，未曾演入歧途」〔一七〕，目前所見資料也確無其效力汪僞政權的記録，但是只要了解《同聲月刊》的性質以及《凝碧餘音》印行者管翼賢的身份，即不難得出溥氏將詞集取名「凝碧」的真實意旨所在：首先，《同聲月刊》是受南京汪僞政權資助出版的刊物，抗戰時期發表了衆多出任僞職文人的詩詞作品，後來研究者多斥之爲漢奸刊物。其次，協助出版《凝碧餘音》的管翼賢則是名副其實的汪僞政權中人，出任過僞華北政務委員會情報局局長。抗戰勝利後，即被國民政府以「通謀敵國，危害本國」的罪名判處了無期徒刑。新中國成立後，人民法院重新審理，將其處以極刑。基於以上兩點可知，此時的溥氏與汪僞政權中部分人員往還較密，其以「凝碧」名其詞集，當是以遭際安史之亂的王維自擬的。

溥氏以安史之亂中的王維自擬，另外一個旁證則是李宣龔作於民國二十八年（一九三九）的《心畬逸士見贈書畫作此奉答》。李氏與溥儒私交至密，在這首詩中他寫道：「凝碧池塘自在，書空咄咄誰知。井水波瀾不起，臟能唱徹新詞。」〔一八〕全詩雖疊用典故，語義却極爲顯豁，指明了溥氏當時的心境以及詩詞創作的意圖。

下面具體介紹溥氏以「凝碧」爲名的這兩種詞集的基本情況：

（一）《凝碧餘音》一卷，鉛字排印本。此書内文每半葉十四行，行四十字，共計十一頁，收詞九十三闋。書後有管翼賢所作跋語，云溥氏以《凝碧餘音》見示，讀而感其詞作精美異常，「直入眉山之室，而奪屯田之席」，因以付印公諸同好。這篇跋文款署甲申春季，亦即一九四四年暮春，詞集當印行於此際。是本所收詞作紀年最早的爲民國十年（一九二一）的《望江南·辛酉秋日戒臺寺作》（集中另有《蜨戀花·己巳暮春夜雨》，「己巳」原作「乙巳」，乙巳年爲一九〇五年，其時溥儒僅十齡，恐難成此作，故當從寫定本作「己巳」），最遲的爲創作於民國二十八年（一九三九）《玉樓春·己卯秋日卧佛寺作》，可見這部詞集包括了溥氏南游前的大部分作品。

此書較爲罕見，僅國家圖書館、上海圖書館以及華東師範大學圖書館等有藏。據姜德明先生推測：「它的流傳不廣，恐與詞集中有管翼賢的跋文有關。這本書正是由他協助印成。」〔一九〕這是有一定道理的。

（二）《凝碧餘音詞》一卷，手書影印本，收入《寒玉堂詩詞聯文集》中。此本共詞六十九闋，所收詞作較鉛印本爲晚，乃起自民國十四年（一九二五）的《秋波媚·乙丑春日》，又包括了溥氏一九四六年南游及去臺以後的作品。與上文所提到的《寒玉堂詩集》手書定本一樣，溥氏臨終前數月寫定的這部詞集「當然是自己精挑細撿的」〔二〇〕，故而也可看作是溥氏梳理編選一生詞作形成的定本。

此次整理詞集部分總名《凝碧餘音詞》，將排印本編爲前集，而手寫定本則編爲後集。兩種詞集依循詩集甲編、乙編兩部分之體例，重複的詞作亦保持原貌，不作删汰。

三、文集的版本及整理情況。

溥儒雖作文不多，但所作皆典雅華麗，頗可誦讀。其於《自述》一文中夫子自道云：「余性喜文藻，於治經之外，雖學作古文，而多喜作駢儷之文。」故所作多駢文儷辭。徐復觀稱其「文則追六代」〔二一〕，臺静農亦歎其所爲零札小文「信手拈來，居然六朝韻味」〔二二〕，可謂有見。溥氏所成二卷本《寒玉堂文集》，手稿現藏臺北故宫博物院。該本各卷卷首相應題有「寒玉堂文集卷上」及「寒玉堂文集卷下」字樣，兩卷共計收録文章十五類八十餘篇。李猷《溥心畬先生詩與詞的研究》一文稱，溥氏早已自己寫定《文集》，藏諸篋衍，其子溥孝華整理影印《寒玉堂詩詞聯文集》時却未及細檢，故而付之闕如。後來臺北故宫博物院整理託管的溥氏書畫文物資料，從中發現了這部文稿，并將其點校整理，收録於《溥心畬先生詩文集》中〔二三〕。

除了臺北故宫博物院所藏本外，華岡博物館亦藏有溥氏文集手稿：「《寒玉堂文集》上下卷共計一百頁，包含賦、碑、銘、論、贊、篇、記、書、頌、墓志銘、傳、文、誄、雜文等多類文章。」〔二四〕僅從分類來看，此本與臺北故宫博物院藏本基本相同，而墨蹟也確爲溥氏手筆。王壯爲在《憶舊王孫》中寫道：「溥氏逝世前一二年，似乎已自知不久於人世，所以積極手抄他的詩文諸稿，并遺其門生録副不只一份。」〔二五〕是知溥氏不僅遺其門生録副，大概自己也手抄了不止一份，華岡博物館所藏稿本或即其中之一。

按照通例，《寒玉堂文集》當以手稿定本爲底本點校整理。但由於海峽阻隔，且溥氏手蹟極爲珍貴，借閱頗不易，以上兩種文集皆未能獲見全稿。此次整理，僅以《溥心畬先生詩文集》所收《寒玉堂文集》爲底本，予以重新標點整理。該整理本訛誤不少，爲了彌補底本缺憾，在點校過程中又參考臺北故宫博物院、臺北歷史博物館以及華岡博物館出版的相關畫册、圖録、論文集以及各博物館的數位典藏資源，校補了集中部分文字。因底本中錯誤多屬形近而訛，如「孚」誤作「采」、「艮」誤作「民」、「綱」誤作「網」之類，故未出校記。

四、隨筆札記的版本及整理情況。

如前所述，溥氏的興趣造就是多方面的，「他胸中所包羅的，除詩書畫外，還有『文』和『史』。事實上他在文史方面用功之勤，確不在詩書畫之下，只是世人知道的不多而已。所以他也許糾正世俗的見解，對自己的造詣，首推文史，次是詩，再次是字，畫列在最後」〔二六〕。縱觀一生，溥氏恥以不學無術之畫師爲名，「勤著述，雖炎州酷熱，未嘗稍輟」，所著學術論述及隨筆札記多種，如《十三經師承略解》《四書經義集證》《陶文考略》以及《慈訓纂證》等，皆出言有據，而每多勝義。但因以上諸書與本書編輯宗旨不符，且部分著作篇幅浩大，故本次整理僅收録了《寒玉堂畫論》《寒玉堂論書畫》以及《華林雲葉》三種。其具體情況如下：

（一）《寒玉堂畫論》一卷。據王家誠先生推測，《寒玉堂畫論》手寫本至少在三部以上：其一爲送教育部門本；其二爲贈私淑弟子安國鈞本，其三爲贈弟子蕭一葦本。以上三種手稿本俱未見，今所見《寒玉堂畫論》有四種版本，分别爲《學術季刊》整理本、《寒玉堂畫集》附録本、學海出版社整理本以及《靈漚館手鈔書兩種》本。除《學術季刊》本無自序外，四種在内容方面基本一致，僅個别字句及分段之不同。全書共分「論山」「論水」以至「論用筆」「論傅色」等二十二門，所論皆爲溥氏多年從事書畫創作的經驗之談，多發前人所未發，彭醇士讀而歎其辭旨淵懿，可與孫過庭《書譜》并美〔二七〕。

（二）《寒玉堂論書畫》一卷，有世界書局影印手寫本。是書書前無序，書後亦無跋，惟署「丁酉秋八月中秋，西山逸士溥儒識」，則成於一九五七年。全書包括《論書》《論畫》兩部分，溥氏以傳統「書畫同源」理論爲根基，闡發書畫用筆用墨之特徵，例如《論畫》中云「古畫雄古渾厚，不在形色而在用筆，猶書法之不在結體而在點畫」，諸如此類，皆頗具啟發意義。

另，王家誠先生指出：「心畬《寒玉堂畫論敘》，完成於一九五二年農曆九月二十四日，原題爲《論畫》，另撰《論書》文，二篇共三千餘言。一九五八年，心畬行書一過，并合所撰《獲麟解》真書爲一册，名《寒玉堂論書畫真書獲麟解》，此帖由臺灣世界書局出版。」〔二八〕溥氏爲《寒玉堂畫論》所作序文確曾命名爲《論畫》，見於華岡博物館所藏稿本。然而檢世界書局本《論畫》内容，却與《寒玉堂畫論》序文全然不同。或許該書有别本，則不得而知。

（三）《華林雲葉》二卷，廣文書局一九六三年影印手寫本。書後署「癸卯正月二十七日，寒玉堂手寫本」，可見此書寫定於一九六三年，距溥氏病逝僅數月。王壯爲《憶舊王孫》云：「經其晚年所收弟子青年吴健同奔走的結果，他的筆記《華林雲葉》兩册，總算在他生前出版問世，也總算趕上他親自過目。這書裝印的并不很理想，不過吴健同爲暮年落寞的他了却一樁心願，其功勞實在是值得稱贊的。」〔二九〕全書分上、下兩卷，共九類：記事、記詁、記詩、記游、記書畫、記金石、記草木、記鳥獸蟲魚、記藻。書中或記誦經讀書之心得，或記耳聞目睹之掌故，或記游歷觀覽之所得，包羅極爲豐富，對於了解溥氏學術造詣以及研究其生平皆有裨益。

此次隨筆札記部分的整理，《寒玉堂畫論》以《寒玉堂畫集》所附本爲底本標點整理，并參校以《學術季刊》本及學海出版社本。《寒玉堂論書畫》則以世界書局影印本爲底本點校整理。《華林雲葉》二卷以廣文書局影印本爲底本點校整理。此書乃溥氏病中抄寫，「急於在其有生之日，完成這件心願，不免倉卒遺漏的情形」〔三〇〕，其中誤字、脱字不少，因此整理過程中以《珊瑚網》《式古堂書畫彙考》《續古文苑》《箕雅》等文獻校補，以求準確完備。

五、岔曲的版本及整理情況。

溥儒於詩書畫之餘，還喜愛北方頗爲流行的八角鼓曲藝，能彈奏三絃，曾自編曲文彈唱以自娱。然而溥氏所創作的岔曲文字，「惟以無關著作，初未嘗留稿，以故當時即多亡失，其後屢經遷徙，遂無復存者」〔三一〕。現在我們所見到的《寒玉堂岔曲》，乃是二十世紀五十年代其胞弟溥僡於曲藝家譚鳳元處抄得，共計收各調十七首。此册曾以抄本形式流傳，後經吴光輝先生整理，以附録形式收入《蕉雪堂曲文集》中。此次該部分即據《蕉雪堂曲文集》附録本重新點校整理。

六、聯文的版本及整理情況。

溥儒善屬對，自記幼蒙慈禧太后召見，以「彩雲生鳳闕，佳氣滿龍池」一聯而獲嘉許，可見其屬對之迅捷與熟稔。今所見楹聯集有《寒玉堂聯文》一卷，收入《寒玉堂詩詞聯文集》中。據書前自序可知，此册始作於一九五七年，寫定於一九六〇年。其自述所作緣起云：「丁酉之秋，卧病浹辰，不能執筆，口占聯文，將書以應求者。非能制心怡情，以脱於形骸之外也。」此册分五言聯文、七言聯文兩部分，共收詩聯四百餘對，其中包括部分回文聯。本次點校即以華正書局影印本爲底本整理。

以上是此次《溥儒集》整理的主要部分。除此以外，此次整理還特别編製了附録，收録了溥氏詩詞集序跋（因編輯體例需要，本書《寒玉堂詩集》《凝碧餘音詞》部分各本序跋均移至此處）、溥氏的相關生平資料（如溥氏自述《溥心畬先生自述》《溥心畬先生學歷自述》，張目寒《溥心畬先生事略》，彭醇士《溥心畬先生墓表》等）、時人和後學對其學術書畫評價以及溥氏簡要年表等，希望對讀者了解溥氏生平和研讀其著述有所幫助。

此書編輯出版過程中，得到了浙江圖書館、杭州圖書館、河北大學圖書館、天津圖書館以及上海圖書館的熱情接待，提供了諸多便利。與此同時，安陽師範學院閆興潘、韓雅慧賢伉儷，河北大學廖寅先生、周立志先生、李書豪先生，南京大學劉德勝先生，北京大學劉奎先生，武漢大學袁媛女士、薛夢瀟女士以及浙江古籍出版社況正兵先生、李林先生、王振中先生，或代爲搜訪、複製文獻，或指出了編輯點校中存在的問題。在此，一并表示衷心的感謝。整理過程中還重點參考了臺北故宫博物院整理的《溥心畬先生詩文集》、毛大風先生整理的《寒玉堂詩》以及吴光輝先生整理的《蕉雪堂曲文集》等著作，特此説明，以示不敢掠美。

溥氏逝世至今方五十餘載，其著述中的稿本、抄本等文獻尚未公之於世者還有很多。此次整理雖盡力搜羅，但存於天壤間而未得寓目者想當不尠。加之學識譾陋，水平有限，因此書中疏漏及訛誤之處不少，誠請方家及讀者批評指正。

毛小慶　二〇一五年三月於武林門

注釋

〔一〕劉國松《溥心畬先生的畫與其教學思想》，載《溥心畬書畫稿》卷首，香港中文大學新亞書院藝術系一九七六年五月版。

〔二〕周棄子《中國文人畫最後的一筆》，收入《舊王孫溥心畬》，浪淘出版社一九七四年一月版，第一二〇頁。

〔三〕啟功《溥心畬先生南渡前的藝術生涯》，收入《啟功叢稿·題跋卷》，中華書局一九九九年七月版，第六三頁。

〔四〕徐復觀《溥心畬先生畫册序》，收入《中國知識分子精神》，華東師範大學二〇〇四年二月版，第一二七頁。

〔五〕錢仲聯《寒玉堂詩集序》，載《寒玉堂詩集》卷首，新世界出版社一九九四年五月版。

〔六〕啟功《溥心畬先生南渡前的藝術生涯》，收入《啟功叢稿·題跋卷》，中華書局一九九九年七月版，第六四至六五頁。

〔七〕周棄子《中國文人畫最後的一筆》，收入《舊王孫溥心畬》，浪淘出版社一九七四年一月版，第一二〇頁。

〔八〕詳見姜德明《〈西山集〉和〈凝碧餘音〉》，收入《書邊夢憶》，中華書局二〇〇九年六月版，第三八至三九頁。

〔九〕李猷《溥心畬詩與詞的研究》，收入《張大千溥心畬詩書畫學術討論會論文集》，臺北故宮博物院一九九四年五月版，第四八五至第四八六頁。

〔一〇〕啟功《溥心畬先生南渡前的藝術生涯》，收入《啟功叢稿·題跋卷》，中華書局一九九九年七月版，第六二一頁。

〔一一〕羅敬箴《館藏珍賞——簡談溥儒及其詩書藝術》，載《河北大學學報》一九九七年第二二卷第二期，第一三〇頁。

〔一二〕張峻亭《簡析清宗室溥儒手寫本詩集〈寒玉堂集〉》，載《文獻》二〇〇五年第二期，第二二四頁。

〔一三〕王壯爲《憶舊王孫》，收入《舊王孫溥心畬》，浪淘出版社一九七四年一月版，第四九頁。

〔一四〕李猷《溥心畬詩與詞的研究》，收入《張大千溥心畬詩書畫學術討論會論文集》，臺北故宮博物院一九九四年五月版，第四八五至第四八六頁。

〔一五〕同上，第四八八頁。

〔一六〕見汪中對《溥心畬詩與詞的研究》所作講評，載《張大千溥心畬詩書畫學術討論會論文集》，臺北故宫博物院一九九四年五月版，第五三一頁。

〔一七〕憨翁《甘於淡泊的溥心畬》，載《新上海》一九四六年第四十三期，第三頁。

〔一八〕李宣龔《心畬逸士見贈書畫作此奉答》，收入《碩果亭詩》卷下，一九四〇年排印本。

〔一九〕姜德明《〈西山集〉和〈凝碧餘音〉》，收入《書邊夢憶》，中華書局二〇〇九年六月版，第三九頁。

〔二〇〕李猷《溥心畬詩與詞的研究》，收入《張大千溥心畬詩書畫學術討論會論文集》，臺北故宫博物院一九九四年五月版，第四八六頁。

〔二一〕徐復觀《溥心畬先生畫册序》，收入《中國知識分子精神》，華東師範大學二〇〇四年二月版，第一一七頁。

〔二二〕臺静農《有關西山逸士二三事》，收入《臺静農散文選》，人民日報出版社一九九〇年九月版，第二七頁。

〔二三〕李猷《溥心畬詩與詞的研究》，收入《張大千溥心畬詩書畫學術討論會論文集》，臺北故宫博物院一九九四年五月版，第四八六頁。

〔二四〕見陳明湘主編《溥心畬書畫》圖片説明，文化大學華岡博物館，二〇一〇年三月版，第一三九頁。

〔二五〕王壯爲《憶舊王孫》，收入《舊王孫溥心畬》，浪淘出版社一九七四年一月版，第四八頁。

〔二六〕萬大鋐《西山逸士的幾段逸事》，收入《舊王孫溥心畬》，浪淘出版社一九七四年一月版，第二九頁。

〔二七〕見蕭一葦《寒玉堂畫論敘》所述，載《寒玉堂畫論》卷首，學海出版社一九七五年十一月版。

〔二八〕王家誠《溥心畬傳》，百花文藝出版社二〇〇七年一月版，第一六六頁。

〔二九〕王壯爲《憶舊王孫》，收入《舊王孫溥心畬》，浪淘出版社一九七四年一月版，第四八頁。

〔三〇〕同上，第四九頁。

〔三一〕溥僡《寒玉堂岔曲序》，收入《蕉雪堂曲文集》，中國文聯出版社二〇一四年一月版，第二六七頁。

目録

寒玉堂詩集甲編

西山集卷一

小閣……三
古意……三
戒臺寺……四
送別……四
邊興……四
擬古……五
塞下曲……五
春望……六
野望……六
返照……六
黄龍洞……六
匯波樓……七
覺漚亭……七
匯泉寺……七
和海印上人白鹿寺詩韻……八
留贈海印上人……八
九水庵……八
千佛山……九

舜祠……九
庚申秋九月海印上人入山見訪……九
海印上人和詩……一〇
九日與海印上人登西山懷湘中
遺民……一〇
論詩……一〇
懷程居士子大……一一
秋日與海印上人閒步山徑時巖
壑澄景木葉變衰……一一
秋夜寄程十髮……一二
邊關曲……一二
送海印上人出山……一二
西山感舊……一三
送別……一五
夢得書寄草堂深寄海印上人卒
成之……一五
戒壇寺碑院……一六
寄海印上人……一六
登高……一六
戒臺寺圖公祠感興……一七
山居……一七
試望……一七
中秋有懷……一七
送僧能和歸天目……一八
漫興……一八
感舊……一八

廢寺……一九
春燕……一九
春柳……一九
憶故園……一九
竹林……二〇
冬中感懷……二一
題畫山水……二一
秋日塞上……二一
茅店……二二
山中步月……二二
戒壇静坐……二二
寄海印上人……二三
古意……二三
石景山東望……二三
聞陳弢庵太傅話同光遺事……二四
送客之漁陽……二四
感事……二四
登證果寺……二五
游翠微山……二五
韜光庵……二六
證果寺……二六
三山庵……二六
秘魔崖……二七
襟眺閣……二七
龍泉庵……二七
寶珠洞……二七

香界寺……二八
大悲寺……二八
放鶴亭……二八
題暘臺山大覺寺……二八
孟嘗嶺雲聚寺……二九
寄海印上人……二九
和海印上人除夕寫懷……二九
西山秋興……三〇
寄海印上人……三一
山夜聞雨有懷海印上人……三一
感遇……三一
擬古……三二
白髮……三七
玉泉煮茗……三八
陶然亭……三八
盧生祠……三八
老將行……三八

西山集卷二

柳絮……四〇
梨花……四〇
辛酉秋重觀戒臺寺傳戒賦……四一
秋日西山閒步……四一
曉至孔雀庵……四一
入西山至廣慧寺……四二
題岱廟道院……四二
登岱……四二

對松亭……四三
金陵懷古八首……四三
西湖水竹居……四四
題高莊壁……四四
韜光庵……四五
清漣寺……四五
蘇堤……四五
劉莊……四五
宋莊……四六
水竹居……四六
竹素園……四六
夕照寺……四六
飛來峰……四七
冷泉亭……四七
壑雷亭……四七
白堤……四七
蘇小墓……四八
平湖……四八
湖心亭……四八
斷橋……四八
葛嶺……四九
雲棲……四九
俞樓……四九
馮小青墓……四九
西湖絶句……五〇
登封臺……五〇

壺天閣……五〇
斗母宮……五一
登開化寺六和塔……五一
莫愁湖拜曾文正公象……五一
西湖玉泉寺見李梅盦處士詩
感興……五二
破寺……五二
泰山漢柏歌……五二
曹操冢……五三
題李營邱雪岡棧道圖……五三
題宋人散牧圖……五四
黄鶴山樵畫……五四
大癡道人畫……五四
山中秋日即目……五四
碧雲寺用阮亭先生韻……五五
九日馬鞍山登高……五五
送客歸大梁……五六
八月十四日西山對月二首……五六
秋馬鞍山散步……五七
登極樂峰放歌……五七
金陵觀鳳凰臺詩殘碣……五八
秦淮感舊八首……五八
聞雁……五九
登馬鞍山……五九
秋日山中感興……六〇
游孔雀庵留贈庵主……六〇

山中聞落葉感賦兼懷古愍上人海印程居士頌萬一百韻……六〇
潭柘山岫雲寺……六三
聞性真上人圓寂憮然作……六四
邊警……六四
秋夜聞蛩……六四
翠微公主墓……六五
還盧師山……六五
塞上曲……六五
方正學滴血碑……六六
望北極閣……六六
西山秋望……六六
輓勞玉初先生……六七
曉發濟南……六七
東海旅夜……六七
和伯兄秋雨韻……六八
山中懷兄四首……六八
銅雀臺……六九
歸故園作……六九
題宗兄雪齋居士臨王煙客山水……七〇
壬戌九日西山懷海印上人十二首……七〇
宿上方山華嚴庵……七二
游上方山兜率寺贈青蓮上人……七二
兜率寺……七二

雲居寺上方……七三
雲居寺精舍……七三
擣衣曲……七三
傷時……七四
望諸君墓……七四
白帶山村家……七四
陳生斷甓行……七五
蘆溝河……七五
贈泰山宋乙濤道士……七五
趙州……七六
題易元吉聚猿圖……七六
燕……七六
寄兄……七六
潘惠盦卜居西山賦詩寄之……七七
再過樂毅墓……七七
避兵四首……七七
山中喜雨用韋蘇州立夏日憶
京師諸弟韻……七八
贈友……七八
夕次范陽……七九
秋望海印上人不至……七九
懷天目僧能和……七九
寺夜……八〇
漫興……八〇
山中雨霽遣懷……八〇
雲水洞禪房……八一

清上人瓢……八一
海印上人許寄竹杖不至……八一
夏戒壇夜作……八一
促織……八二
久雨……八二
十四日月憶衡陽程子……八二
投贈升吉甫方伯……八三
夏雨連夕桑乾泛漲……八三
月……八四
秋懷四首……八四
晉咸和元年磚歌……八五
月……八五

西山集卷三

題卧佛寺……八七
卧佛寺桫欏樹……八七
登玉泉山塔……八八
望……八八
碧雲寺……八八
玉泉山懷古……八九
玉泉山下曉行……八九
裂帛湖遠眺……八九
幽居……九〇
甘池……九〇
良鄉……九〇
登玉泉山……九一

塞上……九一
山中春……九一
山寺春雨懷胡琴初……九二
岫雲寺上方……九二
潭柘姚少師廟……九二
曉薄桑乾……九三
邊秋感興……九三
憶西山寄海印上人……九三
豫章龍子恕夫子書至……九四
極樂寺……九四
送春……九四
秋日過涿鹿北望大房諸山……九五
陳弢盦太傅招飲釣魚臺……九五
釣魚臺……九五
還山……九六
贈高穎民……九六
漢上林瓦歌……九六
弔江西劉遺民惠和八首……九七
癸亥秋七月西山懷海印上人……九八
暫喜……九八
漢車轄歌……九八
歸山別陳太傅……九九
九日……九九
自遣……一〇〇
桑乾河……一〇〇
輓張忠武公……一〇〇

秋山晚步……一〇一
大明湖……一〇一
拜張勤果公祠……一〇一
經華不注山……一〇二
石門……一〇二
甲子東魯道中……一〇二
北地春……一〇三
平原道中……一〇三
秋寄海印上人……一〇三
題西嶽華山碑……一〇四
早發泰安村居……一〇四
和潘子邊塞……一〇五
山雪……一〇五
山中懷海印上人……一〇五
山中晚歸……一〇六
感興……一〇六
東原極目……一〇六
山行……一〇七
贈隱者……一〇七
山夜……一〇七
入勞山寺……一〇八
甲子夏六月山雨連夕巖壑出雲坐澗橋觀瀑清風時來山翠流滴即景賦此……一〇八
西山石多橡樹作橡葉亭既成賦……一〇八

桑乾夕……一〇九
李陵……一〇九
古意……一〇九
長安道……一一〇
楚妃怨……一一〇
橡葉亭……一一〇
山中……一一〇
六月十五夜雨……一一一
桑乾漲……一一一
早秋……一一一
西山夜坐……一一二
十八日夜雨見月……一一二
桑乾河漲……一一二
石佛村觀瀑……一一三
騎龍行……一一三
贈貧士……一一四
古戍……一一四
燕歌行……一一四
行路難……一一五
晚雨……一一五
北澗觀水入桑乾時久雨泛濫
陰失經也……一一六
連雨……一一六
秋行役懷伯兄……一一六
與山人……一一七
蟋蟀曲……一一七

山寺月 …… 一一七
山居 …… 一一八
陳弢庵太傅入山來訪 …… 一一八
和叔明弟連雨韻 …… 一一八
從軍行 …… 一一九
屋漏 …… 一一九
永夜 …… 一一九
述懷 …… 一二〇
故園得嫂氏蘊香齋遺詩 …… 一二〇
西山 …… 一二〇
秋日西山望 …… 一二一
晚晴 …… 一二一
立秋 …… 一二一
登臺 …… 一二二
七月十二日北壇見月 …… 一二二
七月十四月 …… 一二二
聞長沙水漲寄海印上人 …… 一二三
秋日寄伯兄 …… 一二三
塞上馬二首 …… 一二三
塞上曲 …… 一二四
夜雨 …… 一二四
憶清河二旗村居 …… 一二五
西山秋夜 …… 一二五
悲長安 …… 一二六
秋日將出山感懷 …… 一二六
慧聚堂秋夜 …… 一二七

黄村曉行……一二七
城中寄弟……一二七
塞下曲……一二八
歸家……一二八
故園……一二八
遣興……一二九
夜坐懷海印上人……一二九
邊思……一二九
園……一三〇
秋思……一三〇
寄潘敬……一三〇
懷隱士……一三一
九日送伯兄出塞……一三一
九日園中與陳弢庵太傅朱艾卿少保羅叔韞王静盦徵君潘惠盦孝廉雅集賦詩……一三一
九日……一三二
獨立……一三二
雜感……一三二
題馬晋秋塞獲貍圖……一三三
秋水山房閒步……一三三
寄客遠行……一三三
和伯兄春日韻……一三四
山中寒食……一三四
寄胡嗣瑗……一三四
妙香亭……一三五

陳弢庵太傅重宴鹿鳴賦此以和……一三五
南山……一三五
從軍行……一三六
送客入秦……一三六
弔海印上人……一三六
秋夜重憶永光……一三七
聞海印上人示寂詩以弔之……一三七
弔海印上人……一三七
雪夜憶西山草廬……一三八
雪夜……一三八
寒日行野……一三八
曲逆孝烈將軍廟……一三九

乘桴集

出山海關……一四〇
過朝鮮永登浦……一四〇
宴日本大倉男第……一四一
望芙蓉峰……一四一
宴芝山紅葉館……一四一
芝山紅葉館席上詠妓……一四二
紅葉館雅集呈田邊先生……一四二
春日宴大倉男宅……一四二
贈田邊先生……一四三
題淺草寺……一四三
東游寄内……一四三
春日日本得家書……一四四

題田邊先生瓢……一四四
春游日本……一四四
舟中即事……一四四
登日光山望瀑……一四五
日光山道中……一四五
稻荷川……一四五
霧降瀧……一四六
中禪寺湖……一四六
東照宮……一四六
鶴田……一四六
鹿沼……一四七
日暮里……一四七
鶯谷……一四七
聞笛……一四七
客舍茶花……一四八
暮春東京所見……一四八
道院花……一四八
日本聽三浦母彈箏其子吹尺八和之……一四八
題田邊華畫……一四九
東京詠白杜鵑……一四九
潮來櫂歌六首……一四九
登千葉縣山青水白樓……一五〇
胭脂渡……一五〇
宿曉雞館……一五一
銚子泛舟……一五一

過江島辨天祠……一五一
留別日本諸公三首……一五二
大倉座上諸賢索書戲答……一五二
夜宴澄霞館觀妓……一五二
前題……一五三
觀日本妓小蓮舞……一五三
望富士山……一五三
雲湧谷……一五四
嵐溪舟行絶句……一五四
寄田邊先生二首……一五四
延歷寺……一五五
清水寺……一五五
宮島泛舟釣魚同叔明作……一五五
余歸京都道出三韓聽官妓歌羽衣化鶴之曲其聲哀促滿座掩泣雖楚岸啼猿蜀國不能過也既醉以酒愴然而賦子規……一五六
渡海寄田邊華……一五六
歸次長城……一五六
寄日本田邊碧堂……一五七
送田邊華……一五七

寒玉堂集卷上

擬古六首……一五八
塞下曲……一五九
舜祠……一五九

山居……一六〇
憶故園……一六〇
秘魔崖……一六〇
金陵懷古……一六〇
竹素園……一六一
登封臺……一六一
壺天閣……一六二
聞性真上人圓寂憮然有作……一六二
壬戌九日西山懷印上人……一六二
望諸君墓……一六二
贈泰山宋乙濤道士……一六三
題卧佛寺……一六三
平原道中……一六三
山雪……一六三
李陵……一六四
桑乾漲……一六四
山寺月……一六四
秋日寄伯兄……一六五
甲子秋日將出山感懷……一六五
渡桑乾河……一六五
遣興……一六六
九日……一六六
贈外舅吉甫制軍出關……一六六
奔行在所……一六七
憶西山未歸……一六七
城寺聞鈴憶西山草堂……一六七

寄郭穀貽……一六八
題蒼虬侍郎畫松……一六八
乙丑暮春懷湖南諸子……一六八
暮春園中花……一六九
登玉泉山塔……一六九
園夜……一六九
秋夜……一六九
贈劉腴深遺民……一七〇
乙丑立秋……一七〇
懷海印上人……一七〇
憶海印上人……一七一
秋夜……一七一
九日邁矣西風寒矣流目庭柯生意盡矣仲宣作賦嗣宗詠詩豈曰文藻惟以永志……一七一
桑乾送別……一七二
再游潭柘寺……一七二
讀海印上人白鹿寺題詩……一七二
桑乾三首……一七二
酈亭……一七三
詠大覺寺木蘭……一七三
荒郊見古冢……一七三
詠熱河魚石……一七四
柬蒼虬侍郎……一七四
詠山中紅葉扇……一七四
登北原望長城……一七五

詠史……一七五
聞鷓鴣……一七五
丙寅立秋……一七六
秋日望西山不歸……一七六
秋夜……一七六
秋夜獨坐懷劉腴深遺民……一七七
秋日……一七七
寄劉遺民……一七七
題古墓華表……一七八
憶別海印上人……一七八
前湖……一七八
寒蟬……一七九
寒螢……一七九
和叔明閒居韻……一七九
和叔明嬾韻……一八〇
和叔明漫成……一八〇
九日望邊塞……一八〇
登高示叔明弟……一八一
憶樂陵李君……一八一
夢海印上人……一八一
出山海關留別諸子……一八一
巨流河……一八二
丁卯三月與日本諸公宴芝山
紅葉館……一八二
贈日本大倉男……一八二
紅葉館雅集……一八三

日本即事……一八三
題淺草寺……一八三
春日日本同叔明弟作……一八四
鶴田……一八四
霧降瀧……一八四
利根川……一八四
泉岳寺弔四十七士墓……一八五
日暮里……一八五
東照宮……一八五
暮春東京書所見……一八五
神宮花……一八六
詠白杜鵑……一八六
利根川泛舟……一八六
與叔明弟宿曉雞館……一八七
别缣浦妓……一八七
胭脂渡……一八七
留别日本諸公……一八七
觀妓舞……一八八
夜宴澄霞館……一八八
夜宴澄霞館觀妓……一八八
前題……一八九
觀日本妓小蓮舞……一八九
過江島辨天祠……一八九
嵐峽舟行絶句……一九〇
寄田邊先生二首……一九〇
延歷寺……一九〇

清水寺 …… 一九一
渡硯海寄田邊 …… 一九一
贈妓 …… 一九一
聽朝鮮官妓歌相思羽衣曲 …… 一九一
歸次長城 …… 一九二
望秦關 …… 一九二
秋夜 …… 一九二
送田邊華 …… 一九三
津門道中 …… 一九三
天津漁父 …… 一九三
津門訪李處士放故居 …… 一九三
路旁柳 …… 一九四
丁卯嘉平重客津門求海公吟詩之地無復知者愴然而賦 …… 一九四
經津門海光寺故址 …… 一九四
過李氏舊館 …… 一九四
望六聘山弔霍原故居 …… 一九五
上方茅庵 …… 一九五
登蓮華臺絶頂 …… 一九五
十方院 …… 一九六
上方山二首 …… 一九六
峻極殿 …… 一九七
題米友仁楚山秋霽圖 …… 一九七
再題米友仁楚山秋霽圖 …… 一九七
自題秋峽片帆圖 …… 一九八
夜聞蛸啼而惡之 …… 一九八

翡翠 一九八
詠翡翠和叔明弟韻 一九八
秋園 一九九
喜雨 一九九
熱 一九九
滙通詞 二〇〇
自題畫山水 二〇〇
曉渡桑乾 二〇〇
漁浦 二〇一
過慈壽寺故址 二〇一
秋夜書懷 二〇一
秋日寄劉腆深遺民 二〇二
夜坐即景 二〇二
少年行 二〇二
春郊試馬 二〇三
自題紅葉仕女 二〇三
自題梧桐仕女 二〇三
桑乾 二〇三
燕市見故人李放遺書 二〇四
塞上送別 二〇四
題秋江晚霽圖 二〇四
九日懷陳仁先侍郎 二〇四
東道不通 二〇五
詠寒林積雪 二〇五
題落花游魚圖 二〇五
自題秋景畫 二〇五

題彊村校詞圖 …………………… 二〇六
塞上送別 …………………… 二〇六
虛峽秋聲 …………………… 二〇六
自題山水 …………………… 二〇七
紫丁香 …………………… 二〇七
水中樓影 …………………… 二〇七
題清媛夫人畫山水卷 …………………… 二〇八
黄河 …………………… 二〇八
題永興墓甎 …………………… 二〇八
題畫 …………………… 二〇九
賦得烏江懷古 …………………… 二〇九
桑乾水漲 …………………… 二〇九
漢瓦歌 …………………… 二一〇
月下聞蟬 …………………… 二一〇
桃花馬 …………………… 二一〇
題黄耑木孝子劍川圖 …………………… 二一一
昭君墓 …………………… 二一一
題醉道士圖 …………………… 二一一
題畫 …………………… 二一一
題磐石城圖 …………………… 二一二
詠吴孝女 …………………… 二一二
詠松 …………………… 二一二
爲劉胦深作松陰覓句圖 …………………… 二一三
送朱隘園歸廣州時兩粵方亂 …………………… 二一三

寒玉堂集卷下

游極樂寺 …………………… 二一四

西郊……二一四
津門道中……二一五
津門弔故人李放……二一五
天津雜詩……二一五
畫雪寄郭涵齋遺民……二一六
自題水墨達摩像……二一六
哭黄申甫……二一六
送涂子歸雲安省母……二一七
雪夜同叔明作……二一七
雪晴望月……二一七
題梁文忠公書卷……二一八
懷劉腴深遺民……二一八
贈周七游盤谷……二一八
題畫……二一九
聞百花山女道士楊清風壽百
二十歲幽棲遐舉余在西山
望見其峰巒欲往從之臨風
遥贈……二一九
題魏太和專……二二〇
緑牡丹……二二〇
輓多羅特文忠公……二二〇
落葉四首同腴深遺民作……二二一
重游延壽寺懷性真上人……二二一
贈章一山太史……二二二
腴深遺民寄海印上人遺稿
感賦……二二二

寄劉腴深歸自嶽麓 …… 二二二
題寄秣陵人 …… 二二三
聞劉腴深歸自嶽麓遥寄 …… 二二三
寄郭穀貽遺民 …… 二二三
題李香君象 …… 二二四
壬申暮春園中即事 …… 二二四
弔日本田邊華 …… 二二四
懷蜀人張爰 …… 二二四
游石經山雷音洞 …… 二二五
宿雲居寺 …… 二二五
題東峰石室 …… 二二六
芯題山道中 …… 二二六
芯題山觀金仙公主碑 …… 二二六
雲居寺望金仙公主塔 …… 二二七
望雲居寺上方 …… 二二七
壬申九日 …… 二二七
弔長沙程十髮 …… 二二八
和劉腴深學博除夕見懷韻 …… 二二八
送蒼虬出關 …… 二二八
寄懷蒼虬侍郎遼東 …… 二二九
寄章一山左丞移居貢院 …… 二二九
癸酉三月詠花寄何梅生 …… 二二九
園中暮春和清媛夫人韻 …… 二三〇
詠園中海棠 …… 二三〇
暮春宴萃錦園會風寄一山左丞 …… 二三〇

園中海棠頗盛花時游屐恒滿既已凋謝巾車杳然獨對緑陰慨然有作 …… 一三一
三月 …… 一三一
自題花蝶紈扇 …… 一三一
題董小宛病榻圖 …… 一三二
自題畫猿 …… 一三二
題畫 …… 一三二
送叔明弟出關 …… 一三二
游金山寶藏寺 …… 一三三
游東嶽廟 …… 一三三
游拈花寺贈全朗上人 …… 一三三
詠倒挂幺鳳 …… 一三四
和蒼虬侍郎夜雨不寐原韻 …… 一三四
和蒼虬侍郎題予霜園冷豔圖原韻 …… 一三四
秋日寄蒼虬 …… 一三五
題越溪春色圖 …… 一三五
自題畫鷺鷥 …… 一三五
乙亥送猶女芝歸星浦 …… 一三六
喜章一山左丞至 …… 一三六
寄伯兄星浦 …… 一三六
送客出塞 …… 一三七
寄遼東諸子 …… 一三七
清媛畫松似西山草堂前者爲補煙巒并題以詩 …… 一三七

訪故山僧不遇 …… 二三八
蛺蝶花實 …… 二三八
顛當 …… 二三八
菌 …… 二三八
蜂 …… 二三九
長生果 …… 二三九
九日寶藏寺登高作 …… 二三九
忠樟行 …… 二三九
陳散原諸公游陶然亭未果從
也分韻賦得一字 …… 二四〇
題紅葉仕女 …… 二四一
題高雲麓侍講蒼茫獨詠圖 …… 二四一
恭題孝欽太后御筆山水 …… 二四一
題端溪蓮花瀏鵜研爲清媛
夫人壽 …… 二四二
大覺寺觀花題壁 …… 二四二
白孔雀 …… 二四二
垂楊 …… 二四三
題畫 …… 二四三
題趙山木詩卷 …… 二四三
丙子秋日哭伯兄兼送弟出關 …… 二四三
憶弟 …… 二四四
丙子九日陪夏閏庵太守登
高作 …… 二四四
自題洞庭遠景圖 …… 二四四
題仙山樓閣 …… 二四五

題畫三首……二四五
題畫寄章一山左丞……二四五
題僧院幽居圖……二四六
聞腴深遺民移家入山爲作
山居圖以詩寄之……二四六
題英石峰……二四六
答章一山左丞……二四六
西山多黄櫨巖谷皆是九月
尋之已零落矣……二四七
極樂寺觀文官花送蒼虬
出關……二四七
詠極樂寺文官花……二四七
暮春極樂寺懷蒼虬遼東……二四八
題雪景畫……二四八
戰後孤城登望……二四八
西山水中望昆明湖作……二四九
秋日西山登望……二四九
登靈巖寺玉塔……二四九
訪玉泉靈巖寺……二五〇
玉泉山下泛舟作……二五〇
裂帛湖瞻望……二五一
峽雪琴音……二五一
登高懷古……二五一
遠望……二五二
畫眉山……二五二
西山秋望寄蒼虬遼東……二五二

玉泉亭上……二五二
壽張豫泉提學八十……二五三
贈豫泉提學……二五三
題畫……二五四
題古木寒禽圖……二五四
登玉泉山望卧龍岡……二五四
題墨贈章一山左丞……二五四
玉泉山下泛舟遇雨……二五五
憶西山草堂寄章一山左丞……二五五
晚晴寄章一山左丞……二五五
別弟游極樂寺……二五六
重游卧佛寺……二五六
詠桫欏樹……二五六
潭柘山岫雲寺……二五七
自題終南進士出游圖……二五七
題雪齋宗兄畫馬……二五七
題雪齋宗兄秋江釣艇扇面……二五七
夏夜……二五八
漢長陵雙瓦歌……二五八
采裂帛湖中凌霜菜寄章一山左丞……二五九
秦瓦歌……二五九
漢長毋相忘瓦歌……二五九
詠僊瓦……二六〇
東海路大荒布衣以漢永元專見貽歌以報之……二六〇

漢泰靈嘉神瓦歌……二六一
七月二十三日湖上泛舟
聞笛……二六一
秋日感興寄章一山左丞……二六一
秋日有懷雪齋宗兄……二六二
西山秋望……二六二
九日湖上泛舟……二六二
題湖邊折枝紅葉……二六三
答雪齋貽湘管筆……二六三
詠雲麓侍講家黃楊開花同
章一山左丞……二六三
題湖邊卧柳……二六四
詠湖上黃楊……二六四
詠玉泉山巖下白榆……二六四
將訪章一山左丞津門阻兵
畫梅寄贈……二六五
玉帶橋西爲乾隆時延賞齋故址
左右廊壁皆耕織圖石刻環植
以桑庚申之役鞠爲茂草齋廊
石刻無復存矣……二六五
叔明弟自儋豖臛相餉喜而
有作……二六五
余去年隱居湖上藏梨作醯泥
封月餘忽成旨酒飲之而甘
今歲復作梨多轉成醯焉瞻
依湖山感興賦此……二六六

蟚蜞……二六七
水母……二六七
珊瑚……二六七
烏賊……二六八
古矢鏃歌……二六八
瓦缾行……二六八
古缶行……二六九
小鏡……二六九
大風寺樓登望……二七〇
宿廣化寺寄章一山左丞……二七〇
孟春至廣化寺……二七〇
詠廣化寺楸……二七一
廣化寺禪院望月懷湘中劉腴深遺民……二七一
題錦菱塘……二七一
題宿廣化寺……二七二
贈陳紫綸太史……二七二
玉山上人鑿池種蓮賦詩題贈……二七二
亂雲……二七二
古劍行……二七三
高句驪永樂好大王墓甎歌……二七三
詠春信侯銅斗……二七四
詠齊甎……二七四
永晉元康鏡……二七五
楚考烈王劍歌……二七五

讀朝鮮李季皓參贊墓碑感賦……二七五
暮春客舍見月……二七六
松筠庵拜楊忠愍公祠……二七六
西山道中……二七六
秋登西山寄蒼虬……二七七
題極樂峰西壁……二七七
憶勞山舊游……二七七
洹上小鼎歌……二七八
客舍聞雨書懷……二七八
登勞山望東海……二七八
詠畫屏風……二七九
詠童子陳寶鳳……二七九
蘆根行……二七九
湖上九月霜落草衰童子陳寶鳳入林斸山薑熟而餉余爲作斸雲圖并繫以詩……二八〇

南游詩草

青溪引……二八一
游棲霞山……二八一
金陵曲……二八二
詠史……二八二
答陳病樹布衣……二八二
江行……二八三
登石子崗……二八三
雞鳴埭……二八三

桃葉渡……二八四
詠申江豫章樹寄章一山左丞
　高雲麓侍講……二八四
登燕子磯……二八四
石塘道中……二八五
題方正學書卷……二八五
避兵……二八五
小邑……二八六
夜發金陵……二八六
感遇……二八六
長江舟中……二八七
寒雨……二八七
行役……二八八
江邊暮雪……二八八
薄暮……二八八
亂後得湘中劉隱居腴深書……二八九
答越嶲曲木氏……二八九
聞警……二八九
詠神女祠薦桑落酒……二九〇
寄劉腴深學博……二九〇
悼清媛夫人詞……二九〇
渡江感逝……二九一
丁亥秋重游金陵……二九一
感興……二九一
登雨花臺……二九二
兆文毅公平定新疆歌……二九二

哀金陵……二九二
初月……二九三
金陵感懷……二九三
秦淮題壁……二九三
江南客舍夢清媛夫人……二九四
余有朱琴嘗爲清媛夫人作歸雁之曲夫人謝世琴不復彈丁亥南游過鴛鴦浦上感懷疇昔愴然而賦……二九四
江干夜泊……二九四
詠女子葉名珮彈琴……二九五
題燕子磯落星石……二九五
悼亡三首……二九五
自題畫馬……二九六
讀周梅泉詩……二九六
曉發申江寄高雲麓侍講……二九六
詠懷五首……二九七
擬輓歌辭……二九八
江南雪懷陳蒼虬侍郎……二九八
丁亥金陵除夕……二九九
除夕感懷……二九九
戊子三月游靈谷寺……二九九
靈谷寺尋梅……三〇〇
詠靈谷寺水晶花……三〇〇
送靈谷寺與善上人退居……三〇〇
宿靈谷寺樓聞雨……三〇一

攝山訪二徐題名……三〇一
登錢塘六和塔……三〇一
鳳林寺……三〇二
游雲林寺……三〇二
望錢塘……三〇二
登北高峰……三〇三
題虎跑寺道濟師禪枯木堂……三〇三
游富春江……三〇三
釣臺……三〇四
嚴陵瀨……三〇四
蘆茨溪……三〇四
七星灘……三〇四
白雲源……三〇五
登西臺懷謝皋羽……三〇五
桐廬舟中遇雨……三〇五
富陽舟中詠望夫塔……三〇五
錢塘舟中……三〇六
游天目山……三〇六
蓮華峰……三〇七
天目山訪能和上人塔……三〇八
游金華雙龍洞……三〇八
赤松觀……三〇八
卧羊山……三〇九
柯山七星巖……三〇九
登煙霞洞……三〇九
贈玉龍山李道士……三〇九

贈慧覺上人……三一〇
石門……三一〇
哀公路……三一〇
吴江行……三一一
會稽東湖……三一一
平湖望月傷王東培布衣……三一二
中秋無月……三一二
詠虎跑寺小兒王美泉……三一二
觀潮行……三一三
秋雪庵……三一三
十月交蘆庵泛舟……三一三
書憤……三一四
題畸園詩集……三一四
江行……三一四
歲暮江南未歸……三一五
西湖暮雪寄蒼虬侍郎……三一五
寒玉堂詩集乙編
西山集
塞下曲……三一九
壺天閣……三一九
望諸君墓……三二〇
渡桑乾河……三二〇
贈外舅吉甫總督……三二〇
甲子秋寄伯兄……三二〇
寄郭穀貽……三二一
登玉泉山浮圖……三二一

秋夜彈琴……三二一
懷海印上人……三二一
和叔明弟閒居韻……三二二
乙丑九日……三二二
丁卯三月講經日本與諸公
宴芝山紅葉館……三二三
雨中紅葉館雅集……三二三
霧降瀧……三二三
利根川泛舟……三二四
澄霞館觀妓舞……三二四
嵐峽行舟……三二四
津門道中……三二五
秋夜書懷……三二五
園夜……三二五
東道不通……三二六
雲居寺東峰觀唐金仙公
主碑……三二六
送蒼虬侍郎出關……三二六
游拈花寺訪全朗退居……三二七
自題畫鷺……三二七
乙亥送猶女芝歸星浦……三二七
白孔雀……三二八
丙子秋有伯兄之喪兼送
弟出關……三二八
戰後孤城登望……三二九
登玉泉山靈巖寺浮圖……三二九

峽雪琴音……………………三二九
寫古木寒禽寄章一山左丞……三三〇
題雪齋從兄秋江釣艇圖……三三〇
夏夜……………………三三〇
漢長陵瓦歌……………………三三〇
漢長毋相忘瓦歌……………………三三一
壬午秋懷雪齋從兄……………………三三二
古劍行……………………三三二
游極樂寺國花堂……………………三三二
采湖中凌霜菜寄章一山
左丞……………………三三三
詠高雲麓侍講齋中黄楊開花
同一山章左丞作……………………三三三
題湖岸卧柳……………………三三四
宿廣化寺……………………三三四
齊甎歌……………………三三四
松筠庵拜楊忠愍公祠……三三五
送海印上人歸潙山……三三五
訪曇寬上人……………………三三五
題燉煌石室天女供佛像……三三六

南游集卷上

登燕子磯……………………三三七
石塘道中……………………三三七
小邑……………………三三八
丙戌八月長江舟中……三三八
寒雨……………………三三八

兆文毅公平定新疆歌……三三九
戊子三月宿靈谷寺樓聞雨……三三九
攝山訪二徐題名……三三九
登南高峰……三四〇
游富春江……三四〇
蘆茨溪……三四〇
登西臺懷謝皋羽……三四一
桐廬舟中遇雨……三四一
游天目山……三四一
天目山訪能和上人塔……三四二
游金華雙龍洞……三四二
卧羊山……三四三
柯山七星巖……三四三
西溪秋雪庵……三四三
江行……三四四
歲暮江南……三四四
己丑三月詠超山唐梅……三四五
湖上連雨懷章一山左丞……三四五
自書詩卷寄高雲麓侍講……三四五
江夜……三四六
蕭山道中……三四六
西湖春日……三四六
題錢塘渡……三四七
游虎跑寺……三四七
詠虎跑泉……三四七
過陳蒼虬侍郎故莊……三四八

渡沈家門……三四八
宿定海縣……三四八
登舟山……三四九
九日登定海縣奎光閣……三四九
憶昔……三四九
高山番……三五〇
海門遠望……三五〇
無題……三五〇
哀嫮生……三五一
庚寅烏來山中……三五一
燕……三五一
自題畫雁……三五二
贈廣欽上人……三五二
憶陳弢庵太傅……三五二
憶陳蒼虬侍郎……三五三
憶黎露園右丞……三五三
憶章一山左丞……三五三
憶温毅夫御史……三五四
題元光寺石潭……三五四
辛卯中秋……三五四
旅夜……三五五
九日登圓山……三五五
九日……三五五
八堵……三五六
重游理安寺……三五六
過林少宰故居……三五六

壬辰游汐沚静修庵……三五七
銀河洞題壁……三五七
帚生菌……三五七
感遇九首……三五八
安通潭……三六〇
重游仙人洞……三六一
甲午暮春山莊……三六一
暮春游林氏故園……三六一
春游……三六二
四月登樓望風雨……三六二
島夜……三六二
湯谷……三六二
宿日月潭涵碧樓……三六三
草屯道中……三六三
安溪水漲……三六三
直潭峽中石……三六三
題回紇引駝圖……三六四
乙未三月朝鮮講席贈李博士……三六四
朝鮮行宫……三六四
昌德宫……三六五
昌慶苑……三六五
題慶州佛國寺前古松……三六六
觀朝鮮故伎歌春宫曲……三六六
鮑石亭……三六六
憶天興寺……三六七

題日本久遠寺……………………三六七
清水寺……………………………三六七
南禪寺……………………………三六八
題中宮寺…………………………三六八
石廊崎……………………………三六八
丙申春登宇治川黿石樓…………三六九
戰後游法隆寺……………………三六九
游後樂園…………………………三六九
江之島辨天女神祠………………三七〇
江之島石洞題壁…………………三七〇
雪夜詠梅…………………………三七〇
重游江之島題辨天女神祠………三七一
春日詠湖上辛夷…………………三七一
巫山高……………………………三七一
山行………………………………三七二
詠懷三首…………………………三七二
古意………………………………三七三
吟松閣對雨………………………三七三
題畫馬……………………………三七三
宿山館……………………………三七四
宿金瓜石客館……………………三七四
野望………………………………三七四
游太平山…………………………三七五
太平山觀伐木者…………………三七五
丁酉九日登高……………………三七五
登金瓜石南峰……………………三七六

南游集卷下

閒居……三八三
宜蘭道中……三八三
題臨倪雲林畫并敩其體……三八四
懷一妹漠北……三八四
戊戌夏日題唐人洗馬圖……三八四
浮海至暹羅……三八五
曼谷……三八五
戊戌秋日感興……三八六
己亥中秋……三八六
憶戒臺寺古松……三八六
荒沼……三八七
秋夜……三八七
題鳳皇閣……三八七
八月感懷……三八八
碧潭……三八八
憶超山梅……三八八
萬佛庵……三八九
水簾洞……三八九
送伍俶儻講學日本……三八九
畫戒臺寺慧聚堂前古松……三八九
聽蛙……三九〇
題紈扇仕女……三九〇
題畫……三九〇
寄法空上人……三九〇
秋月……三九一

登龜山……三九一
過林氏園……三九一
游山詩九首……三九二
秀姑巒……三九四
憶舍弟德……三九四
贈外弟子津……三九五
詠水邊古樹……三九五
詠山寺桂……三九五
大屯山觀瀑……三九六
萵苣……三九六
芥藍……三九七
野望……三九七
詠蘭……三九七
詠梅……三九七
秋柳……三九八
題從弟佺畫鞍馬……三九八
秦衛屯瓦歌……三九八
指南宫……三九九
庚子八月碧潭泛舟游海會寺……三九九
秋望……三九九
庚子中秋無月……四〇〇
夜坐……四〇〇
詠端溪石硯……四〇〇
詠送嫁古鏡……四〇一
大貝湖……四〇一

題瘦馬圖……四〇一
題畫梅雜詩……四〇二
題畫竹……四〇三
題畫菊……四〇三
辛丑春游湯泉山望鳳皇閣山館……四〇四
詠雁字……四〇四
重游金瓜石……四〇四
暮春宿金瓜石山館……四〇五
游月眉山靈泉寺……四〇五
靈泉寺題壁……四〇五
鳳凰樹……四〇六
猿……四〇六
辛丑十月贈金滋軒觀察……四〇六
題網溪草堂……四〇七
澎湖……四〇七
宿鳳凰閣……四〇七
夏日宿美華閣……四〇八
夏日登碧潭蓬萊閣……四〇八
題唐人畫馬……四〇九
詠葦上鼠……四〇九
題畫竹葉伯勞……四〇九
碧潭遇雨……四〇九
登大本山善光寺訪法空上人……四一〇
壬寅春日游大屯山……四一〇

泛舟青潭登龜山……四一〇
題畫水仙……四一一
題博浪椎秦圖……四一一
題畫鴛鴦……四一一
青草湖武侯廟……四一二
題秋塘圖……四一二
題雙溪天妃祠……四一二
過林氏故園……四一二
經古墓……四一三
野望……四一三
壬寅秋懷駱處士……四一三
鳳凰閣前小柳……四一四
秋興……四一四
大溪……四一四
重游靈泉寺……四一五
夏日登龜山……四一五
渡淡江……四一五
秋日感懷……四一六
悼廣陵陳含光明經……四一六
憶西山松……四一六
壬寅八月白露節宿北投
鳳皇閣……四一七
五峰山……四一七
半瓢上人畫石歌……四一七
聞如净上人歸五指山……四一八
暮秋感興……四一八

壬寅七夕悼羅夫人……四一八
水落過巖氏網溪草堂……四一九
題畫四首……四一九
題山水畫……四二〇
壬寅中秋……四二〇
題山水畫絶句……四二一
題鳳凰新館……四二一
題畫……四二二
題畫松……四二二
題靈猿奉母圖……四二二
登新安縣青山寺……四二三
沙田望夫山……四二三
詠猿……四二三
游大嶼山……四二四
登大嶼山寶蓮寺……四二四
望大嶼山禪院……四二四
鳳皇嶺道中……四二五
題薛生小倉夢尋圖……四二五
游流浮山赤柱村觀漁者……四二五
癸卯春日湯谷閒步……四二六
夏游野柳……四二六

寒玉堂詩集丙編

補　遺

安隱寺宋梅……四三二
連雨……四三二
采石磯登太白酒樓……四三三

舟山望遠島……四三三
卜宅……四三三
海月……四三四
臺南道中……四三四
庚寅海上中秋……四三四
觀海……四三五
詠曇花……四三五
秋望……四三五
訪廣欽上人……四三六
過林氏廢園……四三六
九日海上……四三六
漫興……四三七
題元光寺石潭……四三七
夏日酒家……四三七
花蓮道中……四三八
訪張山人客館……四三八
贈行脚僧……四三八
即目……四三九
七夕悼亡……四三九
邑人楊仲佐山館菊開招飲……四三九
陳生夫婦書齋……四四〇
題駱處士幽居……四四〇
官柳……四四〇
銀河洞……四四一
壬辰九日竹亭……四四一
春柳……四四一

鳳凰閣 …… 四四二
登樓 …… 四四二
寄伍俶儻日本 …… 四四二
詠蘭 …… 四四三
重游朝鮮漢城感事 …… 四四三
漢城文廟瞻禮 …… 四四三
觀柴車渡鐵鎖橋 …… 四四四
湯泉古松歌 …… 四四四
江南遇歌者 …… 四四五
海上館聞歌 …… 四四五
懷日本詩人田邊華 …… 四四五
重游日本東京經昔日送別地 …… 四四六
信宿吟松閣雨中漫興四首 …… 四四六
題畫魚 …… 四四六
詠沼上白杜鵑 …… 四四七
春日效回文體 …… 四四七
憶湘中劉腴深學博 …… 四四七
自題畫 …… 四四八
寄駱處士 …… 四四八
題吴浣蕙閨媛畫 …… 四四八
邊塞效回文體 …… 四四九
觀海 …… 四四九
題戴勝 …… 四四九
江亭 …… 四五〇
湯谷山館 …… 四五〇

聞高雲麓侍講卒……四五〇
立秋山中待雨……四五一
輓廣陵陳含光明經……四五一
詠盤中靈壁石……四五一
白孔雀……四五二

凝碧餘音詞

前集

浣溪沙　西山秋望……四五五
望江南　辛酉秋日戒臺寺作……四五五
桃源憶故人　山中懷海印上人……四五六
浣溪沙　新秋……四五六
琴調相思引　春日山中作……四五六
清平樂　山中苦雨……四五七
浣溪沙　秋思……四五七
清平樂　山中秋夜……四五七
浣溪沙　夏夜……四五八
清平樂　寄海印上人……四五八
秋波媚　乙丑春日，以下甲子出山後作……四五八
清平樂　惜花飛……四五九
北新水令　題畫……四五九
望海朝　題靈光寺塔，殘磚塔建於遼咸雍間，燬於庚子之亂……四五九
望江南　題秋景仕女……四六〇
浪淘沙　無題……四六〇

慶春澤　暮春西隄至極樂寺作 …… 四六〇
誤佳期　清媛夫人歸寧天津 …… 四六一
荆州亭　秋日登土城，古薊州遺址，亦曰薊邱 …… 四六一
浣溪沙　和李生琴思圖 …… 四六一
臨江仙　芍藥 …… 四六二
醉花陰　秋夜懷湘中劉映深遺民 …… 四六二
菩薩蠻　惜春 …… 四六二
鷓鴣天　癸酉九日登高和周七韻 …… 四六三
百尺樓第一體　趣園雨集 …… 四六三
減字木蘭花　送弟出關 …… 四六三
遐方怨　懷弟未歸 …… 四六四
阮郎歸　寄弟遼東 …… 四六四
滿江紅　春恨 …… 四六四
臨江仙　暮春 …… 四六五
點絳唇　春晚 …… 四六五
御階行　送春 …… 四六五
水龍吟 …… 四六六
玉樓春　春盡高臺晚眺 …… 四六六
點絳唇　春日極樂寺尋花 …… 四六七
踏莎行　春盡西郊所見 …… 四六七
青玉案　甲戌四月，東園櫻桃已熟。披尋蔓草零落盡矣，悵然有作 …… 四六七
浣溪沙　湖中集香居小飲 …… 四六八
一籮金　同周七詠廢苑蟲聲 …… 四六八

浣沙溪　題畫……………………四六八
留春令　暮春……………………四六九
蝶戀花　暮春即事………………四六九
擣練子　題清媛夫人花下小像…四六九
清平樂　懷章一出左丞…………四七〇
月下笛　殘春極樂寺題壁………四七〇
蝶戀花　己巳暮春夜雨…………四七〇
虞美人　和章式之韻……………四七一
虞美人　送章一山左丞南歸……四七一
踏莎行　前詞未盡復寄…………四七一
御街行　寄劉腴深湘中…………四七二
八聲甘州　秋日懷蒼虬侍郎……四七二
念奴嬌　乙亥暮秋陶然亭題壁…四七三
殢人嬌　丙子早春………………四七三
菩薩蠻　暮春閒詠………………四七四
訴衷情　寄蒼虬…………………四七四
柳梢青　浄業湖濱望西涯故址…四七四
更漏子　無題……………………四七五
石州慢　詠窗前杏花……………四七五
金明池　春日觀花………………四七五
瑞鷓鴣　春思……………………四七六
菩薩蠻　惜春……………………四七六
千秋歲　西涯尋春………………四七七
洞天春　春游……………………四七七

桃源憶故人　詠花同清媛夫人 …… 四七七
綺羅香　暮春暘臺山大覺寺題壁 …… 四七八
河滿子　丁丑暮春送蒼虬出關 …… 四七八
相思兒令　園中暮春 …… 四七九
喜遷鶯　城西湖上感事 …… 四七九
戀情深　無題 …… 四七九
北新水令　題畫 …… 四八〇
點絳唇　詠陳姓兒 …… 四八〇
點絳唇　昆明湖作 …… 四八〇
玉樓春　己卯秋日卧佛寺作 …… 四八一
天仙子　昆明湖上 …… 四八一
水龍吟　感秋 …… 四八一
踏莎行　昆明湖 …… 四八二
滴滴金　秋懷 …… 四八二
念奴嬌　重游金山寶藏寺 …… 四八二
巫山一片雲　詠昆明湖秋荷 …… 四八三
唐多令　玉泉山下泛舟 …… 四八三
青玉案　昆明湖作 …… 四八四
漁家傲　頤和園瞻望 …… 四八四
倦尋芳　秋日登高懷古 …… 四八四
雪梅香　訪玉泉山吕公洞，傳聞吕仙棲鶴於此 …… 四八五
相思兒令　晚晴 …… 四八五
玉聯環　感事 …… 四八六

拂霓旌　昆明湖月夜書懷……四八六
探春令　擬春宮……四八六
漁家傲　湖山秋望……四八七
綺羅香　登高……四八七
八聲甘州　秋日懷西山草堂……四八八
鳳銜盃　詠羽陽千歲瓦……四八八
踏莎行　詠河西柳……四八九

後集

秋波媚　乙丑春日……四九〇
北新水令　題畫……四九〇
誤佳期　清媛夫人歸寧天津……四九一
荆州亭　秋日登土城……四九一
浣溪沙　和李生琴思圖……四九一
臨江仙……四九二
醉花陰　秋夜懷湘中劉腴深遺民……四九二
菩薩蠻　惜春……四九二
鷓鴣天　癸酉九日登高和周七韻……四九三
減字木蘭花　送弟出關……四九三
遐方怨　懷弟未歸……四九三
御街行　送春……四九四
水龍吟　暮春感懷寄一山左丞……四九四
玉樓春　晚眺……四九五
點絳唇　極樂寺……四九五
踏莎行　黑龍潭……四九五

浣溪沙　湖干集香居小飲……四九六
蝶戀花　乙亥暮春夜雨初晴……四九六
虞美人　送章一山左丞南歸……四九六
踏莎行　前詞未盡復寄……四九七
御街行　寄劉腴深湘中……四九七
念奴嬌　乙亥暮秋陶然亭題壁……四九七
訴衷情　寄蒼虬侍郎……四九八
柳梢青　净業湖望西涯故居……四九八
金明池　春日觀花……四九八
洞天春　春游園中……四九九
桃源憶故人　春曉……四九九
綺羅香　暮春游暘臺山大覺寺……五〇〇
河滿子　丁丑暮春送蒼虬出關……五〇〇
玉樓春　西山卧佛寺行宫……五〇一
踏莎行　昆明湖瞻望……五〇一
巫山一片雲　昆明湖秋荷……五〇一
唐多令　玉泉山下泛舟……五〇二
青玉案　湖上送春……五〇二
漁家傲　頤和園瞻望……五〇二
拂霓旌　昆明湖月夜……五〇三
踏莎行　詠河西柳……五〇三
八聲甘州　秋日懷蒼虬侍郎……五〇四
菩薩蠻　暮春閒詠……五〇四
踏莎美人　金陵懷古……五〇四

好女兒　懷歸……五〇五
點絳唇　别情……五〇五
踏莎美人　乙未中秋海上……五〇六
浪淘沙　夜……五〇六
鷓鴣天　春恨……五〇六
踏莎美人　贈别……五〇七
江城子　有憶……五〇七
清平樂　憶湖山……五〇七
思越人　七夕……五〇八
枕屏兒　感舊……五〇八
梅弄影　日月潭……五〇八
三登樂　秋望……五〇九
浪淘沙　雪夜觀梅……五〇九
散天花　春怨……五〇九
菩薩蠻　海上……五一〇
減字木蘭花　春懷……五一〇
踏莎美人　書懷……五一〇
臨江山　春游……五一一
清平樂　憶故園……五一一
蝶戀花　望海……五一一
點絳唇　暹羅客舍……五一二
清平樂　前題……五一二
鵲橋仙　辛丑七夕悼羅夫人作……五一二
瑞鷓鴣　月夜泛舟……五一三

踏莎美人 聞歌 …… 五一三
清平樂 青門渡 …… 五一三
北新水令 探梅 …… 五一四
浪淘沙 秋懷 …… 五一四
西江月 春日 …… 五一四

寒玉堂文集

卷 上

賦 …… 五一七
霖雨賦 …… 五一七
浮海賦 …… 五一八
蝸牛賦 …… 五一九
水薑花賦 …… 五二〇
蟻鬭賦 …… 五二一
落花賦 …… 五二一
屏風賦 …… 五二二
秋懷賦 …… 五二三
思古賦 …… 五二四
半月賦 …… 五二五
聞歌賦 …… 五二六
海中龜山賦 …… 五二七
鼫鼠賦 …… 五二七
海蚵巢石賦 …… 五二八
五色魚賦 …… 五二八
蝟蜋賦 …… 五二九
浮雲賦 …… 五三〇
卧龍松賦 …… 五三〇

海石賦……五三一
碑……五三二
新竹重建文廟碑……五三二
淡水關渡宫天后碑……五三三
鯉魚山呂仙祠碑……五三五
皇清誥授光禄大夫一等男山西巡撫陸文烈公神道碑銘……五三六
皇清誥授光禄大夫太子太保大學士前陜甘總督多羅特文忠公神道碑銘……五三九
北海唐三藏玄奘法師靈塔碑銘……五四四
日月潭崇聖館碑……五四六
論……五四七
畫論……五四七
禮論……五四九
族黨論……五五一
論吴鳳事……五五二
原物……五五三
書贊……五五四
畫贊……五五五
壽星贊……五五五
漢關侯畫像贊……五五六
篇……五五六
臣篇……五五六
易訓篇……五五九

山海關銘……五六一
采石磯太白酒樓銘……五六三
旅銘……五六四
日本江之島辨天女神祠銘……五六五
石門銘……五六六
七美島銘……五六七
霧社山銘……五六八
記……五六八
東園記……五六八
陳所翁畫龍記……五六九
夢國記……五七〇
驃騎馬記……五七一
游天目山記……五七二
游金華洞記……五七三
太魯閣記……五七四

卷下

序……五七六
淶水毓清臣明經詩集序……五七六
陳甘簃文集序……五七七
靈光集序……五七八
毛詩經證序……五八〇
寒玉堂千字文序……五八一
閩媛吴語亭詩序……五八二
歷代竹譜序……五八二
書……五八三
與陳蒼虬御史書……五八三

擬虞卿辭趙王書……五八四
頌……五八五
桐廬張中丞廟頌……五八五
墓志銘……五八六
皇清誥授通議大夫内閣侍讀
龍端惠公墓志銘……五八六
李琢齋先生墓志銘……五八九
清長沙訓導君墓志銘……五九〇
皇清一品夫人多羅特氏
墓志銘……五九一
傳……五九三
何富陞傳……五九三
簡忠潔先生傳……五九五
伯勞傳……五九七
文……五九八
千字文……五九八
責墨文……六〇一
隋殘石文……六〇一
祭竈文……六〇二
外舅多羅特文忠公誄……六〇三
龍山温御史誄……六〇四
陳御史曾壽誄……六〇四
陳含光明經誄……六〇五
雜文……六〇六
讀荊軻傳……六〇六
沈氏宫燈啟……六〇六

釋貝……六〇七
募起普陀山慧濟寺分院疏……六〇九
書時疾……六一〇

寒玉堂畫論

寒玉堂畫論序……六一三
論山……六一六
論水……六二〇
論樹……六二一
論草……六二五
論苔……六二五
論雲……六二六
論煙……六二七
論虹……六二七
論花卉……六二七
論鳥……六二九
論馬……六三〇
論猿……六三一
論人物……六三二
論服飾……六三五
論器玩……六四三
論景物……六四四
論樓臺……六四五
論屋宇……六四六
論舟……六四七
論橋……六四八
論用筆……六四九

論傅色……六五一
寒玉堂論書畫
論書……六六一
論畫……六六六
華林雲葉
華林雲葉序……六七五
卷上
記事……六七六
記詁……七〇一
記詩……七一〇
記游……七三二
記書畫……七四四
卷下
記金石……七四九
記草木……七五九
記鳥獸蟲魚……七七一
記藻……七八六
寒玉堂岔曲
寒玉堂岔曲序……八二三
改寫曹植洛神賦……八二四
歷史……八二四
雨過數峰青……八二五
少年行……八二六
春閨怨一……八二六
春閨怨二……八二六

四時閨怨……八二七
春……八二七
夏……八二七
秋……八二七
冬……八二八
送春……八二八
秋夜……八二九
亂雲斜日……八二九
集唐詩……八二九
集宋詞……八三〇
壽詞……八三〇
菜根長……八三一

寒玉堂聯文

自序……八三五
寒玉堂聯文 五言……八三六
寒玉堂聯文 七言……八四四

附錄

附録一　詩詞集序跋彙編……八七三
西山集序……八七三
集海印上人詩題西山集……八七五
乘桴集序……八七六
凝碧餘音跋……八七六
寒玉堂詩集序……八七七
附録二　溥心畬先生自述……八七九
附録三　溥心畬先生學歷

自述……八八六
附録四　溥心畬先生事略……八八九
附録五　溥心畬先生墓表……八九一
附録六　相關評論資料選輯……八九四
附録七　溥心畬年譜簡編……九一八

寒玉堂詩集

寒玉堂詩集甲編

西山集卷一

小閣

小閣多山雨，秋來萬木陰。天風催短景，遺響入高林。已識飄零感，彌傷遲暮心。柴門猶不掩，涼意此時深。

古意

中庭皎秋月，澄潭千尺清。感此發遥思，念子結深情。悠悠寒夜長，衆籟寂不鳴。孤坐對尊酒，未醉心已傾。

秋蘭亦有秀，芙蓉亦有芳。二者易凋謝，感之成永傷。夜起彈素琴，未彈心已忘。開幃見明月，萬里懸清光。

戒臺寺

杖錫安禪地，香煙戀講樓。孤雲半溪水，冷葉四山秋。鳥影臨巖下，泉聲入澗流。何人抱幽獨，來伴遠公游。

送別

西風正摇落，君子欲何歸。相望送行處，其如暮雪飛。江山餘劫夢，村樹帶斜暉。況對秋山晚，鐘聲入翠微。

邊興

聞説將軍夜度遼，分弓玉帳破天驕。平原有客還驅馬，衰草無人更射鵰。榆塞寒雲連地盡，薊門秋水接天遥。年來拜將無消息，寶劍貂裘久寂寥。

擬古

芃芃窗下蘭，鬱鬱園中葵。光色春夏茂，枝葉何葳蕤。白露下衆草，盛衰隨時移。來日不可見，去日曷可追。草木懷貞心，安知有榮萎。執謝彼之子，言采將何爲。

自我抱幽寂，足不踐市城。今聞故園木，萋萋不復榮。三徑亦已荒，深草没前楹。人生貴適志，胡爲愛榮名。願言盡尊酒，常醉無時醒。

塞下曲

故壘荒煙没戍樓，黄花開罷戰場秋。桑乾兩岸沙如雪，落日邊風牧紫騮。

羌笛無聲雪滿鞍，塞雲邊草路漫漫。西風吹盡蘇卿節，一落梅花萬古寒。

戍樓煙斷草萋萋，萬里寒冰裂馬蹄。聞道漢家開戰壘，邊沙如雪玉關西。

春望

遠岸桃花水，春來處處新。傷心畫橋柳，不見畫橋人。

野望

王氣沉河朔，斜陽照古州。中原多戰壘，衰草暮生愁。

返照

返照川上寒，秋風發洲渚。復見采芋人，茫茫隔煙語。

黄龍洞

澗壑生夕光，亂山青不已。石室寂無人，空花落寒水。
蒼蒼復落日，遥下晚風林。滉漾連溪色，嵐光何處深。

白鳥無盡時，歸飛遠天没。返照入空山，流光互相越。

滙波樓滙南北門。

獨泛汀洲采白蘋，袷衣歸帶海東塵。參差臺榭多秋草，亂後題詩淚滿巾。

覺漚亭大明湖中。

名士無人在，峗然獨此亭。却愁千嶂雨，遮斷數峰青。遺廟誰澆酒，空堂罷講經。湖干幾株柳，秋盡怨凋零。

滙泉寺

文昌舊閣今爲寺，火絶煙沉不計年。他日若尋舟泊處，斷蟬疏柳夕陽邊。

和海印上人白鹿寺詩韻

斷水澄秋霽，疏林見鳥過。霜連黄葉下，雲入亂山多。臨眺悲陳跡，躊躕起浩歌。楚江逢歲晚，白髮近如何。

留贈海印上人

楚客怨香草，遠懷江渚春。悠悠隔湘水，却憶湘中人。浮雲有時盡，行人殊未已。木葉零陵秋，天寒楚江水。

九水庵

石室幽棲在，崔嵬不易尋。殘煙低去鳥，斜照散空林。不盡滄浪水，安知天地心。竹巖歸路晚，清籟隔雲深。

千佛山歷山也。

言入招提徑，蒼然衆壑分。松窗寒向水，石磴晝連雲。采藥隨稚子，鳴琴見隱君。山空猿鶴寂，塵世正紛紛。

舜祠在歷山。

濟南城下明湖水，取薦重華廟裏神。寂寞空祠叢竹淚，九嶷深處望何人。

庚申秋九月海印上人入山見訪

西風吹落日，涼意散幽林。木葉無邊下，溪雲相與深。青山誰共隱，白髮爾何心。上人年六十七，余二十五。況復傷離亂，低徊動苦吟。

海印上人和詩

序曰：余自乙卯還山，忽忽六年。人世滄桑，不可言說。庚申九月，杖錫來京。重見故人，不禁悽愴。敬和此詩，藉攄蘊結。

自與西山別，長懷祇樹林。藤瓢雙鬢老，風露一燈深。劫濁悲吾道，塵沙累汝心。六年無限意，趺坐起哀吟。

九日與海印上人登西山懷湘中遺民

江山悲浩劫，佳節此登臨。與子一吟眺，其如湘水深。渚亭歸晚棹，巖屋散幽簪。何處懷高隱，蒼梧斑竹林。

論詩

楚酒芳清湛玉尊，長江才調更無論。蕭蕭古木斜陽影，短鬢西風過薊門。海印上人。

北堂玉版界烏絲，剩水殘山變楚辭。故國飄零無限恨，渚亭楓葉幔亭詩。袁緒欽户部。

懷程居士子大

采薇思舊隱，言返鹿門山。苦鬢愁中白，瘦牀世外閒。扁舟隨月度，孤杖帶雲還。日暮陶潛宅，蕭然獨閉關。

秋日與海印上人閒步山徑時巖壑澄景木葉變衰

巖陰涵暝色，寒月素波流。鳥下蒼山晚，僧歸赭葉秋。微雲生斷壁，殘照上危樓。況復聞邊雁，悲涼警客愁。

秋夜寄程十髮

沙平水涸磧雲沉，永夜悲聲接塞深。半榻月明千嶂雪，五更霜落萬家砧。空亭芳草幽人夢，冷塢梅花處士琴。極目瀟湘無限意，楚江楓老急猿吟。

邊關曲

君不見受降城外邊草黃，崩壘殘營至今在。胡沙西望絶人煙，陵谷千年常不改。少小從軍古戍間，鳴鞘伐鼓下樓蘭。胡笳彈月胡兒泣，劍戟攢霜大將還。天圍朔漠低平野，明駝夜度陰山下。虎符西向破奇兵，直使單于來貢馬。氊幙貂裘使者車，塞垣風雪壓穹廬。上林不射君王雁，萬里空傳絶塞書。

送海印上人出山歸沅江也。

西風吹薊水，木葉下高林。坐聽空山雨，彌傷送客心。竹聲清夜漏，松夢繞秋琴。歎息歸林下，千峰雲正深。

西山感舊

書院九人觴韌叟，黃花濁酒溢方尊。攜琴隨意尋幽客，風雪蕭蕭獨閉門。勞玉初先生，號韌叟。

孤臣抗疏别京師，東海家山理舊詩。杖屐歸來秋色晚，空庭落葉已多時。勞玉初先生，宣統中上書言事。後隱東海勞山，著《歸來吟》。

香界亭荒巖樹迷，靈光寺裏草萋萋。詩人簪鬢垂垂老，斷瓦零煙覓舊題。陳弢庵太傅《重游靈光寺詩》：「破廟傷心公主塔，壞牆掩淚偶齋詩。」偶齋，寶竹坡御史也。今三十年同游，在者唯太傅耳。

遺民老去著黃冠，禮斗焚香百不干。夜半石牀清夢覺，空庭翔鶴碧霄寒。李瑞清太史，號梅庵，滄桑後賣書海上，束髮佯狂，號清道人。

裙屐飄然舊杖藜，薜蘿深處問幽棲。廬陵詩稿分明在，冷月哀猿何處啼。龍子恕夫子，永新人。著者有《歷代沿革圖考》《友琴山房文集》行世。

江南江北多春草，一去扁舟不復還。見説鏡溪風日好，采薇終傍首陽山。歐陽鏡溪夫子，分宜人。辛亥歸山，賦詩曰：「休言報國酬微願，聊許還山理舊書。」志可見矣。

賣畫湖干老鬢絲，抱琴歸去杖藜遲。布衣祇有姚文藻，獨寫江山劫後詩。文藻，字賦秋，江南人。畫師倪高士。

舊聞持節唱刀環，今日飄零獨過關。都護綈袍無限意，北庭明月照生還。吉甫制軍，辛亥帥師克乾州而變作，戊午居東海，著《東海吟》。

水盡孤村客過稀，薜蘿棲處久忘機。樂陵殘雪津亭夢，冷月梅花照布衣。李文暉，布衣，號鶴癯老人，工詩，著《可齋吟稿》。

秋水衡門槲葉乾，萊衣終日奉親歡。松邊斷碣題詩在，冷月娟娟照戒壇。戴蘭陔，拔貢，潞河人。事母孝。

遺詩珍重別王孫，氈衲飄零滿淚痕。他日相尋棲隱處，斷橋殘雪舊柴門。釋永光，字海印，楚人。工詩書。

方丈鳴琴夜正幽，經幡低壓篆煙浮。泠泠斷塔千峰月，策策空潭獨樹秋。性真上人，善琴，住延壽寺，琴銘曰：「研香有清音。」

書畫飄零舊半瓢，冷窗殘葉帶雲燒。巖前石室隨緣住，詩卷琴囊久寂寥。僧月舟，工畫，奇詭似石濤。

講堂傳偈道場開，老衲無心策蹇來。今夕文殊共禪榻，亂山風雨坐徘徊。凌雲上人，住錫極樂寺。寄以詩曰：「一爐黃葉閑燒火，半榻孤雲自捲單。」想見其枯寂矣。

送別

江上愁心白髮生，江樓日日送君情。知君愁聽空山雨，況向空山深處行。

夢得書寄草堂深寄海印上人卒成之

高風動北户，寂寂夜横琴。況聽峰前雨，彌傷江上心。詩成山鬼泣，書寄草堂深。落葉飛何晚，清霜已滿林。

戒壇寺碑院

危牆上薜蘿，寒煙生廢圃。不見故山僧，荒碑泣殘雨。

寄海印上人

南望湘潭水，蕭蕭不見君。夢隨衡浦月，書帶洞庭雲。河嶽終無改，離愁不可聞。幽棲驚歲晚，橡葉落紛紛。

登高

萬方鼙鼓變滄桑，此日登臨獨舉觴。廢苑霜明衰草合，諸陵秋老暮煙蒼。古人寥落餘誰在，名士登高易自傷。林下棲遲驚歲晚，故園黃菊背人香。

戒臺寺圖公祠感興

北流無限桑乾水，萬古興亡在此中。御史祠邊悲往事，空山禾黍起秋風。

山居

柴門對遠山，秋雲淡相疊。幽禽下斷巖，空庭踏黃葉。

試望

試望平原草，萋萋出燒痕。孤雲落前浦，秋色滿衡門。亂水斜陽墹，寒煙老樹村。登高風景異，惆悵立黃昏。

中秋有懷

寂寂空山夜，秋高白露團。自然生别恨，不必起長歎。琴韻遺清響，松風落古寒。棲棲荊楚客，頭白夢長安。

送僧能和歸天目

杖錫隨秋月，言歸西浙山。關河戎馬競，天地一僧還。幽意原無住，高風不可攀。相逢在何日，空黯別時顔。

漫興二首

苑樹凌煙稻葉秋，故宮摇落水東流。薊門歸鳥千山暝，王粲傷心獨倚樓。

亦知古戍無人返，況復沙場萬里遥。邊雁一聲黄葉下，憫忠祠外雨瀟瀟。

感舊

層臺突兀壓三河，葉下桑乾水不波。莫向樂游原上望，五陵王氣已無多。

廢寺

入門尋石徑，秋色正悲涼。破竈餘殘葉，空鑪斷冷香。荆榛横鳥道，苔蘚閉僧房。無限凋零感，臨風送夕陽。

春燕

零雨落花尋舊壘，暮春空見汝歸來。憑君莫問烏衣巷，一片殘陽照古苔。

春柳

宿雨平煙望去津，千絲萬縷拂輕塵。青青若傍秦淮水，猶似隋宫大業春。

憶故園并序

僕隱西山，抱道卒歲。每因北風，悵然興懷。代馬依風，潭魚愛淵。我思古人，實獲我心。

孤客登臨萬里臺，河聲桑乾哀壯入銜杯。秋來亦有嘉州感，況是黃花無處開。

岑嘉州詩：「遥憐故園菊，應傍戰場開。」

春去名園樂事消，羽觴飛盡罷吹簫。山房日日横秋水，不見斜陽舊板橋。

岸柳青青覆曲池，朱門深掩落花時。采薇人去斜陽晚，無客留題崔護詩。

雲殿垂簾玉壁横，野塘煙樹帶愁生。王孫一去空秋草，暮雨傷心聽渭城。

童童雙樹半頽牆，蘭桂無人斷冷香。惟有傷心庾開府，解將遲暮賦河陽。

東望迢迢繫所思，林園景物怨歸遲。空庭明月涼如水，山鬼秋風夜唱詩。

竹林

蕭蕭脩竹林，其下寒流碎。夜雨入深山，寒燈乍明晦。

冬中感懷

危閣臨燕水，迢迢望薊門。夕陽連古道，殘雪壓平原。薜荔山中寺，蘼蕪塞上村。所思猶遠道，離怨不勝論。

題畫山水

白雲一夜生空谷，曉來風雨卷茅屋。高林葉下秋氣深，古道沉沉但喬木。荒村炊火生孤煙，空山斜日秋蕭然。山人脱屣閑無事，坐對疏林浸足眠。

秋日塞上

萬壑秋聲起，千山暮色蒼。朔雲深落葉，極浦淡斜陽。王氣關中滿，邊沙塞外黄。所思悲遠道，吟望意茫茫。

茅店

茅店夾清溪，危垣古木齊。月明喧櫪馬，霜冷聚村雞。近塞風沙暗，連江宇宙低。獨憐驄馬使，還向玉關西。

山中步月

疏星沉玉宇，危露凈秋河。雲盡清光滿，山空涼意多。高懷隨逝水，遺響託煙蘿。攬袂愁長夜，臨風發浩歌。

戒壇静坐

黄菊花稀橡葉乾，寺門幽邃鎖空壇。夜深趺坐無言説，謖謖松風月滿闌。

寄海印上人

林中傷歲晚，況與故人疏。隔澗風驚葉，横琴雪壓廬。悲涼庾子賦，寥闊岳僧書。惆悵西山遠，應懷隱者居。

古意

明月懸中庭，流光照秦川。思婦上高樓，當窗理鳴絃。寶劍隨征馬，明珠送綺筵。思君如錦瑟，歲久不能彈。

石景山東望

朔漠邊沙戰氣開，昆明宫殿暗蒿萊。秋風鐵馬關前月，暮雨銅駝塞上臺。極目平原王粲賦，萬家烽火杜陵哀。百年景物皆陳跡，慷慨登臨濁酒杯。

聞陳弢庵太傅話同光遺事

興廢同光事，傷心話未休。箄門憐我隱，破帽對君愁。白髮悲長夜，殘年入暮秋。無情故鄉水，終古向南流。

送客之漁陽

驛路并州水，高寒萬古霜。如何風雪裏，匹馬向漁陽。

感事

武帝池邊雨色齊，始皇城北朔雲低。蕭疏木葉霜初下，斷續西風烏夜啼。荒壘戰餘秋瑟瑟，故宮歌罷草萋萋。路塵官柳斜陽外，往事傷心聽白鶗。

登證果寺

驛葉蕭蕭盡，行人殊未還。寒雲易水渡，衰草薊門山。返照開殘壘，秋風發故關。瑶琴與尊酒，爲爾慰愁顔。

游翠微山

薜荔凝煙木葉肥，杖藜歸去叩荆扉。亂山黄竹蕭蕭影，冷月無聲照翠微。大悲寺多黄竹。

寒煙已没靈光塔，落葉空飛祇樹林。杖笠飄零無限意，斷鐘殘角欲黄昏。靈光寺塔，遼咸通年建，高十三丈，今燬。

空山葉下滿庭霜，聞道支公舊講堂。疏磬不鳴秋去盡，薜蘿無語壓頽牆。長安寺在翠微山下。

寢門華表夕陽斜，雙栢盤雲隱暮鴉。腸斷年年過寒食，無人澆酒弔梨花。靈光寺舊有翠微公主墓。

鬱鬱登臺望帝京，荒亭摇落不勝情。王孫去後猿啼血，衰草池塘煙又生。陶齋尚書起歸來庵於靈光寺西崖下，今尚書死節，庵尚存。

韜光庵靈光寺西，亂石幽林。

歸鳥没芳洲，秋風發蘭沚。落日滅遠山，流光照溪水。

證果寺唐盧師居之，故名盧師山。

皎皎道場山，沉沉梵宫闕。瑟瑟發晨風，槭槭吹林葉。

三山庵翠微之麓，樹石幽絶。

秋盡無風雨，今來雪滿山。征禽不相見，祇有片雲還。

秘魔崖石如芝蓋，右陵左寺。

連林古堞長，蕭蕭積秋雨。下視蒼溟深，樵人隔煙語。

襟眺閣靈光別館。

獨鹿風煙晚，盧龍嶺壑分。夕陽千里色，誰弔望諸君。

龍泉庵古木寒湫。

曲徑縈所思，登臨騁孤志。復聞靈光鐘，不見靈光寺。

寶珠洞憑高遠望，千里無際。

渚迴梟路深，澮漾遠光滅。坐憶山中人，鳴琴慰高潔。

香界寺平陂山之陽。

徘徊香界寺，日暮罷登臨。秋盡楓還落，山空雲更深。

大悲寺多黃竹，雙柏甚古。

溪上不見人，溪雲自相逐。時有明月來，清光散脩竹。

放鶴亭靈光西巖，喬木晝寒。

誰放林逋鶴，當年築此亭。山人不可見，山色自青青。

題暘臺山大覺寺

古殿生秋草，何年罷講經。亂山清水院，寒月醴泉銘。寺藏金僧志延《清水院藏經記》，見王昶《金石萃編》。湮廢餘僧舍，棲遲感客星。遺臺自惆悵，況問竹西亭。

孟嘗嶺雲聚寺

禪院千峰合，盤迴鳥道長。松根穿破壁，蘿帶上危牆。雨歇維摩室，塵封支遁牀。空巖下黃葉，秋色正悲涼。

寄海印上人

空谷無尊酒，逢君一解顔。井欄藤葉綴，石榻菊花乾。佳會誰能健，高風未易攀。應懷棲隱處，相望萬重山。

和海印上人除夕寫懷六首

遠公錫杖別經年，上人庚申秋別余出山。江渚秋風發楚天。鳳吹依稀聞洛浦，客舟誰挹李膺仙。羊士諤詩：「桂華臨洛浦，如挹李膺仙。」

隴梅驚發歲寒枝，上人辛酉二月南歸。老去尋春策蹇遲。莫更觴君歌古調，杜陵簪鬢已成絲。上人時六十八。

買櫂歸山問薜蘿，沅江消息重如何。東籬舊菊娟娟在，陶令風流獨羡他。

亭角幽蘭繞屋栽，冷絃聲裏落疏梅。三年已負山中約，余爲上人治龍泉精舍，上人歸楚，不果來也。九日相思月下杯。庚申九日，與上人登高賦詩。

幽雲繞榻酒盈鴟，芋飯松花勝醴飴。獨有寒梅三五樹，暗香疏影對題詩。

鳥道盤雲石徑通，斷碑零雨説乾隆。離亭風柳蕭蕭晚，惆悵尊前醉遠公。

西山秋興

名園春盡草萋萋，空館無人杜宇啼。采蕨西山歸去晚，薜蘿疏冷夕陽低。

遠水孤煙起櫂歌，冷雲低拂繞渾河。傷心慧聚堂前月，依舊清光照薜蘿。

竹堂煙起雁横斜，迴浦雲深見釣槎。寥落故宫秋色裏，夕陽芳草滿人家。

楓葉蕭蕭下客舟，寒猿兩岸暮生愁。叩舷誰唱湘靈曲，落日黄陵水急流。海印上人有「扁舟又過黄陵廟，落日猿聲涕淚多」之句，雅近唐人。

聞道居庸益戍師，朔方昨夜羽書馳。五更寒氣霜隨劍，萬里明沙月照旗。古戍寒煙繞黑河，哥舒弓劍薊門過。中原戰壘蕭蕭在，忍聽平涼舊凱歌。匹馬從軍絶塞回，西風初發李陵臺。蕭條落日悲風起，秋草無聲胡雁哀。

寄海印上人

動壁疏燈滿榻霜，明河飛影漏聲長。橫琴一曲蒼梧月，孤館梅花吹冷香。

山夜聞雨有懷海印上人

芳洲蘭杜隔平煙，去國相思意渺然。榆塞雁聲斜度水，薊門樹色暮連天。故宫春盡餘禾黍，冷苑人稀罷管絃。莫更棲遲驚歲晚，沅江瓢笠自年年。

感遇

門前桃李樹，婷婷踰我牆。春風發前軒，榮暉正相望。繁英照瓊筵，素影流明瑲。所懷易凋落，佳會況不常。徙倚怨遲暮，春愁迴自傷。

擬古

藹藹園中蘭，離離庭前草。寒霜一披拂，容姿易枯槁。歡愛無幾時，榮萎不常保。永念君所悲，棲棲在行道。故鄉會來歸，流光令人老。

春風履原隰，忽然變葱蒨。朝雲下喬木，衆壑曦光净。鮮林散浮煙，流采自相映。忘言坐前軒，鳴琴慰幽敻。

白日照北林，晨風振遺響。高閣三重階，楹闌列軒敞。流目矚巖壑，幽姿媚孤往。浮雲下群岫，開襟對清朗。良時景氣佳，忘言動幽賞。

學道貴乂世，奈何徒養高。危邦不可居，棲棲信空勞。譬彼孤飛鳶，振翮高翔翱。煙靄生南窗，秋風發林皋。長歌謝時事，且盡觥中醪。駕言縶白駒，無使食塲苗。

西山隱衆秀，其下黃金臺。擊筑不復聞，慷慨有餘哀。之子西去秦，一去何時回。桑乾日南流，殿闕生蒿萊。感之中心傷，俯仰成徘徊。

孟秋涼意佳，草木無凋落。微雨過前軒，披衣上高閣。餘雲旋故巘，澄暉照明澤。徙倚彈素琴，言念山中客。

奇松挺孤標，矯矯幽巖陰。清風振衆籟，靈岫崔且深。鸞鶴高翔游，棲止無下禽。匪由霜雪寒，焉知抱貞心。

嘉木被春和，容光耀桃李。逢逢山中雲，漾漾東川水。瞻彼川上田，縱横盡荆棘。平原久不耕，長垣亦傾圮。物運不終沉，安知盛衰理。歸來且行樂，常醉無時已。

晨風吹我襟，戚戚悲所離。人生各異等，貴賤相推移。飛鳥愛故山，落花瞻舊枝。繁華易爲樂，顛沛誰能持。楊朱嗟歧路，墨翟悲素絲。惟性慎所遷，玆道良可師。

芳草何離離，春朝發空谷。邂逅山中人，相共樂幽獨。夜雨生閒庭，寒光動明燭。美人不可期，迢迢隔川陸。

京洛游俠兒，連翩逐絃歌。朱樓淩雲霄，咸陽舊經過。歡樂猶未央，流光忽蹉跎。佳會有終極，別離常苦多。坐令榮者枯，歎息將如何。

策策林下風，忽焉變中野。黃葉知天寒，蕭蕭驚復下。駕言出東門，安車秣駟馬。今日風景悲，安能念昔者。耿耿懷隱憂，中心不能寫。

范蠡昔乘舟，翺翔五湖外。亂邦不久居，立朝愧束帶。揚志欲萬里，言與飛仙會。明哲貴保身，遑悲去親愛。美哉圖厥終，榮名豈足賴。

素蘭發仲春，丹桂零清秋。駒光日西馳，榮暉不遑留。之子倦行役，無乃懷遠憂。尊酒聊自傾，永歎結綢繆。迢迢關塞長，欲渡河無舟。無復可奈何，贈子以清謳。

鴻雁東南翔，流音振明澤。衆蜚發秀姿，英靈隱寥廓。迢迢雲漢高，翩飛厲風翮。珍重擇所棲，無爲弋者獲。

明明庭前月，照我高樹林。思婦悲善懷，幽怨清且深。開幃眄明鏡，素手彈瑤琴。曲終空徘徊，永歎傷中心。

玉衡耿不明，雲漢隔迢遞。今我不能樂，況茲秋雨積。歲月不我與，中宵動遐思。綢繆縈所思，煙雲託遥寄。芳草生天涯，江湄發蘭蕙。瞻彼秋夜長，儃佪不能寐。

陽春邁歸返，百卉忽已殘。永念窈窕姿，乃無松柏堅。采之置座隅，珍重謝所歡。豈云不爾思，憚斯行路難。歸來撫鳴琴，脩夜復孤歎。

鵾鵬九萬里，扶摇上霄雲。下視心憂勞，珍重辭塵氛。豈不倦遐舉，恥共燕雀群。誰能知此意，執謝雲中君。

駕言陟北原，驅車望南城。彼黍何離離，邱隴將夷平。荒墟隱幽夐，野火紛縱横。悲風振白楊，蕭蕭向我鳴。草木有萎謝，各自悲且驚。康樂無餘時，尊酒還獨傾。

曦光動鮮林，長夜忽復旦。飛鳥集庭柯，文采輝且爛。倏忽上青天，繁華不終戀。矰繳置深淵，冥冥杳鴻雁。

泉流遺萬里，願言通我詞。豈不憚阻險，永念心共之。愛而不能見，徙倚勞相思。相思無終極，泉流無已期。鮮林耀明景，空庭露初滋。終鮮御風翼，何以去棲遲。

皎皎秦川女，徘徊周道旁。雙鬢貴且鮮，被服耀明璫。韶華映朝日，窈窕發容光。舞袖鳴繁絃，長樂方未央。歲月有代謝，朝露況不常。良知去日樂，誰念來日傷。

鴻雁征北溟，音響亦何哀。戢翼高迴翔，雲漢正徘徊。遠蒙霜雪侵，毛羽相殘催。不可薦嘉客，文采傷以隤。願言謝繒繳，弋之何爲哉。

死生各有命，形骸不相親。富貴易終盡，念彼泉下人。黍稷非馨香，華筵且空陳。繁霜麗草木，磬折摧爲薪。浮名詎足愛，寄世非所珍。緬彼明哲士，與德爲嘉鄰。

鯨魚起潰漾，振蕩游北溟。迴旋動坤維，倏忽變陰晴。凡鱗戲芳藻，不知滄海形。賢者貴適志，俯仰通神明。安居自足樂，胡爲愛榮名。

迢迢關山月，流光照我衣。孔懷行役人，心苦安能悲。疇昔與君別，謂當行且歸。躊躕在歧路，瞻彼秋雲飛。離別在茲辰，歡愛將久違。鴻雁遠翱翔，送子心依依。

倏竹悦朝日，冉冉生吾廬。飄風吹汝寒，枝枝自扶疏。山川發奇姿，清響來相娱。含真樂天趣，徘徊眄琴書。閑情淡容與，緬懷羲皇初。

昔我邁孤往，入山遂不歸。余壬子入山，年十七。考槃在西澗，明月來荊扉。鳴琴送征雁，夕樹流烟霏。幽賞愜素心，尚寐無相違。

朝露不終暉，繁枝易衰落。至人懷貞心，不戀生民樂。鄙彼上蔡鷹，惜哉華亭鶴。没世無傳聞，千年慨寥廓。言懷遺世情，俯仰心綿邈。

白髮

玉屑丹砂未易逢，霜華上鬢漸蒙茸。彫零杜老杯中酒，憔悴潘郎鏡裏容。梁苑雪深堪作賦，郢門斜日悵扶笻。功名此日浮雲薄，愁絶江南阮嗣宗。

玉泉煮茗

垂髫燕姬薦玉盤，松花煮茗勸加餐。一杯却憶金莖露，故國昆明秋水寒。

陶然亭

高風下葉水泠泠，舉酒蒼茫望四坰。秋草孤城南北路，斜陽雙堠短長亭。浮沉遼水連天白，突兀燕山入塞青。亂後平原無牧馬，斷笳殘角不堪聽。

盧生祠

古道荆榛繞兔絲，蕭疏風葉下空祠。碧天明月清如水，正是盧生夢覺時。

老將行

并州水流天倒開，戍樓畫角嗚聲哀。沙場老將起長歎，此時駐馬休徘徊。憶昔出塞隨刁斗，單于鐵騎馳南走。左弧右槊下連營，歸來誓飲新豐酒。狼山夜火陣如雲，鳴絃飛羽雪紛紛。豈云絶漠憐家遠，一劍曾將立戰勳。將軍飛箭風雨驚，當時意氣何峥嶸。匈奴獨憚雲中守，射虎名傳右北平。少小從軍西破賊，莽莽黄沙日無色。校尉終封博望侯，蘇武但爲典屬國。不斬樓蘭未報恩，平明伐鼓出轅門。偏師潛渡桑乾水，絶域生禽吐谷渾。一從老去功名薄，無復雙鵰眼中落。何當佩印光明宫，不許將軍稱衛霍。

寒玉堂詩集甲編

西山集卷二

柳絮

糝糝飛綿落御溝，暮春殘照曲江頭。已傷宛地歸溪水，莫遣隨風上酒樓。玉笛吹殘游子恨，春衣典盡少陵愁。飄零却似無家別，又逐飛蓬去不休。

梨花

東風吹盡燕聲殘，小院無人玉露團。素練飛香三月雨，冷光籠月萬家煙。瓊臺迴雪驚孤鶴，冰殿鳴簫駐彩鸞。上苑霓裳歌舞罷，夜闌高映水晶盤。

辛酉秋重觀戒臺寺傳戒賦

空巖木落雁聲哀，法雨繽紛舊講臺。八代興亡深谷變，五年戎馬道場開。東林絲竹徵遺老，北海雲山入劫灰。坐對泠泠戒壇月，清光深夜自徘徊。

秋日西山閒步

高林度邊雁，蕭瑟向南征。返照臨荒浦，寒潮上古城。林巒吟外合，歲月客中驚。極目平原草，離離空復情。

曉至孔雀庵在戒臺寺西十八里。

策杖巖前路，蕭然無世情。群峰猶雨色，是夜雨。高樹盡秋聲。古戍邊風晚，蒼山木葉平。寒流鳴澗底，徙倚濯塵纓。

入西山至廣慧寺孔雀庵西十里。

杳杳入空谷，蕭蕭響急湍。遠隨黄葉路，高出碧雲端。木客窗前過，楓人雨外寒。青猿招隱士，與爾共迴盤。

題岱廟道院

道院丹青古，星壇倚嶽開。松牆垂薜荔，藥砌静莓苔。掃地清泉熟，焚香白鶴來。瑶臺今夜月，何處醉霞杯。

登岱

一氣環滄海，天低郡國明。日開千嶂曉，雲盡八荒平。齊魯寰中峙，風雷杖底行。振衣凌絶頂，猿鶴莫相驚。

對松亭

峰壑逼青霄，仙宫鎖寂寥。冷雲穿澗水，危嶂落松濤。遺響傳香界，奇蹤問六朝。藤瓢挂高樹，歸路見漁樵。

金陵懷古八首

柳邊晴篴隔江煙，行客歸來問渡船。六代繁華成往事，江聲猶自落尊前。

玳瑁梁空罷玉尊，六朝金粉已成塵。平湖風柳蕭蕭在，不見當年度曲人。

方山木落景蕭蕭，柳岸菱塘覆野橋。王氣南朝消歇盡，不堪重聽石城謡。《南史》：袁粲謀舉兵誅齊高帝，褚淵發其謀，粲遇害，而淵獨輔政。百姓語曰：「可憐石頭城，寧爲袁粲死，不作褚淵生。」

苑柳蕭疏覆葦花，水西門外石橋斜。冷煙荒雨深深地，誰問當年江令家。

遠岸蒹葭水國分，一聲嗚雁隔江雲。石橋年少風流絶，誰唱當年白練裙。

蕭瑟垂楊集暮鴉，故宮菡萏夕陽斜。荒亭誰弔昇元閣，青冢猶悲張麗華。昇元閣即瓦官閣，乃梁時建，高二百四十尺。張麗華墓在秦淮賞心亭。

古苑煙沉罷綺羅，菱塘秋盡水生波。秦淮無限新桃葉，惆悵何人喚渡河。桃葉渡在秦淮。

白苧歌殘桂棹輕，柳堤不見石橋横。荒城滿目無禾黍，惆悵登樓故國情。

西湖水竹居

開門向秋草，倚杖對横塘。山舍枇杷熟，村橋薜荔香。寒鴉棲古木，遠雁度斜陽。臺榭翻無主，蕭蕭柳自黄。

題高莊壁多竹石，景幽。

脩竹平岡外，蒼茫暮色沉。湖山庭院寂，煙雨寺門深。零露飄桐葉，高風響檜林。無人賞高潔，來鼓伯牙琴。

韜光庵

門前脩竹林，風時發寒籟。夕陽明遠山，蒼蒼照雙檜。

清漣寺

溪光滯寒色，滉漾秋水深。徙倚觀魚躍，何如濠上心。

蘇堤

平湖煙水闊，雲外鳥歸遲。十里蘇堤路，聽鐘到净慈。

劉莊

迢迢風雨夕，蒼蒼遠林晦。秋色滿西山，湖光白雲外。

宋莊

修竹暝煙色，水木澄明景。滉漾溪上寒，池臺鑑清影。

水竹居

涼風發洲渚，孤棹正徘徊。嶺色溪煙合，巒光竹徑開。

竹素園

古堞出暗林，縈迴隱高樹。堰上風雨來，前湖隔煙霧。

夕照寺

徘徊夕照寺，臨風動歸返。征禽下芳洲，目盡江山遠。

飛來峰

靈巖鳴夜泉，蒼蒼入喬木。鐘聲來遠林，晴光動脩竹。

冷泉亭

澗水清且漣，風雨邁孤夕。暮景川上寒，獨往山中客。

壑雷亭

危亭復臨水，霽色明晴川。南渡雙楠樹，婆娑古寺前。

白堤

跂石臨芳洲，瀠渟望湖水。日夕泛歸舟，清波殊不已。

蘇小墓

荒冢臨秋水，湖山澹遠光。荷花似紅粉，歲久不能香。

平湖

歸禽下洲島，暗暗度寒波。遠望平湖水，清光今夜多。

湖心亭

孤棹開煙水，迴風荇帶香。采蓮明月下，不必在横塘。

斷橋

柳陌逶迤見，湖光清淺流。婷婷越溪女，夜夜采菱舟。

葛嶺

江色雨濛濛，瀠洄上碧空。神仙不可接，遺響懷長風。

雲棲

清泉鳴亂巖，迴汀映茅屋。明月入空林，蒼蒼照脩竹。

俞樓

暝樹幽雲合，平湖野草秋。江南風雨夕，寥落上俞樓。

馮小青墓

三尺孤墳映遠汀，斷碑猶峙水邊亭。平湖衰草幽雲合，冷月梅花伴小青。
碧黛烏絲已委塵，淒涼舊事淚沾巾。西泠無限蕭蕭柳，好映風荷憶玉人。

西湖絶句

渚蘋汀柳欲生煙，四月江村半插田。欸乃一聲巖樹合，斷橋歸棹夕陽邊。
古苑無人煙樹迷，六橋西畔草萋萋。冷泉亭下倏然坐，萬壑幽篁山鳥啼。
峰合巖迴路更幽，振衣獨上葛仙樓。一聲鐵笛江雲白，楓葉蘆花起暮愁。

登封臺

岱宗封禪罷，玉檢至今傳。不見相如賦，空悲元鼎年。漢武封禪在元封年，實啟於獲鼎紀元也。

壺天閣

石蹬連雲起，盤迴入渺溟。鳥飛愁不下，低首望空青。

斗母宫

野殿千峰裏，幽棲静道心。閑雲花塢冷，香雨竹寮深。古木連群岫，斜陽明遠林。涓涓流澗水，如聽落霞琴。

登開化寺六和塔臨錢塘江。

殿閣鬱崔嵬，登臨霽色開。鴻濛江日下，悲壯浙潮來。河嶽平千里，風雲變八垓。星連群壑動，帆到大江回。渡水寒猿集，低空朔雁哀。瓦簷垂薜荔，石檻覆莓苔。北塞關山遠，中原鼓角催。暮煙歸岸柳，寒色帶江梅。百戰無乾土，千秋見此臺。憑高良可賦，俯仰晋唐才。

莫愁湖拜曾文正公象

湖上瞻祠廟，清高敵愾臣。尚傳南伐策，空憶中興春。遺爵無澆酒，空江見釣綸。百年人事異，俯仰獨沾巾。

西湖玉泉寺見李梅盦處士詩感興

遺民去國髮如絲，零淚今看壁上詩。蕭瑟薜蘿驚歲晚，彫殘松竹恨來遲。余南游訪梅盦，聞其已謝世矣。扁舟有客懷江總，湘水無人續楚辭。李工五言詩。惆悵天涯風雨夕，碧湖雲盡起相思。

破寺

戒壇丹漆落，寂寂舊經房。破壁猿窺客，空庭鶴避香。凍雲埋冷榻，殘葉斷秋霜。徙倚悲摇落，平原下夕陽。

泰山漢柏歌

我聞岱嶽之山千萬峰，峰峰峭嶭摩蒼穹。高臺古柏卧秋寺，何年風雨來蒼龍。

嗟昔漢武開窮邊，倉皇四海求神仙。百尺豐碑立荒草，遺蹤傳自元封年。漢家封禪良可哀，茂陵龍馭無時迴。此木棲遲在空谷，有如吉士潛蒿萊。五柞宮前浮雲白，太華三峰暗無色。龍吟虎嘯登封臺，萬古驚濤此中落。

曹操冢

旌旗捲地變風雲，吴楚曾驚河北軍。西蜀惟尊丞相廟，中原何處孝廉墳。石麟想像埋秋草，銅雀荒涼咽夕曛。欲望墓田無處所，分香遺令不堪聞。

題李營邱雪岡棧道圖

雲棧縈紆鳥啼絶，千山萬山皆飛雪。盤車轉道下前岡，凍澗危梁不可越。一車挂轒雙車懸，數夫輓起孰能前。槲葉蕭蕭下空谷，山路未半牛蹄穿。深林積雪愁寒夕，雪中縱横虎行跡。嗟爾車人計揔非，何不歸來啜蔬粒。

題宋人散牧圖

平原起寒色，木葉飛空浦。月落前村煙，山深牧人語。

黄鶴山樵畫

策杖巖前問隱君，藤花楓葉落紛紛。山堂盡日門空掩，時有琴聲滿水雲。

大癡道人畫

蕙帳鳴琴白鶴閑，群峰凝黛擁煙鬟。空山寂静無車馬，片月孤雲莫叩關。

山中秋日即目

一路聞秋水，千山方夕曛。雨懸林外葉，風落杖頭雲。解帶招閒鶴，攜琴問隱君。柴扉終日掩，麋鹿自成群。

碧雲寺用阮亭先生韻

萬樹多秋色，千山尚夕陽。雙梟侵蘚濕，孤杖入雲涼。木葉吟邊落，空花定外香。振衣驚去雁，迢遰塞天長。

九日馬鞍山登高

大漠荒雲外，千山紫翠濃。西風吹涿鹿，邊雁度盧龍。摇落江潭樹，蒼涼禁苑鐘。金臺王氣盡，回首暮煙重。

古驛斜陽裏，悲笳接塞高。故人無屈宋，秋意似離騷。萸葉簪風鬢，松花點露醪。遠關煙水合，黯黯望臨洮。

孤城飛木葉，已下洞庭霜。素帽風前落，黄花劫外香。荒陵積秋雨，高樹帶斜陽。極目桑乾水，滔滔入塞長。

送客歸大梁

大梁西去千萬山，嗟君爲客今始還。男兒意氣重瀟灑，誰能俯首蓬蒿間。慷慨歸來苦不早，落日驅車涉長道。魏王宫殿久灰塵，舊日夷門但衰草。憶昔都邑何崔嵬，黄塵匝地歌聲催。繁華到眼易蕭瑟，黄金白璧安在哉。知君落拓本奇士，荆楚獨行萬餘里。壯懷君豈山中人，淡泊襟情胡至此。山中日暮雪紛紛，匹馬迢迢度嶺雲。朱亥酒家何處是，逢人爲問信陵君。

八月十四日西山對月二首

木柝催宵景，孚公舊講堂。井梧相與落，巖桂自爲芳。皓月依林永，高風入閣涼。離憂懷屈宋，秋意不勝長。

蓬門對溪水，明月浸寒波。秋色此時滿，清光何處多。輕煙動脩竹，遺響散庭柯。正有溪山夢，悲風帶女蘿。

秋馬鞍山散步

峷嵂千峰拄杖看，上方鐘磬出層巒。疏林鳥下秋煙白，危嶠霜飛木葉丹。繞澗薜蘿經雨濕，尋詩巾屨入雲寒。振衣驚起西山鶴，天半松花落戒壇。

登極樂峰放歌

我騎赤龍欲上天，罡風吹落蓬萊巔。南望崔嵬漢宫闕，二月楊花散晴雪。我欲西弔望諸君，千年一去不復聞。神州浩蕩安可辨，但見蓬萊翳翳之浮雲。天光倒影下窮碧，鷹鶚盤雲厲雙翮。南方瘴癘不可居，吾將歸來煮白石。中原征戰邱隴平，千門萬户方夜驚。北窗高卧久不起，醒來天地皆秋聲。昨夜秋風落江渚，我欲因之望南浦。九嶷不見空斷腸，何不歸來卧秋雨。山亦可以崩，水亦可以絶。湘妃之淚何時滅，以之吹笛鐵猶裂。況我無百年，乃懷千年憂。釣鰲何處尋滄洲，人間富貴安可求。西太行，東燕市，天地茫茫盡如此。忽看天際無片雲，眼底昆明落秋水。

金陵觀鳳凰臺詩殘碣

南國繁華已暮煙，謫仙高詠至今傳。百年戎馬無坏土，八代興亡出此磚。索靖銅駝荆棘没，隗囂玉盌土花穿。斷碑殘碣皆陳跡，絶調誰賡白雪篇。

秦淮感舊八首

燕去泥沉玳瑁梁，隔簾無復海南香。風流往事悲消歇，金粉猶傳李十娘。
錦字曾傳燕子箋，鳴筝素手玉堂前。冰絃彈罷調金柱，零落飛花滿翠鈿。
金粉風流憶六朝，舊家門巷水迢迢。畫樓楊柳皆蕭瑟，莫問斜陽舊板橋。
舊院無人煙草青，六朝陳跡感飄零。相逢一曲秋江怨，白傅傷心掩淚聽。
冷雨凄風疊楚辭，樊川老去鬢成絲。畫船歌扇皆零落，莫遣尊前唱竹枝。
謝公墩畔暮煙迷，孫楚樓前草色萋。錦瑟朱絃亡國淚，江南花落杜鵑啼。
十二樓臺異昔時，内家堤岸柳成絲。空江暮雨瀟湘曲，哀怨尊前沙嫩兒。

舊譜曾傳菊部頭，清歌水調唱揚州。善才老去無絃管，愁絶西風白下秋。

聞雁

秋水正寥闊，秋風吹更深。入關驚暮雨，隨月度疏林。天地頻搔首，山川空好音。蕭蕭機上婦，爲爾發寒砧。

登馬鞍山

萬山何崒嵂，葱鬱望樓桑。蒸霧歸滄海，浮雲擁太行。曙光明漢壘，邊色劃遼疆。潦倒新豐酒，悲歌關塞長。當年燕趙地，慷慨獨登臺。天塹層兵合，雄關匹馬開。中原邊策急，絶塞羽書來。落日看烽火，蒼涼鼓角哀。

秋日山中感興

古驛沉煙晝角哀，西風蕭瑟獨登臺。薊門黄葉尊前落，塞口斜陽雁背來。玉壘雲連邊地盡，故園菊傍戰場開。五陵王氣終消歇，日暮關河首重回。

游孔雀庵留贈庵主

入山三十里，峰壑盡嵯峨。澗水流松葉，溪雲出薜蘿。殿空猿鶴去，林暗鹿麋過。却憶塵中駕，幽棲羨爾何。

山中聞落葉感賦兼懷古憨上人海印程居士頌萬一百韻

棲道空山裏，移家古戍邊。飄零瞻劍珮，淪落叩筳篿。地僻無烽燧，巖深阻市廛。麏麚懷澗壑，鸞鶴絶腥羶。亂世宜晞髮，危邦貴力田。煙霞歸笑傲，詩酒繼狂顛。汲水雲瓢凈，登山木屐穿。客懷嗟逝者，節序正倏然，積雨愁寒夕，秋風送暮年。孤蓬悲遠客，木葉下高天。寂寞飛空館，淒涼罷綺筵。清音和律管，遺響入詩篇。離別興亡感，風霜雨露緣。灑階聲淅淅，落地影團團。野渡明寒水，孤岑淡夕煙。當軒生暮靄，隔浦見歸船。別院驚棲鳥，連林帶夜蟬。秋懷消濁酒，寒意裂冰絃。髡柳無飛絮，高榆已落錢。薜蘿垂壞壁，苔蘚上頹磚。葉隕繁霜後，根傷宿雨前。年華思錦瑟，遠道託征鞭。歎逝懷潘岳，登樓感仲宣。霜零枯草折，風急白沙旋。捲地奔千騎，排空決百川。夜闌堪作賦，衣薄欲裝緜。已覺魚書斷，彌傷雁字聯。梧桐飛舊井，禾黍沒新阡。對酒怡元亮，悲秋賦子淵。去官猶痛哭，出世未高眠。雲外同招鶴，槎頭謾釣鯿。異鄉成蹇滯，遠邑尚迍邅。衰謝詩懷邈。浮沉道力堅。遥吟燕水涘，孤嘯楚峰巔。

海印上人與程居士登衡岳賦詩。

城郭悲銅狄，星辰列玉璇。入山惟市酒，垂釣欲忘筌。野水流僧舍，疏花覆短枅。人皆憎逐客，我獨羨神仙。

居士隱於廬山松光嶺西卧雲室。

至道無凝礙，浮名久棄捐。論詩窺妙諦，說法悟真詮。孤杖行千里，高風偏八埏。曉霜生楖栗，秋月照籚篨。已下陳蕃榻，猶存子敬氈。看山曾送別，剪燭共參禪。句起乾蛟舞，文無束帛戔。嶺頭雲漠漠，松頂月娟娟。燒葉炊殘火，烹茶汲夜泉。盍簪併四美，談偈説三拳。守道君行矣，干時奚取焉。洞庭楓葉下，關塞客星還。乙卯秋，上人自燕返楚。野戍愁雲合，長亭宿草芊。空山辭薜荔，歧路贈芳荃。赤壁朝懷古，黄陵夜叩舷。蚩尤紛帝座，太白動星躔。南鎮圖瓜剖，中原滋蔓延。江山全壁盡，羽檄四方傳。兵合鳴笳動，軍行伐鼓鼘。戰聲驚草木，殺氣避鶥鸇。湘浦聞加矢，茶陵復控絃。覆師歸趙括，失計逐臾駢。令發雲霄上，兵臨漢水瀍。城中千騎出，江上萬家燀。故國頻戎馬，斯民盡倒懸。空舟星在罶，寒壠麥餘䅌。翡翠巢門户，鼯鼪上屋椽。無辜居縲絏，煢獨泣煩煎。加賦書還上，殘民法不悛。竟成三楚禍，誰假七王權。據地思稱霸，矜功豈蓋愆。煙塵無日静，苛政幾時蠲。耒耜違農事，壺漿尚告虔。新軍搜塹壘，群寇斬關鍵。市虎空城郭，池魚赭寺堧。溈山蜜印寺戊午燬。已傷陵古變，忽感歲時遷。結社文猶在，上人與湘中遺民結碧湖詩社於開福寺。誅茅地尚偏。感時長太息，弔古重佪儃。北渚嘉高隱，張伯琴太守起北渚閣於江上，高尚不出。東林緬舊賢。上人在廬山與程十髮、凌鑑園諸名士結廬山詩社，續遠公舊事。十年居木石，萬里共杯棬。社中何廷俊解元，雲南人。年八十餘，工詩。老衲禪心寂，遺民素髮鮮。高蹤緬支遁，出世比青蓮。亂後衣冠改，時危性命全。群龍猶戰野，孤鶴自翩翾。古岸潮空落，荒亭月自圓。渡江心慘惻，去國淚潺湲。客路荊榛滿，天涯蕙草櫋。樓臺成沼壤，人命賤犧牷。孤憤長沙傅，清高魯仲連。山川重作客，瓢笠又橫肩。庚申秋，上人重渡江見訪。天地愁無極，興衰理自玄。江皋隨去雁，天末望飛鳶。兩度辭南國，三年滯北燕。離情悲遠道，别恨託中悁。浩劫詩能紀，殘年體更孱。棲心歸寂靜，無志在騰騫。避地今何晚，知幾恨不先。已無牀可坐，孰謂海能填。送子今歸矣，辛酉春，上人歸楚。吾曹各勉旃。明珠貴韜晦，良玉莫雕鐫。南浦楓林晚，中流桂櫂褰。抱琴尋惠遠，何日罷戈鋋。

潭柘山岫雲寺

杖屨隨流水，飄然到岫雲。天香空外散，疏磬定中聞。古柘經秋雨，靈潭落夕曛。莫探龍伏處，煙霧正氤氳。

聞性真上人圓寂憮然作

重扃禪榻寂，孤塔石幢寒。玉軫冰絃絶，泠泠不復彈。上人善琴。松風響空厨，夜雨零高閣。行矣雁門僧，寒更殘雪落。

邊警

肅殺荒垣戰壘開，橐鞬突兀逼關來。窺邊胡馬烽煙急，壓塞寒鴉鼓角哀。寶劍悲涼燕市酒，錦鞍凋落羽林材。戍樓西望黄雲合，蛇鳥秋盤大將臺。

秋夜聞蛩

切切啼何事，如知離别情。餘哀沉積雨，低響續秋聲。遠夢思千里，孤吟破五更。蕭蕭鳴落葉，山月逼燈清。

翠微公主墓

帝子埋香地，曾聞於此山。浮圖鈴自語，華表鶴空還。竹露凝鉛黛，松風響珮環。靈光寺前水，晨夕送潺湲。

還盧師山

萋萋燕草碧如絲，薊水南來無斷時。笑我天涯猶作客，一鞭殘雪過盧師。

塞上曲

朔方八月天雨霜，秋風瑟瑟邊草黄。孤雲歸鳥没何處，流水不盡燕山長。燕山崔嵬極戍邊，桑乾欲渡冰塞川。行人指點戰場處，至今此地無炊煙。北寇旌旗撼北斗，將軍旋旆東南走。趙將今無馬服君，漢家忽易雲中守。君不見白溝河，當年飲馬無餘波。邱隴荒凉下高日，道旁白骨纏青莎。又不見易河水，壯士一去不復還，擊筑歌聲猶在耳。郎山山高石齒齒，古今興廢亦如此。

方正學滴血碑

簡青昭義烈，正學大名垂。簒國何須詔，驚人尚有碑。長君圖社稷，叔父託安危。一死激頑懦，千秋正四維。

望北極閣在秣陵。

内史觀星處，崔嵬倚碧霄。孤峰臨極浦，飛閣自前朝。亂水幽篁合，殘陽木葉燒。何時共尊酒，常醉夢漁樵。

西山秋望

龍岡雲盡見滄溟，日日漁舟下野汀。碣石雲光天際白，昆明秋色望中青。悲笳落日秦關塞，荒磧沉煙漢堠亭。玉殿金臺無處所，平原蒼莽隕寒星。

輓勞玉初先生

四海猶戎馬，蒼茫隕少微。素車餘客哭，黄髮羡君歸。故國悲秋雨，澄江弔落暉。傷心耆舊盡，誰問首陽薇。

曉發濟南

亂山如寨口，秋色滿衡門。日氣開寒水，煙光斷遠村。離愁瞻去雁，幽豔入芳尊。草草勞人意，飄蓬詎可論。

東海旅夜

高天聞落木，遺響入危樓。斷雁銜殘雨，孤燈警客愁。遠風蘅杜夜，歸夢薜蘿秋。煙水初空闊，相思白露洲。

和伯兄秋雨韻

平沙泱漭斷笳音，秋雨西堂瑟瑟深。榆塞征鴻秋慘淡，薊門迴馬氣蕭森。橫琴正有瀟湘思，落葉難爲遲暮心。惆悵空山更寥寂，荔裳蘿帶夜寒侵。

夕陽遥下暮林間，萬壑千峰獨閉關。瑟瑟西風易水渡，蕭蕭歸雁薊門山。孤城煙雨家何在，滿地江湖客不還。隔户澗泉無盡意，空庭寒夕送潺湲。

冷雨凄風送客情，暮年憔悴庾蘭成。繁音淅瀝驚秋響，急點蕭疏入夜更。宿衛旌旗離禁苑，石鯨煙霧望昆明。杜陵國破歸來日，愁聽巴猿斷續聲。

落盡槐花起暮愁，況堪清夜乍颼飀。南朝秋水江淹宅，北地青山庾信樓。一夜蒹葭飛古渡，十年離恨繫孤舟。金臺吟望京華遠，林下棲遲過暮秋。

山中懷兄四首

玉簫聲斷木蘭舟，一夜西風水北流。兄弟相思二千里，甕山雲樹海東樓。

欲寄新詩淚滿巾，海隅歸夢逐離塵。雁聲遠下瀟湘水，秋雨秋風愁殺人。
蘼蕪秋盡披長坂，斜陽客路青山晚。何處江村起笛聲，天涯芳草行人遠。
禁苑楊花撲面飛，離亭春草碧成圍。楊花飛盡離亭晚，借問行人何處歸。

銅雀臺

銅雀淒涼沙草春，珮環聲絶管絃沉。行人欲問當年瓦，冷雨荒煙漳水濱。

歸故園作

瓢笠飄然别帝京，故園零落不勝情。東風悽絶庭前草，盡是王孫去後生。
臺榭荒涼古木陰，秋光漾漾散高林。西風吹盡黄花晚，策杖歸來秋又深。
庭院無人宿草荒，高槐吹雨落空塘。王孫去國歸來晚，岸芷汀蘭隨意香。
玉樓寂寂燕泥沉，古道蕭蕭落葉深。獨有妙香亭下竹，風時猶作珮環音。

題宗兄雪齋居士臨王煙客山水

西風八月吹瀟湘，洞庭鼓瑟愁娥皇。黄陵廟前急秋水，九嶷不見空相望。我夢扁舟落江浦，洞簫吹起乾蛟舞。美人何處天一方，極目天涯望秋雨。斯圖下筆何宕雄，峭壁千仞凌寒空。蓬萊方壺望相似，山中疑有洪崖公。王孫才富心高潔，寄託丹青傲松雪。巖前築室真畸人，石榻鳴琴煮寒葉。我亦飄泊舊王孫，經年避世棲衡門。曾將禾黍興亡感，寫入江南烏夜村。江山變色非疇昔，荆棘荒涼舊都邑。夜窗披展生寒風，蘿帶蕭蕭山鬼泣。

壬戌九日西山懷海印上人十二首

官柳垂垂拂路塵，平原不見翠華春。蕭騷短鬢茱萸冷，九日題詩淚滿巾。庚申九日，與海印上人登西山賦詩。

瓊湖殘衲已無家，攜客登高白帢斜。杖錫南來四千里，薊門風雨對黄花。

林下遺民還杖藜，攜琴無客問幽棲。獨憐萬里邊關月，愁照蒼梧猿夜啼。
冷雲低樹遶桑乾，古渡無人夕照殘。把酒登樓望邊塞，澹煙喬木薊門寒。
斜月扁舟煙水青，横江吹笛夜冥冥。孤帆遠破黄陵雨，風木蕭蕭滿洞庭。
離鴻遠下桑乾水，趙北燕南此路分。送爾飄然渡江去，高歌亂嘯虎溪雲。
嶺雲江樹澹斜暉，雲裏相逢壞色衣。林下梅花開又落，雁門殘雪一僧歸。
秋帆葉葉白沙洲，蘭杜無人起獨愁。南北瀟湘盡煙水，茫茫風雪益陽樓。
賸水殘山入九歌，洞庭歸雁近如何。窗前黄竹蕭蕭晚，山鬼悲風嘯薜蘿。
絶巘登臨疊楚詞，尊前支遁鬢成絲。壞牆薜荔深深地，斷雨零煙掩舊詩。
山木吟詩秋葉黄，蒹葭白露水蒼蒼，遠公去後津亭晚，風笛蕭蕭滿夕陽。
迢迢湘浦寄書來，聞道梅花手自栽。近聞瓊湖補梅甚多。何處横琴坐相憶，黄沙白雁起邊哀。

宿上方山華嚴庵

斷林横鳥道，飛嶂入雲端。洗鉢松泉净，傳燈竹院寒。孤煙村外合，群岫坐中看，言訪高人宅，幽巖問考槃。

游上方山兜率寺贈青蓮上人

籃輿入谷口，精舍掩松筠。我愧陶居士，師如遠上人。柏堂聞梵唄，蓮社挹清芬。相對青山莫，斜陽漾水濱。

兜率寺

峰峰丹碧列峥嶸，僧舍臨巖躡屐行。我亦當年舊禪衲，亂山荷鍤劚黄精。危磴迴巖萬木幽，曉風吹磬出僧樓。密梅滿地寒無影，空院閒雲帶水流。

雲居寺上方

亂山西域寺，雲居一名西域。策杖獨相尋。掃塔翠微暮，鳴鐘黄葉深。泉聲驚客夢，潭影静塵心。處處椶櫚發，時傳空外音。

雲居寺精舍

迢迢望流水，淼淼青林端。日夕鳥聲絶，禪房生暮寒。

擣衣曲

梧桐葉落秋聲急，金井闌空啼絡緯。蜀琴初罷鴛鴦絃，少婦停梭洞房泣。城南蕭條風雨深，長干秋色動寒砧。明朝驛使臨洮發，刀剪翻催寄遠心。

傷時

鼙鼓飛騰玉壘標，金臺王氣此中消。九城旌旆秋嚴肅，三海魚龍夜寂寥。胡月遠隨都護馬，漢班零落侍中貂。佩刀列鼎邊關將，誰策勳功扶聖朝。

望諸君墓

華表縱横委路旁，平原秋草故城荒。報書一上無歸日，高樹悲風古范陽。

白帶山村家

春風吹上巳，山雨正黄昏。茅舍寒臨水，桃花開滿村。巾車同婦子，高壄散雞豚。晞髮堪容與，西峰正對門。

陳生斷甓行

陳生斷甓尺五强，雙魚綜錯銘吉羊。星文羅列焕奎斗，望之非晋非齊梁。我思古聖著明訓，銘盤書鼎虞怠荒。三代而還悖直道，誰昔然矣秦始皇。岱宗琅琊樹貞石，臣斯昧死言非臧。漢世浸淪及瓴甓，或曰長樂曰未央。斯文無乃東漢作，空山對久鬢眉黄。商盤孔鼎久不復，嘯歌望古心茫茫。

蘆溝河

西風歸雁薊門過，行客傷心此渡河。三十年來車馬散，短亭疏柳暮蟬多。

贈泰山宋乙濤道士

星壇花落蕊珠經，童子焚香侍座聽。萬里碧空迴羽駕，天風吹鶴夜冥冥。

趙州

高髻當壚盡玉顏，畫橈春水碧潺潺。錦鞍珠絡黄驄馬，一别河橋迴不還。

題易元吉聚猿圖

挂梁吸澗泉，攀崖撼林葉。蘿帶生悲風，清啼楚山月。

燕

黯淡愁風雨，殘春見落花。烏衣辭舊巷，黄葉認貧家。古縣棠梨盡，長城高柳斜。空梁尋舊壘，辛苦後棲鴉。

寄兄

萬里殊山水，應知别恨同。蘅蕪皆暮雨，棠棣各春風。鬼火悲笳外，神州淚眼中。天涯憶兄弟，短髮歎飛蓬。

潘惠盦卜居西山賦詩寄之

風塵澒洞日，瀟灑出潘郎。慷慨無燕士，高歌繼楚狂。丹楓分嶺色，白鳥澹溪光。我欲從君去，棲遲甕水陽。

再過樂毅墓

灑酒邊沙落雁都，燕王臺下莽榛蕪。斜陽古木西風裏，駐馬平原弔望諸。

避兵四首

破幕無炊火，荒村正避兵。巢禽寒自落，櫪馬夜相驚。戰壘連春草，悲笳斷古城。明朝問鄉邑，遠道絶人行。

烽燧連城迥，河梁落日昏。新軍開故壘，老婦泣空村。戰氣蒸遼海，黄沙障薊門。獨行悲踽踽，躍馬起驚魂。野色催征馬，蒼茫望四郊。騏麟卧高冢，燕雀落空巢。山市虛無火，村鐘冷不敲。頻聞增戰騎，霜夜尚鳴鞘。荒隴無禾黍，民窮已可哀。城池紛劍戟，村落雜蒿萊。鴻雁多如此，天心未厭災。中原非故國，臨去復徘徊。

山中喜雨用韋蘇州立夏日憶京師諸弟韻

雲漢無纖雲，煩熱愁日永。衆葉相扶疏，雨來山鳥静。羊牛歸遠林，斜陽照東嶺。凈掃松下壇，開襟對明景。

贈友

去歲祁連雪，高風念汝寒。亂離無所贈，杯酒故相寬。雁氣迴遼海，秋聲肅將壇。兵戈猶未息，揮淚賊中看。

夕次范陽

斜陽落寒水，秋風發孤驛。浩浩沙草深，鳴鐘范陽夕。遼天下歸雁，空城怨行客。微月生天涯，蒹葭遠洲白。

秋望海印上人不至

浩浩桑乾津，冥冥薊門月。肅肅發長風，蕭蕭動林葉。邊雁辭長城，遠洲衡杜歇。端居鳴素琴，開尊湛芳冽。孤燈風雨深，念昔山中別。幽人期不來，怊悵清秋節。

懷天目僧能和

慽慽何所思，所思在天目。遥知祇樹林，懸燈夜深宿。我欲尋子居，山川徂往躅。風雨時相思，縈迴亂心曲。

寺夜

今日巖齋冷，遠渚秋風發。幽人抱素琴，惜此松間月。空庭煙靄深，寒蟬夜中歇。

漫興

秋氣慘高樹，萬山明夕暉。蒼鷹搏沙起，黄鵠摩天飛。戍客幾回首，單于方解圍。梅花笛中淚，吹滿舊征衣。

山中雨霽遣懷

流雲霽秋暮，斜景泛溪石。石上無人行，惟見麋鹿跡。溶溶煙靄生，沉沉遠芳碧。所懷餐霞人，忘言永今夕。

雲水洞禪房

驚泉下空壁，風雨勝匡廬。毛女飛松杪，談經聚苾蒭。

清上人瓢

山僧不解飲，汲水亦清芬。高憶巢巖屋，開窗望白雲。

海印上人許寄竹杖不至

昔入慈恩寺，今聞暮雁哀。洞庭千萬竹，不寄一枝來。

夏戒壇夜作

壇空夜氣深，微風動高樹。巍殿月華流，深階集清露。夜静蟬響稀，孤螢起深處。凄凄篁色寒，冥冥散煙霧。牛女遥相望，河梁不可渡。良時會行樂，芳華不久住。多言神氣傷，安能效遷固。

促織

萬族隨時序，秋來獨汝寒。定知宵意滿，應訴別情難。月冷黃花節，風高白露團。愁吟簪鬢短，良夜浩漫漫。

久雨

岸樹溪邊合，山雲峽裏長。雨聲連水木，巖氣變青蒼。魑魅行無影，蛟龍隱不翔。江湖歸去意，倚劍浩茫茫。

十四日月憶衡陽程子

清光此夜滿，幽客意如何。渺渺愁蘭杜，深深怨薜蘿。無邊江上葉，已下洞庭波。苦憶衡陽隱，南冠發楚歌。

投贈升吉甫方伯

霖雨籌良弼，如公第一人。韜鈐騰虎豹，功業上麒麟。社稷思明主，江山望老臣。風雲垂氣象，忠憤動星辰。駕馭多良將，謀猷必絶倫。精誠依北闕，節鉞鎮西秦。古道豺狼滿，荒城戰伐頻。乾坤非故國，滄海莫棲身。自有握中璧，終爲席上珍。漢臣明大義，楚相固清貧。幾日干戈静，何時鼎鼐新。典型章烈聖，廊廟起賢人。至德三苗格，嘉猷萬國賓。垂裳天作則，補衮德爲鄰。落日三邊戍，清秋萬里塵。津門望不見，涕泗滿衣巾。

夏雨連夕桑乾泛漲

捲地旋江水，排山下海濤。蛟龍無定宅，魚鱉故相高。箕畢渾連月，龍泉已出韜。松風驚淅瀝，蘿雨颯蕭騷。鬱塞心猶壯，低佪氣不豪。靈均萬古恨，天問首空搔。

月

誰謂沉滄海，清光不復同。却愁銀漢月，猶照景華宫。短鬢悲邊客，高風起塞鴻。南華歎秋水，白露夜濛濛。

秋懷四首

古塞霜寒菊有華，邊鴻隨月度平沙。驛樓懷客青山遠，絶巘登高白帢斜。易水西風驚萬里，薊門秋色冷千家。苹蕪碧盡離亭晚，衰柳孤城急暮鴉。

美人悲笳遠斷范陽城，高塹空臺濕水鳴。獨戍荒煙臨鉅鹿，雙橋秋霓落昆明。遲暮催刀尺，宿衛淒涼散旆旌。斜日平原無牧馬，北風沙起槖駝驚。

憑高極目望邊河，木葉蕭蕭下素波。雲斷報書悲樂毅，沙沉擊筑弔荆軻。天低碣石高風晚，秋冷關山暮雨多。摇落薊門千樹柳，金城司馬恨如何。

戰後沙場杞菊開，蒼涼天地肅登臺。秋生關塞黄榆暗，葉合湘潭白雁哀。九日風高懷落帽，三邊霜下罷銜杯。楓殘秋盡思千里，歲暮天涯首重回。

晉咸和元年磚歌

咸和磚研堅且良，空山拂拭生古香。題名遠紀丙戌歲，長宜富貴垂英光。嗟昔壽春來羽檄，阜陵烽火驚建康。晉成帝咸和元年十一月，後趙攻壽春。奈何朝廷棄祖約，召峻無乃謀非臧。石聰之攻壽春，祖約屢表請救，不應。明年，蘇峻與約舉兵反。石頭城下江流急，禾黍離離舊都邑。隗囂玉盌出人間，索靖銅駝在荊棘。摩娑篆跡珍晉磚，苧紋斑駁如雕鐫。何時搜羅破魯壁，興亡百代相流傳。苔華冷繡長平瓦，沉煙宿雨埋荒野。當時宮闕已灰塵，悠悠況更千年也。陵谷遷移神器改，江左風流更無在。煙塵不斷建康磚，猶向人間露光彩。

月

團團青嶂月，隨雁度瀟湘。暗積空庭水，寒生絶塞霜。蟾蜍絃外落，魍魎鏡前藏。天際殊風雨，何年照建章。

寒玉堂詩集甲編

西山集卷三

題卧佛寺

古院斜陽照薜蘿，疏林霜歇雁聲過。碑亭木落黄昏雨，吹入西風可奈何。

卧佛寺桫欏樹

唐代幽州寺，蕭然古木留。猶聞傳白鹿，無復出青牛。歲月前朝迴，風煙異代愁。婆娑生意盡，衰落不能休。

登玉泉山塔

塔勢開雲表，登臨望九城。斜陽來涿鹿，秋色起昆明。氣接南溟壯，星連北斗平。潛蛟翻霧色，迴雁挾邊聲。霜斷漁陽鼓，風悲健鋭營。關山千里盡，戎馬萬方驚。鬱鬱愁風雨，蕭蕭散旆旗。興亡古今異，悱惻夜猿鳴。

望

疊嶂秋聲起，層峰霜氣深。邊風衝斷水，急雨散高林。弔古三秋淚，登臺萬里心。蒼梧望巡狩，寥落碧雲岑。

碧雲寺

斜日落荒野，孤村生晚煙。高尋黄葉路，遠問碧雲泉。水繞空壇外，花飛古殿前。招提悵摇落，誰會七門禪。

玉泉山懷古山上有芙蓉殿，金章宗避暑處。

西風吹草生秋殿，昔日君王罷游晏。三尺荒臺成古邱，行人指點金家苑。卷幔樓空暗川樹，秋雨秋風失前渡。鳳幰鑾旂去不歸，寒塘日日飛鷗鷺。

玉泉山下曉行

巖樹夜多雨，山村見耦耕。平煙明斷浦，野草上高城。鷗鷺衝田過，牛羊踐水行。倏然坐忘返，汲澗濯塵纓。

裂帛湖遠眺

木落風高天地清，孤臺臨眺俯層城。疏煙遠渚迷皐路，秋水斜陽起雁聲。萬古離騷懷屈宋，九秋涕淚落昆明。雲沉關塞潛龍去，甕水南流猿夜驚。

幽居

幽居澹塵役，終年無世情。元陰瀉時雨，焉知秋水生。憂來持素書，薄言卧南楹。朝葵曜佳色，叢菊掇秋英。人生異草木，豈無朝露驚。坐令榮者枯，百歲嗟無成。

甘池

峰壑盤迴鳥道長，空祠山木晚蒼蒼。棠梨古縣開春雨，贔屭寒村卧夕陽。漢節南歸原草碧，胡笳西斷嶺雲黄。祇今遼海無傳箭，極目邊風落雁行。

良鄉

北雁驚飛過戍樓，蕭蕭流水望并州。霜翻刁斗防邊夜，雨洗旌旗出塞秋。關郡西風征士淚，河梁落日李陵愁。卧龍躍馬興亡地，古木荒煙滿白溝。

登玉泉山

燕山亘皇州，晴明極登望。秋色蒼然來，萬里無隱狀，鬱鬱十三陵，濛濛北原上。西瞻漯水長，連山入平曠。

塞上

十萬旌旗出塞雄，悲歌落日大江東。高原莽莽秋多雨，邊木蕭蕭晚易風。肅殺班聲開朔漠，葱蘢雲氣上崆峒。單車奉使音書絶，霜冷沙乾起塞鴻。

山中春

春草靄芳庭，揚輝發群緑。美人期不來，長懷亂心曲。元雲變時雨，幽禽下喬木。瑶琴有芳音，空山慰幽獨。

山寺春雨懷胡琴初

春水上寒樹，春煙明遠渚。朝爲巖上雲，暮爲山中雨。感此調素琴，相思越吟苦。

岫雲寺上方

微雲越嶺表，朝煙散茅屋。池塘鑑明景，澄光上喬木。開士庭宇静，泉聲聽相續。涼風抗高館，幽禽振空谷。所思山中人，鳴琴慕高躅。

潭柘姚少師廟

朝霞散高嶺，初日凝巒煙。空祠居鳥鼠，棟闕何巍然。憶昔亂藩國，封豕突幽燕。方公激大義，十族吾悲焉。竊國據神器，乃爲世所賢。漣漪岫雲水，可以鑑神奸。直道久不作，悠哉東逝川。

曉薄桑乾

原壄懸朝雨，疏林帶古城。沙兼殘月落，風裂斷冰鳴。遠岸黄雲合，中流白浪生。蕭蕭瞻故壘，傳是漢家營。

邊秋感興

高低禾黍滿長安，蕭瑟浮雲玉壘殘。絶塞煙沙驚萬里，孤城風雨泣千官。邊鴻夜度燕關古，胡羯秋來易水寒。沙鳥不知滄海變，啄泥飛上誓師壇。

憶西山寄海印上人

芊蕪碧盡水潺湲，聞道梅花滿故山。蕙帳無人愁夜鶴，野雲空去復空還。欲訪洪崖擷紫茸，草堂秋月落西峰。而今一卧荒園雨，悽絶寒山夜半鐘。一爲孤客帆去聲南溟，欲載雲旗問洞庭。若有人兮怨芳杜，楚江猿斷九嶷青。

藤履雲巾大布衣，巖前白鹿久忘機。西風冷雨依依別，誰共夷齊哭蕨薇。

豫章龍子恕夫子書至

先生南國彥，秋水帶衡門。晞髮秦民老，傳經漢道存。先生設帳講經，從學者甚衆。風霜臣節古，天地布衣尊。萬死驚君在，妻孥寄一村。

極樂寺

精舍無人客叩關，國花飛盡杏花閒。寺有國花堂。憑君莫問城西路，一片衡門萬仞山。

送春

天地多征戍，關山戎馬頻。中原思正朔，諸夏失青春。五時從秦俗，三邊競虜塵。太平何代事，哀爾亂離人。

秋日過涿鹿北望大房諸山

西風吹上郡，秋色滿漁陽。獨戍臨高塞，群山走大房。盤雕寒磧白，立馬暮煙蒼。聞道防秋急，窺邊夜正霜。

陳弢盦太傅招飲釣魚臺

別業臨秋水，幽居淡世情。豈知高士意，不用隱君名。返照明前浦，荒煙帶古城。相逢盡耆舊，尊酒慰平生。

釣魚臺

雲送西山雨，風傳絶塞秋。却憐青嶂月，曾照翠華游。竹樹生寒籟，煙霞結古愁。忘機對麋鹿，晞髮此淹留。

還山

古道生禾黍，高風入舊岑。如何青嶂客，猶滯白雲心。帳冷啼猿坐，楹空獨鶴吟。不須悲淥水，叔夜復横琴。

贈高穎民

帶甲連千里，君歸未有期。蒼涼燕市酒，悱惻閩江詩。故國秋多雨，遺民鬢易絲。衡門在何處，與子共棲遲。

漢上林瓦歌

秦璧還宫祖龍死，芒碭雲深未央起。天府風悲華殿塵，函關瓦墜苔華紫。渭水蕭蕭銅人哭，五柞荒涼但喬木。萬户千門事已非，賈生流涕陵爲谷。甘泉下瞰青濛濛，建章煙水悲秋風。戍卒不歸美人死，何況斷瓦薶荒叢。蕭瑟斜陽照宫樹，上林崔嵬望何處。君王欲大虎狼墟，東方朔《諫起上林苑疏》：「廣狐兔之苑，大虎狼之墟。」

三輔胡爲起丘墓。蟾蜍夜躑漆燈穴，沙礫光寒名玉玦。當時故劍尚飄零，豈問千年舊宫闕。君不見五噫之歌可三歎，章華臺成楚民散。

弔江西劉遺民惠和八首

江上遺民疊楚詞，豐干老去鬢成絲。王孫别有興亡感，賸水殘山盡入詩。

離合悠悠嗟逝川，君來君去事茫然。更聞道韞遺孤在，未許相從到九泉。

天壤茫茫痛永辭，展禽哀誄出烏絲。蕭竦黄葉窗前讀，斷雨悲風烈婦詞。

昨夜江楓已隕霜，逋臣頭白問興亡，遺民淚盡湘江水，又聽秋風哭杞梁。

挂劍臺空事可悲，正平墳上草離離。生蒭縱有陳蕃弔，泉壤茫茫君豈知。

孤鶴哀猿過草堂，匡廬山色自蒼蒼。山人去後愁風雨，殘雪空廬泣孟光。

竹逕蓬門過客稀，空巖麋鹿久忘機。貫休老去絲成雪，清淚猶沾世外衣。海印上人和丁夫人哭惠和詩十二首。

蕭瑟微霜慘岸楓，晚猿啼散幕堂空。昔年江路能來否，落日招魂湘水中。

癸亥秋七月西山懷海印上人

葉下江皋蕙草殘，乍驚秋夕起長歎。翻疑南浦丹楓落，已覺西堂白露繁。馬邑兵迴笳鼓競，龍沙雁去尺書難。登臺極目愁千里，燕市蕭蕭易水寒。

暫喜

暫喜無烽火，登臨暮景開。長風振萬里，秋色玉關來。古戍黄榆暗，遼天白雁哀。憑高悲樂毅，落日下荒臺。

漢車轄歌雕雷文，色碧。

咸陽流水宫殿空，鑾車委棄荒煙中。何年搜羅出荆棘，土華繡澀生寒風。憶昔千門萬户開，六龍争路天上來。千年一散不知處，金根玉輅俱塵埃。秦山破碎陵爲谷，金鳳不返銅人哭。內殿曾傳丞相來，路旁不見袁盎伏。驪山弔古無人登，茫茫秋草漢諸陵。悲風中楚辭元伯，落日平原御李膺。名士凋零美人死，魚軒淪落寒煙紫。片瓦何如紀建安，日暮高臺弔漳水。

歸山別陳太傅

猿鶴頻招隱，衡門去更遲。慚無劉向疏，空疊屈原辭。余癸亥二月出山，作《齊古賦》見志。報國孤臣事，微才聖主知。時危思盡節，敢與昔賢期。

九日

九日登高望，邊聲入塞深。天風催短景，寒葉響空林。楓亂千家雨，秋驚萬里心。古人如攬結，高卧散幽襟。

自遣

北塞風沙遠，中原王氣沉。臨危誰授命，抗疏爾何心。黔首瘡痍滿，蒼天哀痛深。西風能下淚，并入九秋吟。

桑乾河

南下桑乾水，無邊滚滚來。朔風旋馬邑，秋氣隱龍堆。都護兵初合，單于宴正開。關河飛羽檄，沙草入邊哀。

輓張忠武公

雪綍悲風起，長江灑淚深。蒼涼萬夫泣，慘澹大星沉。聖主褒忠詔，孤臣下地心。黄河終不渡，遺恨白雲岑。

秋山晚步并序

十月之交，霜氣澄闊。楓柏蕭散，巖壑閟景。閑步林際，怡然自樂。

荒亭無過客，木末出麏麚。谷口交楓葉，峰頭度晚霞。天寒徐子榻，秋滿謝公家。萬壑悲摇落，空山自煑茶。

大明湖

臺閣連青草，蕭然罷勝游。空餘歷城水，猶帶鵲華秋。壩古魚龍合，天高汶泗流。還思杜陵客，愁望倚南樓。

拜張勤果公祠

賽曲神絃響易悲，椒蘭紛座雨如絲。行人酒酹祠前水，日晚靈風捲畫旗。

經華不注山

高原飛鳥没，此地覆齊師。不異牽羊辱，終無介馬馳。孤城秋草合，戰壘野風悲。臨眺多陳跡，斜陽衛水湄。空城下寒日，行役客中過。秋色生東畝，微霜已涉河。青山平野近，白骨戰場多。韓厥翻知禮，臨風發浩歌。

石門

霜氣驚邊雁，秋風發石門。亂流穿石壩，山雨灑寒村。波浪桑乾合，風雲寨口昏。迴車問亭長，欲酹舊征魂。

甲子東魯道中

碣石蒼茫接岱宗，平原煙樹曉葱蘢。魯王宫殿秋風裏，漢帝旌旗返照中。白雁南飛雲入塞，黃河東去水如虹。登封萬騎無消息，玉檢金泥恨不窮。

北地春

昔聞燕市酒，今見洛陽花。岸岸明春草，山山散綺霞。孤松陶令宅，寒菜野人家。策杖林中晚，西峰日正斜。

平原道中

郭門連岱嶽，山色俯青齊。瘦馬嘶邊雨，黃河繞大堤。野人收苜蓿，健婦把鋤犁。井里無炊火，終年斷鼓鼙。

秋寄海印上人

雲連北山静，雨帶桑乾曉。高峰開宿霧，登臨望四表。盤盤吹烈風，天地秋未了。燕臺無行人，秦城滿秋草。坐憶潙山僧，吟詩寄幽眇。

題西嶽華山碑

西嶽之廟華山碑，鯨魚跋浪風雲隨。碣石荒沙映鬼井，鴻文上溯軒與羲。一朝長繩曳碑倒，泰山其頽誰能持。墨本珍藏重來世，商邱秀水傳其辭。會稽瑯琊有述作，曰臣去疾丞相斯。古人致遠思孔泥，中郎遺跡安能知。我昔岱宗訪秦碣，荒涼十字風淒淒。或云嶧山炎埜火，重鐫非復嬴秦時。今之長垣勝球璧，變化雷雨騰蛟螭。兩漢文章若元氣，大哉典誥明堂基。文武之道去我久，嘯歌望古空涕洟。

早發泰安村居

野店無春色，人家草木荒。鵠啼將落月，雞下半頽牆。茅舍餘寒景，蓬門見曙光。驅車從此別，行矣任途長。

和潘子邊塞

擊筑消沉易水寒，居庸關塞尚龍蟠。地臨燕趙悲歌易，座有荆軻送別難。秋草蒼茫連敕勒，斷流奔合下桑乾。長亭西望黄雲合，鐵馬秋風大將壇。

山雪

今夜澗齋冷，幽尊湛芳洌。習習林下風，蕭蕭北窗雪。遠塞飛鳥没，凍浦孤舟歇。灌木寂衆響，巖雲互相越。緬憶羲皇人，彈琴賞高潔。

山中懷海印上人

杖屨無留意，輕舟過萬山。高風動翼軫，秋雨入荆蠻。楓渚寒猿嘯，江亭獨鳥還。淮南飛木葉，應黯客中顔。

山中晚歸

長川隱寒日，白雲越空谷。山木下巉巖，悠然隱茅屋。澗底采薪歸，煮石然黄竹。僧房巢木巔，聽泉獨自宿。君來莫叩關，恐使驚麇鹿。

感興

聞道增邊戍，羌兵棄鎧鋋。無端悲戰骨，何以問青天。江漢黄中貴，關山素髮鮮。中原多將帥，豺虎莫騰騫。

東原極目

夕陽散平楚，槭槭空林晚。征雁過長洲，郭外江山遠。樵人出危岡，農夫荷鋤返。孤煙生四鄰，秋草被長坂。歸來舒清嘯，山中白雲滿。

山行

陟彼白石岡，巉巉見奇路。夕陽斂明景，寒藤挂幽樹。孤杖生層雲，微風起高步。不見雲中君，黃鸝鳴何處。

贈隱者

皎皎巖棲子，邈然不可尋。雲中發清嘯，如聞滄海音。悠悠履白石，杳杳出秋林。澹然謝時事，遺我塵外心。

山夜

皓月翔空宇，迴光乍明滅。皎皎揚清輝，照我庭前雪。仰瞻浮雲馳，河漢自相越。飛鳥雲際宿，飄風夜來歇。瑶琴有嘉音，寒梅發時節。開窗卧前楹，蒼然望巖穴。

入勞山寺

朝登上清宫，暮宿勞峰頂。千崖風雨深，水木澄明景。鳥道太白巔，雲氣連馳騁。麇鹿下深澗，斜陽映東嶺。滄溟碧空盡，天際落杯影。欲遺人間世，長懷慕箕潁。

甲子夏六月山雨連夕巖壑出雲坐澗橋觀瀑清風時來山翠流滴即景賦此

石梁閟幽景，寒巖邁孤往。草木濕蒼翠，泉流激清響。白雲媚幽姿，空山自俯仰。感此鳴素琴，何求知音賞。

西山石多橡樹作橡葉亭既成賦

白雲何所止，止於幽巘陰。前楹架虛澗，峰壑窗前臨。豈不憚阻險，愛此風雨深。有客緬高潔，遺我絃外音。忘言對溪石，流目矚高岑。陵谷忽已改，歲月方駸鬖。我有杯中物，慰此塵外心。

桑乾夕

秋風發長洲，野火生前浦。蕭蕭賈客愁，暮入寒山雨。

李陵

李陵辭漢闕，生降不復歸。河梁别時淚，辛苦著胡衣。

古意

我有軒轅鏡，皎如秋月光。當軒一披拂，流采明高堂。萬物無潛形，魑魅皆遯藏。光色有明晦，盛年悲莫當。永歎谷風詩，恐懼無相忘。

長安道

年少誰家郎，走馬長安道。八月關山萬里風，吹盡離離路旁草。

楚妃怨

湘水發秋風，君王恩幸絶。獨上章華臺，含情怨秋月。

橡葉亭

巖穴暝寒色，斜陽照前浦。槭槭林下風，幽幽澗邊雨。有客彈素琴，泠然山水音。執此謝周子，雲深何處尋。

山中

白雲起幽壑，徘徊巖石間。回風一披拂，忽焉滿西山。抱琴坐深樹，長吟日夕閒。谷口下黃葉，浩然歸閉關。

六月十五夜雨

不知天地意，永夜起長歎。何處青山雨，空遮白玉盤。隨風沙雁度，出塞嶺雲寒。客夢依雲水，秋高露正團。

桑乾漲

昨夜桑乾渡，風波艤客舟。君看盤峽日，猶似下黃牛。

早秋

平原望不極，秋色滿河汾。欲往從湘水，因之送雁群。火雲涼易夕，風葉落多聞。林下蕭蕭晚，登高憶隱君。

西山夜坐

山迴清殘暑，西風欲授衣。星移天宇浄，雲淡露華稀。江漢蟾蜍病，河梁烏鵲飛。悽悽對修夜，摇落客心違。

十八日夜雨見月

始霽西山雨，今登北渚樓。壯心隨驥馬，幽夢託沙鷗。秋色前宵滿，清光永夜浮。故園空不見，星漢正南流。

桑乾河漲

巖壑晝濛濛，桑乾宿霧中。黄昏雜風雨，古壩出魚龍。率土懷周德，神州失禹功。郭門瞻息壤，搔首恨無窮。

石佛村觀瀑

山館連斜景，蒼然萬壑陰。嶺雲生石壁，澗水出幽林。暮雨高城雁，秋風少婦砧。上方歸路晚，鐘磬隔煙深。

騎龍行并序

甲子夏，桑乾水漲，有兄弟入水求木者。兄躍乘焉，俯有鱗甲，乃龍也。知所不免，顧弟曰：「善事母，勿念我。」龍遽掉其尾，擲其人數丈。賦詩以志。

河伯夜戰逃天吴，陰風捲地成江湖。北方之强有兄弟，提刀入水非凡徒。截流攀木見鱗甲，危哉已探驪龍珠。伯也擲刀向天指，小人有母何敢死。匹夫一呼蒼龍驚，拔浪掉尾如雷鳴。須臾夭矯不可見，烈風盤盤天柱傾。昔者包犧之王天下龍出圖，始製文字垂聖謨。又聞黄帝昇天騎赤龍，遺跡空有烏號弓。龍者神物不知其變化，至誠之道無乃能感通。洪波蕩蕩黿鼉舞，雲冥冥兮風晝怒，虞舜安能復禪禹。

焉得世人皆此儔，蛟龍盡入滄溟游。

贈貧士

陶潛謝時世，高臥攬清琴。莫作揚雄貴，能忘陋巷心。

古戍

古戍生寒水，秋風過短亭。至今河畔草，猶似漢時青。

燕歌行

燕臺落日悲秋草，長城飲馬邊風早。壯士空歌易水寒，行人祇在桑乾道。桑乾西望水連山，樂毅當年去不還。昭王遺跡歸蔓草，黄金散盡高臺閒。伐齊雪恥功莫當，薊邱之植植汶篁。至今燕人怨小子，飛鳥未盡良弓藏。燕山崔嵬燕水古，六國合從成灰土。埜火蒼茫照故邱，下馬行人淚如雨。

行路難

行人八月桑乾道，秋色連天盡黄草。塞雁常依古戍飛，征夫只向塵沙老。長安西去天上遥，野田黄雀風蕭蕭。日暮長途望何處，平原滿地皆蓬蒿。關塞蒼茫極秋雨，行人但言此時苦。解劍未遇平原君，驅馬先經趙州土。孤城崔嵬連戍邊，胡沙莽莽黄入天。長風萬里動寒色，登陴西望無人煙。夜裏聞笳客愁絶，天半飛霜皎如雪。不如埋輪歸去來，獨上高樓覽秋月。

晚雨

秋水明夕霽，坐久繁露生。西山高不極，孤嘯發幽情。重崖闃幽薊，嵬峨連赤城。仰觀元雲際，矯若凌太清。所貴離塵世，能無千載名。

北澗觀水入桑乾時久雨泛濫陰失經也

澗水捲山木，勢挾秋雨來。鬱鬱盤烈風，陰氣凝不開。千崖争迴旋，喧豗如奔雷。合流驅巨川，一氣安可回。横衝轕螉塞，直下燕王臺。白波蕩平土，蛟室何崔嵬。蒼茫破寒斸，連空白皚皚。天心亦何極，念此生民哀。

連雨

連雨永寒夕，高風帶平楚。卧聽黄榆林，蕭蕭碧山雨。澗水流野田，白雲入庭户。雨中無人行，山禽自相語。美人不可期，冥冥隔洲渚。山川何阻深，相思徒延佇。

秋行役懷伯兄

霜下孤城幕府高，異鄉消息夢魂勞。天涯兄弟悲秋雨，亂後江山入變騷。慘澹邊聲驚朔雁，蒼涼野色上征袍。臨關莫灑征夫淚，蘇武終年擁節旄。

與山人

巖廬連鳥道，黄葉下柴扉。古木經霜白，寒雲帶雪飛。澗邊秋水盡，門外夕陽稀。期子松林下，相逢著道衣。

蟋蟀曲

長安搗練風凄凄，城南城北烏夜啼。空房思婦夜不寐，爾獨何心牀下棲。桂花欲落梧桐黄，清宵四壁飛秋光。且辭劍珮欲高卧，西風淅瀝吹衣裳。孤客思家起長歎，天涯正有雙飛雁。

山寺月

空巖闃寒景，幽棲淡塵事。風掠黄楂林，月上寒山寺。所懷青松下，幽人抱琴至。

山居

高風落庭樹，荆舍忽已秋。山路鳴寒蟬，清泉門外流。農人傍我行，送我歸田疇。婦子出候門，相見語未休。道衰亦已久，處世拙所謀。欲學餐霞人，長嘯歸林邱。

陳弢庵太傅入山來訪

疏林帶寒雨，空山響秋葉。泛泛廣川流，淒淒晚風入。山中歲云暮，深宵客愁集。繁星鑑方沼，露湛涼篁濕。賴兹端憂辰，喜與嘉賓接。

和叔明弟連雨韻

天際愁風雨，連山瘴不開。渾河衝壩急，邊雁失群哀。雲合黄龍戰，潮驚白馬來。君如夢巫峽，莫上楚王臺。

從軍行

幽州白沙寒，邊霜折枯草。戍卒吹笳百戰場，胡兒牧馬蕭關道。無定河邊沙暗飛，單于昨夜解長圍。偏師北逐煙塵絶，不繫名王誓不歸。

屋漏

澗水連簷滴，崇朝嗟未休。蛟龍盤地急，燕雀入梁愁。星宿從雲掩，琴書爲爾收。乾坤盛陰雨，吾道復何求。

永夜

沉沉雨連夕，秋風正蕭散。池草生孤煙，寒螢起深院。微霜耿不明，披衣起長歎。

述懷

少小受經史，望古希曾顏。上書慕忠節，懷兹中險艱。未能正吾君，慚愧歸邱山。聽泉林下風，策杖青崖間。孰事危不持，乃以求自寬。恨無古人義，高山安可攀。

故園得嫂氏蘊香齋遺詩

翟服流文采，魚軒遽不歸。何年華表鶴，能向故城飛。一誦懷明德，千行淚滿衣。魏舒八百户，猶得奉甘肥。

西山

朝行西山麓，暮行西山麓。山行無遠近，泉聲斷相續。

秋日西山望

登山望平川，關塞何悠遠。孤城隱寥夐，蒼茫亦在眼。白日行寒空，秋風下長坂。中原莽無極，俯仰志不展。欲謝行役人，迴車今已晚。

晚晴

高風吹古道，斜日下層臺。磧雁隨楓落，沙鷗逐水開。平原霜草合，返照客船來。莫聽關山笛，清秋正可哀。

立秋

萬象隨秋氣，微霜薄野亭。詩篇和淚盡，關塞入愁青。任昉門無客，靈均酒獨醒。乘桴何日事，歸去釣滄溟。

登臺

登茲覽八極，日月光昭回。邊風摇北辰，下拂雲雷開。關山正相望，莽莽秋雨來。側聞燕昭王，遺跡青山隈。薊邱俯流水，霸業安在哉。千金聘騏驥，樂毅何能哀。日暮瞻迴川，萬里空黄埃。

七月十二日北壇見月

清光銀漢月，永夜照空壇。乍歎秋雲薄，翻知玉宇寒。高風催露下，孤客攬衣看。尊酒吾生事，林中强自歡。

七月十四月

明月知時節，深秋照客衣。階庭寒露下，江漢白雲稀。報國心無改，乘槎夢已非。棲遲歸獨卧，幽意莫相違。

聞長沙水漲寄海印上人

瀟水連湘水，如天波浪昏。山川千里隔，橘柚幾家存。息壤傳鄰境，乾蛟起郭門。驚心南去雁，恐有未招魂。

秋日寄伯兄

把袂一爲别，飄零積歲年。衣冠散兵火，兄弟隔烽煙。雁去秋雲外，書來暮雨前。離心與歸夢，日日海雲邊。

塞上馬二首

朔風吹邊馬，慘澹起拳毛。落日平沙中，獵獵悲風高。野曠莽無際，部伍夜度遼。運籌歸九重，天子亦瘁勞。昔日長安亂，駿骨棲蓬蒿。日暮烏啄瘡，蹄病安能逃。平原沙草寒，獨立鳴蕭蕭。

驊騮騁長路，悲鳴秋草黄。何年棄沙礫，雪斷青絲繮。天兵度遼海，一戰禽名王。殺人重有禮，安在多夷傷。潼關忽破陷，虜騎方驕强。公侯别官舍，奔竄羽林郎。白骨縈蔓草，簡書馳道旁。胡兒控角弓，鞭撻求騰驤。五花盡憔悴，仰秣心蒼皇。蕭蕭代風鳴，回首思故鄉。

塞上曲

昨夜微霜冷客衣，桑乾西去幾時歸。悲笳夜動關山月，沙草無邊朔雁飛。

夜雨

夜雨來不已，林蛩轉悽切。秋氣嗟變衰，况當故人别。佩蘭擷素華，幽人賞高潔。解帶松下風，羅衣皎如雪。閉門讀墳典，高卧清寒節。北窗多喬木，無人自相悦。

憶清河二旗村居并序

歲次辛亥，京師亂，余年十六，避兵出奔，止是鄉焉。自徂西山，十三年矣。感今傷昔，作爲是詩。

昔我居東野，孤村背長川。稚子出負薪，雪中炊寒煙。少小讀經史，未解希前賢。今聞草堂木，千尋參青天。浮雲變無極，寒暑忽代遷。人生豈不化，百憂相牽率。不見昔人墓，今人犁爲田。

西山秋夜

片雲東南來，忽不見秋月。欲登蓬萊巓，青松恐衰歇。颯颯聽流水，枕席生寒風。秋夜金井闌，飄落雙梧桐。巖巒抱城郭，千山盡朝東。中有羽衣客，策杖擷紫茸。白猨不可上，飛鳥安能窮。我欲從之去，長天騎赤龍。

悲長安

高原老馬悲長途，城中擊柝相夜呼。千門萬户棲白烏，倚劍下馬空躊躕。八月九月函關道，曠野千里秋風早。關吏捉人問姓名，鬼火時飛路旁草。天子養士多貔狼，楚人一炬灰咸陽。奈何秦兵未苦戰，潼關走敗平西王。長安士卒盡游俠，望賊未見心蒼皇。豈無健兒好身手，被戮不異驅群羊。孤壘荒城久冥莫，我欲言之淚雙落。陵谷茫茫已盡非，龍馭鑾旗事如昨。大將登壇常苦遲，戎服激昂親誓師。壯士仗劍感恩起，三軍卧聽涕交頤。卷甲兼行在速戰，九城拔幟皆登陴。壯哉痛哭罷兵日，殺氣晝暗黄河湄。嗚呼往事安可追，燕臺關塞猶崔嵬。

秋日將出山感懷

天風吹河漢，列星西南馳。香飄月中桂，空階露華滋。嶺上白雲不相待，秋光欲盡歸莫遲。

慧聚堂秋夜

開幃卧南窗，青天覽明月。浮雲一飛散，迴光皎如雪。故人在滄海，忽夢落我前。手持青芙蓉，飄飄若飛仙。相將騎黃鶴，下視齊州煙。

黃村曉行

四野下白露，孤客行復止。歷歷沙上人，蕭蕭渡寒水。朝霞傍殘月，悲風入蒿里。亂山朝朔方，連綿望相似。荆軻去不還，樂毅呼不起。古人皆寂寞，豈獨二三子。憂來發長嘯，感激何能已。

城中寄弟

知汝棲雲水，猶能對萬山。乾坤秋氣肅，巖穴布衣閒。去國悲寒雨，歸家尚苦顔。將心寄孤鶴，何日更西還。

塞下曲

白沙飛大漠，漢月挂秦城。邊風動百草，胡馬皆驕鳴。都護星隨箭，單于雪作營。秋聲驚少婦，腸斷關山情。

歸家

我似清秋燕，歸飛入舊家。高臺吹木葉，古井落寒花。夜雨愁中集，青山夢外斜。柴門無一客，還種故侯瓜。

故園

亂後山河改，荒園萬木中。到家如逆旅，客淚散秋風。落月空梁白，寒花折檻紅。歸來對松竹，凋謝意無窮。

遣興

黄葉隨霜氣，青山憶舊過。歸來一憑弔，空館夕陽多。宿雨飄魚罶，秋風冷雀羅。江潭悲落木，庾信意如何。

夜坐懷海印上人

木葉下南國，秋風發北庭。支牀憐宿草，倚杖望寒星。江浙兵猶戰，關山髮獨青。空懷洞庭水，何日弔湘靈。

邊思

秦關草木秋，漢月五更愁。蕭蕭隴頭水，萬里送驊騮。

園

空館秋聲起，高風荇帶香。片舟開晚色，孤月落寒塘。銅鳳遷伊洛，金魚出未央。翻憐碧流水，猶似漏壺長。

秋思

渚雁辭沙礫，孤舟攬宿莽。秋風薄長川，徘徊發清響。高城宿寒雨，秋氣正軒敞。永憶天涯人，千里勞夢想。

寄潘敬

俊逸潘夫子，棲棲獨不歸。悲歌塞下曲，白眼世中稀。雨雪飄孤劍，風塵破短衣。西山尋白石，莫遺寸心違。

懷隱士

矯矯衡門隱，先生海鶴顏。猶聞辭白鹿，不復卧青山。人去蘿衣古，猿驚蕙帳閒。儃佪獨西望，雲壑掩松關。

九日送伯兄出塞

萬里自兹去，秋風愴别顏。乾坤滿涕淚，兵火動關山。出塞黄榆落，登高白雁還。古今征戰地，臨眺未應閒。

九日園中與陳弢庵太傅朱艾卿少保羅叔韞王静盦徵君潘惠盦孝廉雅集賦詩

涼風徧八極，白露明蒼蒼。雝雝雲中雁，振翮東南翔。歸飛越明澤，音響何哀傷。幽賞永今夕，奈此三徑荒。高樓何迢迢，今爲烏鼠堂。仰觀青天際，浮雲互低昂。所貴見君子，斗酒非馨香。嘉會有終極，令德昭不忘。

九日

九日園中會，西風祗獨寒。登高望秋雨，霜葉未曾看。城中未見楓。薜荔隨孤杖，茱萸挂小冠。關山盛戎馬，東去路漫漫。

獨立

山色蒼蒼暮，柴門對澗開。吟詩黃葉落，倚杖白雲來。宿雨蘼蕪歇，秋風杞菊哀。平原多古意，臨眺上高臺。

雜感

朔風邊草壓城陴，傳檄曾聞此會師。故國千秋懸日月，空山五道出旌旗。凋殘郡邑悲戎馬，破碎關河入鼓鼙。白露西來驚客鬢，高臺吟望意淒其。

題馬晉秋塞獲貍圖

平沙莽無際，白草翻朔風。移帳夜中起，壯士失角弓。暮宿寒磧外，曉獵秋原中。悲笳震百里，九塞青濛濛。高闕動烽火，萬騎窺朔方。干戈撼北斗，部落何驕强。漢兵度遼海，奔竄左賢王。沙場斷鼙鼓，殘壘多牛羊。戰士散平野，胡馬日騰驤。悲歌望邊塞，慘澹秋雲黄。

秋水山房閒步

夕陽散平林，秋風下高館。西山采薇蕨，歸來亦已晚。梧桐落空榭，衰草偃長坂。登樓日已遲，目極飛鴻遠。

寄客遠行

秦城流渭水，孤客向褒斜。馬首分秋色，龍旗捲暮沙。長途悲雨雪，古塞暗吹笳。辛苦崇明德，無傷兩鬢華。

和伯兄春日韻

蜀國東風響杜鵑，少陵愁思正綿綿。一行鴻雁銜寒水，萬里蘋蕪入暮天。故國春深雲入塞，空城花落雨如煙。石磯西畔無行路，紅樹漁舟何處邊。

山中寒食

寒食無人罷玉尊，桑乾漁火對黄昏。縱然空谷無車馬，流水桃花到客門。

寄胡嗣瑗

欲寄新詩慰寂寥，秣陵楓岸夜蕭蕭。故人舟在秋江水，落日空城起暮潮。

妙香亭

孤煙淡淡水泠泠，十二年前上此亭。莫更羊曇怨頭白，林泉亦改舊時青。園樹多枯，池水亦竭。

陳弢庵太傅重宴鹿鳴賦此以和

海内垂名久，高門令德長。丹心經日月，黄髮歷興亡。昔會嘉賓宴，今登君子堂。飛騰變甲子，顛沛履冰霜。六尺孤能託，三朝志不忘。中興期俊彦，聖代出賢良。直道今能繼，堅貞古所臧。他時登稷契，補衮樂虞唐。

南山

南山輦路浄斜暉，聞到君王羽獵歸。青草門前春去盡，野棠花落雉朝飛。

從軍行

桑乾西望暮雲開，笳鼓聲聲動地哀。夜火照山秋草靜，單于萬騎入關來。

送客入秦

渭水東流入亂山，秦兵卷甲一時還。灞陵夜宿無人識，木落秋高出武關。

弔海印上人

三年別遠公，相思洞庭水。巾瓶散何處，孤墳楚雲裏。帆挂橘洲煙，浦溆悲風起。邊郡莽無際，秋色來萬里。清猿嘯高樹，寒舟坐如此。死別無前期，念子心已矣。

秋夜重憶永光

開福留荒碣，空傳五代僧。芙蓉開斷坂，橘柚上寒陵。一入沅江寺，孤墳蔓古藤。因過舊游地，流涕欲攀登。

聞海印上人示寂詩以弔之

杖錫山中別，庚申秋，上人別余西山歸楚。音書已隔年。方聞秋雨夕，哭向暮雲天。上人疾，謂劉腴深遺民曰：「若我死，當馳書告居士，使知老衲不在人間也。」詩弔孤煙外，魂來落木邊。君竟歸何處，三湘望渺然。

弔海印上人

猿聲落日送行舟，一夜黄陵水急流。欲賦哀詞招慧遠，白蓮花落洞庭秋。

桑乾西望暮雲低，空館無人古木齊。山客不來秋又盡，月明空帳夜猿啼。

古木參差澗壑陰，五年巖屋夜鳴琴。遺民野哭林塘晚，心向蒼梧湘水深。

雪夜憶西山草廬

柴門黄竹壓深宵，空館無人對寂寥。却憶寒山讀周易，草堂風雪夜蕭蕭。

雪夜

夕煙入浦溆，歸禽雲際宿。深院寂無人，凍雪壓寒竹。

寒日行野

河流無斷聲，行客終日悲。涼風吹北原，秋草偃横陂。曠野寒無人，百卉相與悽。滔滔驅駟馬，茫茫欲何歸。言懷遠游子，落日長洲湄。

曲逆孝烈將軍廟

將軍魏氏女。漢文帝時募兵，魏父老，以僞丈夫子從軍，百戰收燕山地。明封孝烈將軍。

十年暮宿黑山頭，劍珮歸來戰馬愁。長笛斜陽送神曲，古城寥落水東流。

寒玉堂詩集甲編

乘桴集

出山海關

辭君夜出塞，踰越萬重山。莽莽風兼雪，蕭蕭邊與關。荒臺征戰罷，老病幾人還。孤客悲戎馬，黄雲古戍間。

過朝鮮永登浦

朝發鷺梁津，暮度青山曲。孤舟出雲表，江山變新緑。峻嶺垂寒松，平川帶修竹。何年居九夷，兹焉事樵牧。

宴日本大倉男第

芳酒開瓊宴，蓬山雅集高。遺風猶漢魏，古意滿離騷。海上飛鸞馭，尊前落鳳毛。群公擅詞賦，清響勝雲璈。

望芙蓉峰

吾愛丹邱子，飄然海鶴顏。應騎雙白鹿，遥在萬重山。遺跡終何處，高風不可攀。長歌望蓬島，空復片雲還。

宴芝山紅葉館

海上嘉賓宴，衣裳此會難。諸侯金馬貴，歌女玉筝寒。跪進流霞酒，光飛明月盤。天風動環珮，雙袖夜珊珊。

芝山紅葉館席上詠妓

一片天孫錦，何年落釣磯。只應湘水上，常著女蘿衣。
臨鏡烏雲散，當筵媚眼開。忽聞鳴珮玉，疑是片霞來。
月裏鳴霞珮，風前舞練裙。無端敲羯鼓，驚落鳳凰雲。

紅葉館雅集呈田邊先生

江户連春雨，珠簾坐翠微。群賢天上集，驄馬路旁歸。紅葉開山館，瓊花落舞衣。會稽詩酒興，佳會未應稀。

春日宴大倉男宅

舊説蓬萊島，山如玉鏡臺。雲霞生絶壁，滄海入銜杯。濟濟群公宴，翩翩五馬來。飛觴青瑣麗，棨戟翠屏開。坐有談龍客，應慚吐鳳才。使君能待士，令德遍紘垓。

贈田邊先生

茅舍臨滄海，先生矯不群。只應騎白鶴，長嘯萬重雲。

題淺草寺

江國生春水，城空石壁開。何時黃鶴返，終日白雲來。我欲從槎客，因之問釣臺。昔人今不見，松柏正堪哀。

東游寄内

積水有時盡，落霞終不還。天風自西來，吹我蓬萊山。振衣俯東海，披雲望函關。流水欺華髮，春光變紅顏。攬衣與君去，放鶴青崖間。

春日日本得家書

雙鸞垂白羽，萬里下仙臺。三月桃花水，風帆片片來。尺書天上落，孤嶼鏡中開。一唱湘靈曲，如聞鼓瑟哀。

題田邊先生瓢

先生挂瓢去，往來白雲裏。不見潁川人，空汲潁川水。

春游日本

芳原溪水碧穿紗，鳴玉揚鞭過狹斜。更遣吴姬春壓酒，桃花飛盡不還家。

舟中即事

帆下滄溟萬里長，白雲無盡水蒼蒼。西飛不見盧耽鶴，江上千峰滿夕陽。

登日光山望瀑

潛雲變中野，靡迤連孤峰。崖巒奄陰霽，浩氣初空濛。陟岡履茂草，高詠倚長松。區中表靈異，俯仰安能窮。飛泉瀉寒玉，石華輝紫茸。洪厓不可接，緬邈懷仙蹤。

日光山道中

客來落山雨，崖穴生寒雲。庭館何蕭條，華表亦紛紛。喬松蔽精舍，溪鐘路旁聞。飛泉瀉石壁，琪花散清芬。幽人招白鶴，欲下雲中君。

稻荷川

春蘭在幽谷，芳意常不宣。石梁駕空碧，灑然飛寒泉。朝登崇山阿，邈同淩紫煙。高峰望積雪，皚若峨嵋巔。嶙峋絶鳥道，藴異孰爲傳。

霧降瀧

雲雨中禪寺，長天飛白龍。雙鶴如秋雪，來巢萬古松。

中禪寺湖

已臨星斗近，忽見峰巒開。疑是銀河水，翻從天上來。

東照宮

宮殿臨飛鳥，將軍寢廟空。無由盟踐土，大樹起悲風。

鶴田

鶴鳴不在田，方壺雲際宿。石徑無人行，荒雲横古木。

鹿沼

欲向東山去，日夕扁舟回。處處野苹合，空思白鹿來。

日暮里

悠悠日暮里，日暮水生愁。欲采芙蓉去，風雨滿沙洲。

鶯谷

鶯谷如盤谷，皛川勝輞川。桃花與春水，相送夕陽船。

聞笛

羽衣道士未知還，來往蓬萊碧水間。白露横江明月夜，梅花吹落古關山。

客舍茶花

花開時節多風雨，雨急風催花已殘。我似故人從此别，明年開處與誰看。

暮春東京所見

江浦花飛送暮春，微茫煙水照行人。巫姬歌舞衣如雪，風笛靈絃賽古神。

道院花并序

道院玉蕊一樹，晨風吹之，飄雲散雪，灑翰題詩，贈仙客之來者。

零落今傷故國情，雲鬟墜地雪衣輕。女冠受籙驂鸞去，瓊樹無人璧月明。

日本聽三浦母彈箏其子吹尺八和之

玉箏彈罷碧雲開，駕鶴真如水上來。阿母綺窗歌一曲，梅花齊落古瑶臺。

題田邊華畫

海客懷書向我揖，自言能畫滄溟水。望之不敢挂素壁，恐有蒼龍夜中起。何時衰朽成老夫，袖中萬里方壺圖。右手亦胝鬢亦枯，醉時下筆翻江湖。圖中咫尺落風雨，挾龍之客無時無。

東京詠白杜鵑

杜鵑何綽約，天上倚雲栽。尚帶瑶池雪，瀛洲處處開。昔年仙已去，今日鶴重來。欲泛滄溟月，扁舟去不回。

潮來櫂歌六首

落帆江浦夕陽時，霜滿楓橋葉下遲。莫倚菰蒲怨秋水，浮雲終傍息棲詞。

霜下魚梁浦溆遥，菖蒲秋水木蘭橈。月明欲越風波去，郎在潮來第幾橋。

妾家生小住煙蘿，蘆管吹來起櫂歌。夜夜江干畏潮水，郎今何處越風波。
輕舟魚戲在何方，蓮葉田田碧滿塘。郎去郎來成往事，清歌一曲斷人腸。
漁浦飛煙過野橋，菰蒲西望水蕭蕭。郎情不及空天月，猶送寒江夜夜潮。
筑波山前溪水流，胭脂渡口菖蒲秋。白雲明月將愁去，直到瀟湘十六州。

登千葉縣山青水白樓

海門遥接望仙臺，鐵笛蕭蕭木葉哀。還似盧耽乘鶴夜，碧天無際白雲來。

胭脂渡并序

昔有美人傾脂水於此，後人以名其渡。

北浦無人杜若開，青天明月碧雲回。千年不見章臺柳，衹有潮聲朝暮來。

宿曉雞館館臨海。

方壺乞靈藥，攜手下滄洲。不見赤松子，空悲碧水流。孤帆開石壁，海氣撼高樓。莫漫窺王母，還應近斗牛。

銚子泛舟

雙舟向霞浦，孤月落中潭。若有魚龍氣，能教煙霧寒。美人黃竹曲，槎客白雲冠。咫尺蓬萊水，真宜賦考槃。

過江島辨天祠祠祀辨天女神。

青天開石壁，遠近水空波。神女傳祠廟，行雲意若何。孤舟凌雨氣，五月挂帆過。欲降鸞車駕，靈旗捲薜蘿。

留別日本諸公三首

淩滄高挂片帆孤，猶似荆門夜向吴。回首無心望江水，愁雲明月滿蓬壺。

楊花飛盡水悠悠，送客歸來獨倚樓。不見片帆行碧海，惟看天際白雲流。

客散樓空罷管絃，布帆高挂暮雲邊。天風一夜吹愁去，直到蓬萊弱水煙。

大倉座上諸賢索書戲答

群賢天上綺筵開，欲賦新詩莫漫催。題向蕺山團扇上，書名贏得滿蓬萊。

夜宴澄霞館觀妓

江曾圍幕府，門尚起寒潮。勸酒紅顔醉，吟詩翠黛嬌。行雲如識曲，仙鶴下吹簫。欲乘滄波去，魚龍夜寂寥。

前題

東國蕭蕭雨，江城瘴不開。酒如金谷宴，歌是玉川來。《玉川》，曲名。彩鳳隨紈扇，明霞落鏡臺。夜深愁客去，紅燭莫相催。

觀日本妓小蓮舞

羅襪凌波洛水神，小蓮嬌舞上陽春。三絃清怨來何許，一曲秋砧惱殺人。《秋砧》，曲名。

望富士山

連山下海東，浮玉倚雲中。萬古不改色，高寒上碧空。仙人凌積雪，黃鶴乘天風。咫尺隣星斗，應知造化工。

雲湧谷

孤帆淩碧海，雙屐下蓬邱。飛鳥不敢度，蒸雲日夜流。蔡經游不返，子晋望生愁。萬古函山月，蒼然滿鳳樓。

嵐溪舟行絶句

盤峽亂流中，牽舟百丈空。舟人望雲雨，愁過楚王宫。

鳥道連雲盡，川舟引峽長。還如杜陵客，五月下瞿塘。

亂石湧孤舟，波濤出上頭。渾如下三峽，不必聽猿愁。

寄田邊先生二首

長亭風雨别驚神，欲送雙魚寄隱淪。只恐棄家乘鶴去，武州雲水覓何人。

錦帆高挂拂虹霓，萬里滄溟向客低。何必扁舟望煙水，浮雲不到海門西。

延歷寺在比叡山，其國有僧最澄者朝於唐，學天台宗，歸建此寺。

延歷山中寺，荒碑上碧苔。傳經歸國土，求法向天台。白鹿何時返，青蓮闕不開。無由窺半偈，遺跡使人哀。

清水寺寺供清水觀音。

鷲嶺疑無路，靈山若可尋。蒼茫清水寺，終古海潮音。梅熟空禪性，蓮香喻道心。慈航今不見，漁火隔煙深。

宮島泛舟釣魚同叔明作

落日明沙岸，征帆下急流。鷗窺漂母飯，魚上美人舟。芳草色空碧，王孫終不留。明朝渡滄海，應望白雲愁。

余歸京都道出三韓聽官妓歌羽衣化鶴之曲其聲哀促滿座掩泣雖楚岸啼猿蜀國子規不能過也既醉以酒愴然而賦

景陽宮井事茫茫，舊曲歌來恐斷腸。春殿只今成蔓草，羅衣何處舞秦王。
一曲相思韻最哀，雪衣雲鬢共徘徊。似將天寶無窮恨，吹向山陽笛裏來。

渡海寄田邊華

煙樹蒼茫繞峽低，落花飛盡子規啼。白雲不鎖關門水，一夜風帆過海西。

歸次長城

北去應如庾信哀，關山蒼莽客空回。豈知飲馬今無塞，舊説盧龍尚有臺。沙磧入天邊水合，中原落日羽書來。懸軍臨險興亡地，虵鳥風雲望不開。

寄日本田邊碧堂

明月隨高步，清風入角巾。何期永嘉世，相見義熙人。滄海心猶壯，魚龍句有神。碧堂有「魚龍不駭古句驪」之句。乘桴問樵牧，直到武州濱。

送田邊華

古戍西風萬仞山，締袍横劍下榆關。不須飲馬長城窟，朔月邊雲送客還。

寒玉堂詩集甲編

寒玉堂集卷上

擬古六首

芃芃窗下蘭，鬱鬱園中葵。光色春夏茂，枝葉何葳蕤。白露下衆草，盛衰隨時移。來日不可見，去日曷可追。草木懷貞心，安知有榮萎。執謝彼之子，言采將何爲。

自我抱幽寂，足不踐市城。今聞故園木，萋萋不復榮。三徑亦已荒，深草没前楹。人生貴適志，胡爲愛榮名。願言盡尊酒，常醉無時醒。

春風履原隰，忽然變葱蒨。朝雲下喬木，衆壑曦光凈。鮮林散浮煙，流采自相映。忘言坐前軒，鳴琴慰幽夐。

奇松挺孤標，矯矯幽巖陰。清風振衆籟，靈岫巍且深。鸞鶴高翔遊，棲止無下禽。匪因霜雪寒，焉知抱貞心。

脩竹悦朝日，冉冉生吾廬。飄風脱枯葉，枝枝自扶疏。山川發奇姿，清響來相娱。含真樂天趣，徘徊眄琴書。閑情淡容與，緬懷羲皇初。

昔我邁孤往，入山遂不歸。考槃在西澗，明月來荊扉。鳴琴送征雁，夕樹流煙霏。幽賞愜素心，尚寐無相違。

塞下曲

戍樓煙斷草萋萋，萬里寒冰裂馬蹄。聞道漢家開戰壘，邊沙如雪玉關西。

舜祠在歷山。

濟南城下明湖水，取薦重華廟裏神。寂寞空祠叢竹淚，九嶷深處望何人。

山居

柴門對遠山，秋雲淡相疊。幽禽下斷巖，空庭踏黃葉。

憶故園

孤客登臨萬里臺，河聲哀壯入銜杯。秋來亦有嘉州感，況是黃花無處開。

秘魔崖

連林出斷巖，蕭蕭積秋雨。下視蒼溟深，樵人隔煙語。

金陵懷古

玳瑁梁空罷玉尊，六朝金粉已成塵。平湖風柳蕭蕭在，不見當年度曲人。
方山木落景蕭蕭，柳岸菱塘覆野橋。王氣南朝消歇盡，不堪重聽石城謠。

楊柳蕭疏覆葦花，水西門外石橋斜。荒煙冷雨深深地，傳是南朝江令家。
遠岸蒹葭水國分，一聲嗚雁隔江雲。石橋年少風流絶，誰唱當年白練裙。
蕭瑟垂楊集暮鴉，故宫菡萏夕陽斜。荒亭誰弔昇元閣，青冢猶悲張麗華。
白苧歌殘桂棹輕，柳堤不見石橋横。荒城滿目無禾黍，惆悵登樓故國情。

竹素園

古堞出暗林，縈迴隱高樹。堰上風雨來，前湖隔煙霧。

登封臺

岱宗封禪罷，玉檢至今傳。不見相如賦，空悲元鼎年。漢武帝封禪在元封年，實啟於獲鼎紀元也。

壺天閣

石磴連雲起，盤迴入杳冥。鳥飛愁不下，低首望空青。

聞性真上人圓寂憮然有作

重扃禪榻寂，孤塔石幢寒。玉軫冰絃絶，泠泠不復彈。上人善琴。
松風響空厨，木葉零高閣。行矣雁門僧，寒更殘雪落。

壬戌九日西山懷印上人

斜月扁舟煙水清，横江吹笛夜冥冥。孤帆遠破黄陵雨，風木蕭蕭滿洞庭。

望諸君墓

華表縱横委路旁，平原秋草故城荒。報書一上無歸日，高樹悲風古范陽。

贈泰山宋乙濤道士

星壇花落蕊珠經，童子焚香侍座聽。萬里碧空迴羽駕，天風吹鶴夜冥冥。

題卧佛寺

古院斜陽照薜蘿，疏林霜歇雁聲過。碑亭木落黄昏雨，吹入西風可奈何。

平原道中

郭門連岱嶽，山色俯青齊。瘦馬嘶邊雨，黄河繞大堤。野人收苜蓿，破巷閉蒿藜。井里無炊火，終年斷鼓鼙。

山雪

今夜澗齋冷，幽尊湛芳冽。習習林下風，蕭蕭北窗雪。遠塞飛鳥没，凍浦孤舟歇。灌木寂衆響，巖雲互相越。緬憶羲皇人，鳴琴慰高潔。

李陵

李陵辭漢闕，生降不復歸。河梁別時淚，幸苦上胡衣。

桑乾漲

昨夜桑乾渡，風波艤客舟。君看盤峽日，猶似下黄牛。

山寺月

空巖閟寒景，幽棲淡塵事。風掠黄楂林，月上寒山寺。所懷青松下，高人抱琴至。

秋日寄伯兄

把袂一爲别，飄零積歲年。衣冠散兵火，兄弟隔風煙。雁去秋霜外，書來暮雨前。離心與歸夢，日夜海雲邊。

甲子秋日將出山感懷

天風吹河漢，列星西南馳。香飄月中桂，空階露華滋。嶺上白雲不相待，秋光欲盡歸莫遲。

渡桑乾河

古戍秋風白草鳴，胡笳吹月落邊聲。桑乾回望天如水，萬里寒沙匹馬行。

遣興

黄葉隨霜氣，青山憶舊過。歸來一憑弔，空館夕陽多。宿雨飄魚罶，秋風冷雀羅。江潭悲落木，庾信意如何。

九日

九日園中會，西風祇獨寒。登高望秋雨，霜葉未曾看。城中未見楓。薜荔隨孤杖，茱萸挂小冠。關山盛戎馬，東去路漫漫。

贈外舅吉甫制軍出關

渭水東流入亂山，秦兵捲甲一時還。灞陵夜宿無人識，木落秋高出武關。

奔行在所

兵戈連禁省，夜火入天燒。溝壑臣無補，牛羊賊尚驕。殿空銅狄泣，書落紙鳶遥。艱瘁西平業，人間久寂寥。

憶西山未歸

一別招提境，趦趄竟若何。青山歸處少，芳草去時多。澗水穿喬木，溪雲帶女蘿。經年擯道帙，深負采薇歌。

城寺聞鈴憶西山草堂

招提經夜雨，庭際落清音。遠憶西峰寺，千山雲正深。響驚楓浦雁，寒起薊門砧。自愧棲棲者，空勞故國心。

寄郭縠貽

近聞郭有道，高隱定如何。湘水思無極，湘雲愁更多。吟詩存甲子，晞髮對山河。我欲從君去，衡門問薜蘿。

題蒼虬侍郎畫松

飄泊陳生老，清歌變楚辭。灑將憂國淚，寫入歲寒枝。直節誰能見，高才世豈知。君看畫中樹，猶得及明時。

乙丑暮春懷湖南諸子

連江春草碧萋萋，遠客還家聽鼓鼙。去雁已飛遼水上，故人多在洞庭西。高原背日邊沙暗，獨戍臨關古木齊。落月孤猿正相憶，寄書迢遞隔雲霓。

暮春園中花

淺淡殘紅可奈何，芳園春盡客中過。憑君莫問南來雁，柳葉空塘積漸多。

登玉泉山塔

邊月關山遠，寒煙浦溆分。秋風吹落雁，已過萬重雲。

園夜

園林霽寒景，涼風起薄暮。微雲抗高館，藤蘿上空樹。考槃西山陲，河廣不可渡。潛鱗依舊潭，哀鴻漸中陸。幽懷日已遠，曦光安得住。

秋夜

庭柯覆寒沼，繁響忽已歇。清波迴洞房，流光皎如雪。涼風動群籟，夜静商聲發。三星在我宇，浮雲自踰越。瑶琴有嘉音，覽此林閒月。

贈劉腴深遺民

楚國多名勝，曾將惠遠游。荒亭飛木葉，江雁唳孤舟。雲起荆門合，天低漢水流。巾瓶散何處，瞻眺不勝愁。

乙丑立秋

木葉脱寒渚，鳴雁過北塘。飄摇下江瀨，秋菊有餘芳。高風振空坂，河漢夜蒼蒼。月明星斗稀，城郭正相望。念彼行役人，哀此關山長。

懷海印上人

自我遯空谷，俯仰無四鄰。倚杖嘯孤木，邈若羲皇人。與君一爲别，仳傐常苦辛。飄風不終朝，宿雨難及晨。所貴宣明德，豈必形骸親。冥冥孤飛鳶，眇眇潛淵鱗。心知不相見，苦言安能申。

憶海印上人

遠公今已没，苦志尚堪哀。未悟黄梅熟，空瞻白雁來。魂飛遼海月，詩散楚王臺。欲哭空桑下，荒碑蔓古苔。

秋夜

河漢生微雲，高風振虚壁。今兹懷百憂，孤景邁寒夕。蛩鳴亦在宇，百卉相催積。庭柯動清籟，華池已澄碧。鴻雁東南飛，音響越明澤。孤客起中夜，端居憶疇昔。

九日邁矣西風寒矣流目庭柯生意盡矣仲宣作賦嗣宗詠詩豈曰文藻惟以永志

江漢白露下，寒天九月時。芙蓉落空館，蒹葭散平池。絡緯無餘聲，節序忽已移。繁謝有終極，英華豈常滋。薄言至東原，松菊向朝曦。林楓鳴素秋，衆卉相離披。白駒在空谷，日月寢已馳。逝者亦何悲，生死安能辭。長懷謝時世，言采商山芝。

桑乾送別

沙明水落雁聲寒，萬里長城駐馬看。別後故人相憶否，亂山斜日渡桑乾。

再游潭柘寺

昔時此院經行處，一閉風光已十年。花落空堂僧去盡，亂山喬木寺門前。

讀海印上人白鹿寺題詩

猿啼霜落大江邊，空院人來白鹿眠。今日鹿游人不見，楚宫雲雨暮連天。

桑乾三首

白草無邊接塞空，薊門千樹曉濛濛。雪中移帳嘶征馬，磧上鳴笳起朔風。

北風吹雁過寒山，聞道單于夜出關。笳鼓無聲邊月苦，胡沙萬里絶人還。
慘淡黄雲起朔風，秦城邐迤度邊鴻。桑乾落日行人少，牧馬平沙秋草中。

酈亭

沙磧蒼茫接塞垣，連年征戰鼓鼙喧。千山盡繞桑乾水，片瓦猶名酈道元。

詠大覺寺木蘭 迦陵國師手植。

暘臺山路曉煙蒼，入寺無人滿地霜。蔓草又生僧去後，木蘭如雪覆空堂。

荒郊見古冢

峥嶸北原道，幽窈連高墳。空城歸鳥鼠，喬木凝寒雲。灌莽越阡陌，主客安能分。壁劍久飛去，鳴玉不相聞。已無庾信銘，亦少惠連文。延陵不復作，誰知報徐君。

詠熱河魚石

潭魚辭故淵，群來石上戲。惠子不知魚，安能識魚意。漾漾泛文藻，溪光轉幽媚。垂綸安可希，河梁託遐寄。

柬蒼虬侍郎

朔風吹越鳥，離客嗟行路。木葉送歸舟，徘徊望江樹。幽蘭發空館，雲雨相驅騖。泉流無盡期，鳴雁時迴顧。冥冥關塞寒，悽悽歲云暮。言懷雲中君，山川安能度。

詠山中紅葉扇

紅葉裁爲扇，高臺拂雲霓。林中一揮手，滿座霜淒淒。如見丹邱子，騎鶴相招攜。翩翩御長風，俯覽五嶽低。

登北原望長城

木葉來不已，驅馬登高原。長城失險阻，雲霧空飛翻。崇山峙幽都，達延居庸樊。星光動箕尾，桑乾日南奔。風鳴阪泉野，中有蚩尤魂。驚沙崩涿鹿，凍雪埋寒門。不見軒轅臺，萬古愁荒垣。

詠史

甯戚歌碩鼠，短衣干齊君。馮諼不得志，彈劍動田文。風雲一相會，遂使成奇勳。賢愚骨已朽，千年不復聞。

聞鸕鴣

霜落寒山故國蕪，秋風秋雨散菰蒲。雝雝不見南飛雁，淺水空塘響鸕鴣。

丙寅立秋

蟪蛄在宿莽，秋風變喬木。下簾彈素琴，孤螢拂華燭。芙蓉謝江渚，百卉萋以緑。邊郡何茫茫，征人越川陸。道里阻且遥，歲月忽已促。歎逝多傷懷，長愁結心曲。

秋日望西山不歸

空園媚幽景，蒹葭覆寒池。永懷河梁别，因歌七月詩。浮雲方歎逝，流水欲通辭。秋登仲宣樓，葉下淮南枝。涼風薄林端，杜若零江湄。日暮瞻四方，按劍將何之。褰裳涉秋水，言返西山陲。所思不能見，永結中心悲。

秋夜

冥冥月初落，蕭蕭夜未央。涼風霽微雨，雲漢多秋光。流螢度深竹，湛露零寒塘。清秋節迴换，庭蘭發餘芳。空階望織女，迢迢限河梁。

秋夜獨坐懷劉腴深遺民

星光動秋草，零露滿寒墀。知君在湘浦，千里勞相思。山川不可極，空吟風雨詩。

秋日

澄霞變林靄，飛雁動離聲。孤舟一爲别，秋水遠無情。千里共明月，蒼茫江漢横。

寄劉遺民

林皋澹餘景，陵阿下殘暉。高風振庭柯，黄葉辭荆扉。鳴琴賦秋水，陟山歌采薇。倚仗青巖間，日落寒蟬稀。

題古墓華表

群山奔合墓門斜，慘澹陰風捲白沙。華表何年棲鶴去，西風吹盡野棠花。

憶别海印上人

山木響高秋，巖雲逐亂流。獨行黄葉寺，相送白沙洲。杞菊依雙鬢，風雪感百憂。音書瞻去雁，遠寄益陽樓。

前湖

過雁衝寒雨，秋聲蕩百川。荷殘無復蓋，洲晚欲生煙。故園遺喬木，西風感暮年。宫槐正飛葉，寂寞滿尊前。

寒蟬

林蟬響積雨，蕭瑟渚煙涼。獨樹餘秋氣，千山正夕陽。影隨衡浦葉，聲帶薊門霜。鳴雁無消息，臨風易感傷。

寒螢

螢火隨時序，飄零獨爾身。故宫生白露，夕殿更無人。蔓草棲初定，衣裳思自親。應甘守枯寂，不敢羨陽春。

和叔明閒居韻

故國青山夕，荒園亂木交。芙蓉開舊館，風雨落空巢。荷盡無餘蓋，籬斜不繫匏。變衰何限意，秋氣滿塘坳。

和叔明嬾韻

已報侵河朔，猶聞破漢陽。乾坤窮戰伐，風露戒衣裳。病起琴書冷，愁來杞菊荒。頽然盡尊酒，長醉到羲皇。

和叔明漫成

衡門聞落木，黄竹散幽叢。詩思風雲外，秋心煙雨中。厨人燒苦葉，稚子劚寒菘。好去期麋鹿，林巒意不窮。

九日望邊塞

朔風吹白草，寒氣動旌旄。古戍居庸險，雄關碣石高。驊騮嘶斷坂，鷹隼下空壕。聞道收邊郡，秋霜上佩刀。

登高示叔明弟

九日無風雨，高原極暮哀。昭王一消歇，野火上空臺。古戍平沙遠，清秋獨客來。征夫怨行役，出塞滿黄埃。

憶樂陵李君君已殁。

玉樹凋零事可哀，樂陵終古雁空來。莫愁蘋藻無人薦，秋雨年年弔茂才。

夢海印上人

烏啼霜落夜蒼蒼，忽夢棲蟾過草堂。欲别不知何處去，秋光滿地月如霜。

出山海關留别諸子

辭君夜出塞，踰越萬重山。莽莽風兼雨，蕭蕭邊與關。荒臺征戰罷，老病幾人還。孤客悲戎馬，黃雲古戍間。

巨流河

駐馬辭關吏，棲棲問所之。長途紛雨雪，塞水照旌旗。沙磧連城雁，人煙雜島夷。不堪聞鼓角，竟夕起邊思。

丁卯三月與日本諸公宴芝山紅葉館以下四十首日本作。

海上嘉賓宴，衣裳此會難。諸侯金馬貴，歌女玉筝寒。跪進流霞酒，光飛明月盤。天風動環珮，雙袖夜珊珊。

贈日本大倉男

芳酒開瓊宴，蓬山雅集高。遺風猶漢魏，古意似離騷。海上飛鸞馭，尊前落鳳毛。群公擅詞賦，清響勝雲璈。

紅葉館雅集

江户連春雨，珠簾坐翠微。群賢天上集，五馬路旁歸。紅葉開山館，飛花落舞衣。會稽詩酒興，佳會未應稀。

日本即事

玉作秋田縣，花爲錦帶橋。美人吹折柳，鳳管夜蕭蕭。

題淺草寺

江國生春水，城空石壁開。何時黄鶴返，終日白雲來。我欲從槎客，因之問釣臺。昔人今不見，松柏亦堪哀。

春日日本同叔明弟作

雙鸞飄白羽，萬里下仙臺。三月桃花水，風帆片片來。尺書天上落，孤嶼鏡中開。一唱湘靈曲，如聞鼓瑟哀。

鶴田

鶴鳴不在田，方壺松際宿。石徑無人行，荒雲橫古木。

霧降瀧

雲雨中禪寺，長天飛白龍。雙鶴如秋雪，來巢萬古松。

利根川

天際浮圓影，峰如碧玉杯。孤帆落秋水，白鶴鏡中來。

泉岳寺弔四十七士墓

古木生宿草，空傷過客情。無人蒼海上，伏劍哭田横。

日暮里

悠悠日暮里，日暮水生愁。欲采芙蓉去，風雨滿沙洲。

東照宫德川墓。

宫殿臨飛鳥，將軍寢廟空。無由盟踐土，大樹起悲風。

暮春東京書所見

江户花飛送暮春，微茫煙水照行人。巫姬歌舞衣如雪，風笛靈絃賽古神。

神宫花

神宫玉樹，晨風吹之，飄雲散雪，灑翰摛藻，題贈仙客之來者。

零落今傷故國情，雲鬟墜地雪衣輕。女冠受籙驂鸞去，瓊樹無人璧月明。

詠白杜鵑

杜鵑何綽約，天上倚雲栽。尚帶瑶池雪，瀛洲處處開。昔年仙已去，今日鶴空來。欲泛滄溟月，扁舟去不回。

利根川泛舟

雙舟向霞浦，孤月落中潭。若有魚龍氣，能教煙霧寒。美人黄竹曲，槎客白雲冠。咫尺蓬萊水，真宜賦考槃。

與叔明弟宿曉雞館館臨海。

方壺乞靈藥，攜手下滄洲。不見赤松子，空悲碧水流。孤帆開石壁，海氣撼高樓。莫漫窺王母，還應近斗牛。

別縑浦妓

白露蒹葭遠送行，孤帆一望浦雲生。東流不飛力江水，難斷今朝贈珮情。

胭脂渡

北浦無人杜若開，青天明月碧雲回。千年不見章臺柳，祇有潮聲朝暮來。

留別日本諸公

淩滄高挂片帆孤，猶似荊門夜向吴。回首無心望江水，愁雲明月滿蓬壺。

送别江樓兼送春，朱絃彈罷獨傷神。明年此夜蓬萊月，滿地清光不見人。

客散樓空罷管絃，布帆高挂暮雲邊。天風一夜吹愁去，直到蓬萊弱水煙。

觀妓舞

一曲春枝扇影開，梁塵空望碧雲回。分明曾侍瑶池飲，謫向人間歌舞來。

夜宴澄霞館

高堂别宴帶寒林，匹馬西歸無處尋。也似開元送晁監，青天碧海夜沈沈。

夜宴澄霞館觀妓

江曾圍幕府，門尚起寒潮。勸酒紅顔醉，吟詩翠黛嬌。行雲如識曲，仙鶴下吹簫。欲乘滄波去，魚龍夜寂寥。

前題

東國蕭蕭雨，江城瘴不開。酒如金谷宴，歌是玉川來。彩鳳隨紈扇，明霞落鏡臺。夜深愁客去，紅燭莫相催。

觀日本妓小蓮舞

羅韈凌波洛水神，小蓮嬌舞上陽春。三絃清怨來何處，一曲秋砧惱殺人。

過江島辨天祠

青天開石壁，遠近海空波。神女傳祠廟，行雲意若何。孤舟凌雨氣，五月挂帆過。欲降鸞車駕，靈旗捲薜蘿。

嵐峽舟行絶句

盤峽亂流中，牽舟百丈空。舟人望雲雨，愁過楚王宫。

鳥道連雲盡，川舟引峽長。還如杜陵客，五月下瞿塘。

亂石湧孤舟，波濤出上頭。渾如下三峽，不必聽猿愁。

寄田邊先生二首

暮春風雨别横濱，欲送雙魚寄隱淪。只恐辭家乘鶴去，武州雲水覓何人。

錦帆高挂拂虹霓，萬里滄溟向客低。何必扁舟望煙水，浮雲不到海門西。

延曆寺在比叡山，日本有僧最澄者朝於唐，學天台宗，歸建叢林於此。

延曆山中寺，荒碑上碧苔。傳經歸海嶠，求法向天台。白鹿何時返，青蓮闕不開。無由窺半偈，遺跡使人哀。

清水寺 寺供清水觀音。

峻嶺疑無路，靈巖若可尋。蒼茫清水寺，終古海潮音。梅熟空禪性，蓮香喻道心。慈航今不見，漁火隔煙深。

渡硯海寄田邊

煙樹蒼茫繞峽低，落花飛盡子規啼。白雲不鎖關門水，一夜風帆過海西。

贈妓

欲道前朝未有期，片時相見忽相離。天涯何處無芳草，更賦新詩却寄誰。

聽朝鮮官妓歌相思羽衣曲

景陽宮井事茫茫，舊曲歌來恐斷腸。春殿祗今成蔓草，羅衣何處舞秦王。

一曲相思韻最哀，雪衣雲鬢共徘徊。似將天寶無窮恨，吹向山陽笛裏來。

歸次長城

北去應如庾信哀，關山蒼莽客空迴。豈知飲馬今無塞，舊説盧龍尚有臺。沙磧連天邊水合，中原落日羽書來。懸軍臨險興亡地，蛇鳥風雲望不開。

望秦關

羌笛簫簫馬上聽，邊雲莽莽客中經。秋來胡騎窺烽火，西望秦關草不青。

秋夜

攬衣對寒景，曠宇秋氣深。蟋蟀亦何悲，中夜揚繁音。翾翾入空曲，切切房中吟。疏楹矚流水，微月升幽林。鳴蜩知天寒，振響越高岑。我心匪轉石，憂怨孰能任。

送田邊華

古戍西風萬仞山，綈袍横劍下榆關。不須飲馬長城窟，朔月邊雲送客還。

津門道中

古道泥沙淺，平原景物悽。覆舟林木下，積水縣門西。村女窺荒井，津民問舊棲，莫投雲際宿，正有夜烏啼。

天津漁父

蘆中之人秋稻衣，自言鷗鷺久忘機。風帆漁浦尋常去，今日真看海水飛。

津門訪李處士放故居

辭世何心逐令威，薜蘿猶在主人非。故交亦有延陵劍，挂向空林淚滿衣。

路旁柳

塞上凋殘生意盡，江潭悽愴復如何。共言攀折多離恨，今日無人恨更多。

丁卯嘉平重客津門求海公吟詩之地無復知者愴然而賦

瓢笠飄然去玉津，數年離散隔煙塵。葛沽依舊生秋水，亂後題詩無一人。上人《西山寄妙嚴居士詩》：「西山夜雨津亭夢，直送潮聲到葛沽。」

經津門海光寺故址

碣石爲橋柳破牆，津門兵火故城荒。牧人繫馬分芻豆，傳是當年舊板堂。

過李氏舊館

石崇賓客散如雲，珮玉鳴筝總不聞。老婦龍鐘頭似雪，出門求典碧羅裙。

望六聘山弔霍原故居

蒼蒼孤山雲，莽莽范陽道。大野曠無垠，白草何悲浩。驅車遠行邁，弔古黄沙邊。其人今不見，牧馬嘶空田。正平亦何罪，世亂安能全。悲哉二覺水，今爲東逝川。

上方茅庵

竹裏招提徑，空林落鳳毛。上方黄葉下，孤磬白雲高。茅舍聞談偈，松門見挂瓢。寒陵一片石，遺跡説前朝。

登蓮華臺絶頂

龍潭龍已去，孤客尚登臺。拒馬寒光起，中條秋色來。振衣林葉下，飛錫峽雲開。雙峽中間傳爲華嚴驅龍之處。北望韓公跡，三城空暮埃。華嚴禪師萬歲通天時遇張仁愿於幽州。

十方院

遠公飛遁客，經歲閉居廬。古木知僧臘，荒碑紀竹書。石罌黄獨熟，甕牖白雲疏。蕭瑟無行跡，空庭草不除。

上方山二首

結茅傍幽壑，入門生遠情。千峰霽秋雨，孤館有餘清。灌木滋衆緑，奇芳表寒榮。駕言采薇蕨，晨夕空山行。

衆木轉幽谷，連山上寒日。晨風吹天雲，微茫萬峰出。蒼蒼上方麓，渺渺征禽疾。盤盤望摘星，沈沈見兜率。暮色蔽丹林，鳴鐘發奥室。遐觀范陽野，曠莽秋蕭瑟。

峻極殿在摘星㭑絶頂。

峻極何年殿，高標多烈風。龍圖懸碧落，鴟吻上蒼穹。星動燈藏壁，虹飛棟駕空。千山迴合盡，關塞曉濛濛。

題米友仁楚山秋霽圖

尺素生秋水，蒼茫浦溆分。尚含千嶂雨，疑落萬峰雲。江上鳴瑶瑟，崖前識隱君。清猿聲斷續，應是隔溪聞。

再題米友仁楚山秋霽圖

滿天風雨洞庭秋，曉見峰巒翠色浮。吴楚白雲千萬里，茫茫何處岳陽樓。

自題秋峽片帆圖

落日千山暮色開，片帆東下海門回。秋江秋峽猿聲急，巴水無邊天上來。

夜聞蝟啼而惡之

蝟啼亦何急，荒園月落初。青蠅彈不易，鵩鳥賦何如。攬袂聽豐草，長吟掩夜書。空言歌碩鼠，去汝復躊躕。

翡翠

髡柳鳴秋風露稀，暮蟬蕭瑟帶斜暉。明朝隨雁瀟湘去，無向秋塘處處飛。

詠翡翠和叔明弟韻

珠樹臨風翠影移，啼煙拂水傍秋池。釵禽不返生閨怨，韋莊詞：「釵上翠禽應不返。」江客重來感别離。雕檻空餘紅稻粒，羽衣應恨碧雲期。側聞南國無喬木，莫更低垂憶舊枝。

秋園

園花謝朝雨，空塘變秋木。絡緯啼荒井，微霜散秋菊。澄潭日蕭瑟，潛雲媚幽獨。秋懷渺無極，征鴻在川陸。

喜雨

沙起桑乾瘴，登臺夕照收。乾坤來暮雨，關塞忽清秋。幕燕棲無定，蒸雲濕不流。石牀涼意滿，應得夢滄洲。

熱

蛟龍今失水，神女下空臺。愁見風沙起，應無雲雨來。竹林籠暑重，菰葉背陽開。願得冬之夜，羲娥莫漫回。

匯通詞

背郭人家少，叢寺古堠邊。牧人歌往事，社鼓賽何年。水落紛斜徑，林空足暮煙。心知耆舊盡，猶問鹿門泉。

自題畫山水

澗水鳴山館，霜林接釣臺。高風茅舍在，秋氣大江來。雁外斜陽遠，鷗邊霽色開。晨朝采薇蕨，應向白雲隈。

曉渡桑乾

曉月邊沙照紫騮，征夫渡馬向并州。千山東下天如幕，雲捲桑乾入塞流。

漁浦

水落魚罾冷，移舟采白蘋。遥知秋浦月，愁殺浣紗人。柳色青娥黛，荷花紅粉新。還憐越溪女，素手膾銀鱗。

過慈壽寺故址在八里莊，明慈聖太后建，今圮。

高臺摇落九蓮燈，后夢中受《九蓮經》，後建九蓮閣。下馬行人拜古塍。宫殿莫愁生蔓草，松楸已滿十三陵。

華表縱横木葉哀，羊牛日夕下空臺。雙魂道是宫前樹，不見中官祭酒來。

秋夜書懷

連雨響寒夕，木葉有悲音。華沼凝清光，殘荷辭翠禽。中庭遽已净，微風揚素襟。百卉變秋節，蟋蟀牀下吟。雝雝南飛雁，寄之江水心。

秋日寄劉腴深遺民

搖落寒天暮，高風入塞聞。瀟湘應過雁，江漢正思君。古戍邊聲急，重巖葉色分。移家向何處，空寄嶺頭雲。

夜坐即景

端居感遲暮，況見霜葉零。方塘澄碧波，庭柯挂繁星。焉知變寒暑，坐失林中青。遥遥怨修夜，落落瞻秋螢。

少年行

邊地桃花雪後開，鳴絃躍馬出黄埃。感恩耻作平原客，獨向淮陰市上來。

春郊試馬

躍馬咸陽意氣高，青絲玉勒拂拳毛。驕行直過桃花去，片片春風白錦袍。

自題紅葉仕女

紗窗寂寞井梧寒，小立空庭翠袖單。似向秋風怨紅葉，暗拈羅帶背人看。

自題梧桐仕女

莫愁堂下宋牆東，金井闌干度晚風。清怨畫來渾不似，寄將梧葉月明中。

桑乾

馬邑欄前木葉秋，邊風吹水繞關流。沈沙折戟三千里，天塹連雲十二州。

燕市見故人李放遺書

李放移家去不還，空留書卷落人間。心知死別無歸日，遼海秋風萬仞山。

塞上送別

蕭蕭胡雁落寒風，秋色蒼然四望空。馬首西來人不見，況堪揮淚入雲中。

題秋江晚霽圖

楚雨無邊過釣磯，江風蕭瑟白雲稀。扁舟漁父歸何晚，卧盡斜陽送雁飛。

九日懷陳仁先侍郎

豈謂相思久，移家何所之。空悲江月落，不與菊花期。去國遺民淚，登高逐客詩。憐君風木意，應是鬢成絲。侍郎未終三年之喪。

東道不通

明月西飛遼海灣，不聞諸將唱刀還。瀋陽八月秋風起，衹有邊鴻夜度關。

詠寒林積雪

向夕動初霽，邂逅山中客。稷雨變蒙密，晨風日蕭瑟。片水帶孤青，微雲生遠白。槲葉有清音，繁枝澹無色。積雪滿空山，何處袁安宅。

題落花游魚圖

晴波瀲灩澄白沙，參差菱荇臨風斜。雙魚不識冶春去，御河猶戲昭陽花。

自題秋景畫

暮雨初收霽景開，千山重疊水縈迴。夕陽亭外秋聲急，木葉無邊雁欲來。

題彊村校詞圖

衡門棲隱處，秋色滿蒼苔。江表逢茲歲，應同庾信哀。時際戊辰。曝書黃葉下，引几白雲來。故國遺民在，空憐擅賦才。

塞上送別

黃雲慘澹飛白沙，胡兒夜起吹寒笳。昭王臺前送君去，下馬欲飲空咨嗟。西風八月居庸道，蒼茫滿地黃蘆草。朔雁皆從沙磧飛，征人多向塵中老。平原秋草暮連雲，匹馬高歌此送君。雪壓征鞍五花色，霜拂寶劍七星文。征人夜傍沙邊宿，萬里荒雲極遥目。莫聽琵琶出塞聲，聲聲盡作關山曲。

虚峽秋聲

高閒聞落木，寥闊夜猿哀。五月巴江水，秋聲繞峽來。挂帆惟石壁，行雨但空臺。朝暮雲安縣，蕭森瘴不開。

自題山水

江風下空壁，江水復清淺。當軒寫秋色，誰謂荆門遠。木客隱幽谷，楓林表絶巘。浩然懷吾廬，雲壑何時返。

紫丁香

嗟汝知春早，曾爲上苑花。亂開初碎月，散綺旋成霞。豔色臨妝鏡，柔香出絳紗。東風吹不去，羞入莫愁家。

水中樓影

凌漢鬱崔嵬，涵虚勢壯哉。彩虹流不斷，明月照空來。畫棟隨波散，珠簾倚鏡開。側聞蛟室近，魴鯉莫相猜。

題清媛夫人畫山水卷

江雨濛濛山四圍，江亭獨客送斜暉。玉臺閒寫空林色，無限秋雲筆底飛。
秋水無邊木葉疏，故山猿鶴近何如。他時莫負西峰約，夜雨寒窗伴讀書。

黄河

天作龍門險，淵淵出帝邱。何年沈白馬，終古但黄流。積石猶悲壯，靈源信阻修。山河嗟已變，浩蕩失皇州。

題永興墓甎

君不見桓靈之政如垂堂，忠諫塞路賢夷傷。三輔千門久荆棘，許城西北河茫茫。文曰於許城西北三里。隴畝千年常不改，斷土崩埏至今在。官舍無人問故阡，文曰亡於官舍，又曰去西阡四十步。韲露浮雲竟誰待。當時送葬歸荒地，廣輪撩坎無明器。

轜車應少輓歌行，抔土何曾識官吏。文曰去吏董頵家八十步。使君臨穴聲莫哀，恐有跋扈將軍來。漢桓帝永興二年，梁冀方爲大將軍，未誅。

題畫

衰草横陂暮色蒼，紛紛霜葉下空塘。蟬聲響盡無行客，只有寒流送夕陽。

賦得烏江懷古

滚滚東流水，何年變楚聲。天亡騅不逝，兵散季成名。火滅荒原寂，雲飛戰壘平。猶聞謝亭長，不復渡江行。

桑乾水漲

邊塞秋多雨，桑乾日夜奔。荒原思禹跡，斷岸似龍門。雲霧連山色，泥沙雜浪痕。兵戈猶未息，倚杖向空村。

漢瓦歌瓦出關中，文曰「盜瓦者死」。

漢家三輔開黄圖，當時萬瓦勞征輸。削木爲吏民趦趄，法令無乃出郅都。毁瓦畫墁古所愚，千里致此胡爲乎。蕭樊囚繫周魏辜，竊鈎之罪良可誅。千門萬户成邱墟，歌風臺荒啼夜烏。

月下聞蟬

雲漢霽霖雨，草木殊未寒。高閣吟迴風，延佇聽鳴蟬。庭陰動蒙密，越響正清發。空階寂無人，流光坐來歇。秋懷不可期，含情對華月。

桃花馬

萬里風沙縞素開，邊關飛度絶塵埃。桃花亂下崑崙水，破虜將軍洗馬來。

題黄嵩木孝子劍川圖

艱瘁滇黔路，秦兵入寇年。棧雲盤白雪，蜀道上青天。爲客寒猿外，思親杜宇前。尚悲游子淚，揮灑瘴江煙。

昭君墓

雪爊冰旗胡馬肥，漢家千里送明妃。珮環委地生青草，朔雁南來無處飛。

題醉道士圖

雙袖凌虛步紫煙，道人歸卧碧桃前。可憐一夜瑶池飲，不踏滄江五百年。

題畫

黄葉無邊滿石磯，疏藤古墓夕陽稀。采薇人去西風晚，秋色蕭條空雁飛。

野塘蕭瑟對題詩，一片斜陽萬柳絲。坐久不知秋色晚，空林落葉已多時。

題磐石城圖

磐石城在蜀江中，雲安涂氏聚族而居，防寇亂也。

黄巾猶未息，白馬尚縱横。轉地江爲塹，連山玉作城。懸軍能守險，群盜憚加兵。割據無成事，空勞戰伐名。

詠吴孝女

女孝貴養親，古稱嬰兒子。至性遂傷生，孝思胡若此。小於曹娥年，乃同曹娥死。哀哀蓼莪詩，三賦從兹始。

詠松

抱穴寒濤急，臨巖碧影流。雲飛秦代色，鶴訝漢時秋。百尺殊風雨，千尋近斗牛。莫隨笙吹去，真與赤松游。

為劉朠深作松陰覓句圖

絶代衡門隱，歸來問薜蘿。歲寒松不改，世亂句如何。故國烽煙久，空山雨雪多。懷沙無限意，吟望入悲歌。

送朱隘園歸廣州時兩粤方亂

天地兵戈滿，君今入廣州。四郊多戰壘，孤客帶邊愁。海國生秋氣，京華異舊游。翻飛鵬鶚志，歸作稻粱謀。

寒玉堂詩集甲編

寒玉堂集卷下

游極樂寺

平原蔓草碧於煙，門對寒流夜泊船。頭白貞元朝士在，尚零清淚過堂前。
野棠花落杜鵑啼，池苑無人草色萋。依舊斜陽送流水，寒山萬點寺門西。

西郊

煙生蘆荻水明湖，依舊清光滿帝都。林下遺民望巡狩，片雲寒雨似蒼梧。

津門道中

遺民猶賦黍離哀，江雁蕭蕭正北回。七十二沽如渭水，百官今日幾人來。

津門弔故人李放

曾向衡門賦采薇，飄然常帶女蘿衣。王喬劍去風流遠，任昉門間車馬稀。四海已無人共語，九原祇有夢相依。延陵別後秋風起，隴樹蕭蕭葉自飛。

天津雜詩

雲斷津門雁已無，蘆臺寒夜響鵁鶄。相思欲寄雙魚去，春水桃花滿直沽。

楊柳青青發櫂歌，宓妃羅襪欲淩波。妾家住近孤雲寺，惟問行雲意若何。

處處高樓送暮春，楊花三月滿天津。鯉魚灣下桃花水，不見雙魚寄玉人。

孤棹衝波起脊令，遡游南下露香汀。卷簾嬌殺旗亭女，猶唱城西楊柳青。《楊柳青》，曲名。

幾家蕭瑟住横塘，世亂民窮亦可傷。喬木已無官舍盡，行人猶問水西莊。

畫雪寄郭涵齋遺民

衡門畫雪寄袁安，深谷爲陵漢臘殘。莫更淮南悲木葉，中條山色不勝寒。

自題水墨達摩像

杖錫飛行入帝都，袈裟著破棄雙鳧。逢人莫問西來意，秋水虚空葦亦無。

哭黄申甫

曾聞劍珮出秦關，白髮如霜尚未還。落月浮雲空櫬去，那堪不見玉京山。

送涂子歸雲安省母

送客不能別，念君將遠征。雲安飛木葉，巴水動秋聲。危棧青天近，高堂白髮明。臨歧游子涙，不祇故鄉情。

薊門天欲雪，匹馬悵離群。親老難爲客，時危又送君。猿聲連急峽，鳥道入寒雲。正恐嗟行役，萊衣莫暫分。

雪夜同叔明作

北風生前夕，微霰集寒墀。幽懷忽不樂，空吟雨雪詩。虞淵不可極，雲漢以爲期。庭柯瞻積雪，皓然久參差。不如桃李樹，摇落君空悲。

雪晴望月

月來雪初霽，寒光正摇漾。矯首無纖雲，天池皆殊狀。榆柳影時越，池臺寂相望。海上孤鴻滅，河嶽多清曠。攬衣欲乘風，中宵發惆悵。

題梁文忠公書卷

白髮悲禾黍，孤忠欲向天。敝袍燕草色，荒冢茂陵邊。淚盡空山裏，魂歸杜宇前。獨憐憂社稷，不見中興年。

懷劉䐗深遺民

古意河梁別，浮雲日夕還。春生范陽樹，雁過井陘關。余亦悲戎馬，因之問險艱。衡門不相見，落月萬重山。

贈周七游盤谷

送君向盤谷，應登舞劍臺。滄海無壯士，白雲去悠哉。渺渺雁飛急，冥冥猿嘯哀。邊風折菀柳，宮闕生蒿萊。周郎多古意，倚馬休徘徊。昔人不復作，極目空黄埃。

題畫

瓊枝交影照朱顔，欲采繁英手自攀。只恐東風零落盡，暗留春色上雲鬟。簪花

冰綃半幅界烏絲，玉管新添白苧詞。珍重一杯芳菊酒，小窗零雨説相思。飲酒

聞百花山女道士楊清風壽百二十歲幽棲遐舉余在西山望見其峰壑欲往從之臨風遥贈

羽衣何翩翩，餐霞不計年。花冠帶飛雪，雙袖凌朝煙。蕭然萬壑松，長風吹夜絃。蕙帳挂明月，瑶水生秋蓮。人間聞笙鶴，遥憶峨嵋巔。

阿母吹簫女，朝真坐上臺。鶴依雲際宿，花向月邊開。冷霧迷黄竹，天風歸緑苔。化爲青鳥去，朝暮過蓬萊。

遥禮空山向翠微，彩雲輕拂薜蘿衣。天風吹落千峰月，鶴在星壇尚未歸。

題魏太和專

文曰：「合邑十五人，共造浮屠。下瘞寶錢，後有得者，爲作佛事。」

割據山河跡已陳，何年搜索出荆榛。北朝陵廟無抔土，起塔空思十五人。

綠牡丹

沈香亭外曉開時，風墜雲鬟露壓枝。春盡已無青鳥使，妝成應恨綠衣詩。似隨芳草迎鸞馭，暗逐垂楊滿鳳池。聞道洛陽車馬散，倚闌人去尚堪思。

輓多羅特文忠公

討賊旌旄建，登壇幕府開。曾驅回紇馬，萬騎入秦來。天塹飛能渡，雄關勢可摧。廟堂方罷戰，遺恨古今哀。慷慨圖王室，窮邊萬里行。孤臣謀不用，一旅事何成。落日思秦隴，秋風散旆旌。英靈亦已遠，瞻拜淚縱横。

落葉四首同朠深遺民作

昔日千門萬户開，愁聞落葉下金臺。寒生易水荆卿去，秋滿江南庾信哀。西苑花飛春已盡，上林樹冷雁空來。平明奉帚人頭白，五柞宫前蔓碧苔。

微霜昨夜薊門過，玉樹飄零恨若何。楚客離騷吟木葉，越人清怨寄江波。不須摇落愁風雨，誰實摧傷假斧柯。衰謝仲宣堪作賦，暮年喪亂入悲歌。

蕭蕭影下長門殿，湛湛秋生太液池。宋玉招魂猶故國，袁安流涕此何時。洞房環珮傷心曲，落葉哀蟬入夢思。莫遣情人怨遥夜，玉階明月照空枝。

葉下江皋蕙草殘，登樓極目起長歎。雁門霜落青山遠，榆寒秋高白露寒。當日西陲徵萬馬，蚤時南内散千官。少陵野老憂君國，奔問寧知行路難。

重游延壽寺懷性真上人上人工草書，善鼓琴。

惠遠歸何處，重來法會堂。寒生蕭寺樹，葉下贊公房。禪榻琴書在，閑門杞菊荒。欲彈招鶴曲，明月滿空廊。

贈章一山太史

臣甫心悲杜宇前，卜居無處問筳篿。滄溟卧聽魚龍夜，邊塞孤征鳥鼠天。射策曾經元鼎日，去官忽際永嘉年。白頭庾信空蕭瑟，流涕逢人説北遷。

腴深遺民寄海印上人遺稿感賦

漢水襄陵地，時水災未已。秦山破碎時。曾傳遠公語，還寄雁門詩。歌鳳知風變，烹魚覺淚滋。西山與楓浦，來往更無期。

寄劉腴深歸自嶽麓

湘水蕭蕭木葉疏，麓山風雨似匡廬。何時更乘浮雲去，回雁峰前數寄書。

題寄秣陵人

薊邱落月萬重山，北雁南飛尚不還。我寄白雲黃葉句，秋風吹入秣陵關。

聞劉朠深歸自嶽麓遥寄

桂棹横江水，知君懷采薇。長沙今夜月，應照薜蘿衣。黄鶴何時去，青鸞空復歸。歸來望衡嶽，還見彩雲飛。

寄郭穀貽遺民

朔風吹白雁，遠障楚江流。苦憶中條隱，空思北渚秋。嶽雲終不散，湘水尚離憂。萬木逢摇落，高寒上庾樓。

題李香君象

歌散雕粱玉委塵，夕陽芳草弔江濱。傷心扇上桃花色，猶是秦淮舊日春。

壬申暮春園中即事

臨風照水不成妝，深下珠簾罷舉觴。玉笛吹殘春去盡，空階碎影月如霜。

弔日本田邊華

三湘七澤客曾游，白浪摇天接塞秋。昔日挂帆人已去，月明星落大江流。
復憶仙山白玉臺，雲中朝暮綺筵開。碧堂三月詩如錦，春水桃花天上來。

懷蜀人張爰

青天連蜀道，蜀客此中行。來去三巴水，秋風滿錦城。雲霄方異路，江漢未休兵。正有南飛雁，遥憐獨夜情。

游石經山雷音洞

巍巍白帶山，皚皚東峰雪。圖經龍所守，千春閟崖穴。曾是錮南山，石檻何年折。真源了不聞，妙義誰能揭。三藏五千卷，韞匵無摧缺。七洞亦奚爲，安能盡緇涅。顧瞻空崖間，松風正淒絶。

宿雲居寺

青青香樹林，鬱鬱金仙塔。五代征戰餘，千年變僧臘。中有浮圖銘，石墨流響搨。五臺若培塿，雲居五峰曰五臺。清泉寺門帀。叢篁集群雀，罘罳隱寒鴿。山堂耿不眠，清鐘夜相答。

題東峰石室

上方依水木，巖屋石窗疏。雨濕楞伽字，苔封貝葉書。毫光人不見，梵語義何如。釋子逃禪久，相逢問鹿車。

芯題山道中

范陽多古寺，漯水日潺潺。匹馬征秋草，孤雲帶遠山。沙連平野盡，雁背夕陽還。百戰關河在，悲歌古戍間。

芯題山觀金仙公主碑

千山連絶塞，縹渺起飛樓。帝子何年降，荒碑異代愁。雲軿去不返，芳樹滿離憂。飲馬桑乾水，空來弔古邱。

雲居寺望金仙公主塔

青天留斷壁，萬古壯幽燕。起塔開元日，藏經大業年。石穿金粟字，雲散水衡錢。西望懷王母，登臺意邈然。

望雲居寺上方

朔雁倚邊風，停驂問梵宫。飛甍黄葉外，香樹白雲中。山中昔生香樹，今香樹庵其遺跡也。二水秋光净，千山暝色空。寺門鐘梵寂，應與上方同。

壬申九日

天高露下菊花期，節序潛驚有所思。九塞風雲生鼓角，五陵煙樹望旌旗。雁聲北落孤城遠，秋氣東來匹馬遲。行盡邊山非故國，登樓王粲淚如絲。

弔長沙程十髮

亂後聞高隱，匡廬舊草堂。離情懷屈宋，愁思滿瀟湘。爲客荆門遠，招魂楚水長。新詩哀郢意，把卷一沾裳。

和劉腴深學博除夕見懷韻

絶塞軍書急，雄關王氣收。蒼涼悲故國，浩蕩失皇州。豈意南冠客，寒燈獨夜愁。乾坤今已變，莫上岳陽樓。

送蒼虬出關

悲君復行役，遠送暮雲間。絶國人誰去，長城馬不還。朔風生碣石，天險失重關。莫問遼東客，相逢盡苦顔。

寄懷蒼虬侍郎遼東

雪滿秦關路，風生易水波。此行思贈策，彈鋏莫空歌。趙客輕毛遂，荆人失卞和。音書愁不達，奇計近如何。

寄章一山左丞移居貢院

近聞章太史，移宅傍龍門。獨抱蘇卿節，能酬漢主恩。關心驚鼓角，愁眼望乾坤。憶話桓靈事，綈袍滿淚痕。

癸酉三月詠花寄何梅生

草碧岐王宅，春生庾信家。月明芳樹静，煙冷玉枝斜。舊苑仍啼鳥，空庭更落花。去年君憶否，相望隔天涯。

園中暮春和清媛夫人韻

芳樹花開嬌上春，月華拂袖襪生塵。空枝滿地寒無影，愁殺花前月下人。

詠園中海棠

高館開瓊宴，懸燈倚絳紗。當春千樹雪，照夜百重霞。歌詠慚康樂，江山似永嘉。東風吹若去，應拂五雲車。

暮春宴萃錦園會風寄一山左丞

蒼然望八表，飄風逐雲來。當軒吹落花，層陰凝不開。如何金谷酒，坐對歌風臺。相如居客右，倚劍空徘徊。但爲陽春曲，無使歌聲哀。

園中海棠頗盛花時游履恒滿既已凋謝巾車杳然獨對緑陰慨然有作

落花辭芳樹，窈窕難爲榮。玉階一夜雨，方塘春水生。東風吹衆草，飄然滿前楹。遐哉梁園客，矯矯集群英。萬言倚馬才，辨有雕龍聲。瑶尊明月光，碧如淮水清。繁華一消謝，嘉筵遂不成。長風引舟楫，悵望懷蓬瀛。安得迴日車，惜此芳菲情。

三月

三月垂楊柳，朱樓花正開。群公天上集，五馬日邊來。屈宋傳文藻，鄒枚擅賦才。高堂春去盡，絃管盡堪哀。

自題花蝶紈扇

碧葉葳蕤拂檻横，玉階煙露帶愁生。無端寫出滕王蝶，一樣春風便有情。

題董小宛病榻圖

鴛鴦瓦冷白雲秋，聽盡西風不上樓。當日縱無亡國恨，哀蟬落葉亦堪愁。

自題畫猿

啼雲度秋峽，亂山青不已。蘿帶生悲風，月印前溪水。

題畫

亂石倚危梁，犖确礙行跡。欲得山中人，共此風雨夕。

送叔明弟出關

送君繫孤劍，東出長安門。心懷式微篇，非酬國士恩。悲風振中野，大漠愁雲翻。落日照秦城，驚沙白日昏。滄海不改色，碣石今尚存。人生多險艱，身卑道益尊。興亡歸駿命，富貴何足論。

游金山寶藏寺山在玉泉北，以産金名。明永樂間，西域僧道深來棲，起蒼雪庵，有玉華池、談經室諸勝跡。

層臺臨絶巘，西域化人家。石澗空蒼雪，靈泉冷玉華。談經留石碣，起塔布金沙。誰識西來意，孤峰駐落霞。

游東嶽廟

地接仙都近，門連鳳闕開。獨憐青鳥使，曾見翠華來。琪樹生丹井，瓊花繞古臺。風鈴經世變，松吹盡堪哀。

游拈花寺贈全朗上人

孤客來初地，從師問死生。真源了無悟，大道若爲名。卧柳窺荒井，飛檐向古城。松風天際落，吹散轉經聲。

詠倒挂幺鳳

小苑秋光露未晞，桐間時見片雲飛。却疑織女支機石，銀漢高寒挂彩衣。

和蒼虬侍郎夜雨不寐原韻

去年此會傷君别，曾賦新詩獨贈言。落月天涯何處望，名園亂後幾家存。邊沙白草秋多雨，關塞青楓夜返魂。遠道艱難來不易，相看勞苦異寒温。

和蒼虬侍郎題予霜園冷豔圖原韻

暮年爲客庾蘭成，岸芷江蘺倍有情。水殿風來秋自落，玉階人去露初生。飄零木葉歸何處，采擷寒花不問名。憔悴杜陵驚歲晚，滄江卧病眼猶明。

霜園秋争更淒然，冷豔香沈宿雨前。故國空尋芳草地，殊方吟盡夕陽天。重來阿監悲青瑣，不返釵禽怨翠鈿。柳岸菱塘正蕭瑟，西風木葉落無邊。

秋日寄蒼虬

薊門煙樹感離居，碣石雲飛見報書。邊月遠隨沙苑馬，秋風應憶武昌魚。西山蒼翠千重雨，北斗高寒萬象虛。正有扁舟不歸去，楚天渺渺更愁予。

題越溪春色圖

門對寒流夏木清，碧天時見片雲行。峰頭孤月看猶落，誰共滄浪賦濯纓。

自題畫鷺鷥

雪衣拂岸影參差，魚浦煙深冷釣絲。落盡荷花江色暮，滿天風雨立多時。

乙亥送猶女芝歸星浦

亂世離鄉國，艱危匹馬從。邊行衝雨雪，海宿犯蛟龍。星浦霜初落，秦關路不通。還憐遠兄弟，送汝意無窮。

喜章一山左丞至

兵伐苦未息，少別亦霑衣。江漢沙猶漲，邊城雨尚稀。夢隨孤月落，心逐斷雲飛。霜鬢多如此，何堪賦式微。

寄伯兄星浦

山川如可越，豈復憚登臨。春草池塘夢，黄榆沙塞心。風雲方異色，天地動悲吟。不寢聞秋雁，寒燈入夜深。

送客出塞

朔風吹去馬，慷慨送君行。白草無春色，黃沙起塞聲。荒陵初落雁，孤客向邊城。不見歌魚藻，空勞遠别情。

寄遼東諸子

木葉驚連雨，登樓客望哀。浮雲終北去，秋色自東來。吴楚江猶漲，關山險盡開。諸君思報國，應費運籌才。

清媛畫松似西山草堂前者為補煙巒并題以詩

縞衣椎髻對梁鴻，自有蕭然林下風。似寓西山偕隱意，殷勤爲寫挂瓢松。

黄獨長鑱手自鋤，雲山回首十年初。何當更掃青苔徑，重向衡門輓鹿車。

訪故山僧不遇

靈崖過雨夕陽收，石徑連雲客舊游。今日尋師不相見，半潭黄葉數峰秋。

蛺蝶花實

色似朝霞映，花同蛺蝶飛。子成疑剖蚌，待月脱珠衣。

顛當

豈有明駝足，何年錫此名。不如莎雞羽，努力作秋聲。

菌

朝菌青苔上，託根乃如此。願隨蘭蕙生，不同荆棘死。

蜂

微物知時節，穿花去不休。亦如汾上雁，辛苦稻粱謀。

長生果俗名落花生。

黄花紛隴畔，綠葉散平疇。若得青門種，應同感故侯。

九日寶藏寺登高作

山館抗高秋，塔勢出雲表。歸鴻振晚音，清光起寒沼。咫尺變風雲，八方異昏曉。雙樹倚華池，潛鱗媚幽杳。危邦乃絶游，兹山可臨眺。

忠樟行

法相寺在南高峰下。寺門古樟，鵬翔蛟立，不知何代物也。高宗南巡，賜御碑焉。辛亥歲十二月，遜政詔下前一日，晴明以風，樟槁死。陳蒼虬侍御作《忠樟圖》，遂賦是篇。

浙江潮撼南峰碎，老木横生出崖背。霜根蟠地走立僵，摧風排雨摩青蒼。高標不與檜同性，爲龍直欲從先皇。鑾輿巡狩思疇昔，駘蕩春風被恩澤。百世方滋雨露仁，豈知石殿生荆棘。川沸山崩天柱傾，斷節傷根血猶碧。臣甫下拜拜且圖，和汝長歌淚霑臆。望之不敢懸素壁，夜半如聞鬼神泣。

陳散原諸公游陶然亭未果從也分韻賦得一字

孤鴻遼海至，歸飛亦何疾。臨河不能濟，天下嗟如一。虞淵安可期，浮雲蔽白日。吾黨二三子，探幽訪兜率。連林古堞長，接葉青山出。言尋遼金銘，披煙踏崩塱。寺有遼壽昌、金天會經幢。平居意不愜，藜牀坐穿膝。佳游聞苦晚，巾車遂相失。大澤起悲風，蒼葭正蕭瑟。

題紅葉仕女

丹桂飄香散玉墀，無端秋夕起相思。蟬聲雁景皆清怨，紅樹斜陽獨立時。

題高雲麓侍講蒼茫獨詠圖

國破還家意若何，蒼茫獨詠向巖阿。吴江楓落斜陽晚，應比靈均淚更多。

岸芷汀蘭何處尋，青山晞髮不勝簪。悲歌殊異漸離筑，烈日青霜鑒此心。公鐫小印曰「烈日青霞」。

恭題孝欽太后御筆山水

雲漢昭回五色章，九重染翰想虞唐。鳳凰枝上堯年露，焕發猶爲日月光。

仙掌高峰蔚紫霞，蓬壺草木氣清華。分明畫裏商巖客，不見生賢賚帝家。

題端溪蓮花鸂鶒研為清媛夫人壽

鹿車歸去濯塵纓，結髮曾爲玉石盟。寄語西峰舊猿鶴，鷗波猶似在山清。

大覺寺觀花題壁

寥落前朝寺，垂楊拂路塵。山連三晋雨，花接九邊春。舊院僧何在，高臺跡尚陳。閒來尋白石，況有孟家鄰。

白孔雀并序

白孔雀出於天竺，致自東海，含章秉德，鸞鳳之儔也。顧瞻雲路，傷翮氣盡，感其仳儷，作爲是詩。

靈囿依珠樹，聯翩玉影齊。銜花亭沼外，夢月海雲西。漢使傳青鳥，秦人訪碧鷄。雪衣分鶴露，素練拂鴻泥。豈是殊方貢，非關上苑棲。流沙迷故國，垂翅絳霄低。

垂楊

湖上春風鳳闕西，遶城楊柳帶煙齊。吹簫人去朱樓改，無復飛花逐馬蹄。

題畫

木葉水泠泠，秋風下石層。寒潭夜來雨，不見故山僧。

題趙山木詩卷

不見高人舊草堂，斷橋殘柳亦堪傷。西山墓樹秋風起，亂後無人弔夕陽。

丙子秋日哭伯兄兼送弟出關

邊秋季行役，落葉天下寒。征雁斷長城，悲風動榆關。伯也久居夷，中道多險艱。仳離豈同穴，滄海浮一棺。先嫂柩在膠東。風雲失際會，羲娥難復還。墓木成鄧林，魂魄終不安。何處哭孤墳，崔嵬碣石間。

憶弟

帝鄉不可見，碣石萬重山。遠塞日無色，長城人未還。亂離生白髮，憂患損朱顏。何似西峰住，雲深莫叩關。

丙子九日陪夏閏庵太守登高作

金臺遥與鳳城連，閶闔千門夕照邊。湛湛江楓悲楚客，蕭蕭宫樹泣銅仙。青山落帽秋風外，白髮銜杯木葉前。閏庵年八十餘。此會淒涼殊洛社，微吟空記義熙年。

自題洞庭遠景圖

片帆朝發挂殘星，楓葉蕭蕭滿洞庭。斷雁浮空飛不盡，遠山一髮接天青。

題仙山樓閣

群峰如玉落尊前，雪繞蓬臺欲化煙。何處仙人騎白鶴，樓臺倒影鏡中天。

題畫三首

遼天霜雁鳴，幽壑潛蛟舞。松竹發寒聲，荒亭散秋雨。

木葉零寒雨，溪橋漲碧流。衡門無過客，松菊義熙秋。

策杖踏秋色，平林獨去遲。遐觀白雲際，應賦考槃詩。

題畫寄章一山左丞

石徑西風槲葉深，高原策杖獨登臨。峰巒却似王官谷，何限秋風落日心。

題僧院幽居圖

梵閣經聲滿，松窗客夢孤。波光臨夕照，魚藻上浮圖。

聞腴深遺民移家入山為作山居圖以詩寄之

時危思避地，羡子入山深。閒倚青楓樹，時爲白雪吟。泉聲清鶴夢，松韻静琴音。余亦躭微尚，高歌懷故林。

題英石峰

安得巖前百丈松，蓬窗咫尺翠重重。欲將謝朓驚人句，攜上秋雲太華峰。

答章一山左丞

荒園何所有，霜葉在寒枝。已歎山河改，還驚節序移。秋蟬停岸柳，晚鵲聚空池。昔別春芳歇，凋殘君不知。

西山多黄櫨巖谷皆是九月尋之已零落矣

黄櫨滿巖谷，霜後已無多。況復空山晚，高風吹若何。欲尋枯樹賦，深賦采薇歌。榮瘁隨時序，閑門冷雀羅。

極樂寺觀文官花送蒼虬出關

返照殘紅散綺霞，隨風飄去落誰家。如何送別春風裏，行盡邊關無此花。

詠極樂寺文官花

湖山落鏡中，雲錦散虚空。花墮僧房雨，枝摇鹿苑風。平臺多古意，芳樹滿殘紅。幾日清陰發，籠煙繞梵宫。

暮春極樂寺懷蒼虬遼東

燕山青接梵王臺，水殿逶迤倒影開。萬里春風連苑起，九邊寒雨度關來。時危送客聞吹角，花盡思君罷舉杯。途遠報書憑朔雁，長城東望暮雲哀。

題雪景畫

遠岫無歸鳥，孤峰生暮寒。虚堂多冷意，況是卧袁安。

戰後孤城登望

落日沈雕畫角哀，蒼茫何處集賢臺。遼天望斷邊關路，不見單于萬馬來。古戍臨邊暮色低，千家蕭瑟夜烏啼。登城不見桑乾水，斜日雲横太白西。

西山水中望昆明湖作

秋登北原上，亂山青不已。雲氣從西來，驟雨失遥沚。朝霞鑑金波，長虹隮盈咫。堯碑尚巍峨，高宗御製《萬壽山昆明湖記》碑在湖上。禹功在兹水。應殊石虎殿，荆棘何披靡。靈臺民所思，周道曾如砥。九嶷渺難及，瀟湘悲萬里。虞舜不復還，蒼梧夜猿起。

秋日西山登望

雲散西巖月，清秋萬里情。桑乾飛白練，不見范陽城。大漠殊風雨，神州尚甲兵。亂山連易水，慷慨弔荆卿。

登靈巖寺玉塔

孤塔出靈巖，登臨集秋霰。天風吹巖雲，勢與中峰斷。飛檐摘星斗，高標接河漢。俯仰異陰晴，宇宙成殊觀。片白桑乾水，尺碧靈波殿。甘棠美召伯，金臺集英彥。荆卿骨已朽，易水無人餞。王者跡亦熄，霸圖久銷散。哀哉東逝川，古人今不見。

訪玉泉靈巖寺

憂時攬八極，慽慽靡所從。雲生太白顛，雨過西南峰。巖林澄客心，嵐沼變塵容。煙翠泛空曲，泉氣蒸孤松。何年避暑殿，但見青芙蓉。山頂舊有芙蓉殿，金章宗避暑處。石室引秋蘿，荒寺停霜鐘。寒潭激玉泉，其下潛蛟龍。雙栝已半死，乃與忠樟同。舟鑪何時冷，雲碓無人舂。還山嗟已晚，仰止懷仙蹤。上有召公洞，相傳召公樓真於此。

玉泉山下泛舟作

天風吹孤鳳，已失青桐林。舉世無成運，誰能知此心。山雲鬱寒雨，峰巘成元陰。林端明月來，秋氣如江潯。歷歷變喬木，落落鳴疏砧。孤舟泛菱藻，朔雁飛愁音。所懷巖穴士，猿鶴相招尋。含光慕遐舉，考槃西山岑。

裂帛湖瞻望

高臺摇落後，霜葉滿荒祠。古木遵周道，靈巖閟禹碑。露盤空月殿，雲錦散秋池。何處聞蘆管，臨風響益悲。

峽雪琴音

玉階青瑣散斜陽，破壁秋風草木長。惟有西山終不改，尚分蒼翠入空廊。

登高懷古

古道臨邊水，平原入暮雲。薊邱沈落日，空弔望諸君。

遠望

郡邑浮雲合，山川夕照哀。諸侯征戰地，辛苦賂秦來。

畫眉山 山生石黛，金時宫中畫眉用之。

石徑西風木葉遲，前朝遺事牧人知。可憐無改青山色，畫盡宫眉代已移。

西山秋望寄蒼虬遼東

絶巘登臨近塞隅，天圍平野斷山孤。寒光欲漲桑乾水，雲氣還生督亢圖。古戍月明殘壘在，高臺金盡故城蕪。尺書遠寄南冠客，極目秦邊落雁都。

玉泉亭上

飛檐臨絶巘，雲氣湧青松。幽杳空潭曲，何年起蟄龍。

壽張豫泉提學八十

昔聞避地隱江濱，海内文章動鬼神。周顗同懷南渡恨，蘭成不作北朝臣。黄冠合向蓬山住，公辛亥後羅浮酥醪觀。白髮能留洛社春。莫道著書銷歲月，棲棲一代古何人。

贈豫泉提學

庾信文章屈宋儔，公有《松柏山房駢體文鈔》，陳子礪先生序之，以爲不減徐、庾。羅浮曾與赤松游。採薇歌罷歸來晚，晞髮空山天地秋。

曾向羅浮餐紫霞，江關詞賦憶京華。不堪雙鬢如秋雪，親見銅仙辭漢家。

百年陵谷片時間，絶勝長沙去不還。松柏後凋公自有，故人翻説頌南山。

題畫

白雲天際影徘徊，雲外斜陽霽色開。千樹桃花萬條柳，春風齊過越溪來。

題古木寒禽圖

澗雪迴風帶女蘿，冥冥擇木向喬柯。碧桃落盡春芳歇，集苑珍禽竟若何。

登玉泉山望卧龍岡

卧龍雲氣渡河秋，天際桑乾日夜流。故國關山人出塞，孤城風雨客登樓。黄沙慘澹唐三輔，青瑣凋殘漢五侯。舊苑無人來牧馬，平明吹角動邊愁。

題墨贈章一山左丞墨琴形，銘曰「玉鳳凰」。

亂世無家似范滂，孤臣相憶鬢如霜。白雲嶺上何堪贈，衹寄琴心玉鳳凰。

玉泉山下泛舟遇雨

夏雲天際重，空翠滿南塘。驟雨翻魚罶，斜風斷雁行。垂綸牽荇藻，擊棹起鴛鴦。五月吹蘆管，池臺晚易涼。

憶西山草堂寄章一山左丞

古人招隱士，此意更誰同。幾輩歌朝露，何人賦谷風。遥知三徑裏，已發菊花叢。林下思猿鶴，應悲蕙帳空。

晚晴寄章一山左丞

霽色消連雨，登舟愛晚晴。葦間殘照落，林際斷虹明。波定魚還躍，雲移鷺不驚。期君濠濮上，共此惠莊情。

別弟游極樂寺

玉河春盡日西斜，依舊垂楊見暮鴉。有弟今朝秣陵去，不堪重賦寺門花。

重游卧佛寺

亂後招提徑，重來景物荒，丹楓秋不落，白菊冷猶香。欲訪寒陵石，空悲說法堂。還餘梵王樹，萬古鬱蒼蒼。

詠杪欏樹

百尺排雲雨，千山夕照開。龍文近斗宿，黛色鬱風雷。不逐青牛去，曾隨白馬來。唐時杪欏樹來自天竺。所嗟梁木壞，敢望濟時才。

潭柘山岫雲寺

帝子臨湘渚，君王拜竹宫。寺有元世祖妙嚴公主像。柘枯金殿冷，龍去石潭空。古栝藏朝雨，靈旗捲暮風。上方鐘磬晚，鳥道隔煙重。

自題終南進士出游圖

敝袍横劍氣如雲，緩步歸來已半醺。山鬼相從盡童僕，不須空作送窮文。

題雪齋宗兄畫馬

昔日邊關從貳師，暮年伏櫪憶驅馳。不如且縱黄金勒，豐邑平林任所之。

題雪齋宗兄秋江釣艇扇面

江楓石上落紛紛，鳴雁飛聲送客聞。我夢扁舟明月裏，蘆花淺水釣秋雲。

夏夜

湖上蟲聲急，懸燈夜不眠。月中來似雨，風裏散如煙。願作秋霖賦，愁爲雲漢篇。西峰多水石，歸卧定何年。

漢長陵雙瓦歌文曰「長陵東甍」「長陵西神」。

秦璧還宫祖龍死，墓遂乃與三泉通。一朝崤函失險阻，赤帝受命王關中。卯金王氣銷沈久，馬鬣之封復何有。玉魚金盌盡成塵，虎踞龍蟠安足守。虞舜南巡去不還，二妃淚灑蒼梧閒。至今洞庭張樂地，九嶷瞻望空雲山。甘泉長樂西風早，千門落日終南道。行人欲拜漢文陵，匹馬荒原向秋草。漢家寢廟勢凌雲，當時遷徙徒紛紛。遂使黔黎怨徭役，苛政無乃如嬴秦。宫中置酒悲楚舞，劉吕雌雄已千古。誰憐片瓦歷滄桑，尚見長陵一抔土。

采裂帛湖中凌霜菜寄章一山左丞

草木承恩澤，猶知守歲寒。衹宜靈苑種，真合腐儒餐。汲水求金井，盈襘薦玉盤。孤臣在津浦，遠寄碧琅玕。

秦瓦歌

天使范睢西入秦，爲驅穰侯涇陽君。遠交近攻譬蠶食，六國戰伐何紛紛。羽陽橐泉連苑起，涇渭千年送流水。詩歌黄鳥哀三良，秦誓蒹葭空已矣。驪山北走如雲馳，阿房已動諸侯師。崤函之險不能守，秦兵雖衆焉用之。楚人一炬陵爲谷，斷瓦零煙纏草木。幾時搜索出陳倉，留向人間重圭玉。

漢長毋相忘瓦歌

韓信生不爲真王，悲哉鳥盡良弓藏。山河帶礪等虚語，何況片瓦埋風霜。漢宣故劍猶難保，鈎戈班姬何足道。甘泉宮裏已無人，相思殿外生秋草。千樹花開嬌上林，從游陪輦奉恩深。茂陵只歎南歸雁，文君亦感白頭吟。長楊五柞知何處，翠袖朱顔散塵霧。團扇迎風久棄捐，千金空買長門賦。

詠僊瓦 唐易州龍興寺瓦寺祀老君。

片瓦唐時寺，荒涼成古邱。函關去不返，易水至今流。畫壁丹青落，靈壇草木秋。高臺望仙意，遺跡入邊愁。

東海路大荒布衣以漢永元專見貽歌以報之

路子布衣天下士，海上貽我齊東專。是時漢道久凌替，孝和嗣位猶沖年。中宫鄧后得太姒，尊信儒術親才賢。憶昔辛亥建酉月，大盜移國心滔天。惜無斧鉞誅竇憲，望古歎息桓靈前。永元紀年銘九字，埏埴已過金石堅。千里致此若圭璧，報之愧少瓊瑶篇。

漢泰靈嘉神瓦歌

漢并天下國無事，望仙臺高望仙至。天子郊壇祀泰一，神降嘉生集休瑞。《漢書·郊祀志》曰天神貴者泰一。又曰民神異業，敬而不黷，故神降之嘉生。應劭曰嘉穀也。昔年明月裁爲瓦，長安農夫耕出者。不復從龍飛上天，但隨白骨埋荒野。瑶池青鳥何時返，輪臺下詔嗟已晚。徒罷方士誅文成，豈如此瓦得長生。

七月二十三日湖上泛舟聞笛

凌波浮桂棹，一葉鏡中游。不見青霄月，空懷白鷺洲。瀟湘聞去雁，天地忽驚秋。況復清商發，淒涼警客愁。

秋日感興寄章一山左丞

國破兵猶戰，烽煙處處焚。囂然思作亂，引領望明君。江漢誰能賦，收京不可聞。空悲南去雁，歲歲渡河汾。

秋日有懷雪齋宗兄

湖上聞歸雁，秋風寄所思。共期薇蕨志，敢忘棣華詩。喪亂才難用，艱危節自持。脊令原上望，流涕此何時。

西山秋望

燕山低暮雨，秋色滿千家。野鶩分寒水，驚鴻起亂沙。塞雲連地盡，邊月向關斜。南渡興亡事，登臨憶永嘉。

九日湖上泛舟

楓林搖片月，白露變繁霜。維舟倚寒渚，水木多秋光。蕭蕭折葭葦，宿雁驚南翔。憑軒賦魚藻，瑤琴發清商。疏星明碧波，微雲繞河梁。臨流慕佳景，幽賞無相忘。

題湖邊折枝紅葉

昔年天上倚雲栽，玉露凋殘亦可哀。今日湖邊同折柳，萬峰秋色入簾來。

答雪齋貽湘管筆

李白生花筆，風流今尚傳。兔毫垂桂露，龍竹染秋煙。國破思文獻，時危守簡編。欲題雲錦字，佳會渺何年。

詠雲麓侍講家黄楊開花同章一山左丞

君不見香水院前引駕松，斧斤斷折青芙蓉。香山引駕松，金章宗所封，近遭剪伐。又不見玉泉山中古雙栝，凋殘乃與忠樟同。黄楊苦短性堅正，歲寒枝葉猶青葱。雲麓光宣舊朝士，重彼凌霜寓微意。嘉木貞心可表忠，瓦缶移向前朝寺。崔嵬松柏皆後凋，爾獨厄閏傷孤標。古來賢哲亦如此，蹈越憂患心煩勞。左邱失明有國語，屈原放逐爲離騷。三百年後得此士，痛哭晞髮君門遥。自我還山採蕨薇，獨抱霜根守枯節。何似黄楊能作花，江上虛堂散春雪。

題湖邊卧柳

經春尚摇落，悽愴卧江潯。湖岸多風雨，何年起上林。

詠湖上黄楊

鬱鬱黄楊樹，繁陰傍聖湖。貞心翻厄閏，天意果何如。裁軫文猶在，宋朱長文黄楊詩「寸枝裁作軫，可助舜南風」。凌霜氣自殊。豈同隄上柳，終作轉蓬孤。

詠玉泉山巖下白榆

嘉木當春發，文禽日日來。樹從天上種，葉向水邊開。飛莢依靈沼，垂陰覆古苔。他年薄雲漢，待起柏梁臺。

將訪章一山左丞津門阻兵畫梅寄贈

聞道津門行路難，思君相隔碧雲端。江山故國無春色，海嶠孤臣守歲寒。落落渾如霜後發，冥冥疑向月中看。一枝遠寄陶彭澤，獨卧蓬窗漢臘殘。

玉帶橋西為乾隆時延賞齋故址左右廊壁皆耕織圖石刻環植以桑庚申之役鞠為茂草齋廊石刻無復存矣

桑麻已盡柳青青，日暮褰舟過此亭。雨後西湖生蔓草，披尋不見射堂銘。用唐孫樵事。

叔明弟自鬻豕臛相餉喜而有作

少陵天寶逢亂世，白日憶弟看雲眠。與君咫尺若千里，卜居背郭殊風煙。子由洛下賦新筍，蘇子由《除日寄子瞻詩》：「同爲洛中吏，相去不盈尺。濁醪幸分季，新筍可餉伯。」何況調鼎親梅鹽。衹謂憂患識荼苦，鸞刀縷切驚飴甘。斯才小用已如是，割雞之喻聞尼宣。時危嗟予季行役，僕痡室燬誠迍邅。亦同簞瓢在陋巷，士非有守詎能然。李勣燎鬚歎衰暮，所幸俱健非殘年。天下之清信可待，會須夜飲開瓊筵。

余去年隱居湖上藏梨作醽泥封月餘忽成旨酒飲之而甘今歲復作梨多轉成醽焉瞻依湖山感興賦此

去年作醽醽成酒，缾罄添泉夜呼婦。今年作酒酒成醽，寒原白露尋秋梨。滿眼湖山對風雨，八月九月霜淒淒。我生之初蒙召見，拜舞曾上排雲殿。儒生五月，蒙賜頭品頂戴，隨先祖恭忠親王入朝謝恩。三歲，復召見離宫，賜金帛。豈圖未報君親恩，徒望龍髯泣弓劍。曾祖成皇御宇日，垂裳已定西陲亂。儉德頻聞補御衣，減膳還傳罷宵宴。百年世變國步移，萬姓何罪悲流離。殷憂啟聖信帝理，天道剥復誰能知。他時收京復神器，揚觶前曰儒飲斯。尼父千鐘且不醉，舞陽巵酒安足辭。

蟚蜞

蟚蜞寄文蛤，託身比華屋。俯仰一宇宙，飽食同黿伏。海上避沙鷗，波間免魚腹。譬彼林下士，幽居傍巖谷。明哲在知機，亂世遠憂辱。

水母

水母蝦爲目，浮沈滄海中。蓬蓬挂蘋藻，泛泛隨西東。一朝爲人得，鼎俎待其躬。見危而不持，潛去無餘蹤。焉用彼爲相，君子慎所從。

珊瑚

沙蟲何時化，昭王南征時。焉知變玉樹，娸娸交柯枝。石崇金谷園，漢武昆明池。平生一片藻，身後連城資。明時雖見重，朽骨安能知。

烏賊

烏賊游淺沼，噴墨保其軀。海客引舟檝，遵墨以求魚。小智禍之媒，其智將何如。矯矯潛淵鱗，冥冥遠江湖。化爲鶡與鵬，扶摇上雲衢。

古矢鏃歌

鐵華繡澀朱殷結，云是沙場戰時血。南風不競多死聲，秦舟已焚志猶烈。孤虚風變翼箕張，龍蛇之旗凌風翔，嬴秦以之畢六王。董澤之蒲金僕姑，穿楊貫札今何如。隳城争野戰未已，高臺轉眼成邱墟。君不見胡公平生一斗鏃，换得唐家千鐘粟。弧矢不以威四夷，月黑天陰聞鬼哭。

瓦缾行出易水。

薊邱千山下寒日，高臺傾盡黄金空。燕姬蛾眉委霜草，誰憐斷綆悲秋風。

百戰幽燕變陵谷，世移代異出何晚。不見荊卿督亢圖，登車一去無時返。

古缶行

澠池之會古未有，趙王鼓瑟秦王缶。搏髀嗚嗚真秦聲，斯也取諫言何醜。丙寅此器出咸陽，建初之尺土寸强。文如嶧山變詛楚，望之非晋非齊梁。虎踞龍騰重八分，張懷瓘《八分書贊》：「龍虎騰踞兮勢非一。」旒入埏埴典刑存。讖興無復西京古，祇祝延年利子孫。

小鏡圓逕寸，銘曰「位至三公」，蓋漢鏡也。

小鏡出秋水，茫茫漢魏年。明如四更月，圓若五銖錢。鳳舞金閨裏，龍盤玉殿前。不因朱紱繫，飛去彩雲邊。

大風寺樓登望

朔雁避荒磧，蒼然望洲渚。元陰盤烈風，八方盡無雨。崩雲勢欲奔，驚沙來不已。誦彼雲漢詩，應龍何時起。

宿廣化寺寄章一山左丞

朝搴法苑花，暮泛滄洲枻。連林轉雲路，華池瀲澄碧。冥冥玉繩高，落落瑶殿夕。庭際俯喬松，斯焉樂泉石。伊人不可期，臨風坐相憶。眄彼孤飛鳶，芳洲起寒色。

孟春至廣化寺

青陽變寒節，春鳩止喬木。遵渚歸鴻雁，空塘波始渌。靈境響雲旗，松風動華燭。濯波懷八水，空桑懍三宿。高僧跡遂遠，殘碑泯芳躅。

詠廣化寺楸

嘉木生初地，凌雲上寒空。繽紛疑祇樹，瑶影多清風。落日在虞淵，流彩如垂虹。霜根託净域，生意終無窮。豈若江邊桑，轉燭隨秋蓬。

廣化寺禪院望月懷湘中劉腴深遺民

靈苑川上净，雙樹雲中開。珠林秘寶笈，貝葉紛華臺。天宇無纖雲，皓月空徘徊。君書似黄鶴，邈然殊未來。鴻雁日已遠，瞻望心悠哉。

題錦菱塘在廣化寺前。

方塘開净域，景物宜清秋。蒹葭皎如雪，川上日悠悠。垂楊傍斜岸，芙蓉散芳洲。曹溪古時水，今日猶東流。虛空望雲樹，倒影波中浮。西涯不可極，登臨翻百憂。

題宿廣化寺

夕舟纜宿莽，鳴鐘度林樾。寒殿迴松風，瑶階上華月。楊梩發洲渚，零露滋薇蕨。百年茲始壇，碑銘緬前哲。攬衣耿不眠，庭花皎如雪。

贈陳紫綸太史按，此首有題無詩。

玉山上人鑿池種蓮賦詩題贈

汲水僧雲集，疏塘積亂沙。何時秋浦月，來照鏡中花。碧樹圓陰合，朱樓倒影斜。心悲陵谷變，猶見梵王家。

亂雲

亂雲天易霽，水色瀲餘霞。一院春將去，雙楸病尚花。癯僧猶住錫，孤客已無家。惟有蕭蕭柳，臨風送暮鴉。

古劍行

劍銘鳥篆文四字，在其臘。以周尺度之，長三尺，上士之所服也。

昆吾刻篆盤蝌蚪，三尺龍泉作雷吼。垂虹流火蘸青蒼，湛盧去國韜輝光。春秋諸侯無義戰，上士之劍應潛藏。虎躍蛟騰何若此，百鍊真疑歐冶子。莫贈壯士西入秦，奇功不成但空死。碧落秋高北斗懸，浩歌彈鋏心茫然。年年故國悲喬木，風雨淒涼寶劍篇。

高句驪永樂好大王墓甎歌

句驪河水遼西東，邊沙捲地生寒風。鼓鼙聲斷戰士死，滄江碣石青濛濛。三韓城郭邈何處，遺民尚識君王墓。祖龍幽宮焚野火，王喬劍去翔狐兔。靈鰲負石勒功動，驅師迅掃如風雲。豈知五胡亂天紀，永嘉南渡何紛紛。王生於甲戌，當東晉孝武帝寧康二年，三十九實東晉安帝義熙八年也。川沸山崩無復有，荒原斷甓安能久。空教山岳祝王陵，百戰奇功應不朽。

詠春信侯銅斗并序

右漢春信侯銅斗，柄銘八字，曰「春信家銅斗，重十兩」。今權四兩二錢。《金石契》：漢建昭雁足鐙銘曰陽平家。《鐘鼎款識》有周陽侯家鐘、武安侯家鈁。此蓋春信侯家器也。考《漢書》王子侯表、功臣外戚侯表、郡國志皆未見，賴此銘記以傳之耳。既搨其文，并繫以詩。

鑄豈封侯日，銘思獲鼎年。空餘春信字。班史久無傳。

詠齊瓶

祖龍昔年制四海，長城遠挂臨洮邊。蓬萊三山渺何處，東溟碣石悲蒼煙。泰嶽之碑碎如斗，嶧山野火嗟無傳。豈若大風表東海，百代晚出齊時瓶。蛟舞驚雷起幽壑，龍光夜射輝星躔。漢京文字比麟鳳，況乃赤帝歌風前。贊皇岐陽典刑在，下視急就凡將篇。誰從琅邪得圭璧，岱宗空望浮雲巔。

永晋元康鏡

碧繞迴文字，鉛華色已陳。應憐一片月，曾照晋宫人。省識春風面，空生羅韈塵。似傷南渡恨，光彩散江濱。

楚考烈王劍歌

大王質秦如不歸，終爲咸陽一布衣。歸來納地雖王楚，不如群臣立賢主。東遷避秦國亦亡，至今南望悲瀟湘。夷陵雲夢不復有，空教鑄劍從前王。短歌彈鋏思楚舞，六國興亡已千古。深宵拂拭碧光寒，破壁龍吟挾風雨。

讀朝鮮李季皓參贊墓碑感賦

渡江相送白衣冠，故國秋高木葉寒。漢水旌旗連百濟，韓陵風雨泣千官。孤忠報主今誰繼，大節如公古所難。欲哭荒墳何處是，殊方遥望海雲端。

暮春客舍見月

樓上懸明月，清光愁殺人。空階花正發，寂寞不成春。暗度珠簾影，寒消玉鏡塵。華筵罷歌舞，團扇與誰親。

松筠庵拜楊忠愍公祠

遺廟春殘竹徑荒，古楸無葉立空廊。杜鵑啼血東風晚，落日花飛諫草堂。

西山道中

振衣陟危巘，御風何泠然。鬱鬱瞻北林，落落晨風懸。長松遥蔽虧，茅屋青崖巔。連峰隱寒日，石磴飛秋煙。采蘋履白石，澗水來無邊。林皋脱木葉，倚杖聽鳴蟬。

秋登西山寄蒼虬

千峰抱秋色，犖确連迴岡。松際六朝寺，萬古雲蒼蒼，斜日照平湖，倒影飛清光。桑□來馬邑，河嶽正相望。登高送歸雁，遠度關山長。

題極樂峰西壁

危嶂倚金天，峭削開青壁。祝融火其峰，洪鑪鍊巖石。嵂崒逼青霄，犖确接空碧。飛鵬六月息，垂雲劍霜翮。冰河驅赤道，峨峨雪千尺。洪荒变日月，今古殊寒靈。坤炎震陵谷，岡巒尚龜坼。安得御長風，泠然從所適。

憶勞山舊游

我昔蹈東海，與客山中過。嵚崟眺石徑，宿霧連庭柯。翠竹倚峻巘，連林蔽巖阿。挂帆逐海日，孤嶼揚洪波。雲際下奔瀑，百尺傾銀河。言懷赤松子，落月生煙蘿。

洹上小鼎歌銘在鼎腹，象束矢形，商器也。

洹上小鼎苔華堅，沙萌水涸三千年。太華之峰霽秋雨，崚嶒翠色横長天。盤庚所棄民所遷，茫茫不辨洛與瀍。莘兮桐兮無處所，神龜化骨如雲煙。豈無蟲書與鳥跡，文獻不安能詮。德之體明雖小重，巍哉泗鼎潛深淵。

客舍聞雨書懷

河漢流蟾影，天風折挂枝。蕭蕭聞夜雨，歷歷近秋期。落葉悲孤客，殘燈照病姬。含情對雛鳳，艱瘁爾何知。

登勞山望東海

崇巖臨碧殿，幽壑俯琳宫。招鶴逢黄石，驂鸞向赤松。靈旗隨五鳳，寶幰御雙龍。擊鼓聞屏翳，搴波識海童。挂帆摇落月，激岸舞迴風。極目滄溟遠，茫茫思禹功。

詠畫屏風

畫屏春欲晚，金屋日初斜。閬苑三珠樹，河陽一縣花。寶釵雕舞鳳，雲髻綰靈蛇。祇疑劉碧玉，還上七香車。

詠童子陳寶鳳 陳寶鳳九歲，已畢《五經》。

小玉出藍田，臨風栩栩然。未盈懷橘歲，更少舞雲年。弱質當春柳，嬌容破水蓮。賦棋逢盛世，詠壁景前賢。異日崇明德，思予歌鳳篇。

蘆根行

季秋卧病棲衡門，天寒童子尋蘆根。引竿移舟蕩秋水，枯楂礙澗愁黄昏。荒渠蒲葉戰風雨，野鷺隨月投空村。根深乃在水中沚，涉水拔蘆根始起。重之應比青琅玕，匪惜蘆根惜童子。

湖上九月霜落草衰童子陳寶鳳入林劚山薑熟而餉余為作劚雲圖并繫以詩

湖上西風送雁群，秋霜一夜滿河汾。猿聲啼斷楓初落，童子空山劚白雲。

寒玉堂詩集甲編

南游詩草

青溪引

青溪小姑曲，西浦杜蘭香。雲鬟蟾桂影，龍珠明月光。羅衣拂春風，翠帶飛秋霜。錦瑟沉江水，餘音猶繞梁。願將秦樓鏡，化作雙鴛鴦。

游棲霞山

連峰隱蕭寺，行行越山麓。殘雪滿荒城，寒禽集孤木。白鹿去不還，澄潭湛空緑。山雲本無心，胡爲出幽谷。

金陵曲

君不見白下門，荒城〔一〕柳色江煙痕。又不見秦淮渡，舊時樓〔二〕館無尋處。何況當年照水人，玉顏蟬鬢久爲塵。鴛鴦冢上生芳草，散作江南處處春。

詠史

當秦天下亂，沛公趨咸陽。得民在簡要，約法惟三章。雲旗掃六合，赤霄揮欃槍。項籍戀江東，乃云天所亡。殘民逞其志，謀猷既不臧。徒聞謝亭長，江水終茫茫。

答陳病樹布衣

新室移漢祚，速託黃虞前。況乃用周禮，而以濟神姦。赤符起白水，帝座輝星躔。飛龍會有時，豈謂終潛淵。

江行

盤峽浮舟楫，江雲白日昏。新軍開戰壘，老婦泣空村。風雨連山色，泥沙雜浪痕。高陵下木葉，處處掩柴門。

登石子崗

江上山相疊，秦淮水自流。新亭楊柳色，猶似晋時秋。

雞鳴埭

蔓草荒煙九日臺，雲和殿外白蓮開。荷花落盡西風起，猶似君王射雉來。

桃葉渡

白鷺洲前萬仞山，西風吹雁秣陵關。年年桃葉無人渡，惟見長江去不還。

詠申江豫章樹寄章一山左丞高雲麓侍講

亭亭豫章樹，古幹如垂虹。凌空無百尺，偃蹇蟠青葱。黛色引鸞鳳，霜氣盤蛟龍。稜稜抗秋雨，落落鳴江風。貞心向朝日，生意猶無窮。豈曰氣類孤，乃有柟與樅。傷時苦徭役，兹土多兵戎。幸免摧爲薪，摇落隨飛蓬。

登燕子磯〔三〕

亂後悲行役，空尋孫楚樓。蕭蕭木葉下，浩浩大江流。地向荆襄盡，山連吴越秋。伊人在天末，瞻望滿離憂。

石塘道中

遠樹鳴寒角，横煙曉色〔四〕分。不聞歸戰馬，争道募新軍。古寺高陵變，荒碑野火焚。客愁如落雁，隨月渡江雲。

題方正學書卷

一詔不可草，千秋翰墨光。中原靖何難，況復託成王。

避兵

移竈無炊火，荒村正避兵。巢禽寒不宿，櫪馬夜相驚。戍鼓催霜氣，邊笳起戰聲。明朝望鄉邑，遠道絶人行。

小邑

小邑烽煙後，連營[五]萬竈强。更聞圍掖縣，不復守安陽。故國三江夜，空城十月霜。南行遠兄弟，無雁向瀟湘。

夜發金陵

霜林摇落月，不見隔江山。背郭寒吹角，懸燈夜度關。烽煙喬木盡，征戰幾人還。亦有江南客，相逢多苦顔。

感遇

滿目悲戎馬，田疇尚不耕。纔聞開幕府，已報墮名城。百郡猶徵税，千家盡避兵。高樓臨石壁，倚枕聽江聲。

寇亂初平日，中原戰伐多。單于馳羽檄，回紇據關河。落葉蕪城賦，寒風易水歌。斯民苦徭役，決策近如何〔六〕。

長江舟中

維舟倚青壁，水落煙沙空。江漢不可渡，挂席隨天風。豈知馮夷宅，百丈潛蛟龍。或聞躍在淵，雲氣何時逢。決此長江流，宇宙安能容。遐觀攬八極，荒哉神禹功。

寒雨

寒雨繁將夕，疏林葉更多。舟人落〔七〕帆席，漁婦怯風波。山色遠連岸，雁聲低渡河。無家逢歲晚，歸去意如何。

行役

昔年遠行役，銜淚拜親幃。一紙書猶在，三秋念汝歸。自傷生白髮，無復報春暉。不及墳前土，東風長蕨薇。

江邊暮雪

朔風〔八〕吹暮雪，不見石頭城。漠漠隨舟渡，茫茫斷客行。雲連孤嶼色，風轉大江聲。無復聞邊雁，空傷遠別情。

薄暮

薄暮天將雪，繁雲向夕陰。女牆餘古木，官舍集寒禽。正有新亭淚，彌傷故國心。邊關征戰苦，處處急寒砧。

亂後得湘中劉隱居腴深書

百戰無全郡，猶存嶽麓莊。烽煙斷吴楚，兵氣滿瀟湘。故國關河改，空山日〔九〕月長。音書隨落雁，遠帶洞庭霜。

答越巂曲木氏

軍書列郡盡戎衣，歎息中原萬事非。西極已無天馬至，越裳難繫白狼歸。征途荒服殊王會，故國深山掩客扉。慚愧天南寄雙鯉，不堪還贈首陽薇。

聞警

代郡傳烽火，西連萬仞山。但聞胡馬渡，不見晋師還。星孛層城外，雲揚古戍間。邊鴻斷消息，汾水日潺湲。

詠神女祠薦桑落酒

丹巖太白方，祠廟倚穹蒼。桑落思秦女，雲行夢楚王。雙龍盤玉鏡，照夜有輝光。驂鸞朝帝座，翠〔一〇〕袖御風翔。

寄劉腴深學博

湖上連朝雨，千山路不分。驚聞汾水雁，遠帶楚天雲。佳句誰能及，高風迴出群。延陵腰下劍，感激贈徐君。

悼清媛夫人詞以下丁亥。

少小出咸陽，雲鬟射雉妝。青驄珠絡馬，照路有輝光。環佩從朱節，笙簫列洞房。渭川如濟水，於此送齊姜。昔日長安亂，曾驅節度師。風隨回紇馬，沙捲蔡州旗。鳳詔休兵急，魚軒渡水遲。秦中征戰地，回首不堪思。

渡江感逝

孤雁向寒水，大江風送秋。已斷鴛鴦絃，悲歌不能謳。揚帆越洲渚，星漢馳西流。徒思湘靈瑟，空懷帝子游。滄海爲酒漿，安能解我憂。

丁亥秋重游金陵

夕照孤城王氣收，風高木落獨登樓。中原龍戰山河改，故國猿啼天地秋。六代江關留勝跡，萬方烽火動邊愁。辭吴青蓋無歸日，祗見征帆出石頭。

感興

漢水東流羽檄飛，窮兵未解石門圍。擣衣思婦空春夢，帶甲征夫盡不歸。塞苑雲沙星欲落，天風苜蓿馬初肥。秦關日月〔一一〕傳烽火，況問旌旗出武威。

登雨花臺

秋盡孤城畫角哀，蕭森兵氣獨登臺。東山木葉尊前落，西浦斜陽雁背來。詞客渡江驚白露，征夫出塞滿黄埃。六朝今古興亡地，極目風雲凍〔一二〕不開。

兆文毅公平定新疆歌

日照旌旗出酒泉，將軍振旅勒燕然。玉門萬里無烽火，天馬葡萄盡入邊。

日暮天山雪欲飛，八旗戰士盡戎衣。玉門關外〔一三〕如霜月，曾照將軍破陣歸。

哀金陵

旌旗臨江白日昏，令嚴晝閉金川門。登陴凌陣戰未已，守臣逃賊如雲奔。誓掃煙塵報天子，睢陽常山今無此。盡焚官舍覆殘軍，碧血空染長江〔一四〕水。風捲秦淮〔一五〕水逆流，金陵瓦解如延秋。三千壯士結纓死，已無杜老哀江頭。

初月

初月近秋河，寒天一雁過。流暉依岸樹，微影躍江波。客館淒霜露，空庭照薜蘿。明朝向申浦，起問夜如何。

金陵感懷

曉霧連山戰未休，遺民指默至今愁。將軍幕府知何處，蘆荻風寒江色秋。

秦淮題壁

簫管歌聲散玉津，當時眉黛已成塵。年年三月秦淮水，吹盡飛花不見人。

江南客舍夢清媛夫人

相見渾忘永別情，覺來客舍月淒清。蓬萊弱水君堪住，何事江南萬里行。

余有朱琴嘗為清媛夫人作歸雁之曲夫人謝世琴不復彈丁亥南游過鴛鴦浦上感懷疇昔愴然而賦

橫琴月下對君彈，斷絕冰絃續已難。莫問舊時歸雁曲，鴛鴦浦上不勝寒。

江干夜泊

邊雲吹雁秣陵游〔一六〕，霜葉無聲滿客舟。夜半風帆歸石壁，星河北枕大江流。

詠女子葉名珮彈琴

低拂瑶琴翠袖寒，捲簾人影隔雲端。中庭夜譜秋江曲，明月梅花伴小鸞。

題燕子磯落星石

石洞臨巖下，陰寒閉蘚苔。山居少燈火，夜半落星來。

悼亡三首

雲捲星河露滿庭，深宵曾共拜雙星。憐君已别人間世，祇有西山似鬢青。

木蘭花下共徘徊，多病雙蛾蹙不開。應悔當時戒君飲，已無滴酒到泉臺。

昆明湖上花如雪，片片隨風散玉墀。莫更傷春怨花落，詠花人去已多時。夫人有「夜寒知月落，風起惜花飛」之句。

自題畫馬

天閑十駿盡龍媒，羌笛聲聲馬上摧。吹落受降城外月，平沙不見羽書來。

讀周梅泉詩

明月隨孤杖，清風折角巾。寒生申浦葉，詩感上皇人。辭賦空懷楚，文章恥劇秦。貞元朝士在，晞髮散江濱。

曉發申江寄高雲麓侍講

春暉被蓼莪，南風吹棘枝。五十不能慕，空懷風樹悲。知命亦奚求，所懼惟磷緇。出宿薄江渚，離別良在兹。泛泛中流楫，茫茫將何之。延矚望蒼梧，虞舜無還期。矯首瞻停雲，懷賢意棲遲。各自崇明德，永矢考槃詩。

詠懷五首

燏燏孤生竹，託根在高岡。鳳鳥啄其實，和鳴向朝陽。直節干雲霄，豈復憂雪霜。兔絲與女蘿，燕雀戲其旁。枝條本不固，摧折空自傷。

魚網鴻則罹，高飛苦不遠。在昔賢達士，懷才豈自免。廣陵難復聞，華亭去不返。浮名終累身，回駕嗟已晚。

鵬飛奮六翮，九萬圖南溟。纖鱗戲蘋藻，焉知滄海形。先聖著明訓，微言在六經。尼山百世師，至德無能名。世衰褰其華，詞賦超群英。豈不盛文史，聞道遂無成。雅頌久不作，望古傷心情。

弱冠讀經史，志道希曾顏。傷時慕夷齊，長嘯歸邱山。庭前列衆岫，采薇青巖間。虞淵沉白日，逝水難再還。聖王不可作，時危多險艱。南窗詠秋菊，高風猶可攀。

孤鴻越江堵〔一七〕，霜楓〔一八〕摇落暉。紆迴望邊郡〔一九〕，游子沾裳衣。三徑既已荒，衡門胡不歸。忘機傍溪石，臥看秋雲飛。言懷山中木，浩然歌式微。

擬輓歌辭

飄風不崇朝，人生有歸期。逝者亦何戚，生者空淚滋。乘化以終盡，傷懷無幾時。譬彼秋菊芳，零露濯其姿。歲寒易節序，磬折相離披。茂葉委衆草，黄華凋故枝。旦暮變浮雲，衰謝安能辭。楊朱嗟路歧，墨翟悲素絲。憂來〔二〇〕盡尊酒，何爲勞所思。

江南雪懷陳蒼虬侍郎

江氣濛濛曉不分，荒途背郭斷冰文。寒林擁霧迷洲色，殘雪隨風捲雁群。九塞空傳歸戰馬，萬方重見募新軍。天涯歲暮懷君子，遠道音書寄嶺雲。

丁亥金陵除夕

流光邁孤夕，兹歲嗟已殘。落落玉繩高，冥冥瑶井寒。雷霄三尺桐，幽怨誰能彈。孤禽巢鄰〔二二〕聞。樹，啼聲微且單。豈失雲中侣，戢翼何辛酸。荒陵凋菰葉，薦歲無椒盤。永結慕回景，寤寐懷長安。

除夕感懷

江色蕭蕭晚，荒煙野水平。亂山圍故國，喬木滿空城。永夜思親夢，殘年爲客情。雞鳴催短景，腸斷此時聲。

戊子三月游靈谷寺以下戊子。

亂後山河改，重來法會堂。木蘭花正發，如雪覆僧房。天際傳疏磬，雲中聞戒香。願求清浄理，誰與問空王。

靈谷寺尋梅

寒梅發浄域，孤標映芳節。餘香散客衣，迴風皎如雪。誌公不可作，蔓草生殘碣。日暮飛鳥還，春雲淡相疊。

詠靈谷寺水晶花

玉蘂瑶枝傍月臺，琉璃佛火照花開。化城自有三珠樹，辛苦錢王入貢來。《宋史》：太宗即位，錢淑貢水晶花。

送靈谷寺與善上人退居

蓮座香煙起，氤氲繞法臺。山僧傳偈後，天女獻花來。雙樹群雲合，千峰宿霧開。觀空忘水月，何處着塵埃。

宿靈谷寺樓聞雨

寒殿接青霄，禪宮夜寂寥。星幢經異代，雲構起前朝。水暗松門合，花深石塢高。木蘭開且落，春雨更瀟瀟。

攝山訪二徐題名

靈巖留勝跡，危嶂薜蘿分。片石開青壁，千秋共白雲。昔賢今不見，遺表但空聞。異代餘〔一二〕陵谷，登臨悵夕曛。

登錢塘六和塔

滄波不可極，登臨何壯哉。浩蕩江日下，蒼茫浙潮來。殊方異雲氣，空際聞風雷。秦師降百越，麋鹿游蘇臺。雄圖隨逝水，霸業成蒿萊。千年變陵谷，俯仰有餘哀。

鳳林寺

褰舟訪鳳林，香樹入雲深。密葉垂潭影，高枝鎖殿陰。青山今不改，白傅昔相尋。唐元和中，白居易守杭，訪鳥窠禪師於此。緬邈懷賢意，空勞無住心。

游雲林寺

地迥開靈境，縈迴石路遥。尋僧來古寺，問道過溪橋。泉冷雲猶合，巖陰雪未消。清鐘起空際，聲振海門潮。

望錢塘

三月鶯花望欲迷，錢塘江岸草萋萋。莫言南渡無窮恨，依舊潮聲繞大隄。

登北高峰[二三]

朱方峙危嶂，振衣凌層巔。揚州映河皷，婺女分星躔。其東[二四]俯秦望，浩渺窮蒼煙。茅山思禹跡，吴越興戈鋋。人生夫幾何[二五]，乃無金石堅。季子讓其國，獨爲世所賢。覽物結中情，悲哉東逝川。

題虎跑寺道濟師禪枯木堂

風散天花滿院香，顛僧遺象挂空梁。湖光雲影皆塵滓，何有當年枯木堂。

游富春江

汲水月在澗，入山雲滿衣。移舟不知遠，乘興無時歸。高臺釣春渚，於此惜芳菲。余亦羲皇侶，兹焉可采薇。

釣臺

青山花落渚邊春，行客扁〔二六〕舟薦白蘋。今日桐江一片水，高臺垂釣已無人。

嚴陵瀨

山雲轉幽壑，濛濛失巖樹。川上寂無人，蒹葭映寒淥。

蘆茨溪

澗底采白石，江上雲相疊。雙鷁起河洲，圓波動菰葉。

七星灘

暮雨連江色，朝雲過釣臺。扁〔二七〕舟浮碧水，帆影鏡中來。

白雲源唐處士方干故里。

靈源古時水，昔人邈何處。鳥道入雲深，孤舟自來去。

登西臺懷謝皋羽

晞髮青山事可哀，浮雲終古傍西臺。千年不改桐廬水，更有王孫痛哭來。

桐廬舟中遇雨

江上連朝雨，雙臺黛色深。閒隨漁父去，遥結水雲心。雖有扁舟興，無人共入林。嚴陵何敢望，余亦芥千金。

富陽舟中詠望夫塔

大江浩浩流白沙，煙波遠望無人家。富陽山前望夫塔，舟人指點猶咨嗟。夫君昔年遠征戍，少婦新婚空房宿。秋日登山望藁砧，春夜臨窗卜花燭。千年貞石化爲人，至今海上猶嶙峋。漸臺不及東邊塔，萬古清風越水濱。

錢塘舟中

暮春洲渚青，芳草猶未歇。高臺出江雲，孤帆挂海月。晨昏變風雨，魚龍遠興没。懷沙賦江楓，詠史傷吴越。九州天柱傾，乘桴泛溟渤。欲訪洪厓公，餐霞卧蓬闕。

游天目山

連林列幽谷，暮景迴陰峰。清湍帶修竹，斜日暉杉松。天池隱丹竈，石穴潛蛟龍。雲中何所有，靈芝發紫茸。金經藏奥室，斷壁青濛濛。延矚向危嶂，引領懷仙蹤。

澗水捲秋雨，激石橫且仄。松毛落巘陰，層巒秘〔二八〕雲色。巨〔二九〕石如堂房，崚嶒盡虛植。其方儼削成，將毋武丁力。喬杉蔽中谷，山禽戢歸翼。虞淵惜餘景，迴川望安極。

雲門山月高，冥冥絶樵路。攀巖采石耳，升木求雲霧。雲霧草生高樹巔，清涼益目，雲霧之所結成。龍池不可登，丹林邈何處。伯昏百仞泉〔三〇〕，巍峨險如故。豈謂驂鸞〔三一〕人，幾輩歌朝露。上士達其道，君子履其〔三二〕素。願爲莊生櫟，無同魏王瓠。棲遲賦考槃，榮名安足慕。

列嶂拱天目，綿邈羲皇前。蕩蕩懷山〔三三〕陵，浮玉空中懸。千山勢若奔，何勞祖龍鞭。仙人采靈藥，於此曾周旋。石井餘丹霞，瓊樹生殿邊。風雲龍池水，日月壺中天。何當訪赤松，乘鶴凌蒼煙。

蓮華峰元高峰禪師悟道於此。

蓮華挂秋月，於此悟禪機。夏日寒如水，行雲濕客衣。

天目山訪能和上人塔

昔時〔三四〕同作山中客，今日先爲泉下人。懷舊欲尋靈塔記，獨將衣袖拂碑塵。

游金華雙龍洞

靈巖隱仙觀，遠近度層峰。飲澗尋黄石，餐霞訪赤松。嶺雲思〔三五〕去鶴，石壁起潛龍。洞壑驚雷雨，飛泉響半空〔三六〕。

赤松觀

結屋臨巖絶世情，天風吹下轉經〔三七〕聲。苔花滿地無人掃，松際雲來鶴不驚。

卧羊山黄初平叱石成羊處。

白石今猶在，登臨但暮煙。雙溪東去水，空繞縣門前。

柯山七星巖

帆挂樟橋煙樹清，巖邊〔三八〕時見片雲行。竹林澗水蕭蕭雨，猶似中郎笛裏聲。

登煙霞洞

飛閣與雲平，登臨俯赤城。山連秦望遠，日照越江明。茂樹巖陰轉，幽篁石罅生。尋僧訪蓮社，無向虎溪迎。

贈玉龍山李道士

玉龍竹影繞星壇，石洞苔華露不乾。夜半道人清夢覺，空庭歸鶴碧霄寒。

贈慧覺上人海公門人。

杖錫曾招隱，棲遲多歲年。沅江孤塔在，潙水一燈傳。結夏雲生座，觀空月滿天。片心應不住，揮手隔風煙。

石門

去年秦兵破都〔三九〕邑，前軍已奔後軍集。焚旗棄甲散如煙，車亂旋轅馬人立。淤泥没脛風怒號，兩軍奪路争浮橋。壯者前驅授兵戰，老弱負載安能逃。平原百里何所有，但見白骨纏蓬蒿。古來征戰〔四〇〕亦如此，霸圖盡逐東流水〔四一〕。項王挑戰真壯哉，何必沙場萬人死。

哀公路

開山鑿壁燒雲霧，碾石稜稜築公路。槐梧夾道風蕭蕭，今人馳車昔人墓。去年連雨破橋梁，白沙浩浩長水長。豈無江岸種禾黍，壯者從軍走朔方。況乃頻年苦征戍，喪亂千家聞野哭。秦女誰彈陌上桑，犬戎盡伐山中木。工者長嗟吁者謳，斗米百萬食不足。君不見周道如砥民所歌，嗚呼奈爾公路何。

吴江行

吴天雨來江水白，漁父停舟望風色。空山道路斷豺虎，十室無人盡行役。舊時官舍化爲煙，蔓草荒陵識頹壁。東寇初平人欲還，豈謂紛紛陷都邑。戎車馳路募新軍，老婦攜兒向江泣。傷卒何來悍且驕，白晝殺人人辟易。一夫按劍莫敢前，自云身從戰場至。古偁春秋無義戰，嗟爾赳赳萬夫敵。

會稽東湖

繞巖泛輕舟，崚嶒三峽壯。翻疑武丁力，斧鑿開青嶂。陰森蔽雲日，澄潭靜無浪。鏡湖渺何處，西陵安可望。昔年藏越甲，名城峙相向。荒途變陵谷，河曲多清曠。泠然御天風，迴臨塵寰上。

平湖望月傷王東培布衣東培善畫梅，隱居金陵，高尚不出。

南浦風高雁唳哀，平湖倒影浸樓臺。碧天依舊懸明月，誰折寒梅弔茂才。

中秋無月

不見三潭月，秋雲〔四二〕此夜多。客中移節序，鏡裏異山河。夜氣淒青女，秋雲〔四三〕掩素娥。頻年斷消息，惆悵意如何。

詠虎跑寺小兒王美泉

婉孌搴珠箔，秋風繡褓開。夢蘭天上落，攀桂月中來。學步摇金鎖，牽衣繞玉臺。擇鄰應得地，琪樹倚雲栽。

觀潮行

海門雲動潛蛟起，貫日長虹飛不已。白馬驚濤霹靂鳴，伍胥怒撼吴江水。海鹽江漲失千家，横流泛濫飄桑麻。遺民結茅盡野處，求鹽大澤淘江沙。孤城破碎兵煙久，喬木朱樓復何有。縱無濁浪蕩田廬，中原龍戰安能守。連年徵募違農時，窮兵逞志焉用之。争築高臺望秋水，不知世有哀鴻詩。

秋雪庵

天地兵戈裏，扁舟送客星。鳴榔驚落雁，隨月度空亭。岸遠蘆花白，祠荒蔓草青。蓬門掩修竹，煙水夕泠泠。

十月交蘆庵泛舟

搴舟渡秋水，十月繁霜時。蒹葭望不極，伊人勞所思。千頃若飛雪，皓皓連清漪。綠竹蔽空館，丹楓覆平池。願言賦考槃，采蘋良在茲。

書憤

相鼠詠於詩，胡乃人無禮。喪節辱其親，飽食不如死。昔年皆受經，覽之顙有泚。富貴安可求，所戒在知止。養士今如斯，豈復責餘子。

題畸園詩集名遹聲，光緒丙戌進士。

欃槍犯帝座，天地久淪夷。矯矯畸園叟，哀哀黍離詩。巾漉柴桑酒，菊發南窗枝。大義拒邪説，法言世可師。聖人已不作，斯文嗟在茲。

江行

遵渚越沙洲，環山列茅屋。三星不在罶，漁人散江曲。密石涓細流，苕華綴疏木。日夕集微霰，玲瓏動修竹。荒雞已棲塒，飛鴻漸中陸。冥冥嶺上梅，蓬窗伴幽獨。

歲暮江南未歸

零雨降連嶠，繁[四四]霜被廣津。崇朝變飄風，驚我梁上塵。矯矯投簪客，棲棲江海人。結構臨荒途，寥闊無四鄰。明德豈昭灼，孤寒長隱淪。簞瓢信可樂，安能報君親。

西湖暮雪寄蒼虬侍郎

兵煙苦未息，臨眺獨從容。庭柯集密雪，忽然滿南峰。歸舟隱沙岸，浩渺失青松。藜牀足容膝，亂世將無同。安得羲皇人，共此北窗風。

校勘記

〔一〕「城」，《南游詩草》稿本作「亭」。

〔二〕「樓」，《南游詩草》稿本作「臺」。

〔三〕《南游詩草》稿本題作「登燕子磯懷湘中隱居」。
〔四〕「曉色」，《南游詩草》稿本作「浦漵」。
〔五〕「連營」，《南游詩草》稿本作「增兵」。
〔六〕《南游詩草》稿本此詩題作「寇亂」。
〔七〕「落」，《南游詩草》稿本作「挂」。
〔八〕「朔風」，《南游詩草》稿本作「寒笳」。
〔九〕「日」，《南游詩草》稿本作「歲」。
〔一〇〕「翠」，《南游詩草》稿本作「脩」。
〔一一〕「月」，《南游詩草》稿本作「日」。
〔一二〕「凍」，《南游詩草》稿本作「望」。
〔一三〕「玉門關外」，《南游詩草》稿本、《寒玉堂詩》稿本作「輪臺城外」。
〔一四〕「長江」，《寒玉堂詩》稿本作「秦淮」。
〔一五〕「風捲秦淮」，《寒玉堂詩》稿本作「風吹長江」。
〔一六〕「游」，《寒玉堂詩》稿本作「秋」。

〔一七〕「江渚」，《南游詩草》稿本作「中陸」。
〔一八〕「楓」，《南游詩草》稿本作「林」。
〔一九〕「郡」，《南游詩草》稿本作「塞」。
〔二〇〕「憂來」，《南游詩草》稿本作「願言」。
〔二一〕「鄰」，《南游詩草》稿本作「庭」。
〔二二〕「餘」，《寒玉堂詩》稿本作「悲」。
〔二三〕《寒玉堂詩》稿本題作「登西湖南峰」。
〔二四〕「東」，《南游詩草》稿本作「右」。
〔二五〕「夫幾何」，《南游詩草》稿本作「能幾時」。
〔二六〕「扁」，《南游詩草》稿本作「搴」。
〔二七〕「扁」，《南游詩草》稿本作「輕」。
〔二八〕「秘」，《南游詩草》稿本作「閟」。
〔二九〕「巨」，《南游詩草》稿本作「怪」。
〔三〇〕「泉」，《寒玉堂詩》稿本作「岡」。

〔三一〕「驂鸞」，《南游詩草》稿本作「餐霞」。
〔三二〕「其」，《南游詩草》稿本作「所」。
〔三三〕「山」，《南游詩草》稿本作「襄」。
〔三四〕「時」，《南游詩草》稿本作「年」。
〔三五〕「思」，《寒玉堂詩》稿本作「招」。
〔三六〕「響半空」，《寒玉堂詩》稿本作「落幾重」。
〔三七〕「轉經」，《南游詩草》稿本作「步虛」。
〔三八〕「邊」，《南游詩草》稿本作「前」。
〔三九〕「都」，《寒玉堂詩》稿本作「城」。
〔四〇〕「征戰」，《寒玉堂詩》稿本作「争地」。
〔四一〕「霸圖盡逐東流水」，《寒玉堂詩》稿本作「霸圖空逐東逝水」。
〔四二〕「秋雲」，《南游詩草》稿本作「寒生」。
〔四三〕「秋雲」，《南游詩草》稿本作「雲光」。
〔四四〕「繁」，《南游詩草》稿本作「微」。

寒玉堂詩集乙編

西山集

塞下曲乙卯

戍樓煙斷草萋萋，萬里寒冰裂馬蹄。聞道漢家開戰壘，邊沙如雪玉關西。

壺天閣

石磴連雲起，盤迴入杳冥。鳥飛愁不下，低首望空青。

望諸君墓

華表縱橫委路旁，平原秋草故城荒。報書一上無歸日，高樹悲風古范陽。

渡桑乾河 庚申

古戍秋風白草鳴，胡笳吹月落邊聲。桑乾回望天如水，萬里寒沙匹馬行。

贈外舅吉甫總督

渭水東流入亂山，秦兵捲甲一時還。灞陵夜宿無人識，木落秋高出武關。

甲子秋寄伯兄

把袂一爲別，飄零積歲年。衣冠散兵火，兄弟隔風煙。雁去秋霜外，書來暮雨前。離心與歸夢，日夜海雲邊。

寄郭穀貽

近聞郭有道，高隱竟如何。湘水思無極，湘雲愁更多。吟詩存甲子，晞髮對山河。我欲從君去，衡門問薜蘿。

登玉泉山浮圖

邊月關山遠，寒煙浦溆分。秋風吹落雁，已過萬重雲。

秋夜彈琴

庭柯覆寒沼，繁響忽已歇。清波迴洞房，流光皎如雪。微風拂素絃，夜静商聲發。三星在我宇，浮雲自踰越。瑶琴有嘉音，覽此林閒月。

懷海印上人

自我遯空谷，俯仰無四鄰。倚杖嘯孤木，邈若羲皇人。與君一爲别，索居常苦辛。飄風不終朝，宿雨難及晨。所貴宣明德，豈必形骸親。冥冥高飛鳶，眇眇潛淵鱗。心知不相見，永言安能申。

和叔明弟閒居韻

故國青山夕，荒園亂木交。芙蓉開舊館，風雨落空巢。荷净無餘蓋，籬斜不繫匏。變衰何限意，秋氣滿塘坳。

乙丑九日

朔風吹白草，寒氣動旌旄。古戍居庸險，雄關碣石高。驊騮嘶斷坂，鷹隼下空壕。聞道收邊郡，秋霜上佩刀。

丁卯三月講經日本與諸公宴芝山紅葉館

海上嘉賓宴，衣裳此會難。諸侯金馬貴，歌女玉箏寒。跪進流霞酒，光飛明月盤。天風動環珮，雙袖夜珊珊。

雨中紅葉館雅集

江户連春雨，珠簾望翠微。群賢天上集，五馬路旁歸。紅葉開山館，飛花落舞衣。會稽詩酒興，佳會未應稀。

霧降瀧

雲雨中禪寺，長天飛白龍。雙鶴如秋雪，來巢萬古松。

利根川泛舟

雙舟向霞浦，孤月落中潭。若有魚龍氣，能教煙霧寒。美人黃竹曲，槎客白雲冠。咫尺蓬萊水，真宜賦考槃。

澄霞館觀妓舞

江曾圍幕府，門尚起寒潮。侍酒紅顏醉，吟詩翠黛嬌。行雲如識曲，明月伴吹簫。欲乘滄波去，魚龍夜寂寥。

嵐峽行舟

盤峽亂流中，牽舟百丈空。舟人望雲雨，愁過梵王宫。
鳥道連雲盡，川舟引峽長。還如杜陵客，五月下瞿塘。
亂石湧孤舟，波濤出上頭。渾如下三峽，不必聽猿愁。

津門道中

古道泥沙淺，平原景物悽。覆舟林木下，積水縣門西。村女窺荒井，津民問舊棲。莫投雲際宿，正有夜烏啼。

秋夜書懷

連雨響寒夕，木葉有悲音。華沼凝清光，殘荷辭翠禽。中庭遽已浄，微風揚素襟。百卉變秋節，蟋蟀牀下吟。雝雝南飛雁，寄之江水心。

園夜

端居感遲暮，況見霜葉零。方塘澄碧波，庭柯挂繁星。焉知變寒暑，坐失林中青。遥遥怨修夜，落落瞻秋螢。

東道不通

明月西飛遼海灣，不聞諸將唱刀環。瀋陽霜落秋風起，祇有邊鴻夜度關。

雲居寺東峰觀唐金仙公主碑

東峰開石壁，萬古壯幽燕。起塔開元日，經藏大業年。苔封金粟字，雲散水衡錢。西望懷王母，登臺意邈然。

送蒼虬侍郎出關

雪滿秦關路，風生遼水波。此行思贈策，彈鋏莫空歌。趙客輕毛遂，荆人失卞和。音書應不達，奇計近如何。

游拈花寺訪全朗退居

孤客來初地，從師問死生。真源了無悟，大道若爲名。卧柳垂荒井，飛檐向古城。松風天際落，吹散轉經聲。

自題畫鷺

雪衣拂岸影參差，魚浦煙深冷釣絲。落盡荷花江色暮，滿天風雨立多時。

乙亥送猶女芝歸星浦

亂世離鄉國，艱危匹馬從。邊行衝雨雪，海宿犯蛟龍。星浦霜初落，秦關路不通。還憐遠兄弟，送汝意無窮。

白孔雀并序

白孔雀出於天竺，含章秉德，鸞鳳之儔也。顧瞻雲路，傷翮氣盡，賦詩詠之。

靈囿依珠樹，聯翩玉影齊。銜花亭沼外，夢月海雲西。漢使傳青鳥，秦人訪碧雞。雪衣分鶴露，素練拂鴻泥。豈是殊方貢，非關上苑棲。流沙迷故國，垂翅絳霄低。

丙子秋有伯兄之喪兼送弟出關

邊秋季行役，落葉天下寒。征雁斷長城，悲風動榆關。伯也久居夷，中道多險艱。仳傐豈同穴，滄海浮一棺。先嫂柩在遼東虎島。風雲失際會，羲娥難復還。墓木成鄧林，魂魄終不安。何處哭孤墳，崔嵬碣石閒。

戰後孤城登望

古戍臨邊暮色低，千家蕭瑟夜烏啼。登城不見桑乾水，斜日雲横太白西。

登玉泉山靈巖寺浮圖

孤塔出靈巖，登臨集秋霰。天風吹巖雲，勢與中峰斷。飛檐摘星斗，高標接河漢。俯仰異陰晴，宇宙成殊觀。片白桑乾水，尺碧靈波殿。甘棠美召伯，金臺集英彦。荆卿骨已朽，易水無人餞。王者跡已熄，霸圖久銷散。哀哉東逝川，古人今不見。

峽雪琴音

玉泉山静明園中乾隆御題詩碣尚在。

玉階青瑣散斜陽，破壁秋風草木長。惟有西山終不改，尚分蒼翠入空廊。

寫古木寒禽寄章一山左丞

澗雪迴風帶女蘿，冥冥擇木向喬柯。碧桃落盡春芳歇，集苑珍禽竟若何。

題雪齋從兄秋江釣艇圖

江楓石上落紛紛，鳴雁飛聲送客聞。我夢扁舟明月裏，蘆花淺水釣秋雲。

夏夜

湖上蟲聲急，點燈夜不眠。月中來似雨，風裏散如煙。願作秋霖賦，愁爲雲漢篇。西山多水石，歸卧定何年。

漢長陵瓦歌

秦璧還宫祖龍死，墓隧乃與三泉通。一朝崤函失險阻，赤帝受命王關中。卯金王氣銷沉久，馬鬣之封復何有。玉魚金盌盡成塵，虎踞龍蟠安足守。虞舜南巡去不還，二妃淚灑蒼梧間。至今洞庭張樂地，九嶷瞻望空雲山。甘泉長樂西風早，千門落日咸陽道。行人欲拜漢文陵，匹馬荒原向秋草。漢家寢廟勢凌雲，當時遷徙何紛紛。遂使黔黎怨徭役，苛政無乃如嬴秦。宫中置酒悲楚舞，劉吕雌雄已千古。誰憐片瓦歷滄桑，尚見長陵一抔土。

漢長毋相忘瓦歌

韓信生不爲真王，悲哉鳥盡良弓藏。山河帶礪等虚語，何況片瓦埋風霜。漢宣故劍猶難保，鈎戈班姬何足道。甘泉宫裏已無人，相思殿外生秋草。千樹花開嬌上林，從游陪輦奉恩深。茂陵只歎南歸雁，文君亦感白頭吟。長楊五柞知何處，翠袖朱顔散塵霧。紈扇迎風久棄捐，千金空買長門賦。

壬午秋懷雪齋從兄

湖上聞歸雁，秋風寄所思。共期薇蕨志，敢忘棣華詩。喪亂書難盡，艱危節自持。脊令原上望，流涕此何時。

古劍行

昆吾刻篆盤蝌蚪，三尺龍泉作雷吼。垂虹流火𧄍青蒼，湛盧去國韜輝光。春秋諸侯無義戰，上士之劍應潛藏。虎躍蛟騰何若此，百鍊真疑歐冶子。莫贈壯士西入秦，奇功不成但空死。碧落秋高北斗懸，浩歌彈鋏心茫然。年年故國悲喬木，風雨淒涼寶劍篇。

游極樂寺國花堂

平原蔓草碧於煙，門對寒流夜泊船。頭白貞元朝士在，尚零清淚過堂前。

采湖中凌霜菜寄章一山左丞

草木承恩澤，猶知守歲寒。祇宜靈沼種，真合腐儒餐。汲水求金井，盈襜薦玉盤。孤臣在津浦，遠寄碧琅玕。

詠高雲麓侍講齋中黄楊開花同一山章左丞作

君不見香水院前引駕松，斧斤斷折青芙蓉。香山引駕松，金章宗所封，嘗與侍臣題詠，近遭剪伐。又不見玉泉山中古雙栝，凋殘乃與忠樟同。辛亥冬日，雙栝同槁，槎枿尚存。黄楊苦短性堅正，歲寒枝葉猶青葱。雲麓光宣舊朝士，重彼凌霜寓微意。嘉木貞心可表忠，瓦缶移向前朝寺。崔嵬松柏皆後凋，爾獨厄閏傷孤標。古來賢哲亦如此，蹈越憂患心煩勞。左邱失明有國語，屈原放逐爲離騷。三百年後得此士，痛哭晞髮君門遥。自我還山採薇蕨，獨抱霜根守枯節。何似黄楊能作花，江上虛堂散春雪。

題湖岸卧柳

經春尚摇落，悽愴卧江潯。湖岸多風雨，何年起上林。

宿廣化寺

夕舟纜宿莽，鳴鐘度林樾。寒殿迴松風，瑶階上秋月。楊梩發洲渚，零露滋薇蕨。百年兹始壇，碑銘緬前哲。攬衣耿不眠，庭花皎如雪。

齊甎歌

祖龍昔年制四海，長城遠挂臨洮邊。蓬萊三山渺何處，羨門碣石悲蒼煙。泰嶽之碑碎如斗，嶧山野火嗟無傳。豈若大風表東海，百代晚出齊時甎。蛟舞驚雷起幽蟄，龍光夜射輝星躔。漢京文字比麟鳳，況乃赤帝歌風前。贊皇岐陽典刑在，下視急就凡將篇。誰從琅邪得圭璧，岱宗空望浮雲巔。

松筠庵拜楊忠愍公祠

遺廟春殘竹徑荒，古楸無葉立空廊。杜鵑啼血東風晚，落日花飛諫草堂。

送海印上人歸潙山〔一〕

初地多泉石，其如不住心。錫飛湘水闊，杯渡楚雲深。潙汭孤帆影，衡陽雙樹林。遥知翻貝葉，應帶海潮音。

訪〔二〕曇寬上人

孤僧巢石室，一徑入煙霞。座湧龍天〔三〕雨，瓶分鹿女花。清凉離火宅，悲憫度河沙。過客聞談〔四〕偈，忘言日已〔五〕斜。

題燉煌石室天女供佛像

栴檀繞座結祥雲，跳脱明珠霧縠裙。忉利天中聞法曲，前生曾此戒香焚。

校勘記

〔一〕《南游詩草》稿本題作「夢海印上人歸溈山蜜印寺」。
〔二〕「訪」，《南游詩草》稿本作「憶」。
〔三〕「龍天」，《南游詩草》稿本作「天龍」。
〔四〕「談」，《南游詩草》稿本作「禪」。
〔五〕「已」，《南游詩草》稿本作「未」。

寒玉堂詩集乙編

南游集卷上

登燕子磯

亂後悲行役，空尋孫楚樓。蕭蕭木葉下，浩浩大江流。地向荆襄盡，山連吴越秋。伊人在天末，瞻望滿離憂。

石塘道中

遠樹鳴寒角，横煙曉色分〔一〕。不聞歸戰馬，争道募新軍。古寺高陵變，荒碑野火焚。客愁如落雁，隨月渡江雲。

小邑

小邑烽煙後，連營〔二〕萬竈强。更聞圍掖縣，不復守安陽。故國三江夜，空城十月霜。南行遠兄弟，無雁向瀟湘。

丙戌八月長江舟中

維舟倚青壁，水落煙沙空。江漢不可渡，挂席隨天風。豈知馮夷宅，百丈潛蛟龍。或聞躍在淵，雲氣何時逢。決此長江流，宇宙安能容。遐觀攬八極，荒哉神禹功。

寒雨

寒雨繁將夕，疏林葉更多。舟人落〔三〕帆席，漁婦怯風波。山色遠連岸，雁聲低渡河。無家逢歲晚，歸去意如何。

兆文毅公平定新疆歌

日照旌旗出酒泉，將軍振旅勒燕然。玉門萬里無烽火，天馬蒲桃盡入邊。
日暮天山雪欲飛，八旗戰士盡戎衣。輪臺城外如霜月，曾照將軍破陣歸。

戊子三月宿靈谷寺樓聞雨

寒殿接青霄，禪宮夜寂寥。星幢經異代，雲構起前朝。水暗松門合，花深石塢高。木蘭開且落，春雨更瀟瀟。

攝山訪二徐題名

靈巖留勝跡，危嶂薜蘿分。片石開青壁，千秋共白雲。昔賢今不見，遺表但空聞。異代悲〔四〕陵谷，登臨望夕曛。

登南高峰〔五〕

朱方峙危嶽〔六〕，振衣凌層巔。揚州映河鼓，婺女分星躔。其東俯秦望，浩渺窮蒼煙。茅山思禹跡，吴越興戈鋋。人生夫幾何〔七〕，乃無金石堅。季子讓其國，獨爲世所賢。覽物結中情，悲哉東逝川。

游富春江

汲水月在澗，入山雲滿衣。移舟不知遠，乘興無時歸。高臺釣春渚，於此惜芳菲。余亦羲皇侣，兹焉可采薇。

蘆茨溪

澗底采白石，江上雲相疊。雙鵁起河洲，圓波動菰葉。

登西臺懷謝皋羽

晞髮青山事可哀，浮雲終古傍西臺。千年不改桐廬水，更有王孫痛哭來。

桐廬舟中遇雨

江上連朝雨，雙臺黛色深。閒隨漁父去，遥結水雲心。雖有扁舟興，無人共入林。嚴陵何敢望，余亦芥千金。

游天目山

連林列幽谷，暮景迴陰峰。清湍帶修竹，斜日暉杉松。天池隱丹竈，石穴潛蛟龍。雲中何所有，靈芝發紫茸。金經藏奥室，斷壁青濛濛。延矚向危嶂，引領懷仙蹤。

澗水捲秋雨，激石橫且仄。松毛落巘陰，層巒秘〔八〕雲色。巨〔九〕石如堂房，崚嶒盡虛植。其方儼削成，將毋五丁力。喬杉蔽中谷，山禽戢歸翼。虞淵惜餘景，迴川望安極。

雲門山月高，冥冥絶樵路。攀巖采石耳，升木求雲霧。雲霧草生於高樹之巔，清涼益目。龍池不可登，丹林邈何處。伯昏百仞岡〔一〇〕，巍峨險如故。豈謂驂鸞〔一一〕人，幾輩歌朝露。上士達其道，君子履所素〔一二〕。陵阿〔一三〕賦考槃，浮〔一四〕名安足慕。

天目山訪能和上人塔

昔時〔一五〕同作山中客，今日先爲泉下人。懷舊欲尋靈塔記，獨將衣袖拂碑塵。

游金華雙龍洞

靈巖隱仙觀，遠近度層峰。飲澗尋黄石，餐霞訪赤松。嶺雲思〔一六〕去鶴，石壁起潛龍。澗壑驚雷雨，飛泉落幾重〔一七〕。

卧羊山黄初平叱石成羊處。

白石今猶在，登臨但暮煙。雙溪東去水，空繞縣門前。

柯山七星巖

帆挂樟橋煙樹清，巖邊〔一八〕時見片雲行。竹林澗水蕭蕭雨，猶似中郎笛裏聲。

西溪秋雪庵

天地兵戈裏，扁舟送客星。嗚榔驚落雁，隨月度空亭。岸遠蘆花白，祠荒蔓草青。蓬門掩修竹，煙水夕泠泠。

江行

遵渚越沙洲，環山列茅屋。三星不在罶，漁人散江曲。密石涓細流，苕華綴疏木。日夕集微霰，玲瓏動修竹。荒雞已棲塒，飛鴻漸中陸。冥冥嶺上梅，蓬窗伴幽獨。

歲暮江南

零雨降連嶠，繁〔一九〕霜被廣津。崇朝變飄風，驚我梁上塵。矯矯投簪客，棲棲江海人。結構臨荒途，寥闊無四鄰。明德豈昭灼，孤寒長隱淪。簞瓢信足〔二〇〕樂，安能報君親。

己丑三月詠超山唐梅

皎皎龍池樹，盤根鹿苑邊。一枝斜映水，孤影澹浮煙。古寺伽藍記，殘〔二一〕碑寶應年。月華明積雪，不見剡溪船。

湖上連雨懷章一山左丞

密雲翳南山，霖潦積前楹。斯人已云没，其言終典刑。空懷子房憤，徒抱魯連情。麟亡少微落，霜繁蕙草零。谷憶中條隱，琴斷廣陵聲。黄髮亦奚爲，安能俟河清。

自書詩卷寄高雲麓侍講

蘅杜生澤沼，微馨不足陳。水月雖清華，安能持贈人。倚棹泛江湄，賦物長悲辛。遭迴眺雲色，感激寄所親。

江夜

雨過春潮急，柴扉掩浪痕。無魚星在罶，送酒月臨門。亂水鳴雲際，寒梅枕石根。幾家聞夜織，寥落不成村。

蕭山道中

遠岸蕭山縣，荒村見幾家。天寒峰積雪，江漲水平沙。竹舍多懸網，柴門盡績麻。時移陵谷變，莫〔二二〕問故侯瓜。

西湖春日

錢王江水舊池臺，明鏡飛光倒影開。千樹桃花萬條柳，春風齊過越溪來。

題錢塘渡

草没平湖水没村，已無歌舞舊朱門。錢塘江上如霜月，空照寒沙漲落痕。

游虎跑寺

躋巘入幽谷，攀蘿訪道安。昔來桂始華，兹游春已殘。茂樹帶溪色，修竹鳴風湍。披雲〔一三〕坐高館，林深窈且寒。俯鑑靈沼影，仰矚青雲端。芳馨遺所思，乘流采石蘭。

詠虎跑泉

靈巖留虎跡，夏日起風湍。密影摇松竹，清聲響珮環。高臺空界外，孤磬白雲閒。汲水烹雷莢，芳馨駐客顔。

過陳蒼虬侍郎故莊

空館餘喬木，寒塘尚泊船。菱花飄細水，楊[二四]葉散浮煙。蕙帳人何在，衡[二五]門月自圓。江南[二六]未歸客，來對舊山川。

渡沈家門

遠天煙水近黄昏，初月微明帶雨痕。故國鄉關何處是，片帆吹渡沈家門。

宿定海縣

列郡傳烽火，天涯路不通。海雲陰易雨，島樹晚多風。爲客因名累，乘桴歎道窮。何時挂帆去，東望霧濛濛。

登舟山

古縣臨滄海，城荒石壁存。青山連蟹嶼，白浪湧蛟門。潮落漁人少，烽嚴戍卒尊。天高驚木葉，況乃近黃昏。

九日登定海縣奎光閣

石壁崔嵬撼怒濤，清秋臨眺俯城壕。海門雲白孤帆遠，沙岸天青片月高。戰壘飛霜驚草木，迴風捲霧拂〔二七〕旌旄。長江夜孛欃槍氣，北斗光寒動佩刀。

憶昔

憶昔軍書急，要盟在馬關。纔聞失旅順，已報割臺灣。使節來何遠，王師戰不還。殊方悲〔二八〕往事，空〔二九〕望舊雲山。

高山番

構木棲〔三〇〕巖穴，攀藤上杳冥。射生循鹿跡，好武冠雕翎。箭影穿雲白，刀光照水青。聖朝同化育，嗟爾昔來庭。

海門遠望

山盡沙平曉色昏，蒼波遠上界天痕。月斜潮落無帆影，雲捲星河下海門。

無題

碧水茫茫似洛濱，凌波不見襪生塵〔三一〕。可憐海客珊瑚網，網得明珠別贈人。

哀娉生從弟女也，從母東歸日本。

鸞鏡分飛玉破環，望夫山下別秦關。自從落月孤帆去，碧海明珠渺不還。

庚寅烏來山中

絶壁開千嶂，岧嶤俯赤城。斷虹連嶽色，驟雨落河聲。遠道還家夢，殘春爲客情。愁心似海水，日日向南征。

燕

玳瑁梁空舊館非，池塘芳草夢應稀。波生苑裏曾留影，花盡江南尚不歸。豈有樓臺歌白紵，已無門巷認烏衣。天涯春去多風雨，莫向平〔三二〕湖淺處飛。

自題畫雁

水落沙平野色昏，蒹葭猶認舊棲痕。雙飛夜宿知何處，夢泠瀟湘明月村。衡陽沙浦水光寒，遠泊扁舟行路難。秋滿關山千萬里，寄書應不到長安。

贈廣欽上人

廣欽，閩僧，住碧潭上鑿洞，而坐禪不火食者二十餘年。

杯渡閩江水，雲游多歲年。碧潭惟見〔三三〕月，石洞久無煙。虹影垂天際，潮音落殿邊。觀空泯衆相，住此亦隨緣。

憶陳弢庵太傅

群盜亂天紀，君王念藐躬。老臣扶幼主，衰世效〔三四〕孤忠。社稷終難復，殷周事不同。相逢舊都邑，流涕説〔三五〕遼東。

憶陳蒼虬侍郎

凋謝挂瓢樹，淒涼漉酒巾。地維沉故國，天意喪斯人。永〔三六〕日浮雲去，經年宿草新。招魂無宋玉，春盡楚江濱。

憶黎露園右丞

顛沛誰無此，如君亦可憐。居貧悲白屋，送死一青氈。世亂知忠孝，時危多險艱。何年歸旅櫬，南海月孤圓。

憶章一山左丞

河決連涇渭，誰知清濁分。江南空作賦，地下豈修文。白髮仍爲客，丹心獨奉君。魂飛遼海月，應傍九邊雲。

憶温毅夫御史

謇謇登臺省，諍臣君獨良。青驄避〔三七〕道路，白簡挾風霜。嶺嶠徵車苦，關山使節長。杜陵懷舊意，遠問斛斯莊。王崑圃御史謀誅袁世凱，死之。公念同官，訪其妻子，竟不可得。

題元光寺石潭

僧房倚青壁，躡屐俯層楹。若有蛟龍氣，常爲風雨聲。片雲飛不去，孤月照還明。石上題詩處，年年苔蘚生。

辛卯中秋

亂世〔三八〕逢佳節，臨風思所親。三臺空〔三九〕見月，百郡已無人。海宇當兹夜，乾坤寄此身。北庭沙似雪，莫犯屬車塵。

旅夜

板屋臨高堰，山窗古驛亭。風聲隨水白，雨氣入燈青。秋雁何時見，寒猿不可聽。石梁雲樹晚，松吹夜〔四〇〕泠泠。

九日登圓山

北臺寒雨帶斜暉，風卷潭雲黄葉稀。別恨暗生登閣酒，離塵空振渡江衣。關山有夢〔四一〕兵猶隔，天地無情雁不歸。佳節年年憶兄弟，烽煙況問首陽薇。

九日

海氣消殘雨，經〔四二〕天挂彩虹。鳥飛明鏡外，人倚畫屏中。萬井芙蓉水，千家橘柚風。如何重九日，無雁度寒空。

八堵

帶雪摇空壁，翻雲撼石樓。渾如巴峽水，遠迸蜀江流。村女淘舂粟，溪童繫釣鈎。三年棲瘴海，於此亦淹留。

重游理安寺〔四三〕

伽藍舊游地，兵後失金容。亂樹穿頹壁，寒花繞卧鐘。劫生雙碧水，僧散數青峰。祇有靈湫在，風雷想蟄龍。理安兵後，古木盡伐，靈湫蜥蜴尚存，寺僧謂之龍子。

過林少宰故居

隴上分秋色，誰知少宰家。渠荒魚網碎，樹古鸛巢斜。西浦無回棹，東陵罷種瓜。還憐門外柳，曾拂五雲車。

壬辰游汐沚静修庵

汐沚開蘭若〔四四〕，求參最上乘。花寮金閣瓦，竹席石幢燈。掃地雲隨帚，焚香雨濕藤。上方〔四五〕泉落處，孤磬出崚嶒。

銀河洞題壁

夜雨已出岫，朝雲猶在檐。煙蘿垂密幔，風瀑閃疏簾。地迥聞鐘磬，山高隔暑炎。蕪菁石罅種，采擷不盈襜。

帚生菌并序

海隅恒風，卑濕湫溢，帚生菌焉〔四六〕。昔燕太子丹烏頭白而去秦，今帚生菌矣，余其歸與。且帚敝如是，勞可知矣。爲帚之言，作爲是歌。

釜在竈上鳴，帚在牆下歌。三月不雨將無禾，繞屋采薪執斧柯。帚兮帚兮誰所使，落葉風飄半牀水。擁帚毆霾霾復集，荆皮斷裂菌生尾。中書髮禿老無用，烈士暮年長如此。爲我寄言釜與鬵，好共簞瓢事君子。田光薦客恨衰朽，廉頗據鞍徒爾爲。老驥伏櫪志千里，黄鵠垂翅中心悲。我欲長歌將何補，烽煙滿地龍在宇。世衰不見燕昭王，誰向金臺掃塵土。

感遇九首

兵戈亂宇宙，乘桴出海門。如何似永嘉，萬姓皆南奔。誰煽燎原火，遂令日月昏。熒惑入南斗，維藏劃天痕。明夷垂其翼，危行道所尊。堅貞循義路，屯邅安〔四七〕足論。

大車陷於淖，征夫在塗炭。顛沛攜妻孥，南行等奔竄。朝辭錢塘水，暮宿崑山縣。馳驅問前路，恒雨河梁斷。壯者下推車，婦子坐愁歎。黎民猶不飽，誰能强餐飯。

宵征渡南海，萬里浮一竿。布帆挂輕舠，三日衝波瀾。遥望沈家門，落日登舟山。負戴履嵯峨，跋陟經險艱。穉子抱母啼，行客多愁顔。野曠風蕭蕭，足繭衣裳寒。命也將何尤，俯仰天地寬。

卜居東海濱〔四八〕，連廛皆板屋。淺渠不隱屐，環垣〔四九〕削青竹。户〔五〇〕陰緣陵贏，穿窬拱榕木。衡門無三尺，四席足蹜蹜。仰瞻屋漏痕，連雨垣將撲。卑濕移釜甑，朝菌已生餗。不如陶令〔五一〕宅，猶得伴松菊。

炎曦〔五二〕氣如炙，一雨遂沍寒。寒熱日洊至，燕寢誰能安。斂簟乃生蠹，澣衣愁不乾。我欲調素琴，弛緩不可彈。燥折窗前蕉，風摧階下蘭。陰霾噎滄海，孰謂天地寬〔五三〕。遐觀青雲際，高飛無羽翰。

蕡桴擊土鼓，社鼠常苦多。跳梁勢欲傾，瞻屋愁偏頗。鞠通穴敝帚，蠹喙穿絺羅。積潦攻壞壁，樛枝團蟻窠。憂心方懆懆，若此將奈何。

蒸氣散〔五四〕急雨，忽焉變陰晴。炎光蘊瘴毒，鬱搏爲風霆。赤雲夾白日，皓旰西南行。蓬蓬暗宇宙，坐失滄海青。應龍拔天柱〔五五〕，盪決摇前楹〔五六〕。安得凌風翔，羽化超鴻冥。

有吏清晨來，當門持簿籍。户牖責灑掃，丁年驅兵役。童子出應門，趨蹌一足躄。吏見稚弱形，短髮怒如戟。豈無酒盈尊，安能永今夕。

清風振苞竹，零露發芳槿。聲聞耻過情，浮名跡應泯。逃榮欲鑿坯，畏人户長墐。用極力不贍，念此心紆軫。景行慕夷齊，思賢希曾閔。幽人懷廣居，緬彼箕山隱。

安通潭

平林蔽幽谷，維鵜在河梁。臨淵志其魚，戢翼遂不翔。火見已霖雨，殷雷奮南岡。雝雝睇鴻雁，失群正相望。邅迴隔嶺嶠，恨此雲路長。

重游仙人洞

孤峰臨海嶠，高步似天台。黄石仙何在，青山客復來。洞深寒雨積，潮浄瘴煙開。躡屐題詩處，重〔五七〕巖長密苔。

甲午暮春山莊

溪雲帶雨簟生寒，翠館山亭路幾盤。流水半潭〔五八〕花落盡，更無人倚〔五九〕玉闌干。

暮春游林氏故園

洞房深鎖晝冥冥，池上無人柳不青。日暮畫樓雙燕去，菜花開滿水邊〔六〇〕亭。
斷橋啼鳥獨傷神，水涸池塘草自春。空館落梅明月色〔六一〕，當時曾照錦屏人。

春游

蘋葉菱花覆曲池，不堪惆悵暮春時。緑蔭已合莓苔長，摇落殘紅辭故枝。
半畝荒園蕨菜肥，黄昏風雨送春歸。垂楊院落花如雪，淺水池塘蝶尚飛。

四月登樓望風雨

黄雲風色滿炎天，四野山圍古戍邊。萬點歸鴉投瘴海，木棉花落雨如煙。

島夜

野幕連山鐵騎驕，風沙如雪拂旌旄。寒笳夜半吹孤月，瘴海雲深北斗高。

湯谷

列嶂岧嶢近斗牛，湯泉蒸氣掩松楸。天邊似見燕山月，夜照桑乾濁水流。

宿日月潭涵碧樓

岸草汀花雁鶩秋，地高煙暝欲生愁。清光不辨雙潭水，天落星河入驛〔六二〕樓。

草屯道中

山勢南臺接北臺，前人邱隴後人開。獨憐御史橋邊水，曾照雙旌路上來。

安溪水漲〔六三〕

已發安溪漲，千家積水中。初殘桑柘火，又起海天風。返景迷黃霧，迴光飲白虹。坐愁梁木壞，竟夕雨連空。

直潭峽中石

媧皇補天石，遺跡此中多。黿圻斜登岸，龍文遠涉波。浮梁縈蔓草，空穴亂蓁柯。五月瞿塘峽，行舟奈汝何。

題回紇引駝圖

寒笳嗚咽朔風驚，獨伴明駝萬里行。大漠平沙無處宿，夜依北斗入孤城。

乙未三月朝鮮講席贈李博士

皇皇頖水詩，皎皎白駒篇。宛轡遵義路，循跡思崇賢。假翼浮東國，遠游升龍川。講述慚愚蒙，樂志希濳淵。茲邦友善士，明德懷芳荃。

朝鮮行宮

苑門深鎖玉鉤斜，寥落行宮見暮鴉。日日春風復春雨，隔簾吹盡碧桃花。依然瑤殿與雲齊，井落銀瓶蕙草萋。不見君王歌舞夜，碧樓珠樹子規啼。

昌德宮朝鮮李朝太宗内禪，稱上王，居壽康宫，嗣王世宗御昌德宫受朝。

承露銅盤跡尚陳，前王宫苑滿荆榛。殘花自落瑶堂雪，折檻空生玉殿塵。紈扇歌沉南内月，羅衣舞盡上陽春。東風輦路吹禾黍，野雉朝飛不見人。

昌慶苑

禁川橋下芰荷香，慶會樓前細柳長。依舊清波東逝水，更無鳧雁待君王。
曲池春水碧泠泠，空館無人蔓草青。三月東風花落盡，鷓鴣飛上翠寒亭。
宫苑春雲閟不開，碧天明月自徘徊。千秋殿外生秋草，不見雙旌引駕來。
北征初罷太平時，五步樓臺接鳳池。秘苑深宫行樂地，已無頭白侍臣知。

題慶州佛國寺前古松

佛國寺，梁大通二年新羅法興王二十七年建。高麗王滅新羅，改雞林爲慶州。

雞林山色半斜陽，誰識江東古戰場。惟有寺門〔六四〕千歲樹，苦經風雨見興亡。

觀朝鮮故伎歌春宫曲

錦瑟華年事已非，雙蛾不掃鬢鬟稀。如何更唱春宫曲，新館花零舊舞衣。

鮑石亭

新羅景哀王出游鮑石亭，置酒娱樂。後百濟甄萱潛師攻入新羅都城，擄其王。

百濟潛師地，千年感逝波。石魚生蔓草，空弔舊山河。

憶天興寺

寶樹連雲起，迴泉地籟空。落花飛鹿苑，明月出龍宮。畫壁留金粟，雕梁挂玉虹。永懷溪上寺，夢繞石橋東。

題日本久遠寺

縈紆經水石，雙樹梵王家。鹿苑圍修竹，鸞臺舞細花。鐘鳴觀〔六五〕月落，風動引幡斜。寶殿懸明鏡，休言覺路賒。

清水寺

嶺色連雲樹，峰巖識舊游。壁存龍象跡，花滿鳳麟洲。豈意浮滄海〔六六〕，重來倚寺樓。憑闌望天際，日夕水悠悠。

南禪寺

寶樹圍香界，空堂夜寂寥。飛檐挂星斗，高殿入雲霄。斷夢回殘月，歸心逐暮潮。故鄉應不見，滄海萬重遥。

題中宫寺日本聖德太子妃奉宫爲寺。

匣掩青羅鏡，絃分緑綺琴。魚軒留玉殿，翟服在珠林。棟壁蛟龍古，山河霜雪深。松清雲蓋冷，竹静月華沉。初地明禪性，靈源洗道心。千秋薦黍稷，常奉海潮音。

石廊崎〔六七〕

半壁倚滄海，巖巖接杳冥。築臺朝望日，疊石夜觀星。水〔六八〕漬千層白，苔封[六九]萬古青。長松遺社在，於此禪云亭。

丙申春登宇治川龜石樓

樹色屏風裏，長橋倚鏡圓。連峰一樓月，垂柳半溪煙。古渡晞魚網，清波放鵜船。憑闌不能去，吟盡夕陽[七〇]天。

戰後游法隆寺

古院欹松蔭白沙，隋唐遺跡事堪嗟。講堂尚覆香雲蓋，畫壁燒殘寶相花。勝地苔平無苑鹿，靈旗日晚失神鴉。遠游獨有乘桴客，劫後登臨望落霞。

游後樂園 明朱舜水所居。

荒臺留片石，池館故侯家。水照春殘樹，風吹雪後花。青蕪生敗堵，白鷺上寒槎。不見聽泉客，蕭條古徑斜。「駐步泉」篆書三字，傳爲朱舜水所題。

江之島辨天女神祠

孤嶼〔七一〕海中央，仙雲接渺茫。霞光浮畫幔，波影上雕梁。豈謂蓬山遠，空思洛水長。非同巫峽裏，朝暮夢〔七二〕襄王。

江之島石洞題壁

岧嶤孤嶂與雲連，風起潮生浪倚天。三島東環皆碧海，九州南望但蒼煙。賦同楚客登樓日，星紀秦皇採藥年。古洞月明仙已去，棧横石壁草芊芊。

雪夜詠梅

江梅冬正發，密雪滿前楹。玉樹寒無影，瑤華落有聲。低柯留暗翠，圓沼湛微明。良夜清如水，能忘羈旅情。

重游江之島題辨天女神祠

萬里蓬壺水，馨香滿十洲。蒼茫瞻碧落，縹緲起朱樓。似聽湘靈瑟，空懷帝子游。青天懸月鏡，冷照數峰秋。

春日詠湖上辛夷

玉階朱檻凈無塵，繚繞迴廊接望春。今日重開滿園樹，捲簾不見舊宫人。

巫山高

巖嶂鬱崔嵬，秋光迤邐開。風煙連白帝，雲雨散荆臺。日影環峰變，江聲繞峽來。襄王今不見，終古暮猿哀。

山行

登山眺雲樹，臨溪濯塵纓。迷陽分歧路，幽蘭逐澗生。我生非焦茅，安能灼復榮。飛泉鑑松色，泠然琴上聲。嚶嚶擇林鳥，可以慰吾情。

詠懷三首

落日易水上，秋風度樊館。荆卿昔驅車，悲歌去不返。督亢何所有，蔓草横長坂。空聞擊筑聲，圖秦嗟已晚。

秋風吹玉殿，夜卷羅衣裳。隴首茂松柏，焉知舞秦王。一朝宫〔七三〕車出，三月焚咸陽。不見驪山宫〔七四〕，空餘瑶草香。

蒼梧望巡狩，虞舜昔不還。雲斷洞庭野，秋滿九嶷閒。二妃不能從，淚灑湘竹斑。霓旌無處求〔七五〕，碧水空潺潺。

古意

隴水動寒色，長城界朔方。落日照平沙，不如君馬黄。營門肅秋氣，邊歌多慨慷。旌旗連馬邑，鼙鼓出漁陽。荒〔七六〕原不見人，白草上河梁。

吟松閣對雨

湯泉列山館，高閣傍巖阿〔七七〕。細草垂雲錦，幽花散綺羅。樵歌人隔水，仗舞目横波。瘴海思歸日，秋霖方苦多。

題畫馬

菊花驄駿繫金環，萬里西來青海灣。此是天〔七八〕池常貢馬，而今不入玉門關。

宿山館

起伏連邱隴，荒寒跡尚陳。地高風動野，月暗鬼爲鄰。葭亂渾疑雪，林稀不見春。平明原上望，空峪少行人。

宿金瓜石客館

碧空白露下寒霄，客館登樓夜寂寥。萬里天風吹落月，捲簾直送海門潮。

野望

亂樹倚城邊，群峰接遠天。樹從沙磧合，峰與海門連。秋氣嘶征馬，人煙集釣船。登樓思作賦〔七九〕，空記渡江年。

游太平山

雲氣連千嶂，層峰窈且深。鹿場生茂草，熊館在孤林。煙水自朝暮，風雲成古今。上方庭宇静，攀棧一相尋。

太平山觀伐木者

蓊蔚千巖樹，窮年尋斧柯。條枚崩赤壤，槎枿斷青蘿。雖有山中木，其如勞者歌。林虞存舊典，盡伐事如何。

丁酉九日登高〔八〇〕

九日多風雨，盤〔八一〕紆上驛亭。雲蒸湯谷白，山壓海門青。早見黄花發〔八二〕，空傷〔八三〕蕙草零。炎方同異國，無雁下寒汀。

登金瓜石南峰

曲折懸空棧，縈迴度石橋。路盤金闕迴，山盡海門遥。鐵壁連沙磧，雲英帶礫燒。天涯無雁信，殘月上寒潮。

校勘記

〔一〕「曉色」，《南游詩草》稿本作「浦溆」。
〔二〕「連營」，《南游詩草》稿本作「增兵」。
〔三〕「落」，《南游詩草》稿本作「挂」。
〔四〕「悲」，《南游詩草》稿本作「餘」。
〔五〕《寒玉堂詩》稿本題作「登西湖南峰」。
〔六〕「嶽」，《南游詩草》稿本、《寒玉堂詩》稿本作「嶂」。
〔七〕「夫幾何」，《南游詩草》稿本作「能幾時」。

〔八〕「秘」，《南游詩草》稿本作「閟」。
〔九〕「巨」，《南游詩草》稿本作「怪」。
〔一〇〕「岡」，《南游詩草》稿本作「泉」。
〔一一〕「驂鸞」，《南游詩草》稿本作「餐霞」。
〔一二〕「上士達其道，君子履所素」原闕，據《南游詩草》稿本補。
〔一三〕「陵阿」，《寒玉堂詩》稿本作「棲遲」。
〔一四〕「浮」，《寒玉堂詩》稿本作「榮」。
〔一五〕「時」，《南游詩草》稿本作「年」。
〔一六〕「思」，《寒玉堂詩》稿本作「招」。
〔一七〕「落幾重」，《南游詩草》稿本作「嚮半空」。
〔一八〕「邊」，《南游詩草》稿本作「前」。
〔一九〕「繁」，《南游詩草》稿本作「微」。
〔二〇〕「足」，《南游詩草》稿本作「可」。
〔二一〕「殘」，《南游詩草》稿本作「荒」。

〔二二〕「莫」，《南游詩草》稿本作「誰」。
〔二三〕「雲」，《南游詩草》稿本作「煙」。
〔二四〕「楊」，《南游詩草》稿本作「柳」。
〔二五〕「衡」，《寒玉堂詩》稿本作「蓬」。
〔二六〕「江南」，《南游詩草》稿本作「天涯」。
〔二七〕「拂」，《寒玉堂詩》稿本作「濕」。
〔二八〕「悲」，《寒玉堂詩》稿本作「思」。
〔二九〕「空」，《南游詩草》稿本作「吟」。
〔三〇〕「棲」，《南游詩草》稿本作「巢」。
〔三一〕「凌波不見襪生塵」《寒玉堂詩》稿本作「宓妃羅韈欲生塵」。
〔三二〕「平」，《南游詩草》稿本作「江」。
〔三三〕「見」，《寒玉堂詩》稿本作「有」。
〔三四〕「效」，《南游詩草》稿本作「表」。
〔三五〕「説」，《南游詩草》稿本、《寒玉堂詩》稿本作「話」。

〔三六〕「永」，《寒玉堂詩》稿本作「終」。

〔三七〕「避」，《寒玉堂詩》稿本作「開」。

〔三八〕「亂世」，《南游詩草》稿本作「久客」。

〔三九〕「空」，《南游詩草》稿本作「惟」。

〔四〇〕「夜」，《南游詩草》稿本作「夕」。

〔四一〕「夢」，《南游詩草》稿本作「路」。

〔四二〕「經」，《南游詩草》稿本作「横」。

〔四三〕《寒玉堂詩》稿本題作「憶西湖理安寺」。

〔四四〕「蘭若」，《南游詩草》稿本作「蓮社」。

〔四五〕「上方」，《南游詩草》稿本作「寒空」。

〔四六〕「帚生菌焉」，《寒玉堂詩》稿本作「帚置牆陰，生菌焉」。

〔四七〕「安」，《南游詩草》稿本作「何」。

〔四八〕「東海濱」，《寒玉堂詩》稿本作「在東門」。

〔四九〕「環垣」，《南游詩草》稿本作「藩籬」。

〔五〇〕「户」，《南游詩草》稿本作「堂」。

〔五一〕「令」，《南游詩草》稿本作「潛」。

〔五二〕「曦」，《南游詩草》稿本作「日」。

〔五三〕「陰霾噎滄海，孰謂天地寬」原闕，據《寒玉堂詩》稿本補。

〔五四〕「散」，《南游詩草》稿本作「秋」。

〔五五〕「應龍拔天柱」，《寒玉堂詩》稿本、《南游詩草》稿本作「雷車碾萬壑」。

〔五六〕《南游詩草》稿本後有「應龍拔天柱，劈山奔巨靈。爰居避魯門，虎豹皆潛形」。

〔五七〕「重」，《寒玉堂詩》稿本作「層」。

〔五八〕「半潭」，《寒玉堂詩》稿本作「無情」。

〔五九〕「更無人倚」，《寒玉堂詩》稿本作「何人倚遍」。

〔六〇〕「邊」，《寒玉堂詩》稿本作「西」。

〔六一〕「色」，《寒玉堂詩》稿本作「夜」。

〔六二〕「驛」，《寒玉堂詩》稿本作「碧」。

〔六三〕《寒玉堂詩》稿本題作「初秋苦霖成災微晴復雨」。

〔六四〕「門」，《寒玉堂詩》稿本作「前」。

〔六五〕「觀」，《寒玉堂詩》稿本作「鷩」。

〔六六〕「浮滄海」，《寒玉堂詩》稿本作「乘桴客」。

〔六七〕《寒玉堂詩》稿本題下有注文「依峰爲社，築石觀壇」。

〔六八〕「水」，《寒玉堂詩》稿本作「浪」。

〔六九〕「封」，《寒玉堂詩》稿本作「涵」。

〔七〇〕「夕陽」，《寒玉堂詩》稿本作「晚涼」。

〔七一〕「嶼」，《寒玉堂詩》稿本作「石」。

〔七二〕「夢」，《寒玉堂詩》稿本作「感」。

〔七三〕「宫」，《寒玉堂詩》稿本作「公」。

〔七四〕「宫」，《寒玉堂詩》稿本作「邱」。

〔七五〕「求」，《寒玉堂詩》稿本作「所」。

〔七六〕「荒」，《寒玉堂詩》稿本作「平」。

〔七七〕「高閣傍」，《寒玉堂詩》稿本作「築室在巖阿」。

〔七八〕「天」，《寒玉堂詩》稿本作「龍」。

〔七九〕「思作賦」，《寒玉堂詩》稿本作「試北望」。

〔八〇〕「登高」原闕，據《寒玉堂詩》稿本補。

〔八一〕「盤」，《寒玉堂詩》稿本作「縈」。

〔八二〕「早見黃花發」，《寒玉堂詩》稿本作「已近清秋節」。

〔八三〕「空傷」，《寒玉堂詩》稿本作「將悲」。

寒玉堂詩集乙編

南游集卷下

閒居

中夏變節序，覽〔一〕物起長歎。炎氛〔二〕蒸海月，霖雨生夜寒。燥斷榕根絲，濕生竹上斑。苔乾當路石，庭枯經歲蘭。援琴不成曲，幽獨難爲歡。蕤賓發徵聲，哀怨孰能彈。

宜蘭道中

遵海行沙路，低巖落水痕。鷺池多傍屋，魚市〔三〕盡成村。地改新都邑，煙荒舊里門。驅車向前驛，風雨近黄昏。

題臨倪雲林畫并斆其體

霜下風高木葉殘，幾行江雁過雲端。滄波千里〔四〕無垂釣，苦竹荒葭秋水寒。

懷一妹漠北

萬里祁連雪，艱危遠嫁身。平沙無度雁，大漠少行人。去國難王楚，投荒不帝秦。何年盟踐土，報主净邊塵。

戊戌夏日題唐人洗馬圖

秋河洗馬五花寒，風動拳毛却錦鞍。昔從上皇曾幸蜀，路人猶識舊奚官。

浮海至暹羅

海域分荒甸，傷心望落暉。洪波連暝色，炎地換征衣。山嶽應無改，車書事已非。異邦瞻去雁，雲路不同歸。

遠游辭故國，萬里越波濤。地勢南溟盡，天文北斗〔五〕高。臨江飛羽檄，環邑〔六〕列旌旄。烽火無休日，烝民何太勞。

亂世嗟行役，天涯別所親。徒聞異方樂，不見故鄉人。北望滇池氣，南連海國春。又隨明月去，衣帶滿征塵〔七〕。

曼谷

暹羅爲緬甸所破，邑宰鄭昭起兵平亂，都曼谷，國人立鄭爲王。後荒於政，爲其壻所弒。

當時禦寇此陳兵，十萬旌旗破緬營。今日望夷生蔓草，月華空照鄭王城。

戊戌秋日感興

萬木秋聲急，千山霜氣哀。客心正摇落，況近宋王臺。

己亥中秋

避地逢佳節，棲遲强自歡。天香飄月桂，露氣濕庭蘭。别緒銜杯起，愁心攬鏡看。故鄉當此夜，湖上不勝寒。

憶戒臺寺古松

長憶雙松水石閒，碧陰終日覆禪關。雲移古院僧皆去，月滿高林鶴不還。萬疊驚濤鳴列岫，幾重寒翠落空山。貞元朝士無人在，誰得靈根可駐顏。

荒沼

荒沼積寒雨，蕭疏散芰荷。沙平無復岸，水淺不成波。亂葦飄魚罶，殘楓折鷺窠。江湖日瞻望，鴻雁近如何。

秋夜

高林斜月落，庭院有餘清。感此怨涼夜，因之生遠情。星河沈兔影，風葉斷蟬聲。坐歎移時序，青霜轉玉衡。

題鳳皇閣

疊石〔八〕連山〔九〕木，高秋〔一〇〕天上聞。窗明梟雁水，檐落鳳皇雲。一院圍松色，雙扉掩桂芬。湯泉蒸霧氣，終日起氤氳。

八月感懷

已近〔一一〕清秋節，兵煙處處同。山河千里月，天地一悲風。兄弟干戈裏，邊關涕淚中。京華不可見，北望意無窮。

碧潭

悠悠〔一二〕潭中水，關關潭上禽。豈曰惜羽毛〔一三〕，畏此秋水深。高飛遷喬木，幽谷有餘音。氣候變寒暑，庶物隨升沉。飄然林下風，可以散清〔一四〕襟。

憶超山梅

溪上尋梅踏碧苔，超山野寺舊池臺。今宵亦有娟娟月，誰見空庭玉樹開。

萬佛庵

飛樓高揭彩雲端，松影蕭蕭滿石壇。鹿女獻花庭院静，碧桃開落不知寒。

水簾洞

架屋懸危石，炊煙出薜蘿。澗邊飛白雨，巖際挂秋河。

送伍俶儻講學日本

東溟陳講席，才〔一五〕賦冠群英。花滿秋田縣，江開幕府城。傳經劉向事，蹈海魯連情。寇亂思歸日，何堪遠送行。

畫戒臺寺慧聚堂前古松

踏月松壇跡已陳，白雲一别幾經春。圖成慧聚堂前樹，似向青山憶故人。

聽蛙山中之蛙，聲如草蟲。

嘤嘤如雨復如煙，遠近山溪淺水邊。莫問公私緣底事，半林斜月五更前。

題紈扇仕女〔一六〕

碧天時見片雲行，梧葉風來露氣清。夜半空庭涼如〔一七〕水，月華團扇不分明。

題畫

山葉滿荒逕，溪雲生翠微。采樵人已去，終日敞荆扉。

寄法空上人

不見數峰久，秋風憶講堂。溪雲隨布衲，山月伴繩牀。竹石生寒籟，松泉聞妙香。遥知巖際宿，孤磬禮空王。

秋月

銀漢西峰月，清光此夜多。誰知照庭樹，已改舊山河。兔魄藏微影，蟾輝斂素波。中天懸玉鏡，秋夢隔煙蘿。

登龜山

鳥道横雲棧，盤迴上杳冥。河流連野白，峰勢接天青。茂樹新山館，荒煙古驛亭。平蕪埋片石，猶識醴泉銘。

過林氏園

歌管樓臺跡已陳，藤蘿〔一八〕猶似〔一九〕茜裙新。緑楊枝上花如雪，飛盡長隄不見人。

游山詩九首

陟巘俯青嶂，流目浮雲低。穹〔二〇〕巖抱危石，衆木相與齊。奔泉下崇阿，百曲成清谿。飛梁帶其巔，鬱律連虹霓〔二一〕。錯繆〔二二〕攀藤樹，蔽芾〔二三〕騰丹梯。孤高近斗宿，浩渺安能躋。

天門雲路高，緜邈〔二四〕屢回折。白石臨斷巖，峨峨皎如雪。綢繆出岫〔二五〕雲，檀欒忽明滅。平視列群巒〔二六〕，青翠遥〔二七〕可結。尋源〔二八〕徑轉深，邱陵盡奇絶。洴潭鑑蘩藻，澔汗〔二九〕自澄澈。

迴風霽山雨，餘霞明夕暉。棲遲倚巖石，卧看秋雲飛。清音振林〔三〇〕木，露氣濕裳衣。豐柯〔三一〕轉深澗，薈蔚〔三二〕蒙荆扉。樵逕瞰幽〔三三〕壑，輕舠維石磯。晦明變昕昳，陰曀迷煙霏。

環岡圍暗谷，幽隱發鳴湍。沃若澗邊樹，葳蕤石上蘭。遵塗邁孤往，游目時遐觀。踦踦出林鹿，晨風肅羽翰。躡屐撫垂松，褰裳踰淺灘。陽阿延夕景，於此堪棲盤。

峭崿〔三四〕千仞岡，枯槎復橫路。連峰不可登，參差掩竹樹。岵峴鬱蒼翠，雲雨恒馳騖。谷風振宿莽，習習散薄霧。嵐氣互陰晴，霏微隔晨暮。維此山中人，於焉得佳趣。

振衣升陵阿，延矚眺迴岡。萬木拱疊巘，一氣連青蒼。石磴瀉飛瀑，噴薄霑衣裳。崩磙裂巉巖，削成皆四方。當塗仰絶壁，列布如堂房。奥室接丹邱，邈若〔三五〕御風翔。

絺綌避炎暑，入山窈且深。微光識遠水，左右多茂林。逴逴穿嵎路，嚶嚶出谷禽。雲移見斜日，巒壑變晴陰。探幽越重〔三六〕阻，策杖登嶔崟。言懷驂鸞客，緬邈將招尋。

永日多煩憂，清秋且行樂。沿溪循細流，登原眺雲壑。衝飆清以寒，浮煙影迴薄。密石拂梗柟〔三七〕，繽紛澗花落。陂池草緜緜，曠澤葭漠漠。願聞桓公笛，極目翔孤鶴。

緣溪引〔三八〕舟楫，逶迤山中行。月露泛寒色，石瀨發清聲。孤峰停片雲，忽焉連赤城。無心亦出岫，悠悠何所營。松檜〔三九〕生茂姿，萎蘙安能榮。昔人不可見，俯仰終古情。

秀姑巒

青天留片石，萬古向河汾。不作巫山雨，空生洛水雲。花枝開霧鬢，苔蘚上羅裙。巖際餘霞色，還成織錦文。

憶舍弟僡

離亂無鄉信，登樓望落霞。故妻猶有墓，遷客已無家。舊事傷春草，秋風冷棣華。中原成絶國，鴻雁隔天涯。

贈外弟子津

孤嶠浮滄海，應無雁北飛。京華誰不戀，國破汝安歸。別緒生杯酒，愁心減帶圍。横琴彈一曲，流恨滿金徽。

詠水邊古樹

薜蘿累曲幹，苔藻上横槎。古穴留殘火，枯根卧淺沙。風平猶落葉，霜後尚餘花。不遇東陽守，婆娑舞日斜。

詠山寺桂

帶露秋光净，臨風玉殿開。祇疑天上種，似向月中來。帝子曾修館，仙人舊築臺。小山留客住，一樹倚雲栽。

大屯山觀瀑

茲邱始幽奥，清光漾泉石。扶疏高樹陰，遺響入空碧。紆綿睇修徑，沿洄漫行跡。上有千仞峰，下有采芝客。臨澗俯清漪，涓涓出石〔四〇〕隙。飛鼯越古松，棲鶻盤絶壁。乘景〔四一〕窮阻深，言懷謝公屐。

回峰亙綿亘，繆戀屢盤折。石罅瀉鳴湍，直飛千尺雪。灌木交柯枝〔四二〕，葛蔓紛累結。雲英韞洞窅，靈藥閟巖穴。過澗懍危橋，滐泉沁甘洌。幽賞愜所懷，徊徊足怡悦。

萵苣

昔號千金菜，咼國使者來朝，隋人求得菜種，酬遺甚厚，因名千金菜。清芬帶曉霜。玉盤無客薦，細雨滿秋堂。

芥藍

芥藍隨地種，清甘勝衆蔬。故園八九月，碧葉帶霜鋤。

野望

遠近新村傍水斜，已無喬木舊時家。棠梨落盡殘春雨，隴畔〔四三〕猶開巨勝花。

詠蘭

葳蕤在空谷，幽香出石湍。露華湘水碧，風葉楚雲寒。海上當春發，湖邊帶雨〔四四〕看。曾爲君子珮，感興起長歎。

詠梅

溪上凋殘萬柳絲，碧煙積水欲平池。關山滿目皆霜雪，寒盡江梅向北枝。

秋柳

孤城西望萬重山，殘照秋風古戍閒。今日江潭揺落盡，不應猶怨玉門關。

題從弟佺畫鞍馬

畫角新回馬邑闌，紛紛暮雪滿雕鞍。玉門雁斷秋風裏，萬里平沙苜蓿寒。
遠漠寒霜拂玉花，曾隨旌旆渡流沙。邊雲鎖斷秦城路，不共蒲桃入漢家。

秦衛屯瓦歌

秦據殽函并天下，席捲諸侯鶩戎馬。驪山爲宫渭爲池，蔽日連雲種松檟。博浪一擲副車傾，不待篝火聞狐鳴。四海囂騰怨黔首，衛屯戍卒皆稱兵。昭華之管消沉久，瓊臺瑶殿安能守。鼎飛泗水變蛟龍，片瓦空悲後人有。

指南宮

衆壑拱仙觀，雲峰路幾盤。桂香飄月殿，松蓋覆星壇。碧海思黄鶴，青霄望彩鸞。獨憐往來客，祈夢繞邯鄲。

庚子八月碧潭泛舟游海會寺

蕭瑟秋爲氣，登高送夕曛。地形隨樹轉，山勢向河分。水急舟依石，峰斜寺入雲。灘聲來密雨，空起白鷗群。

昔日浮滄海，今來倚寺樓。微煙横浦溆，芳意滿河洲。水落空山夕，寒生獨樹秋。遼天何處望，聞雁起邊愁。

秋望

寥闊東鯤海，風高雁不還。寒光生淡水，秋氣滿圓山。日下長城外，雲揚古戍間。茫茫隔烽火，何處望秦關。

庚子中秋無月

不見三臺月，中秋此夕長。銀河沉桂影，碧落失清光。天地新霜鬢，江山舊草堂。況零榕葉雨，别恨滿殊方。

夜坐

已落淮南葉，應〔四五〕知天下寒。雨聲連砌竹，風影亂庭蘭。觀易頻開帙，吟詩獨正冠。還聞異方樂，誰得强爲歡。

詠端溪石硯

端溪聞韞玉，曾説下巖良。兔穎〔四六〕騰文采，龍賓〔四七〕發古香。穿雲窮暗谷，斷水劚寒塘。逸少書何硯，冥搜亦可傷。

詠送嫁古鏡

三月皆桃李，何年之子歸。空留玉臺鏡，不見嫁時衣。

大貝湖

池上〔四八〕多喬木，重來問故家。交蘆分細水，野鷺立寒沙。碧沼堪停棹，青田可種瓜。玉衡當此夜，北望憶京華。

題瘦馬圖

沙塲戰罷鼓聲沉，老去空餘伏櫪心。聞道〔四九〕昭王憐駿骨，峻嶒猶得折黄金。

題畫梅雜詩

淺水苔痕浸古槎，春風初見一枝斜。晚來只有黄昏月，獨照溪邊帶雪花。

洗硯池邊樹，花開淡墨痕。浮煙生淺水，明月舊柴門。

古幹侵苔色，孤根卧淺沙。空庭足霜雪，寒木發春華。

玉樹臨風發，泠泠見一枝。詠花人已去，渌水漲圓池。

猶似孤山處士家，含煙帶月一枝斜。板橋野浦無人渡，落盡隄邊照水花。

銀漢迢迢露有聲，半窗疏影夜淒清。倚樓人去春芳歇，落盡瑶華空月明。

江梅發春華，攜琴訪茅屋。不見水邊舟，煙波但空緑。

空山人跡稀，孤亭正幽絶。寒禽下斷巖，自啄梅枝雪。

舊館仍啼鳥，吟詩無一人。花開江上寺，空怨六朝春。

習習落梅風，微香猶未已。明月照空枝，清光映寒水。

瑶花玉樹發寒塘，映水涵煙度暗香。夜半風吹枝上雪，空階碎影月如霜。

綠滿池塘水，高枝落淺紅。空庭啼宿鳥，似怨夜來風。
寥落衡門湖上莊，斷橋卧柳對斜陽。只餘一樹寒梅發，香到詩人舊草堂。
碧蘚生溪水，霜根倚石稜。瑶華寒似玉，枝上挂春冰。
暝色隔空綠，清風來未已。開處不逢人，月印寒潭水。

題畫竹

北窗昔日抱琴看，一曲清歌獨倚闌。蕙帳已空園客去，碧天明月鳳枝寒。

題畫菊

風雨重陽冷篳門，松毛帶水覆霜根。義熙以後無佳色，寫出黄花只墨痕。

辛丑春游湯泉山望鳳皇閣山館

楊柳春聲送客聞，櫻花千樹〔五〇〕雪紛紛。不知鳳落誰家館，惟見雙溪駐彩雲。

詠雁字

恨別江湖遠，天涯滯一鄉。空青連大漠，飛白出寒塘。露篆和煙重，雲書帶水長。晚風吹去影，淡墨兩三行。

烽火連關塞，年年望汝歸。沙邊鴻篆〔五一〕落，磧上羽書飛。風急雲章亂，霞明墨影稀。何須有鄉信，見此亦沾衣。

重游金瓜石〔五二〕

絶巘金瓜峻，崔嵬石壁開。山〔五三〕光千嶂合〔五四〕，海氣八閩回。曉月依林盡，春潮入峽來。柴門舊行跡，處處長莓苔。

暮春宿金瓜石山館

夕照明山閣，迴廊映綺霞。圓池魚在藻，曲檻鳥銜花。碧樹歸樵客，青梅戲館娃。偶來雲際宿，何異武陵家。

游月眉山靈泉寺

寺門秋樹已荒寒，苔徑無人夕照殘。天際餘霞初過雨，歸鴉猶認舊經壇。密林松[五五]影覆寒塘，石院花殘滿地霜。昔日題詩僧去盡，半山斜月照空廊[五六]。釋寄禪圓瑛題壁詩尚在。

靈泉寺題壁

雲際靈泉寺，虛堂蔓草平。金輪半摧落，華表盡縱橫。初月林邊上，寒禽澗外鳴。空桑何所有，三宿亦緣生。釋寄禪光緒中來游，信宿不去，賦詩曰：「六月寒生暑氣微，萬松涼透水田衣。月眉山色應相似，到此安禪莫憶歸。」

鳳凰樹

聳幹迎朝日，低枝拂短牆。風搖瓊玉影，霞映火珠光。梓漆宜琴瑟，梧桐引鳳皇。不如芳樹豔，應得植高岡。

猿

縈紆千里峽，引類上空冥。雲際穿孤白，松間挂片青。巫山常積雨，楚客欲揚舲。來去秋江水，清啼不可聽。

辛丑十月贈金滋軒觀察

揚帆望洲島，沙磧皓無垠。月暗蛟龍水，風高雁鶩津。天心遺一老，海角問孤臣。十月寒梅發，陽生何處春。

題網溪草堂

白鷺如秋雪，駢飛下網溪。小山招隱士，古木問幽棲。竹逕環村合，蕉林向客低。清秋堪四望，雲斷數峰西。

澎湖

群玉高連苜蓿峰，石門過雨翠猶濃。何當剪斷澎湖水，不隔閼山百萬重。

宿鳳凰閣

古木排青嶂，湯泉湧翠溪。地形連海盡，樓勢拂雲低。金谷花争發，靈源路欲迷。雝雝南去雁，不見一枝棲。

夏日宿美華閣

海氣炎蒸入客〔五七〕樓，碧窗終夜挂簾鈎。火雲不掩明河影，千樹無聲溪水流。

夏日登碧潭蓬萊閣

浮雲東南馳，峰岫影迴薄。盤〔五八〕紆遵澗行，逶迤上重閣。構木倚高岸，井幹相交錯。穠華昔芳樹，成陰已沃若。餘霞渚邊明，急雨虹前落。嘯歌期永懷，臨文思寥闊。伊人水一方，所悲千里隔。豈無波上舟，横江望孤鶴。

晴波逝何極，皓旰連日邊。迴光蔽雲樹，滉漾波中天。山嵎延野火，墟落生孤煙。魚游披澗藻，鵠舉青巖巔。寒泉浸石根，芝朮皆長年。菰葉隱沙徑，蘋花分渚田。遥睇赤城標，仰誦雲漢篇。安得御風行，泠然從列仙。

題唐人畫馬

天寶君王憐駿才，翠華西幸至今哀。詩人獨美文侯〔五九〕德，七尺龍駒頌衛騋〔六〇〕。

詠葦上鼠

鼯鼠矜五技，懷才徒隕身。何如處污澤，不與禍爲鄰。

題畫竹葉伯勞〔六一〕

仲夏林塘鶪始鳴，湖橋斜月轉三更。秋深霜冷無鴻雁，苦竹猶聞姑惡聲。

碧潭遇雨

板築依高岸，窗扉生夕涼。雨聲連水木，巖氣失青蒼。澗暝雞棲桀，風斜鵁在梁。亂山驚落葉，秋意滿瀟湘。

登大本山善光寺訪法空上人

石室安禪久，何年辭海東。繩牀微見月，蒲席泯觀空。引水連枯竹，除籬劚晚菘。因緣應未盡，老病住塵中。

壬寅春日游大屯山

層樓縹緲赤城連，瓊島瀛洲近海邊。萬樹清光生月峽，五雲佳氣繞湯泉。晴波滉漾魚龍水，極浦蒼茫雁鶩天。春滿仙源漁父去，桃花空逐武陵船。

泛舟青潭登龜山

十年遠別聖湖濱，天外孤雲寄此身。故國依然東逝水，同舟非復北來人。月臨碧樹明於雪，花滿青潭不見春。佳節登高思作賦，振衣空落舊〔六二〕京塵。

題畫水仙

不共梅争發，琪花倚石邊。金〔六三〕盤承曉露，水墨染輕煙。帶月來姑射，凌波出洛川。似遺交甫珮，遥憶會仙年。

題博浪椎秦圖

博浪倉皇中副車，圖秦當日計應疏。子房不入荆軻傳，幸有橋邊〔六四〕夜半書〔六五〕。辛苦奇功一擊休，報韓非作復韓謀。當時若便從黄石〔六六〕，不管人間有項劉。

題畫鴛鴦

連翩依浦溆，比翼向河梁。莫近秋江岸，楓橋處處霜。

青草湖武侯廟

湖光樹色遠涵空，丞相祠堂在此中。寒食杜鵑啼不盡，春風猶似錦城東。

題秋塘圖

葭菼蕭蕭雨氣微，鴛鴦浦上夢應稀。寒塘野鷺西風裏，尚戀秋光不忍飛。

題雙溪天妃祠

琪樹重門掩落霞，幔亭風笛舞神鴉。芙蓉闕殿生寒雨，楊柳春旗捲暮花。靈沼清波牽翠帶，舊碑殘石覆蒼葭。却同帝子黄陵廟，萬古縈迴二水斜。

過林氏故園

柳塘蕭瑟見沙鷗，白露爲霜起暮愁。何處行雲停翠館，幾回明月入朱樓。玉臺鏡冷芙蓉水，金谷園荒禾黍秋。苦憶當年歌舞夜，錦屏人倚鈿箜篌。

經古墓

墓門邱隴半樵薪，寢殿淒涼鎖暗塵。蘋藻一溪無客薦，年年春草上麒麟。

野望

原上秋風生野煙，昔人邱隴盡爲田。令威化鶴悲城郭，應悔長生早學仙。

壬寅秋懷駱處士

霜高風急暮猿哀，峽水分流到此回。三浦雁聲天上落，八閩帆影日邊來。露瓢酌酒餐黄菊，石壁題詩掃碧苔。瞻望停雲堪作賦，清秋極目一登臺。

鳳凰閣前小柳

非復長揚繞漢墀，幾株柔弱影離離。葉分橋畔黃金縷，風折樓前碧玉枝。豈有彩雲生鳳闕，已無佳氣出龍池。千門曉色春如海，瘴雨蠻煙異舊時。

秋興

八方兵氣壓三臺，古戍沉煙畫角哀。天塹關山連塞没，海門風雨挾潮來。寒生碧水無歸雁，秋滿黃花罷舉杯。舊日親朋凋落盡，暮年作賦苦低徊。

大溪

迤邐岡巒外，環溪幾處村。流沙翻白浪，斷壁界青痕。倚澗瞻巖樹，聽泉枕石根。上方連鳥道，幽渺隔雲門。

重游靈泉寺

寺門石路舊經過，野殿高寒挂蔦蘿。碧樹不棲壇鶴影，青溪惟聽榜人歌。靈巖照海朝龍女，月鏡盤雲掩素娥。欲訪維摩方丈室，天花散落已無多。

夏日登龜山

雲漢昭回太白西，晚晴斜景起虹霓。浮沉孤棹連天遠，斷續千峰向海低。喬木幾家餘舊井，遺民何處問幽棲。春光去盡山河改，花落空原杜宇啼。

渡淡江

故鄉離散隔煙塵，今日飄零渡此津。秋草不通南北路，青山送盡往來人。桑彈陌上思秦女，楓落江邊弔楚臣。回首西峰讀書處，蓬門寂寞長松筠。

秋日感懷

遼廓邊山没遠鴻，登樓慘澹望長空。寒生橘柚千家雨，氣變雲沙一夜風。北斗横斜秋不盡，東溟無渡怨何窮。靈均作賦悲君國，豈獨鄉心入夢中。

悼廣陵陳含光明經

角巾蘿帶葛天民，辟地來居東海濱。一卷殘書消永日，數竿修竹伴孤貧。夢回白下臺城柳，魂返江南故國春。縱使能聞廣陵曲，二分明月照何人。

憶西山松

翠蓋亭亭霄漢閒，至今空憶萬重山。天風吹落西峰月，滿地松花鶴未還。

壬寅八月白露節宿北投鳳皇閣

棲遲蓬篳强爲歡，節序潛驚笑語難。南渡雁行何處斷，北投月色幾回看。星臨碧宇清秋净，露下銀河此夜寒。只有山妻能解意，笋羹菰飯勸加餐。

五峰山

秋空横黛色，長憶五峰山。鳥散青天外，僧歸白水閒。舊時經竹徑，終日掩松關。出岫雲應在，遥知待月還。

半瓢上人畫石歌

蟄龍蟠卧宣城紙，雷震雲騰飛不起。太華三峰勢若傾，壓斷黄河天上水。上人畫石如〔六七〕有神，筆力横掃皆千鈞。苔華崩落古時雪，鼯鼪空穴穿〔六八〕荆榛。清湘石谿骨已朽，師亦老病棲巖屋。自汲寒江洗衲衣，帶月迎風挂山竹。

聞如净上人歸五指山

聞向東林去，煙霞度幾重。觀空忘水月，結夏住雲峰。定景馴溪鹿，安禪制海龍。翠屏千仞上，趺坐倚孤松。

暮秋感興

蒹葭白露滿汀洲，木落天高起客愁。芳草空思江令宅，青山不見謝公樓。雁横沙塞將寒夜，星轉銀河欲曙秋。遥憶年年碧清水，晚雲斜日上扁舟。

壬寅七夕悼羅夫人

當年歡笑語，盡作斷腸音。碧海留長恨，黄泉隔寸心。山邱思故國，天地入悲吟。後死非良計，空教百感侵。

水落過巖氏網溪草堂

網溪如練隔川陸，蒹葭蒼蒼散鳧鶩。此鄉低濕多澤沼，水漲時聞蕩田屋。幸君數椽遠水濱，爽塏不與河爲鄰。客來開軒望新月，清風夜半鳴松筠。

題畫四首

雲氣連孤嶂，岧嶤上薜蘿。亂煙低晚樹，斜雁渡秋河。柳岸吹漁笛，菱塘起棹歌。微風飄木葉，已下洞庭波。

落雁鳴沙岸，灘聲下急流。斷雲飛不盡，野水自成秋。露冷芙蓉月，香生杜若洲。遥吟望煙樹，欲上謝公樓。

疏林連夕靄，惟見水邊亭。萬壑失雲樹，千峰入杳冥。溪光生遠白，山影落空青。一夜添秋雨，寒流隔澗聽。

此處堪棲隱，將誰共入林。每行黄葉路，長有白雲心。煙水成朝暮，江山變古今。早知人世改，惟向畫中尋。

題山水畫

柳陰誰繫木蘭橈，遠望長天正落潮。兩岸霞明沙似雪，蘆花歸雁雨蕭蕭。
雙峰黛色此中分，叢桂秋風憶隱君。石上横琴彈一曲，清聲空駐水邊雲。
連林寒雨落千峰，流水高山碧幾重。一自采薇人去後，片雲終日挂長松。
柳岸東風野色春，行人駐馬濯纓塵。白雲山下清溪水，解賦滄浪無一人。
秋光寥闊碧雲天，遠近寒波放鵜船。蘆荻蕭蕭江色暮，澹煙疏柳夕陽邊。
沙平潮落倚空舟，楓葉蘆花古渡頭。行客却疑江令宅，野橋淺水自生秋。
菱葉蒲花滿潤濱，碧湖風雨正殘春。畫橋兩岸毿毿柳，送盡當年渡水人。

壬寅中秋

玉露垂河漢，清光夜寂寥。碧天初見月，蒼海暗生潮。爲客南溟近，思家北斗遥。湖山明鏡裏，佳會隔雲霄。

題山水畫絶句

斷續山中雲，時飛一片雨。亭下枕松根，泠然夢天姥。
林端挂秋月，歸鴉投遠村。緣溪向前路，黄葉舊柴門。
策杖松邊路，孤懷誰與同。遐觀白雲外，極目送飛鴻。
林葉經寒雨，溪橋漲碧流。衡門無過客，松竹義熙秋。

題鳳凰新館

蒙密連幽草，低回石徑斜。芭蕉四五葉，橘柚兩三花。燕入巢新館，雞鳴失故家。蓬萊舊宫闕，瞻望隔天涯。

題畫

林際明斜景，秋光隔水分。偶來一片雨，遂起數峰雲。老樹東陽賦，寒山北苑皴。無人行此徑，麋鹿自爲群。

題畫松

蛟舞龍蟠似有靈，枝條無改舊時青。山僧不乞長生藥，松樹千年長茯苓。
翠蓋青青覆曲阿，垂枝臨水照清波。松鴉啼罷空山夕，密雨秋風上女蘿。

題靈猿奉母圖

峽水盤雲日影遲，獨尋碩果上高枝。山中讀罷王祥傳，又見靈猿奉母時。

登新安縣青山寺

峻極無歸鳥，蒼茫見遠帆。南溟懸日月，中谷蔽松杉。杯渡僧何在，雲移樹影摻。入山多雨氣，隨葉落空巖。

沙田望夫山昔有婦人登山望夫，會風雨，化爲石。

昔聞貞女峽，今見望夫君。沙田一片月，隔斷蒼梧雲。碧螺生蘚色，石黛上苔文。祇有巖頭草，年年野火焚。

詠猿

嘯侶攀蘿帶，時隨麋鹿群。愁生巴峽月，啼散楚臺雲。孤影穿松下，清聲隔水分。近江仍斷續，莫遣客舟聞。

游大嶼山

登臨出海隅，風雲始蕭索。檀欒隱巖寺，巍嶷見崇閣。豈知海中山，連峯比衡霍。一氣接青冥，昕昏彰迴薄。極目睇飛鳶，泠然向寥闊。埏紘勢隤闔，空明瞻八荒。滄海多異氣，皓旰蒸天光。大嶼龍所宅，何日凌雲翔。躍淵苟非時，潛龍古所臧。言懷采芝客，偕隱白雲鄉。

登大嶼山寶蓮寺

空際何年寺，祇園雙樹林。中流星漢影，孤嶼海潮音。龍女聞經地，文殊問道心。萬方多難日，爲客此登臨。

望大嶼山禪院

半嶺開香界，連山斷海濤。丹巖仙嶂合，碧樹化城高。寥廓疑天近，盤迴覺路遥。寺荒無客宿，飛隼下空壕。

鳳皇嶺道中

嶢嶠無喬木，盤紆繞海濱。沙崩連白水，風起但黄塵。碾石摧千嶂，開山勞萬人。扁舟漁父去，不見武陵春。

題薛生小倉夢尋圖

緑楊池水舊柴門，兵後荒涼那可論。昔日薛郎今老大，故鄉歸夢亦無痕。

游流浮山赤柱村觀漁者南漢主劉龑置媚川都，採珠於此。

赤柱經秋雨，千巖黛色濃。流浮仍海市，疆埸舊提封。龍户波中集，鮫人島上逢。珠川失明月，縹緲暮煙重。

癸卯春日湯谷閒步

滉漾湯泉水，緣溪路轉深。鸛巢低野岸，蟻垤上高林。雲暗朱樓瓦，花明翠館金。莫聽歸鳳曲，歌舞片時心。

夏游野柳 海濱名野柳，多怪石。

野柳蒸炎日，巉巖氣鬱炘。遠空山入海，高岸石如雲。天柱何年坼，星躔此地分。嶕嶢斷舟楫，沙燕自爲群。

校勘記

〔一〕「覽」，《寒玉堂詩》稿本作「觀」。

〔二〕「氛」，《寒玉堂詩》稿本作「威」。

〔三〕「市」，《寒玉堂詩》稿本作「浦」。

〔四〕「滄波千里」，《寒玉堂詩》稿本作「滄浪十里」。
〔五〕「斗」，《寒玉堂詩》稿本作「極」。
〔六〕「邑」，《寒玉堂詩》稿本作「鎮」。
〔七〕《寒玉堂詩》稿本題作「行役」。
〔八〕「石」，《寒玉堂詩》稿本作「巘」。
〔九〕「山」，《寒玉堂詩》稿本作「喬」。
〔一〇〕「秋」，《寒玉堂詩》稿本作「風」。
〔一一〕「近」，《寒玉堂詩》稿本作「過」。
〔一二〕「悠悠」，《寒玉堂詩》稿本作「青青」。
〔一三〕「毛」，《寒玉堂詩》稿本作「翼」。
〔一四〕「清」，《寒玉堂詩》稿本作「幽」。
〔一五〕「才」，《南游詩草》稿本作「詞」。
〔一六〕《寒玉堂詩》稿本題作「題梧桐仕女畫」。
〔一七〕「如」，《寒玉堂詩》稿本作「似」。

〔一八〕「藤蘿」，《寒玉堂詩》稿本作「蘼蕪」。

〔一九〕「似」，《寒玉堂詩》稿本作「憶」。

〔二〇〕「穹」，《寒玉堂詩》稿本作「空」。

〔二一〕「鬱律連虹霓」，《寒玉堂詩》稿本作「迢遞拂虹霓」。

〔二二〕「錯繆」，《寒玉堂詩》稿本作「叢薈」。

〔二三〕「芾」，《寒玉堂詩》稿本作「翳」。

〔二四〕「緜邈」，《寒玉堂詩》稿本作「縈迂」。

〔二五〕「岫」，《寒玉堂詩》稿本作「谷」。

〔二六〕「巒」，《寒玉堂詩》稿本作「峰」。

〔二七〕「遥」，《寒玉堂詩》稿本作「將」。

〔二八〕「源」，《寒玉堂詩》稿本作「泉」。

〔二九〕「澔汗」，《寒玉堂詩》稿本作「澮激」。

〔三〇〕「林」，《寒玉堂詩》稿本作「水」。

〔三一〕「柯」，《寒玉堂詩》稿本作「林」。

〔三二〕「薈蔚」，《寒玉堂詩》稿本作「蔽芾」。
〔三三〕「幽」，《寒玉堂詩》稿本作「衆」。
〔三四〕「峭崿」，《寒玉堂詩》稿本作「嵂崒」。
〔三五〕「若」，《寒玉堂詩》稿本作「然」。
〔三六〕「重」，《寒玉堂詩》稿本作「險」。
〔三七〕「楩柟」，《寒玉堂詩》稿本作「松杉」。
〔三八〕「引」，《寒玉堂詩》稿本作「巇」。
〔三九〕「松檜」，《寒玉堂詩》稿本作「喬松」。
〔四〇〕「石」，《寒玉堂詩》稿本作「巖」。
〔四一〕「景」，《寒玉堂詩》稿本作「興」。
〔四二〕「柯枝」，《寒玉堂詩》稿本作「枝柯」。
〔四三〕「畔」，《寒玉堂詩》稿本作「上」。
〔四四〕「雨」，《寒玉堂詩》稿本作「雪」。
〔四五〕「應」，《寒玉堂詩》稿本作「空」。

〔四六〕「兔穎」，《寒玉堂詩》稿本作「桂露」。

〔四七〕「龍賓」，《寒玉堂詩》稿本作「松煙」。

〔四八〕「池上」，《寒玉堂詩》稿本作「空館」。

〔四九〕「空聞」，《寒玉堂詩》稿本作「衹有」。

〔五〇〕「千樹」，《寒玉堂詩》稿本作「三月」。

〔五一〕「篆」，《寒玉堂詩》稿本作「跡」。

〔五二〕《寒玉堂詩》稿本題作「重游金瓜石信宿山館」。

〔五三〕「山」，《寒玉堂詩》稿本作「嵐」。

〔五四〕「合」，《寒玉堂詩》稿本作「落」。

〔五五〕「松」，《寒玉堂詩》稿本作「雲」。

〔五六〕「半山斜月照空廊」，《寒玉堂詩》稿本作「月眉山色入空廊」。

〔五七〕「客」，《寒玉堂詩》稿本作「驛」。

〔五八〕「盤」，《寒玉堂詩》稿本作「縈」。

〔五九〕「侯」，《寒玉堂詩》稿本作「公」。

〔六〇〕「七尺龍駒頌衛駷」，《寒玉堂詩》稿本作「八尺龍媒賦衛駷」。

〔六一〕《寒玉堂詩》稿本題作「題紅葉伯勞」。

〔六二〕「舊」，《寒玉堂詩》稿本作「帝」。

〔六三〕「金」，《寒玉堂詩》稿本作「玉」。

〔六四〕「橋邊」，《寒玉堂詩》稿本作「圯橋」。

〔六五〕《寒玉堂詩》稿本後有注文「圯、橋重義，用李太白詩」。

〔六六〕「當時若便從黄石」，《寒玉堂詩》稿本作「橋邊早日從黄石」。

〔六七〕「如」，《寒玉堂詩》稿本作「腕」。

〔六八〕「穿」，《寒玉堂詩》稿本作「生」。

寒玉堂詩集丙編

補　遺

安隱寺宋梅

雙樹舊池臺，疏花傍水開。休將南渡恨，來問宋時梅。

連雨

連雨棲山館，崇朝宿霧中。濕雲低渡水，岸樹遠浮空。天地兵猶戰，關河路不通。京華舊都邑，北望意無窮。

采石磯登太白酒樓

半壁青山色，千杯白雪春。延陵挂寶劍，持此贈何人。鸜鵒辭芳樹，南飛不向秦。還同去國淚，灑落一霑巾。

舟山望遠島

縹緲雲光接遠天，群峰倒影海中懸。女牆月落餘秋草，官舍潮生但暮煙。去國誰知悲庾信，乘槎何處問張騫。蓬壺咫尺求靈藥，欲採松花枕石眠。

卜宅

卜宅依雲水，風光似瀼西。槿花連徑密，榕葉傍檐低。爲客同王粲，逃名學范蠡。昭回望天漢，遥與玉山齊。

海月

天半雲揚海水飛，月明銀漢衆星稀。中原依舊山河影，萬里寒光照鐵衣。
山盡沙平曉色昏，蒼波還上界天痕。月斜潮落無帆影，雲捲星河下海門。

臺南道中

澗水西流急，崗巒處處平。香蕉巖上熟，金菊渚邊生。番女牽衣舞，臺人戴笠行。
亂山雲際宿，波送踏歌聲。
喬木隱雲霧，參天多歲年。斗南蕉作圃，新市蔗爲田。鳥道山形峻，魚塘水色圓。
尖方雖苦熱，尚近日輪邊。

庚寅海上中秋

驊騮千帳玉龍驕，閩道單于已渡遼。北雁隔江天不盡，西風吹月海初潮。中原兵火成何世，異域笙歌過此宵。銀漢年年攀桂樹，碧雲無際客星遥。

觀海

秋雲薄高館，層臺逼蒼穹。八方異雲氣，萬里殊天容。驚濤若連山，河嶽環其中。嗟此千丈渾，無乃蟠蛟龍。仰觀宇宙閒，俯視長生風。

詠曇花

碧海懸明月，雙鸞舞鏡中。妙香夜不住，色相本來空。玉樹飛清怨，瑶華想舊容。自非松柏質，豈免逐秋蓬。

秋望

秋盡登樓暮色低，蒼茫煙樹與雲齊。雁聲□渡澎湖水，日送風帆過海西。

訪廣欽上人聞上人二十年不火食。

飛錫閩江水，雲游多歲年。碧潭惟見月，石洞久無煙。虹影垂天際，潮音落殿邊。觀空泯衆相，住此亦隨緣。

過林氏廢園

曾聞築舊館，蕉竹昔年栽。破井蒙霜露，荒橋卧草萊。風淪脩稧水，秋冷讀書臺。門外無車馬，鄰家笛正哀。

九日海上

雙帆挂秋月，孤嶼鏡中懸。北雁不到處，南溟水接天。玉山餘白雪，閩海但蒼煙。故國無喬木，心悲杜宇前。

漫興

熾火炎諸夏，窮兵四海聞。沙崩漢水地，瓦裂汶山雲。大國開新府，橫江界兩軍。救韓惟伐魏，無策獻齊君。昔聞遠方貢，今見羽書馳。豈謂三秦地，空勞九國師。遺民避水火，霸主問瘡痍。南鳳思歸日，棲棲在一枝。

題元光寺石潭

僧房倚青壁，躡屐俯層楹。疑有蛟龍氣，長爲風雨聲。片雲飛不去，孤月照還明。石上題詩處，年年苔蘚生。

夏日酒家

羅幙影闌干，光飛秋月盤。銀花翻雪碎，水玉化冰寒。勸酒皆桃李，徵歌引鳳鸞。五陵年少客，駐馬戀長安。

花蓮道中

飛棧開青壁，崚嶒跡尚存。穿巖橫鳥道，背日度雲門。落漈天光遠，滄溟海氣昏。茫茫隔霄漢，留滯楚王孫。

訪張山人客館山人工畫。

客館臨幽澗，千峰半未晴。湯泉蒸雨氣，溪樹亂風聲。秋色吟何苦，寒光畫不成，階前流水濁，莫遣濯塵纓。

贈行脚僧

祇樹聽經後，飛來法界天。孤藤橫楚色，雙屐踏齊煙。寂滅非幡動，虛明悟水圓。隨心無去住，直到虎溪前。

即目

古道連溪石，荒村雜土田。敗蕉淪野水，孤鶩上空船。淡淡三臺月，離離八堵煙。渡江文物盡，翻憶永嘉年。

七夕悼亡

此夕傷君别，三年繫所思。霜摧連理樹，風折鳳凰枝。雲漢沉菱鏡，河梁掩桂旗。應難忘舉案，天上步虚遲。竹葉空羅帳，梅花冷玉杯。故山何日見，同穴幾時開。月貌詩中憶，雲鬟夢裏來。秋風吹别淚，應不到泉臺。

邑人楊仲佐山館菊開招飲

浮雲度高館，微霰集庭墀。況對黄花酒，維賡白雪詩。芝英生密徑，竹葉覆平池。疑是陶潛宅，東籬寄所思。

陳生夫婦書齋

曲岸溪流急，荆扉隔巷深。碧疏蕉葉影，紫密角梅陰。玉軸聯書帙，珠簾静瑟琴。開窗盡雲樹，應有鹿門心。

題駱處士幽居

隱處依沙岸，閒門逐水斜。侍兒能種菊，稺子亦烹茶。黿泛分池藻，鳩飛落檻花。祇宜漁父櫂，來問武陵家。

官柳

憶昔鑾輿從武皇，霓旌拂日下長揚。馬鳴七萃臨馳道，鶯轉千門擁建章。淡淡尚依靈沼水，青青曾染御罏香。如何玉帶橋邊樹，攀折經年棄路旁。

銀河洞

按，此詩本二首，其一見乙編。

天削玉芙蓉，千山翠色濃。泉飛猶帶雨，雲散不成峰。遠樹窺高鳥，澄潭起蟄龍。山僧頭白盡，猶問漢元封。

壬辰九日竹亭

霽景明群壑，登臨九日時。波分鳬鷟水，籜解鳳凰枝。試墨松香静，烹茶樹影遲。世危應泛宅，敢與竹林期。

春柳

翠樓春色五雲車，送別江亭日未衺。幾樹纔消梁苑雪，千條已拂漢宮花。玉關遠道聞羌笛，客舍邊風動暮笳。舊巷不來王謝燕，年年飛絮落誰家。

鳳凰閣

連山朝玉京，飛閣倚層城。南鳳時來集，春風碧草生。彩雲停舊館，明月落前楹。萬樹園湯谷，遥傳澗水聲。

登樓

海嶠殊時序，嚴冬少見霜。一溪花作岸，百堵蔗爲牆。蟻垤巢枯木，魚磯倚斷梁。高樓盡尊酒，長醉夢羲皇。

寄伍俶儻日本

辟地辭鄉縣，應嗟吾道東。鵬翔雲路隔，龍去海門空。顛沛文猶在，車書世不同。聞君樹桃李，瀛嶠仰春風。

詠蘭

文絃聽雅曲，玉軫發南聲。海淺蓬瀛日，空傷蘭蕙情。香隨童子佩，葉繫楚臣纓。一送靈均去，年年湘水生。

（以上録自《南游詩草》稿本）

重游朝鮮漢城感事

漢水圍天塹，戎車此送行。征夫隨旆影，鄰女斷機聲。大邑邊沙遠，荒原野火明。戰場多故壘，殘月汶山營。

漢城文廟瞻禮

橋門臨漢水，廟貌故城中。尚具殷周禮，能存洙泗風。典章千古則，日月萬方同。蔽芾瞻松檜，青青繞泮宮。

觀柴車渡鐵鎖橋

鐵鎖横飛棧，柴車天上來。雙門遮日月，萬壑殷風雷。沙轉滄波急，雲移石壁開。霏微成暮雨，疑近楚王臺。

湯泉古松歌

湯泉沸湧蒸巖松，峨峨秀出青芙蓉。九莖芝蓋散霖雨，深淵大壑翔蛟龍。霜根拔地勢屈鐵，偃蹇不類秦時封。慧聚堂前武德樹，聖藻宸題起雲霧。京師之西馬鞍山戒臺寺，建於唐武德五年，名慧聚寺。古松數株，皆昔所植。聖祖西巡，臨幸寺中，有御詠卧龍松詩。高宗兩幸寺中，皆有詠松詩。時移空憶昔年春，豺虎烽煙況横路。戒臺地高風雪多，動鱗奮鬣蟠陵阿。饑民苦寒尋斧柯，美樅之才可若何。

江南遇歌者

玉殿笙歌事已陳，當年曾見上陽春。莫談天寶思朝士，白髮梨園無一人。

海上館聞歌

蔓草連平野，傳聞舊戰塲。石城排網罟，沙岸列帆檣。雨氣侵虛壁，潮聲共此堂。誰歌出塞曲，道阻白雲長。

懷日本詩人田邊華

修竹清風想翠微，田邊贈詩有「數竿修竹引王孫」之句。重來何處叩荊扉。莫教化鶴歸華表，海變瀛洲世已非。

重游日本東京經昔日送別地

依舊雲連幕府城，青樓無復起歌聲。東流不盡刀江水，難斷當年送別情。

信宿吟松閣雨中漫興四首

按，詩共四首，其二、其四見乙編。

曲閣分幽石，迴廊繞沸泉。連林松帶雨，一逕竹含煙。嶺嶠啼猿外，江湖落雁邊。干戈苦未息，空記義熙年。

池上吹連雨，濛濛亂水文。千重失嶺樹，一氣變溪雲。影暗增寒色，聲微入夜分。不眠思作賦，況向客中聞。

題畫魚

菱花照水錦鱗斑，閒泳清波去復還。躍浪爲龍游瀴渤，不如淺水戲蓮間。

濠濮風和日暖時，閒游無復惠莊知。碧波不用潛深藻，柳絮榆錢覆曲池。

詠沼上白杜鵑

暮春風雨掩微香，碧沼清波爲洗妝。夜半雲開明露葉，子規啼罷月如霜。

春日效回文體

流水春聲潮去斜，遠天遼闊岸平沙。浮煙碧柳新歸燕，細雨紅窗暗落花。樓外竹橋長繫纜，路邊梅樹半鄰家。愁雲暮色江村盡，幽境山溪回釣槎。

憶湘中劉腴深學博

君墓已宿草，詩名滿洞庭。水連三楚白，雲斷九嶷青。亂世輕儒服，長沙隕客星。離群正悽惻，猿嘯不堪聽。

自題畫

古木秋風夕照間，故鄉祇有雁飛還。關河亂後皆成夢，又寫雲峰無數山。

寄駱處士

問詢姑蠻道，知君賦采薇。穿雲躡木屐，涉水揭羅衣。草逕樵人至，柴門過客稀。倉庚啼茂樹，禽鳥亦忘機。

題吴浣蕙閨媛畫

玉管生花筆，翩翾舞鳳鸞。鏡奩吟素月，眉黛染春山。逸思松雲上，清風竹石間。丹青高格調，淑德表幽閒。

邊塞效回文體

營嚴列宿動鑣鑾，檄羽霑霜拂劍班。横塹接天寒暎水，遠沙兼岸曲遮山。城連雪塞龍移帳，月挂旌旄雁落關。鳴角戍樓邊草白，驚風朔馬逐雲還。

觀海

列嶠浮煙漈，登臺望不窮。青光明曉日，白浪接寒空。萬里滄溟外，三山縹緲中。秦皇訪靈藥，徒向羨門東。

題戴勝

露濕花冠香滿衣，芳菲已歇緑陰稀。瀛洲水淺春光去，欲向蓬山何處歸。

江亭

沙晚連雲白，天低接水青。古人今不見，獨自倚江亭。

湯谷山館

古木排青嶂，湯泉湧翠溪。地形連海盡，樓勢拂雲低。金谷花争發，靈源路欲迷。雝雝南去雁，不見一枝棲。

聞高雲麓侍講卒

昔歲之申浦，逢君鬢已蒼。行藏昭白日，詩翰挾青霜。北闕新鄉縣，中條舊草堂。斯人雖已没，吾黨有輝光。

立秋山中待雨

炎風蒸水石，秋節此宵分。祇有臨巖月，空勞出岫雲。蟬聲依樹影，鳥跡裂沙文。苦憶滄浪笛，泠然帶雨聞。

輓廣陵陳含光明經

凋謝悲秋氣，英靈何處歸。可憐江浦月，不照薜蘿衣。故國無華表，殊方隕少微。廣陵琴調絶，空逐彩雲飛。

詠盤中靈壁石

拳石清如許，平觀岱嶽巔。一峰尊魯望，九點辨齊煙。海色生盤裏，山光落案前。邈然游物外，何減橘中天。

白孔雀

瑶池飛落海茫茫，來去蓬瀛弱水長。曾向廣寒棲玉樹，羽衣猶帶桂枝霜。

（以上録自《寒玉堂詩》稿本）

藝術文獻集成

溥儒集

下

溥儒

浙江人民美術出版社

凝碧餘音詞

凝碧餘音詞

前集

浣溪沙 西山秋望

荒亭落葉雨連宵，何處重尋舊板橋，不堪秋盡水迢迢。　樓外夕陽迷野渡，寺門衰草憶前朝，故宮殘柳日蕭蕭。

望江南 辛酉秋日戒臺寺作

清磬遠，蕭寺在雲端。翠竹凝煙侵佛座，碧松飄雪落經壇，流水石幢寒。　斜日落，十里晚楓林。秋氣夜生千嶂雨，露華寒點萬家砧，清夢繞幽琴。

桃源憶故人 山中懷海印上人

秋風吹雁歸湘浦，只隔斷洞庭煙雨。此地巾瓶曾住，空見談經處。 輕舟一葉孤僧渡，雲外數聲柔櫓。篠瓢尚挂巖前樹，誰共西窗雨。

浣溪沙 新秋

雲斷秋空雨意微，珠簾輕捲送斜暉，晚風人試五銖衣。 蘭桂飄香秋乍冷，梧桐垂露葉初飛，數行新雁畫樓西。

琴調相思引 春日山中作

樓外垂楊暮色昏，春山日日掩柴門，芳草青處暗消魂。 杜宇聲中尋舊夢，薜蘿深處覓題痕。晚來風雨，秋色在何村。

清平樂　山中苦雨

晚雲溪路，暗淡迷村樹。遠岸舟横無客渡，依舊亂山將暮。　孤鴻何處天涯，一宵秋滿山家。睡起紙窗吹破，空庭狼藉閒花。

浣溪沙　秋思

簾捲西風木葉寒，空庭竹影碧闌干，美人相憶隔雲端。　玉宇飄香丹桂樹，瑶階零露菊花團，清歌一曲不成歡。

清平樂　山中秋夜

霜華細細，落葉飄然墜。幾許離愁渾似醉，秋意客窗無睡。　碧梧丹桂初殘，月明花影闌干。一夜玉階風起，秋空雁陣驚寒。

浣溪沙　夏夜

雲净星稀界玉河，夜深微露點輕羅，倩人無奈寂寥何。　度曲銀箏彈素月，尋詩木屐印庭莎，小鬟低唱采菱歌。

清平樂　寄海印上人

門前行跡，芳草無人碧。夢遠天涯風雨夕，木葉江南隔。　洞庭歸雁無憑，年年杖錫飄蓬。望斷迢迢湘水，故人應在零陵。

秋波媚　乙丑春日，以下甲子出山後作

雕梁燕語怨東風。小徑墜殘紅。萬點飛花，半簾香雨，飄去無蹤。　牽愁楊葉渾難定，春恨竟誰同。黄鶯啼斷，海棠如夢，回首成空。

清平樂　惜花飛

繁英冷綻，漠漠生春怨。小院無人鶯語亂，飛盡殘紅誰見。　春風淺淡窗紗，暮雲簾外欹斜。從此一杯清酒，不知何處天涯。

北新水令　題畫

西風疏柳帶秋蟬。畫橋邊，綺霞紅亂。夕陽寒照水，衰草暮連天，何處裏，笛聲怨。

望海朝　題靈光寺塔，殘磚塔建於遼咸雍間，燬於庚子之亂

壓塞寒山，凌空孤塔，興亡閱盡年華。滿月金容，莊嚴妙相，無端影滅塵沙。鼙鼓亂紛紛，是何處，兵火交加。斷土零煙，有誰憑弔梵王家。　荒城古戍鳴笳，見蕭蕭垂柳，落落飛鴉。檢點殘雲，低徊片瓦，前朝舊跡堪嗟。煙外夕陽斜，歎虛空粉

碎，亂眼曇花。攜酒重來，只餘清淚灑天涯。

望江南 題秋景仕女

吹玉笛，飛怨木蘭橈。欹枕暗愁燈影瘦，畫簾慵捲碧雲遥，紅樹正蕭蕭。

浪淘沙 無題

容易又春風，閒步幽叢，海棠流怨不成紅。却似殷勤窺宋意，倚遍牆東。無奈挂簾櫳，細雨濛濛，今年春恨去年同。最是落花吹滿苑，芳草横空。

慶春澤 暮春西隄至極樂寺作

荒井桃花，平橋苑水，碧天寥闊春深。殘月横斜，清光猶在疏林。呢喃燕語隨波去，聽宮門法曲，仙音最難禁。怨盡殘紅，吟遍江潯。潛行況是宮前路，悵池臺春去，歌管聲沈。劫後精藍，是誰猶布黄金。樂游原上萋萋處，送殘春。此日登臨，助悲吟。岸柳園花，掩淚相尋。

誤佳期　清媛夫人歸寧天津

梅雨暗穿簾幕，柳沼菱塘蕭索。籬邊紅豆已相思，莫負花時約。　錦字望佳期，怨殺南風惡。天津朝暮起秋聲，翠袖應愁薄。

荊州亭　秋日登土城，古薊州遺址，亦曰薊邱

不盡燕山萬里，慘澹邊秋無際。何處弔殘軍，一片荒城亂水。　此是當年幽薊，白草蕭蕭故壘。古戍幾人還，牧馬黄埃空起。

浣溪沙　和李生琴思圖

琴斷猶餘韻繞梁，摧花折柳惜春芳，不曾識面亦情傷。　火樹星橋看繫馬，錦屏歌扇憶循廊，幾番回首恨難忘。

臨江仙 芍藥

飛盡落花池上雨，斜陽剪破新晴，碧波摇影不成明。倚闌多少恨，商略繫離情。千轉繞花無一語，玉階仿佛寒生。溪煙淡淡柳青青。六畦春不管，流怨滿蕪城。

醉花陰 秋夜懷湘中劉腴深遺民

片月横窗明似水，薜荔風還起。湘浦葉初飛，南國相思，清怨憑誰寄。今宵玉露寒如此，破碎山河裏。秋來不見數行書，風雨雞鳴，珍重懷君子。

菩薩蠻 惜春

上林依舊鶯聲早，□□淺碧池塘草。桃葉奈愁何，春風吹又多。暗度芳菲節，零落燕支雪。流水送春行，楊花無限情。

鷓鴣天 癸酉九日登高和周七韻

一雁驚秋破晚空。登臨遥望暮雲中。花邊衰草飄寒碧，宫裏殘花墜暗紅。山遠近，水西東。銅盤滴淚恨無窮。當年入破家山曲，散作長門斷續風。

百尺樓第一體 趣園雨集

天高木葉清，心遠虛堂静。風雨蕭蕭不斷，聲滿座秋雲影。詩夢落松菊，誰共幽人領。應似巴山夜雨時，剪燭西窗冷。

減字木蘭花 送弟出關

落花隨水，費盡東風吹不起。送罷王孫，又是芊蕪緑到門。躊躕無語，仗劍孤行遼海去。變作殘秋，冷雁邊雲滿客愁。

遐方怨　懷弟未歸

辭故國，向邊關，匹馬孤征千萬山。秦城遼海暮雲間。計君東去日，幾時還。

阮郎歸　寄弟遼東

送君出塞暮春時，千山空馬嘶。邊沙如雪月如眉，玉人何日歸。　花作陣，柳成絲，人生長別離。高堂日日盼歸期，更思身上衣。

滿江紅　春恨

上苑鶯啼，憑喚起，一春消息。斜照裏，汾陽舊宅，已成陳跡。醉舞羅衣人去盡，當年雙燕曾相識。怨東風，零落海棠花，青衫濕。　天寶事，那堪憶。傷故國，非疇昔。賸荒臺斷柳，亂雲寒日。玉樹花飛商女恨，胭脂露冷殘紅泣。更何人，同弔漢宮春，燕山碧。

臨江仙　暮春

又是梁園春欲去，鳥啼花落依然。秦王簫鼓散成煙。雕梁紅斷處，立盡夕陽天。　開罷海棠無一語，可憐飄墜尊前。風廊水榭晚雲連。關心梁上燕，能說永和年。

點絳唇　春晚

畫檻香風，花光歷亂春無數。新愁如許，寂寞黃昏雨。　流水斜陽，多少傷心處。江南誰賦，吟遍池塘路。

御階行　送春

誰家玉笛摧芳樹，容易春歸去。漫將新恨語流鶯，借問天涯何處。繁華過眼，春風吹夢，流水渾難住。　青山斷續蕪城路，應是愁無數。樓臺消盡可憐春，不信當年歌舞。亂雲千疊，夕陽一片，散作黄昏雨。

水龍吟

東風捲地花飛，可憐春盡誰家苑。高樓玉笛，邊沙落日，碧雲低遠。破碎山河，鶯花如舊，芳菲空戀。望茫茫宇宙，天迴玉壘，争留待，江流轉。　此際愁人腸斷，送殘春、驪歌聲變。浮雲蔽日，黄昏時近，登臨恨晚。古戍荒城，邊烽危照，淒涼到眼。問春歸何日，平居故國，消沈魚雁。

玉樓春　春盡高臺晚眺

驚沙連海邊關色，夕照横空雲路隔。鶯花一散不成春，草滿天涯迷舊陌。　蒼茫愁望秦城北，攜恨登臨懷故國。玉門羌笛鎖春風，處處青山行不得。

點絳唇　春日極樂寺尋花

亂木孤城，可憐一片消魂土。江山無主，佳節愁風雨。　煙水池臺，風景還如故。□□□，荒村客路，不見斜陽渡。

踏莎行　春盡西郊所見

淺水横塘，斜陽板屋，荒祠落破依山木。虚絃風笛總無聲，淒涼不唱迎神曲。　棟宇齊梁，江山巴蜀，蕭條異代悲陵谷。夕陽芳草遍天涯，離離一片無情緑。

青玉案　甲戌四月，東園櫻桃已熟。披尋蔓草零落盡矣，悵然有作

鶯啼草碧池塘路。苑邊柳，還如故，深下珠簾朝復暮。晚風吹罷，櫻桃盡矣，點地紅無數。　朱門青瑣憑誰賦，倚遍雕闌無覓處，寫破少陵愁幾許。飄零如此，落梅天氣，況對黄昏雨。

浣溪沙 湖中集香居小飲

曲岸荷風動晚香，蓼花垂影照横塘，孤城一片暮蒼蒼。雁下蘆洲雲路遠，鷗眠蒲葉故亭荒，登樓容易送斜陽。

一籮金 同周七詠廢苑蟲聲

雨過西窗秋正苦，廢苑無人，似共流螢語。斷續秋聲無覓處，晚風吹葉閒庭暮。話盡興亡誰聽汝，城郭依然，祇是人非故。響遍芊蕪南北路。鳴蜩正抱宫前樹。

浣沙溪 題畫

宿雁驚寒聚斷沙，荒村遠近路横斜，碧天雲外數歸鴉。暮雨連林千萬樹，西風隔浦兩三家，門前閒種故侯瓜。

留春令　暮春

碧波清淺，酒痕都在，舊時羅帊。落盡榆錢怨東風，莫長向階前灑。　曲曲雕闌垂柳下，又荼蘼開罷。同惜芳菲，翠惟明月，一般良夜。

蛙戀花　暮春即事

緑樹成陰春已半。蓦地花飛，轉眼成春怨。野渡斜陽歸路遠，春明夢破腸應斷。　依舊長安桃李豔。麥秀漸漸吟已遍。昔日朱門車馬散，舊巢猶有南飛燕。

擣練子　題清媛夫人花下小像

庭院静，晚風和。乳燕鳴鳩處處過。一晌杏花窗下立，不知吹上鬢邊多。

清平樂　懷章一出左丞

故人歸未，獨濺花時淚。舊館日長生暗翠，戀盡春光明媚。　晚芳摇落空枝，可憐春盡無詩。珍重寄君雙鯉，夜窗零雨相思。

月下笛　殘春極樂寺題壁

雲掩禪房，林風吹斷，亂山飛雨。流鶯自語，怨東皇，送春去。危樓傾盡何能倚。舊有牡丹樓，今圮。賸門外，垂楊幾縷。正夕陽鴉背，邊城遼遠，錯認歸路。　重到談經處，見棟宇依然，池平樹古。荒亭蔓草，不堪摇落如許。新蒲一夜生寒緑，問興廢，伽藍憶否。畫橋畔，對殘春孤艇，寂寞誰渡。

蜨戀花　己巳暮春夜雨

十二闌干春已半。柳絮桃花，落盡無人管。雁宿平沙雲路斷，瑣窗零雨生清怨。芳徑玉階吟欲遍。緑樹成陰，處處韶光亂。簾外月明尋不見，清光又照誰家苑。

虞美人 和章式之韻

鞦韆院落蟾光冷，印徧梅花影。春風一夜滿蕪城，幾度登樓傷盡古今情。朱門青瑣餘高柳，往事空誰有。海棠開罷見空枝，送汝不堪常在暮春時。

虞美人 送章一山左丞南歸

城南舊是芙蓉苑，蘆折驚秋雁。送君歸去贈君詩，恰似離亭風笛葉飛時。斜陽芳草遲行跡，留得傷心碧。故園從此見花殘，莫向暮雲天外倚闌干。

蹋莎行 前詞未盡復寄

邊塞秋深，蓬瀛海淺，興亡有恨無人見。已將南浦葉飛時，不堪風笛離亭晚。

亂木横空，青山一綫，孤帆挂雨尊前遠。津門處處短長亭，柳條攀盡憑誰管。

御街行　寄劉腴深湘中

芙蓉小苑凋芳樹，曾送春歸去。數行新雁過瀟湘，不見衡門何處。屋梁落月，涼風天末，此意渾難住。　片時枕上江南路，殘夢何時續。憑君莫問漢宫秋，滿目消魂焦土。洞庭木葉，蒼梧愁色，盡入黄昏雨。

八聲甘州　秋日懷蒼虬侍郎

望幽燕暮色，對殘秋，千峰送斜陽。正蕭蕭木葉，沈沈邊塞，滚滚長江。已是登臨恨晚，誰共賦滄浪。衰草連天碧，故疊雲黄。　尚有梁園修竹，賸青山愁外，雲路悲涼。似猿啼三峽，煙棹下瞿塘。更何堪，江山異色，怨黍離，轉眼變滄桑。傷心處，遠天鳴雁，聲斷瀟湘。

念奴嬌　乙亥暮秋陶然亭題壁

梵王高閣，對春山一綫，秋光斜景。三十年來陵谷變，極目蒼葭千頃。大澤雲飛，荒塗龍戰，邊塞西風迥。滄浪回首，夕陽何處孤艇。　愁見背郭遥村，崩沙斷路，無限登臨興。舊苑淒涼來牧馬，天地都成悲境。遼海鴉沈，榆關雁度，落葉樽前冷。横空衰草，滿城殘照煙瞑。

殢人嬌　丙子早春

芳樹含煙，多謝東皇意轉。春雨後，苹蕪緑遍。古牆虛閣，是岐王宫殿。經浩劫，桃花人面。　深院聽鶯，舊巢落燕。誰似汝，年年相見。高樓此夜，正珠簾慵捲。花信早還，惹客愁無限。

菩薩蠻 暮春閒詠

瑣窗風暖花如織，斷橋流水無情碧。高樹杜鵑聲，卷簾深處聽。小園人獨立，霧重衣裳濕。冷月破雲來，清光落鏡臺。

訴衷情 寄蒼虬

鷗波亭外小池塘，寒食好風光。望中連天芳草，雲路雁聲長。桃欲綻，柳纔黄，莫相忘。新詩遠寄，十二樓中，一片斜陽。

柳梢青 浄業湖濱望西涯故址

野鶩驚沙，滿城楊柳，齊受風斜。古堞横雲，荒田分水，隔岸誰家。行人莫問西涯，暮煙外，空林亂鴉。憑弔凄然，半輪明月，一樹梨花。

更漏子　無題

碧紗窗，嬌獨倚，風送一簾香雨。琴韻静，漏聲殘，夜燈紅袖寒。　眼波秋，眉黛細，生小不知愁緒。頻對鏡，學塗鴉，剪來山杏花。

石州慢　詠窗前杏花

夜雨輕寒，芳意初回，煙水空闊。傳情花信香凝，影綻一枝將發。雙棲海燕，舊巢泥落空梁，黄昏天際雲千疊。珍重捲簾看，正花開時節。　奇絶。年華纔换，枝上全無，去年殘雪。變作枕前，繁影尊前明月。春陰斷續，錦瑟多少消魂，不堪留與黄鸝説。今日又相逢，悔空傷離别。

金明池　春日觀花

雨過柴門，風催雁字，兩岸垂楊壓路。門外晚晴芳草地，又吹散一天涼雨。小桃花發出牆頭，渾不管、花下行人回顧。只玉殿瓊樓，朱門青瑣，轉眼空憐焦土。如此鶯花誰爲主。對官柳長堤，斜陽遥渡。園中亂開花似雪，湖上遠望雲和霧。問春來何處消魂，歎賸水殘山，桑乾如故。恐蕙帳塵生，猿驚鶴怨，會得扁舟歸去。

瑞鷓鴣　春思

滿天微雨濕朝雲，小梅初放破愁新。玉笛吹殘，簾外開如雪，寄與瑶臺月下人。天涯幽草無窮碧，行吟莫向江濱。東風剪碎清波，又是芳菲節，豔陽辰。最傷神，一片蕪城賦裏春。

菩薩蠻　惜春

碧紗窗外花如雪，東風小院鶯聲歇。莫待惜花飛，空歌金縷衣。　緑到園中柳，不恨春歸久。杜宇一聲聲，斜陽無限情。

千秋歲 西涯尋春

玉門邊塞，一片斜陽外。雲影淡，波光碎。關河方異色，花柳還相待。都不管，卧龍躍馬今安在。　舊日西涯會，花落隨芝蓋。歡一晌，悲千載。眼中陵谷變，鏡裏湖山改。誰作主，杏花萬點春如海。

洞天春 春游

雀梅摇影春曉，園中多雀梅，繁豔如錦。滿地繽紛未掃。閒步中庭踏芳草，得詩情多少。　相逢花落啼鳥，尚覺東風寒峭。怕近黄昏，白雲無際，林亭殘照。

桃源憶故人 詠花同清媛夫人

纖纖夜雨滋芳徑，攜手花陰相共。此際尋春珍重，露濕衣裳冷。　春巢落燕花鈴動，驚破五更殘夢。幾度香風吹送，簾外珍珠影。

綺羅香 暮春暘臺山大覺寺題壁

寂寞宮花，參天黛色，前度劉郎重到。依舊東風，吹緑寺門芳草。孤松下半畝方塘，暮雲外數峰殘照。經香虛閣久生塵，高僧盡向塵中老。前朝清水舊院，遼清水院，有《藏經記》。聽畫樓鶯囀，不堪登眺。一片荒亭，瘦石枯藤縈繞。吟玉樹尚憶迦陵，堂前木蘭二樹爲迦陵禪師手植。題壁客已無崔顥。問興廢，禪院淒涼，月明空碧沼。

河滿子 丁丑暮春送蒼虬出關

客路殘春暮景，長城畫角餘音。馬首向東從此去，遠山邊水登臨。送别新詞清苦，低吟亦恐沾襟。磧雁驚沙正起，關雲欲雪常陰。楚客傷心頭更白，春愁黯黯難禁。冷落故園松竹，歸來何日相尋。

相思兒令　園中暮春

怕見消魂垂楊，作意向人狂。倚遍闌干凝望，誰共送斜陽。海棠濕盡紅妝，莫空教，千囀循廊。殘春煙雨樓臺，年年贏得淒涼。

喜遷鶯　城西湖上感事

落紅庭院，恨幾樹梨花，東風吹散。淺淡青山，縈迴碧水，柳外夕陽無限。欲問故人何處。天際歸鴉千點。悲往事，怨風流，消歇畫船歌扇。空見。春色裏，煙水橫塘，景物尋常換。鳳去臺空，鸞迴樹冷，夢斷御河簫管。無復採蓮船去，只聽畫樓鶯囀。堪悵望，賸水殘山，暮雲沙岸。

戀情深　無題

認得去年梁上燕，畫簾尋遍。春宵不信折黃金，盼佳音。樓臺風雨夜沈沈，惆悵到如今。誰能遣，花飛後，戀情深。

北新水令　題畫

餘霞寒樹已無蟬。是誰家，晚風庭院。雁橫黃葉渡人怨。碧雲天，秋色裏，夕陽岸。

點絳唇　詠陳姓兒

藕臂金環，嬌人小髮飄紅綫。櫻桃初綻，嫩語猶零亂。玉琢成團，彩蝶穿花遍。寧馨今見，一寸芙蓉面。

點絳唇　昆明湖作

輦路斜陽，西風冷落芙蓉苑。管絃聲斷，猶自飛清怨。寂寞雕闌，玉露零瑶殿。秋雲如練，況復聞邊雁。

玉樓春　己卯秋日卧佛寺作

霓旌鳳輦長河路，轉眼浮雲迷故處。離宫玉殿碧天秋，舊苑碑亭黄葉雨。　湖光樹色多清苦，照盡垂楊千萬縷。當年阿監已無人，祇有青山朝復暮。

天仙子　昆明湖上

長樂鐘聲何處聽，無限江山窺鏡影。冰輪一片落瑶臺，涵虚境。凄涼景，天上人間誰記省。　湖色沉沉煙欲暝，丹桂飄香空外領。嫦娥此際不勝秋，金風動，雲鬟冷，碧海青天愁夜永。

水龍吟　感秋

依然玉殿金風，山河破碎兵煙後。開元盛事，笙歌天半，祇今安有。長樂鐘聲，龍池春色，那堪回首。歎宫花落盡，朝來雨碧，梧煙鎖，悲寒甃。　岸樹湖雲如繡，但承平，佳期難又。銷魂何處，數峰殘照，斷橋疏柳。邊雁橫空，桑乾無限，青山如舊。對愁心，更似江州司馬，青衫濕透。

踏莎行 昆明湖

白玉樓臺，碧雲津渡，當年歌舞歡無數。江山一夜變滄桑，蓬瀛水淺煙波路。金闕依然，千門如故，鼎湖弓劍歸何處。不堪東望望春宮，望春今日春光去。

滴滴金 秋懷

月明如水秋無跡，澹星河，煙光夕。湖色涵虛弄晴碧，遠映宮前柏。蘭成舊是江南客。鬢如絲，怨行役。祇有青山似疇昔，往事雲霄隔。

念奴嬌 重游金山寶藏寺

亂峰禪院，正斜陽，木落清秋時節。一葦橫江，人已去，僧舍猶名蒼雪。石氣蒸雲，靈泉瀉玉，半勺冰心冽。荒林孤塔，空巖何處留偈。聞道鏡外煙巒，月中宫殿，丹桂無人折。寺多丹桂。遠近冥濛煙霧裏，猶是漢家城闕。異代巾瓶，談經此地，誰悟庭前柏。重來題壁，道人今日頭白。

巫山一片雲 詠昆明湖秋荷

水殿雲光浄，蕭條太液風。鏡中愁絶採芙蓉，冷落怨秋紅。翠蓋摇明月，餘香散碧空。宫娥無復捲簾櫳，玉露滴梧桐。

唐多令 玉泉山下泛舟

楊柳繞芳洲，寒沙帶月流，到江南、楚尾吴頭。多少樓臺明鏡裏，渾不似，漢宫秋。懶上木蘭舟，煙花異舊游。對湖山、處處堪愁。滿目新亭無限恨，東去水，幾時休。

青玉案 昆明湖作

金門煙鎖花磚路，曾幾日，春歸去。長信韶光渾不住。靈池龍舸，玉階仙仗，零落知何處。　聖湖雲水朝還暮，法曲餘音散芳樹。六舞霞衣銷幾許。燕臺斜照，漢宮秋色，斷送西山雨。

漁家傲 頤和園瞻望

雨斂虹垂開晚霽，亭皋葉下驚波起。太液芙蓉煙色裏。愁望際，高臺不掩葱蘢氣。　露滴梧桐飄玉砌，冥冥碧落雲千里。破碎珠簾冰簟脆。鴛井閉，銀瓶綆斷悲秋水。

倦尋芳 秋日登高懷古

范陽古道，一片青山，遥望天際。木落霜飛，收盡樓桑王氣。問酈亭，知何處，邊沙雁色連秋霽。送斜暉，正登樓，極目碧雲千里。　憑弔燕臺遺跡。擁帚無人，金散塵裏。樂毅歸來，燕惠報書空寄。易水蕭蕭流未已，已銷沉，不復歌聲起。對新亭，念家山，西風吹淚。

雪梅香　訪玉泉山吕公洞，傳聞吕仙棲鶴於此

斜陽外，餘霞斷續織晴空。望垂虹雨氣，荷花秖賸殘紅。玉殿梧桐散秋葉，鏡湖葭菼舞西風。故宫寥落水雲邊，一片濛濛。　疏林亂山際，塔影高寒，永鎮西峰。鶴駕曾來，還留洞裏仙蹤。瓢笠何年過滄海，朝真手把玉芙蓉。歎陵谷，碧桃謝盡，幾度征鴻。

相思兒令　晚晴

舊苑緑波清淺，一片夕陽明。多少白雲秋色，湖上對愁生。　蕭瑟蒲柳無情。黯銷魂，亂木荒城。誰家煙雨樓臺，江南愁殺蘭成。

玉聯環　感事

白雲一片依山近，亂鴉成陣。煙波猶似漢時秋，陵谷幾多新恨。　青鳥瑶池無信，傷心休問。空悲承露水晶盤，天上月明難盡。

拂霓旌　昆明湖月夜書懷

暮秋天，石壇松影碧光圓。空際外，幾聲新雁破孤煙。落霞明鏡裏，華月彩雲邊。故宫前，慶唐堯、猶憶太平年。　瓊樓縹緲，天上此夜清寒。驚歲晚，客中容易損朱顔。箏銷金粟柱，露破水晶盤。正淒然，送清波、依遍玉闌干。

探春令　擬春宫

上林依舊杜鵑啼，正落梅天氣。怨東風，一陣殘紅起。鎖庭院，春無際。　花鈴自向風前墜，冷蒼苔玉砌。望斜陽，故國知何處，灑無限新亭淚。

漁家傲　湖山秋望

故國寒消春正早，碧峰藍水雲迴抱。楊葉千條連苑道，延夕照，爲誰作意生芳草。　空如鏡裏湖山好，長門寂静鶯花少。通明無復香煙裊，愁未了，追思往事悲魚藻。

綺羅香　登高

寨口遥村，蘆溝古道，枯柳西風將暮。水浸寒空，遮盡薊門千樹。荒陵落雁碧雲秋，亂山瘦馬斜陽路。抵多少，破碎山河，登臨盡是傷心處。　秦城迢遞萬里，極目桑乾外，范陽煙霧。對咫尺斷岸驚沙，尋不見垂楊官渡。問歸期，還似巴山，剪燈聞夜雨。

八聲甘州　秋日懷西山草堂

望空林客，路泠西風，丹楓斜陽正。渾河遠色，燕山暮景，鬱鬱蒼蒼，無復悲秋宋玉誰共話。瀟湘邊鴻飛，不度古戍雲黄。　曾送採薇人去，念青巖晞髮，濯足滄浪。問茫茫天地，何處坐藜牀。已十年塵生蕙帳，欲歸來、猿鶴莫相忘。願負戴，山中偕隱，舊日雲房。

鳳銜盃　詠羽陽千歲瓦

羽陽宫殿悲何處，彩雲簫史同朝暮。霸業久隨塵，問咸陽可憐焦土。祇河嶽，還如故。　閲滄桑，成今古，漳臺片瓦皆愁侣。歎壁月仍圓，銷磨秦漢經風雨。興亡恨，誰能補。

踏莎行　詠河西柳

河西柳非柳也，花如紅蓼而紫，葉類苜蓿，生湖之濱。昔孝欽太后幸昆明湖，見之，顧問何名，内臣倉皇對曰河西柳也，遂以名焉。

冷月池塘，碧雲津渡，孤芳亂點愁無數。欲將攀折向西風，別離那管人歸去。倚鏡殘妝，凌波微步，年年顔色嬌如故。龍舟鳳舸不重來，爲誰開遍河西路。

凝碧餘音詞

後集

秋波媚 乙丑春日

雕粱燕語怨東風。小徑墜殘紅。萬點飛花，半簾香雨，飄去無蹤。牽愁楊葉渾難定，春恨竟誰同。黃鶯啼斷，海棠如夢，回首成空。

北新水令 題畫

西風疏柳帶秋蟬。畫橋邊，綺霞紅亂。夕陽寒照水，衰草暮連天，何處裏，笛聲怨。

誤佳期　清媛夫人歸寧天津

梅雨暗穿簾幕，柳沼菱塘蕭索。籬邊紅豆已相思，莫負花時約。　錦字望佳期，怨煞南風惡。天津朝暮起秋聲，翠袖應愁薄。

荊州亭　秋日登土城

不盡燕山萬里，慘澹邊秋無際。何處弔殘軍，一片荒城亂水。　此是當年幽薊，白草蕭蕭故壘。古戍幾人還，牧馬黃埃空起。

浣溪沙　和李生琴思圖

琴斷猶餘韻繞梁，摧花折柳惜春芳，不曾識面亦情傷。　火樹星橋看繫馬，錦屏歌扇憶循廊，幾番回首恨難忘。

臨江仙

飛盡落花池上雨，斜陽剪破新晴，碧波摇影不成明。倚闌多少恨，商略繫離情。千轉繞花無一語，玉階仿佛寒生。溪煙淡淡柳青青。六畦春不管，流怨滿蕪城。

醉花陰　秋夜懷湘中劉腴深遺民

片月横窗明似水，薜荔風還起。湘浦葉初飛，南國相思，清怨憑誰寄。今宵玉露寒如此，破碎山河裏。秋來不見一封書，風雨雞鳴，珍重懷君子。

菩薩蠻　惜春

上林依舊鶯聲早，離離淺碧池塘草。桃葉奈愁何，春風吹又多。暗度芳菲節，零落燕支雪。流水送春行，楊花無限情。

鷓鴣天　癸酉九日登高和周七韻

一雁驚秋破晚空。登臨遥望暮雲中。苑邊衰草飄零碧，宫裏殘花墜暗紅。山遠近，水西東。銅盤滴淚恨無窮。當年入破家山曲，散作長門斷續風。

減字木蘭花　送弟出關

落花隨水，費盡東風吹不起。送罷王孫，又是芊蕪緑到門。躊躕無語，仗劍孤行遼海去。變作殘秋，冷雁邊雲滿客愁。

遐方怨　懷弟未歸

辭故國，向邊關，匹馬孤征千萬山。秦城遼海暮雲閒。計君東去日，幾時還。

御街行　送春

誰家玉笛摧芳樹，容易春歸去。漫將新恨語流鶯，借問天涯何處。繁華過眼，春風吹夢，流水渾難住。　青山斷續蕪城路，應是愁無數。樓臺消盡可憐春，不信當年歌舞。亂雲千疊，夕陽一片，散作黄昏雨。

水龍吟　暮春感懷寄一山左丞

東風捲地花飛，可憐春盡誰家苑。高樓玉笛，邊沙落日，碧雲低遠。破碎山河，鶯花如舊，芳菲空戀。望茫茫宇宙，天迴玉壘，争留待，江流轉。　此際愁人腸斷，送殘春、驪歌聲變。浮雲蔽日，黄昏時近，登臨恨晚。古戍荒城，邊烽危照，淒涼到眼。問春歸何日，平居故國，消沈魚雁。

玉樓春　晚眺

驚沙連海邊關色，夕照橫空雲路隔。鶯花一散不成春，草滿天涯迷舊陌。　蒼茫愁望秦城北，攜恨登臨懷故國。玉門羌笛鎖春風，處處青山行不得。

點絳唇　極樂寺

亂木孤城，可憐一片消魂土。江山無主，佳節愁風雨。　煙水池臺，風景還如故。傷心處，荒村客路，不見斜陽渡。

踏莎行　黑龍潭

淺水橫塘，斜陽板屋，荒祠落破依山木。靈絃風笛總無聲，淒涼不唱迎神曲。　棟宇齊梁，江山巴蜀，蕭條異代悲陵谷。暮煙芳草遍天涯，離離一片無情緑。

浣溪沙　湖干集香居小飲

曲岸荷風動晚香，蓼花垂影照横塘，孤城一片暮蒼蒼。　雁下蘆洲雲路遠，鷗眠蒲葉故亭荒，登樓容易送斜陽。

蜨戀花　乙亥暮春夜雨初晴

十二闌干春已半。柳絮楊花，落盡無人管。雁宿平沙雲路斷，瑣窗零雨生清怨。　芳徑玉階吟欲遍。緑樹成陰，處處韶光亂。簾外月華尋不見，清光又照誰家苑。

虞美人　送章一山左丞南歸

城南舊是芙蓉苑，蘆折驚秋雁。送君歸去贈君詩，恰似離亭風笛葉飛時。　斜陽芳草遲行跡，留得傷心碧。故園從此見花殘，莫向暮雲天外倚闌干。

踏莎行　前詞未盡復寄

邊塞秋深，蓬瀛海淺，興亡有恨無人見。已將南浦葉飛時，不堪風笛離亭晚。亂木橫空，青山一綫，孤帆挂雨尊前遠。津門處處短長亭，柳條攀盡憑誰管。

御街行　寄劉腴深湘中

芙蓉小苑凋芳樹，曾送春歸去。數行新雁過瀟湘，不見衡門何處。屋梁落月，涼風天末，此意渾難住。片時枕上江南路，殘夢何時續。憑君莫問漢宮秋，滿目消魂焦土。洞庭木葉，蒼梧愁色，盡入黄昏雨。

念奴嬌　乙亥暮秋陶然亭題壁

梵王高閣，對春山一綫，秋光斜景。三十年來陵谷變，極目蒼葭千頃。大澤雲飛，荒塗龍戰，邊塞西風迥。滄浪回首，夕陽何處孤艇。愁見背郭遥村，崩沙斷路，無限登臨興。舊苑淒涼來牧馬，天地都成悲境。遼海鴉沈，榆關雁度，落葉樽前冷。横空衰草，滿城殘照煙暝。

訴衷情　寄蒼虬侍郎

鷗波亭外小池塘，寒食好風光。望中連天芳草，雲路雁聲長。　桃欲綻，柳纔黄，莫相忘。新詩遠寄，十二樓中，一片斜陽。

柳梢青　净業湖望西涯故居

野鷺驚沙，滿城楊柳，齊受風斜。古堞横雲，荒田分水，隔岸誰家。　行人莫問西涯。暮煙外、空林亂鴉。憑弔淒然，半輪明月，一樹梨花。

金明池　春日觀花

雨過柴門，風催雁字，兩岸垂楊壓路。門外晚晴芳草地，又吹散一天涼雨。小桃花發出牆頭，渾不管、花下行人回顧。只玉殿瓊樓，朱門青瑣，轉眼空憐焦土。如此鶯花誰爲主。對官柳長堤，斜陽遥渡。園中亂開花似雪，湖上遠望雲和霧。問春來何處消魂，歎賸水殘山，桑乾如故。恐蕙帳塵生，猿驚鶴怨，會得扁舟歸去。

洞天春 春游園中

雀梅摇影春曉，園中多雀梅，繁豔如錦。滿地繽紛未掃。閒步中庭踏芳草，得詩情多少。　相逢花落啼鳥，尚覺東風寒峭。怕近黄昏，白雲無際，林亭殘照。

桃源憶故人 春曉

纖纖夜雨滋芳徑，攜手花陰相共。此際尋春珍重，露濕衣裳冷。　春巢落燕花鈴動，驚破五更殘夢。幾度香風吹送，簾外珍珠影。

綺羅香　暮春游暘臺山大覺寺

寂寞宫花，參天黛色，前度劉郎重到。依舊東風，吹緑寺門芳草。孤松下半畝方塘，暮雲外數峰殘照。經香虚閣久生塵，高僧盡向塵中老。前朝清水舊院，遼金時名清水院。聽畫樓鶯囀，不堪登眺。一片荒亭，瘦石枯藤縈繞。吟玉樹尚憶迦陵，堂前木蘭二樹爲迦陵禪師手植。題壁客已無崔顥。問興廢，禪院凄涼，月明空碧沼。

河滿子　丁丑暮春送蒼虬出關

客路殘春暮景，長城畫角餘音。馬首向東從此去，遠山邊水登臨。送別新詞清苦，低吟亦恐沾襟。磧雁驚沙正起，關雲欲雪常陰。楚客傷心頭更白，春愁黯黯難禁。冷落故園松竹，歸來何日相尋。

玉樓春　西山卧佛寺行宫

霓旌鳳輦長河路，轉眼浮雲迷故處。離宫玉殿碧天秋，舊苑碑亭黄葉雨。　湖光樹色多清苦，照盡垂楊千萬縷。當年阿監已無人，祇有青山朝復暮。

踏莎行　昆明湖瞻望

白玉樓臺，碧雲津渡，當年歌舞歡無數。江山一夜變滄桑，蓬瀛水淺煙波路。　金闕依然，千門如故，鼎湖弓劍歸何處。不堪東望望春宫，望春今日春光去。

巫山一片雲　昆明湖秋荷

水殿雲光浄，蕭條太液風。鏡中愁絶採芙蓉，冷落怨秋紅。　翠蓋摇明月，餘香散碧空。宫娥無復捲簾櫳，玉露滴梧桐。

秋。

時休。

唐多令　玉泉山下泛舟

楊柳繞芳洲，寒沙帶月流，到江南、楚尾吴頭。多少樓臺明鏡裏，渾不似，漢宫

懶上木蘭舟，煙花異舊游。對湖山、處處堪愁。滿目新亭無限恨，東去水，幾

青玉案　湖上送春

金門煙鎖花磚路。曾幾日，春歸去。長信韶光渾不住，靈池龍舸，玉階仙仗，天

上知何處。　聖湖雲朝還暮法曲餘音散芳樹六舞霞衣銷幾許，燕臺斜照漢宫秋色

斷送西山雨。

漁家傲　頤和園瞻望

雨斂虹垂開晚霽，亭皋葉下驚波起。太液芙蓉煙色裏。愁望際，高臺不掩葱蘢

氣。　露滴梧桐飄玉砌，冥冥碧落雲千里。破碎珠簾冰簟脆。鴛井閉，銀瓶綆斷悲秋水。

拂霓旌　昆明湖月夜

暮秋天，石壇松影碧光圓。空際外，幾聲新雁破孤煙。落霞明鏡裏，華月彩雲邊。故宫前，慶唐堯、猶憶太平年。　瓊樓縹緲，天上此夜清寒。驚歲晚，客中容易損朱顏。箏銷金粟柱，露破水晶盤。正凄然，送清波、依遍玉闌干。

踏莎行　詠河西柳

河西柳非柳也，叢生，花如紅蓼而紫，攢綴如纍珠，葉似苜蓿，生湖濱。光緒中，孝欽太后幸昆明湖，見之，顧問何名，内臣倉皇對曰河西柳也，遂以名焉。

冷月湖天，碧雲津渡，秋光亂點愁無數。欲將攀折向西風，别離那管人歸去。　倚鏡殘妝，凌波微步，年年顔色嬌如故。龍舟鳳舸不重來，爲誰開遍河西路。

八聲甘州 秋日懷蒼虬侍郎

望幽燕暮色對殘秋，千峰送斜陽。正蕭蕭木葉，沉沉邊塞，滚滚長江。已是登臨恨晚，誰共賦滄浪。衰草連天碧，故壘雲黄。　尚有梁園修竹，賸青山愁外，雲路悲涼。似猿啼三峽，煙棹下瞿塘。更何堪、江山異色，怨黍離、轉眼變滄桑。傷心處、遠天鳴雁，聲斷瀟湘。

菩薩蠻 暮春閒詠

瑣窗風暖花如織，斷橋流水無情碧。高樓杜鵑聲，捲簾深處聽。　小園人獨立，霧重衣裳濕。冷月破雲來，清光落鏡臺。

踏莎美人 金陵懷古

依舊江山，無邊雲樹，六朝陳跡歸何處。荒亭古木正棲鴉，猶似臺城煙柳夕陽斜。玳瑁梁空，鬱金香冷，白楊黃土蕭蕭影。玉人無復倚闌干，一片清谿明月水光寒。

好女兒　懷歸

春水平池，杜宇啼時。正花飛、一陣風兼雨。綰離愁幾許，殘紅萬點，碧柳千絲。故國悠悠鄉路，蓬山渺渺，佳期更何年。再望西樓月，衹秋霜生鬢，天涯路斷，永夜相思。

點絳唇　別情

片水孤雲，別時盡是傷心處。半灣紅樹，慘澹斜陽渡。秋月春花，離緒應如故。終難住，天涯客路，夢裏空歸去。

踏莎美人　乙未中秋海上

玉宇澄空，冰輪秋永，茫茫依舊山河影。山河彈指散如煙，一片青天碧海鏡中懸。　銀漢無聲，蟾光如故，朱樓歌舞知何處。西風吹盡可憐宵，祇有征人歸夢逐寒潮。

浪淘沙　夜

往事散如煙，錦瑟華年，三更風葉五更蟬。多少新愁無處寄，瘴雨蠻天。　高挂水晶簾，別恨頻添，燭摇窗影不成圓。枕上片時歸夢裏，故國幽燕。

鷓鴣天　春恨

瘴雨和煙柳不青，暮笳都作斷腸聲。纔知往事真成夢，又著新愁夢不成。　山萬疊，水千程，王孫芳草碧無情。楊花片片隨風去，飛遍長亭更短亭。

踏莎美人 贈別

萬疊青山，千條垂柳，離情別緒君知否。深閨翠袖怯秋寒，莫向斜陽天外倚闌干。珍重前期，叮嚀歌扇，蓬萊碧海終相見。三年回憶贈君詞，恰似春風花裏燕來時。

江城子 有憶

秋空飛雁隔層霄，海天高，路迢迢。我欲凌虛，隨月渡星橋。恐話因緣緣已盡，尋鳳侶，聽吹簫。此時空恨碧雲遥。意難消，夢魂勞。刻骨相思，驚破五更潮。怕見春光春又至，新柳色，小梅梢。

清平樂 憶湖山

湖山如繡，勝地難回首。一縷秋情應記否，裂帛西風垂柳。今宵如此樓臺，只教離客傷懷。惆悵玉人何處，舊時明月重來。

思越人　七夕

望銀河懸碧落，彩雲隔斷星橋。最是淒涼前夜雨，斜風剪破芭蕉。　數年不見南飛雁，新愁漠漠無限。冷月空煙菱葉渡，江山故國何處。

枕屏兒　感舊

一晌黄昏，天際彩雲不駐。桂留香，風弄影，秋情幾許。雲屏浄，羅幃掩，一燈寒雨。長相思，錦園碧樹。　遠夢湖山，天際畫樓如故。眼中人，花前酒，翻成萬古。緑雲鬟，青玉案，舊歡無數。變離恨，朝朝暮暮。

梅弄影　日月潭

遠波如鏡，蕩碎流霞影。滿院風花不定。亂舞芭蕉，碧煙秋色冷。　鳥啼山晚，水落平沙净。列岫斜陽相映。縹緲潭雲，長留圓嶠頂。

三登樂 秋望

碧海茫茫，愁不見，天涯吴楚。望長空，晚峰無數。遠依山，横背岸，水村煙樹。衡陽路斷，雁沉南浦。 倚闌干，烽火外，中原何處。變風雲，幾番朝暮。聽秋聲，鳴落葉，滿天連雨。淘盡興亡，飛鴉古渡。

浪淘沙 雪夜觀梅

香霧夕漫漫，無限輕寒，天涯飄泊見花難。何處笙簫聞碧落，鶴在雲端。 半樹倚闌干，緑萼珠團，瑶華千點雪中看。苦憶舊時明月色，夢裏湖山。

散天花 春怨

風散庭花滿地香。芳園人獨立，對斜陽。平池流水繞空廊。夭桃吹欲盡，減紅妝。愁損蛾眉幾許長。離亭聞折柳，淚千行。悲歡歷歷在心旁。去來無限事，恨茫茫。

菩薩蠻　海上

茫茫四野天連海，興亡今古人何在。北望是中原，暮雲秋雨繁。片時楊柳月，又過黃花節。莫漫倚闌干，可憐山復山。

減字木蘭花　春懷

空庭日晚，謝盡桃花春不管。怕見垂楊，暮雨朝雲總斷腸。夕陽無語，遠近青山青幾許。莫問歸期，寒食東風杜宇啼。

踏莎美人　書懷

天海茫茫，冰輪夜湧，中原遮斷山河影。會將收拾舊乾坤，極目登臺雨雪近黃昏。　關塞千重，邊城萬里，晋陽龍躍風雲起。澄清玉宇整金甌，楊柳春煙重上酒家樓。

臨江山　春游

滄海之東疆埸，中原以外山河。年年春色等閒過。杜鵑繁似錦，無奈客愁何。啼鳥半窗花影，彩雲別院笙歌。青天明月此宵多。家鄉千萬里，歸夢繞煙蘿。

清平樂　憶故園

當年玉殿，錦繡芙蓉苑。天半笙簫猶未斷，捲地東風吹散。　疏紅又點梅梢，客中愁緒無聊。悵望青天碧海，朝來暮去春潮。

蝶戀花　望海

蒼海茫茫天際遠，北去中原，萬里雲遮斷。雲外片帆山一綫，殊方莫望衡陽雁。

管絃天上春無限，板蕩神州，龍去蓬萊淺。楊柳千條愁不綰，乾坤依舊冰輪滿。

點絳唇　暹羅客舍

海外蠻邦，天涯孤客渾難渡。千重雲樹，家國知何處。　煙水茫茫，不見來時路。人非故，新愁無數，誰得朱顔駐。

清平樂　前題

畫梁依舊，雙燕重來否。蕙帳塵生人去久，餘得夕陽殘柳。　浮雲片片南行，却教隔斷歸程。朝暮湄河碧水，東流不繫離情。

鵲橋仙　辛丑七夕悼羅夫人作

風風雨雨，茫茫銀漢，歲歲朝朝暮暮。雙星此夜片時間，難遣却、離愁無數。梅花帳冷，分飛鸞鳳，腸斷玉人何處。千重煙水萬重山，望不見、湖雲苑樹。

瑞鷓鴣　月夜泛舟

雪點蘆花起白鷗，片帆一葉畫中游。王孫芳草傷心色，散作江南處處秋。　天上月，水邊樓，露涼雲澹挂簾鈎。空濛不見山河影，望見山河影更愁。

踏莎美人　聞歌

金谷名花，蘭陵美酒，送君折盡章臺柳。清歌縵舞片時歡，依舊池塘春水月光寒。　煙景無邊，湖山如故，雲屏珠箔歸何處。繁華散逐江濤，祇有綠楊風起似前朝。

清平樂　青門渡

青門津渡，雁斷衡陽路。水面秋聲雲破處，不見故鄉煙樹。　風風雨雨年華，茫茫浩浩平沙。萬里江山家國，不堪回首天涯。

北新水令　探梅

微香紅破小梅梢，又東風早春初到。鳥啼芳樹苑，人倚緑楊橋，渾不似故鄉好。

浪淘沙　秋懷

霜滿碧江頭，無限清秋，片時難遣幾多愁。苦憶聖湖明月色，水殿龍舟。容易棄金甌，板蕩神州，不堪重上酒家樓。破碎山河觀不盡，浩浩東流。

西江月　春日

緑萼梅邊明月，碧紗窗外青山。澄波無影復無煙，不見天涯歸雁。畫意詩懷幾許，離情别緒千般。春光花柳片時閒，愁滿落紅庭院。

寒玉堂文集

寒玉堂文集

卷上

賦

霖雨賦

超青冥以遐舉兮，履飛遯於海隅。感炎方之異氣兮，覽四運之不殊。眄霖雨之霃霪兮，簟生寒而夜徂。卉離披而磬折兮，花璀璨而晨敷。如建木之滅景兮，似琪樹之垂珠。詠式微之泥中兮，歌雨雪之載途。乘朝雲以遨游，將遺世以消憂。藐三臺之孤嶼，類一葉之沈浮。瞻蓬壺之縹緲，歌靈源之阻修。何昊天之不弔，降沴厲而塗炭。百川沸而山崩，民囂然而離散。委城池以失衆，職由人而誰怨。任衛巫以監謗，用桑弘而重斂。始兔舞而戎生，終蛇鬥而鄭亂。輕禹鼎而重遷，嗟陵谷而再變。心紆軫其何極，淚霑纓其若霰。爾乃泰華摧崩，江漢襄陵。城臨太白，野隕妖星。驚虹晚白，奇霜夏青。羌東海之可蹈兮，乃乘桴而南翔。苟宅仁而不違兮，將焉往而非臧。龍在淵而潛德兮，玉韞匵而韜光。慕伯玉之卷懷兮，仰顏淵之善藏。懼降志以辱親兮，豈令名之不彰。秉仁義而不憂兮，雖拂亂而奚傷。鼎落泗而耀景兮，鐘沉水而聲揚。紛風雲之多變兮，維天德之有常。若曦暉之永曜兮，何久雨之不暘。

浮海賦

哀舊邦之顛覆兮，閔震亂於八紘。去吴江之極浦兮，待廣莫而南征。望洪波之無垠兮，犯渟潏而揚舲。將浮海而安適兮，惟一葦之所憑。拔五嶽而滔天兮，蕩九州而將傾。濤連山而始合兮，浪擁日而晦明。於是豐隆奮威，陽侯方怒。起羊角而扶摇，震雷驚而雲布。巫咸去而不降，天門高其何訴。身輾轉而欹卧，迷羲娥之晨暮。聲奔騰以滭沸，障檣纜而莫前。既泂滏而若谷，忽盤飈而成圓。昔夏后之龍螭，謂有命之在天。惟依仁之不懼，余何獨其不然。浩哉淵乎，鼇戴山而磐礴兮，鵬垂翼而蔽空。舟迎流而疊越兮，避海底之蛟宮。舷欹斜而激浪兮，帆翻覆而争風。坐終日以惕戒，儼臨深以履薄。緬帝堯之警余，仰神禹之疏鑿。豈解珮於洛川，欲通辭於海若。聊優游而容與，心懷沙而將作。悲朝陽之孤鳳，想横江之獨鶴。蘭未霜而已零，桂非秋而先落。雲悠悠而途遠，余將歸而焉託。

蝸牛賦并序

東鯤蝸牛大如盌，戴殼而游，食蔬菜，卵百子，《古今注》曰：「陵嬴象其形也。」庚寅，余居海濱，感斯物之善藏，作《蝸牛賦》。

惟螔蝓之微物，秉離象而含靈。生朱方之炎域，乃異狀而殊形。匪相鼠之有禮，無壤蚓之能廉。殊蝶翼之栩栩，異蟬緌之縑縑。遂卵育而旋化，或緣樹而能粘。嗤鼇負之巍嶷，徒憐蚿之不脛。蟹抱腴而登俎，蚌懷珠而照乘。彼有物而焚身，亦禍福之相應。藐蠻征之在角，豈憂患之所干。雖負廬而戴勝，亦善藏而易安。譬考槃之在澗，惟碩人之能寬。

水薑花賦并序

水薑花生澗濱，素質而含香，類君子之有德，是《楚騷》蘺芷之儔也。作賦以表其異。

惟炎方之異氣，秉鶉火而飛光。木盤條而曲節，卉紛披而不揚。眄薑花之獨秀，挺素質而含香。賦白華而比德，思玉樹而齊芳。通神明而可薦，抱和羹之正味。伍蕭荻而自潔，隱葭葦而相庇。葵有智而衛足，芝有靈而藏氣。信沼沚之可託，近山林而得地。履遯則亨，居貞爲貴。陶潛處宋，管寧在魏。免樵蘇之斧斤，任蜩螗之羹沸。在昔聖哲，曰止曰時。不龜不蓍，其幾先知。豈水必潁，豈山必箕。瓢水而飲，簞粟而炊。孔厄陳蔡，文則在兹。薑花白兮河湄，去高陵兮居卑。彼君子兮遯世，懷素履兮奚悲。

蟻鬭賦

布横雲而始陣，列偃月而成行。無纓冠而赤幘，不介馬而元裳。陳魚麗而星布，鼓雁翼而箕張。交龍戰於鉅鹿，破象陣於昆陽。越霸兮吴滅，漢起兮秦亡。於是築崇垤，越荒塍，封南柯，上軀陵。知南風之不競，摧槁壤而將崩。至其槐穴能藏，一葦可渡。何貪餌而穿珠，徒負力而撼樹。若蟪蛄兮春秋，等蜉蝣兮朝暮。

落花賦

含香殿外怨春歸，芳樹籠煙花已稀。東望望春春不見，三月游絲滿路飛。煙帶香而横水，風落瓣而霑衣。乃有五陵公子，漢濱游女。何彼穠矣，華如桃李。歌古調而傷春，拂箜篌而斜倚。吹花枝於建章，飄芝蓋於長楊。畫雙蛾而競翠，迴舞袖而留香。憶河陽之韶景，惜金谷之流光。世何人而能故，花何春而不芳。若乃碧落星移，青陽律轉。緑映日而陰成，紅隨風而香減。或零謝於金闉，或摇颺於山館。

恨風雨之無情，悵陽春之遂遠。若彩雲之已飄，如落霞之不返。逐粉蝶兮辭柯，不逢君兮若何。驚啼鳥於芳樹，動魚戲於清波。別有離索無儔，羈旅懷憂。傷人事之代謝，悲搖落而非秋。獨平居而歎逝，思漠漠而空抽。

屏風賦

火齊始曜，商聲乍起。虹霓霽色，銅盤秋水。於是銀燭將殘，冰文夜寒。衣香拂練，髩影遮蘭。籠紗掩鏡，雲母迎風。横書飛白，淡染輕紅。琉璃映雪，素鏡流空。花開簾裏，鳳落屏中。懸黎八角，流蘇六扇。旋玉軫而横琴，歌金縷而障面。飄翡翠於洞房，詠芙蓉於深殿。乃有桂苑河橋，瀟湘洛浦。團花織錦之文，翹袖驚鴻之舞。若其斜褰鳳羽，細縷蛛絲。劉歆列女之傳，蘭成芟葉之詩。照屋梁兮落月，隔千里兮相思。

秋懷賦并序

乙未之秋，余游日本，道出東京，止於澀谷。感秋霖之不晴，歎逝興懷，愴然而賦，其辭曰：

攬耿耿之修夜兮，閔秋霖之不暘。掩帝座於北辰兮，失東方之啟明。燭銜曜以照檻兮，動罘罳之流光。誦鴇羽之集栩兮，歌蟋蟀之在堂。昔坤維之顛覆兮，蒙明夷而見傷。悵行邁之靡騁兮，心鬱陶而徬徨。思乘桴而浮海兮，願濯纓於滄浪。似巫咸之告余兮，見海若之迎將。泛盧敖於太清兮，訪洪厓於遐方。念嘐嘐以戒言兮，行踽踽而迷邦。鴻哀鳴於中陸兮，鳳垂翼於高岡。漢道陵於五噫兮，秦殄瘁於三良。國無主而歎陳兮，君子知其先亡。惟思深而憂遠兮，民獨懷於陶唐。彼奸回之罔極，亦殷周之可鑒。興邪說而廢書，將訛言而爲變。鼎猶重而用革，終覆餗而階亂。水潤下而激行，燎方揚而横煽。初假楚而狐鳴，俄通秦而蟻戰。蕩九州之堯封，決八紘之禹甸。欃槍掃而夜孛，太白晃而晝見。遂使魚飛武庫，鳥起翟泉。揭竿地裂，篝火烽然。楚求九鼎，秦薄三川。賊臣虎步，叛將雞連。山崩頹於鎬邑，日蔽景於虞淵。中興播亂，不及百年。載胥及溺，不弔昊天。賢俟命而奉時，士履正而素位。匪廣譽之施身，懼斯道之將墜。慕夷齊之去周，效管寧之在魏。龍德隱而勿用，豈雲行之可會。芝稟氣而含靈，蘭懷馨而絕類。相草木之比德，世胡爲而皆醉。燕山遠而瞻望兮，雲悠悠而海深。緬尼山之望魯兮，託斧柯之琴音。律凝寒而恒雨兮，氣鬱結而重陰。眄長夜之未央兮，仰天宇之沈沈。恤民瘼而憂道兮，將有感於秋霖。

思古賦

仰聖哲之元良兮，垂衣裳而治隆。被仁義而敷教兮，遂比户而可封。孰顛覆其前轍兮，乃澆離而移風。湯申誓而伐罪兮，武士德而定功。周多士以興邦兮，設四輔於三公。何斯世而信讒兮，使周公之居東。賦鴟鴞以明志兮，感零雨之其濛。宜積善以延世兮，逮昭穆而不終。紛諸侯之啟土兮，馳革乘而相攻。伍胥忠而隕身兮，屈原謇而莫容。賢千里而比肩兮，世悠悠而奚從。嗟十室之遺賢兮，道污降而疇崇。決禮防而横潰兮，毁章甫而用戎。墜烝民之息壤兮，作蛟龍之幽宫。彼黎邱之善變兮，淆緇白之異同。匪降亂之自天兮，職由人而誰使。去仁義以爲虐兮，幾禽獸而蔑恥。賦碩鼠而行邁兮，信飄風之所止。浮桂檝於滄流兮，宅暘谷於朝陽。探靈鰲之負山兮，蹈赤螭之飛梁。舞商羊之滂沱兮，旋獨鹿而飈揚。傷子晋之鶴去兮，緬夏后之龍翔。希汗漫於九垓兮，將遐舉於八荒。望雲日之迴薄兮，攬洪波之湯湯。聆河鼓於馮夷兮，訪若木於勾芒。忽玉衡之西指兮，零露降以淒其。餐圓嶠之石華兮，採瀛洲之紫芝。觀品物之收處兮，獨吾生之非時。邈羲農之邃遠兮，稽唐虞之可思。遵義路之坦蕩兮，豈污世而見羈。服君子之素履兮，期守道而不離。

半月賦

漠漠寒煙，渺渺江天。明霞斂彩，片月孤搴。於時晦魄既生，商聲始動。裁上林之玉璫，掩中天之寶鏡。迷桂殿之觚稜，隱蟾宫之畫棟。落邊雁於驚弓，澹清波而斜映。爾其銀漢生秋，微光入樓。風摇羅幕，露濕簾鈎。飛半規而漸起，破圓影而空浮。思謝莊之作賦，感王粲之離憂。珮環去兮音塵絶，歌舞罷兮簫管歇。人爲歡兮幾時，月何恨兮盈缺。

聞歌賦

銀漢光清，彩雲夜停。瓶花簇錦，綺幔攢冰。玉葉迴文之席，金蓮九瓣之燈。彼美淑姬，巫山洛浦。掩扇輕歌，低鬟罷舞。鼓瑟拂絃，彈箏調柱。纍珠盤而嬌轉，振雜珮而聲揚。引陽春之宋玉，歌白雪之梁王。抱幽懷而獨訴，寄離怨而情傷。聽寒猿於蜀峽，驚斷雁於衡陽。似棠梨之帶雨，憐芙蓉之欲霜。殊繁聲之絲竹，發清韻於宫商。揚美目之流盼，感餘音之在梁。乃有羈旅離人，思歸王子。聞古調而心驚，聽新聲而淚泚。望渺渺之天涯，阻茫茫之海水。秋景暮兮淒其，曲既陳兮將離。蓬萊兮遼遠，此會兮何期。

海中龜山賦

瞻海宇之寥廓兮，晃蒼昊之浮空。感羲娥之匿景兮，浩廣運之無窮。彼孤嶼之巍峨兮，若靈鼂之穹窿。象矯首而盎背兮，朝萬古之鴻濛。敘彝倫於洪範兮，洛出書而佐禹。何春秋之道衰兮，思斧柯而蔽魯。東溟蕩渤，石門崔巍。大浸不没，若往若來。排洪波以遨游，鼓冥漠而徘徊。

鼫鼠賦

覽萬族之秉質，咸從類而比倫。惟鼫鼠之害稼，又穴地而掩身。詩人刺斂，歌彼碩鼠。伏蹐食苗，交足且舞。在易辭而取象，曰貞厲而不當。圖冒進以干戾，如用壯之羝羊。懷五技而已窮，猶假翼而升木。既相鼠之有體，豈無牙而穿屋。比小人之竊位，戒侵欲而食禄。

海蚵巢石賦

磅磅海石，砦確嶔崎。精衛所銜，媧皇所遺。穹窿多穴，洪荒在兹。聚海蚵而累疊，若居室而因依。仰羅睺之障日，藐僬僥之巨靈。望扶摇之鵬翼，辨蚊睫之焦螟。等四海於勺水，亦拳石於邱陵。由觀物之爲變，何小大之相形。泰山之石兮，膚寸起雲。隕石於宋兮，是動星文。兹石之壽兮，含化氤氲。風濤所激兮，日氣所薰。惟蚵善藏兮，涣其群。

五色魚賦

維南溟之異氣，致遠物於炎方。苦虹霓之耀景，被鸞鳳之文章。秉重離之麗色，感水德而飛光。浮空明之悠遠，同泛漾於滄浪。有美瑣璣，在彼蛟宫，瑟兮斐兮，如璷如璁。文蔚乎貝錦，鱗細乎沙蟲。相鶡鵬之遐舉兮，摶扶摇而九萬。垂雙翼之蔽空兮，等浮生之奔電。聊樂志而怡情兮，豈目悦而爲變。信立誠而不移兮，何小大之相眩。

蝖蜋賦

炎海之氣，鬱結鼓蕩。陰陽相搏，藴毒不揚。蟲豸多囓，卵育之繁。超軼川陸，有蝖蜋焉。六足兩翼，冠緌而善走。其害於物也，殘於鼠而捷於蝨。是本無名，以聲爲名。穴坯緣壁，晝隱宵行。衣在椸而已蠹，書斷帙而莫絣。噬兔毫之鋒穎，穿藤笈而縱横。鼠可薰而蟻可灌，龍可擾而黿可登，是不可毆除而撲滅之也。將去汝而安適，傷天下其如一。惡青蠅之止樊，賦伊威之在室。觀夫魚趨餌而投筌，馬芻秣而加轡，兹飽食而無禍，事殊異於此類。凡有血氣，惟人爲靈。爰養生以求食，恒役物而勞形。何憂樂之能擇，孰劬瘁而不營。冬不免於樵採，夏不避於鼎烹。鄙夫既富而猶積，貪人多藏而盜憎，此又其已甚者也。嗟乎！夫人生之幾何，紛縱欲於無疆。視微物之飲食，洵善變而多方。同有生而含性，亦何惡夫蝖蜋。

浮雲賦

彌綸乎天地者，惟一氣之充盈。清者上浮兮，重者下凝。敦陰陽之始判兮，鑿混沌之冥冥。仰天宇之皓旰兮，瞻日月之代明。布雲霧以陰霾兮，因炎氣之鬱蒸。返日景之虹霓兮，變八極之陰晴。時縈迴以縹緲，忽綢繆而皎潔。初一縷以輕颺，遂彌天而積雪。乍飛光以離合，俄奄忽以踰越。浩滄溟之無極，列峰巒而相疊。攬百代之經營，比浮雲之興滅。

臥龍松賦

維孤松之盤鬱，臥石壇之坤隅。高及尋以薈蔚，廣百尺而紛敷。邈懷風而隱霧，驚雷動而煙䢺。儼青龍之蚴蟉，忽潛淵以藏軀。若其商飆始發，江濤乍鳴，倚浮雲於中嶽，映朝霞於赤城。如大陵之偃蓋，疑太微之淪精。爰困石以争險，乃搪撐而勢危。秉貞心兮英茂，眄形質兮殊奇。歷風霆兮撼頓，感寒暑兮推移。將求伸兮終屈，知天命兮何辭。抱潛德兮勿用，豈飛翔兮待時。非亢龍之有悔，閔品物其何施。發山籟於鶴林，落清光於鹿苑。覆輪囷而逼側，挺數尺而遂偃。礌珂蹙縮，蟠壓促蹇。龍或躍而將升，攢峰巒而相綣。嗟雲物之不從，傷霖雨之已遠。

海石賦

瞻日月之同浸，窮滈浡之遥逝。變昏明於島嶼，覆穹窿於水際。紛怪石之縱横，儼巨靈之疊砌。其爲狀也，巉嵯嵂屼，掣電奔雷。峙者霞起，裂者冰開。藏蚵隱蠣，麗藻披苔。既磃磄以硠磕，忽岌峨而峥嶸。豈媧皇之所遺，驚天柱之已傾。層闉雉堞，井幹連城。皮皺鹽坼，膚寸雲生。礐兮贔屭而黿伏，礶然蚴蟉而龍行。吞皓旰之虹霓，隕蒼昊之列星。圓則成規，正則從繩。蕩洪波而欲轉，臨寥闊而將崩。凝磝沙而確固，漸揉雜而鈎連。恒淵渤之滌蕩，乃泐散而奪堅。遂竅窔而爲穴，風號嘯而湍穿。彼砥柱之貞介，排怒浪而孤褰。比君子之獨立，拂憂患而不訾。浩泱漭之無涯兮，望北溟其安極。同爰居之避風兮，無鵬摶之雙翼。劃天漢之左界兮，傷白日之西匿。覽巨石之當塗兮，思神禹之跡熄。

碑

新竹重建文廟碑

中和以位，天地絪緼，以化萬物，聖人則之，而建民極。沛其立德，遡其元命，垂乎謨訓。焕乎文章，保之者昌，墜之者亡。山嶽可以成礪，河海可以成沚。日月不可得而損其明，天地不可得而變其道也。道光四年，始建文廟於臺之淡水。光緒元年，畫竹塹爲淡水、新竹二縣。甲午之役，閩海一隅，剪焉傾覆，率土之濱，左衽事夷。新竹廟偪閭廛，禮器朽窳。逮夫世變星移，東國敗衄，君子尊經，思復禮樂，乃重建祠宇。度其原隰，相其岡陵。齊宫肅閟，軒墀秩穆。鐘磬有列，籩豆有序。華冠象環之容，宗彝尊鼎之設。上崇兩楹，旁興百堵。風聲起於泮水，禮讓見於新宫。

天地化育，黍苗之膏陰雨；日月所照，草木之被陽春。敢書麗牲之碑，竊慕采芹之頌。銘曰：

巍巍闕里，成教賢材。聖功繼世，文命天開。明合日月，道被紘垓。祖述堯舜，承往昭來。尼山垂憲，實維哲人。魯有泮水，言采其芹。上丁釋奠，穀旦良辰。敬共昭格，百祜咸臻。春秋禋祀，黍稷維馨。兩楹奉醴，十哲陳牲。瞻欽日月，仰止邱陵。斯文未泯，雅頌將興。升降周旋，其儀不忒。禮具闈門，風行家國。鄉敬耆賢，路讓班白。浹於夷狄，施於蠻貊。百世承規，億年爲則。

淡水關渡宫天后碑

百川東匯，獨海之尊。河漢南馳，惟天爲大。古者祀事，山川神祇。堯出河圖，禹受符命。秦因五畤之祀，漢禱枌榆之社。祭用牲璧，崇其秩封。所以敘彝倫，格神明，祈豐年，阜民財也。蓋夫海之爲道，環八荒之土域，鎮九垓之坤維。水德休明，雨暘時若。於是玄冥受職，祝融效靈。發揮潤下之功，燮理陰陽之氣。天后秉厚坤之德，纘神禹之緒。騁變化而安瀾，降靈明而濟物。施仁則保佑黎庶，定亂則佐命明王。至於商旅往來，陟川經險，困於風濤，檣帆將折，莫不排盪風雨，驅走蛟龍，拯其舟楫，以安行旅。兆民懷惠，四方嚮風，遵海之濱，建立祠廟。牲牢俎豆，修其烝嘗。江邊有碧落之宫，海上有靈波之殿。雲裳瓊珮，遐觀日月之文；鼉鼓靈旗，蓋取風雷之象。精氣肸蠁，神之格思。寒暑時雍，無煩玉律。星辰以度，豈待璿璣。比紫府而降真，如黄陵而薦樂。銘曰：

皇矣上帝，臨下無親。化育庶物，安佑烝民。乃奠四表，山川之神。奉牲立社，祀事宗禋。海匯百川，圜周八極。掣電横飛，震霆下擊。直上孤鵬，退飛六鷁。噴薄淜滂，舟楫將溺。帝座迢遥，天門寥曠。龍螭蟉騰，風雲異狀。明明天后，如在其上。行旅所籲，黎元所望。遠翔瑶闕，微步銀河。鸞車鶴駕，秋雲綺羅。烈風止颶，碧海停波。星隨玉女，月倚仙娥。臨赫乃神，博施爲聖。青鳥虹飛，陽烏霞映。海晏凝光，河清澄鏡。鼗鼓德音，詩章所誦。笙管樂舞，清酌椒漿。明粢豐潔，薌合芬芳。洋洋盛德，靈爽在堂。既偁既享，錫祚無疆。

鯉魚山呂仙祠碑

蓋聞聖王御世，海鑑青光。至人東來，闢騰紫氣。在天成象，在地成形。神道無門，陰陽不測。理寰八極，圓應無方。若其元都之宫，靈虚之府。三清玉字之篇，七聖紫文之籙。或笙飛於洛浦，或鶴舉於崆峒。冥然難源，卷舒異軌。無象之象，象括乾坤。無文之文，文彌宇宙。孚佑帝君，炳靈百代。文存乎玉簡，理焕乎金符。周流六虚，彌綸三氣。游於宗動之上，超諸埏紘之表。清凈至廣，妙義實隆。靈寶尊經，天文秘篆。横沙界而塞天地，貫三才而踰百氏。豈必餐霞餌玉，飛劍還丹。拯水火而施仁，拔泥塗而濟衆。宜昭祀典，永享馨香。沼沚薦其蘩蘋，春秋修其祠廟。漁潭之水，寔溯仙源。鯤島之岡，肇開福地。將使河山帶礪，充浩氣以長存；日月光華，耀靈明而并照。

皇清誥授光禄大夫一等男山西巡撫陸文烈公神道碑銘

蓋聞天生元后，堯年致刻玉之祥；維嶽降神，殷帝啟傅巖之夢。佐漢則宣威南越，匡周則定霸葵邱。黿文應繇，爲齊國之正卿。龍首發祥，帝陸終之苗裔。炳乎史册，文獻足徵。公諱鍾琦，字申甫，浙江蕭山縣人也，寄籍順天。同治十二年拔貢，選授撫寧縣教諭。光緒十五年翰林，散館授編脩。曾祖淮，祖保三，考春榮，江南右族，海内知名。家有通德，門稱孝友。公秉靈崧嶽，載誕星辰。忠乃致身，孝則不匱。是以承乾合德之君，咨詢四嶽；睿哲文明之后，登庸五臣。二十九年，除江蘇糧道，尋授江蘇按察使，調任湖南按察使。律凡盜劫持兵者，無首從，斬。公慮囚得情，上疏亟論，朝廷從公之議，改定律法。平曲直於獬豸，正刑典於麟趾。宣統元年，授江蘇布政使，克儉於家，苞苴莫進，比宣秉之疏薄，同裴坦之清風。三年八月，擢山西巡撫。鈎膺濯濯，式遄其行。四牡蹻蹻，以佐戎辟。江淮張浚倚若長城，潞州昭義重開幕府。臨軒授鉞，疆臣有報國之心。玉册登壇，節度有經邦之策。既而鎬京兔舞，武庫魚飛，太白經天，欃槍映野。公蒞晉四日，武昌變起，朝廷方召袁世凱決議。冢樞昏撓，旁引賊臣。外倚寇氛，内圖篡志。豈謂皇虞之世，不獻白環；隆周之朝，遂絶楚貢。東鄰納叛，實生厲階。登檮杌於干城，畜天吴於泮水。遂使訛言勃起，瓦裂冰飛。邪説横流，沙崩川決。九月丁卯，寇發西安，平陽路斷，晉之新軍潛謀響應，公患之。時南北兩鎮舊軍，羸不堪戰，乃加練巡防隊，用備新軍。公欲誓師經武，進衛神京。西防秦隴之衝，南發援楚之旅。而龍驤之士，方爲赤眉；虎賁之卒，盡成白馬。狐鳴應楚，將劫武庫之兵。雞唱逃秦，謀奪晉陽之甲。當是時也，綿蕞無韓信之陣，井陘有陳餘之軍。秦人秣馬，潛爲納敵之謀。漢將聚沙，已見將崩之勢。公知不可爲，召幼子敬熙曰：「吾受天子命守此土，惟以死報國，無再計。」敬熙知父志決，入告母，母曰：「臣之義也，吾惟從死而已。」敬熙還京師，見兄光熙，以難告。光熙如晉，謀結新軍，防其爲變。夫人唐氏將焚以殉，遣諸婦還，諸婦皆不肯行。公令新軍驅晉南，向祁縣沿河而陣，曰防秦，將殲其協統通賊者，更調巡防隊，增南鎮，以斷其歸路。辛未發新軍兵，促之行，新軍得兵，遂爲變。

鍵城門，南鎮兵不能入。壬申晨，犯節署，彈及寢門。公出叱之曰：「爾輩將反耶？」語未竟而及於難，春秋六十有四。夫人及公子光熙殉焉，僕李慶雲亦從死。公自涖晉，至於盡節，僅二十二日耳。忠孝節義，萃於一門。方之前賢，斯無慙德。太白臨於汾水，將星沈於太原。未起桓文之師，先濺侍中之血。協統譚振德，管帶熊國斌，聞變勒兵討賊，不克死之。登垣縛賊，已無李愬之兵。伏劍酬恩，猶有田横之客。事聞京師，天子震悼，詔贈一等男，謚文烈；夫人唐氏，封一品夫人；子光熙，照二品例賜卹，予謚文節。昔周苛盡節，而高景錫封；夷吾致身，而高陵受爵。安史逆命，顯睢陽之忠貞。朱泚亂常，昭段公之義烈。明年合葬於京師朝陽門外定福坡。嗚呼，忠臣比干之盤，尚傳鳥跡；將軍衛青之墓，猶餘石麟。銘曰：

蒼林異氣，若水含英。帝子降兮，爲齊正卿。懿懿列祖，世德昭明。孝友當官，忠賢受命。匡贊圖龍，嘉猷紀鳳。星嶽降神，熊羆入夢。虎拜分珪，魚服職貢。翟泉烏起，漢水波揚。周原膴膴，禹跡茫茫。方叔涖止，淑旗綏章。桓桓申甫，實佐宣王。公來自東，浹辰在晉。兵氣星躔，祆氛月暈。叛將竊符，新軍據鎮。檮杌蒙戈，窮奇授刃。白登路斷，紫塞雲屯。山名鳳翼，河號龍門。地軸斜圻，天關晝昏。龍旂北偃，代馬南奔。參井星沉，崤陵援絶。荀奚忠貞，股肱力竭。臨難結纓，銜鬚瀝血。人之云亡，風霜慘冽。素帷迴雪，丹旐辭闕。豐碑墮淚，史冊旌賢。展禽之隴，樗里之阡。佳城百代，華表千年。

皇清誥授光禄大夫太子太保大學士前陝甘總督多羅特文忠公神道碑銘

蓋聞殷憂啟聖，乃降嵩嶽之神；受命膺圖，爰有熊羆之夢。莫不輔時興化，匡亂定功。補過盡忠，式昭臣道。公諱升允，字吉甫，姓多羅特氏，其先插漢人也。烏桓古塞，厥有人民。元室名邦，肇稱都邑。河名濡水，傳盧龍之舊鎮。地近中都，比豐鎬之故國。南瞻代郡，北枕涼城。望氣觀星，世生儁彦。世祖播亂，定鼎燕京。攀龍有佐漢之功，執殳爲前驅之士。後從征噶爾丹，宣威朔漠，蕩寇邊陲，懋賞議勳，守官爲族。於是鎮築三城，旗分八色。沙苑牧馬，獨石屯兵。曾祖富明阿，通州副將。祖色普真，前鋒參領。父訥仁，工部侍郎。公以燕頷知兵，山庭表異。幼而敦敏，勵學精勤。應光緒壬午鄉試，遂掇魁選。迴翔郎署，已著令聞。外轉監司，無慙清白。己亥任陝西糧道，羨金歸朝，璽書褒美曰：「公爾忘私，忠爾忘家。」庚子之役，公以山西按察使統陝軍，勤王京師。冒暑兼行，捲甲星馳。聞天津陷，兩宮西聿，紆道入秦，翊衛行在。收拾餘軍，師出以律，清嚴亮直，明主敬焉。辛丑授陝西巡撫，公誠以接物，莊以蒞民。負弩冠纓之士，感激一言。穿楊貫札之才，皆能用命。乙巳授陝甘總督，治尚清和，政無廢事。轉江鄂如雲之粟，歲不成災。駕湟河明月之梁，民無病涉。興毛褐之利，改茶布税法。明同著鑑，吏不能欺。聚米披圖，算無遺策。河内之留寇公，鄭人之歌子產。惠政遺愛，斯堪比德。甲辰孝欽顯皇后七旬聖壽，慶親王先期命諸省獻金以祝，公抗疏止之。朝廷自越韓兩役，兵威再挫，謡言繁興。公當戊戌，方以道員榷釐白河，聞之憂甚。以爲國之弊在人而不在法，變法且危國本。懷疏入都，會朝政清明而止。庚辛以後，邪説益滋，天下騷然。籌備立憲，法度日更。權奸乘之，隱操國柄。公灼知其危，上疏力諫。賈誼痛哭，無救七國之亂。袁安流涕，卒有桓靈之禍。宣統元年，再陳新政之害，以去就争，疏上不報。公乃稱疾解組，躬耕渭濱。妾不衣帛，更無南陽之桑。環堵蕭然，豈有渭川之竹。俄而太白經天，維藏映野。魚集武庫，其兆爲兵。兔無鎬京，是知將亂。賊臣袁世凱得罪先帝，朝廷寬仁，待以不死。罷歸彰德，滋蔓潛圖。教猱升木，職爲亂階。塗炭黎元，虔劉華夏。辛亥秋，武昌肇亂。九月朔，西安應之。公乃潛道入平涼告變。十月有詔，署理陝西巡撫，督辦軍務。乃亟徵舊部，慷慨誓師。略白水以揚兵，越黃河而作陣。蒲津馬渡，榆谷烽然。霧捲雲騰，風趨電埽。大小十餘戰，先後克復長武、永壽、邠州、醴泉、咸陽九城。莫不登陴拔幟，懸布争先。沙崩灞滻，無待焚舟。瓦振雲揚，何須背水。孤虚風變，翼衛箕張。昔汾陽之屯兵洛北，曾驅回紇之師；西平之拏在秦中，先斬朱泚之使。青史所紀，於公見之。是時諸將阻兵，隴西觀望。公以韓信能謀，公休善馭，故兵動九天之上，決勝千里之中。靖彼寇氛，將無旋踵。埽清三輔，南取武昌。函谷則泥丸可封，漢水則投鞭可渡。共望持節收河北之郡，陳兵向含光之殿。方攻乾州，而遜位詔達。行間諸將請解甲，公憤甚，欲仰藥以殉，諸將幕僚請待後圖。明年，公在西寧，袁世凱使趙惟熙禮幣致聘，公嚴拒之。知不可留，乃西入番寺，貸行帳駝糧，凌冬出塞，天路尋雲，危塗坼雪，層冰嵯峨，山窮水斷。歲暮至阿拉善，駝馬不前，廬帳盡敝，乃止卒歲。月，別假行帳、駝糧往庫倫。不識道，跡駝馬矢以行。黄沙浩浩，目盡千里。白日藏風，邊聲盈野。試望高陵，邈其無路。以癸丑三月抵庫倫，值賓圖王海山公，與謀大計，傳檄討袁世凱。檄既四布，袁世凱見之，騰章名捕，且屯兵塞上邀之，書幣不行，刺客累遣。已而，庫倫内變，乃謀渡日本，取道恰克圖烏金斯克，展轉至西伯利亞、南滿、大連，乃東渡。館於東京，久無所遇，還寓青島。丁巳復辟，拜大學士，未幾變作，道阻不得赴。冬復度隴至河州。翌歲戊午冬，北至長春，將召諸將，再興義旅，事卒不成，歸而疾作。甲子秋，力疾再入隴，取道綏遠，遇故將某力阻之，遂臨河而返。公忠昭屯瘁，誠貫風霜，會聖主蒙塵，三光掩曜，孤忠悲憤，疾不可爲，以辛未七月二十三日薨於天津德鄰里，春秋七十有四，謚曰文忠。即以其年八月，歸葬於京師朝陽門外十二里頭髮營。魚藏泉裏，玉氣成虹。劍没城中，龍光動宿。忠臣葬地，祗瘞銅盤。烈士薶魂，惟鐫片石。嗚呼哀哉，時移陵谷，猶傳太傅之碑。代變滄桑，尚識將軍之墓。銘曰：

疆陰古邑，帝子名邦。奄有邊郡，遂荒沃陽。山封馬邑，地接龍岡。濟濟多士，實佐文王。維昔朔漠，厥有不庭。既成我服，六月從征。書稱懋賞，詩贊干城。旗分部定，歸馬戢兵。祖考謨明，懿德光賁。河朔鍾英，邊雲異氣。會武經文，當官寅畏。勇且知方，孝則不匱。中臺應宿，佩玉連鑣。日磾佐漢，七葉金貂。戎服拜命，繁纓以朝。維嶽降神，乃生吉甫。含章秉德，哀職思補。隴西仗節，秦中開府。中牟集雉，西江渡虎。鯉飛陽武，鳥起翟泉。簡書雲集，羽檄風傳。公曰爾師，天子旰食。執爾干戈，以衛社稷。師直爲壯，吾師其克。乃收長武，乃克邠州。涇陽斷路，渭川不流。秦山低合，隴水斜分。弓開月影，劍起星文。峰名玉女，樓號齊雲。龍旂列陣，虎竹從軍。晋陽無灌，崑岡不焚。幕中受詔，塞上登壇。齊城將下，樂毅空還。雁回隴坻，馬别皋蘭。冰凝伐鼓，沙動移山。良臣棟折，上將星寒。肅肅霓旌，蕭蕭霜櫝。展禽之隴，欒公之社。樹有挂劍，門無石馬。城空日晚，野曠風悲。草木摇落，山河變衰。昊天不弔，君子先萎。盤埋泉室，銘勒貞碑。

北海唐三藏玄奘法師靈塔碑銘

原夫鳳曆紀年，泰山如礪，龍星啟曜，瀛海爲田。況復天地終始，幽廓難知，劫數塵沙，鴻濛莫辨。大哉正覺，惟聖降神。慧雨被於十方，仁風超於三界。是知滅乃不滅，生本無生。總百法而同歸，周萬物而不始。在昔隋室喪亂，海宇初清。有玄奘法師者，實挺生於此際。含章隱璞，密行超倫。正法慮秦鹿之亡，經文患魯魚之誤。於是琅函東度，貝葉西來。羅什之所未譯，摩騰之所不盡。使其師子雷音，梵輪廣被。龍文寶笈，玉鏡宏明。才超七譯之文，道濟四生之衆。遂乃擲籐成杖，摩頂傳松。示寂於唐麟德元年，葬於灞東。以總章二年，遷於樊川白鹿原，起塔曰興教。恒星不見，山河掩日月之光。寶劍宵騰，斗宿變蛟龍之氣。後見發於黃巢之亂，乃卜終南山紫閣寺，遷靈骨焉。宋天聖中，金陵僧可政如長安，奉靈骨以歸，起塔於天禧寺。壬午冬，日本高森隆介得法師頂骨於金陵報恩寺，藏諸小九華之巔。甲申春，釋壽治傳受靈骨，奉還舊都，始起塔於北海觀音殿故基。星躔紫極，地迥黃圖。立斯塔於漢京，藏大法於玆土。遂使金容永閟，窣堵干雲。鈴響盤空，孤標照水。飛狐北走，拒馬南奔。王氣常浮，金光時起。興雲澍雨，映霧房櫳。浴日涵星，揚輝池沼。地靈境勝，火滅源長。藏衣頌祇夜之文，收骨見伽藍之記。豈必運石甘泉，穿渠潼水。丹桂作棟，文杏爲梁。焚香於望仙之臺，鼓瑟於靈波之殿。將見曼陀羅花，散繽紛之彩霧；賓撥梨樹，結妙鬘之祥雲。粤以蒼璧告天之辰，白環讓國之歲。天下雞連蟻聚，據地争城。遺民歌麥秀之詩，義士懷採薇之志。聖教晦替，禮樂凌遲。九曜無光，三辰掩照。惟願以彼六度，恢我三綱。遏亂安民，殊途同轍。承斯博濟，仗此能仁。化沴厲爲休祥，銷劍戟爲農器。若乃靈臺永鎮，瓊島恒春。金波動而星飛，寶樹摇而玉振。宣鸞臺之梵語，紹雁塔之遐蹤。期昭示於來玆，克承休於先哲。誦高山之仰止，興百代之思齊。宏揚象教，與日月而同明。啟迪宗風，比山河而永奠。銘曰：

　　昭昭大士，求參上乘。飲河集箭，渡水懸燈。玉門擁雪，朔漠驚沙。峰高路險，塞迴關斜。道繼鷲峰，光昭鹿苑。慧日重明，徽音莫斷。釋以律正，儒以禮興。津迷杯渡，道隱傳經。蘿月虚懸，松風不定。若瞻雲影，如臨水鏡。白鹿不返，青蓮自開。山名瓊島，苑起妝臺。黿趺幽壤，蟻結重泉。龍移壁動，塔影松圓。浮雲落景，天花散空。秦關曉月，碣石秋風。馬鬣終封，龍鱗永護。塔建三天，碑留雙樹。

日月潭崇聖館碑

天行以健，同流之謂仁。地德廣運，厚生之謂道。陰陽精氣，藴結山川。故萬峰峻極，五嶽鎮其方；百水渟洪，四瀆望其郡。三臺環海，積水爲潭。日月連珠，岡巒疊琠。嬋娟縹緲，攀瑶闕之霞衣。寥廓含風，振瓊霄之霧珮。涵虚耀彩，澄漪吐瀾。杳眇逶迤，會川入海。遐瞻列嶂，欐木爲樓。南睇層波，浮槎築館。於是，息游才彦，賓禮群賢。作賦於雲陽之臺，置酒於迎風之觀。抽思摛藻，滄海蛟騰。賦日凌雲，朝陽鳳舉。中起兩楹，崇奉宣聖。歌光華之復旦，仰日月之代明。杏壇高揭，懸麗景於青冥。華蓋西臨，動星文於碧落。聖有謨訓，克綏厥猷。樹之風聲，肇修人紀。若夫以禮教民，則民不怨。式化厥訓，敷佑烝黎。巽風以善俗，尊道以敬學。

使其居仁由義，隮登禮樂之堂。秉哲協風，咸有時雍之德。

論

畫論

天地變乎？四時不忒，古今不易。天地不變乎？剥復無恒道，消長無恒事。聖人守其不變，以履其變。若夫始於一而齊萬，觀其表而知微。游一藝以進道，探一象以窮理，未有如畫之昭然著明者也。夫禮樂輿服之制，山川鳥獸之形，必有圖經，以翼訓詁。彼武梁畫像，尚見前規；西域丹青，是垂象教。觀厥形容，今漓於古；求其神理，古勝於今。理以學致，形因俗易。形出於筆，墨麗於形，故筆健而神全，墨工而體備。洪谷子曰：「吴道子有筆無墨，項容有墨無筆。」古人獨盛，尚以爲譏；今兹不學，睽違愈遠。故石如飛白，樹如籀篆。營邱寒林，折釵股也；北苑峰壑，屋漏痕也。孫生畫水，懷素之驚蛇。忠恕樓臺，陽冰之玉筯。觀一畫之起伏，一點之屻挫，合爲一理，事豈殊途。棟宇則無垂不縮，條枚則無往不復，陰巒則崩雲之重，遠渚則蟬翼之輕。圓可成風，悟運斤之郢匠；直期引墨，思擊劍之越女。必也張芝之池水盡墨，智永之積筆成邱。譬夫井幹之樓，累於一木；九成之臺，興於坯土。乃積學而始成，非操觚而能致也。若乃君子識其大者，以畜其德。脩先聖之嘉言，希前賢之往行，行有餘力，則以學文。至其素功小道，繢畫餘事，移情眈慮，君子所譏。然相如作賦，志在凌雲。伯牙鼓琴，心期流水。嚴陵高躅，豈溺意於垂綸；元亮清風，非潛心於採菊。惟比興之多方，斯賢達之所寄者焉。至於天地明晦，生俄頃之雲霞；日月馳驅，殊千里之風雨。其動萬殊，其景百變。運龍賓而濡宇宙，揮毛穎而狀乾坤。等井蛙之窺天，效泥蠡之測海。非通其道，何異於斯。將以童牛之牿，追騏驥於黃沙；鼫鼠之足，躡鵾鵬於碧落。今之學失三餘，書昏八法。以斯象物，孰異刻舟？妙蘊無傳，古人不作，風徽已往，斯道愈微。馬班如而不前，車說輹而難進。遂乃揣籥疑日，刻木爲鳶。望西鄰而效顰，託邯鄲而學步。況乎後素之事，非擅美於一端；藻繪之圖，比靈源而九曲。是以披金敷碧，祖述雲麾；潑墨揮毫，朝宗海嶽。乃有曹衣出水，吴帶當風。筆號雲行，文成波湧。王維寫黄梅問道，心契禪機；吴生畫老子出關，神參净理。亦如右軍，寫《樂毅》則情多怫鬱，書《畫贊》則意涉瓌奇。信志理中孚，心手相應，神超於物表，意達於毫端。遂弄宜僚之丸，可游庖丁之刃。若朝習削簡，暮已摛毫，未操刀而已割，陳美錦而學製。曾不上窺顧、陸，遠法張、吴，比於畫墁毁瓦，尚慚於食功；舉燭觀書，何啟其詩義也哉？

禮論

人受於天者，謂之命。其所受者，謂之性。性之發爲喜怒哀樂，謂之情。人不能無嗜欲，猶性之不能不發爲喜怒哀樂也。《禮·中庸》曰：「喜怒哀樂之未發，謂之中。發而皆中節，謂之和。」使要於其中，無過不及焉而已矣。嗜欲之生於情者，中人以下皆無節焉。節情必以禮，禮所以防亂也。故男女有别，防夫婦之道亂。長幼有序，防尊卑之義亂。師出以律，防軍旅之事亂。立綱陳紀，防國家之本亂。

或曰：「古者天子之笏以球玉，諸侯以象，禮與？」曰：「非禮也，章也。」「諸侯之聘，公升二等，賓升西楹，禮與？」曰：「非禮也，儀也。」何謂禮？林放問禮之本，子曰：「禮，與其奢也寧儉；喪，與其易也寧戚。」奢過而易不及，故救之以儉與戚，使要於其中焉耳。齊景公患陳氏之施民，將以代齊，問於晏子。晏子對曰：「惟禮可以已之。」言已其僭也。陳氏不僭而施，何齊之能代？魯昭公如晉，自郊勞至於贈賄，無失禮。晋侯謂女叔齊曰：「魯侯不亦善於禮乎？」對曰：「魯侯焉知禮？」公曰：「何爲？自郊勞至於贈賄，禮無違者，何故不知？」對曰：「是儀也，不可謂禮。」言三家之僭昭公，不能止也。子曰：「禮者，敬而已矣。」《易》曰：「觀盥而不薦盥，以將敬禮之端也。」薦，儀也。奉酒食備獻，有司之事耳。子曰：「禮云禮云，玉帛云乎哉？」又曰：「籩豆之事，則有司存。」然則禮之本可見矣。

族黨論

孔子作《春秋》，諸侯用夷禮則夷之，非以其人爲夷狄也。《春秋》書吴子使禮來聘，《公羊傳》曰：「許夷狄者，不壹而足。」吴泰伯之後，以其用夷禮而夷之也。楚之先熊鬻，文王之師也。《詩》曰：「戎狄是膺，荆舒是懲。」白狄，晋之婚姻。姜戎，齊之同姓。《穀梁傳》曰：「荆者，楚也。何爲謂之荆？狄之也。」《洪範》曰：「無偏無黨，王道蕩蕩。」自堯、舜、禹、湯，至於春秋，以禮樂軌物同天下，未有以族黨爲異者也。昔高陽氏有子八人，高辛氏亦有子八人，曰十六族，以相舜。《堯典》曰：「克明峻德，以親九族。」《周禮》：「四閭爲族」，「五族爲黨」。推之往古，考之典册，驗之春秋之世，未有以疆埸爲族者也。晋時羌、氐、鮮卑始居中國，隋唐因之而有天下，李光弼、李晟、渾瑊、馬燧皆以蕃將爲干城，王誰得而夷之哉。惟蠻夷相争，各據州島，奮首争長，摽奪攘竊，不知禮義，以族相讎，遺害數世。其建邦也，選舉相競，援受綱要，謂之政黨。五十年來，浸淫中國。辛亥以後，分中國爲五，而强名之曰五族，又同之曰共和。雖同之，實異之也。曰族曰黨云者，黨其同而伐其異耳。同則盜跖爲親，異則伯夷爲寇，國亂之所由生焉。《易·同人》之辭曰：「惟君子爲能通天下之志。」六二曰：「同人於宗，吝。」言其不能大同，而係於私吝之道也。君子守《春秋》之義，觀《同人》之象，無私於族，無偏於黨，則天下可幾而定矣。

論吴鳳事

臺灣番社，列山而巢居。歲殺人，取其元以祭。吴鳳爲通事，止之不可，乃告其衆曰：「詰朝有紅衣而幕首者，殺之而止，違則天將降災。」番殺紅衣者，發幕，鳳也。是時地震以疫，番懼，遂止殺。民以其有功於臺也，春秋祀之。或問余曰：「吴鳳可以爲義士乎哉？守臣請列祀典，以甲午之役，未之能行也。」余應之曰：「鳳何止於義，殆過之也。」當鄭氏既平臺灣，置府。番方獷鷙，鳳以忠信孚於番衆，患其殺人以祭，止之不可，至於殺身以止其害。夫鳳者，一匹夫耳，非有廩粟一官之守也，非有兵戈百夫之力也。以不忍之心，行不忍之事。知番非鳥獸，可以誠動，至於殺身以革其俗。孔子曰：「微子去之，箕子爲之奴，比干諫而死。」曰：「殷有三仁焉，其道不同，其揆則一。」殲其類，去其害，未仁也。革其俗，安其邑，未仁也。害去其天下，猶未仁也。害去其後世，斯可謂之仁矣。夫義者，舉百行而錯之。正仁者安人，而澤百世。既錯於義矣，由是而之仁焉。鳳，豈義士而已哉！

原物

元精純粹，其氣絪緼。渟凝變化，發育萬物。水火異性，炎寒異氣。茂林豐草，邱陵原隰。微物含生，各有性命。羽毛鱗介，化生於其間，或角而觸，或翼而飛，各秉其氣類，依附攸處。及陵岸崩移，川陸易形，風雷搏擊，水火鼓蕩，逝者泯滅，來者代興，於是西方學者有天擇之論焉。夫人脱形骸，氣爲升降，非戕賊而使然，凡民莫不然也。物不終静，必受之以動，動窮則變。蛇爲蟬，蠹爲蝶。方其爲蠹，蠉蠉蝡蝡，屈伸俯仰，不知有蝶。及其翩褰引風，亦不知前之爲蠹也。孑浮於水，其名蜎蠉，不知爲蟲翼而舉也。蝌蚪爲蝙，蝙爲蛙，麋爲鹿，孩提爲耄耋，順變化消長之道焉。其狀萬殊，合爲一理。非戕賊而使然，凡物莫不然也。必謂草木之變，寒熱之極，以害其生，謂之天擇，是乾元之道，元而不亨，厚載之道，利而不貞也。萬物并育之謂何哉？

書贊

厥初生民，始作書契。象物麗形，蛇蟠黿掣。秦吞六合，文書易制。圓曰斯篆，方稱邈隸。芝英垂露，蟲鳥僊人。潛龍欲躍，蠖屈求伸。輕疑煙落，重比雲屯。鍾真張草，杜蔡八分。折見幡瓠，轉觀魚戲。緩如游黿，疾如奔驥。剛則象天，柔則法地。越女擊劍，夏羿張弓。控弦志彀，揮刃成風。經營結構，平準定中。審曲面勢，思侔考工。其規不忒，其變無窮。

畫贊

禹平水土，驅馳百靈。貢金鑄鼎，象物圖形。繪事後素，乃繼丹青。服飾禮器，實翼六經。漢并天下，祠廟凌煙。形容令德，景行思賢。翬飛屏扆，煒煌彤管。君子式瞻，女宗有典。古今多變，厥跡無窮。合爲一理，若海朝宗。質文彬蔚，六法斯存。墨分河嶽，筆括乾坤。維彼碩人，怡情自足。興比風詩，韻龤絲竹。《南陔》《白華》，孝子所賦。風人之旨，託於毫素。

壽星贊

角亢淪精，神游無方。商亳主社，天闕降祥。巽維炳曜，南極垂光。列宿之長，見之者昌。

漢關侯畫像贊

天地正氣，日月耿光。在帝左右，感應遐方。威靈所被，豈獨荆襄。昔漢之衰，諸侯恣驁。魏瞞睨鼎，吴權竊號。雷霆振鼓，雲霓建翿。赫赫干城，巖巖屏障。際會風雲，山河氣壯。維侯之靈，如在其上。降祥佑善，肸蠁承庥。崇山永奠，江漢安流。烝嘗廟祀，俎豆春秋。

篇

臣篇

原夫君德以恭己爲敬，臣道以致身爲忠。雖百世而可知，歷千祀而不替。惟智者不惑，仁者不憂，中道而行，乃義之在。若夫駿命不易，天道無親，亦多難而定邦，或殷憂而啟聖。至於九州蕩覆，諸夏沸騰，必賴哲人，戢兵平亂。苟有斯會，實啟英雄。解其倒懸，救於水火。或爲驅除，光揚武烈。或經定亂，始奠皇圖。是以人心厭莽之惡，而白水應符；黔首苦秦之暴，而赤帝受命。然世代盈虛，與之消息。而紀綱之道，曾戒遷違。子曰：「名不正則言不順，言不順則事不成。」性命之道，窮通之理，窮理盡性，斯爲聖明。未有效平原之智昏，貪百里而趨利。棄其天位，身職亂階，而以爲利者也。晋悼公，諸侯也。其於迎立，尚曰：「二三子用我今日，否亦今日。」是以能三駕服楚，復霸得鄭，豈有當乾道潛淵之時，徇小人僥倖之計。孔懷得國，因念正名。虞公蒙晋之欺，郭開受秦之賂，尚謂再躔日月，重綴參辰。不早辨於厥初，昧知幾於在昔。豈若秦破邯鄲，嘉王於代郡；魏應當塗，備帝於蜀都。能使趙祀無虧，漢祚仍續。斯爲正統，孰曰不然。至若虞稱肆類，殷述昭告，開統肇基，必享上帝。故建國之神，右社稷而左宗廟。三代令王，其揆一也。未有九廟不主，宗社不續，祭非其鬼，奉非其朔，而可以爲君者也。乃有舜棄天下而謀於苗，湯不放桀而盟於葛伯，誡諸夏所稀聞，史册所未有也。昔石晋逐鹿，僅割燕雲，鄭伯牽羊，尚稱桓武。且一周之受命也，太王避狄而昌，平王避戎而衰，故天眷其將興，民懷於有德。觀於後漢興復，非成帝之子孫；成王定鼎，豈豐鎬之舊地。徒見分邦改邑，邊郡騷然；係役之民，流離道路。劉向有累卵之喻，賈誼有積薪之憂。謀之不臧，噬臍何及。加之霜融瓦裂，葉散冰飛。緑林散卒，終乏召陵之師。銅馬餘軍，豈有昆陽之戰。猶復託言觀變，假論乘時。故堅僻辨僞，咸害義以妨仁；趨利貽憂，昧見機而達道。況未能納言以禮士，錫類以流譽。已慚茂德，終鮮豐功。不然離離禾黍，應多引領之民；赫赫宗周，豈無睿思之士。皆臨河而不入晋，裹足而不向秦。傷先帝雨露之仁，負四海雲霓之望。彼臣靡之於少康，范蠡之於句踐。嚴君臣之義，定社稷之謀。令名昭於河嶽，勳勞垂於竹帛。以此方之，未可同日。且以召忽死義，猶爲匹夫。非奉一人，即全臣節。資父事君，必有其道。臣之於君，無以過於父母。母之嫁者，有終恩之服，無竭力之義。誠以作嬪異門，爲鬼他族。齊服是追，哭於野次。故不爲伋也妻者，是不爲白也母。以義絶於父也。我祖忠王，股肱王室。臨難受命，夾輔定功。懋親明德，是稱周召之勳；宗子維城，乃建延陵之國。

竊維屏藩之道，必重尊王；草莽之臣，始曰擇主。豈敢背先帝先王，而從其所不當從者哉。將世人皆醉，爲屈原之獨醒；曠世非之，效伯夷之不顧。禮愆拜上，違衆奚辭。遵道而行，其則不遠。欲明斯義，爰作《臣篇》。祖述前聖之言，誓告先王之廟。

易訓篇

大荒之東有國焉，環海爲疆域，連山爲城闕。方其始建國也，民勞於役，士疲於戰，山澤盡其材，貨貝竭其用，雨暘愆時，百揆失敘。鄰國乘之，侵其西鄙。王好《易》而荒於治，大夫憂焉。入諫於王，曰：「國傾於東，又弊於西。四境多壘，民力凋瘁。分崩是虞，禍亂將作。王何以治之？」王曰：「吾左陳河圖，右受洛書。一事而三卜，一命而九思。既觀其象，亦玩其辭。有物有則，念茲在茲。大夫之賢，將何以教之？」曰：「王好《易》，請以《易》言。上下不親，睽之象也。訓典不明，蒙之實也。衆情壅塞，否之道也。滅德阻兵，困之端也。左有河圖，變化不成。

右有洛書，洪範不興。臣聞乾剛而健，坤静而方。陰陽相薄，道窮則傷。屯始交而難生，宜健侯而不寧。志居貞而匪寇，雖盤桓而志行。在比之初，有孚盈缶。顯比之吉，惟正可守。以暗蔽明，日中見斗。恭己下人，尊賢無咎。謙之六二，隨之上九。交陰陽之謂錯，引六爻之謂綜。履剛柔而得中，艮行止而得正。師有功而亂邦，戒小人之勿用。鼎利出否，漢除秦令。觀盥不薦，自我觀政。豐失居而受旅，需飲食而有訟。非其時而不通，非其道而无應。體乾元之始亨，通利貞之情性。若夫井已渫而不食，士不遇而旁皇。或所寶之非賢，信謀猷之不臧。鼎折足而覆餗，履虎尾而乘剛。負且乘而致寇，睽見豕而弧張。或不才而任重，或疑躁而迷常。念戒危于鼫鼠，鑒用壯于羝羊。貴知幾于介石，宜早辨于履霜。同人于野，其道乃光。泰極終否，城復于隍。惟咸貞而感物，非憧憧而往來。或蒙難而垂翼，或係遯而徘徊。今民皆怒寇，復之時也。進而濟難，蹇之事也。義以教民，漸之占也。登庸俊良，晋之義也。復以順動，蹇以修德。漸以化俗，晋以安國。」王曰：「朝無違言，上下信矣。旄倪推食，百姓順矣。頌者在位，賢人進矣。謗言不興，小人擯矣。我疆我圉，既庶既安。征伐亂逆，建旆揚鑾。以武臨之，言取其殘。大夫何憂，飲酒且歡。」曰：「甚哉，王言之反也！巽以諂動，不可謂孚。若屯其膏，雖惠何如。君子明夷，小人剥廬。火澤相違，爲睽之孤。入于坎窞，其武何徂。乃亂乃萃，將喪師徒。盱豫有悔，不遠而復。臨觀之君，亹亹穆穆。艮以止乾，德乃大畜。國奢示儉，慎此戾愆。賁儉終吉，束帛戔戔。民之樂只，魚躍于淵。井谷射鮒，遂廢寒泉。中孚之吉，利涉大川。震來虩虩，懼爲福先。」王用其言。三年，大國受盟，小國來朝，遂霸東夷。

山海關銘并序

乾坤定位，鎮地軸於崇山。王侯設險，開雄關於巖邑。帶之以江河，環之以陵嶽。巫閭之山，珣玗生焉。大凌之水，龍螭興焉。却欃槍以拱北辰，横太白而封東井。帝出于震而止干戈，武一戎衣而有天下。鎖連峰而虎踞，截海水以蛟騰。峻極則培土殽函，浩蕩則坏觀江漢。王者建邦經武，披圖立極。北以三韓，南平四海。

遼東王氣，隆周邠鎬之都。長白神京，皇漢沛豐之地。俯函夏於雉堞，擁天府於户牖。當秦關之首，三省乃形。承天道之運，王業乃成。於是奠幽都，荒渤海，混宇宙，朝四夷。天輔其將興，民歸於有德。迨及辛亥，中原板蕩。崇關失險，天塹沙崩。長春之圍，四平之戰，三軍奪氣，五路皆奔。大風起而雲揚，黄霧塞而星孛。天地否而不泰，雲雷屯而不通。其後林彪一旅，遂已入關；廖、傅百師，一朝棄甲。然而城郭如故，形勢依然。不周之山未崩，太華之峰不斷。乃使長城之窟，飲馬能訖；灤水之流，投鞭可渡。豈非天時不如地利，地利不如人和。無德恃險，其險將傾。枉道爲邦，何邦不覆。將懼高岸爲谷，城復於隍，奉揚至德，以昭來世。其辭曰：

巖巖巍關，赫赫神京。天眷有德，駿命斯成。咽喉重鎮，鎖鑰崇山。海門設險，天府爲關。天地闔闢，震爲雷電。昭兹至德，乘時播亂。明德既熄，天命不歸。豕角而觸，虎翼則飛。帝命聖清，陳師鞠旅。禁暴定功，綏厥士女。儚儚龍旆，我武維揚。爰平夏亂，乃啟成湯。邊將干城，疆臣秉節。賢聖之君，文德武烈。惟聖開國，惟狂喪功。藐是寇亂，視此遼東。

采石磯太白酒樓銘并序

巖巖石壁，倚天爲闕。長江南來，蕩決其下。巨石巋然，在水之涘。洪波振蕩，而不没者，牛渚磯也。昔太白登樓飲酒於此，又嘗賦詩以懷謝尚，後人因樓以祀太白。渚有蘋藻，舟人薦焉。山有桃梅，詞客羞焉。夫能芥千金不憂於瓢飲，屣萬乘乃安於徒步。至其文章動天地，歌哭通鬼神。比興永懷，彌綸宇宙；斐然成章，昭回雲漢。放乎形骸之外，豈其一樓。溯乎鴻濛之上，豈其一邱。終天地而不朽者，其文乎哉。銘曰：

山之高兮水寒。鳳凰於飛兮翽其羽翰。振遺響兮雲端。菊有芳兮不能餐。望古人兮盤桓。

旅銘并序

在《易》之旅，下艮上離。夫火炎而上升，山止而下静，艮而麗乎明，離而不失其止者，其惟聖人乎。余二年在吴越，五歲居於海濱，旅之時也。不離於旅而昧於其道，觀於《易》象，作《旅銘》以勵志。辭曰：

艮義在止，離德麗明。豐失居而受旅，遂窮變而終亨。周公之徂東山，有鴟鴞之比興。孔子之阨陳蔡，聞絃歌之誦聲。惟聖作則，乃正其情。從容中道，斯微且精。嗟余小子，黽勉而行。思居貞而蹈義，如臨淵而履冰。戒貪欲而行險，罔倖進而矜名。言忠信而篤敬，行好謙而惡盈。雖居夷而何陋，素貧賤而德馨。旅焚巢於上九，所致歎於爾衡。務高翔而知止，貴立命之有成。慮離德之孔灼，或貽慼而戎興。持艮義於亂世，庶遠戾而全生。

日本江之島辨天女神祠銘并序

原夫坤方化物，建水德而延鼇；神之格思，臨東嵎而作鎮。稽古考契，梵志足徵。佑民阜財，禮崇禋祀。陳其俎豆，薦以蘋蘩。茂松柏而爲壇，種枌榆而立社。巖盤棧道，十州縹緲之山。蜃吐樓臺，五色絪緼之氣。文珧倚珮，虹影隨裳。鮫人之獻珠綃，龍女之成貝錦。若其蒼茫碧海，薈蔚煙霞，晧旰青冥，浮沈日月。檐際則珊瑚網綴，殿中則玳瑁梁承。亭亭洛浦之雲，片片巫山之雨。驂鸞控鶴，蓬萊少女之風。望氣觀星，銀漢天孫之水。奉銘陳頌，將有感於斯靈。解珮通辭，事非同於作賦。銘曰：

浩浩東溟，杲日之興。肇荒厥域，爰降斯靈。其靈維何，佑茲下民。雨暘時若，漁稼維勤。芝圃黃鶴，瑶池青鳥。或繞方壺，或翔洲島。龍螭御乘，黿鼉駕梁。朝天送日，凌泛滄浪。洛水寒生，巫峰遐應。黛斂遥巒，波澄月鏡。瑶光北界，天漢斜分。春秋薦廟，朝暮行雲。

石門銘并序

惟閩環山重險，漳泉連鎮。奄有海隅之臺，底定卉服；勢面之民，貢其方物。文德所被，比於藩屏。甲午之役，挫甲劃地。番人不欲從倭，斷水據險，戰於石門。壯者挾兵，攀援藤莽，伏穴爲壘，依林爲寨。婦子負糗糧，礪刃結弦。人皆怒寇，奮命喋血。甯匐巉崿，陳爲犄角。石門削拔，壁立當路，怪石磝碒，不能通兩馬之車。倭怙恃其衆，搜番求戰且輕番。入山已深，伏者盡起，嘯嘑下擊，殲其渠魁。功雖不成，義可書也。乃作銘曰：

天開峻極，設險爲門。龍穿霆震，風湍晝昏。星分列巘，井絡厚坤。東寇憑陵，要盟略地。敢行暴虐，殘民逞志。炎岡抉谷，轀車載燧。番人疾首，誓死於義。剡我長矛，韔我强弓。聽誓雲集，嘯侶風從。冠纓排雲，飛矢流空。殲厥師旅，斬其元戎。天柱將傾，地維將裂。巍巍石門，其義不滅。

七美島銘并序

七美島者，閩海之孤嶼也。當漳泉之藩，星羅於洪波之中。無豐林茂樹，形如覆盂。昔有七女子居焉。七女皆美，海盜瞰之，縋於其魁，刺艖登島將劫女。七女不辱，投石井死。井上生七榕，條枝端正。後人哀之，謂其島曰七美島。夫七女者，海隅之氓、漁鹽之子也。未嘗衡笄佩帨，舉几斂席。不聞師保之訓，習内則之箴規。及其臨大節，抱貞守禮，蹈姬之芳躅，足以變污俗，振綱紀，綴文之士，皆得而彰之矣。景烈揚休，聿光潛德。爰作銘曰：

蘭以香焚，翟以羽傷。懿哉七媛，休有耿光。三臺之涯，八閩之宇。月降仙娥，星分玉女。敬姜展義，班女陳詩。聖謨垂憲，令德在兹。鹽海之民，乃異此儔。莫昭彤管，實命不猶。淵淵孤井，矯矯七榕。龍門瀠瀉，長懷烈風。

霧社山銘

海疆設險，職方建官。崒嵂千仞，巍峨百盤。巨靈闢路，夏后安瀾。穹巖晝暗，石樓夜寒。東寇興戎，虔劉邊宇。死爲國殤，生能守土。我褰我旗，我衆我旅。舉其白刃，建其赤羽。殲厥中軍，焚旗破釜。霧社將將，霧溪湯湯。昭茲遺烈，來世莫忘。

記

東園記

昭陵之東，岡巒起伏，至陵乃止。依陵爲園，背城面陵，處士李西居之。水田數畝在其南，昭陵在其西且北，是故以東名其園。初，瀋之當道者鬻其近陵之田，人以無肥沃之利，貨而不售，君獨售而居焉。決疏水土，剷刈茂草，既崇而卑，既谷而盈，有池有臺，有軒有樓。軒曰也足，樓曰竹青。君世居金州，飛遯不仕，守先人之邱墓。登瀋陽北原而望昭陵，顧瞻流涕，若有屈原忠臣、伯奇孤子之所悲者。明以保身，哲以順時，渾然而不違，浩然而有容，故瀋之人莫君知也。昔文皇帝以瀋陽定天下，及後世子孫，不能以天下守瀋陽尺寸之地。君獨爭數畝之田，考槃乎昭陵之側。是天子之所不能守，而布衣守之；將相之所不能行，而布衣行之矣。可不謂難乎？若其池臺之觀，竹樹之美，則東園之餘，非李君之所尚也，而豈作記之意哉？

陳所翁畫龍記

龍之德，莫善於隱，莫不善於亢。夫潛於九下，動乎九天之上。雲從而興，超北海，犯溟渤，鼓舞雷電，將不知其變化。及雨止雲散，委宛沙礫，蛙鮒戲之矣。所翁畫龍，飛龍也，吾懼其亢焉。

夢國記

大荒之西有國焉。曠邈泱漭，浩無涯涘，空空冥冥，不知其所窮。無郛郭甲戚、山川疆埸之險以守之，無黼黻玉帛贄饗、鐘鼓笙磬以爲禮樂。其民熙熙俛俛，若游乎太清。稽于邃古，華胥氏之治世，始有人民。其仿無爲而治，國無典章制度，而民不渝。黄帝戰蚩尤，勝之，朝九黎之君，巡狩諸侯，西至其國，於是舉風后、力牧以爲輔相。殷高宗亮陰三年，聽于冢宰，爰游其墟，帝鄉之良弼。文王既受命，以命武王，樹其國，梓其後。周公制禮，以綏荒服，使太卜掌之。晋文公將與楚戰，其國來聘，盟于城濮，遂克楚師。逮及平公，殺其大夫趙同、趙括，其國命大厲伐之。孔子之去魯也，思周公之明德，往觀其政，奠于兩楹而還。莊周聞之，栩栩而游，蘧蘧而反。凡斯至者，皆精之所成、神之所向者也。周人詢之，鄭人疑之，皆不能至其國焉。

驃騎馬記

余十五習馳射，求良馬於市，期年而不獲。會哈密王來朝，其部屬驃騎某，見長史曰：「臣有馬，西陲之良也。聞世子求良馬，敢獻。然知世子幼，懼不能控，請觀其馳射，能則獻。」時余方馳馬於戟門之外，馬踔立不能止，縶纓而墜策焉。驃騎睨之，曰：「世子果不能控臣馬也，請俟來年。」宣統辛亥春，乃獻其馬，雞立而鹿聽，千里馬也。謀所酬，驃騎辭曰：「臣在西陲，用此馬躡盜則獲，博較則勝，以斯擢驃騎而多金，從吾王修職貢，獻馬世子，寵莫厚焉。若利其貨也，孰與博金？」不受而退。平明，試於校軍場，時禁衛軍散騎牧馬於郊，見驃騎馬絶塵馳，環而追之，三周校軍場，越黄寺，踰土城弗及。嘗與京畿少年并馳白雲觀西坂，莫能先之。皆曰：「此驃騎馬也。」秋八月，遜位詔下，余乃行遯西山，遂蹈東海。千里馬無所用，反諸驃騎。明年，驃騎從哈密王歸，守四境，絶中國，馬亦出玉門關。

游天目山記

戊子之夏，道出於潛，登天目。其山高峻入雲，巖巒竦疊。水因山曲注於龍池，東出臨安爲大溪，東流爲苕水，西趨於潛爲紫溪，合桐廬之水以匯於浙江。山行數里，越嶺至禪源寺，杉、松、橡、櫟皆十圍，干雲直上，水木相映，天風夏寒。登山過七里亭，宿於上方，石楠方華，敷霜散雪，離披澗谷。將觀龍池，則絶頂無路，不可登。澗上孤峰雲舉，曰望仙臺。攀巖履石，行數里，有五峰欹側，奇木横生，絶壁下頽，嶢巉百仞，曰倒挂蓮花峰。元高峰禪師，悟道於此。歸路經垂雲洞，洞如眢井，淵然以深，莫測其底。洞中隱者，贈雲霧之草。草生於百尺松杉之巔，挂樹無根。蓋山高氣寒，雲霧之所結成。不可採擷，冬隨雪落，始得藏焉。煮水飲之，厥功益目。洞旁曰師子巖，漢張道陵鍊丹處也。泉出樹根，曰洗鉢池，渟然數斗，冬夏不竭。環池生翠雲草，若鳳翼之翹然。山中人云，巖下亘發芝草香氣，求之，卒不獲。曉登東峰，觀雲海，晦明變化，霞彩萬殊。山僧以白朮饋客，謂自種者，不如野之良也。賦詩五章，留贈山僧。異時重游，將益窮險阻，探葛洪丹井，訪龍池之銘，驂鸞控鶴之士，倘偶之歟？

游金華洞記

金華洞者，在縣北三十里，道家所謂三十六洞天者也。三洞巍然相疊，上曰朝真，中曰冰壺，下曰雙龍。朝真之洞有石真人像，峻拔不易登。中洞盤磴道曲折以降，飛瀑瀉自洞頂，奔驥驚龍，聲愈急雨。激湍裂石，横飛撼壁。水與石戰，石壁若動摇。方其飛泉急注，穿石振壁，疑其下有深潭。及至洞底，則石上無積水，濛濛然上不知其泉之所來，窈窈然下不知其泉之所往。迴瞻懸瀑，若冰簾十丈挂洞口，夕陽返景，焕映虹霓。下洞則曠敞若堂，清流噴越。洞壁，宋淳熙元年號無咎鎸記。奇石星列，巖低處如穴，陳小舟，游人仰卧舟中輓而入，入則鐘乳下垂，嵌壁拔穴，成雙龍升降之狀。升者色紺紫，降者色黄。勢欲飛動，莫能測其變化。又有若獅、象、仙人、黿、鶴、伏翼、繫匏、雲之形。垂石硿然，叩之聲如鐘鼓。有卧石曰仙人衣，若疊布然。其下曰仙人田，石上有耕犁之跡。篝燈蒲伏過穹巖，其洞高可建纛，泉出石罅，下渟爲潭，蓋中洞冰壺之水也。其旁小洞，幽窈不知其所窮。壁間多五代宋人題名，風日不至，墨跡如新。昔邑人徐公登山，見二人共博，自稱赤松子、安期生，酌湖中水爲酒飲，徐公醉，及醒，不見二人，而宿莽攢聚其上，故山上有赤松祠。澗自山出，曰赤松澗。至今仙跡儼然，蓋赤松之所游也。下山經宋秦國長公主墓。訪智者寺，有陸放翁《智者寺興造記》。嘉定三年重建。今寺已廢，院築場圃，殿墀積薪。碑墐壁間歸望赤松山，即黄初平叱石成羊處也，其山白石錯落如群羊。初平號赤松子，故以名其山。

太魯閣記

臺之東，峰巖崒嵂，隒若累甗，紆曲千折，太魯之水出焉。抱壑盤谷，奔騰遠瀉，皆以山爲涯，穿石激浪，匯爲深潭。湍飛雪湧，鶻鳶翔集。古木蟠拳，薜蘿引條數十丈，攀蘿猱上，益高，至於峽口。群山青濛，揜翳雲霧。鳥道盤空，出其上方，下臨九淵。其水東逕太魯入谷口，戰於斷巖之下。其巖倚天削立，中鑿爲路，上下皆二千五百尺。行人如蟻附壁，仰矚青冥，下瞰絶壑，臨淵攀壁，目眩骨驚。路盡則繩橋駕空，長數丈，曰仙寰橋。登之簸揚，如附海舟。下視絶澗，勢若長蛇。上有温泉，番人居之。初，日本之侵臺也，番人據山爲寨以守。霧社之戰，番人以長矢利矛，殲其大將。好勇慕義，有足懷者也。

寒玉堂文集

卷　下

序

淶水毓清臣明經詩集序

蓋聞亂離瘼兮，大夫有黍離之悲；匪風發兮，詩人有亨魚之怨。若夫徐陵詞賦，終禪陳文；庾信流離，遂餐周粟。斯昔人之所悲，而君子之所歎也。豈若中條泉石，揚表聖之清風；北窗松菊，競元亮之高節。清臣明經，京華右族，門稱通德。河南京尹之家，東陵故侯之冑。當其飛遯不仕，躬耕淶陽。揚雄有問字之亭，孔明有彈琴之館。及乎辛亥，海宇沸騰。秦關星孛，非無火帝之師。漢水波揚，尚有雲旗之陣。君閔宗周之顛覆，漢道之陵遲。辭蕭蕭之易水，蹈茫茫之東海。踰越險阻，跋涉山川。雖奔七校之前，曾無一官之守。惟以聖朝養士，節慕夷齊；異代詠詩，言稱堯舜。繫綱紀於既絶，正風雅於已變。五噫思漢之作，非耀景於雕龍。九歌哀郢之辭，豈騰文於畫鳳。

陳甘簃文集序

文者，載道之器也。《易・賁》之象曰：「觀于人文，以化成天下。」六經之文，昭明百代。司馬遷、相如、董生、揚雄、劉向之徒，淵然韶箾，渾然雅頌，尚矣。六朝華漓，不及於古，或乃圖龍賦日，以藻絢爲工者耳。其能發揮乎至理，炳煥乎仁義，澤於道德，達於體用，斯文之善者也。至於季札觀樂，論治亂興衰之事；仲舒射策，言天人相與之際。觀賾索隱，非文不彰。幽贊神明，仰參化育，由是而近聖人。其不能者，亦師遵六經，浸涵兩漢，不爲時變，不爲波流。下則詞焉而不精，論焉而害義。質以勝文，華以過實。文之難也如是。西江之文，自易堂九子啟其緒，恢宏博雅之士，皆能以文章顯於時。逮及辛亥，士大夫之學無所用，聖王不作，邪說橫恣。賢者晦其德，遜其言，爲風雅之變聲。陳子甘簃，西江之世家也。其文愓然有憂天下之志，所謂不爲時變、不爲波流者也。欲闢邪説，正人心，果將以變聲終乎哉。

靈光集序

夫披圖刻玉，皇王之跡已殊；雲紀龍官，啟聖之祥不一。我大清之受命也，巍巍文教，函夏欽明。赫赫武功，遐荒賓服。九官咸輔，憑玉几而爲君。四佐同登，握金符而作聖。先朝定亂，未及百年。二聖上賓，成王繼統。方期保安四海，仁育兆民。而負罪之臣，因生羽翼。跨州連郡，影響爲謀。伐賊干城，圖希非望。一紙之詐，遂震京師。鳥起龍潛，魚飛兔舞。當是時也，羽林十陣，鐵騎千營。填漢水以爲池，斷黿山而作礪。寇負圮地，窮蹙將潰。而議者召卓徵峻，置之廟堂。蒙檮杌以干戈，授窮奇以斧鉞。於是熒惑告凶，鵂鶹集殿。乾州罷戰，雲夢休兵。桓温有撫枕之言，曹瞞有睨鼎之志。利其寇亂，爲彼前驅。竊周召夾輔之名，假湯武順天之論。加之行臺效逆，與景爲文。吠日射天，人神共怒。雞連蟻聚，雲變沙崩。叛將之暴齊民，賊臣之欺沖主。非能竹破荆楚，席捲江淮。無豫賊之狼跋，粤寇之豕突。卒使鋸牙郊甸，凌厲朝廷。破我金甌，遷其重器。山頹木榱，棟折榱崩。盤盤隱隱，轉石於千仞之岡。滚滚囂囂，揚沙於九曲之水。節度用回紇之衆，賢王起湘東之師。其後星躔東井，兵克咸陽。虹貫秦關，師沉遼海。尚挾天子，而令諸侯。百官歸田，六軍解甲。連城風靡，寰宇雲騰。日月掩明，乾道久愓。歌麥秀之漸漸，誦彼黍之離離。箕子之過殷墟，詩人之瞻周道。嗚呼，明堂不坐，股肱之忠讜何申。球圖弗陳，卿士之謀猷奚獻。蘭成有江南之賦，靈均有哀郢之辭。比葵藿於思君，競松柏於歲暮。彼非聖者無法，非孝者無親。碎璧傷圭，裂冠毁冕。若驗之往古，徵諸史册。李斯焚書，五刑終具。少正亂德，兩觀必誅。天道有剥復之時，危塗顯忠貞之節。拒其邪説，拯彼横流。存孔孟之廢綱，修文武之墜績。觀夫周宗既滅，詩教猶傳；漢道凌遲，人倫以正。不有作者，何以明忠義之道，定三綱之敘。豈直凌雲賦日，吐鳳雕龍而已哉？爰采遺民之作，爲《靈光集》十六卷，旁徵傳略，遠録鴻篇。竊取魯殿之名，仰止巋然之義。無使委斯文於草莽，晦芳躅於巖阿。庶不泯於立言，冀永昭於來世。

毛詩經證序

古之爲詩，何其辭之簡易，言之深且摯也。匹夫匹婦，悲愉感歎，心之所懷，發而爲詩。太師采之，工歌之，天子聽之，以修其政事。鄭衛之亂雅淫志，采其詩者，使賢者足法，不賢者足戒也。且古之器物異制，草木異名，車服異用，典章異度，而又有通假傳寫之誤。《爾雅注》《左傳》《韓詩》《説文》引《詩》，多與今文不同。方言殊聲，古今異字。學者硜硜然辨之，沿訓詁以求古人之意。不得古人之意，於是鑽研鉤摘，以曲求其通。擬議牽合，將愈不得其解焉。鄘風孟弋誰知其人，鄭風三英誰知其物。學者舍其大而攻乎細，意在邇而求諸遠。聖人詩教，豈在斯乎？故凡書之詰聱者，非詰聱也，古今之字異耳。《爾雅》之作，通訓詁之指歸，敘詩人之興詠，詁以通古今，訓以道物貌。詳其訓詁，以明經義。其所不知者闕焉。

今以經證詩，述事考言，應乎其失者鮮矣。愚蒙所作，昧道懜學，遺謬未盡，以俟君子考正焉。

寒玉堂千字文序

集文爲章，始於史籀。秦有三倉。漢平帝時，徵沛人爰禮等，令説文字未央廷中，揚雄采以作《訓纂篇》。當時惟雄多識古文奇字。許氏《説文》遵修博采，比類建首，六義始明。梁散騎常侍周興嗣奉詔集王右軍書千字，次韻爲篇。然漢章帝、魏太傅鍾繇、晋王右軍皆有《千文》傳摹於世，而文理不綴，竄雜粉糅，豈好事者爲之歟？秦漢諸篇，皆志存文體，匪尚修辭，故幼子承詔，迷誤實多。《急就》《奇觚》，亦雜俚諺。周氏所編，文辭始茂。余隱居西山之日，嘗集《千文》，不同於周氏者。渡海之後，憶而成之，繫以注釋。非敢希蹤昔作，比跡前規，摭拾嘉言，旁徵古訓，亦學者之所資焉。

閨媛吴語亭詩序

女子之德，以恒爲貞，以順爲則。行乾之健，爲震之動，非其義也。女子善懷，故以禮防之。於是行必佩玉，立必垂帨，笄珈以戒其容止，箴訓以格其非心。觀《詩》十五國之風，多女子之所作者，如《葛覃》之勤儉，《緑衣》之傷己，《柏舟》之守節，《采蘩》之展敬，《小星》之知命，《江有汜》之不怨，皆情之所發，而能止乎禮焉者也。若夫恣縱放逸而濟之以才，不至於隕越不止也。蚩愚之氓，鮮有越禮，何也？少所知而多所守故也。語亭吴媛，閩之世家，習於内訓，言行守約，故其爲詩，雖哀怨而不渝。余既定其詩，美其處顛沛能止於禮，而樂爲之序焉。

歷代竹譜序

《詩》歌淇奥，興緑竹之清風。《禮》譬筠篁，比君子之有節。若夫聲傳解谷，律應黄鐘。月望柯亭，音和碧管。黄苞擀翠，縹節儲霜。龜文映雪之姿，鳳尾含風之色。剖琅玕而珠落，舞松桂而鸞翔。鳴寒玉以籠煙，影蕭疏而漏月。乃有文稱左氏，蘇擬莊周。所謂風梢雨籜，上傲冰雹，霜根雪節，下貫金石者焉。必其書通八法，筆擅三真。繽紛密葉，懷素之行雲飛白，則勁緑飄霜。同遝隸之迴折，用斯篆之繆結。埽長梢於鵝絹，寫細節於龍鬚。非耀采於丹青，寄幽情於毫素。嗚呼，古人不作，風徽已遠，世殊代異，斯道愈微。懷伊人而誦蒹葭，寶殘篇而聞琴鶴。搜羅吳夏，類霞煥而虹舒。紹遡徐黄，若金聲而玉振。使其湘江片葉，思尚友於前賢；渭水一枝，昭典型於來哲。

書

與陳蒼虬御史書

前聞有遠東之行，後以不合而去，甚善。《易》曰：「知進退存亡而不失其正者，其惟聖人乎。」又曰：「吉凶悔吝，生乎動者也。」動不以時，且曰不可，況當存亡之際、行止之間乎。今日本脅立與國，以爲東援，而又剪刈我公室，羈策我人民，申其符命，建其社稷，奮累世之業，逞武夫之志，并吞大國，萬里趨利。料其敗衄，將不旋踵。我助其虐，同其禍，天下誰能與之。諸公忘其累卵，安於積薪。鄭無待晉之謀，蜀絶通吴之使。坐俟其敗，不備不虞。儒竊惑焉。且三省之利，日本與俄共之。日本不能有，則俄取之猶外府也。將於此時觀釁而起，因其弊而乘其利，若刦乘輿，挾其臣民，北狩之禍，必見於今日矣。乃於此時致身其間，若與其難，非智士也；不與其難，非忠臣也。殺身則傷仁，保身則害義。足下將何居焉？《易》曰：「介于石，不終日。」足下之堅貞，介于石矣，去之不待終日，則猶可及也。得七月十日書，知又有遠東之行，近揆事勢，遠引《易》道，敢盡言於足下，亦惟少垂察焉。

擬虞卿辭趙王書

臣聞明主不害義以爲利，賢臣不矜功以爲名。鄉者大王過聽臣計，與齊六城，許魏從使，終藉諸侯之力與大王之靈，擯秦安趙。今魏相魏齊窮蹙來奔，秦王快范雎之意，止平原君以求魏齊。若從秦之請，是將以萬乘之趙不能庇人相國，爲天下笑。不從，則秦質平原而加兵邯鄲，是代人受禍也。濟急之謂仁，紓患之謂勇，急難之謂義。今魏齊急而投臣，夫慮秦之强，棄人之急，非仁也。貪其禄位，辟人之患，非勇也。度力審害，辭人之難，非義也。負此三愆，而莅卿相，大王何取焉。臣思其所利，計不若與魏齊越境去趙，秦既歸鎮公子，又不加兵邯鄲。使大王無畏秦之名，臣有報魏之義。此臣所以終去而不疑也。謹封上相印及前賜金帛，惟大王少垂察焉。

頌

桐廬張中丞廟頌并序

當唐天寶之亂，公以真源令起兵討賊，西兼雍邱之衆，北摧漁陽之鋒。方賊竊據洛陽，連兵幽朔，集彼猛鋭，呑蹴河南，繼破潼關。明皇幸蜀，哥舒生降，常山抗節。於是西陷長安，南窺江漢。方是時也，諸將阻兵，列郡風靡。公以孤軍退守睢陽，扼其南下，賊不敢越睢陽而取江淮。斬將搴旗，大小百餘戰，力盡糧絶，城破身死，卒保江淮民免鋒刃。江淮之人百世祀之，宜矣。丁亥之夏，余游嚴陵釣臺，登桐廬，拜公之廟，乃獻頌曰：

唐室中亂，弛紀墜綱。君道失御，賊起漁陽。維此干城，震驚霹靂。公障江淮，摧其鋒鏑。桓桓武烈，赫赫豐功。天迴玉壘，龍在雲從。身爲國殤，靈爽不消。江淮永逝，山嶽岧嶤。聰明正直，惠我無私。懷賢作頌，神實鑒之。

墓志銘

皇清誥授通議大夫内閣侍讀龍端惠公墓志銘

公諱學泰，字子恕，所謂永新龍氏者，江西之望族也。公幼而好學，年十四撰序送解元胡雪村南歸，爲劉詹巖殿撰所器，自是文名籍甚。光緒壬午，與兄學頤同領鄉薦，時人比於眉山昺弟。戊戌成進士，授内閣中書，署理侍讀。時南海康有爲治公羊學，上書請行新政，踔厲風發，争相標舉。朝廷方求賢才，興治道，將大用之。康氏欲招天下賢士，顯名公卿，以公同年舉人，名重京師，請同議新政。公懼其鋭進將敗，且不欲以康氏進，乃上疏，論列吏治、整軍、教學、實業，條陳興除，凡九萬餘言。奉旨留中。及康氏出亡，騰章名捕，而公卒免於禍。甲辰，擢倉場監督。宣統戊申，授度支部秘書，與京師賢士大夫講論性理，闡發經義。戊戌之後，賢者不用於世，衆言朋興，改易王度。朝廷將作新軍，興學校。僉壬干禄，竊取名位，正言蔽塞，邪説害義。夫政清而民和，財用足而甲兵備，教化行而人知禮義。政黯則民渝，教不行則天下亂，公嘗以爲憂。辛亥九月，武昌兵變。十一月，遜位詔下，公乃南歸。是時强鎮擁兵，據地争城，邊郡騷然，盜賊興起，贛亂爲烈。立清鄉局謀禦寇，以公耆德，請決策焉。公爲定計進擊，殲其魁，鄉里以安。於是建書院講學以明人倫，立宗祠以崇孝，築橋治路以利行旅。當道聞公之名，禮幣致聘，公峻辭不見。初，公之獲盜也，其黨仇公。至是乘間狙擊於南城村，公傷而卒，春秋六十有九。以乙丑十二月，葬於依埠村先人墓側。弟子溥儒私謚曰端惠先生。昔太公窮於棘津，而孔子困於匡，餓於陳蔡之閒，秉德而不違，行義而達道。公以賢才碩學，不冒進以干禄，矜名以廣譽，可不謂端乎？德化於鄉黨，澤被於閭廛，可不謂惠乎？豈若下士，卑躬徇俗，慕富貴而取榮名者哉！公爲善治學之餘，嘗著書立言，有《治通》《禮通》《醫學通典》《歷代輿地沿革表》《友琴山房文集》行世。子男六人曰：燦雅、鍾涵、鍾鑾、鍾詵、鍾煌、季光。女一人，曰桂玉，適同縣劉氏。孫八人：懿智、懿徵、懿道、懿麟、世彦、世霖、世平、世和。曾孫：慶澄、凱、慶華。銘曰：

懿懿哲人，德音不已。在邦必聞，國有善士。先天下憂，公乃上書。忠慕屈原，直同史魚。哲人其萎，天實爲之。不有君子，孰作之師。善人教民，豈獨其鄉是。昭兹令德，百世不忘。

李琢齋先生墓志銘

士有立德踐行，孝聞於鄉黨，信孚於朋友，懷才抱璞，不顯於世，所謂没而可祀於社者也。君諱盛鈖，字琢齋，江西九江縣人也。考諱明墉，官安徽六合縣知縣。君幼而緝學，能綴文，工墨法，縉紳布衣求書者踵其門。年二十八，任武昌警察西局長，旋聘湖北法政學堂教授。宣統辛亥，歸田不仕。與翰林劉廷琛友善。君篤恭履正，非禮勿視，事寡嫂如母，諸弟畏敬如嚴師焉。夫孝足以稱鄉黨，道足以信朋友，雖仕於朝，治天下可也。人皆歎君之才，而感其不遇。然能守正以化其民，道免於亂世，而身不離於令名，亦君之志也歟。以丙寅五月卒，年四十有九。葬於九江縣德化東鄉譚家畈，禮也。娶雷氏，生子，殤。繼配章氏，生子家洛，爲兄盛鑌後。女適雷氏。又娶於范氏，生家湜，女適黄氏。

銘曰：鳳凰於飛，鳴朝陽兮。君子曰終，厥德光兮。天之報善，澤未央兮。施於後昆，子孫昌兮。

清長沙訓導君墓志銘

古人有言曰，千里一賢，謂之比肩。吾於湘中得劉君焉。君諱善澤，字腴深，淮川世家也。光緒辛丑，附貢生，補授訓導。澹泊不仕，博學而守約。所居曰嶽麓山莊，自號天隱居士。以經術教授鄉里，身無畸行，端敬可度。讀書務明道，不踔矯以爲異。樂道人之善，循循有儒者風。昔閔貢之食菽飲水，顔闔之鑿坏避聘。或礪節而矜行，或辭富而居貧。彼二子者，皆可以仕而不仕者也。若劉君者，其有異於二子之事乎哉。君遭時喪亂，國步既移，賦黍離而瞻周道，乃與湘中遺民結碧湖詩社，以弔屈原、賈誼。其詩近中唐，上溯漢魏，而悱惻抑塞，多風雅正始之音。吾初不知君，聞諸潙山僧海印，道君之盛德。甲子，海印示寂沅江，屬君以書告，遂通翰牘，然終未得相見也。君著有《三禮通義》、《五經注疏》、詩文數卷，并燬於火。初，長沙方警，或請梓而藏於山，君曰道微雅廢，災梨棗何爲者。既而兵潰於三湘，火焚於七澤，湘中遺民相繼謝世。君以己亥（丑）正月卒於鄉，年六十三。葬於長沙河西蓮花山先人之兆。配李孺人，生丈夫子四人，曰：百任、宏贊、孝聿、孚永。女子七人，曰：壽彤、雪芬、芷禪、希惠、璠質、怡静、巽。壽彤適丁，十九而寡，苦節聞於鄉黨，庶幾能以禮教世其家者。銘曰：

東晋處士，中條司空。式昭駿節，克紹仁風。楚沚之蘭，荊巖之璧。温德清芬，佩之無斁。悠悠淮川，浩浩汨湘。維君令德，源遠流長。

皇清一品夫人多羅特氏墓志銘

夫人多羅特氏，諱淑嘉，字清媛，疆陰人也。烏桓巖邑，帝子經邦。沃水名城，諸侯胙土。若夫從周伐罪，旗分沙苑之兵；佐漢定功，名列雲臺之上。考文忠公，陝甘總督。宣統辛亥，率土分崩，叛將嬰城，賊臣據鎮。當是時也，兵臨漢水，星孛雲飛，瓦振秦關，沙崩虹直。公乃誓師鞠旅，傳檄東馳。節度秉鉞，元戎啟行。八水斷流，三秦席卷。而蛇鳥雲騰之際，鳳詔休兵；孤虚風變之中，魚軒渡水。夫人容止端莊，躬承訓誡。中郎令女，才聞色絲，内則賢媛，禮昭佩悦。年二十一，遂歸于我。晨昏展敬，有美齊姜。箴誡斯勤，詩稱宋子。歸寧父母，青天蜀道之難。遠其兄弟，白雪秦關之阻。至其翩翩麗則，淑慎其身。皪皪容光，終温且惠。春則椒花獻頌，秋則芳菊爲銘。奉母姜詩之妻，舉案梁鴻之婦。若乃織女機絲，耀蟾光於玉杵；湘靈鼓瑟，歌貍首於朱絃。霞燦齊紈，夜臨織室。月開秦鏡，朝對妝臺。戊寅仲夏，與夫人偕隱於昆明湖上。顧瞻周道，彼黍離離。考槃在澗，言采其蕨。賦雞鳴以勵志，輓鹿車以延矚。悲夫，玉律移秋，金鑪卜夜。錦屏人去，銀燭光寒。方渡雙星，遂捐山館。丁亥七月八日，卒於西山。即以其年七月十六日，殯於昆明湖東原，春秋五十一。夫人生毓岦、毓岑，毓岑殤。女韜華，適劉氏。月明蕙帳，悲涼潘岳之詞。露濕松陵，誰作展禽之誄。驂鸞一去，空倚長松。化鶴重來，應傷故國。豈期桐樹高岡，能招孤鳳；白楊隴首，還集雙鵰。嗚乎，春秋明月，時臨姜女之祠；朝暮行雲，尚繞賢姬之墓。銘曰：

三星稟曜，五嶽雲平。山迴馬邑，地枕龍城。杜若汀洲，秋風北渚。華蓋西臨，降神玉女。魚軒既駕，翟服言歸。琴瑟在室，鳳凰于飛。淑德窈窕，婦容婉娩。含章有則，女宗有典。秦簫別鳳，趙瑟驚鸞。盤龍鏡掩，畫雉衣寒。織女麗天，姮娥留月。空賦凌波，徒思迴雪。地非隴坻，水異秦川。白楊霜碎，青松露圓。秋桂飄零，春蘭銷歇。月缺珠沉，終焉此別。佳城日永，泉臺夜長。百歲之後，同穴何傷。

傳

何富陞傳

何公富陞，字貴卿，吉林阿拉楚喀城拉林正紅旗人也。道光中家貧，傭於農，任俠好博。嘗博於新甸鎮，夜金盡不能歸，匿博局下，曲肱而眠。張鴻圖者，博主也，以爲盜，將執之，薄而觀之，則拉林之博者也。張異其形貌，與之飲食。時朝廷方有事西域，勸其從軍立功。公辭以貧，且長子法不得從軍。張爲言於佐領，許之。會吉林置騎兵長備軍，拉林協領命八旗佐領徵兵，佐領以公應，張勗公行，執手曰：

「必立功乃相見。」與公結爲兄弟，贈金裘鞍馬焉。公未入營，復博盡其金。張又贈之，遂行。三年，擢什長，是時僧王奉命統八旗兵，西征吉林，勁旅皆從。王夢富陞，怒馬奮矛，擊賊盪決無前。王驚起，檢閱全軍，三百里不獲。夜復夢者三，乃嚴命各標協統管哨尉部隊求之，得公名，諸將震懼不測，送中軍，王召見如夢，與論兵，將才也，命領親兵百人巡羅，遇賊，戰兩晝夜，大敗之。後累建功，賜巴圖魯勇號。同治甲子，從曾文正公克復金陵，再克鎮江，以功擢奉天副都統，鎮守遼海邊防。初，公之從僧王西征也，念張之德，薦於王，授軍職。及金陵之役，以功拔爲吉林馬步全營翼長副都統銜，從公北歸。光緒初，宗室子弟在奉天者聚博不法，公疏上其事，且奏參將軍及諸官吏，得旨，自將軍以下罪譴有差，宗室充軍。嘉公忠誠，命以副都統兼海防帥。其後宗室謫譴者，期滿盡還，多任官職，公慮其將害己也，遂稱疾，乞骸骨。帝思其舊勳，命建第故里，御書帥府以寵錫之。府成三年而公卒。今子姓在遼者，猶保其甲胄、矛矢，爲守器焉。贊曰：

遼之爲邑，秉河嶽之異氣。躍馬控弦之士，率尚義而知方。其投筆橫戈、炳煥史册者，代興而不替。副都統何公，乘時立功，顯名當世，惕厲知幾，没祀於社，可謂知進退存亡之道者矣。然非張之識公，且將以博徒終其身，誠不幸如此，則是公無赫赫之勳，國無干城之臣也。公固奇士，張亦游俠之雄哉！

簡忠潔先生傳

簡公諱澤，長沙人。考敬臨，記名提督，浙江衢州鎮總兵，從左文襄公平回疆陣亡。以功世襲騎都尉兼雲騎尉。光緒庚子，八國聯軍犯京師，多羅特文忠公升允以陝西按察使帥師勤王，公爲左旂副管帶，至正定以疾留城隍廟。朝廷議和，軍集城外待命。聯軍奄至，德將邀五營管帶，環以兵，迫令去械。左旂管帶歐陽炳生獨不可，給德將曰：「本營兵勇且悍，必面命而後可。」德將許之。炳生歸營，下令直搗德軍。遇諸途，驟擊之，殪數十人。德軍既敗，以十倍之衆合圍炳生，死之二十八人，突圍出。縣令將以城迎德軍，公得報，馳馬入城，見令曰：「吾在城中，若敢以城迎，先焚若署，殺若妻孥。」令大恐，止德軍，其將亦慴公名不敢入。公覆書文忠公請戰，語激直，軍吏請罪之。文忠公曰：「責實在上。」手書慰之曰：「爲將之道，在審時度勢。今和議將成，不可使彼藉口以蹈釁戾。」公大服文忠公之識度，乃約軍從和。以公爲新軍管帶，訓練勤嚴。建營舍、儲軍用，士卒受其惠。截曠悉入公，月報所計多於五營。將謁巡撫恩壽，閽者索金，公無以應，其廉正如此。後卒罷歸。公研習兵書，兼通天文、曆算，嘗謂其子樸易、樸蕡曰：「吾觀天象，三台不平，大亂將至。吾決死於外，不須爾兄弟棺斂。」二子憂懼，知父事繼母孝，懇王母止父遠行。會鄭侍講沅邀公往湘城，侍講公外從兄也。太夫人許之，公乃行，遂至天津，泛蓬萊，入威海衛，蹈海而死。海人見公尸，道裝斂髮，繫帛書曰：「見尸掘穴，藁葬海濱。面朝北闕，志繼先臣。馬鬣封後，樹以貞珉。鎸題四字，有清遺民。」時維丙辰七月十四日也。居民感節義，北面樹碑如公志，不忍席藁，斂以棺。四方來會者二千餘人，以不知其名，多歎息流涕者。忽見一人奔哭棺前，跪焚束卷，詢之，則煙霞洞孫道士所遣伺公者。一夕亡去，今聞逝者，知爲公，因焚其遺物。亟止之，發其束，得公刺，贈孫道士詩稿、長沙書數通，乃轉告其家人，迎櫬而歸葬焉。湘鄉曾文正公孫廣鈞感公行誼，私謚忠潔。長沙王祭酒先謙爲文以志其墓。初辛亥冬，公之二子自陝還湘，山中遇盜十餘人，將刦之，有識爲公之子者，驚曰：「簡公在陝廉惠公直，敢忘其德乎？」争贈金與二子，不受而去。詩云：「豈弟君子，民之攸歸。」簡公有焉。

伯勞傳

伯勞者，不知其鄉郡，形貌頹魄，鈎喙而鸇目，勇鷙而善搏。其先爲少皞氏司至之官，封於貝邱，遂受氏曰貝。漢武帝時以剽鷂將軍從征西域，嘗輕騎躡羌兵，出没窮極浩漠，伺其不備，張兩翼爲陣，鷹揚隼擊，斬獲折首，獻俘於朝。隸羽林，爲佽飛射士。帝愛其才勇而惡其鈎喙，謂左右曰：「伯勞志在林莽，佻捷難制，且鞅鞅似懷怨望，將錮之。」或以告伯勞，伯勞歎曰：「飛鳥盡矣，吾屬何爲不圖奮飛，縲係將待死乎？」乃東去，不知所之。帝網羅林澤，求之不獲。後思伯勞之功，且知其無罪，詔修其先人墳墓，樹之松櫝。已，招伯勞，而伯勞絶匿形跡。夏木既茂，子孫歲一至焉。

文

千字文

乾坤肇奠，混沌鴻濛。埏紘鄮闔，晧旰穹隆。爰遡巢燧，邃敘庖犧。膺祥獻馬，輯瑞呈龜。欽鄰堯舜，燮贊繇夔。協衷寅亮，丕顯咸熙。允迪辟祚，釐降于潙。撫保億兆，謐格苗夷。鼎鑄魑魅，獵告熊羆。誕遷鎬亳，聿眷邠岐。軔圍駟鐵，驂控雙螭。踰繩考契，絕烈徵休。賁趾胡吝，遯亨詎憂。觸藩蹈厲，負乘遺羞。倖危鼫鼠，牿禁童牛。儐爾籩豆，龤篪配壎。醻核秬鬯，鸞刀卣罇。鐘喤籥舞，肅雝駿奔。醴醹薦酢，錫祉曾孫。庇廕葛藟，掇堅摽梅。向述窶窳，皙補庚陔。鬪穀宥戾，祝幣恤災。訏謨后誥，股肱摯虺。睎眠崇墉，菲薇郊甸。疆埸巍峨，幅隕縞練。須臾失鹿，雪然遽變。黥徒握符，戍卒箕斂。鋒鏑電卷，韜鈐冰渙。討逆靖邦，衆整堪戰。瑾瑜匿瑕，睚眦毋怨。蠲削荼毒，式遏寇亂。樅栝薈蔚，繚繞望春。未央窈窱，駘盪清塵。芙蓉香液，婕妤嬙嬪。隄塍芣苢，沼沚蘩蘋。豐祠汧涘，銅雀漳濱。觚稜崔崒，翬構璘彬。罘罳網綴，榱棟氤氳。枌榆禱社，雉堞層闉。珊瑚嬝娜，鯨狀嶙峋。沿涯澶漫，掩藹霓旌。蹁躚翹袖，嫵媚彈箏。花團菱鏡，餤燦蓮燈。濯罍洗觶，紀甗齊竽。鐐琫鏐珌，霞煥虹舒。棲遲蓬篳，絡繹墀除。薜荔蔓衍，瓜瓞披敷。銚戈勺蘗，錦爛毹鋪。彥昇篋笥，季鷹蓴鱸。魯頌衛戒，鄭誦淇謳。鄒枚摛藻，灌勃全劉。椒聊患沃，蓼莪刺幽。勇期徹扎，勢決焚舟。權專懾敵，穰苴應候。彤弓韸革，虎韔厹矛。湛盧鍦戫，越棘吴鈎。貪罹敗衄，悔絶愆尤。鄘諷蝃蝀，曹譬蜉蝣。芻蕘悃愊，濬哲咨諏。穆妻勤緝，晏嬰狐裘。教樸風厚，捨儉奚由。界劃邊陲，憑依徐兖。跨躡殽函，逶迤灞滻。玲瓏軒榭，葱蘢囿苑。薊邱邯鄲，荆臺樊館。督亢膏腴，墝埆峻坂。侵暴忽喪，埋輪怙險。胥襲摧郢，蜀崩度隒。趨狄悼軫，輿尸違蹇。屏闢冀朔，攬挹褒斜。兼攻割裂，前代强奢。柏梁竦疊，班賦騫槎。雖嗟麥秀，還憶蒹葭。逞殘防潰，驟勝遂驕。江淮袁術，隴坻隗囂。鞮鍪旄鉞，擁旆銜鑣。褰旗轢陣，破虜嫖姚。縈紆澗壑，睇眄塘坳。已悽折柳，翻憐采蕭。蕣零曉霰，楓響衝飆。攣拳瘦櫟，欹臥枯匏。芝擅翰牘，伶醉芳醪。憲閻顔巷，焦廬許瓢。潘岳歎逝，揚雄反騷。扃扉寄傲，延矚喬柯。穠矣郁棣，緑兮蔦蘿。汶篁偃寢，宛栩婆娑。菰蒲拂岸，菡萏迎波。潺湲沅澧，北渚瀟湘。泛濫鳧鷺，戢翼鴛鴦。漁筌鱣鮪，潊笱楨魴。瑶圃崖溢，瓊佩蕙纕。橘洲浦漵，桂櫂滄浪。莘茸杞梓，蔽芾篔簹。攢巒碧巘，徙倚彷徨。緼袍荻幃，耿介愈彰。鄉嬛酉室，鄴架縹緗。校讎秘閣，津逮琳琅。謡煽姒孽，卜驗嬀昌。夬芰莧陸，否懍苞桑。瓌瑋曼倩，婉孌姬姜。耆艾魁壘，荀爽范滂。筐莒錡釜，蜼彝兕觥。戛球參琯，韶濩媧簧。讖際舂陵，恢宏帛竹。干戈徂征，豪傑騁騖。汎掃雱雺，滌蕩羹沸。谿脱纍囚，弼逢版築。賈誼謇諫，汲黯骨骾。便佞導諛，糾寬尚猛。繫柅牽姤，渫泉幕井。羡昔返璞，耕耘莘潁。六爻錯綜，剛健柔順。艮巽占蠱，洊雷遘震。需訟剥窮，萃孚漸進。坎陷溝瀆，兑滋澤潤。探賾窺奥，涵泳韋編。析裁詮證，講序逵虔。仲尼擊磬，劬瘁彌艱。燔肉昌至，宋蔡屯邅。純懿纘緒，昭示開先。屈原讒放，筮叩筳篿。緬循軌躅，砥礪勖旃。輸忱葵藿，託喻蘅荃。磷緇或免，希訪彭籛。

責墨文

爰書契之始，河洛之興。乃制文字，用代結繩。漆書以簡，實傳六經。漢有隃麋，魏有藏冰。遂使醇熙，乃漓乃陵。美新之論，厥有子雲。受禪之頌，實謏魏文。素絲易淬，知白莫守。邪説流行，豈墨之咎。何斯雲仍，不稱權輿。形黯而敝，文黿且疏。當硯成礫，浸水則濡。凡我石田，遇汝則隘。凡我毛穎，受汝則敗。古聖立銘，汙白爲害。若此筆畊，不如負戴。

隋殘石文

夫以金泥變色，火炎嶧山之碑；玉檢蒙塵，地裂華陰之頌。嗟乎，汲冢已發，烏篆無聞。禹穴雖探，蟲書永滅。乙未東游，得隋刻殘石三十餘字。鸞驚鵠反，書同龍藏之碑。裏鐵藏鈎，筆類孝慈之志。伽藍餘記，古法猶存。片石殘經，前規宛在。方舟津逮，苔華齊重於隋珠。脩綌渫泉，礪石同珍於楚璧。

祭竈文乙未腊月，作於日本東京。

古者諸侯五祀，律中中吕、蕤賓，宣陽夏之氣。其祀竈，祭先肺。厥初先王錫命受册，尊崇禋祀。壇墠有位，籩豆有序。陳肴設醴，芼羹黍稻，棗脩梨脯，甘以飴蜜。膏者既膏，濡者既濡，陳器於廟，調鼎於竈。束帶在户，冠纓在阼。醯醬和醢，爵觶進醻，鸞刀割牲，明水涚齊，祭祝於祊。燔燎升首，於室於庭。鬼神陰陽，敬恭其事。宗婦紛帨，君子珮玉。衿纓綦屨，緇冠繢緌。濟濟漆漆，攸戒攸止。素帶辟垂，山玉朱綬。此禮器之所備，典制之所守也。逮及鼎移，於今四紀。浮海辟地，居處嵎夷。或獵較以從魯人，將斷髮而同吴俗。户竈中霤，司命公厲。國門國行，何享何附。其爲祭也，列松夾門。維之以筠，懸麻索綯。薦用魚蔬，擫笛吹簫。撤鹽布豆，女也婆娑。鳴箏振鐸，歐疫爲儺。《周禮》：季春命國難，九門磔攘，以畢春氣。司馬職之，以命方相，冬行春令，國多固疾。《曲禮》曰：「禮從宜，使從俗。」吾其何從，從禮之宜乎，從使之俗乎？將希哲人無偏無陂，中立而不倚乎？行吾敬，立吾誠。以仁爲冠，以義爲纓。以温爲玉，以節爲紘。以和爲樂，以信爲牲。潔身爲涚，明德爲馨。斯之謂祭，庶格於神明。

外舅多羅特文忠公誄

維靈降神中嶽，桀戟西秦。桓桓申甫，爲王虎臣。向陳累卵，誼憂厝薪。吾謀不用，秦豈無人。歲在□□，殷憂方始。武庫魚飛，翟泉鳥起。甲裳棄楚，艅艎失水。路無羆卧，地絶龍盤。衛青則幕中受詔，竇融則塞上登壇。燕稱樂毅，齊用田單。簡書雲集，羽檄霜寒。侯伯琱戈，元戎魚服。六甲風驃，三軍氣肅。回紇執殳，單于分竹。圜合龍城，兵連月窟。楚幕瞻烏，馬陵削樹。江漢將歌，京觀能築。悲赤谷之兵還，痛黄河之不渡。太尉龍鳳，參軍鸖鵲。冰玉何期，風雲焉託。東屏樹古，北闕風悲。霜明丹旐，秋生素幃。上將星沉，良臣棟折。肅肅前型，昭昭駿烈。

龍山温御史誄

巖巖御史，矯矯前型。袁安流涕，無救桓靈。自我受經，識公東海。一旅圖興，河清將待。欲扶夏社，滅羿誅澆。忠則盡瘁，豈謂徒勞。惠而弔我，哀哀倚廬。椎心風木，泣血南書。自我失恃，天地皆非。黄泉母所，實羨公歸。銅盤月冷，寶劍風淒。山名杯渡，嶺號猿啼。心照氣盡，遥望龍山。孤忠不見，清風莫攀。人誰不死，貴有令名。通辭遥誄，昭鑒斯誠。

陳御史曾壽誄

王者跡熄，邪説放恣。魯麟在野，其靈莫施。嚴嚴御史，道爲我師。宅仁履義，秉德書詩。艱貞終困，天道將疑。何與其德，而厄其時。人亡邦瘁，匪哭其私。有嬀之後，鳳凰垂羽。攀從六龍，屯邅五羖。豈其不歸，宫於兹土。少康一旅，夏社以興。不顯其用，爲王股肱。中原逐鹿，邊陲躍馬。虹貫于遼，龍戰于野。君當斯會，明夷守身。有典有則，不緇不磷。竭忠盡瘁，允矣清臣。甒無餘粟，室無積帛。敬始書紳，禮終易簀，斂不豸冠，葬非楚陌。既封既樹，君子終焉。驂鸞永去，歸鶴何年。展禽之隴，季子之阡。陳謨景行，誄以旌賢。

陳含光明經誄

松柏有心，圭璋有則。惟君篤躬，秉是懿德。清而不隘，恭而有禮。温温恭人，謙謙君子。若彼鵷鸞，孤飛失侶。仁者伏焉，令名不已。節方元亮，憂深仲文。湯湯海水，英英白雲。桂零皓景，蘭絶清芬。廣陵琹斷，鄰笛驚聞。鐘沉劍没，氣貫虹霓。荒陵委首，風悲雨淒。魂兮歸來，渺渺江波。香飛蕙路，月掩雲娥。我之懷矣，心傷如何。楚歌彩鳳，魯狩悲麟。聖賢共盡，豈獨斯人。申辭陳醴，瞻望傷神。

雜文

讀荆軻傳

荆軻爲燕丹提匕手，西入虎狼之秦，身死國滅，世常咎荆軻之計疏，而悲燕丹之不終。夫燕丹以萬乘之國，而逞匹夫之怒，其志非爲燕，特奮爲質之辱耳。彼其使荆軻挾持秦王，亦非爲圖秦，特欲殺秦王耳。且荆軻豈不知事不成則死，幸得成功，秦且興師以臨，燕能禦之乎？所以不顧其害而出此者，特獨報燕丹之恩義耳。後人經易水而弔荆軻，比之國士，過矣。

沈氏宫燈啟

竊聞漢宫傳燭，照飛花而望春；隋殿焚香，繫明珠而不夜。至若九莖舞鶴，六葉盤螭。既鎸長樂之銘，遂鑄仲將之字。琉璃綴玉，列作屏風。金縷穿珠，結成樓閣。矜其妍巧，競彼紛奢。傷農事於雕文，害女工於錦繡。今也斫木爲架，事同於食功；剪綵成花，利徵於貨殖。流光掣電，無假龍膏。華蓋揚輝，非憑雁足。使其光飛綺席，摇明月而照陽春；影落紗窗，駐清光而歌子夜。

釋貝

《説文》：「貝，海介蟲也。居陸名猋，在水名蜬，象形。」古者貨貝而寶龜，周而有泉，至秦廢貝行錢。《爾雅・釋魚》曰：「貝，居陸贆，在水者蜬。大者魧，小者蜻。」《書・盤庚》曰：「具乃貝玉。」《顧命》曰「大貝」，傳：「大貝如車渠。」《易・震卦》曰：「億喪貝。」注：「貝，資貨糧用之屬也。」《史記・平準書》曰：「農工商交易之路通，而龜貝金錢刀布之幣興焉。」《詩・小雅》曰：「錫我百朋。」傳：「五貝爲朋。」《漢書・食貨志》「十朋」「五貝」，皆用爲貨。兩貝爲朋，故直二百一十六。」古人用貝以索貫之。《説文》：「貫，錢貝之貫。」本作毌，後人加貝爲貫。古有貝邱，貝之所聚，水落爲邱。《禮・雜記》曰：「天子飯九貝。」商周飯含用玉，蓋夏禮也。凡文之從貝者：贊，從兟，進也，執贄而進，有司贊相之。《儀禮·士冠禮》曰：「少退贊命。」負，《説文》：「恃也。從人守貝，有所恃也。」《左傳》曰：「昔秦人負恃其衆。」賤，《説文》：「賈少也。」《易》曰：「束帛戔戔。」凡賀、賄、貨、貸、贈、賂、賞、資、賜、賚、贖、販、賦、貧、賃、購之屬，皆從貝，雖加聲從形，實會意也。古又以貝爲飾。賏，《説文》：「頸飾也，從二貝。」《篇海》曰：「女子之飾也。」故嬰從二貝。櫻與纓，纍纍皆象貝之垂，并從二貝。」《易·賁》彖曰：「柔來而文剛。」《序卦》曰：「賁，飾也。」王肅曰：「有文飾，黄白色。」《書·湯誥》曰：「賁若草木。」注：「賁，飾也。」《詩·魯頌》曰：「貝胄朱綅」。傳：「貝胄，貝飾也。」又織錦，象貝之文。《書·禹貢》曰：「厥篚織貝。」《詩·小雅》曰：「萋兮斐兮，成是貝錦。」商周鼎彝之銘，作子執兩貝形，子執牲形，或銘曰：「車貝羊。」古者大夫受田奉牲幣，作祭器以祀其先人。《禮·檀弓》曰：「無田禄者，不作祭器。」《孟子》曰：「無財不可以爲祭。」後以海貝之用不足，乃以珧爲之。或用鉛用玉，皆象貝之形。由珧以登於玉，而定其制度平準焉。東周列國多用布。秦并天下，一幣法，鑄銅爲半兩錢，重十二銖，而廢貝。

募起普陀山慧濟寺分院疏

伏以天宫陁樹，待明月而飛光；甘露珠華，映青蓮而耀景。是故寶蓋祥雲，嚴修净域；毘盧法界，高拱鸞臺。福慧稱兩足之尊，波提證三摩之地。今世道微紀絶，豈獨空桑；喪亂流離，同傷苞栩。寺毁甚會昌之歲，書亡過永嘉之年。龍藏成灰，象輪不轉。揚地獄波旬之火，濁亂蓮池。驅天魔羅刹之軍，憑陵鹿苑。遂乃羅睺之肱，可障日月；毒龍之氣，能作風霆。遡自周昭占星之初，漢明入夢之後。千燈落燼，五衍埋輪。天棓欲傾，恒星將滅，未有甚於此時者也。慶規上人，憫兹浩劫，浮杯遠渡，飛錫南翔。祈佛籲天，希逢善信。初然法炬，始起伽藍。使其寶鏡圓光，鴿王覆影；琉璃碧海，龍女淩波。草澤聞宣貝之音，苾蒭有挂衣之室。豈若銅臺竦疊，躡菡萏而薄雲霄；輪相高張，捧金鉼而摘星斗。丹梯接日，菱井含風。香界懸五色之珠，祇園布黄金之地。以兹草昧，擬彼興隆。增減相因，未堪同日。惟願成斯善利，宏啟因緣。積而能散之規，延禧家室。作善降祥之訓，昭格人天。

書時疾

丁酉暮春，火見以風，雨暘不時，海氣渟毒。陰陽相搏，人病寒熱，氣逆阻食，病在胸膈。疾之流行，速於風火。夫氣和爲祥，不和爲災。雨暘時若，四時以節，謂之和。反是爲厲。厲之爲言戾也，謂戾於正也。則其爲氣，混淆而不清，悖亂而不和，在天爲沴眚，在地爲瘴疫。其被於草木，則枯萎而竄壞。在人，則顛易澤而狂憒，寒熱洊至，陰疑於陽，草木蘊惡，浸淒土穀，將以其養人者害人。天地絪緼，和氣之所由生也。凝塞睽閉，褊很怨怒，沴氣之所由至也。今之人率棄禮制，不知所止。孳孳戚戚，惟欲是務。妖姬狂童，恣爲慆淫。煩慮喪志，貪欲伐性。趨其所慕，私其所暱。縱其欲而荒其樂，暴其氣而逞其志。陰剥陽，柔鑠剛，中和之性日已離矣。離則爲厲，而沴氣應之。同氣之相求也，求而獲，何疾之能瘳，在无妄之噬嗑，曰：「無妄之疾，勿藥有喜。」剛健居中，外内相應，清明在躬，身之安也，遠災厲之道也。不修其身，百事失度，疾之弗瘳，遂譏醫師而咎藥石。藥石之罪歟？

寒玉堂畫論

寒玉堂畫論序

天地變乎？四時不忒，古今不易。天地不變乎？剥復無恒道，消長無恒事。聖人守其不變，以履其變。若乎始於一而齊萬，觀其表而知微，游一藝以進道，探一象以窮理，未有如畫之深切著明者也。夫禮樂輿服之制，山川鳥獸之狀，必有圖經，以翼訓詁。彼武梁畫像，尚見前規。觀其形容，今妍於古。窺其神奥，古勝於今。神以學致，形因俗易。形出於毛，墨麗於形，故筆健而神全，墨工而體備。吴道子曰：「關仝有筆無墨，項容有墨無筆。」古人專擅，尚以爲譏，今兹不學，暌違愈遠。故石如飛白，樹如籀篆。營邱寒林，拆釵股也。北苑峰壑，屋漏痕也。孫生畫水，懷素之驚蛇。忠恕樓臺，陽冰之玉筯。觀一畫之起伏，一點之衄挫，合爲一理，事豈殊途。棟宇則無垂不縮，枝條則無往不復。陰巒則崩雲之重，遠渚則蟬翼之輕。圓可成風，悟運斤之郢匠。動如奔電，思擊劍之越女。必也張芝之池水盡墨，智永之積筆成邱。譬夫井幹之樓，築於一木；九成之臺，興於坯土。乃積學而始成，非操觚而能致也。若乃賢者識其大者，以蓄其德，修先聖之嘉言，希前哲之德行。行有餘力，則以學文。至其臨池餘事，丹青小道，耽情溺志，君子所譏。然相如作賦，志在凌雲；伯牙鼓琴，心期流水。嚴陵高躅，豈樂志於垂綸。陶令清風，非潛心於採菊。惟比興之多方，斯賢達之所寄者焉。至於天地明晦，生俄頃之雲霞；日月驅馳，殊千里之風雨。其動萬珠，其景百變。運龍賓而濡宇宙，揮毛穎而狀乾坤。等井蛙之窺天，效泥蠡之測海。非通其道，何異於斯？將以童牛之牿，追騏驥於黃沙；鼫鼠之足，躡昆鵬於碧落。今之學失三餘，書昏八法，以斯寫物，孰異刻舟？妙藴無傳，古人不作，風徽已往，斯道愈微。馬班如而不前，車脱輻而難進，遂乃揣籥疑日，刻木爲鳶，望南威而效顰，託邯鄲而學步。況乎後素之事，非擅美於一端；藻繪之圖，比質文而三變。是以披金敷碧，祖述雲麾；潑墨漓毫，朝宗海嶽。乃有曹衣出水，吴帶當風，筆號雲行，文成波湧。王維寫黄梅問道，心契禪機。吴生畫老子出關，神參淨理。亦如右軍，寫《樂毅》則情多拂鬱，書《畫贊》則意涉瓌奇。信志理中乎，心手相映。神超於物表，意達於毫端。遂弄宜僚之丸，可游庖丁之刃。若朝習削簡，暮已摛毫，未操刀而使割，陳美錦而學製。曾爲上窺顧、陸，遠法張、吴。比於畫墁毀瓦，尚慚於食功；舉燭觀書，何啟其詩議也哉？壬辰秋九月十四日，溥儒撰并書。

寒玉堂畫論

論山

山豈一簣之土哉，崒嵂嵯峨，拔坤宇而薄天日。或積石成千仞之岡，或連峰如百尺之壁，則有起伏之狀、嶙峋之容，蓬蓬乎若鵾鵬之摶風雲，蕩蕩乎若蛟龍之起溟渤，揖讓朝供，迴環分合，使其尺幅之中，有萬里之勢。

畫山，先輪廓而後皴皺，此常法也。至於崎嶇犖确、突兀峥嶸、熊羆升降、龍跳虎卧之形，筆必變化奔騰，横飛直下，先於一筆之中，有起伏輕重，定爲陰陽，辨其明晦。若但累圓石，列爲雁行，此拙筆也。

山以石爲骨，以土爲膚，以草木爲衣冠，以雲霞爲文章。既寫峰巒之狀矣，再於嶺表巖際，作秋林雜樹，有葱蘢滃鬱之氣。然必審辨其樹之遠近小大，與山之宜。

今作數尺之山，數寸之樹，嫌於樹高而山低也，則必使山遠而樹近。古人畫山上之樹，惟以點綴成形，不作枝幹，望之若千林萬木，則山之高峻可見矣。古人畫樹於巖壑之間，必先審其遠近。其遠處不可以大樹者，則點綴以成形；近觀無一筆似樹，而樹勢愈深。若不察物理，任筆圖之，非草非木，不知何物。使山無高峻之勢，樹無渾厚之氣，雖太華千仞，與靈壁拳石何以異哉？

畫山，用筆必重起伏。或横卧其管，以三四指屈伸鈎挑而取之。或直樹其管，自上而下，蹙節頓挫而爲之。或直卧其管，折轉以下，逆其毫而用之。或空其掌，以前三指滚轉管而行，欲翻折其毫，以取輕重跳躍之勢。山形既定，施以皴染，則易渾厚。

董文敏畫山，起於淡墨，以深墨破之，秀潤之氣洋溢乎筆端，然非古法也。文敏精擅八法，用筆通神，爲之則可。後人效之，易於改救，以掩其瑕疵，則鄙之下矣。

山之皴法，其名數十，其變難盡，要必藏鋒，用篆籀分隸筆法，乃奇古渾厚。蓋篆籀分隸，非藏鋒不能成字。斧劈亂柴，寫石之紋理。骷髏雨點，狀石之罅穴。折帶披麻，則山雜土石。李成寫蜀道，則石狀岩嶢。子久畫富春，則山多平衍。此皆因地而變者也。

春山如羅衣起舞，環佩摇風。夏山如水泛垂楊，露團荷蓋。秋山如蛾眉畫黛，蟬鬢簪花。冬山如荒漠驚沙，層冰積玉。

雪山但染石陰，無煩敷粉，皴皺數筆，即成殘雪。更有點樹留青、殘楓未落者，江南雪也。

唐以前畫雪皆施粉。王維《雪溪圖》，山樹皆以粉染。宋人以墨漬，雖渾樸不及於古，而氣韻轉勝。又有潑粉彈雪之法，望之密雪方集，巖壑生寒。

米氏雲山，積墨而成，不宜模糊。先以淡墨略分山勢，次分濃淡點成，次以淡墨漬爲雲氣。江中舟楫，挂帆帶雨，只宜以淡墨寫成帆影。此米家法也。

《易》曰：「介于石。」石，堅物也，故以爲象。石有鋒棱，用筆亦必有鋒棱，然後乃見石之堅剛。土石相雜之山，則剛柔之筆互用。若但漬染，皴法不明，是謂有墨無筆。

筆謂石之鋒棱，墨謂深淺之色。有墨無筆，如對石屏，但有山河之影。有筆無墨，如石刻峰巒，不見晦明之妙。與其無筆，不如無墨。

山水畫於絹上，多濕筆；畫於紙上，多渴筆。渴筆者，乾筆也，生紙尤甚。元黄鶴山樵多渴筆，生紙故也。余舊藏北宋人山水卷，山如削成，青翠欲滴。又見巨然《煙浮遠岫圖》，山形突出紙外，雲氣如濕。皆絹本也。

畫山，不難於巍峨，而難於博大；不難於清華，而難於古厚。曾見關仝立幀、范寬横卷，山皆有萬丈尋雲之勢。譬如兩京文章，元氣渾然。六朝雕龍，藻思洵美，終無班、馬之氣。

黔蜀之山，危峰拔地，尚易爲也。塞外之山，平岡無石，黄沙漫没，斯難工也。如禪之雲散長空，月明江水。如詩之羚羊挂角，無跡可求。蓬壺三山，雲霞縹緲，非寒山、輞川，誰能若是？

燕山之麓有數峰焉，石皆横方，如萬笈書册，層疊而上。銀山如萬笏朝拱，其高插雲。勞山則礁石千仞，并無豐草。西嶽則斧削四方，峻極無路。三峽則壁立如屏，丹青薈蔚。包萬類於毫素，羅諸象於心胸，必有囊括宇宙、彌綸天地之氣，游於物外，超其跡象，意在筆先，而山嶽奇變之形具矣。

論水

子夏曰：「水得地而流，地得水而柔。」逝焉而不息，澤焉而潤物。及其激越，蕩山陵而吞六合。若乃大江入蜀，納千頃於瞿塘；黄河奔洛，撼洪波於砥柱。摇羊角而直上，旋獨鹿而横飛。彈指萬殊，瞬息百變。能使離婁失其明，師曠失其聰，莫使知其變化矣。然孫知微畫水於壁，迴湍驚瀾，奔騰蕩決，引筆數丈，餘勢猶振，風濤有聲，觀者動魄。非有神奇，用筆之妙，能盡水之道也。

畫水之法，轉筆爲波，折筆爲浪。折，剛也。轉，柔也。水曰潤下，而剛者激之而使然也。水石相搏，則成急湍。水與水衝擊，其勢澎湃，《春秋》穀洛鬭是也。

洞庭始波，秋風初起之候。魚鱗乍皺，鷺影將迷。筆亦迂迴宛轉，毫端垂露。能使少陵對此而興懷，宋玉因之而作賦。

畫澗水繞石，折曲成文，筆若游絲，不可妄生圭角。須提筆輕運，使轉虛靈。懸巖飛瀑，積碎石爲水口，然後直瀉而下，上隘而下廣。瀑之中間一二筆，寫巖石水影，筆用懸針，上欲重而下欲輕，其輕處欲淡而無痕，乃爲入妙。蓋水氣上蒸，故水落處必虛淡。水旁巖石則宜濃重，愈顯其虛淡遠近之勢。太白詩曰：「海風吹不斷，江月照還空。」學者會之，畫瀑之能事畢矣。

畫飛泉宜施於巖巒凹處，兩巖相夾，茂樹翳之。近則飛湍有影，遠則穿雲直下。若平岡不深，無蔽無隱；若傴陽懸布，一望靡餘，尚何取於水哉？

畫澄潭止水，但於石下坡岸横畫數筆。風起文生，不如明浄可鑒之爲愈也。陂陀沙步，畫水欲平直，懸肘畫之，自然直若引繩，輕如蟬翼。亦有故作紆曲，低斜不平，以象平遠山脚，急湍起伏之狀。

論樹

庾子山《枯樹賦》曰：「拳曲擁腫，盤坳反復，熊彪顧盼，魚龍起伏，節豎山連，文横水蹙。」既已盡樹之形狀矣。又曰：「文斜者百圍冰碎，理正者千尋瓦裂，戴癭銜瘤，藏穿抱穴。」畫者求之，有餘師矣。

《爾雅》：「樅，松葉柏身。檜，柏葉松身。」至於橡栗葉類，楮穀一物，椿樗同形，椵櫬異色，山桑爲檿，山棠爲梈。君子博物，首在知名。

畫枝幹之法，處處轉折，頓挫而下，或用逆鋒以蹙其節。董文敏云：「一尺之樹，不可有一寸之直。」即此意也。

樹枝宜隔斷，於空處加葉，或反折筆鋒，先上而後下，則氣渾厚。雙鈎夾葉，亦宜藏鋒，如篆隸法，彌見奇古。風中葉斜，以寫風勢。惟寒樹長條，秋蘆細柳，始出鋒耳。

叢林雜樹，厥類實繁。惟略變其葉之形狀以寫之，凡圓葉用點，如柹櫨梨柏；歧葉用雙鈎，如楓、槐、椿、梧。

松如耆艾魁壘之士，超群遐舉，屈如龍蟠，矯如蛟騰。松葉攢針，然非同蓬茅之弱、竹葦之薄也，故必藏鋒。藏鋒者，筆本欲下而先向上，使鋒藏折於内，然後向下，其鋒不出於端，謂之藏鋒。馬尾、刺松則出鋒，如錐之脱穎。後人或以偏鋒寫松葉，不解藏折，澆弱已甚，狀如叢草，去古遠矣。

松葉雖簇簇攢成，必有生生之理。凡近梢生葉之枝，復生小枝，小枝生葉，所生或五六葉，或十餘葉，或兩三葉，皆攢生於小枝之梢。望之如一簇，團團然而成，其實非一簇也。

松葉環枝之四面而生，成圓形。畫松針必有兩三筆交插，以象其四面。松針之形至梢微曲，其曲以勁。《左傳》所謂「曲而有直體」也。其畫中松針太曲者，皆任筆爲之也。

宋人畫松，喜作圓葉如輪狀；或作破葉離披，三五相并；或作半輪，爲平偃之勢；或出鋒，爲馬鬣之狀。

唐以前畫柳，多雙鈎其葉。宋人則葉葉飄舞，或以淡墨寫葉，而不鈎勒。雪中之柳，但畫垂條，而以淡墨漬爲雪。曾見馬遠宫扇，上畫垂柳一枝，葉皆鈎勒，細畫楊花。黄鶴山樵畫遠柳，筆筆藏鋒，葉如屈鐵，壓隄籠岸，風韻彌佳。

寫遠樹，只遠觀似樹，皆點綴以成形。北宋巨然、范寬往往山頂只畫一直筆，然後略點胡椒圓點，參差疏密，以及山半，由濃至淡，雲氣在下，泯然無跡，所謂「化筆墨爲煙雲」者也。

畫遠岸小松雜樹，或圓點，或平點，貴參差以取勢。有時斜點，寫風勢也。樹之不點葉者，春欲柔腴，秋欲枯勁。

蒹葭蒲荻，名異而形殊，必得其枝葉交加之態，問諸水濱，可以爲師矣。《説文》：「蒹，雚之未秀者」，「葭，葦之未秀者」。《詩·秦風》曰：「蒹葭蒼蒼，白露爲霜。」言白露爲霜之候，蒹葭之色蒼矣，已秀而爲蘆雚矣。是新秋水際，惟見蒹葭。玉露凋殘，遂成葦雚。故節序不可以不察，而名物不可以不辨也。

春枝柔嫩，夏林茂密，秋樹凋殘，冬柯枯勁。細嫩之葉菁蓁，茂密之葉華滋，凋殘之葉離披。冬柯〔二〕無葉，則以瘦硬之筆，象其柯勁，偶著兩三凍葉，猶碩果不落，益有情趣。

論草

春草碧色，怨王孫兮不歸。秋草離離，望天涯兮何極。溪邊巖側，細草蒙茸，見山水之方滋。秋岸〔二〕寒林，草必磬折紛披，如有風霜之氣。

水中之草無枯黄，漾漾泛乎波間。《詩》云：「參差荇菜，左右流之。」纔見而忽隱，既静而已動，畫者須得其浮波泛水之勢。

趙子固水仙花下畫草，皆勁直有凌霜犯雪之氣，蓋自喻其高節。

論苔

昔人謂苔補皴皺之不足，殆非也。李唐多不點苔，所畫石山峻嶒無土。夫叢條亂草，不生於石上，故無苔。北宋斧劈皺法，皆石也。地迥土稀，苔亦鮮少。其土石相雜之山，宜豐草蒙密，故多苔。黄鶴山樵畫南宗〔三〕披麻解索皺法，土石相雜之山也。用渴筆點苔，施於秋山，彌增蒼茫之氣。

點苔，筆欲直下，不可拖曳。如雹之擊沙，如壺之滴水，必審山石應生苔草之處，然後點之。如近水陰濕，山陰山罅，日色不到，叢條所集，理固然耳。點苔最難，無定形而有定法，習之既久，乃通其道。

范寬雪景，山顛作密點，則草枯蓬斷，蕭瑟生寒。

論雲

雲生於水，上薄於天，起膚寸而彌六合，變風雨而摇五嶽。思訓鈎勒之妙，望縹緲之蓬壺；元章潑墨之奇，失蒼茫於吴楚。北宋以降，漬墨爲雲，淡寫峰巒，泯於跡象。方其品類，古質今妍。

仙雲海雲，宜用鈎勒填粉，或爲五色卿雲之狀，吉祥妙鬘之形。龍雲宜層層渲染，再以濃墨漬爲白雲，龍隱見於濃墨之中。青緑山水畫雲，鈎勒加粉以稱之。晚霞硃染，或以赭黄，成黄昏之色。

論煙

暮景黄昏，日勢已晚，煙横林際者，炊煙者。煙與雲異，煙青而雲白，宜微用靛青染之，欲稀薄而毋濃重。

論虹

雨氣成虹，畫中罕見，以其難畫也。何難乎？難乎其宜也。畫之章法既定，復畫虹影半規於天際林表，光怪五色，皆非所宜。必畫虹，則畫斷虹殘影，微見空際，色宜淡而不宜明。古人惟夏珪《月令圖》中見之，蓋應制之作也。

論花卉

草木比興，詠於《國風》。甘棠思召公之政，襛華羡〔四〕王姬之德。逐臣託蘭蕙以詠歌，幽士寫丹青以寄意。古之善畫者，唐有薛稷、邊鸞之妙，五代有徐熙、黄筌之奇。宋則趙昌、崔白之倫，李迪、馬遠之徒。北宋集其大成，南宋窮其變化。匪獨畫其形容，且能通其情性。後之作者，莫或如焉。

花有俯仰之姿、風露之異。木花之枝欲蒼老，草花之枝欲柔嫩。梅〔五〕枝則瘦硬，有崚峥之勢；桃李則肥潤，具婀娜之姿。

春葉鮮柔，秋葉深厚，或於葉上時露焦黄，或破裂而筋連，見鳥剥蟲穿之狀。

帶雨之花低垂，迎風之花欹斜。盛開者似錦城之春闌，欲謝者如落梅之風起。旁求體勢，以助風神。至若紫薇條直，繡球花繁，在掩映以生姿，超簡以取勝。

殘菊易工，避其繁也。疏梅當奇，得其勢也。故折枝易妙，芳樹難工。

宋文與可竹、揚補之梅、温日觀葡萄、鄭所南蘭、趙子固水仙，皆習之積年，專乎一物，精氣形骸，與之俱化，故其神理超然，獨擅千古。

黄筌、徐熙工於鉤勒。先畫花葉，然後傅色，風骨并勝。滕昌祐則不鉤花葉，隨意傅色，其爲蜂蝶，亦憑點成。徐熙之孫崇嗣，則以丹粉點染而成，號没骨花。劉常染色不以丹粉襯傅，調勻顔色深淺，一染而就。殷仲容惟以墨染，如備五色，灼灼如生。後之鍾隱，獨以墨分向背。邱慶餘寫草蟲，獨以墨之深淺映發，極形態之妙。陳常始以白描作花，以飛白筆作花本。温日觀葡萄以淡墨點實，濃墨爲葉，飛白爲蔓。趙孟堅始用雙鈎白描，綜諸子之長，極花卉變化之能事矣。

菊、蘭之種類至多，蓮類亦繁。畫貴寫其風標，勿攻其異。

論鳥

《詩經》六義，多識鳥獸之名。《月令》四時，亦紀升潛之候。若乃爰居避風，鶴鳴戒露，河鷸知雨，沙鷄驚兵，靈禽識候，物性斯同。至若山禽尾長，凌風易舉；水禽尾短，遵渚方潛。林棲者修其尾，水泛者長其喙，分肢者蹼連，肉食者爪利。鴛緣木而鈎蝨，鸛立沼而求魚。蒼鷹善擊，白鶴善舞。寇鷄悍疾，脊令群集。寒鴉晚噪，子規夜啼。戴勝降桑，雊雉隱麥。瀏鶒雙棲，孤鴻獨宿。山禽銜櫻，乃號含桃；林鳥巢檐，遂名瓦雀。物之情也。君子格物，必通其理。

鳥卵生也，其形如卵。先畫嘴之上腭，次下腭，次點睛，在上下腭之間。次頭，次背及其翅膊，次胸肚尾，次脚爪。飛者舒翮，鳴者昂首。將起者尾動，將下者背高。怒者欲鬭，喜者欲鳴。浴水得拍浮之勢，雙棲有顧盼之意。

易元吉早年師趙昌，後恥居其下，築園而居，移石栽花，引水爲池，禽鳥來集，觀其翔止飲啄之態，習之既久，畫乃神妙。

論馬

《易》曰：「地用，莫如馬。」若夫鹽車長坂，待孫陽而始申；冀北多良，遇伯樂而益顯。太宗有拳毛之騧，明皇有照夜之駿。或刻石於昭陵，或圖形於御殿。乃有龍驤表異，鳳舞呈祥。蘭筋多力，雞鳴善走。白耳妨主，孤蹄敗車。應通相馬之經，必達權奇之道。老驥有伏櫪之志，龍駒有食牛之氣。是以曹霸畫馬，迴立生風；韓幹圖駷，騰雲掣電。神全氣足，筆妙形奇，能求諸驪黄牝牡之外者也。

唐人多善畫馬，江都王陳閎、曹霸、韓幹。宋有李公麟。元有趙孟頫、趙雍、任仁發。曹霸、趙孟頫并精書法。畫馬以筆法爲要，點染次之。

西域之馬，隆項高蹄，天池血汗之種也。塞北之馬，項平蹄小，形不及西域之良，而致遠習勞過之。

元室發源於蒙古，駕馭者皆北馬，而松雪、月山獨畫西域之馬，賞其駿也。

駑馬無駿，畫者必取其駿焉。使曹、韓圖駿驄之狀，雖工不貴也。譬如寫高士，必有拔俗之標、出塵之氣。若作市井之容、鄙夫之狀，孳孳戚戚，雖折郭泰之巾，躡唐樂之屐，見者將大笑之矣。

論猿

古人畫猿不畫猴者，猴躁而猿静。猴喜殘生物，時擾行旅。猿在深山，攀藤飲水，與人無競。比猿於君子，比猴於小人。《抱樸子》：「君子爲猿鶴。」《詩》：「教猱升木」。《史記》：「沐猴而冠。」柳子厚作《憎王孫文》，皆比之小人。古人畫猿有嘉善之意。畫猿，只以墨筆點成。白猿惟用墨漬，工筆次之。

易元吉入山結廬，窺獐猿出没，畫極動静之妙。牧溪、梁楷皆喜畫猿，世有傳本。兩宋畫院多善畫猿，不獨此三子也。

宋人栗猿紈扇，作白猿一、黑猿二。猿喜食栗，故多在栗樹。易元吉《猿戲圖》，在宫扇上畫兩猿攀石登樹，探鷺巢，抱其雛，雌鷺繞飛，似申申而詈。余舊藏易元結《聚猿圖》，挂樹掬水，藏巖嘯月，曲盡其妙，所謂能通其性情者也。

論人物

人物權輿於武梁石刻，殷周、西漢雖有作者，不可得而見矣。其後發揮於顧、陸，神明於張、吴。《女史箴》則容止有度，《養政圖》則吁俞如聞。必達於義理，通其情性。寫高士則凌虚〔六〕遐舉，寫仕女則幽閒貞静。

寫古聖先賢之象，誦其詩，讀其書，先思其人，然後落筆。

北魏南梁，崇尚象教，空桑沙門，募金箕斂，築壇建殿，紵瓦金題，雲楣水棁，畫壁〔七〕圖幡，承塵檐桷，則畫諸天，檀座石臺，則鐫八部，金泥漫壁，雲母塗堂，雖榱崩梁壞，圖畫猶存，代易星移，丹青不落。

《量度經》佛之法身、耳目口鼻、肩背手足，皆有常度。古人鑄象圖畫，其尺寸以《經》爲則，無敢踰越，望之如妙相猶存，金容宛在。後世以意寫之，雖竭心力，去古已遠。

衣折描法，則有游絲、竹葉、戰筆、水文、蚯蚓、橄欖、枯柴、琴絃、鐵綫、行雲流水、螞蝗、釘頭鼠尾、曹衣、折蘆、橛頭釘、柳葉、棗核諸名，論列於後。

游絲，用尖筆，如曹衣紋，衣折蒼古。竹葉肥短，戰筆藏鋒。蚯蚓用墨肥壯秀潤，藏鋒忌怒降。橄欖用尖大筆爲擎納。枯柴以筆横卧爲之。琴絃用正鋒而意不斷。鐵綫正鋒如錐刻石。行雲流水如雲水向風。螞蝗筆成角圭。釘頭鼠尾筆末懸針。橛頭釘插釘直下。曹衣重疊。折蘆細長。柳葉忌怒降。棗核欲藏鋒。馬遠、牧溪喜爲減筆，石恪、梁楷喜爲潑墨。

畫人物面頰，筆欲匀圓，頰乃豐潤。眉欲前重而後輕，則根梢分明。女子之眉修整，象黛痕也。畫目，先左右上瞼兩筆，後左右下瞼兩筆。必分上下畫成者，欲其部位無差毫釐，左右如一也。目中點睛，睛左則左視，睛右則右視，睛中則平視。兩目點睛，部位如一。旁面畫睫毛於外，正面但以淡墨染目眶之内邊，所謂傳神在阿堵中也。

高士之鬚，欲疏而秀。静女之髮，欲澤而鑑。先用淡墨絲染，再加濃墨於中，間用水渲染，使中深而外淺，復於淺處細絲數筆，則鬚髮如生。

《孟子》曰：「堯舜與人同耳。」言人性之善，充其仁，皆可以爲堯舜也。若夫聖賢豪俊，軼倫絶類，形體之異，豈盡同於衆人哉？伊尹倨身。湯傴。孔子修長而趣下，目深而隆顙。子産日角。晏平仲月角。晋文駢脅。蔡澤鼻仰而肩巨。班超燕頷虎頭。虞延腰十圍，力能抗鼎。蜀先主長七尺五寸，雙臂下膝，顧目見其耳。吴大帝紫髯。馬騰身體洪大，面鼻雄異。李廣猿臂善射。晋元帝白毫生於目左角，龍顔隆準，目有精曜。劉焯犀額龜背。鄧弼目有紫稜，開合閃閃如電。劉淵鬚長三尺餘，當心有赤毫三根，長三尺六寸。王德用狀貌魁偉，面色正黑。謝仲温豐頤廣纇。古人形態之異，不可不察也。

論服飾

太古冠布，齊則緇之，《左傳》：衛文公大帛之冠，以示儉也。孔子在宋，冠章甫之冠。齊景公爲巨冠以聽朝。楚莊子好觟冠，楚國仿之。趙武靈王貝帶鵕鸃而朝，趙國化之。《左傳》：王皮冠。田獵之冠也。又曰：鄭子華之弟子臧好聚鷸冠。鷸冠子以鷸爲冠。《魏志》：帝以楊彪故漢太尉，使著鹿皮冠。田子方圓冠。《梁書》：陳伯子好著獺皮冠。六朝仕者冠青雲冠。唐太宗服翼善冠。《漢官儀》：天子通天冠，諸侯王遠游冠。三公、諸侯進賢冠三梁，卿大夫、尚書、二千石、博士冠兩梁，千石以下至小吏冠一梁。《後漢·輿服志》：長冠一曰齋冠，高七寸，廣三寸，促漆纚爲之，制如板，以竹爲裹。初高祖微時，以竹皮爲之，謂之劉氏冠。《史記》：酈食其衣儒衣，冠側注。注：高山冠也。惠文冠，武冠也，趙惠王所服。却敵冠，前廣後高，武士服之。洗馬服高冠，執法服獬豸，舞人服建華，舞者服章華，監門披燕尾，羽林加鶡尾，野人黄冠，草服也。儉用樺皮、竹皮爲冠。以上冠。

《釋名》曰：弁，如兩手相合抃時也。以爵韋爲之，謂之爵弁。以鹿皮爲之，謂之皮弁。以韎韋爲之，謂之韋弁。爵弁士服，助君祭之服。皮弁大謝之服。韋弁兵服。楚子玉瓊弁，飾以赤玉也。《五經通義》曰韋〔八〕弁冠前後玉飾，是也。以上弁。

應劭《漢官儀》曰：「幘，古者卑賤執事不冠者之所服也。」董仲舒曰：「執事者皆赤幘。」《通典》曰：「未冠童子幘無屋者，未成人也。」《左傳》：「晳幘而衣貍製。」晳，白色也。蔡邕《獨斷》曰：「漢元帝額有壯髮，不欲使人見，始進幘服之。」《東觀漢記》曰，光武初興，絳衣赤幘。孫堅著赤罽幘。漢謁者紺幘大冠。晋人著白接羅。古者有冠無幘。《漢輿服志》曰：秦加武將首飾爲絳幘，以表貴賤，其後稍作顔題。漢興，續其顔却結之，巾施連題却覆之。至孝文，乃高其顔題，續爲之耳。文者長耳，武者短耳。崇其巾爲屋，貴賤皆服之。凡齋用紺幘，耕青幘，秋貙緋幘，天子郊廟則黑介幘，從者白衣幘，力士黄衣幘。唐制，平巾幘，武官之服，蓋惠文冠之遺制也。黑介幘者，國官謁府、大學生俊士參見之服也。緑幘者，尚食供膳之服也。以上幘。

《説文》：「髮有巾曰幘。」揚子《方言》：「覆結謂之幘巾。」古以皂羅三尺裹頭，號頭巾。庶人以皂絹三尺裹髮，故曰黔首。蔡邕《獨斷》：王莽頭禿，因施巾。《後周書》：「初服常巾，以皂紗爲之。加簪而不施纓。」武帝乃始折上巾爲幞頭。唐人幞頭初止以紗爲之，後以紗軟，硬木作一山子在前襯起。東坡《方山子傳》曰「見其所著帽，方聳而高」是也。隋文帝聽朝之服有折上巾，文臣平頂小樣巾。郭林宗遇雨，折其巾角，陳梁名士爭效之。諸葛武侯葛巾毛〔九〕扇，指揮三軍。謝萬白綸巾鶴氅。石虎后女騎皆著紫綸巾。梁武帝賜何點鹿皮巾。庾信有《謝滕王鹿子巾啟》。隋著桐巾子，以桐木爲之，内皆漆。唐製羅巾，圓頂巾子。杜甫詩：「光明白氎巾。」王維詩：「俱篸竹皮巾。」李太白詩：「吴江女道士，頭戴蓮花巾。」程伊川所戴紗巾，背後望如鐘形，製以闊幅，元祐間人皆效之。《魏志》：亮致巾幗婦人之飾，以怒宣王。《後漢·輿服志》：夫人紺繒幗。《詩》「縞衣綦巾」，傳：綦巾，蒼艾色，女服也。以上巾。

大帽，野老之服，後乃高基屋。《晉書》曰：「古者冠無幘，冠下有纚，以繒爲之。後世施幘於冠，因或截纚爲帽。自乘輿宴居，下至庶人無爵者服之。」《儀禮》：緇纚，即黑紗以裹髮也。《隋志》：齊宋之間，天子宴私，著白高帽，士庶以烏。唐初以縠爲帽，以隔塵。汝陽王璡戴砑光帽打曲。《遼史》：小祀，皇帝硬帽。元學士帽，製如唐巾，兩角如匙，頭下垂。席帽，本羌服，以羊毛爲之。秦漢靴以故席。女子亦服之，四緣垂網子，飾以珠翠，謂之韋帽。管寧皂帽。桐帽、黄帽，隱者所服。以上帽。

《禮·玉藻》曰：「纊爲袍。」《説文》：「繭以緼爲袍。」楚莊王絳衣博帶，以理其國政。隋文帝製柘黄袍以聽朝。魏文帝遺楊彪羅縠錦袍。梁朝服朱衣。唐開元，導駕官朱衣。唐永壽中，賜岳牧金銀字袍。狄仁傑轉幽州都督，武后賜紫袍龜帶。唐制：紫袍三品，緋袍四品，淺緋五品，深緑六品，淺緑七品，深青八品，淺青九品。黄爲流外官及庶人之服，既而天子袍衫皆用赤黄，遂禁臣民服。單衣謂之袷衣，即古之深衣也。《魏志》：管寧白布單衣。《宋史》：仁宗皇祐七年初，皇親與内臣所衣紫，皆再入爲黝色，後士庶寖相效，言者以爲奇衺之服，於是禁天下衣黑紫服者。《通考》：宋高宗中興以來，技術官之服，有緋、紫、緑。金人之常服，其色多白，三品以皁，窄袖盤領，肩袖或飾以金繡。以上衣。

《説文》：「男子鞶帶，婦人絲帶。」鞶帶即革帶也。《禮·玉藻》曰：天子素帶朱裏終辟，諸侯素帶終辟，大夫素帶辟垂，士練帶綷下辟，居士錦帶，弟子縞帶。素，熟絹也。終辟者，盡緣帶邊也。辟垂者，惟緣帶之兩耳。及紳之垂者，練繒也。綷者，以練爲帶，單用之而鞭緝其兩邊，惟緣其下垂之紳，故曰下辟。錦帶，有文者。縞帶，生絹也。《漢輿服志》曰：韍佩既廢，秦乃以采組連結於璲。韍，璽之組也。《晉書》：自公主封君以上皆帶綬，以綵組爲緄帶。緄，繩也。唐改佩爲魚龜。五品以上皆金帶，至三品則兼金玉帶。《吴書》：陸遜破曹，休於石亭，上脱御金校帶以賜遜，以親以帶之爲鉤絡。帶鉤絡者，革帶也。《宋輿服志》：端拱中，詔作瑞草地毬路文方團胯帶，副以金魚，賜中書、樞密院文臣。大觀二年，詔中書舍人、諫議大夫、待制殿中少監紅鞓犀帶，不佩魚。《遼志》：朝服，臣僚繫鞊鞢帶，以黃紅色絛裹革爲之，用金、玉、水、晶、靛石綴飾，謂之盤〔一〇〕紫。《元輿服志》曰金涼帶一，紅羅裹、縷金爲之。以上帶。

裳，以連接裙幅。裙緣者，裙施緣也。《後漢書》曰：「祭遵爲人廉約，夫人裙不加緣。」古者裙爲裏衣，不居於外，故《周易》「黃裳元吉」，象曰：「文在中也。」《宋書》曰：羊欣著新裙晝寢，獻之書裙數幅而去。唐制，婦人裙不過五幅，曳地不過三寸。《列女傳》：梁鴻妻孟光，裙布荊釵。或絳裙紅裳、縞裙、石榴裙、蒲桃裙。以上裳。

《說文》：「袴，脛衣也。」應劭《漢官儀》曰：司空騎吏以下皂袴，虎賁中郎將衣紗縠虎文單文錦袴。永平二年，詔宗廟以下祠祀皆絳袴，應火德也。唐制：天子紫褶白袴。褶，複衣也。九品以上緋褶，大口袴。《開元雜記》有五品以上用細綾及羅，六品以下用小綾之制。宋制：三品以上紫褶，五品以上緋褶，七品以上緑褶，九品以上碧褶，并白大口袴。司馬相如、阮咸并衣犢鼻袴。犢鼻，短袴也。《魏略》：趙岐避難至北海，著絮巾布袴，在市中賣餅。以上袴褶。

絲，謂之履。《莊子》曰：「履方履者，知地形也。」賈子曰：「天子黑方履，諸侯朱方履，大夫素圓履。」孫卿子曰：「大布之衣，粗絲之履。」《晋令》曰：「士卒百工履色無過緑、青、白。奴婢履色無過純青。儈賣者一足著白履，一足著黑履。」《唐六典》：凡百官弁服，烏皮履。木履起於晋文公時，介之推抱樹而死，公撫木哀歎，遂以爲履。唐吴越間，則織高頭草履，加綾縠。以上履。

《三禮圖》曰：複下曰舄，單下曰履，其色各隨裳色。夏用葛，冬用皮。《周禮》：「屨人掌王及后之服屨，爲赤舄，黑舄，赤繶、黄繶，青〔一二〕句、青履，葛履。」注：赤繶，以赤絲爲下緣。句，屨飾也。《左傳》：「翠被豹舄。」以上舄。

《説文》：屣，鞮屬也。鞮爲革履。《後漢書》：皇甫規有當世重望，聞王符至，遂倒履而迎。《貨殖傳》曰：趙女鄭姬，揄長袂，躡利屣。利屣，舞屣也。以上屣。

屩，草履也。炙轂子曰：夏商以草爲屩，虞卿躡屩擔簦來説孝成王。漢卜式爲郎，在上林苑中，布衣著屩而牧羊。以上屩。

《說文》：「鞵，革生鞮也。」俗作鞋。又有麻鞋、椶鞋、青鞋、水靸鞋。以上鞵。

《釋名》曰：「屐，㩼也，爲兩足㩼，以踐泥也。」帛屐，以帛作屐，如屩者也。不曰帛屩而曰帛屐者，屩不可踐泥，屐可踐泥也。《宋書》：謝靈運好山水，尋山陟嶺，必造幽峻，嘗著木屐，上山則去其前齒，下山則去其後齒。以上屐。

《釋名》：靴，本戎服，趙武靈王所作。常短靿，以黄皮爲之，後漸以長靿，軍戎通服。梁蕭琛著虎皮靴。唐馬周以麻爲靴，殺其靿，加以靴氈。裴叔通以其羊皮爲靴。朱桃椎隱居不仕，長史竇軌遺以鹿幘麂靴。《朱子語録》曰：隋煬帝出幸，因令百官以戎服從，一品紫，次朱，次青，皂靴，乃馬靴也，後世循襲，遂爲朝服。《唐六典》：武官及衛官烏皮靴。《元輿服志》：紅羅靴，制以紅羅爲之，高靿。以上靴。

《說文》：「襪，足衣也。」三代始有襪，謂之角襪，前後相承，中心繫帶。《韓非子》曰：文王伐崇，至鳳凰之墟而襪繫解，因自結之是也。《唐六典》：凡王公第一品朱襪，六品至九品白襪。魏文帝吴妃已裁綾羅紬絹爲襪，後世效之，而古風漓矣。以上襪。

論器玩

畫中器玩，因時而異制焉。三代秦漢，坐席引几，韋編竹簡，執籥秉翟而舞，酌罍而飲，列鼎而食，登車射御，揚觶投壺，鳴玉服劍。晋及江左，綸巾鶴氅，揮麈清談，胡牀步障，酒甕鵝籠，縹囊巾箱，枕函象簟。冬則熏籠，夏則鏤冰。執白羽扇，揮玉如意，鳴箏撥阮，雙陸握槊，犢車籃輿，畫屏高燭，煮茶漉酒，苧衣葛巾，鬬雞舞鶴。服虔曰：容麗曰媌，形美曰婧。比於青琴絳樹，飛燕驚鴻。蟬鬢蛾眉，雲鬟皓齒。服則輕裙羅裳，雀釵錦履。明璫紫鎗，瓊佩珠環。玉作步摇，金爲跳脱。紅襦翠袖，碧釧花鈿。髻綰流蘇，簪盤寶勝。居則繐帷羅幔，繡户雕堂。雲母之屏，流黄之簟。鏡鎸雙鳳，帳綴連珠。紅竹爲簾，銀蒜爲押。然齊子簟茀，詩人所譏；宣姜綯絺，君子爲刺。必也幽閒貞静，秉德含章，淑慎其身，式昭典則。冶容誨淫，聖人所戒。貽椒贈勺，斯無取焉。

山水中人物，只宜幅巾野服，芒鞵策杖，有遺世出塵之概。若峨冠博帶，佩玉垂魚，聲樂滿前，觥籌交錯，則平泉文會，江樓公讌之所宜耳。

論景物

唐詩詠山居景物，多可入畫。宋之問之「源水看花人，幽林採藥行」、王維之「倚杖柴門外，臨風聽暮蟬」「行到水窮處，坐看雲起時」、岑參之「沙平堪濯足，水淺不勝舟」、盧綸之「抱琴看鶴去，枕石待雲歸」、王建之「閉門留野鹿，分食養山雞」、張籍之「爲客燒茶竈，教兒掃竹亭」、許渾之「垂釣有深意，望山多遠情」「水流深見石，松晚靜聞風」「瓢閒高樹挂，杯急曲池流」、姚合之「酒熟聽琴酌，詩成削樹題」、周賀之「背日收殘雪，開爐釋硯冰」、張祜之「醉眠風卷簟，棋罷月移堦」、杜牧之「微雨秋栽竹，孤燈夜讀書」「曬書秋日晚，洗藥石泉香」、項斯之「客來因月宿，牀勢向山移」、李群玉之「鳥驚林下夢，風展枕前書」、賈島之「垂枝風落子，側頂鶴聽棋」「落葉無青地，閒身著白衣」、朱慶餘之「石面橫琴坐，松陰採藥行」「拂石安茶器，移牀選樹蔭」、李頻之「瓢中誰寄酒，葉上我留書」、曹松之

「滌研松香起，擎茶岳影來」、于武陵之「石路幾回雪，竹房獨閉關」、齊己之「終日秋光裏，無人竹影邊」，皆有高韻。

論樓臺

若夫落星之樓，雕龍作棟；靈波之殿，畫鳳爲梁。薄煙景而矗重霄，跨虹霓而窺雲日。莫不飛魚高揭，鴟吻斜搴。曲檻迴風，輕簾挂水。必以規矩，乃成方圓。求其繩墨，尋其尺度。柳子曰：「畫宮于堵，盈尺而曲盡其制。」執此而求之，庶不遠於理矣。

樓臺，界畫也。郭忠恕樓臺，引尺爲界，皆合《木經》。棟榱斗拱，衡接而綜錯。與夫文石之材，埏埴之用，雕鎸之飾，丹碧之麗，宜通於心而應乎手。

昔見郭忠恕《九成宮圖》，引筆如絲，微入毫芒。石上鎸文，殆同錦繡。山石則淡墨粗筆，作北宗斧劈皴法，有相映之妙。貫休《十六應真》，衣折如狂草，衣上錦文皆細描。古人仕女花鳥之細者，巖石粗筆，風骨愈高。

南宋畫院，樓臺或不用界尺，筆轉雄健，皆如篆籀。梁柱宜藏鋒，窗櫺瓦隴宜出鋒。筆勢上重下輕如懸針，自然有明暗之妙。屋梁榱桷，或有參差不齊，形其殘破；野殿荒臺，有棟宇齊梁之感。習之既久，與引尺同工。

蕭寺飛樓，遠望而雲迷者，宜用懸針，使與雲連處泯然無跡。

論屋宇

《詩》云：「考槃在澗，碩人之寬。」山林結廬，須有此意。籬邊種竹，磯畔停舟，使人望之，興蒹葭秋水之思。

藜牀蕙帳，幽人之所棲遲；衡門茅舍，隱士之所盤桓。草堂數椽，宜著於巖隈水沚，通以幽逕，渡以方舟，岡巒映帶，可循其跡。

村舍聚居，或臨清溪，或在幽谷，瞻宇對衡，瓦檐相接，蹊徑交错，必顧盼有致，方位攸宜。

杜工部詩：「亂水通人過，懸巖置屋牢。渚蒲隨地有，村徑逐門成。澗水空山道，柴門老樹村。」王維詩：「野老念牧童，倚杖候荆扉。」劉長卿詩：「苔封三徑絶，溪向幾家通。」寫物工妙，皆畫工也。

論舟

輕舟過峽，下水則一葉如飛，上水則牽舟百丈，宜得其逆水乘風之勢。

舟子御帆水上，四面之風皆能爲用，故江上往來之舟，皆挂帆也。

畫巨艦高帆，繫一繩於桅上，衆繩分繫於横竿，而總歸一綱，繫於船尾之柱。審風勢大小，或引滿受風，或半挂其帆。

長江大海，風勢不定。烈風襲舟，帆隨風轉，舟亦因之左右傾斜，人如附輪而上下焉。故畫風濤之舟，宜得其帆轉舟斜之勢。

江上輕舠駕兩槳者，名雙風燕，昔人詠於樂府。

龍舟畫舫，錦纜牙檣，惟有青緑湖山偶見之耳。

舊帆有破裂者，以雜布補綴而成。或絳色之布作帆，江邊望之，與碧波相輝映。

或雙帆齊挂，或於船頭分植兩竿，挂片席以受風，或布帆斜張，如開半扇，皆宜入畫。渡船，遠則張帆轉柁，近則引竿蕩槳。會稽舟子能手撥槳脚摇櫓，非游其地不能畫也。

漁舟或兩舟引一網，或數舟引一網，或手執兩竿擊小網，或投鍤而刺魚，或持長竿而釣，或繞絲於輪，放之中流。馬遠、夏珪嘗畫之。

余嘗游西溪交蘆庵，見淺水岸邊覆破舟，白鷺立舟底，殘楓疏柳，秋色斑然，謂古人無此畫本。造化之奇，豈有盡乎？

論橋

石橋九孔，或十七孔，數皆以奇。雕闌題柱，宜施於樓臺，《阿房宮賦》所謂「長橋卧波，未雲何龍」是也。至若溪村山店〔一二〕，通以板橋，或横一石，平短可渡。柳邊花裏，設以朱闌，曲折迴環，俯鑑菱荇。至於深澗急湍，水不時至，必築危橋，建長柱，鋪以茅土，兩端低而中高。閩中多雨，則橋上置屋，以止行人。

論用筆

用筆必曰中鋒。中鋒者何？鋒自中出也。如逆下之筆，折轉其鋒，使中而後出焉，所謂導之則泉注。或驟收其鋒，截然而斷，如勒臨巖之馬，所謂頓之則山安。必也氣在意先，意在筆先。氣如轍，意如御，筆如車。所謂無垂不縮，無往不復，以意貫之，如環之無端焉。筆鋒不可拖曳，不可揮抹。拖曳、揮抹謂之任筆。如壯夫擊劍，直刺如電疾，橫飛如風掃。静如木雞，動如脱兔。盪決乎上下，騰搴乎左右。若夫强弩之末，陳因失其巧；湛盧之鈌，越女失其技。轉筆如御車南馳，欲折而東，必引馬轉轅而緩旋。若轅不轉而遽東，車必覆矣。用筆之道，鋒不轉而遽折，則爲偏鋒，形體雖具，使轉乖戾。譬如覆車，不足觀也。

用筆中樞之力皆出於臂，而達於腕。運臂動腕，而指不知，此運筆使力之法。畫出於書，非二本也。

畫松針木葉之類，雖短至一二分，亦必以肘爲進退，腕隨之，指不動。善書者，畫必工，即此理也。不工書者，不能懸腕運臂，但以指挑撥，筆力薄弱，畫無蘊藏。

畫溪流迴瀾，必懸臂運筆，細若游絲，方能旋轉無礙。如引網執綱，衆繩皆舉。

惟點直苔及遠岸小樹直幹，以中四兩指叩管直下，乃有直勁之勢。

唐時有以竹弓擊彈丸者，能陷入堅壁數寸。其製弓之法，選初生之竹，範以石闌，使竹盤蹙其中而不得申，每尺生十節，製爲弓，力如鐵背。擣槐豆鐵屑爲丸，一擊而丸碎，因其節蹙而弓勁也。用筆之法，一點一畫必有起伏頓挫者，與竹弓一尺十節皆一理耳。

古人論畫，一字之訣，曰「活」。活者，謂使轉迅速，頓挫不定，無遲滯板刻之病。用筆能活，則山水人物、翎毛花卉皆有神。

古人畫横坡樹屋，無不藏鋒領筆。寒林出鋒，如錐脱囊。飛瀑則懸針下掃。叢竹葭葦，則出鋒勁直。

論傅色

《孫子》曰：「色不過五。」五色之變，不可勝窮也。寫山川草木，晦明燥濕，雲煙離合，與墨色渾然而無跡者，上也。色與墨相違，紛雜而不合者，下也。夫西施之姣，不假鉛華；南鳳之聲，無煩絃管。畫以墨法爲宗，傅色次之。

黄白赭黑青，石之色也。深碧濃翠者，苔草之色也。北宗峰巒惟用墨染，草木蓊蔚，始加青緑。二李青緑山水，以金鈎勒巖石棱角，日照而發光輝。郭熙淺絳，惟染赭石，再以墨分層疊之處，後世宗之。

遠山青色，夕照煙重，則加淡墨。春山新緑明秀，夏山蒼翠，秋山淺絳，冬山荒寒。或微加藤黄入赭，象枯草之色。《詩》云：「何草不黄。」

染雲山之法，晴日白雲，只以墨漬。若雲氣冥濛，散薄蒸騰，宜以净水渲染山半，連合無跡，則覺雲氣滃然，峰巒隱見。

北宗之山，專尚墨法，只以深墨轉折，横馳直下。山之輪廓與皴皺齊寫，皴皺只數粗筆，分成三面，得突欲平斜之狀。再以瘦硬出鋒筆法，畫斧劈石文，必數筆即成，不可重改。再以墨重染陰層。若傅色，則以靛青少許入墨染之，不宜用緑。

墨山水有以赭染人面及松身者，黄鶴山樵畫之，有高雅之致。

畫雪山，只染無雪之處，其雪自見。樹枝留雪，宜合於理，不可任筆漫留。樓閣橋舍，凡雪所不集處，皆應染之。若染色，則宜暗不宜明。激湍流泉，不宜重染。天際之色，方雪宜重，雪霽宜輕，以分雲色。

雪山，古人以重墨畫之，則石稜瘦硬，雪跡分明。今人用淡墨畫之，則筆力浮弱，模糊不辨

唐人畫雪，重染天際，樹石加粉，既以墨點苔，再以粉重點，皆於絹上畫之。

没骨山水始於楊昇，只以石青、石緑畫成，不畫輪廓，以赭石畫坡陀。樹幹用赭，葉用青緑，閒以紅葉，硃砂點葉。雲以粉漬，與青緑相輝映。再以苔草分其陰晴向背之處。

凡畫山水，必先近而後遠，由濃而及淡。傅色則先染淡色，由淡而及濃。凡岡

巒重疊，必層層加之。青緑則加以深緑、深青，或加墨。惟石青、石緑不可入墨。若淺絳及墨山水，則再加墨染深處。其次染樹，其次染屋宇人物。

密林背山，或喬松倚壁，山在樹後，其中間最近，最易相渾。法宜先染樹後之山，惟色宜淡，層疊分明。之後再染山前之樹，則山與樹判然分明而可辨矣。

山水傅色，必層層相加，適中乃止。色筆染時，與墨筆輪廓界畫如一，齊其輪廓外邊染之，不可微有出入。染至數遍皆如是，則色與墨合，泯然無跡矣。

凡傅色皆宜積淺以至於深。水多色少，則匀净厚重。不可遽重，遽重則滯。

染山用赭者，石骨也。青緑者，苔草也。然苔草稀處必見石骨，宜青緑與赭渾合，求其蒼潤。

松葉，宋人只以蒼緑略點，不復分針。其垂枝近景，或以淡墨淡青重畫松針。色宜蒼深，不宜嫩緑。

畫葦藋及叢草之茂者，連溪遮岸，先以淡緑渲染其處，再以深淺色筆畫之。

染連林叢樹，緑色宜分深淺，或石青、石緑，白色只宜兩三樹耳。楓葉唯始霜而鮮明者用硃砂，再霜用胭脂，霜餘殘葉用硃砂和粉，愈見霜意。

畫設色秋山橫卷，其長尋丈，千巖萬壑，霜林映帶，秋景斑然。宜多分樹色，如淡緑加赭爲蒼緑，脂加朱爲殷紅，脂加黄爲金黄，赭加黄爲杏黄。

傅色時行筆欲疾，不可停留。宜水多色少，則匀净無跡；色多水少，則凝滯不匀。

古人懸素紙於壁，静坐凝思，望紙上，久之如見峰巒之狀，然後揮毫落紙，須臾而成，若軍旅之謀定而後動也。

落筆頃刻而成，傅色數日始就。頃刻而成者，氣勢也。數日而就者，經營也。以上山水。

染樓臺屋宇之色，宜辨其名物，然後落筆。楝楹施以丹漆，《春秋·莊二十三年》丹桓宫楹是也。榱桷櫨椽，圖寫物象，緣以青碧，山節藻棁，皆宜於宫殿用之。

宋人墨筆樓閣，梁楝桷題，只以赭石染之。

茅屋之頂，赭加墨者，絳蓬草也。赭加黄者，黄茅草也。牆壁留白者，堊也。

《爾雅》：「牆謂之堊。」

橋屋之木，宜淺赭，以別於樹石之色。

屋宇傅色，先明營造之理。一宫之制，爲木，爲石，爲磚瓦，爲丹漆，爲紙。象物傅色，望而可識，見而能知，所謂辨名物也。以上樓臺屋宇。

染山水石緑者，先染草緑，再加石緑。花葉染石緑，後必以草緑鈎染。深者草緑宜帶青，淺者草緑宜帶黄。如絹上，正面用草緑，只宜背面襯石緑。若畫扇上，不能反襯，則用於正面，再加草緑罩，方覺厚潤。

花色之深紅者，必用硃砂，方不變色。銀硃色久則易變也。若石榴、朱槿，再以胭脂分染其瓣。如畫絹上，再以沈重硃砂反襯其背。

花中金黄色者，宜用雄黄，但其色日久或變。或只用藤黄，以硃砂浮標罩之，即成金黄色矣。

粉之爲用，或著白花，或合衆色。凡絹上正面用粉，後面必襯。正面著粉宜輕宜淡，與墨鈎之匡相合，不可出入。若先已重傅，再加以掩去墨匡，無從分染。

如牡丹、荷花，既傅粉矣，再以粉染其瓣尖，方有深淺層次。諸花之瓣，如求嬌豔，亦必先於粉上加染。

絲粉法：花如芙蓉、秋葵，瓣上有筋，須鈎粉色染。菊花每瓣亦有長筋，以粉絲出，并鈎外匡，再加色染。花心之鬚，絲出粉鬚，鬚上點黄。點黄之法，以粉合藤黄，入膠宜輕，其點突起，方不晦暗。

點粉法：寫生花不用鈎匡，只以粉醮色濃淡點之，宜意在筆先，其枝葉俱宜用色筆畫成，即没骨法也。

藤黄和靛青爲緑，視花葉之老嫩而損益焉。若著黄色花，須淺者染黄，深則用赭，或用脂也。

赭和墨爲鐵色，著樹根莖。合脂墨爲醬色，點海棠、杏花蒂。合黄爲檀香色，可染菊瓣。合緑爲蒼緑色，可點臘梅。

秋葵苞蒂并畫，樹花嫩枝，草花老梗。和硃爲老紅，可染菊瓣。

有寫色花間以墨染爲葉者，有全用墨寫者。墨色全在濃淡分之，花色宜淡，葉色宜濃。葉色又以濃淡分其老嫩、正背；花色又以淡墨略染分其深淺。又有於花内少加藤黄，葉内少合赭色，則花葉分明，不異用色矣。以上花卉。

泥金之色，鈎染鸞鳳、孔雀、錦雞毛羽，愈顯丹翠輝煌。

煙煤，即燈上煙也。如鸜鴿、百舌之翎羽，白鶴之裳，蛺蝶之翅，先以濃淡染出，以濃墨絲其毛，細鈎其大翅，則煙煤色暗，墨色光亮悉見矣。

染鳥之翎羽，必觀真鳥文彩，調色寫之。差之毫釐，即失其真。鸚䳇之緑，與野梟之緑不同；黄鸝之黄，與黄雀之黄亦異。唐太宗見文禽，召閻立本圖之，形勞神瘁，立本遂以懷藝爲恨。古人無臨本，惟用寫生。後世臨摹，漸失其真，無若葉公之龍，乃似龍而非龍者也。

校勘記

〔一〕「柯」，學海本作「枯」。

〔二〕「岸」，學術季刊本作「峰」。

〔三〕「宗」，學海本作「宋」。
〔四〕「羡」，學術季刊本作「美」。
〔五〕「梅」，學術季刊本作「梧」。
〔六〕「虚」，學海本作「雲」。
〔七〕「壁」，學海本作「牆」。
〔八〕「韋」，學術季刊本作「皮」。
〔九〕「毛」，學海本作「羽」。
〔一〇〕「盤」原作「盧」，據學術季刊本改。
〔一一〕「青」原作「黄」，據《周禮》改。
〔一二〕「店」，學海本作「居」。

寒玉堂論書畫

寒玉堂論書畫

論書

書契之作，取象鳥獸之跡。羲皇文字，不可考稽。三代未有紙筆，以刀雕字於簡册之上，名曰書刀。《考工記》曰：「魯之削。」削，書刀也。後以漆書之，筆用金玉，金玉堅硬，漆性黏滯，跡畫渾樸，形類蝌蚪。秦漢始以毛穎爲筆，初變古文大篆爲小篆。楷隸書體，化圓爲方，不以欹斜取勢。東漢雖變楷隸爲八分、草書、飛白，其氣骨體勢皆出於秦西漢，體變而典型存也。漢魏兩晋器物之銘、瓦當文字，皆當時工匠所書，後世士大夫終不能及，豈篆隸法度未失其傳，非碑盡中郎，銘皆仲將也？

魏晋以降，字在取勢，非若三代秦漢醇古天成、無事工巧。每書一字，如結構一樓、經營一臺，必使其輕重得宜，形勢翬飛而後已。一點一畫，皆非率爾爲之。梁武帝曰：「純骨無媚，純肉無力。」又曰：「揚波折節，中規合矩。分間上下，濃纖有方，肥瘦相和。婉婉曖曖，視之不足。凌凌凜凜，常有生氣。」

張芝習書，池水盡黑。鍾繇至於掘墓嘔血。二王父子承鍾、張遺規，集漢魏之大成，去古未遠。崔、杜、蔡、衛之書，俱在重規疊矩，加之以變化。每一字之布置，一筆之頓挫，如跳躍飛騰，成龍跳虎卧之狀。使其一字之内，一篇之中，無平凡板滯之筆。得其用筆，氣勢生焉。得其氣勢，形體立焉。古人譏僞書，謂字如算子，形如布碁，僞體凡格，無結構變化之妙也。

唐太宗曰：「吾臨古人之書，殊不學其形勢，惟在求其骨力。及得其骨力，而形勢自生矣。」今觀《温泉銘》《晋祠碑》，無一字羲、獻，而無一筆非羲、獻也。《潛確類書》曰：「臨書易失古人位置，而多得古人筆意。摹書易得古人位置，而多失古人筆意。臨書易進，摹書易忘。」綜前人所論，善學古人者，先得其骨力，結體雖變可也。不善學者，求其形勢。形勢雖似，骨力已漓。猶優孟之效叔敖，虎賁之似中郎。

東漢八分隸法，秦所無也。右軍行書新體，漢未有也。故形體因時變遷，用筆千古不易。八分波磔，變自史篆。真行點畫，出於八分。唐臨晋帖，宋習唐書，承其胎息，變其體勢者也。如宋四家之書，雖權輿於晋，而兼平原。徐、李、松雪臨二王，而兼北海、西臺，時使然耳。

率意揮毫，不求使轉，《書譜》所謂「任筆」。或肉多癡肥，梁武所謂「純肉無力」。或雖有使轉，而骨多於肉，屢見圭棱，《書譜》所謂「如枯槎當路」。皆過不及之病。

大令變右軍之體，世稱「散朗多姿」；以秀媚取勢，而用筆未嘗變，所謂「得其氣骨」者也。

中鋒者，謂鋒自中出，不可偏側。梁武帝曰：「用筆斜，則無芒角。」書法用筆，如壯夫舞劍，盪決揮刺，吞吐斂發，力出中樞，而貴蓄勢。蓄勢者，藏鋒也。古人取譬折釵股、屋漏痕。又曰如錐畫沙，如印印泥。如漢高用兵，不輕用其鋒耳。

運筆之法，以指豎拈筆管，以肩爲樞軸，力發於臂，貫於肘，肘達於腕。如車輪然，軸動而外輪轉矣。古人云：「運腕而指不知。」大令幼習字，右軍自後掣其筆不動是也。腕必上下起伏，取輕重之勢；左古迴旋，得圓轉之妙。《書譜》所謂「導之則泉注，頓之則山安」。故運筆之道，柔則圓，剛則方。静則止，動則行。圓如引規，方如陳矩。静如峰峙，動若雲行。昔張長史觀公孫大娘舞劍，得低昂迴翔之勢，懷素觀雲悟筆，皆此理也。

書小字必先習大字，其勾、挑、撇、横、直、折、轉，行筆處處精到，則雖蠅頭之字，心念筆法，意存體勢，始無輕率之病。黄山谷云：「小字貴寬綽有餘。」

習篆，取其匀圓。習隷，得其折轉藏斂。習草，得其圓轉迴旋，筆無滯礙。習行，知左右上下，賓主交讓之勢。習楷，得其方嚴。習飛白，得其翔舞。

古人云：「字無定形。」非無定形，無定勢也。字體在善得勢。張懷瓘所論抑左昇右、舉左低右諸勢是也。

多習古書，求其用筆：如錐畫沙者，藏鋒也。無垂不縮者，斂鋒也。無往不復者，迴鋒也。起伏者，别輕重也。頓挫者，猶龍之夭矯屈伸也。懸針者，出鋒也。垂露者，縮斂其鋒也。

唐人善書者不獨虞、褚，初唐二王之書尚多，又太宗嗜右軍書，風之所被，公卿傳習，當時尚無僞劣之體。雖不工書者，亦皆有可觀。數代傳研，風徽未泯。元明以降，草書往往縱逸，不復謹嚴。館閣之體既興，古法益墮。士大夫多不習篆隸，體格既卑，去古僉遠。然尚有法度，爲當時之體。今則敗法亂紀，百事無度，破體訛字，遠過北魏。求館閣之體，亦不可得矣。

晋人墨蹟，傳世日少。元常《薦季直》已燬，惟余舊藏有陸士衡《平復帖》、王珣《伯遠帖》真蹟。二王多唐人廓填、米海嶽臨本，惟日本所藏右軍《孔侍中帖》乃真蹟。

小楷《黄庭經》《樂毅論》《曹娥碑》《東方像贊》等帖，舊本難覯，近世翻摹猶虎豹之鞹矣。與其學翻摹僞本，不若臨文侍詔小楷，尚能得其筆法。

習真書，筆太圓渾，肉多於骨，不解使轉。欲救其弊，則寫《九成宫》《道因碑》《多寶塔》《玄秘塔》《圭峰碑》，則筆健勁。筆太强拔而少含蓄，欲救其弊，則寫二王小楷《誓墓文》《霜寒來禽》等帖，虞永興《廟堂碑》，則筆渾厚。

元氣未漓，混沌未鑿，含宏鍾毓，山原渾厚。庶物豐殖，既耕既疏。氣變俗易，藍田無玉，雲夢無犀。今書不逮於古，理固然耳。

論畫

《考工記》曰：「設色之工，謂之畫。」古之畫者，工所爲也。周官保氏六書，象形則近於畫，是與書異名而同體。張彥遠《名畫記》曰：「夫畫者，成教化，助人倫，窮神變，測幽微，與六籍同功，四時并運。」畫豈細事也哉！在於傳神寫意，神在象中，意在象外。不能使轉筆鋒，有起伏變化之妙者，不足以寫意。畫有神品妙品，寫意是也。寫意者，非謂粗率簡易也。凡神全氣足，皆謂之寫意。古者無舊本傳摹，依物寫形，乃得其神理。後人轉摹前蹟，形留而神去，後人因物寫形，益不及古者，皆不精八法，不求筆勢。此不揣其本，而齊其末也。

畫重氣韻。氣韻者，畫外之事也。畫外之事，何事也？《禮·學記》曰：「學以聚之，問以辨之。」聚則博識，問則明理。必也持志以養氣，博文以明理，襟懷高尚，氣韻自生，非筆墨之事也。

蘇東坡曰：「六畜有定形，山水無定形而有定理。」既通其理，然後變化之妙不可勝窮也。理猶體也，形猶用也。明於體用，若庖丁游刃而有餘矣。古畫雄古渾厚，不在形色而在用筆，猶書法之不在結體，而在點畫。既熟諳其理，筆有起伏頓挫，或放或斂，活而不滯，分其陰陽，窮其物象，隨意從心而不踰矩，奇妙自生。不在斤斤細巧，株守一家也。

古人畫樓閣，層檐疊宇，極盡工緻。四圍巖石往往用斧劈粗筆，恐傷於纖細而乏氣勢。人物衣折，粗筆如狂草，衣上錦文細模，皆此意也。

畫山水不難於險峻，而難於博大；不難於明秀，而難於渾厚。險峻、明秀者，筆墨也。博大、渾厚者，氣勢也。筆墨出於積學，氣勢由於天縱。宗炳曰：「豎畫三寸，實當千仞之高。横墨數尺，實體百里之迴。」惟關仝、荊浩、北苑、巨然、范寬諸賢，氣象雄厚，峰巒具千仞之勢，雖馬、夏猶不能及，況宋元以後乎！

漢劉褒作《雲漢圖》，人見之自然覺熱。更畫《北風圖》，熱者復覺涼。神於寫意。魏徐邈畫版作鱝魚，懸岸，群獺競來。神於寫形。

今畫不及古，紙亦不及古。古紙用藤用楮，或用麻布。陸務觀有《悲剡谿藤文》。古紙堅韌光浄。元時始有生紙，稍粗澀。黄鶴山樵畫山水，作解索牛毛皴，苔用枯筆點成，謂之「渴苔」。畫因紙而變也。後用竹草作宣紙、綿連紙，雖光浄，亦難作畫。

畫雲水，草書法也，筆須圓轉而無棱角。畫沙坡山脚須平直，以肘爲進退，不可低昂。

花鳥藏鋒與出鋒兼用：如鳥之味脚、花之枝幹用藏鋒，鳥之爪翼、花之葉瓣出鋒。

畫梅祇寫數枝，取得其神而已。其玉樹千條，瑶華萬蕊，别一格也。林處士之「疏影横斜」易寫，東坡之「回首驚千片」難工也。

梅枝堅勁，宜全用藏鋒。長枝頓挫之處，新條也。幹欲淺，枝欲濃，别霜皮與新枝也。雖放長條，不宜出鋒。點蒂苔鬚蕊，雖極寫意，貴不失其真形。

竹枝葉中鋒。葉生於枝，而有翻覆欹側之態，如聞其聲。時看真竹，得其形狀。松有兩鬣、三鬣、五鬣、七鬣者，言一蒂内生幾針爲幾鬣，攢聚而成圓形，非總出於一蒂也。畫必求其四面攢聚之形，不可平排如扇。針有長短粗細、筆有藏鋒出鋒之異。出鋒者，刺松也。

設色，定理也。何謂定理？人物之服飾、鳥獸之毛羽、樓閣舟車，皆有定色。設色求其與真無異，能事畢矣。惟山水無定色，朝暉夕霏，晦明變化，春山明翠，秋山蒼暗。草木榮枯，雲霞掩映，山色因之而變矣。

設色由淺而深，此常法也。由淺則易匀，遽深則易滯，滯則難救。色少水多則匀净。傅色層層相加，宜輕則輕，宜重則重。由淺至深，則深不滯。

墨畫，以墨分五色。如鳥之羽翼、花葉之淺深皆以墨分之，風韻轉勝於設色。蓋鳥之羽翅、花葉，天然之色，皆光采輝焕，丹青設色，斷不能及。故古人以水墨寫生，如霧中看花，得其神理意態爲勝。

墨畫，筆工妙者，皴皺有法，渲染得宜，無事丹青。（丹青）歲久易變，藤黄、鉛粉尤易改色。宋人知此理，惟畫墨筆，少加藍赭。南威、西子不假鉛華，素豔瑶姿，無煩丹碧。然俗士不知也。

畫有皴皺而無渲染，謂之無墨；但有渲染而無皴皺，謂之無筆。與其無筆，寧可無墨。故筆妙者，起伏輕重已分明晦，稍加渲染足矣。若專恃渲染，始分明晦遠近者，筆法猶未工也。

點苔之法，因山而施。土多石少之山則苔多，土少石多之山則苔少，純石無土之山則無苔。北宗斧劈石法，只點少苔，而坡岸之閒始苔草叢聚。唐解元臨李晞古山法，往往無苔，純石之山也。

畫山水花鳥，如身在畫中，心悟神契，體物察微，如臨其境。慎思明辨，必期一樹一石無違於理。《孟子》曰：「思則得之」。

《書斷》曰：陳閎畫馬，榮遇一時。明皇令韓幹師之，幹曰：「臣自有師。今陛下廄馬皆臣師也。」《列朝詩小傳》曰：王履工繪事，嘗游華山，見奇秀天成，因屏去畫家舊習，作畫四十幅。有問何師，曰：「吾師心，心師目，目師華山，如是而已。」宋王楙《野客叢書》曰：「曾雲巢畫草蟲，籠而觀之，於是始得其天。方其落筆之際，不知我之爲草蟲，草蟲之爲我也。」夫不知我之爲草蟲，草蟲之爲我，神合志一，與之俱化矣。然必先精書法，而後畫始有筆墨可觀。今學童戲筆皆有天趣，工匠圖物亦得其真，然筆或圓而不匀，直而不勁，雖形似而神不全，奚取焉？

畫驚濤斷壁、長松脩竹，一筆或引長數尺，剛而健勁，曲而有直，體側逆圓轉，而筆鋒變化，循環無端，非工書法必不能至。

用筆貴剛柔相濟，互得其用爲妙。如寫堅硬之物，則筆用剛；嫩弱之物，則筆用柔。凡用筆剛而無柔，則易妄生圭角；柔而無剛，則纖弱而力不足。凡折筆爲剛，轉筆爲柔，陰陽變化之道也。

丁酉秋八月中秋，西山逸士溥儒識。

華林雲葉

華林雲葉序

夫人之情，貴乎中節，而致中和。其次必有所寄，或寄於文翰，或寄於山林鳥獸蟲魚以爲樂。蓋樂其情之所寄焉耳，非有於文翰與夫山林鳥獸蟲魚之事也。必樂物而不役於物地。凡能娱吾之情者，莫非物也，樂之而役於物，斯玩物而喪志矣。故凡樂其所遇者，則必書之於編，表異而彰其美，古之人皆然。余既耽典籍而樂山林，索居海濱，憶所知者記之，暇日觀覽，不猶愈於博塞而游者乎？癸卯春二月八日，西山逸士溥儒書於寒玉堂。

華林雲葉

卷　上

記事

道光五年春蒐，宣宗親射，連發十九矢，皆中鵠。侍臣某攀弓諫曰：「《禮》云『志不可滿』，今陛下中十九矢矣，願無發後矢。」上納其言，遂不射。

西山有園，水木幽勝。道光中將賜孝和公主，公主辭，上問其故，對曰：「唐時公主賜第之盛，後此鑑之，奢靡之風，恐累至化，女臣不敢受。」上嘉歎久之。

道光三十年中未嘗營建宮室，内臣苦之，竊以水漬殿壁，僞奏殿頂滲漏，請修建。帝命侍衛升殿，察瓦無窳隙，罪僞奏者。

惇恪親王，宣廟第五子也，性嚴正，孝欽太后敬憚之，時兩廣總督進一英石峰，置牡丹臺中，太后顧謂王曰：「此石何似？」王對曰：「似花石綱。」太后默然。惇恪親王有疾，不喜服藥，端坐背誦五經，疾愈乃止。御下甚寬，乘輿過市，輿夫沽飲，王坐輿中待之。

林恭人者，未嫁而壻死，守節終身，四十而卒，其兄請旌於朝。恭人所居曰苦竹庵，種梅三五樹，其花皆白，恭人賦詩曰：「楊花芳草不知春，日日空階埽暗塵。苦竹庵邊千片雪，孤清常伴未亡人。」

光緒中，上駟院有紅紗馬，國語曰「勃羅黎」，科爾沁王所進。蒙古王公入朝，車馬集東華門外，有蒙古護衛控駛，馬奮蹄人立，護衛怒，横掣其繮，馬倒地而斷。其人爲東蒙旗下勇士科爾靈龜也。

月舟上人善琴，不能盡其道。一日，於雲水洞前鼓之，澈然有悟，遂通其變化。知成連移情，非虛語也。

汐沚僧慈航，將死，屬其徒曰：「三年開壙視我，若不朽，必鋈金。」及三年，其徒視之，果不朽，乃迎蜕而鎏金焉。孔子曰：「死不如速朽之爲愈也。」慈航之謂也。

成哲親王書法冠當世。一夜方觀書，忽微風撲燭，一人欻立案前，首幘而腰劍，半臂，請曰：「臣劍客也，愛王書法，欲借一觀，後當送還。」王殊不驚，取自書詩卷與之，其人受卷，穿楣飛去。歲餘，王上陵還，倏見一人，拱立馬前，曰：「還王卷。」退而迅走，王使護衛縱馬追之弗及。

傅蘭陔大令工琴，光緒中官滇南，夢道士來訪，曰：「知公解琴理，願贈一琴，明日於五華山叢取之。」大令求之，果得古琴。銘曰「施臣理段」。乃起夢琴樓藏之，後竟燬於辛亥兵火。

山右村民養豕者，豕突毁其圈，陷淖中，村民浚淖，得宋瓷碗，中有墨半丸，銘曰「珠楳」，質如灰炭，不可以手觸。余搨一紙，陳蒼虬侍郎賦詩曰：「東坡有至言，茶新墨惟舊。半笏能返魂，引几夢元祐。」

趙客者游臺南山中，日暝風淒，陵谷深險，將返矣，覬一女子負筐銜刃，猱升巖石。懼其顛，呼而止之，且問其故。言因母病家貧，入山採藥，將窮高陵求之。客大嗟異，贈金，不受，客賦詩曰：「谷口逢村女，殷勤問去蹤。爲言慈母病，採藥最高峰。」

析津黠婦，嗜魚而貧，晨起，買數寸魚，不足食也，俟賣魚者過其門，持魚而求易焉，故折閲之，竊擇其微大者，謁爲己魚，持以歸。析津，漁人之所集也，日數十易，而魚盈尺矣，屢易而人不覺者，漸也。後賣魚者知之，相告不過其門，黠婦遂不得魚。

新疆巡撫袁大化云：「道光中，崑崙山墜玉，大如廈屋，重數千斤。守臣表獻於朝，輦至皋蘭東郊，詔止之，乃置路旁，築亭覆焉。」

飛狐嶺東胡桃溝，數家居峰上，忽來一道士，謂居人曰是山有蛟，將發洪水，勸居人速遷。居人曰，吾居峰上，何水之能至，卒不遷。忽水自山後起，數家皆没。

有朝山僧行荒村，見神祠當路，入之。方展拜間，地中突出兩鉤，桎其足，左右鬼卒步而前，舉椎擊其臀，起落中節，良久乃止。蓋匠人設機以爲戲者。僧大懼，謂神降罰，匍匐而出。

辛亥遜位詔下，翰林院諸臣將歸。院中儲銀數千兩，無所繳納，或議分之。翰林編修高公獨不可，曰：「非義也。雖不能獻，敢竊取乎？」議者慚而止。高公諱振霄，字雲麓，浙江鄞縣人。

村婦某，婚數月，夫從軍死戍所，婦號泣，請歸夫柩。既至，婦不縞素，登天台山石梁，投澗以殉，輿歸，面如生，與其夫合葬焉。

臺灣楊氏婦，年二十五，賢而無子，夫病死，楊氏觸樹殉焉，鄉里會葬者皆哭，遂封其樹。

京師西山石佛村人董葵，短而悍，能伏地作虎嘯，聲振林壑，村中犬羊，聞之皆戰慄。

臧大者，寨口石板營人，事母至孝，勇健多力，能雙手舉五百斤石臼。家近山，母夜聞豹聲，懼不能寐，臧終夜侍側。一夕行山中，遇豹當路，臧怒曰：「夜擾母眠者汝耶！」礫石投之，豹立殪，貨其皮，得甘旨奉母焉。

酒之美者衡汾，他邑不及也。衡水魏生，酒徒也，常與同邑塾師飲，日暮歸，見少婦越田隴而行疾，以爲狐也，女故識魏，呼之，不顧，而遥叱曰：「野狐，何得幻人形狀？」後知爲塾師女，乃大慚，終身不敢見。此與唐蕭穎士遇少婦事同。孟子曰：「盡信書，則不如無書。」周書且然，况齊諧志怪之類與？

燕代間有逆姓者，元順帝北還，遺民思之，因作逆字，寓帝還之意，以爲姓焉。

湘鄉謝公振定微時，除夕妻烹雞，會其鄰亡雞，以爲謝妻之攘也，入其家就釜中提去。謝歸問之，其妻謂狸竊食，而不言鄰家事。其鄰曉聞雞鳴，求諸稻舍得之，鄰人愧焉，不敢往謝，乃納交於公，助金歡試於鄉，連捷成進士，官至御史，有直聲。

那文毅公彦成，課幼子夜讀，謂曰：「汝作刑官何如？」對曰：「一分罪，用一分法。」公怒責之曰：「如是天下無完人，汝將爲酷吏矣。《書》曰『罪疑惟輕，功疑惟重』，汝未之聞耶？」

章太史梫，字一山，寧海人。少年未仕，善化瞿文慎公鴻機賢之，爲寫薦書，命謁京師某巨公。章至京師，成進士，官學部左丞，終不出其薦書。瞿公後見某巨公，問：「章君來否？」巨公愕然，其耿介如是。卒年八十九，余輓以詩曰：「河決連涇渭，誰知清濁分。江南空作賦，地下豈修文。白髮仍爲客，丹心獨奉君。魂飛遼海月，應傍九邊雲。」

山東有女子，好多言，將嫁，母患之，輿中置棗二升，誡之曰：「且食棗，無多言。」輿人中途憩焉，相語曰：「春日何草先發？」女輿中應聲曰：「二升棗，食未了。先發苦蕒芽，後發扁擔草。」

薛、虞兩令宰山右，貪吏也，晋人疾之，爲之諺曰：「薛公如鼠，虞公如虎。薛公剥土，虞公食汝。」觀察使得其情，皆罪之。

湖北慈雲法師講經於京師拈花寺，士女雲集，有童子笑於庭，師慢問曰：「童子亦知浄土之義乎？」童子曰：「有土何謂浄？」師不能答。

高謙，沅江人，爲安徽縣丞。辛亥之變，城陷，或勸之逃，曰：「謙雖微吏，亦守土之官也，可逃乎？」衣冠北面稽首，縊於文廟明倫堂。

元和鄒福保，字詠春，光緒丙戌進士，官至翰林院侍講。辛亥國變，即寢苫啜粥，若居喪然。憂傷哀毁，凡四年卒，年六十四。

光緒二十二年丙申，儒生三朝，先帝命名曰儒。三歲上朝謝恩，先帝諭曰：「汝名曰儒，汝爲君子儒，無爲小人儒。」

先嫂碧魯福晋，嘗夢至大羅山，山中皆女仙，霞帔御風往來，若諸姑姊娣逝者多在焉，亡婢含香亦見之。後病將没，告先兄曰將歸大羅山，問其地，曰温州。余游江南，訪於温州人，言其地有大羅山，巖巒幽奥，樵牧不往，終歲在雲霧中，山名亦不顯，惟邑人知之。

葆子鈞以進士官山西提學使，有幼弟八九歲，性好弄，葆嘗憂之。時奎星閣落成，將書榜，濡筆構思，幼弟方戲於庭，問兄何思，曰：「欲題奎星閣榜耳。」幼弟應聲曰：「何不書『筆參造化』？」葆欣然從之。

施彦者，疏放不羈，喜飲酒，嘗有句云：「蹇驢黄葉路，斜雁白沙洲。」人謂之施蹇驢。後官滕縣令，飲酒如故，其妻羅氏諫曰：「朝廷以百里寄君，奈何耽酒？」施愧其言，對妻碎杯，誓不復飲。治滕三年，有惠政。

邯鄲人緣溪伐柳，以檋載之，置溪邊，會大風雨，覆其檋，柳條落泥中，盡生成林。邯鄲人名其溪曰柳溪。

京師有八旗子弟，游俠少年也，好味鷹，鞲首繫領，鷹多斃。後赴鄉試，文卷爲水浸，向日曝之，有蒼鷹疾下攫卷，高舉戾天，裂其卷，片片如雪飛。其人悔恨，遂不復試。

京師有武禿者，善取魚，能望水文而知魚類，投竿擲罩，獲魚如邱，人謂之魚寇。

白振者，秦之瘍醫也。時蜀山有大盜四人，横行川楚，殺人如麻，號蜀山四惡。虜振，使爲盜醫，振不可，乃囚石室中，械其手足。白有女曰蕚華，受劍術於華山尼，方省舅氏，聞變，負劍入蜀山，偵盜跡，飛躡巖嶂，窮險阻，至石室，遇盜與之戰，盜以飛索縐之，女劍斷其索爲三四，群盜發矢如蝗，觸劍紛落，卒誅四盜，破石室，斷械負父歸。

繆嘉蕙，字素筠，雲南女子。通書史，工畫。歸陳氏，蚤孀。光緒間入宫供奉，孝欽太后從之習畫，内監皆稱曰「繆先生」。

光緒中，山東巡撫進香木珠亭，置於殿隅。禮部侍郎上疏直諫，孝欽太后覽疏，即日命毁其亭。

光緒三十一年七月二十四日，儒十歲生日，朝孝欽太后於萬壽山樂壽堂中，時榮壽長公主及諸姑姊侍側，太后執儒手，問讀何書，對曰方讀《詩經》，命賦《萬壽山詩》，對曰：「彩雲生鳳闕，佳氣滿龍池。」太后甚喜，盤賜金銀福壽字。

淺毛猧者，犬之小者也，俄羅斯所貢。咸豐間，宫中養之，常隨帝左右。一日爲人擊斃，置貴妃院中。帝見犬斃，命埋之而不問。他日語侍臣曰：「是有小人謀陷貴妃，故欲朕知耳。」侍臣請糾之，帝曰：「糾則陷者有罪，是貴犬而賤人也，天下將謂朕何！」卒不問。

林學使開謩，辛亥後與陳弢庵太傅同居城西靈境宫，以風節自礪。然性疏放，嘗於元旦登瀛臺賦詩，書寄所親。太傅見之，批其尾曰：「元旦何日也？瀛臺何地也？開謩何人也？」

宣統三年，張朝芹官四川德陽縣令。會變攻城，急火入城中，婦子奔號。夫人官氏謂張曰：「公守此土，存亡與城共之，妾後死，公不知，請先斷指以明志。」遂引刀斷二指，軍士感夫人之義烈，誓死守。四川前後陷三十餘縣，而德陽獨存者，夫人之力也。

新羅崔致遠，字孤雲，隨使入唐。乾符元年及第，官侍御史。黄巢叛，高駢爲諸道行營兵馬都統，辟致遠爲從事。光啟元年，聘新羅，留爲侍讀兼翰林學士，出爲太山太守，隱於伽倻山。高麗太祖之興，崔致遠知必受命，上書有「雞林黄葉，鵠嶺青松」之語。後人名其所居曰「上書莊」，至今朝鮮尚誦其詩。有《桂苑筆耕》二十卷。

唐顯慶五年，詔左衛大將軍蘇定方討百濟。臨江欲渡，風雨大作，以白馬爲餌，釣得二龍，須臾開霽，遂渡師。執其王義慈送京師，平其國。今江名白馬，巖名釣龍臺，其巖石瓦裂，傳爲龍所攫云。

王太守貽燕者，需次潮中，畜僮陳猴。赭寇入潮城，縱火，門闔，太守家僮數十盡遯，太守登城，猴徑下以布授太守，俾縋其家人，未盡，譁言賊至，幼子自城上顛，猴捷進，承之以手。少女繼墜，猴張右手再承之。既免，夫人傷足，呻於道周，猴徑負其子女，行數百步置之，還負夫人，蹀躞往來，日行不能二十里。及太守卒，猴大痛，數絶。沈文肅公來弔，義之，將以自隨，猴不可，請護喪歸仙游，公乃以書抵其縣官，敘猴義，月給餼焉。

烈婦張氏，名茝蘅，字叔沅，江陵人。適同邑戴生芳濤。濤以攻苦致疾，烈婦刲臂和藥以進。疾日益劇，烈婦潛備毒藥藏之。芳濤既大漸，烈婦仰藥殉焉。幼弟曰：「嫂前夕背人作書，人至輒匿，何也？」發篋得書，則别諸兄託孤女書也，凡二百四十言，哀咽淒惋。卒年二十四。

鱗見亭尚書有僕薛順者，幼孤貧，母死無以爲斂，尚書爲葬其母，留順供灑埽焉。尚書卒，妾出二子皆幼，長子薄奉庶母，虐兩弟，且析其居。順乃奉主母兩公子，買廬移居。主母知順忠，出一瓶珠使經計，不問所用。順乃延師教兩公子讀。謗者謂順有異志，所親遇諸途者怒以目，朋友避道不與言，順不顧也。長子忌順，風有司治之，有司得其情，絶長子。後兩公子連捷成進士，順奉簿計呈主母，皆所置田産也，主母念順勞，厚賜之。一夕亡去，封所賜金帛，惟以敝篋行，則其母衣巾也。

福州尚幹村，林氏聚族而居。會清明渡江展墓，林氏以族行，少婦遺襁兒託小姑撫之，遇風覆舟，諸林盡溺，無一還者。小姑聞之，號泣無所爲計，乃焚香籲天，乞賜乳活兒以延林嗣，願終身不嫁，旋得乳哺之。兒成立，有子孫，姑年至九十而終，村人立義姑祠於祖廟之側，春秋祭焉。

葉向高，福清人，明萬曆戊戌進士，官吏部尚書、東閣大學士。微時祈夢竹山，夢紙上書曰：「富貴無心想，功名兩不成。」葉頗失意。貴後始悟，想無心爲相，兩不成爲戊戌也。

唐商客王昌瑾，忽於高麗國市中見一人，狀貌瓌偉，鬚髮皓白，左手持三碗，右手擎古鏡方尺許，謂昌瑾曰：「能買我鏡乎？」昌瑾以二斗米買之，鏡主將米沿路散與乞兒而去。昌瑾懸其鏡，隱隱有細字，其文曰：「三水中，四維下，上帝降子於辰馬。先操雞，後搏鴨，此謂運滿一三甲。暗登天，明地理，遇子年中興大事。混蹤跡，沌姓名，混沌誰知慎與聖。振法雷，揮神電，於巳年中二龍見。一則藏身青松中，一則見影墨金東。智者見，愚者盲，興雲注雨與人征。或見盛，或視衰，盛衰爲滅惡塵滓。此一龍，子三四，遞代相承六甲子。此四維，定滅丑，越海來降須待酉。此文著見於明王，國泰人安帝永昌。吾之記。」凡一百四十七字。昌瑾獻於高麗王弓裔，裔令昌瑾物色求其人，彌月不能得。唯東州勃颯寺熾盛光如來像前，有填星古像如其狀，左右亦持椀鏡。昌瑾白王，王令文人宋含宏、白卓、許原等解之，曰：「辰馬者，辰韓、馬韓也。青木，松也，謂松岳郡也。黑金，鐵也，今所都鐵圈也。今主初盛於此，終滅於此乎？先操雞，後搏鴨者，王侍中御國之後，先得雞林，後收鴨綠也。」三人私謂曰：「王猜忌嗜殺，若告以實，王侍中必遇害，吾輩亦且不免矣！」乃詭辭告之。考之東史，高麗太祖王建，松岳郡人。新羅政衰，弓裔據高句麗之地，都於鐵原，國號泰封，授王建精騎滅新羅，諸將勸進，遂爲高麗王，改元天授，定都松岳并泰封。

一童子讀《尚書》，問師《禹貢》之義，師曰：「禹平水土，九牧所貢，有用之物也。」童子曰：「怪石何用？」師不能答。

光緒甲午之役，南澳鎮總兵劉永福守臺灣，與日人戰，日人憚之，謂之黑旗將軍。永福有女，勇而能謀，運籌定策，屢敗日軍。日將左衛門攻竹塹城，十日不下，永福伏兵淡水，取瓜數萬，繫白巾蔽河而下，日人以爲劉軍大集，空壁迎戰，伏兵卒起，永福女分兵張兩翼横擊之，日軍敗績，舉國大振，濟師襲臺。永福伏兵四野，令曰動者斬。三軍静如木石。日軍夜至，以爲空原，中野而營。伏兵盡合，盡殲其衆。後力戰援絶，嘉義陷，永福之女戰死，永福浮海去，不知所終。

松文清公筠，精於《易》。常占一瓶當毁於午時，坐齋中守之。太夫人待公午飯不時至，親往唤之，見其狀，怒，舉杖擊瓶碎之。

孝女吴秀紅者，母病喘，女侍湯藥，不遑眠食。歲疫，比鄰同竈煎藥，女目眩神疲，誤以鄰藥進母，服之容變氣壅，女惶懼，奔告其鄰，見母藥在竈，號泣痛疚，返奔視母，母方坐牀上，病良已。詢於鄰家，始知化州橘紅之功也。初，化州賴翁者病喘，小婢侍藥，藥乾，潛取園中濁潦，再煎以進，翁疾瘳。見潦旁有老橘樹，實墜潦中漬爲泥，且其底有青濛，皆化痰靈藥。鄰人得此未服，女誤取之，僉曰天之報孝女也。

童星魁，石工也，有勇力，能曳百斤石而走。村人有忤其母者，童撻之至死，遂亡去。從僧習技擊，縱身取檐瓦，搦椽躡壁，作蝙蝠飛。林立者，塾師也，見童器之，謂童曰：「汝習此將爲盜耶？今邊塵未净，宜立功絶域，驍驍何爲乎？」乃教以兵法騎射，三年藝成，命入京會武試，戒之曰：「應變以静，躁則敗。」及試，童躍馬三周校場，將抽矢，馬忽騰立，童墜，頓憶師戒，就地半跪，連發三矢，皆中鵠，遂成武進士。官侍衛，征邊有功，封輕騎都尉。

劉鳳誥，乾隆進士，幼聰敏，能綴文。鄉老見梓人解木者，（問）能作破題（乎），劉應聲曰：「送往迎來，其所厚者薄矣。」其敏捷多類此。官吏部右侍郎，以罪充寧古塔。軍行至過復亭，亭長聞其才，請題亭聯。劉立書曰：「過也如日月之食，復其見天地之心。」投筆興曰：「吾將回朝矣！」越日，果有旨赦還。

光緒間，京師命婦以青紫彩絨翦爲毬，作太極圖文，綰以銅絲插鬢，行則摇，宫中謂之歡喜團。

侯夫人某氏，孝欽太后外家姪婦也。居宮中，以事私賄内監，總管發其事，太后杖某氏四十，奪命服，内監充軍。

杭州鳳林寺慧公，密行軼倫。邑令送米五百石，慧公使主計僧點之，而不禮焉。他日登座表衆曰：「明日當有善人至，其具三衣迎。」至時，則一老婦傴僂來，負米半囊，慧公待之敬，衆惑而問焉，慧公曰：「邑令墨吏也，攘民而施。老婦貧寡，身無擇行，拾田滯穗，三年之所積也，粒米重如須彌山矣，敢不敬乎！」

京師寬街廢寺，棟宇摧折，久無人居。褚童者，賈人之子也，夜行過之，聞寺中有聲若牛吼，乘垣窺之，見一道士髮髟鬛，對月作呑吸狀。顧見童，怒如虓虎，呼曰：「豎子破吾法矣！」急覓劍，童察其狀凶，躍而逃，道士追之急，叩賣漿者之門匿焉。自隙窺之，見道士仗劍向北追去。明日鳴於官，搜其寺，道士已遁。

康熙五十八年，琉球中山王尚敬謝恩表曰：「荷龍章之遠錫，鮫島生輝。沐鳳詔之追揚，丹楹增色。」

越南國者，炎帝神農之後也。炎帝孫帝明，南巡五嶺，娶婺僊女，生帝宜，王南方，號涇陽王。長子嗣位號雄王，曰鴻龐氏，都峰州，國號越裳。今越南殿山有雄王陵，其石門聯曰：「過故國，盼盧洮，依然碧浪紅濤，襟帶雙流迴白鶴；登新亭，拜陵寢，猶是神州赤縣，山河四百控朱鳶。」

安南一柱寺者，唐都護高駢舊府也。池塘之中石柱玉橋尚存，其後李聖宗禱神求子，夢觀音坐千葉蓮花之上，贈以一子，後果生太子，乃仿千葉蓮花之式，建觀音閣於其上，閣旁建寺，曰延佐寺。

越南阮惠之亂，太子阮福映將越海出疆乞師，忽鱷魚群集阻舟，太子祝曰：「吾東宮阮福映也，將乞師以衛社稷，苟行不利，其濳爾身。」鱷魚盡濳，旋獲諜者，知阮惠欲得太子，環海而設伏焉。後與惠軍戰海中，將敗，忽群獺鼓浪盡覆惠舟師。事平，福映即位爲越南王，建功臣廟，封鱷魚爲新鱷魚龍，封獺爲浪來將軍。

越南薄寮省有海翁廟，陳鯨魚骨。舟遇颶風則呼海翁，輒有鯨魚浮出，以背衛舟近岸。越人德之，建廟海濱，春秋祀之。

武性者，越南嘉定人。阮惠以西山軍犯越京，武性自鵝貢募兵勤王，克西貢，拜平西大將軍，尚玉攸公主。提兵西向，取富安、慶和，遂克歸仁。阮主改歸仁城曰平定，命大將軍武性、都護吴從周鎮守。阮惠遣其將陳光耀帥步騎十萬圍其城，武守年餘，糧盡，殺象馬爲食。阮主自將大軍援武，射書城中，令突圍出。武不受命，飛書勸王先取順化克故都，則歸仁不足定矣，王從之。既克順化而歸仁已破，武性、吴從周死之。歸仁既定，阮主設壇祭二臣，流涕顧左右曰：「此吾越之張巡、許遠也。」

朱文接，越南人。阮惠之亂，自嘉定起兵應阮主。阮惠、阮吕以戰船來攻，朱縱火拒之，遭反風敗績。阮主出奔高棉，如暹羅乞師，與暹羅王會於曼谷。朱浮海千里奔赴會所，牽阮主衣頓地慟哭，淚盡以血。暹羅王義之，發海軍二萬助戰。朱將其軍，苦戰海中，爲流矢中脅，王師從之敗阮惠軍，朱傷而卒。朱有妹曰妹娘，隨阮主征緬有功，號女將軍。

黎文悦，越南之勇士也。佐阮主定亂有功，爲嘉定總鎮。時暹羅使臣來聘，黎大會諸將，使義子黎文魁僞爲軍士，入虎柙與猛虎徒搏，文魁踏虎額繫其項以覆命，遲使震慄失對，黎睨之曰：「此吾士卒皆能之，何足異？」遲緬之君聞之，不敢犯其境。

京師白石橋溝水久涸，民畦其地而置圃焉。光緒十六年大雨，地陷爲穴，二三童子縋而下，曲折數十步復有橋，過則見一寺，丹青猶在，穹門竦疊，似有題榜。將升階觀之，忽陰風旋發，門自闢，望殿上懸琉璃燈，碧影熒然，一貓卧垣上，毛蒙茸，氣作怒。童子懼而退，既出穴，積潦奔注，溝塍傾頹，無復蹤跡。

京師西山，巖壑之間多産煤，權輸駝運，紆道盤岡，戽水鑿巖，爟爀山谷。《漢書·地理》曰，豫章郡出石炭，可燃爲薪是也。有村夫業此者，方施鏨鑿，忽石壁動摇，衆奔出，村夫後，巨石傾疊而下，遂閉穴中。衆哀其死，而莫能救也。其妻沈氏聞之，奔穴前仰天號哭，三日不止，山石崩裂，穴見，村夫自穴中出，竟無恙。感妻節義，改學圃焉。時人比之杞梁之妻。

光緒甲午，日人犯臺。福建陸路提督孫開華之子道元，募壯士與戰，被圍數重，大呼曰：「吾力已盡，可以見君父於地下矣！」怒馬陷陣而死。夫人張秀容散家財，招募一軍，誓復夫讎，苦戰數十日，卒死於陣。

乾隆間，緬甸攻暹羅，破其都，邑宰鄭昭起兵與緬軍戰，敗之。故都焚燬，遷於曼谷，自立爲暹羅王。暮年政荒，邇聲色，爲其壻所弑，號五世王。因國人不服，且懼朝廷之討，上表僞稱爲昭之子，遺命使修職貢，表辭哀切，疆臣上之朝廷，朝廷嘉其恭順，册封爲暹羅王。今曼谷有鄭王塔廟，其民至今思之。

南海之中有島焉，形如覆盂，曰七美島。昔有七女子居之，七女皆美，爲海盜所偪，七女不辱，投井死。後井上忽生七榕樹，枝幹端正，無參差之狀。

西山有僧獨居巖穴，劚荆根磨圓，自山巔擲之，轉而下澗，復抱登山擲之。日十餘度，顛蹶窒息弗輟。久乃悟道，彼殆以勞一其心志者也。

辛亥之變，雲南彌勒縣知縣胡國瑞，投縣署東井死之，士民請封東井，題曰胡公井。湘潭何性存聞變，縊於粤東提署死之。香山李郇雨聞變，絶粒五日死之。江陰趙焕文聞變，縊於三賢廟死之。三君皆秀才也。

光緒庚子秋，八國犯京師，公卿惶懼無策。京卿胡祖蔭與客鄭生計，欲法曾文正公在籍團練，請於朝，以不諳封奏故事，訪於御史某，夜疏草未半，鄭立成之。既上，奉密旨則卷竹紙爲筒，剥卷盡得旨，報可，且命馳驛往。經武昌，謁總督張文襄公，公曰：「何不請印？」乃刻木畀之。會和議成，罷其事。後祖蔭弔鄭詩曰：「往事循曾相，雄文擅馬周。」謂此事也。

升文忠公之爲陝甘總督也，命藩司樊增祥取縣吏四人能文者，樊靳之，復書曰：「本司雖老，日上萬言，倚馬可待。」公惡其言悖，會聞藩庫虧儲，花馬池鹽政黷亂，乃命吏密查，樊佯不知而執之，公大怒。樊聞之恐被劾，將寄書有云：「慶邸能容公，公獨不能容一增祥乎？」謀於幕僚，或曰：「先發之計，惟有劾升公耳。」樊從之，止發書，遂不詳陝撫，逕入奏。軍機大臣知樊之謀，抑其疏而告公，公乃疏劾之，略曰：「倘其心跡無他，自可保全晚節。若使汙泥有染，即當投諸濁流。」公置筆歎曰：「惜哉樊山。」蓋愛其才而法當劾也。樊由是得罪，使樊發書補過，公豈劾之乎！

宋和尚者，石工也，中年爲僧，人猶以其姓呼之。宋有巧思，自造生壙而設機焉。既封，盜覬藏金，破其墓，機發死數人。得宋尸搜之，無金，盜怒，散棄其骨。恃技而愚，殃及其身而已。

咸豐三年，宮中有盜出御案下，帝見其首禿，髮毶氈然。提督承旨捕禿盜，縲紲滿獄。有小吏謁提督秘白曰：「是纍纍者，皆非真盜。今已知其人，請寬期當擒之。」月餘果獲，盜髮多而長，其禿豬胞也。此與唐田膨郎事絶相似。

光緒十五年，榮壽公主府中，平明有男子奔入，坐殿上笑且歌，驍騎執之，目直視不言，蓋病癲者。内官請付有司治之，公主曰：「彼癲發耳，治之何爲？若犯帝座，將何以加！」命釋之。

京師蟠桃宮，三月三日士女焚降真香，曰會仙。有厨娘將往會仙，人戲之曰：「若見拈松枝而笑者，仙也。」厨娘焚香將歸，階前見禿髮跛丐，拈松枝行且笑，厨娘不顧而唾，行數武，忽憶鄉語，急覓丐，已邈。其真仙歟，其偶然歟？是不可知矣。

房山縣石工鑿山取石，地坼見一棺，已破，骨雜沙礫，帶玉猶存，石碣銘曰：「左林右峰，黿逆筮從。三七甲子，遷者青龍。」邑諸生劉震辰，見而解其義，曰：

「黿逆筮從者，地得峰林之勢，卒見鑿於石工，筮短黿長之讖也。青龍者，余之名也。」乃補棺而遷葬焉。

咸豐中，釋實山修頭陀行，居馬鞍山石洞中，十年不語，西山之人至今稱之。山下有楊姓者，業寒具，慕實山之爲人，胸前懸牌，書「戒語」二字，然逢人必告以戒語，嘵聒不休，人多笑之。

道光中有侍郎，美容貌而黃鬚。將獨對，染鬚以朝，上曰：「以卿容貌，若得黃鬚，宜至封疆。」其人悔恨幾死。

趙玉者，以護軍參領隸旗下，奉檄從將軍戍邊。其友蔣方謂玉曰：「子有老母，不可遠行，我無室家，請代子。」乞於將軍，陳辭慷慨，將軍義而許之。蔣至戍所，遇牧羊兒，訝其貌似亡友某，詢其鄉貫，果亡友子也。云幼從父販皮至邊，父病死，鬻身爲奴葬父。指父墓示蔣，墓木已拱，皆兒手植者也。蔣大悲歎，盡售其裘馬車乘贖兒。及期攜之歸，分宅之半居兒，且教之讀書，中順天鄉試，官部郎，都統旌其門曰「孝義」。

醉丐者，嗜酒任俠，隱於丐者也。腰懸一瓢大如甑，得錢則沽酒注瓢，舉而飲。冬卧於道，不避冰雪無寒色，終日不食無飢色。有悍婦忤其姑，囂嘈過市，丐直前披其頰曰：「汝何得忤姑！」悍婦大啼，奔愬於夫，謂受丐辱，必報。其夫糾衆操梃刃，覓丐將仇之。遇於河上，衆環而進，丐揮以肱，梃刃皆飛。手提其夫，批頰如婦狀。有坊官，貪吏也，與之酒欲觀其飲，丐不顧，曰：「此盜泉，可飲乎？」後游於燕趙間，不復見之。

濟南童子幼敏慧，鄰有㹀牛逐人，角及背矣，童子呼曰：「速伏地。」牛不能觗。嘗隨牧人登山刈草，忽野火燎原，風焰捲地將及，牧人惶竄，童子教之迎火而奔，皆免於難。鄉有盜失金帛者，鳴於官，發籤窮捕，十日不獲，童子教捕者曰：「盜得金必飲博，若於酒肆座中駡之，色怒者盜也。」捕者從其教，果獲盜。

乾隆中，新疆回部作亂，鄉人受害者以爲郭汾陽召回紇助唐，實生亂階，群發汾陽之墓。用回紇兵不始於汾陽，蓋鄉人不知也。光緒中，又有長安縣民控郭汾陽奪其祖田爲牧馬之地者，官叱出之。夫汾陽勳業可謂盛矣，豈知發墓興訟於千載之後哉？

余讀書馬鞍山戒臺寺時，有巡山僧悟圓者，滄洲人，睅目修軀，善拳勇，一日舞刀於鐘樓前，曲踴橫躍，揮斫成風，觀者辟易。監院徵源過之，以袖拂其刀，刀飛著壁上，入磚數寸，戰戰有聲，喝悟圓曰：「汝不修正法，此何爲者？」悟圓大懼伏地，卒爲戒僧。蓋徵源習藝嵩山少林寺，執禪堂維那十餘年，性樸訥，人無知其懷技者。

記詁

東史：檀君國號朝鮮，當唐堯戊辰之歲，箕子因地而封也。夏禹十八年會諸侯於塗山，檀君遣子扶婁來朝。扶婁爲扶餘始祖，百濟首都，猶新羅之都雞林也。

《孝經》「天子有争臣七人」，《左傳》「趙簡子曰，魯孟獻子有鬭臣五人」，鬭臣即争臣也。

《詩・齊風》曰：「射則貫兮。」注：「貫革也。」《儀禮・大射》曰：「不貫不釋。」《左傳》：「徹七札焉。」徹，猶貫也。

《常棣》之詩曰：「原隰哀矣。」《公羊傳·昭元年》曰：「上平曰原，下平曰隰。」

《禮·緇衣》曰「私惠不歸德」，故輿人誦孔子曰「惠我無私」。

《孟子》「始舍之，圉圉焉」，注疏訓「圉圉」皆言羸困之狀。《周禮·夏官·校人》曰：「乘馬，一師四圉。」《爾雅·釋詁》曰：「圉，垂也。」注：「守圉在外垂也。」言魚始舍，如馬在圉。校人之職，習於圉事，故以馬喻，非别有訓也。

《詩·豳風》「我朱孔揚」當作「絑」，「朱」假字也。《説文》：「朱，赤心木，松柏之屬。」

凡經典中，如「秉心塞」「淵王猶允塞」「不變塞焉」，皆當作𡨄。𡨄，《説文》：「實也。」《虞書》曰：「剛而𡨄。」今書作塞。塞，隔也，與𡨄異。

顧氏《日知録》謂以執兵之人爲兵，始於秦漢，蓋舉多者言之。《左傳》諸侯之師敗鄭，徒兵非執兵之人與？《論語》：「不患無位，患所以立。」鄭司農云，古立、位同字，「患所以立」謂患己所以稱其位者。漢石經《春秋》「公即位」作「即立」。《周禮·小宗伯》「掌國之神位」，「位」亦作「立」；漢鏡銘曰「位至三公」，亦或作「立」。

《孟子》「王請度之」，《左傳·襄四年》曰：「咨禮爲度。」《昭二十八年》曰：「心能制義曰度。」

《論語》「滔滔者，天下皆是也」，顔師古注：「班固《幽通賦》引《論語》作慆慆。」《詩·豳風》「我徂東山，慆慆不歸」，注云：「慆慆，言久也。」《釋文》引鄭本作「悠悠」。《世家》載此文作「悠悠」。悠悠，久也。《禮·中庸》曰「悠久無疆」。

《左傳·桓五年》曰：「君子不欲多上人。」《周禮·夏官·司勳》曰：「戰功曰多。」

《詩·秦風》曰：「豈曰無衣，與子同澤。」澤本作襗。《周禮·天官·玉府》曰：「掌王之燕衣服。」注曰：「燕衣服者，巾絮寢衣，袍、襗之屬。」袍、襗皆褻服也。

《孟子》曰：「疾病相扶持。」《漢書・食貨志》引《孟子》作「疾病相救」，救與扶持義同，《詩・邶風》曰「凡民有喪，匍匐救之」。

《論語》「兄弟怡怡」，《大戴禮・曾子立事》曰「兄弟憘憘」，《説文》：「憘，悦也。」

《孟子》「王驩朝暮見」，《禮・少儀》曰「亟見曰朝夕」，朝暮猶朝夕也。

視，《周禮》作眡，省作示。《詩・小雅》曰「示民不恌」。《前漢書・高帝紀》曰「視項羽無東意」，《史記》作示。

罪，《説文》：「捕魚竹罔。」假作辠字。辠，《説文》「犯法也」，秦以辠似皇字，改爲罪。

夢，《説文》「不明也」，《詩・小雅》「視天夢夢」，《爾雅・釋訓》曰「夢夢，亂也」，假爲㝱寐字，夢行而㝱廢矣。

志，《説文》：「心之所之也。」《書》：「詩言志。」《周禮・保章氏》注：「志，古文識。」蓋古文有志無識，小篆乃有識字。《論語》「賢者識其大者」，蔡邕《石經》作志；「多見而識之」，《白虎通》作志。

古彝器有郤字，《說文》：「郤，周邑。」《春秋傳》「祭仲」應作郤，省作祭。

漢木簡文曰：「謹以琅玕一致問。」《書·禹貢》曰：「厥貢球琳琅玕。」《爾雅·釋地》曰：「西北之美者，有崑崙虛之球琳琅玕焉。」張衡詩：「美人贈我青琅玕。」琅玕，青玉也。青珠名琅玕，謂其似玉。

古陶器文痏字從疒，按脾統血，脾虛血虧則痏，故從疒。又誓字作悊，意誠則信，約信爲誓，故從心，不從言。哲古文亦從心，作悊。大篆、《漢書》并作悊。小篆始從口作哲。

《家語》：舜彈五絃之琴，歌南風之詩，曰：「南風之薰兮，可以解吾民之愠兮。南風之時兮，可以阜吾民之財兮。」舜都蒲坂，今解州。其地有鹽池，非南風不凝，而民無所資，故舜歌南風而願其解愠阜財。《大戴禮·夏小正》曰：「合冰必於南風，解冰必於南風，生必於南風，收必於南風。」

《詩·小雅》曰：「彼都人士，垂帶而厲。」《左傳·桓二年》曰：「鞶厲游纓。」注曰：「厲，大帶之垂者。」

王忠愨公國維，學通古今，問余曰：「見內務府宮女籍曰某妞某妞，妞爲古文好字，此何取義？」余對曰：「此假借也，關東呼女子之未嫁曰妞，故宮女曰妞。《纂文》曰高麗有妞姓者，關東本三韓地，或亦用方言爲姓耳。」

郭景純《江賦》「三蝬蛭江」，舊注曰：「三蝬似蛤。」《玉篇》曰：「三蝬，蛤屬。」言皆不詳。三蝬者，蛤之有環文三重，實海螺之小者，肉肥可食。

《周禮·天官·鼈人》曰：「祭祀共蠯蚳，以授醢人。」《爾雅·釋魚》曰：「蜌蠯。」注曰：「今江東呼蚌長而狹者爲蠯。」《本草》海蜌即淡菜，一名東海夫人，又名海月，謝康樂詩：「挂席拾海月。」近海皆有，余嘗食之，味殊不勝於蝦蠔。

吾廬在陋巷，地卑濕，有蟲似蝸牛而無殼，人見而惡之。《説文》曰：「無殼者蛞蝓。」陶弘景曰：「蛞蝓，無殼是也。」

鷸，水禽也，其類數十。《説文》曰：「鷸，知天將雨鳥也。」《戰國策》蘇秦曰

「鷸蚌相持」。《爾雅·釋鳥》曰「翠鷸」，又曰「鵅天狗」。《左傳·僖二十四年》曰：「鄭子臧好聚鷸冠。」皆小鳥，與知雨之鷸別。

《小弁》之詩曰：「弁彼鸒斯，歸飛提提。」鸒性惡其類，相值則搏。詩人詠歎，故曰：「民莫不穀，我獨于罹。」鸒，山林皆有之，黑章長尾，味爪皆赤，形類鵲，俗名山娘。

臺灣春日逐疫，爲巨神前導。《周禮·夏官·方相氏》注曰：「以驚歐疫癘之鬼，如今魌頭也。」說文作顛。

黽，鼁也，其行勉强自力，故曰黽勉。鶉無定居，附草求食，故曰鶉奔。

鯈魚，白鯈魚也。《正字通》曰：「俗呼參鯈，魚長而小，時浮水面，性好游。」《莊子·秋水篇》曰：「鯈魚出游。」

鮝，乾魚也。吴王闔閭食乾魚甚美，因書美下魚「鮝」字。吴王所食，石首魚也。又鮓，藏魚也，以鹽米釀之，與鮝類。王右軍有《裹鮓帖》。

《莊子·天道篇》曰：「古人之糟魄已夫。」《音義》：「糟爛爲魄，氣之濁者。」

《禮・祭義》曰：「魄也者，鬼之盛也。」

驍，《説文》：「良馬也。」《禮・投壺》曰：「投壺妙者有連花驍。驍者，矢躍出也。」《漢書》「梟騎」借用，梟與驍通，皆取馬騰驤之意。

《詩・齊風》曰「其人美且鬈」，《小雅》曰「卷髮如蠆」，又曰「予髮曲局」，《禮・雜記》曰燕則鬈髮，古人皆尚鬈髮。

《書・益稷》「藻火粉米」，《説文》作「黺絑」，《爾雅・釋言》曰：「黹，紩也。」絺繡爲黹，故從黹。

閩人喜食蟳，海蟹也。《説文》無此字。長而多膏。又謂之蝤蛑。

右軍帖云：「戎鹽乃要也。」戎鹽，吐番所食者，故曰戎鹽，亦曰胡鹽。生河岸山阪之陰土石間，堅白如石。陶隱居曰：「治耳聾目痛。」魏太武帝賜崔浩縹醪酒十斛、水精戎鹽一兩，曰：「味卿之言若此鹽酒。」李太白詩：「盤中衹有水晶鹽。」

疃，《説文》「禽獸所踐處」，引《詩・豳風》「町疃鹿場」。京北有賈家疃。

《漢書・地理志》：「樂浪海中有倭人，分爲百餘國。」《魏略》云：「倭在帶方東南大海中，依山島爲國，度海千里復有國，皆倭種。」是括日本九州言之也。漢時賜日本國王印。《詩·小雅》曰「周道倭遲」，通作「委蛇」，回遠貌，漢謂委奴取回遠也。

翯，《說文》曰「鳥羽肥澤貌」，《詩·大雅》曰「白鳥翯翯」，《孟子》引《詩》作「白鳥鶴鶴」，應以《詩》爲正。

《爾雅·釋鳥》曰：「鵽鳩寇雉。」郭注：「鵽大如鴿，鼠脚無後趾，歧尾。爲鳥憨急群飛，出北方沙漠地。」鵽鳩一名突厥雀，一名蕃雀，一名寇雀。昔北人寇邊，馬驚雀南飛，以候邊警，故名寇雀。俗名沙雞子，其肉可食，似雉。

易州出陶甀，腹有口哆然。銘文七八字，體兼草隸，惟「一人」二字可辨。甀，《說文》：「受錢器也」，「古以瓦，今以竹」。俗謂之撲滿，言滿則撲也。《前漢書·趙廣漢傳》：「教吏爲甀筩，以受文書密事。」故許叔重曰：「今以竹也。」

《爾雅·釋蟲》曰：「蛶，螪蚵。」郭注未詳。閩人謂蠔曰蚵，生海邊，附於礁石，纍積重疊曰蠔山，亦曰蠣房。海人剷取食之，蛶螪皆蠔方言之異耳。

京師王公稱乳母曰媎，讀如莫，平聲。按，《廣韻》：乳母曰媎。義與姆同。

記詩

京西馬鞍山戒臺寺千佛閣前卧龍松，盤蟠偃卧，枝幹如龍。聖祖巡幸寺中，題詩曰：「蒼松卧如龍，蜿蜒鱗鬣古。膚寸起山雲，用汝作霖雨。」

遼東句驪河，唐太宗征遼渡此，耕者往往得殘鐵。成親王《句驪河詩》曰：「句驪之河河水古，貞觀萬馬飲馬渡。淤泥塞道兵負土，行人欲尋失故處。何況司馬懿與公孫淵，一勝一敗千餘年。滔滔兩岸水無言，河流遶出鄧子村。遼東河之右，遼西河之左，太平疆界無彼我。河右遼之東，河左遼之西，年年入貢高句驪。」

辛亥國變，肅王匹馬出國門，賦詩曰：「幽燕非故國，長嘯返遼東。回馬觀烽火，中原殘照紅。」

先兄恭賢親王，以宣統辛亥秋出奔膠州，賦《觀海詩》曰：「白雲不在天，青山不在地。中有神龍游，蕩漾起空際。」

宣統辛亥前，陝甘總督升公允帥師攻西安，部將馬國仁驍勇善戰，所向有功。及公奉詔罷兵，國仁不能去，竟死於白狼之役。公賦詩悼之曰：「小敵不知怯，胡爲徒隕身。將軍雖効死，節度果何人。共事乾州役，相期渭水濱。滄桑經世變，惆悵憶前塵。」

升文忠公在庫倫，賦詩憶京師曰：「老臣猶在此，幼主竟何如。儻射上林雁，或逢蘇武書。」

膠州東海多霧，膠人謂之霧毛。先兄居膠東，賦詩曰：「已識塵如馬，今知霧有毛。不信齊東語，真堪續楚騷。」

舊搨陶弘景一帖，書法闓《入山詩》曰：「寒谷夜將晨，罝賞復尋真。方壇垂密葉，澈水渡朱鱗。杏林雖伏獸，芝田詎俟人。丹成方轉石，鑪變欲銷銀。當知勝地遠，於此絶囂塵。」邵陵王《入茅山尋桓清遠題壁詩》曰：「荆門邱壑多，甕牖風雲入。自非棲遯情，誰堪霜露濕。」二詩梁詩所逸，故録之。

海印上人住持潙山蜜印寺時，有宰官攜妾柩乞厝焉，上人辭之，宰官獻詩曰：

「松菊依然陶令風，去官歸路轉飛蓬。菩提樹下琉璃地，爲葬朝雲借一弓。」上人憫其意，許之。

釋寄禪，南嶽僧也，高山僧持啟亟請入院，寄禪謝以詩曰：「了然塵事不相關，萬壑千巖獨往還。猶恐世人知住處，何心更買沃洲山。」

日本田邊華，字碧堂，工詩，《發京城》云：「倚馬高麗第幾州，西風白露冷征裘。碧蹄館外行人絶，雲捲星河入驛樓。」《燕京》云：「西苑霜飛秋氣高，甘泉館裏賜香醪。當時扈從今頭白，愁見黃花似御袍。」《長城》云：「北備驕胡板築新，那知宮闕忽煙塵。當時卅萬長城卒，歸守咸陽無一人。」《洞庭湖》云：「洞庭淼淼水東流，尚見乾坤日夜浮。無限蒼茫千古意，天風吹上岳陽樓。」

楚僧寄禪，號八指頭陀，光緒間住天童寺。不甚知書，獨能詩，而訥於言，詩成乞人書之。其詩清逸超永，在皎然、齊己間。《西湖行宮》云：「孤山猶見五雲遮，父老年年望翠華。水殿無人秋寂寞，清溪開遍白蓮花。」「夾岸青青御柳垂，朱甍碧瓦壓湖湄。斜陽輦路多秋草，却隱三朝全盛時。」《贈恪翁》云：「雪嶺冰河凍不開，黄沙白雁使人哀。獨攜一片關山月，繞盡長城萬里回。」《國清寺》云：「樵路行忽盡，青蓮湧化城。水迴雙澗曲，雲截五峰平。不見寒山子，空傳智者名。余生獨何晚，懷古一傷情。」《春懷》云：「忽忽江湖老，悠悠天地間。孤雲歸楚岫，春雨夢吴山。異域同漂泊，故人悲未還。祇應幽澗水，留照鬢毛斑。」《麓山寺題瓌公房》云：「一室超諸有，禪扉夜不扃。山光四圍碧，松色六朝青。鳥啄齋餘鉢，猿窺講罷經。夜深人語寂，冥翠落空亭。」《登金山留玉閣》云：「高閣一憑眺，蒼茫太古情。天疑入海盡，潮欲挾山行。芳草金陵渡，斜陽鐵甕城。鄉關杳何處，向晚客愁生。」《登黄鶴樓》云：「昨放洞庭舟，今登黄鶴樓。白雲不可問，漢水自東流。落日千帆影，微霜萬木秋。時聞吹鐵笛，一洗古今愁。」《送胡漱唐太史歸江右》云：「與子初相識，那堪遠送行。楚山青不斷，湘水碧無情。待訪石門勝，同尋蓮社盟。匡廬在何許，悵望白雲生。」

月眉山，孤岡也。密林環翠，溪流如帶。其上有靈泉寺，壁間多同光朝士題詠，釋寄禪行脚至此，賦詩題壁曰：「六月寒生暑氣微，萬松涼透水田衣。月眉山色應相似，到此安禪莫憶歸。」余辛丑秋游月眉山，讀寄禪詩，題其下曰：「雲際靈泉寺，虛堂蔓草平。金輪半摧落，華表盡縱橫。初月林邊上，寒禽澗外鳴。空桑何所有，三宿亦緣生。」

李太白《贈汪倫》曰：「李白登舟將欲行，忽聞岸上踏歌聲。桃花潭水深千尺，不及汪倫送我情。」汪倫欲得太白詩，詭稱有桃花千樹、潭水一灣，故詩中及之，遂書一紙與之。至今安徽涇縣子孫猶寶此墨蹟，以水晶夾之，藏於汪氏宗祠。

涿州督亢亭，平原無垠，沙草彌望。《史記·燕世家》曰荆軻獻督亢地圖於秦，即此地也。明袁宏道《過涿州詩》曰：「平沙積水卧枯楊，野色蕭條草木黄。督亢因何稱沃美，荆軻圖去獻秦王。」

蒙古大漠中，風沙恒起，游牧之士往往能歌，其音多壯。《禮記》所謂「粗厲猛起，奮末廣賁之音作，而民剛毅」是也。其歌曰：「河沙如雪隨朔風，戰士躍馬彎强弓。彎强弓，飛羽箭，馬上齊射洮河雁。射雁落水水仍流，安得天漢爲長舟。」又歌曰：「北風怒號兮捲我穹廬，馬牛亡群兮牧士夜呼。北風之烈兮誰所使，引弓射風兮風不止。」

天目山能和上人，光緒中來京師，因僧録司請《龍藏》一部，蒙召見，賜紫衣。壬子，上人朝山至戒臺寺。余年十七，讀書寺中，贈上人詩有「遠辭天目月，來踏戒臺雲」之句。丙戌，余游天目山，上人已没，殿宇、《龍經》燬於兵火，乃訪上人靈塔，題詩曰：「昔時同作山中客，今日先爲泉下人。懷舊來尋靈塔記，獨將衣袖拂碑塵。」

文節公肅，廣東順德人，官御史。光宣之朝，諫疏數十上。與玉崑圃同官，玉以謀誅袁世凱被害，公欲贍其妻子，訪求終不可得。余《懷舊詩》曰：「謇謇登臺省，諍臣君獨良。青驄開道路，白簡挾風霜。嶺嶠徵車苦，關山使節長。杜陵懷舊意，遠問斛斯莊。」

余從母弟年十一，方讀《史記》，塾師命作荊軻詩，應聲曰：「荊軻若刺祖龍死，扶蘇直可爲天子。不殺蒙恬殺趙高，燕丹之謀真誤矣。」塾師賞之。

高麗爲百濟所敗，一妓死之，文臣李元衡悼以詩曰：「征西諸將總名卿，幾箇男兒擁重兵。惟有女郎知死義，九重曾不荷恩榮。」

魯家灘在西山中，余經其地見土牆上以炭書，曰：「落日邊城思李廣，秋風易水弔荆軻。」其村殊無士人，蓋過客所題也。

陝西韓城司馬遷廟石碣刻詩，曰：「芝川煙雨幕平廬，司馬坡前拜漢墟。蠶室至今遺恨在，龍門終古大名餘。翼經左氏堪争座，續傳班生敢近居。河有波瀾史有筆，世間多少未成書。」款題「承宣使者和寧」。

海印上人爲余誦其居山詩曰：「首陽山下幽棲在，芳草春深蕨菜肥。」余曰：「師志則善矣，句或未安。按《齊民要術》曰，蕨二月中高八九寸，滑美如葵，三月則散爲三枝，似蒿，堅長不可食用。春深蕨肥，豈堪采乎？」上人爲之改作。

福州將軍魁倫，嘉慶二年游雲門寺，畫菊於壁，寥落數筆，風致高逸，寺僧至今寶之。張孝廉朝弼賦詩曰：「慘澹秋容入碧紗，半開半謝一枝斜。閒來便到雲門寺，愛看將軍壁上花。」

趙松雪《自題落花游魚詩》曰：「溶溶緑水濃如染，風送落花春幾多。頭白歸來舊池館，閒看魚泳白漚波。」

錢舜舉《秋江待渡圖詩》曰：「山色空濛翠欲流，長江清澈一天秋。茅茨落日寒煙外，久立行人待渡舟。」

黄大癡《題秋山林木圖詩》曰：「誰家亭子傍溪灣，高樹扶疏出石間。落葉盡隨溪雨去，只留秋色滿空山。」

倪雲林《夕陽山色詩》云：「夕陽渡口見青山，誰識其中有此閒。君本爲樵北山北，賣薪持斧到人間。」《林亭晚岫》云：「十月江南未隕霜，青楓欲落碧梧黄。停橈坐對西山晚，新雁題詩小著行。」《翠竹喬柯》云：「篝燈共聽蕭蕭雨，已是催花二月過。翠竹喬柯渾漫興，硯山忽覺蘚文多。」《雙樹雨竹》云：「甫里宅邊曾繫舟，滄江白鳥思悠悠。憶得岸南雙樹子，雨餘青竹上牽牛。」《古木枯石》云：「倚石蒼蒼玉一枝，鵝池雨霽墨淋漓。誰如緑水園中客，落日虚亭獨詠詩。」

元釋本誠《客中九日詩》曰：「小橋流水繞迴廊，獨對西風憶故鄉。山崦人家秋色晚，客中無菊過重陽。」

唐解元《自題雲山詩》曰：「山高鳥不巢，水清龍不住。至察則無徒，故寫模糊樹。」

先兄游勞山上清宮，贈道士鄭玉清詩曰：「海中鐵樹珊瑚網，山裏仙宮白玉臺。讀罷黄庭倚修竹，深宵如水鶴飛來。」

余夢中得句云：「修竹一亭春雨餘。」陳蒼虬侍郎爲作水墨小景横卷，題詩。

朝鮮士媛詩，往往有正雅之音。余講學朝鮮，得南氏所輯《箕雅》十四卷，起唐終明，詩千餘篇，選録二十五篇。月山大君婷《寄君實》云：「旅館殘燈曉，孤城細雨秋。思君意不盡，千里大江流。」崔致遠《贈智光上人》云：「雲畔結精廬，安禪四紀餘。笻無出山步，筆絶入京書。竹架泉聲緊，松欞日影疏。境高吟不盡，瞑目悟真如。」《再經盱眙縣》云：「孤篷再此接恩輝，吟對秋風恨有違。門柳已凋新歲葉，旅人猶著去年衣。路迷霄漢愁中老，家隔煙波夢裏歸。自笑身如春社燕，畫梁高處又來飛。」李混《浮碧樓》云：「永明寺中僧不見，永明寺前江自流。月空孤塔立庭際，人斷小舟横渡頭。長天去鳥欲何向，大野東風吹不休。往事微涼問無處，淡煙斜日使人愁。」鄭之升《傷春》云：「草入王孫恨，紅添杜宇愁。汀洲人不見，風動木蘭舟。」鄭知常《團月驛》云：「飲闌欹枕畫屏低，夢覺前村第一雞。却憶夜深雲雨散，碧空孤月小樓西。」安裕《有感》云：「香燈處處皆祈佛，絲管家家競祀神。唯有數間夫子廟，滿庭芳草寂無人。」偰遜《過營城口號》云：「雲深沙路净無泥，碧草如茵散馬蹄。五月營城涼似水，冥冥山雨杜鵑啼。」徐居正《晚山圖》云：「嵯峨古樹與雲參，石老巖奇水滿潭。更欲乘鸞吹鐵笛，夜深明月過江南。」李齊賢《寄呈趙子昂學士》云：「夢罷郵亭耿曉燈，欲乘鞍馬覺凌兢。雲迷柱史燒丹竈，雪壓文王避雨陵。觸事誰知胸磈磊，吟詩只得髮鬅鬙。塵巾折角裘穿縫，羞向龍門見李膺。」許篈《灤河》云：「孤竹城頭月欲生，灤河西畔聽鐘聲。扁舟未渡尋沙岸，煙靄蒼蒼古北平。」金揩《百濟懷古》云：「斜陽斂盡大江平，千古興亡一笛横。閒載滿船秋色去，濟王宫北弔孤城。」李詹《舟行至潼陽驛》云：「一葦滄波上，飄然任此身。楚山遥送客，淮月近隨人。衰鬢渾成雪，征衣易染塵。那堪行役久，汀草暗知春。」李稷《病松》云：「百尺蒼髯古，曾經幾雪霜。風枝元崛起，雲葉半凋傷。誰識歲寒翠，反同秋草黄。猶餘直幹在，亦足棟明堂。」何應臨《禁林應制》云：「千門催曉斗，仙漏正沈沈。花氣薰長樂，鶯聲繞上林。雲披天仗近，月隱露臺深。明日長揚獵，誰懷獻賦心。」白光勳《送李擇可赴京》云：「歲暮遠爲客，此行應過春。河橋正風雪，關路尚煙塵。時見天邊月，如逢故國人。悲歌滿燕市，隨處莫傷神。」李春英《謫行》云：「夜發銀溪驛，晨登鐵嶺關。思親雙鬢白，戀闕一心丹。客路連三水，家鄉隔萬山。未應忠孝意，蕪没半途間。」權韠《有歎》云：「兵戈今未定，何處問通津。地下多新鬼，樽前少故人。衰年聊隱几，浮世獨沾巾。閉户風塵際，寥寥又一春。」《南州留别》云：「漠漠兵塵起，茫茫世事非。江湖人北去，時序雁南飛。驛路多秋草，離亭半夕暉。相看不忍别，流淚忽沾衣。」僧希安《次東岳韻》云：「栗里田園僻，歸來五柳青。看雲行小洞，邀月宿西亭。壁上王維畫，牀前老氏經。懸知送客後，寂寞掩柴扃。」僧禪坦《楞伽山中》云：「鞍馬紅塵半白頭，楞伽有病早歸休。一江煙雨西山暮，長捲疏簾不下樓。」閨秀李媛《寧越道中》云：「千里長關三日越，哀詞唱斷魯陵雲。妾身自是王孫女，此地鵑聲不忍聞。」《樓上》云：「紅欄六曲壓銀河，瑞霧霏微濕翠羅。明月不知滄海暮，九疑山下白雲多。」楊士彥妾《寄情》云：「悵望長途不掩扉，夜深風露濕羅衣。楊山館裏花千樹，日日看花歸未歸。」《閨怨》云：「西風摵摵動梧枝，碧落冥冥雁去遲。斜倚緑窗仍不寐，一眉新月下西池。」

福建鼓山多宋人詩刻。慶曆丙戌秋，邵去華《宿鼓山寺》詩曰：「玉磬聲流夜闃寥，天風吹送海門潮。鶴來松頂雲歸後，人倚闌干月正高。」黃軺靈源洞詩曰：「鼓山萬仞鬱崔嶢，東瞰滄溟勢轉高。尺五去天摩象緯，三千擊水駭波濤。攜笻古洞凌蒼蘚，瀹茗靈泉泛紫毛。暇日元戎追勝賞，暫陪笑語釋塵勞。紹興戊寅，郡丞邵武黃軺從安撫待制沈公游。」黃軺時官轉運判官，安撫沈公謂沈調也。

鼓山靈源洞喝水巖，唐末興聖國師嘗於山中誦經，惡水聲喧聒，叱使西流。宋趙希代靈泉洞詩曰：「尊者何年向此禪，一聲喝斷水之源。如何有許神通力，猶計當年寂與喧。」

張長史《四詩帖》縑素本，《雜詠》云：「既作湖陰客，如何更遠游。章江昨夜月，送我過揚州。」《見遠亭》云：「高亭遠可見，朝暮對溪山。野色軒楹外，霞光几席間。」《晚過水北》云：「寒川消積雪，凍浦漸通流。日暮人歸盡，沙禽上釣舟。」《三橋》云：「北臨白雲澗，南望清風閣。出樹見行人，隔溪有魚躍。」《全唐詩》録張長史詩六篇，此逸詩也。

文信國公書《小青口詩》云：「乍見秋胡婦，相憐遇楚兵。北來鴻雁密，南去駱駝輕。芳草平原路，斜陽故國情。明朝五十里，錯做武陵行。己卯八月三日，宿小青口，五十里至桃源縣。」按，公此詩作於厓山，事潰被拘北行之明年也。

高句驪樂府有《溟州曲》。昔有新羅書生，游學溟州，遇女子美姿容，生贈以詩，女曰：「婦人不妄從人，待郎擢第，父母有命，乃可。」生歸，習舉業。女家將納壻，女嘗以糯飼河魚，女謂魚曰：「我飼汝久，宜知我意。」將帛書投之，魚吞書而逝。生在京爲父母饌，忽於魚腹中得帛書。父母驚異，命持帛書及父書詣女家，歌此曲，女父母異之，遂納生焉。按，溟州爲新羅所置，高麗始采《溟州曲》入樂府耳。其辭曰：「溟州之水兮風揚波，無振我珮兮濕我綺羅，溟州之水兮奈爾清何。」

元和相國園中牡丹名百兩金，開時公卿宴集，觴詠終日。有婢曰青鳳，有才思，竊賦詩曰：「繡閣雲屏惠愛深，十年棲鳳在珠林。他時相府青衣去，不及名花百兩金。」相國見詩歎惋，擇諸生年少而才者嫁之。

楊廉夫寄梅道人詩曰：「祗陀山下問幽居，新長青松六七株。見説近前丞相怒，歸來自寫草堂圖。」

元吴江謝氏藏石屏一扇，有峰十二，作雲影蔽虧、奔波撼石之狀。楊廉夫名之曰巫峽雲濤。扶風馬文璧題詩曰：「木落晴江帝子悲，陽臺雲雨是何時。哀猿啼斷三更月，猶憶巴人唱竹枝。」

宋徐信卿製筆，名重士林。趙玉溪尚書以其法授馮須，縛一管試書之，不合意即拆裂復爲之，必如法乃止。趙文敏公，玉溪尚書從子，親見其事，以此法授之陸穎。馮、陸齊名，實本於此。後有沈日新者，製筆亦精，則在松雪之後矣。故元人贈沈日新詩曰：「沈生晚出亦舊家，恥將秋菊争春華。」蓋歎其不遇松雪也。

吴原博林下詩曰：「林下居常睡起遲，那堪車馬往來稀。春深晝永簾垂地，庭院無風花自飛。」

文待詔閒居詩曰：「傳呼曲巷使君來，樹底柴門懶自開。老病迂疏非傲客，直愁車馬破蒼苔。」

嘉慶間，八旗有戰士戍邊者，十年不歸，其妻賦詩曰：「十載從戎歷苦辛，鐵衣誰爲洗征塵。妾身不及閨中月，猶向邊關照遠人。」鄉黨傳誦其詩，會中使至邊，爲定邊將軍言之，遣戰士還。

江右庠生，納租縣堂，裹銀之紙有字跡，令取觀之，乃一詩曰：「寒燈照壁暗無光，蹙損雙眉幾許長。輕剪絳羅分綵綫，背人自作嫁衣裳。」問庠生，識爲其妹所書。蓋棄紙竈下將炊，生誤以裹銀來耳。問詩意何怨，云：「已受同邑生聘，家貧未嫁。」令憐其才，贈庠生金，迨吉送鼓吹焉。

畫禽鳥者必通其情，不獨畫爲然也，詩亦有之。《高麗史》：康日用欲賦鷺鷥詩，每冒雨至天壽寺南溪看之。

高麗王庭燕饗之樂有《雙花曲》，其辭曰：「寶殿之旁，雙花薦芳。來瑞我王，馥馥其香。煜煜其光，允矣其祥。於穆我王，俾熾而昌。繼序不忘，率由舊章。無怠無荒，綱紀四方。君明臣良，魚水一堂。儆戒靡違，庶事斯康。和氣滂洋，嘉瑞以彰。嘉瑞以彰，福履穰穰。地久天長，聖壽無疆。」

高麗樂府《夜深詞》曰：「風光暖，風光暖，向春天。上元佳節設華筵，燈殘月落下群仙。宮漏促，水涓涓。宮漏促，水涓涓。」

有文士娶妻，花燭之夕，文士方飲於堂，幼弟八九歲，在房中挑達不去，新婦厭之，出聯語使對之，曰：「畫燭畫龍，水裏龍從火裏見。」幼弟對曰：「繡鞋繡鳳，天邊鳳向地邊飛。」新婦乃喜。

有新婦花燭之夜，出聯使壻屬對，曰：「針破紙窗風一綫。」壻不能對。一家祟於狐，延道士驅狐，祟如故。一日，狐作聯語曰：「紅白梅花映紙窗，花無二色。」且曰：「若能對此當自去。」其家亦不能對。

江南士人赴試京師，道出河間，車征長途，日勢已晚，望村投止。老叟延客入室，出冷醪飲之。知爲文士，曰：「僕有句，請客屬對。」及吟曰：「冰冷酒，一點，兩點，三點。」客苦思莫對，中心疢作。至京師不第，尋病没。叟家夜聞鬼吟，聽之，則叟句也。以不爲厲，遂亦安之。叟没，其子改舍廬爲逆旅，有客聞其事，欲爲屬對，信宿未成。適有村女售花者，盈筐皆丁香也，客曰：「吾得之矣。」夜鬼出吟，隔窗對曰：「丁香花，百頭，千頭，萬頭。」鬼乃寂然。

越南壺公洞，重山高峻，俯臨大江，越南王黎聖宗詩曰：「神錐鬼鑿萬重山，虛室高窗宇宙寬。世上功名都是夢，壺中日月不勝閒。」

綿州志載李白桃源詩二首，曰：「昔日狂秦事可嗟，直驅雞犬入桃花。至今不出煙溪口，萬古潺湲二水斜。」「露濕煙濃草色新，一番流水滿溪春。可憐漁父重來訪，只看桃花不見人。」《輿地紀勝》曰：「李白逸篇。」

華嶽廟唐賈竦詩碑，款題：「唐元和元年十月二十八日。」其詩曰：「老柏寒颼颼，清祠晝寂寂。開門華山北，嵐氣沉日夕。國家崇明祀，五岳盡封册。福我西土民，報君金天籍。惟神本貞信，以道徵損益。無乃惑聰明，訛言縱巫覡。因循作風俗，相與成霶溺。疲病閭里甿，錐刀往來客。我行歲云暮，登殿拜瑶席。奠酒徹明靈，緒言多感激。鬱然展冠冕，凜若生矛戟。斑駮石色重，陰深香煙碧。虹梁無燕雀，玉座鎮虺蜴。肸蠁似有聞，依稀疑所覿。髫年業文翰，弱冠薦屯厄。天命幾微茫，神逵徒悚惕。今來游上國，幸遇陶唐曆。正直不吾欺，願言從所適。」

白帶山舊名莎題山，山下有雲居寺，建於唐開元年。其東峰唐詩碑曰：「元和四年四月八日，范陽縣丞吉逾書。」節度都巡使王潛詩曰：「萬木千峰空鳥喧，潺潺溪水下長川。人來石室藏經處，一逕歸時帶晚煙。」墨客軒轅偉詩曰：「不著登山屐，捫蘿也上躋。石梁分鳥道，苔逕過雲霓。梵宇千花裏，秋聲萬籟齊。周游興未盡，鐘磬度前溪。」吉逾詩曰：「到此花宮裏，觀身火宅中。有爲皆是幻，何事不成空。晚籟鳴寒谷，秋山響暮鐘。欲歸林下路，新月上前峰。」逾猶子騊駼詩曰：「石室最高峰，躋攀到此中。白雲連晚翠，清磬度秋風。未悟無生理，寧知有相空。且歸山下寺，還欲問支公。」逾猶子播詩曰：「石路多奇跡，幽巖鑿寶經。暮煙千壑裏，新月一山明。宿鳥知清梵，樵人慣獨行。爲隨歡奉後，豈敢學逃名。」王潛子益詩曰：「支公禪誦處，絶頂共登攀。日色千峰裏，鐘聲萬壑間。暮猿吟砌近，沙鳥傍溪間。一逕堪藜杖，行行厭下山。」

李商隱《晋元帝廟》詩曰：「青山遺廟與僧鄰，斷鏃殘碑鎖暗塵。紫蓋適符江左運，翠華空憶洛中春。夜臺無月照珠户，秋殿有風開玉宸。弓劍神靈定何處，年年春緑上麒麟。」

《十國春秋》載前蜀僧遠公傷廢國詩，曰：「樂極悲來數有涯，歌聲才歇便興嗟。牽羊廢主尋傾國，指鹿姦臣盡喪家。丹禁夜深空鎖月，後庭春老謾開花。兩朝帝業都成夢，陵樹蒼蒼噪暮鴉。」

天台唐釋元孚詩碑題曰：「元孚五十年前游天台，宿建公院，登華頂，攀琪樹，觀石橋之險絶，緬懷昔游，因爲絶句，寄知建長安兼呈台州王司馬。」詩曰：「天生石月架空虚，樹綴龍髯子貫珠。三十年前已攀折，建公曾到上方無。」王龜和詩曰：「華頂高峰接太虚，承攀琪樹賦垂珠。當時惟有建公在，老宿如今一半無。唐大中九年歲次乙亥八月丁丑朔六日壬午重題，以紀他年之事。」

唐釋法琳《清溪野老》詩曰：「元淑世位卑，長卿宦情寡。二頃且營田，三錢聊飲馬。懸峰白雲上，挂月青山下。中心欲有言，未得忘言者。」

康熙三十四年，上親征準噶爾，捷奏至御營，命費揚古留防科圖護喀爾喀游牧地，上親撰銘勒察罕拖諾山及昭莫多之山而還。次歸化城，犒勞西路凱旋之師，輟膳大享士。獻厄魯特之俘，彈箏笳歌者畢集。有老胡工笳，口辯，有膽氣，兼能漢語。上賜之湩酒，使奏伎，音調悲壯，歌曰：「雪花如血撲戰袍，奪取黄河爲馬槽。滅我名王兮虜我使歌，我欲走兮無駱駝。嗚呼，黄河以北奈若何。嗚呼，北斗以南奈若何。」遂伏地謝，上大笑，手書以告皇太子。

乾隆二年，準噶爾貽超勇襄親王策凌書，稱爲車臣汗議地界。策凌獻其書，并己所答書。策凌有二子陷準部中，是冬使哈柳復至，語及之，欲以動策凌。策凌厲詞拒斥，哈柳無以難，遂定議毋踰阿爾泰山。蓋自雍正末年與準夷議界，策凌凡三至京師，賊憚其威重，卒從所議，於是喀爾喀西陲拓地千餘里。初策凌用兵，皆其帳下侍衛綽克渾嚮導之力，及事定，策凌賜之千金而親飲之酒，綽克渾曰：「請王侍姬爲奴舞劍，奴請爲王歌。」歌曰：「朔風高，天馬號，追兵夜至天驕逃。雪山旁，黑河道，狹途殺賊如殺草。安得北斗爲長弓，射隕欃槍入酒鍾。」策凌大懼，并侍姬及所乘戰馬賜之。越七日而綽克渾死。策凌以乾隆五十年薨。

胡思敬，字漱唐，官監察御史。宣統年，數上疏陳時政，不報。國變後歸田，賦《山居》詩曰：「萬杉繞屋是吾廬，傍水編籬學種蔬。記得去年争大計，私裁諫紙作家書。」

棗陽瞽者趙家璧，善琵琶，通詞曲，後漸解文字，忽吟詩曰：「閒坐松陰下，鳥還人静時。鐘鳴僧去後，犬吠客歸遲。」一日吹笛，曲未終投笛歎曰：「陽春吹律，何得有商聲乎？余殆將死矣。」還鄉數日而没。

楊晨，字定夷，光緒丁丑進士，和章一山左丞詠雁詩曰：「冰雪凄然陋巷深，關山北望淚沾襟。上林天遠書難到，折盡江湖萬里心。」

宣統中，陳麓賓乞罷官。客過之，方灌菊畦，語客曰：「頃頓閒有園，居之適然。每傍晚澆花，望平西之日。覺甚異也？」曾習經左丞聞其語而悲之，賦詩曰：「投老歸來幸未遲，菊叢猶賸兩三枝。可憐看到平西日，不是尋常墮甑時。」

毓清臣明經，辛亥後躬耕淶水，賦燕山感舊詩曰：「金鼇橫亘石橋長，白塔參天倚夕陽。怕聽瀛臺臺下水，吞聲夜夜哭先皇。」

湘陰郭振墉太守，辛亥亂後旋里。得墩於天井山，築亭以覆之，題曰郭墩，賦詩曰：「自埋片石自題名，天井風流接治城。獨笑謝安高卧日，東山不戀戀蒼生。」

葉泰椿，字鶴巢，光緒甲午進士。《重登望湖亭》詩曰：「卅年身世兩番新，舉目山河淚滿巾。一泣空亭成底事，可憐相對亦無人。」

鄭文焯，字叔問，號大鶴山人。光緒乙亥舉人，内閣中書，不樂仕進。國變後鬻畫自給，有《虞美人》詞題《燕池落花圖》，云：「西園舊是滄波苑，幾度臨花宴。蓬萊宫闕總生塵，猶有一湖春色解留人。　當年湖上游仙跡，換得傷心碧。麝塵蝨粉滿亭池，怊悵倚簾人去未多時。」「斷虹一片宫溝水，春皺波難起。夜聞風雨葬傾城，須信人間天上等飄零。　雕輪寶馬城西路，轉燭空煙霧。流鶯休覓上陽花。已是緑陰芳草徧人家。」

陳太傅寶琛，出永定門，見古松橫偃道旁，停車畫之，并賦詩曰：「不惜道途老，終傷氣類孤。年來兵馬過，天幸免樵蘇。」

温文節公肅，奔行在所，邂逅析津，題余畫册詩曰：「年少多文密國儕，清標尤似趙彝齋。無窮禾黍宗周感，却付丹青寫古懷。」「煙銷孤樹亭亭出，水静沙禽拍拍飛。如此江山誰領取，王孫争忍不言歸。」

記游

杭州玉皇山頂道院，花石清幽，院有石井，其泉清洌，道士云白玉蟾井。白玉蟾原名葛長庚，繼爲白氏子，名玉蟾。宋嘉定中詔徵赴闕，命館太一宫，一日不知所往，詔封紫清真人。

臺灣阿里山番人伐木，入谷益深，崎嶇無徑，攀葛以登，得一石洞。剪棘而入，紆折百餘武，見一物龐然，與木石同色。薄而觀之，始知爲人。藤蕂蒙茸，纍蔽其體，叩之作石缶聲。其人忽張目，光如兩炬，衆驚，反奔及巖，疊滚而下。懼其爲禍，運石塞谷口，後無敢登者。

京西兔兒山多奇石，如峰巒之狀。相傳金人破汴京，取艮嶽之石棄置於此。易州婁山，有孤石如堂，三十里外望之，光同皎日，即之則黝然無光。臺灣瑞穗之水，韞涵鐵氣。自春徂夏，澗水泛漲。濁流既乾，堅愈确石，斧鍥不可施。每歲山中水落，居民急淘泥沙，緩則成石塞路矣。

登萊海岱之濱，産青石似玉，大者可以琢器。《禹貢》「鉛松怪石」，多不解其義。嘗疑怪爲硜之通假，硜古文瓌字。《正韻》曰：「硜石似玉」，如《詩・衛風》曰「充耳琇瑩」，傳曰：「琇瑩，美石也。」《説文》：「琇，石之似玉者。」《禹貢》怪石，蓋取爲器用，如琇瑩之類耳。

馬鞍山在永定河之西三十里，山中寺曰戒臺寺。唐武德五年建，名慧聚寺，古松十餘株，皆當時所植。寺西高峰如屏，曰極樂峰。余讀書寺中時，益陽海印上人來游戒臺，余與之同登極樂峰頂，望拒馬飛狐之勝。上人俗姓張，名永光，字海印，住持潙山蜜印寺。工詩，余喜其「一水分還合，千峰斷復連」之句，以爲不減大曆十子。

雀兒庵在西山中，去京師八十里，昔金章宗彈雀於此，故名其庵。或曰本名孔雀庵，舊供孔雀明王佛。其地多黃葉，人跡罕至，林壑幽勝。余讀書西山時，曾游其地。見明劉侗《帝京景物略》。

安徽南漳縣玉印巖，巖下石陷若盆狀，相傳卞和得玉於此。按，卞和所得者璞石也，故三上被刑，不應掘地求之，蓋好事者爲之耳。

登州蓬萊閣，可觀海市。有避風亭，海風盪決而亭中無風。

百花山在西山之中，去京師二百里，女道士楊清風居之，年百二十歲，有少容。山上有張良洞，多猛獸，樵蘇莫敢往。相傳張良辟穀於此。按，張良封於留，屬上黨郡，豈去封邑而來居此洞耶？

岣岣巖在昌平州北，鑿壁爲磴，攀援跋陟乃可登。石罅置庵，古樹環向，突石穹然若堂，陰雨不至，四壁明人題詩，墨跡猶新。

吴興潮音橋，舟過其下，不得言語，犯則覆舟。昔有客數人乘舟將至橋，舟子戒之，客不聽，箕坐大呶。舟離橋十餘丈覆於水，客盡溺，救之始免。

漢朱買臣墓有三：一在洛陽，一在南昌，一在嘉興，皆有碑記。

二步井，在京師安定門外。三井若鼎足，相去二步，水味分甘苦鹹焉。

薊州村中井石。井旁立石碣，穿孔繫索，索垂井中，深數十丈，常有風雷之聲，村人無敢掣其索。

西山過孟嘗嶺七十里，犖确無路，古木尋雲，鳥道當空，一峰孤峙，其巔鋭削，映日生光如劍鋒，名錐子山。左一峰如柱，五色文石纍積而上，巨石如梁，横置峰頂，傾斜將墜。一松横出石罅撑之。下生芝蓋，時有彩雲覆焉。

銀山鐵壁寺，在昌平州北。削壁插雲，石色礐然。松生石穴，欹偃倒挂，矯如龍螭。疊石成峰，崎嶇深險。寺中石臺棟宇皆遼金遺構，有明人詩碑。

勞山白雲洞頂，五松蟉若游龍，下瞰滄海。洞中石几碧色如玉，有道士居之，不火食者三十年。

盤山二石，一伏一仰，形如二黿，殆類彫鐫，名二黿聽法。石巖下古檜二株，皆十圍，相去八九尺，中間結茅爲屋，一僧居之。

紅螺山，在懷柔縣城外。昔有二螺大如斗，嘗出溪中，故以名。其山層崗合沓，清溪繞崗而流，澄澈見底，翠禽翔集。溪上有寺曰資福寺，花木幽茂，雉鳩集於階庭。蓋遼時古寺，乾隆間徹公重修，始振宗風焉。

衛公山者，在京北冷泉村之西，昔有衛公棲隱於此。山形如覆甑，多松杉。山麓一石，聳立八九丈，一人獨往推之似微動，若以衆往則百夫莫撼矣。石臨巖邊，下視牛羊，如豆如粒。

翠微山寶珠洞，小石攢綴如珠。康熙中高僧桂芳居之，歲久民訛言爲鬼王，塑像獰惡，赤髮而藍膚，此亦杜十姨之類與。

京北怪村，背山臨溪，居民十餘家。初有客夏經村中，渴甚，井邊有婦人汲水，奔赴求飲，婦不與而詈，客固有力且怒，舉數百斤巨石置樹上而去。村民見石驚爲神，築壇拜祭。客他日過之，見樹前設香燭，乃抉石投水中。村民以爲神石飛去，名其村曰怪村。

大覺寺木蘭二樹，雍正間迦陵禪師手植，花時香覆一院。山逕多怪石，爲虎踞羆卧之狀。金時名清水院，金章宗嘗游幸焉。

雲水洞在上方山，洞中有一百八景，石鍾乳所成。垂巖螺髻，蓮華千葉，觀音説法臺也。石虎數十，其文炳然。一盤盛桑椹數十顆，掇之始知爲石。十八應真，或坐或立，彫塑莫能加焉。石鐘石鼓，叩之皆如其聲。一石作波斯狀，衣冠鼻鬣如真。中洞低隘，垂巖去地不盈二尺，必仰卧翻身而入，則兩壁高若石城。石礫五色，璀璨如琉璃。遥聞水聲淙淙，不可入矣。

京西有古墓，背山爲隧如城闉。入數百步，有河廣十丈，波文渦漩，不可游泳。一小舟横岸邊，登之，其舟自行，至中流而覆，人落水則没，無生還者，蓋以機封。舉燎遥望，隱見宫闕。邑宰聞之，封其隧。

甘肅貴清山，望若培塿。溪水環合，近水之石多峰穴，不減英德、靈壁之奇。地僻途遠，人罕知者。

昌平、居庸之間，亂山千疊，高嶂倚天，古木千章，擀蔽雲日，三川合流，奔澗爲潭。巖半石洞如門，飛瀑下瀉如簾，擀蔽洞口，聲若奔雷。臨巖咫尺，不知有洞也。

衝泉入之，廣若堂房，鍾乳四垂，映水光華如五色琉璃。行數里，豁然見峰巒明秀，萬松盈谷，蔚爲蒼翠。居人數十家，耕田而食。萬山合沓，四壁如削，磈磝無路，惟洞可通。後游人漸集，居人苦之，以石封其洞口，薜蘿蒙密，與石壁一色，人不知其處矣。

遵化州有石門，山峽嶄絶。漢范陽守張純叛，靈帝遣將討於石門，即此。龍岡縣亦有山曰石門，《十六國春秋》石勒遣石季倫進據石門是也。

雲游僧圓澈者，行至西山石巖下，見茂樹四圍，中地平廣，自結茅庵居之。種菽半畦，巖罅有乳泉涓涓下滴，飲之而足。後人欲廣其田，鑿穴求水，泉遂竭。今茅庵已無，人猶名其地曰滴水巖云。

伽倻國，在朝鮮高靈縣。嘉悉王樂師于勒，象中國秦箏而製琴一十二絃，號伽倻琴。其縣北三里地名琴谷，世傳于勒製琴處也，朝鮮樂伎至今彈之。

昌平之西，經亂樹溝，斷木軔車輪，不得行。斬木而過，則孤峰當路。峰上有石洞，曰仙人洞，架木爲牖，二三苾蒭居之。削壁之間，小洞星列如蜂房，曲折皆通。

緣長梯窺之，中有龍蜕，首尾無闕，具蝴蟉屈伸之狀。

余游白帶山歸，緣山溪而行，同游僧法啟騎驢先之，驢馳隴畔，法啟墜，衆扶問之，法啟掉頭曰：「彼山僧墜驢耳，何問我？」此與懶殘和尚爲俗人拭涕之語機鋒相同。

西山極樂峰下，有石洞大如堂，傳鬼谷子習兵法所居。又有洞曰龐涓洞，高如城闉。

賈島谷在房山縣内，石庵尚存，相傳賈島居此。

寒冰井在南皮縣西一里，魏文帝與吴質書云：「憶昔南皮之游，馳騁北場，旅食南館。浮甘瓜於清泉，沈朱李於寒水。」即此井也。

九龍山，在京師之北。山不高而多石，環山淺灘可揭而渡。山頂有寺，前爲方潭，白石彫九龍首，噴水注潭中。松柏數株，苕華纍綴，望若朝霞。

西山龜岡彩石村，溪水清澈，水中生五色石，皆小石糅雜而成，轉蕩磨礲，光凈如玉。村人琢爲硯，觀美而滑，非硯材也。潭柘山紫石爲硯，潤而起墨。山僧採於水中，琢硯以售游客。然鎸成花草魚龍之文，俗惡，損其璞，余勸其勿鎸，僧弗聽。

濟南千佛山，古歷山也。山上有舜祠、黔婁洞，多隋人造象題字。

青城山常道觀，建於隋唐，銀杏一株，枝幹參天，傳爲漢張道陵手植。

東海勞山，巉巖萬疊，齊人爲之諺曰：「人言泰山高，不如東海勞。」漢時逢萌避莽之亂，隱居於此。山中有蔚竹庵，萬竿競翠，松幹皆赤色。

入勞山經九水，境乃幽邃，巖下積水成潭，飛泉下瀉，四山凝黛，水色如藍，名靛缸灣。

大安嶺穿雲洞，長十餘丈，中刻釋迦涅槃像，兩端通明如廊，夏日雲生洞中，如縷如絖。洞上有白石，雲升及石則雨。石平如砥，晴明坐石上，可望桑乾。

石景山在桑乾河上，一峰孤起，壁上摩崖四字，曰雲山石景。

金華三洞，上曰朝真，中曰冰壺，下曰雙龍。上洞有石真人像。中洞步石磴而下，洞廣如城門，飛泉自洞頂直瀉，聲如急雨，水與石戰，石壁若動摇，而洞底不見積水。下洞宏敞若堂，壁右宋淳熙元年號無咎鎸記。進則巖低如坎穴，清湍噴越，一小舟横中，人仰卧舟上，輓而入，則見石乳垂凝，成雙龍升降之狀。升者色紺紫，降者色黄，勢欲飛動。又有若獅象、仙人、鼉蛇、服翼、繫匏之形。垂石空然，叩之聲如鐘鼓。有卧石曰仙人衣，布文層疊。下曰仙人田，石上有耕犁之跡。篝火蒲伏過穹巖，則洞高可建纛。泉出石罅，下渟爲潭，蓋中洞冰壺之水也。其旁小洞如穴，幽窈不知其所窮。壁間多五代宋人題名，墨色如新。昔邑人徐公登山見二人共博，自稱赤松子、安期生，酌湖中水爲酒飲，徐公醉，及醒不見二人，而宿莽攢聚其上，故山上有赤松祠。澗自山出，曰赤松澗，至今仙跡儼然，蓋赤松之所游也。

臺之東，峰嶂崒嵂，至於峽口。群山青濛，撓翳雲日。下臨深淵，其水東逕太魯入于峽。斷巖倚天，横鑿爲道，上下皆二千五百尺。路盡則繩橋架空，長數丈，曰仙寰橋。登之簸蕩如附海舟，下視絶澗，勢若長蛇。

秀姑巒者，以其形名也。清泉下會爲溪，曰秀姑溪，靈禽翔集，水淺而多石，方舟不能入焉。

鼎山在拒馬河上，諺曰：「鼎山白雲蒙其巔，上元之會多神仙。」遠望果有雲氣，不見峰頂。余少年好游，登陟殊苦，及凌絶頂，則見荒山濯然，了無勝境，榛莽寒煙，神仙何在？因賦詩曰：「拒馬沉金甲，沙場兩岸邊。神仙竟何在，空瘞永安錢。」

雁蕩高峰曰北岡，尖峻極雲表。倚峰爲寺，曰能仁寺。寺僧諷經，山中獼猴數百爲群，入寺聽之，老者髯毛如雪。僧以饅頭食之，獼猴奉其老者，老者食然後敢食，有長幼之序焉。臨去各握茶少許報僧，其茶生於峰巔，人不能登，惟獼猴採之，名曰猴茶。

大鐘寺在京師西郊，本名覺生寺，懸鐵鐘高數丈，鑄《華嚴經》八十一卷，字體如《多寶塔碑》。明永樂年鑄，當時以文多難讀，撞以代之，旱暵祈雨於此。三月士女游春入寺，登樓始見鐘頂，以錢自孔投之，落地鏗然，鐘下積錢如邱，曰打鐘錢。

滇緬之疆，芒市之南，山中有土穴，深六七尺，平如砥。鳥獸過者輒吸入穴中，奔跳終不能行，人援之乃出，鳥獸之大者則不能吸。穴中積骨甚多，豈地中有所韞藏而使然歟？地處蠻荒，人無窮其理者。

流浮山赤柱村，蜑人所居，南漢主劉龑置媚川都以採珠。蜑人網蠔買之，棄其殼於海中，旋再生蠔，則復取之。蓋蠔以殼爲寄廬，北人謂之海蠣。

青山一名屯門山，又名杯渡山。蔓草中卧石刻「高山第一」四字，韓文公書，傳爲公謫潮州過此所題。《新安縣志》云，杯渡之顛鎸「高山第一」四字，傳爲韓愈題者也。其旁有「退之」二字，字已殘蝕。公有屯門山詩，見集中。

青山化龍崖，藏龍骨一節，形如斗，蓋脊骨也。

沙田望夫山上，立石如婦人負兒狀。相傳昔有婦人，夫久不歸，登山望之，會風雨大至，遂化爲石。

世傳新安龍穴洲，每風雨即有龍起，在新安縣西北四十里三門海中。新會縣龍窟，傳爲神龍出入之地，見《輿地紀勝》。今鯉魚門東北有南北佛門堂山，兩山聳峙，潮汐急湍，風濤鼓作，謂之東龍島。南佛門堂石壁有古刻龍形，巨首夔角，哆口鈎尾，其狀如龍，見《新安縣志》。大嶼山石巖上刻回文，似古文「雷」字。海中苦龍氣，龍起則雲雷從之，故海人刻石以象之耳。

記書畫

西陲所出漢木簡，有神爵五鳳年號者，又有新莽始建國簡。寫經之古者，吴赤烏《左傳》、魏黄初《老子》。燉煌石室藏王大令一帖曰：「缺書遂不得付，使人想知之，然其有書數歲，何以如此斷絶耶。獻之頓首。」

徐宗浩藏唐林藻《深慰帖》墨蹟，見《宣和書譜》。林藻書傳世者，惟此一紙。

余舊藏：晋陸機《平復帖》九行，字如篆籀。王右軍《游目帖》、大令《鵝群帖》，皆廓填本。顔魯公《自書告身》，有蔡惠、米元暉、董文敏跋。懷素《苦筍帖》，絹本。韓幹《照夜白圖》，南唐押署，米元章、吴傅朋題名，元人題跋。《定武蘭亭》，宋理宗賜賈似道本。吴傅朋游絲書王荆公詩。張即之書《華嚴經》一紙。北宋無款山水卷，黄大癡藏印。易元吉《聚猿圖》，錢舜舉跋。宋人《散牧圖》，紙本。温日觀《葡萄卷》，紙本。沈石田題米襄陽五帖。米元暉《楚山秋霽圖》，白麻紙本，有朱子印，元饒介題詩。趙松雪《道德經》，前畫老子像。趙松雪六札册。文待詔小楷唐詩四册。周之冕《百花圖卷》。杜瓊《萬松圖卷》。姚綬《煮茶圖卷》。陳白陽《虎邱圖卷》。王醴《花卉卷》。陳嘉言《花鳥卷》。解縉《草書卷》。祝枝山《草書卷》。

袁中舟侍講藏米元章《向太后輓辭小楷册》《行書虹縣詩卷》《題王右軍破羌帖詩卷》，元耶律楚材大字詩卷，張即之《報恩經卷》，倪雲林詩稿卷，董文敏小楷卷。

邵後夫藏定武本《蘭亭》、巨然《煙浮遠岫圖》立幅、錢舜舉《山居圖卷》、趙松雪書《右軍四事草書卷》。

王右軍帖，所見者《行穰帖》《七月帖》《遠宦帖》《奉橘帖》《快雪帖》《喪亂帖》《游目帖》皆疑爲廓填本，所謂下真蹟一等者也。惟《孔侍中帖》醇古，無廓填蹟，或真右軍書耶？《袁生》《瞻近》《裹鮓》三帖，則未之見。

京師見搨補之《墨梅卷》，梢頭蓓蕾小如豆粒，略點而成，橫枝如鐵，格在王元章上。

蘄水陳侍郎曾壽，號蒼虬。舊藏梅道人畫松，題曰「蒼虬」，因自號焉。

薊州觀音閣，榜書「觀音之閣」四字，傳爲李太白書。太白未嘗至薊，豈轉摹者耶？

易州興龍寺畫壁，明人筆也。樵牧積薪其中，剥落殆盡，惟壁隅半樹孤亭尚存。

余十七歲奉母居二旗村，有賣蜀黍者，以舊紙包之。觀其紙，乃宋槧《册府元龜》半頁。

五臺僧誦清，喜畫虎，所居屏幃皆虎也。嘗獨行山中，遇虎大懼，奔石亭碑下伏焉。虎入亭捬其碑，碑振，旋挾風去。誦清悸而成疾，其頭常摇，此亦葉公好龍之類也。

元荆溪吴國良，工製墨吹簫，以意製桐花煙墨贈倪雲林，雲林爲作《荆溪清遠圖》。

新羅率居善畫，嘗於黄龍寺壁畫老松，體幹鱗皴，烏鳶往往望之飛入，觸壁蹭蹬而落，歲久色暗，寺僧以丹青補之，烏鳶不復至。

唐時新羅僧金生，自幼能書，平生不攻他藝，年踰八十猶操筆不休，隸書草書皆入神。宋崇寧中，學士洪灌隨進奉使入宋，館於汴京。翰林待詔楊球、李革奉勅至館，灌以金生行草一卷視之，二人大駭，曰：「不圖今日得見右軍手書。」灌曰：「此乃新羅人金生書也。」二人不信之。趙子昂《昌林寺碑跋》云：「右唐新羅僧金生所書其國昌林寺碑，字畫深有典型，雖唐人名刻，無以遠過之也。」昌林寺在雞林金鰲山。

蜀畫師張爰藏懷素帖云：「圓而能轉，字字合節，同桑林之儛也。」宋理宗御題，項子京曾摹刻硯石上。舊有宋曹用、薛紹彭二跋及宣和諸璽、賈秋壑印，皆佚去。

明蓮池大師説法雲棲，有客以蘇文忠公書《妙法蓮經》七卷舍入叢林，師恐後世或有貪冒妄取者，却而不納。按公年譜，熙寧己酉，公年三十有四，爲駙馬王詵寫詩賦及《蓮華經》，即此本也。

趙文敏公重緝《尚書集注》，有自寫本，卷首公自畫像，烏紗朱衣，束帶執笏，神采清癯。

道光中，重慶萬壽宮成，徵書榜者，大尋丈，無敢書。何紹基往觀，見其榜亦逡巡而退。有餅師不識字，乞人書萬壽宮三字，日以油布刷釜，習其點畫。三年，乃請書榜，握刷釜之布，濡墨揮之，氣勢飛動，見者驚歎。今其榜尚存。

《詛楚文》唐人所藏，於佛龕中得之。孫巨源得唐人所藏古文一編於佛龕中，皆史傳文選所未録。章樵刊而行之，曰《古文苑》。李華《弔古戰場文》，亦得之於佛龕中。康熙間，朝士於佛龕中得張即之書《華嚴經》五紙。何佛龕藏書之多也！余讀書戒臺寺，亦於比邱壇佛龕中，見宋李唐畫菩薩像、翁覃溪小楷《金剛經》一册。何佛龕藏物之多也！後覃溪書經，爲香燈侍者盜去。

燉煌石室藏唐天寶年賜醫官告身，有左丞相李適之署名。

華林雲葉

卷　下

記金石

漢公孫弘鏡銘曰：「大漢平津侯陽朔五年造。」史稱武帝初即位，公孫氏年六十，以賢良文學而拜博士。其封平津侯在陽朔三年，乃武帝即位之十七年，即公孫氏請爲博士置弟子員之年也。鏡舊藏同安孝廉呂西邨家，後歸龍溪楊氏。

余得魏黄初年郭秃墓甎。《顔氏家訓》引《風俗通》曰：「誼郭皆諱秃。」當是前代有姓郭而病秃者。今墓甎直書郭秃，是以秃爲名者，故子孫諱之耳。

湖南李生藏張敞玉印，欲余作《畫眉圖》，余辭之。古人多同名，敢必其爲京兆耶？

明僧知幻，名道孚，萬曆中住持戒臺寺。工書法，嘗召入禁中作榜書，御賜詩有「高僧書翰勝中書」之句。戒臺寺南山大石，鐫「錦川石」三字，知幻書也。一日將示寂，别衆説偈曰：「昔本無生，今亦不滅。雲散長空，碧天皓月。」

昔游富春江，登嚴子陵釣臺，坐懸巖上，見巖邊字跡，辨之，有「大中二年」字。大中爲唐宣宗年號，不知何年修祠，取此唐碑殘石築巖。亦不見《兩浙金石志》。

余舊藏陶硯有長安李賀印，山東路大荒贈。又宋硯銘曰：「紹聖二年四月八日子瞻。」

馮氏《石索》大禹書十二字題曰：「摹諸《汝帖》及《絳帖》，未知所出。」按，此爲禹玉圭銘，見《古玉圖》。

隋僧静琬，慮東土法滅，石刻藏經，鑿七洞錮而藏之。中曰雷音洞，石柱鐫千佛像。四壁石經，唐時續刻，有元和字。洞中石案下瘞石函，隋文帝所藏佛舍利在焉。

漢中江石之上，有曹孟德書「滚雪」二字。隸法奇譎，水落則見。

金陵曾見宋玉兔泉井闌石刻，有元祐字，今無知其處者。

濟南大明湖見晋太康石碓刻字。

曾見舊榻梵書「唵」字，宋仁宗題詩曰：「鶴立蛇驚勢未休，五天文字鬼神愁。儒門弟子無人識，穿耳胡僧笑點頭。」

羅叔言徵君《貞松堂吉金遺文》中有善鼎，謂銘有箴戒，爲鼎彝之僅見者。按，善即膳字，《説文》具食也。《莊子·至樂篇》「具太牢以爲善」作善，非箴戒也。

羅叔言藏漢陶倉，朱書「粱米萬石」四字，大如《石門頌》。陶鉼，朱書「醯一器」三字，隸法古茂，似《禮器碑》。

遼東見北魏延昌墓志二，皆書丹未刻，筆蹤可見。

畫師周氏，游上方山，於林莽中得殘甎，有「翠雲紫」三字，筆勢逸宕，當爲遼金人書。

熱河出《遼聖宗哀册文》，正書方石，文體典則。余曾録其全文，補入《遼文存》中。

真定大佛寺，隋之龍藏寺也，隋碑尚存。近起佛閣，敗垣下得古甎，刻「孤雲重修」四字，蓋唐時僧也。

金冬心畫石，跋曰：「宿州靈壁縣地名磬山，石産土中，歲久穴深數丈，得之巖窟者，清潤有聲，扣之鏗然。石底多漬土，不能盡去者，度其頓放卬爲向背，或一面或二面，若四面全者，從土中生起。凡數百之中，僅得一二，亦三尺許，峰巒嵌空。又有一種石理磷砨，狀若胡桃殼紋，高一二尺。小者尺餘，或如拳大，陂陀拽脚如大山勢，鮮有高峰。但不宜風日露處，日久色黄，聲亦隨滅。間有細白如玉者，有卧沙不起峰者，亦無巖岫。所謂狀如眠牛，峰如菡萏，無稜角峭麗，此爲上品。聞能收香齋閣中，有之香雲終日不散。

《爾雅·釋器》曰：「骨鏃不翦羽謂之志。」注曰：「今之骨骲是也。」或作骹鶮，一作骸。河南秦隴往往出骨鏃，骺然如石。又出鐵鏃，有「右軍」、「左軍」字。或剜鑿以受毒藥。或作魚尾狀，用射熸帆之索。或旁出兩鈎，射人不可拔，號狼牙箭。孟子曰：「矢人惟恐不傷人。」信矣。

香山路旁石室，高四五尺，無窗扉，壁上刻承安泰和年月。字體欹斜，蓋金章宗時村民所刻。不知當時作此何用，疑佛舍也。

唐易州興龍寺，祀老君。有蘇靈芝碑，廟瓦皆僊字，作楷體。

日本京都館中藏瓦當，文曰「傳祚無窮」，云得之五臺山下。與余舊藏「富貴萬歲」瓦皆魏瓦也。又瓦當作蓮花文者，皆新羅高麗瓦。惟慶州一殘甎，有「儀鳳二年」字，蓋唐高宗時新羅佛寺甎也。高麗太祖滅新羅，改其都雞林曰慶州。

泰山道士宋乙濤云，泰山後石塢多秦漢古松，有北朝石刻。道士之潛修者，往往獨居洞中，石扉重閉，夜嘗有物叩扉，作婦人聲，不應，旋自去。

泰山没字碑，石粗如礫，故疑爲碑函。碑下左方刻一行書「帝」字，體類唐碑，不知何時所刻。道士宋乙濤云，昔年大雨，碑下有金泥玉檢流出。

羅叔言徵君藏一石，長周尺六寸，厚六之一，有大篆十餘字，如《石鼓文》，此史籀之僅存者。津門一觀，未及考釋，今不知歸何處矣。是日又觀晋篆書墓碑二，高尺餘。

毓清臣明經云，光緒間易州淶水岸崩，出北伯尊卣二器，中有玉魚二。淶人售其尊卣，以玉魚歸清臣。北伯之國不見《春秋傳》，若謂如西伯之稱，不應銘器。或北爲邶之省文，如彝器鄭爲奠、鄒爲祭之類歟？邶，商邑，在朝歌以北。又邶殿齊地，《左傳·襄二十八年》與晏子邶殿，皆不應在燕。豈燕封疆之外，亦有七十里之國名邶者歟？或滅國而遷其重器歟？是不可考矣。

袁中舟侍講藏米南宫硯，右起峰巒，左刻一「芾」字。又有硯作蟹形，碧色，臨洮石也。

吴興弁山白雀寺有米南宫石刻，曰：「水石潺湲，風竹相呑。爐香方裊，草木自欣。」款題「中岳外史米元章」，蓋當時所題上石者。

陽羨周孝侯斬蛟處，石橋尚存，有蘇文忠公石碣，題曰「晋平西將軍周孝公斬蛟之橋」，字同《表忠觀碑》。孝侯廟中有「斬蛟」「射虎」篆書二碑，宋人書。

臺灣埔里大石村，築道得巨石，工擊破之，中韞小石，黄色，温潤如玉。石面一花重臺五瓣，文如刻鏤。

天童阿育王寺中唐經幢，奚虛己書，筆法不減虞、褚。

王東培孝廉，金陵人，工畫梅。辛亥後隱居不出，偶游雨花臺得一石，石上有紅葉一枝，因號紅葉詞人。

河南出漢石槨，銘曰「郭季妃之槨」，體作楷隸，西漢墓也。

唐劉蜕小硯，左方有篆書「蜕」字。

長沙浚井得漢陶缾，有草隸延平年號。

紫端石小硯，大三寸，作鵝形。董文敏公銘其背曰：「養鵝池，作文玩。自寫黄庭，不須换。」余以《秋山圖》一紙易之。

畫眉山在京西，産黑石，研之可書絹素，銅雀臺石墨之類也。遼金宫人取以畫眉，遂名其山曰畫眉山。

金陵棲霞山，古攝山也。石上有南唐徐鉉、徐鍇篆書題名。余丙戌來游，手搨一紙，題詩曰：「靈巖留勝蹟，危嶂薜蘿分。片石開青壁，千秋共白雲。昔賢今不見，遺表但空聞。異代悲陵谷，登臨悵夕曛。」

潭柘山岫雲寺，有金剛石佛像一軀，主僧慧寬寶之，藏殿梁中，雖檀越之至契者不得見也。辨才之寶《蘭亭》癡矣，慧寬之寶石佛，不尤癡於辨才乎？

京西灰廠破寺中，殿陰嵌一石，青質紫文，遠望如灩澦奔流，回湍激浪，雖善畫水者不能至此。

余游泰山，於嶽廟書肆得明搨《禮器碑》，「廟」字不損；《王居士磚塔銘》「說磬」二字，尚在七石本上。

衍聖公府藏漢建初尺玉，虹樓舊物也。余家有搨本，衍聖公孔令貽所贈，見馮氏《金索》。丙戌金陵遇嗣公孔德成問之，云已失去。嗣公藏有圓形銅器，上一篆書「魯」字，定爲漢器，不知所用。

京師城南崇效寺，壁間嵌唐墓志一石，曰節度判官某，敘其平生功業甚詳。初，城南耕者得此石，一士人購去。夜見一人，朱衣幞頭坐於牀。其後夜夜見之，士人懼，遂送寺中。別刻一石，以志其事。夫陰爲野土，其氣發揚至於千年，亦已久矣。

豈名心爲累，有所著戀而然歟？

趙文敏公有印，文曰「水精宫道人」。在京與袁子方同座，適用此印。袁曰：「水精宫道人，正可對『瑪瑙寺行者』。」闔座絶倒。蓋息齋元居慶壽寺也。

元吴門朱珪，師濮陽吴睿，盡得篆法，喜爲人刻印。張外史雨謂之方寸鐵，河南陸仁作《方寸鐵銘》，淮海秦約作《方寸鐵頌》。

漢鏡銘曰：「絜精白而事君，怨陰權之弇明。焕元錫之流澤，志疏遠而日忘。慎縻美之窮嗤，外丞歡之可欲。説慕安於重泉，願永思而毋紀。內請碩以昭明，光輝卓夫日月。心忽揚而願忠，然壅塞而不施。」又曰：「日有憙，月有富。樂無事，常得意。美人會，竽瑟侍。商市程，萬物平。老復丁，復生寧。」又曰：「久不見，侍前希。秋風起，予志悲。」又曰：「湛若止水，皎如秋日。清暉內融，菱花外發。洞照心膽，屏除妖孽。永世作珍，服之無沫。」又曰：「君有行，妾有憂。行有日，反無期。願君强飯多勉之，仰天太息長相思。」又曰：「尚方作竟大毋傷，巧工刻之成文章。左龍右虎辟不祥，朱鳥玄武順陰陽。子孫備具居中央，湅治銀錫清而明。長保二親樂富昌，壽敝金石如侯王。」又曰：「天地成，日月明。五嶽靈，四瀆清。十二精，八卦貞。富貴盈，子孫寧。皆賢英，福禄并。」又曰：「駕蜚龍，乘浮雲。上太山，見神人。食玉英，餌黄金。宜官秩，葆子孫。」

六朝鏡銘曰：「美哉靈鑑，妙極神工。明疑積水，净若澄空。光涵晋殿，影照秦宫。防姦集祉，應物無窮。」隋鏡銘曰：「仙山并照，智水齊名。花朝豔采，月夜流明。龍盤五瑞，鸞舞雙情。傳聞仁壽，始驗銷兵。」

唐璧水鏡銘曰：「規逾璧水，綵豔蘭釭。銷兵漢殿，照膽秦宫。龍生匣裏，鳳起臺中。桂舒全白，蓮開半紅。臨妝并笑，對月分空。式固貞吉，君子攸同。」麗句猶似六朝，蓋初唐所鑄。

金華智者寺，有陸放翁書《智者寺興造記碑》。嘉定三年重建，今已久廢，院築場圃，殿墀積薪，碑埋壁間。

重慶嘉陵江南岸山上，刻「圖山」二字，大八九丈，直筆如干雲喬木，似非騰空飛躍不能爲也。相傳爲張三丰書。高句驪永樂好大王墓甎文曰：「願大王陵，安如山，固如岳。」甎薄而粗，殆同沙礫。

余藏漢永興二年許昌向令殤子壽墓甎，字體近《衡方碑》。

余舊藏漢瓦當，文曰「盜瓦者死」，蓋墓瓦詛辭也。又聞有白石神君瓦，在硤石寺中。其地多盜，人不敢往。

金石著者，仲山甫鼎、正考父鼎、吴季子劍、吴王夫差鑑、商鞅戈、吕不韋戈、司馬相如玉印、衛青玉印、揚虚侯馬武妾銅鏡奩、公孫弘鏡。

記草木

河西柳非柳也，生於昆明湖兩岸，紫花若蓼。光緒間慈禧太后幸昆明湖，花方盛開，顧問左右何花，内臣不知其名，遽對曰：「河西柳也。」遂以爲名。

玉泉山静明園，水清見底，生野菜如豆苗，鮮美可食。歲寒青翠，余喜其有凌霜之意，名之曰凌霜菜，作賦以表其異。猶女雙華十餘齡，入山省余，命賦詩詠之，曰：「寒月西風鎖殿門，此中猶有傲霜根。苑邊無限閒花草，未必當時盡受恩。」

道光中，臺灣有女曰愛玉，家貧，澼衣以養父母。夏澼於河，見水中有物晶潔如冰，食之甘冽，仰視高樹槎枒間生莢，籽如糠粃，莢落水中，遂成冰狀。乃採擷其莢，挼而賣之，人敬其孝，謂其莢曰愛玉子。

京師西山石壁上生白花，木本叢生，高不盈尺。其花尖瓣六出，背淺紅，形如蓮，大如海棠。萬朵齊開，紛披散雪，僧智樸《盤山志》謂之繡球花。

西山戒臺，唐之慧聚寺也。山麓一松已枯矣，寺僧欲伐之，一夜復榮。

超山安隱寺宋梅，古幹横枝，香覆一院。後常思之，偶寫一枝題詩曰：「溪上尋梅踏碧苔，超山野寺舊池臺。今宵亦有娟娟月，誰見空庭玉樹開。」

天目山，晉葛洪修道處，丹竈之跡尚存。樹巔生雲霧草，如垂碧絲，服之清涼益目。

京師城南古藤，有元至正年刻字。

西山櫨樹叢生山谷間，葉圓如扇，經霜而紅，色勝朝霞，其皮可染黄。

西山秋坡村多野柿，九月盡熟，村人釀爲酒，味薄而甘芳可飲。

海南之人喜食鮮檳榔，以蠣灰、兒茶調之。又以物如桑椹者夾檳榔食之，此即《本草》之蒟醬也。漢武帝時，唐蒙使南越，越王食蒙以蒟醬是也。《本草》謂蒟醬亦名扶留藤，佐檳榔食之，可除濕避瘴，下氣消食。臺灣人至今嗜之，猶古方也。

橄欖解魚鱉之毒，人誤食鯸鮐之肝及子，必迷悶至死，惟橄欖及其木煮汁能解之，且治魚骾。江南漁父云：「橄欖木作取魚棹篦，魚觸著即浮出。」

翠微山中荆根生菌大如盤，味鮮肥。《爾雅·釋草》曰「中馗菌」，疏曰：「大者名中馗，小者名菌。」初生時防牛羊踐履，以笠覆之。

蒿之初生者曰茵蔯，《本草》注曰：「因舊苗而生，故曰因陳。」採以煮酒，色深碧。《詩·小雅》曰「蓼蓼者莪」是也。童子諺曰：「正月茵陳二月蒿，五月六月當柴燒。」

松生巖際爲石所偃，於是有横撑倒挂之勢焉。人以爲美，實松病也。畫松必盤結屈曲乃盡其妙，杜工部題韋偃松詩曰「請公放筆爲直幹」，蓋戲言以難之耳。

揚州瓊花，天下一株，人皆知之。舊記曰山中有花亦重臺八瓣，與瓊花同，名聚八仙，非瓊花也。丙戌秋，余游天目山佛殿，左階下有碧樹，方秋無花，山僧謂之瓊花，得非聚八仙歟？

蝎子草，西山處處有之，葉圓而尖多細刺，邊如犬牙，高四五尺，叢生亂草間。其葉含毒，人誤觸之，即紅腫如蝎螫然，故名。馬亦不敢近，唯駝能食。星星草，葉如韭，其穗星星，亦可飼馬。燈籠草，秋九月結實，懸於窗外，風吹實摇，清韻可聽。

嘉義縣出方竹，有緑文二條，名曰瑞竹。大者如碗，可以築亭屋。

天目山生慈竹，實心而疏節。溱州出通竹，直上無節而空洞。

普陀後山法雨寺竹筍，細芽數寸，煮麵食之，名觀音筍。

荒園濕地生草曰婆婆酸，京師謂之婆婆莎，一名石蒜。葉如大韭，莖長尺許，開花四五朵，六出，紅色。花蒂微甘，小兒喜含之，治腫毒。

《月令》「王瓜生」，《本草》謂之赤雹子。四月生苗，其蔓多鬚。五六月開小黄花，花下結子纍纍，如彈而長。七八月熟，赤紅色，取根作蔬食如山藥，治熱疾，消淤血，破癥瘕。

海帶似海藻，柔韌而長，登州人乾之以束器物，煮食消瘦。

徂徠山中有白花如鵝，黑眼黄蹼，頭尾皆具，名白鵝花。

西山極樂峰石壁向陽之處，生鴛鴦草，春葉晚生，其稚花在葉中，兩兩相向，如雙禽對翔。唐薛濤《鴛鴦草》詩曰：「緑英滿香砌，兩兩鴛鴦小。但娱春日長，不管秋風早。」

春草一莖數枝，葉葉攢生，中有嫩花，色黄如碗，名打碗花。

薑花生澤沼間，葉似美人蕉，白花，四瓣兩鬚如蝴蝶。炎方花多無香，此花獨香。

老少年，一名雁來紅，以雁來而色嬌紅。其紅紫黄緑相兼者，名錦西風，又名十樣錦。宋楊萬里詠雁來紅詩曰：「若爲黄更紫，乃借葉爲葩。」臺灣三角梅，緑葉蔓生，梢頭紫葉望之若花，紫葉之間包小黄花三，莖大如粟粒。又變葉木，頂生黄葉如葵，皆所謂借葉爲葩者也。

書帶草生黌山，鄭康成讀書處，因司農而名傳。結珠纍纍，色豔如石青，一名垂盆草，今處處有之，不獨淄川也。

崇效寺有二喬牡丹，紫白相半。

《爾雅·釋草》曰「綸似綸，組似組」，象形以爲名也。海帶似帶，海鏡似鏡，海星似星，海月似月，海綿似綿，海葵似葵，海花似花，海樹似樹。

葛仙米生江南稻田中，形如芡實，緑色類藻，可充羹湯。傳爲葛洪所食，故名葛仙米。

海南蕉實之小者味甜，名佛手蕉，見《海槎餘録》。今謂皮有黑點者，名芝麻蕉。

菖蒲一名昌陽，一名昌歜，一名堯韭，一名蓀，一名水劍草。花黄，長二三寸，北方謂之蒲棒。五月五日與艾插户旁，以避惡。

水仙，六朝人謂之雅蒜。有單瓣、複瓣二種，複瓣者名玉玲瓏，單瓣者有金盞，又有黄色玉盞者，皆無香。

北地多榆，白者絶少。白榆名枌，惟玉泉山静明園泉源之上生白榆一株。古樂府曰：「天上何所有，歷歷種白榆。」堯宮靈沼，宜嘉木之所生。

楊柳一物二種也，楊枝短而葉肥，柳枝長而葉瘦。楊枝硬而揚起，故謂之楊。柳枝弱而垂流，故謂之柳，易枯。楊生稊，注：「稊者，楊之秀也。」柳亦曰稊，《大戴禮·夏小正》曰：「正月柳稊，稊者，發孚也。」《説文》本作蕛，蕛芺也。楊柳初生相似，故皆曰稊。楊稊作花，柳則飛絮。六朝以來詩人賦楊柳，皆曰花矣。《詩·大雅》曰：「其檉其椐。」《説文》曰：「檉，河柳也。」其樹一年三秀，故謂之三春柳。

《漢書·孔光傳》光稱疾辭位，太后詔賜靈壽杖。《爾雅·釋木》曰「椐樻」，注曰：「節腫可以爲杖。」《詩·大雅》曰：「其檉其椐。」《本草》一名扶老杖，陳藏器曰：「生劍南山谷，圓長皮紫，作杖令人延年益壽。」陶淵明《歸去來辭》曰：「策扶老以流憩。」

崑山有臺蓮，其花謝後，蓮房中復吐花英。

石竹二種，翠瓣者名石竹，千瓣者名洛陽花。二種俱有雅趣，必年年起根分種則茂。杜工部詩：「麝香眠石竹。」

《詩·陳風》曰「視爾如荍」，傳曰：「荍，芘芣也。」又名荆葵，紫色，今之錢葵也。花葉如葵，稍矮而叢生，花大如錢，只有粉間深紅一色，有紫縷文。

東南諸島産野荔枝，色黯而多毛，其味枯酸，亦猶橘之逾淮而北爲枳歟？

虎茨生蕭山，白花紅子，性甚堅，雖嚴冬厚雪不能敗也。畏日色，百年者止高二三尺，不甚易活。

使君子花如海棠，柔條可愛，夏開一簇，葩豔輕盈。作架植之，蔓延若錦。

野葡萄生山林中，子細如小豆，色紫，蓓櫐而生，狀若葡萄。蟠之高樹，懸挂可觀，宋人每於紈扇小景畫之。

萵苣亦名千金菜，《清異録》曰「咼國使者來漢，隋人求得菜種，酬之甚厚，因名千金菜。」其花名金盞花，色金黄，細瓣攢簇肖盞，當春初即開，獨先衆花。

山中老圃以練樹接成墨梅，澹逸如畫，蜀人謂以濃墨灌梅根，亦成墨梅。

蜀人有種小蓮法，使其葉大如五銖錢，花小於荼蘼。北地亦有種者，謂之孩兒蓮。花如梔子，不能如蜀蓮之小也。

山丹花，西山處處有之，歲增一花，數十花者高四五尺，移栽易生，可以紀歲。

西山多桔梗、柴胡，桔梗花紫碧色，頗類牽牛。柴胡小花，黄色如細菊。余隱居西山時，嘗聚之以贈採藥者。故《戰國策》曰：「求柴胡、桔梗于沮澤，則累世不得一焉。」

交籐處處有之，以西洛嵩山及柏城縣者爲良。昔有何首烏者，見籐夜交，便即採食有功，因名交籐曰何首烏。古詩曰：「上山采交籐。」

戒臺寺山園多青李。《西京雜記》云：「武帝修上林苑，群臣遠方獻物，有青李。」王右軍與益州刺史周撫帖，求青李之子是也。聖祖幸西山，道旁村民獻青李。

王右車與益州刺史周撫帖，求青李、來禽、櫻桃、日給籐、胡桃之種。今吴越處處有之，皆傳自右軍也。

王右軍帖云「去歲得足下致邛竹杖」，蜀邛州南八里有邛崍山，漢張騫奉使西域，得高節竹，植於邛山。

昌江大灣村，路旁有古榕樹，陰庇數畝。壬戌四月，爲颶風所拔，村人伐其枝葉，幹横於地。村童忭舞其上。一日方戲，幹格格有聲，徐自起。村童驚躍，有傷股者。百日青葱如故。甲子五月，颶風又拔之，八月復起。仆柳起於上林，古有之矣。

文昌縣山寺鐵鐘，以籐懸之數百年。其籐青翠，盤纏纍結不見根梢，人謂之仙人籐。

福州雪峰寺，池前有大木，外嵌中枵，皮盡剥落如黄金。相傳真覺禪師義存嘗趺坐於此。自唐迄今，枝幹雖盡，而本根不朽。腹中刻字三行，曰：「維唐天祐乙丑歲，造菴子及作水池，約伍阡餘，功于時，廉主王大王。」左旁細字一行曰：「杌子一枚，雀嘴杖一條，兀生自菴中，天祐乙丑昭宣帝之二年。」王大王謂節度使瑯琊郡王王審知也。

新羅鬱林島中，産柴胡、藁本、石楠、藤草諸香木。蘆竹多合抱者，蘆實桃核大，可爲杯升。

北方多杏樹，其實自外熟者曰白杏，自内熟者曰黄杏，實未熟而乾枯者曰杏梅，經雪香冽，采入茶，味勝於珠蘭。

京師松筠庵海棠二株，楊忠愍公手植，今尚存。

澎湖有大榕，蔭庇數十畝。其根入地復生，不知本之所在，千幹成林，實一樹也。下空如棚，可坐數百人。昔有商船遇風而覆，惟榕木一枚，飄浮至岸，爲潮水湧上山麓，遂生根成林焉。其地多烈風，無喬木，此榕獨茂。擲杖而成鄧林，今果見之。

柿之小而圓者産西安，名曰火鏡。光緒二十六年，兩宫西幸，取其實種於頤和園中，熟後甜如蜜。凡柿皆澀，必醂之而後可食。《集韻》曰："醂，藏柿也。"

楮，易生之木也。一名穀桑，又名楮桑，葉似桑非桑也。《詩·小雅》曰："其下維穀。"傳曰："穀，惡木也。"其子紅色，大如銀杏，惟鳥食之。叢雜荆棘，除之復生，杜工部詩"惡木斬還多"。其皮可作紙。

戒臺寺古松一株，牽其一枝，老幹皆摇，名活動松。高宗幸寺中，詠活動松詩曰："牽動旁枝老幹隨，山僧持以示人奇。一聲空谷千聲應，借問神通孰所爲。"今松已無。寺東澗上有松亦同，衛公山亦有之，乃知爲松之别類也。

妙峰山後石徑，一松横兩巖間，下臨深澗，行人踏松過澗如梁焉。松下以巨石承之，石上有乾亨己卯石匠題名刻字。按，乾亨己卯爲遼景宗元年，當宋太宗太平興國四年，松之古可知矣。

西湖法相寺，在南高峰下。寺後古樟大數十圍，雙幹拏雲如大鵬之張翮。光緒中，陳散原吏部、陳蒼虬侍郎來游見之，散原曰：「廬山五爪樟名震寰宇，視此斯在下矣。」約同人賦詩張之，築亭其下，刻記於石。

法相寺門前樟樹，勢若翔龍。純皇南巡幸此寺，山中老樹皆賜御牌挂之。洪楊之役，毁伐略盡，此樹獨存。辛亥歲十二月，遜位詔下之前夕，天氣晴明，忽大風起於殿後，門户砉然洞開，樹一夜枯死。陳蒼虬侍郎爲作《忠樟行》。

昆明黑龍潭古寺，有漢柏唐梅明山茶。明末，諸生薛爾望全家投潭死節，僕婢皆殉，一犬亦從，今豐碑尚存。

天目山産芝草，山僧云：「芝生草間，與衆草同色，但聞其香，終不能得，惟鹿能辨之。」

三臺島中多橘，俗呼爲桔。剥橘釀酒，有橘内韞一小橘，皮絡分整，與大橘無異。

上方山産黄精，根爲黄精，莖曰玉竹苗。山僧取其根，九蒸九曝，以餽游客。韋應物《餌黄精》詩曰：「九蒸换凡骨，經著上世言。」

記鳥獸蟲魚

右旋白螺，乾隆年西藏班禪額爾德尼所進也。凡螺皆左旋，而此螺獨右旋，謂爲定風之寶。乾隆五十二年林爽文之變，將軍福文襄王赴臺灣征勦，特頒右旋螺攜以渡海，風静濤平，迅速抵岸，遂由鹿仔港前進，擒滅爽文。其後以白螺發交閩督，凡總督將軍巡撫提督等，每年巡查臺灣，必攜以渡海。册封琉球使臣，亦有蒙賜用者，號曰大利益吉祥右旋螺。

臺灣嘉義以南蝘蜓皆鳴，閣閣然自臆出，《周禮·考工記·梓人》所謂以胸鳴者。過嘉義以北則無聲。

暹羅有蟲曰蝻蚧，長二尺餘，形如蜥蜴。其鳴自呼，聲如丈夫，喜緣壁食蚊蛾。出必雌雄，在户左右。暹羅人以其鳴卜，鳴多者吉。

蟶，蚌屬，閩人以田種之，謂之蟶田。海蠣附於磽石，索索千萬，謂之蠣山。

拈花寺僧養一牻，十餘年矣，嘗負米於郊。一朝僧死，方荼毗，牛行至鬬橋見之，哀鳴立斃，邑人名其橋曰義牛橋。

《禮·月令》曰：「仲冬，鶡旦不鳴。」《淮南子》作鳱鴠，高誘注曰：「鳱鴠，夜鳴求旦之鳥。」又作鶡鴠。《禮·坊記》引逸詩，作盍旦。揚子《方言》曰：「周魏齊宋之間，謂之獨春。自關而東謂之城旦，秦隴之内，謂之鶡鴠。」俗名號寒蟲。余游上方山，信宿僧房，夜聞鳥夜呼，山僧曰：「此號寒蟲也，其糞爲五靈脂。天寒毛脱，不能營巢，故號寒以求旦也。四足，肉翅，不能高飛。嘗竊樵者餱糧食之。」

遼東窮邊，養蜂於深林。熊嗜蜂蜜，析樹而壞板焉。邊民患之，屈鐵設機爲兩扉，以蔽其房。熊鬬扉攫蜜，扉反擊其頰。熊怒，力鬬之，抝泐擊愈急。終不得蜜，乃去之。

鴷，斲木鳥也。褐者雌，斑者雄。舌通於腦，舌端可以鉤蟲。大者青黑色，頂有赤毛。曰山斲木，亦名火老鴉。飛則斂翼如投梭，味如刀，故從列。《説文》：「列，分解也。」《師曠禽經》曰：「鴷志在木。」《爾雅・釋魚》曰：「鴷鱴刀。」一名刀魚，其形似刀，故亦從列。

《爾雅・釋鳥》曰：「鼯鼠夷由。」郭璞謂其能從高赴下，不能從下上高，一名鸓，深山中多有之。黄昏時隱於樹上，見人獨行，則疾下撲之。攫物而食，力猛觸地，爲人所得，知進而不知退也。

今以狼毫爲筆者，皆鼬尾也。天寒則毫健，故毫爲良。鼬一名鼪，所謂鼠鬚栗尾者也。又鼢鼠，一名石鼠，出蜀中，毛可爲筆。

《爾雅・釋獸》曰「貈子貆」，疏曰：「貈似狐，善睡。」《釋文》：貈本作貉。《詩・豳風》曰：「一之日於貉。」箋曰：「往搏貉，以自爲裘也。」京師謂之睡虎，又謂之關東貉子。《周禮・夏官・職方氏》「九貉」謂貉地之民，猶西方曰羌，

《說文》「西戎牧羊人也」。

斑螿，生果樹上，棗樹尤多。一名龍蚝，青紅相間。其文斑然，可以治癬。螫人，以麵粘之，其刺乃出。《爾雅·釋蟲》曰：「蟿螽，螇蚸。」注曰：「飛翅作聲者，爲螇蚸。」余居山寺，秋夜讀書。忽螇蚸飛集，撲燈拂卷。童子持帚毆之，不能止。一雨旋滅，靡有孑遺。

蠍，《說文》：「蠆尾蟲也。」《詩·小雅》曰：「卷髮如蠆。」其生子數十，裂背而出。

余十餘歲時，讀書西山。癸丑冬，大雪，持弓挾矢入林射雉，獲之執以獻於先母。母不樂，曰：「孔子弋不射宿，襲而取之，非仁也。是雉方寒求食，奈何射之！」西山多雉兔，村人郜氏者，嘗獵雉兔餉余。先母戒之曰：「庖厨自有雞黍，安用雉兔？彼獵而汝受之，是奬獵也。不受其餉，其獵將止。」乃還其雉兔，郜氏果不復獵。

《爾雅·釋蟲》曰：「蝤蠐蝎」又曰：「蝎蛣蝠。」注曰：「木中蟲。」嵇康《客難養生論》曰：「蝎盛則木朽。」其蟲白色，生朽木中。京師有焰而食之者，諱其名曰肉芽。

關外多虎，有羆恃其力與虎鬭。虎不敵也，輒左右躍避之。羆狼犺行緩，不得虎，礫石拔樹以逞其怒。久之不食，飢疲而卧。虎飽食，奮全力搏之，遂食羆。《孫子》曰「怒而撓之」，虎之謂也。

擁劍，海蟹也，又名大廣仙，一螯特大。

草間細蟲，黑色，曰恙。噬人發熱，山中處處有之。見《風俗通》。《爾雅·釋詁》曰：「恙，憂也。」

通州童子飲牛於河，牛陷於水底，若有物攖之者。四五人引其絚，絚絕遂亡其牛。告於村人，斷流求之。有巨鰋，青而毛，其長倍尋，見人舞鬐將噬，村人噪奔，鰋衝波去。

同治五年，亂初平，湖州德清縣霪雨水漲，隴畝爲澤，民苦饑。忽急雨降巨鰌，卧泥中，不見首尾。鄉人荷鍤鍥割其肉食之，得不死。及水落，鰌去，始犁磽埆，復膏腴焉。

蒙古王公年班貢黄羊，野羊之美者也，其名曰羒羯。

東蒙旗勇士科圖者，從將軍長齡平西有功。歸，牧沙苑。有兩虎夜攻羊群，破其棧，羊四奔。科圖聞羊鳴，拔帳出，遇虎，徒搏，扼虎項殪之。一虎方逐羊，科圖急入帳持矛，追及，舉矛力擲之，横穿虎首，矛鋒入地尺餘。牧人始集，科圖指兩虎示之。

同光間，京師天壇前雷殛一物，形如蜘蛛，六足四翼，塊然不辨其面目，名曰帝江。《山海經》曰：「天山有神，狀如黄囊，六足四翼，渾沌無面目，能識歌舞。實爲帝江。」

《爾雅·釋蟲》曰：「蜆，縊女。」注曰：「小黑蟲，赤頭。」蛤亦曰蜆，《隋書·劉臻傳》曰：「好啖蜆，以父諱顯，因呼蜆爲扁螺。」今嶺南人呼蛤曰蜆，已見東坡雜文。

魶魚出雅江，一名鯢魚，能緣木取鳥雀。《史記·司馬相如傳》曰：「禺禺魼魶。」俗名娃娃魚，以其聲似兒啼也。

西安農夫煮芋於釜，農夫往田中刈稻，家中遺三歲兒。適有巨狼嗅芋氣來，突其壁成穴。穴小，强入之，爲堅木拑其胡，目眐口哆，莫能進退。兒癡不識狼，見其哆然，以爲欲食，抱勺盛沸芋灌之曰：「食芋，食芋。」狼不能避，死於垣下。農夫歸，見之大駭，視兒方嬉。貨狼革，得小豐焉。

白駁生頭面上，浸淫漸長似癬者，刮令燥痛，炙鰻脂敷之，即愈。

余讀書西山戒臺寺，有裁工周大者，於山田中拾一土丸，正圓如龍眼而輕。破之，中空無物。或云蟄蛇所含。又於比邱壇石階下見一蟲，黑色，細如絲綫，長三四尺。

明萬曆間，西山有二蛇爲害，出必風沙。僧憨山以法力制之，送於潭柘山岫雲寺龍潭中，名曰大青、二青。光緒二年，寺僧絶糧，大青捨身齋僧，入鑊中死。僧不知也，方煮芋，芋盡見蛇骨。二青亦去。香會之期，僧雛捕小蛇置龕中，詭稱小蛇曰龍子，謂二青歸，且神其辭焉。

有道士通禽言。路旁見大豕豞豞行，人問何意，曰：「苦熱，將呼其子眠柳陰耳。」俄至柳陰下，果卧，八九小豚從之。道士，勞山郭沖虛也。

古稱明駝，謂腋長腹平，卧地腹下空明，故曰明駝。又，鹿父駝母曰風脚駝，善走，奔馬不能及。

山東萊陽曹氏之子，萊之力人也。入海捕魚，有巨魚銜其舟覆。曹銜刃入水，奮搏半日，竟殺魚。索曳登岸，魚長二丈一尺，專車不能載。

上方山有蟲，圓而土色，形似小蟹。其蟲退行，童子據地呼而祝之曰：「退歸土穴何處藏，有客喚汝須迎將。」連呼擊地，蟲乃出。

僧忠親王有馬曰雪龍，王年班來朝，見駕水車馬，良駿也，王買而乘之。及征捻寇，官軍失道，王獨遇賊軍，窮追將及，馬迴折避賊，躍入麥田中伏焉。賊過，迅越山溪，望旗聽角，與諸將會。

光緒十六年，京師大雨，城南葦塘中夜有聲，如牛吼。民家重閉，兒不敢啼。提督聞之，發兵圍其塘。搜之，獲大鳥二，高六尺，蒼黑色，有冠，形如鷺，黄睛突出，視日不眩。烹之，民乃安。

《莊子·馬蹄篇》曰：「伯樂治馬，燒之、剔之、刻之、維之。」王褒《僮約》曰：「調治馬驢，兼落三重。」謂燒鐵烙蹄，使堅而耐踏。哥薩克馬，皆錬鋼爲蹄，下出三角，利踏冰而馳。

珊瑚，海蟲之骨也，纍積而成樹狀。漢通南越，始貢於朝。南越王趙陀謂之火樹。諸夏本無是物，乃假珊瑚二字以名之。韋應物《詠珊瑚》詩曰：「絳樹無花葉，非石亦非瓊。世人何處得，蓬萊石上生。」已疑其非木石矣。

郭璞《江賦》曰：「璅蛣腹蟹。」《述異記》：「淮海人呼璅蛣爲蟹奴。」璅蛣腹中有蟹子，如榆莢，合體共生，出而取食，還居腹中。又有蟹大如半兩錢，行則舉螯而望，名曰望潮。

西山白石坡，有僧入山，一虎隨之行。僧行緩，若不見虎，虎亦若不見僧。至石洞，虎躍入伏焉。僧舉袖曰：「別矣，別矣。」後人名其洞曰別虎洞。

極樂峰，西山最高處也。石屋兩楹，嵌巖而置，僧德成居之。峰無泉，石窪積水若淺井，以飲鳥獸。一夕虎來飲水，水盡，德成益之，虎飲而去，後常來飲水，若豚犬然。

東陽白雲書院，昔有諸生入潭，取蝦螺煮於釜中，將沸，師歸，責之，諸生乃棄之於潭。至今潭中之蝦紅色，螺翦尾。

《詩・衛風》曰「螓首蛾眉」，傳曰：「螓首，顙廣而方。」《爾雅・釋蟲》曰：「蛪，蜻蜻。」注曰：「如蟬而小。」余兒時讀書西山，嘗升木捕之，色緑，而音疏長。

《爾雅・釋蟲》曰「螒天雞」，注曰：「小蟲黑身赤頭，一名莎雞，一名樗雞。」西山嘗見之，黑身赤頭，緣草木而上食其葉，非《詩》之莎雞也。

《逸詩》曰：「佞人如蜤。」蜤，水蛭也。噆人入膚，故比佞人。

《詩・小雅》曰：「螟蛉有子，蜾蠃負之。」《爾雅》注曰：「即腰蜂也。」俗呼爲蠮螉。段成式《酉陽雜俎》曰：「顛當牢守門，蠮螉寇汝無處奔。」顛當，土蜘蛛。《爾雅・釋蟲》曰「王蛈蜴」，穴土而居。然則蜾蠃所負，不獨螟蛉矣。

駝鳥不産於中國，故《爾雅》《說文》無之。《前漢書・西域傳》曰：「安息國有大馬爵。」顏師古注引《廣志》云：「大爵，頸及膺，身蹄似橐駝，色蒼，舉頭高八九尺，張翅丈餘。食大麥。」

京師西郊禪寺，一僧持戒甚嚴。有白蜘蛛聞僧誦經，輒伏案聽之，晝夜五至。僧爲說三歸戒，自是不結網弋蟲，惟食蔬米。一日僧誦經訖，蜘蛛不去，視之，已蜕化矣。邑人爲起小塔，曰蜘蛛塔。

南海有鳥，其名曰鶄，巢於巖上，巢低則多颶風，海人以之卜風候焉。壬寅夏，余信宿鳳皇閣中，久旱無雨，渠中蛙鳴。館人曰：「將雨矣。」明日果雨。養雞者云：「日夕而雞飽時晚棲者，明日必雨。」皆感氣而然者也。

湖南桑植縣，地廣而山峻，常有虎。村人多牧牛者，鳴角以集之。薄暮有虎欲攫牧童，群牛圍之。虎東則東拒，西亦如之，卒殺虎。使六國若能如是，豈并於嬴秦！

瓊州多鯊魚，漁者取魚胎，往往胎中復有胎魚，號曰鯊孫。

新野農夫妻生一子，未彌月妻病死。農夫春耕，兒啼，貓哺乳之。兒漸長學步，貓必隨之。兒五歲而貓死，兒哭之哀。鄉人爲立石埋之，曰貓母冢。

吴應和者，貴州遵義人。年少美才，爲鄉塾師。時縣人捕虎，載以檻車，陳於四達之衢。吴適過之，虎向吴哀嘯，吴以數金買之，放於山林。其夜吴將寢，忽聞門外有聲訇然，視之，一女子卧於地，虎蹲其旁，見吴躍去。吴問女鄉里，則攜婢至戚家，爲虎銜走。乃延之入室，夜訪女父告之，父迎女歸。女曰：「身在吴家，人言之謂何？」詢吴未室，乃以女妻之。

乾隆時，車駕幸熱河。途中見兩馬奮鬣騰踔，一人制之有餘力。上親圖於扇，并記其事。

滇緬山中産巨蛇，吐氣成瘴，噬人獸無不死。驛卒張五，夜行爲蛇所吞，以刃劃蛇腹而出，死於巖側。樵夫見之，識爲驛卒，曳尸及蛇置社祠中。其妻黎娘，苗産也，聞之，披髮跣足奔社中，枕尸號痛，顧見死蛇，矍然曰：「是尚可救。」出薄刃，剖蛇腹取一物如彈丸，色黃黑，擣碎和酒强灌之，張五遂生。蓋蛇冬蟄含土，春吐之成丸，重如鐵石，名蛇黃，解毒瘴。

豫皖之間，一村臨山，黄昏有物自洞中出，繞空長嘶，其聲淒厲，如挾萬鬼而飛，聞者戰慄，村民爲之罷市。乃集壯夫百餘人，連巨網三重，張洞口，獲一物，形類狗，大如馬而無目，體緂碧燐，口銜骷髏，聊耳睇頰，與骷髏之齒齴齹交錯。始悟向之淒厲者，因骷髏多竅，與氣衝搏而爲此也。村民擊殺之。數日，又有聲淒厲愈甚，復布網，獲之。獰惡如山狸，大如前物。亦銜骷髏而無目，急聚薪焚之，以石封其洞焉。是秉何沴厲而成者耶？抑必有其理，而人之知有不盡耶？

越南薄寮省有海翁廟，祀鯨魚骨。初，越人之浮海者，舟遇颶風則呼海翁，輒有鯨魚浮出，以背衛舟近岸。越人德之，建廟海濱，春秋祀焉。

山中蜥蜴五色相間，或金背黑緣，或翠如鷸羽，名噴雲虎。非能噴雲，感氣而然，亦猶西域山中蝦蟆吐水，風捲爲冰雹也。

阿欒者，善用弩。與其徒數人獵於深山，殺五狼焉。其徒曰：「子一朝而殺五狼亦壯矣，盍去諸？」欒不聽，獨負弩別衆，裹糧深入。行數十里，見黄羆卧巖上，意暇甚。欒蔽樹間，發一矢，中之。羆拔矢折之，騰躍而至，欒急跳入水。羆求欒不得，拔樹碎弩而去。

西山吴村其地多狼，受羊者梃而牧，狼不敢前。薄暮，狼竊牧人之笠戴之，扶牆人立而徐行，漸近羊，急棄笠攫羊而奔。又群聚林莽，作兒啼以誘行人。後村人焚其山，狼乃逃。

烏程山中有蜈蚣，長四尺，夜出林中，蹍地而疾行，食村雞殆盡。後有村人夜歸者，踐之，蜈蚣暴起，蹶其螯將蠚。村人奔田廬，蜈蚣逐之，蚴蟉騰迅，勢若風雨。急閉户，户壞，乃拔扊扅投之，中其首，立殪。剖之得赤珠，可治疽毒。

貛，穴地而居，色蒼白，身長而形腯。夜出，食蔬黍，與《爾雅》《説文》異。獵者夜牽犬，於叢林莎草中求之。揚子《法言》：「貛，關西謂之貒。」李時珍曰：「貒豬，貛也。貛狗，貛也。」以形殊而名異。余居北山，嘗隨獵者夜出獲貛，大如小狐，其皮爲茵，可以愈痔，其油治火傷。

金陵高家佃户某，夏日耘苗，有蛇出於田，某運鋤擊之，蛇中斷。某夜眠帳中，覺有物嘘其面，前却不定。舉燭視之，見一蛇自帳頂鑽入，頷下結肉如環狀，格帳布不能下。始悟斷蛇自續，來尋某復讎也，擊斃之。

《爾雅·釋鳥》曰：「蝙蝠，服翼。」《焦氏易林》曰：「蝙蝠夜藏，不敢晝飛。」黄昏蝙蝠飛食蚊蠓，不能辨物，氣觸知阻，則轉飛，故未嘗與物觸也。西山洞穴多是物，黄龍洞者其鼻膠；觀音洞者其耳聊。薄暮群飛，紛雜而不相亂。

東莞陳氏者，兄弟同居。弟好博，無行。嫂五十生一子，弟賄産媪棄之，以殤告。媪抱兒出，所養牝狗隨之。媪置兒樹穴中，狗乳之。一日嫂方盥，置金跳脱於牀，狗銜之而走，嫂追之。狗投跳脱於樹穴，嫂探穴得兒，大喜，抱之歸。後媪疽發背將死，洩其事，始知爲己子。夫婦於是德狗，呼爲狗太婆云。

《高麗史》曰，鬱林島海中有獸牛形，赤眸無角，群卧海岸，見人獨行，害之。遇人多，走入水。名可之。

巴陵有弄猴者，年老無子，以猴爲子。猴脱鎖逃，弄猴者哭而追之，猴聞其呼止，蹲他道上。弄猴者向之曰：「我用汝以活我，汝走我必不活，不如遂死！」將躍入水。猴啼，來抱之。自是益愛猴，不復加鎖。弄之又十餘年，稍積錢，自辦棺斂物，餘錢數串，埋牀下。弄猴者有一女，早嫁，族人無近親。一夕弄猴者暴疾死，人莫知。侵晨，猴掩户出走，至其女家，伏地號。女覺其異，隨來。猴舉鑰奉女，開籠取衣，抓土出錢。女乃集族人，斂埋其父。棺將蓋，猴躍入棺中，伏尸足旁，叱驅之不去。衆異之，即謂猴曰：「汝豈欲從汝主人死耶？果欲從者，可起向汝主靈位拜。」猴如言起，三拜，號，復入棺，遂以殉焉。

記藻

何晏《景福殿賦》曰：「周制白盛，今也惟縹。」《周禮》掌蜃，共白盛之蜃。今牆用叉灰，沿海貧家以蛤爲垣，猶周制也。

陳思王曹植《冬至表》：「獻履貢襪，所以迎福踐長。」自漢有之，漢崔駰《襪銘》曰：「機衡建子，萬物含滋。黄鐘育化，以養元基。長履景福，至於億年。皇靈既祐，祉禄來臻。本枝百世，子子孫孫。」

北齊墓志銘曰：「戈揚曉月，劍破秋霜。」似庾開府。舊搨王大令《辭尚書令帖》云：「外出謂公私可安耳，勳賞既湊，亦已息望。但使明公不遺，有會不忘，亦何憂便餧耶！民志不慕高，情不忘榮，懇懇祈訴，唯願離今任耳，餘無所擇。伏度朝恩不過存愍故舊，使蓬莤與蘭蕙齊榮耳。明詔爰發，恩已被矣，榮實厚矣，何必須拜而治，順許而弛？今日君臣之際，差可得適願樂也。若民有纖芥少裨聖化，亦當求自策效，而能臨殊寵，必欲免耶？思之實熟，萬無此理，古來亦未有量力而致深罪者。蔡司徒立帝王於御牀，詔驛數反，其不祇順正止於免黜耳。此外希不矜體者，違命誠爲深愆，曲從實復過此。伏度大海容納，必當哀許。仰憑仁眷，惟願垂救。動成塵穢，轉難爲顏。乃欲覲謁，忽患齒痛，疼慘無賴，語迫罔知所厝。冒復啟訴，謹草上呈。罄竭款實，謂爲粗盡。一毫虛矯，神明殛之。若民可作尚書令，而使四海攉應者，亦人誰不堪。勳德蓋世，尚當有讓，況民凡鄙而可寇竊耶？王懷祖，先輩名流，作此職，可謂僉允。桓宣武窺尚書門，猶言此中無人，固知當之未易也。劄既不便，彌不自宣，故寄之翰墨，益增繁忤。飢渴還旨，願不作悠悠常誨耳。獻之死罪。州民王獻之。」此可繼右軍《誓墓》而并傳。

餘姚虞氏，藏其先祖唐虞文懿公像，上書貞觀誥命，文曰：「奉天誥命，錫員外散騎常侍郎兼弘文館學士銀青光禄大夫虞世南制。奉天承運，皇帝誥曰：竭誠於補察，必罄訏謨；鋪文於誥命，以光鴻業。非明識屢經於體遠，麗藻已著於知微，則何以副我虚求，充於任使？爾學士虞世南，清才閎達，雅量深涵。爲德行之宗師，乃文詞之雄長。自擢於郎署，置諸中禁。嘗因進見，敷奏以言。揖黄憲而褊胸不生，覩汲黯而風神自遠。今時方無事，政在和平。外付股肱，内倚心腹。必冀協恭，以匡王業。俾下無閒言，上無偏聽。萬物攸繫，朕時賴之。勉勤夙夜之規，以副簡求之望。可進銀青光禄大夫尚書禮部侍郎兼弘文館學士知制誥，餘如故牒奉行。貞觀十年九月八日下浣。」

《東國通鑑・新羅紀》：唐天寶十五載，遣使朝帝於蜀。帝親製十韻詩手札賜王曰：「嘉新羅王歲修朝貢，克踐禮樂名義，賜詩一首曰：四維分景緯，萬象含中樞。玉帛遍天下，梯航歸上都。緬懷阻青陸，歲月勤黄圖。漫漫窮地際，蒼蒼連海隅。興言名義國，豈謂山河殊。使去傳風教，人來習典謨。衣冠知奉禮，忠信識尊儒。誠矣天其鑒，賢哉德不孤。擁旄同作牧，厚貺比生蒭。益重青青志，風霜恒不渝。」

《周禮·冬官·考工記》曰：「畫繢之事，赤與白謂之章。」何晏《景福殿賦》曰：「斑間賦白，疏密有章。」

張平子《西京賦》曰：「巖險周固，衿帶易守。」李尤《函谷關銘》曰：「衿帶咽喉。」

揚雄《羽獵賦》曰：「神明駁娑。」班固《西都賦》曰：「經駘盪而出駁娑。」駁娑，漢殿名。揚雄《甘泉賦》曰：「輕先疾雷而駁遺風。」注：「車騎之疾也。」

王延壽《魯靈光殿賦》曰：「玉女窺窗而下視。」李尤《函谷關銘》曰：「玉女流眄而下視。」庾子山《哀江南賦》曰：「倚弓於玉女窗扉。」

曹子建《贈王粲詩》「重陰潤萬物。」陸士衡詩：「屏翳吐重陰。」

晋陳壽《定諸葛亮故事表》曰：「亮才於治戎爲長，奇謀爲短。理民之幹，優於將略。而所與對敵，或值人傑，加衆寡不侔，攻守異體。故雖連年動衆，未能有克。」按，壽傳馬謖爲亮所誅，壽父亦坐被髡。壽爲亮立傳，謂亮將略非長，且表中人傑謂司馬懿，以悦世主，議者以此少之。

劉中壘《諫外家封事》曰：「劉氏有累卵之危。」晋孫綽《諫移都洛陽疏》曰：「出必安之地，就累卵之危。」

何晏《景福殿賦》曰：「圓淵方井，反植荷蕖。」庾子山《詠畫屏風詩》曰：「落日低蓮井，行雲礙芰荷。」

《淮南子》曰：「老槐生火。」庾子山《枯樹賦》曰：「火入空心，膏流斷節。」《山齋》詩曰：「細火落空槐。」

庾子山《小園賦》曰：「聚空倉而雀噪，驚懶婦而蟬嘶。」其《述懷》詩又曰：「饑噪空倉雀，寒驚懶婦機。」

曹子建詩：「墨出青松煙。」鮑明遠《飛白書勢銘》：「霑此瑶波，染彼松煙。」

揚雄《交州箴》曰：「交州荒裔，水與天際。」鮑照《登大雷岸與妹書》：「望天際之孤雲。」

庾信《燈賦》：「乃有百枝同樹，四照連盤。」支曇諦《燈贊》：「千燈同輝，百枝并耀。」簡文帝《列燈賦》：「九微間吐，百枝交布。」

劉孝儀北使還，與永豐侯書曰：「毳幕難淹，酪漿易饜。」李陵答蘇武書：「韋韝毳幙，以禦風雨。羶肉酪漿，以充飢渴。」烏孫公主歌曰：「穹廬爲室兮氈爲牆，以肉爲食兮酪爲漿。」

何遜《詠春風》詩曰：「鏡前飄落粉。」伏知道《爲王寬與婦義安主書》曰：「鏡臺新去，應餘落粉。」

班固《答賓戲》曰：「董生下帷，發藻儒林。」陳後主《與江總書》曰：「未嘗不促膝舉觴，連情發藻。」

揚雄《羽獵賦》曰：「焕若天星之羅。」祖鴻勳《與湯休之書》曰：「日華雲實，旁沼星羅。」鮑明遠《石帆銘》曰：「下潨地軸，上獵星羅。」

嵇叔夜《琴賦》曰：「嚶若離鵾鳴清池。」庾子山詩：「三春竹葉酒，一曲鵾雞弦。」

賈誼《旱雲賦》曰：「隆盛暑而無聊兮，煎沙石而爛熠。」庾肩吾《團扇銘》曰：「炎隆火正，石爍沙煎。」

《淮南子》曰：「龍舟鷁首。」鮑照《石帆銘》曰：「水采龍鷁。」

傅玄《笳賦》曰：「吹葉爲聲。」庾信詩：「梅花絶解作，樹葉本能吹。」梅花謂笛，樹葉謂笳也。

《韓詩外傳》曰：「昔伯牙鼓琴，而淵魚出聽。」庾信詩曰：「鶴飛疑逐舞，魚驚似聽琴。」《小園賦》曰：「鳥何事而逐酒，魚何情而聽琴。」

螺子、兔枝皆墨名，見《輟耕録》及元稹詩。雨脚、雲花皆茶名，見《茶經》。

《公羊傳·哀十四年》：「子路死，孔子曰：『天祝予。』」《穀梁傳·哀十三年》：「祝髮文身。」祝，斷也。《世説》：羊孚卒，桓玄與羊欣書曰：「賢從情所深寄，暴疾而隕，祝予之歎，如何可言！」用《公羊傳》語。

束皙《補華黍詩》曰：「豆發稠花。」《説文》：稠，多也。《北史·魏紀》：永熙三年二月，帝至稠桑。

《司馬法·用衆篇》曰:「歷沛歷汜,兼舍環龜。」謂環陣如龜也。《孫子·九地篇》曰:「善用兵者,辟如率然。率然者,常山之蛇也。擊其首則尾至,擊其尾則首至,擊其中則首尾俱至。」

《星經》曰:三台六星,在太微垣西北、軒轅之上。三公之位,諸侯大臣之象也。近文昌二星曰上台,次二星對軒轅曰中台,東二星抵太微垣曰下台。天皇會通曰三台,國之高位。《晋書》曰:「張華死,中台星坼。」庾信《吴明徹墓志銘》曰:「岳裂中台,星空大將。」

宋蕭思《話傳》伏承司徒英圖電發,殿下神武霜斷。江淹《爲蕭驃騎謝被侍中慰勞表》曰:「人懷秋嚴,士蓄霜斷。」

揚雄《蜀都賦》曰:「蒲桃亂潰,石榴競裂。」庾信《春賦》曰:「石榴聊汎,蒲桃醱醅。」

《淮南子》曰:「日至於虞淵,是謂高春。頓於連石,是謂下春。」梁元帝詩:「暮春多淑氣,斜景落高春。」

《莊子》曰：「日方中方睨。」楊用修詩：「渴虹下飲玉池水，睨日横分蒼嶺霞。」

杜詩：「日脚下平地。」李賀詩：「露脚斜飛濕寒兔。」喻鳧詩：「雁天霞脚雨。」東坡詩：「月脚垂孤光。」

元魏都洛，諸夷侍子往來，謂之雁臣；《唐書》流民謂之雁户；《管子》菰米曰雁膳。

《清賞録》：右軍有巧石筆架名扈班，大令有斑竹筆筒名裘鍾。

《尉繚子兵法》：耕有春懸耜，織有日斷機。《國語》曰：「室無懸耜。」

陸士衡與弟書：「張騫爲漢使外國十八年，得塗林。」塗林謂安石榴也，一名丹若，一名天漿。

古詩：「風摇羊角樹，日映雞心枝。」羊角、雞心皆棗别名。

《本草》：菊名傅延年。朱新仲詩：「三徑誰從陶靖節，重陽惟有傅延年。」

薛道衡文：「足足懷仁，般般擾義。」《韓詩外傳》：「雄曰鳳，雌曰凰。雄鳴曰即即，雌鳴曰足足。」《説文》：鳳鳴節節足足。蓋本《韓詩》。《史記·司馬相如傳》曰：「般般之獸，樂我君囿。」注曰：「謂騶虞也。」

《詩》：「憂心如擣。」《焦氏易林》曰：「解我胸春。」春，猶擣也。

《前漢書·霍去病傳》：去病爲票姚校尉。服虔注：「音飄摇。」亦作嫖姚。《史記》作「剽姚」。荀悦《漢紀》作「票鷂」。梁蕭子顯詩：「漢馬三萬疋，夫壻任嫖姚。」庾信《畫屏風詩》：「寒衣須及早，將寄霍嫖姚。」王維《出塞詩》：「玉靶角弓珠勒馬，漢家將賜霍嫖姚。」李白詩：「功成畫麟閣，獨有霍嫖姚。」杜甫詩：「借問大將誰，恐是霍嫖姚。」韋應物詩：「嫖姚恩顧下，諸將指揮中。」李約《從軍行》：「嫖姚方虎視，不覺説添兵。」杜牧《送國碁王逢詩》：「守道還如周柱史，鏖兵不羨霍嫖姚。」《正字通》謂因李、杜詩改入平聲，非。按，二字平聲，六朝已用之，不始於李、杜。且遵服注，原無定字，不可謂非。

後漢師宜官，工書嗜酒，每遇酒肆輒書於壁，顧觀，酒因大售，計價償足而滅之。王子敬以帚沾墨書壁，觀者如市。竇臮《述書賦》稱張旭之書曰：「雖宜官售酒，子敬揮帚，遐想邇觀，莫能假手，拘素屏及黄卷，則多勝而寡負。猶莊周之寓言，於從政乎何有。」

李洞詩：「井鎖煎茶水，廳關擣藥塵。」《唐書·藝文志》有張又新《煎茶水記》一卷。

黄帝時，卿雲常見，乃作雲書。漢武帝殿前植靈芝三本，作芝英書。或云六國各以異體爲符信書。庾肩吾《上東宮古跡啟》曰：「芝英雲氣之巧，未損松鈆，鵠反鸞驚之勢，不侵蒲竹。」

劉邵《飛白書勢》曰：「蚊脚偃波，楷隸八分。」蚊脚書，《尚書》詔版用之，其字體側纖垂下，有似蚊脚。

《魏志·荀攸賈詡傳》曰：「攸、詡之爲人，其猶夜光與蒸燭乎？其照雖均，質則異焉。」沈約《謝表》曰：「徒荷日月之私，竟無蒸燭之用。」

李白《送别詩》曰：「梨花千樹雪，楊葉萬條煙。」釋洪恩《雪中别明皇詩》曰：「笠分千樹雪，船刺半湖冰。」

李白詩：「江帶峨嵋雪，川横三峽流。」昔有山人藏數寸石峰，峰巔片白，鎸小篆三字曰「峨嵋雪」。

《博雅》曰：人所居，謂之落。《後漢書·竇憲傳》「躡冒頓之區落。」《後漢書·外國傳贊》：「參差聚落，紆餘岐道。」《魏志·夏侯淵傳》：「諸羌在韓遂軍者，各還種落。」《唐書·鄧處訥傳》：「焚樓船，殘墟落，數千里無人跡。」《唐書·裴懷古傳》：「轉幽州都督，綏懷，兩番將舉落内屬。」

䔧，《玉篇》：「大香也。」通作苐，《史記·司馬相如傳》「晻薆咇苐」。陸龜蒙詩：「茶器空懷碧䔧香。」

《淮南子》曰：「墨子無黔突，孔子無煖席。」《要略》曰：「禹之治水，身執畚插，以爲民先。當此之時，燒不暇撌，濡不給扢。」

揚雄《答客難》曰：「水至清則無魚。」杜工部《五盤詩》則曰：「地僻無網罟，水清反多魚。」

《爾雅·釋山》曰：「石戴土謂之崔嵬，土戴石爲砠。」杜工部詩：「孤峰石戴驛。」用《爾雅》而句奇。

《詩·小雅》曰：「原隰裒矣，兄弟求矣。」杜工部《寄弟詩》曰：「明年下春水，東盡白雲求。」「求」字本此。

《韓詩外傳》：周公誡伯禽曰「衣成則必缺衽，宫成則必缺隅」。晏元獻《謝昇王記室表》曰：「衣存缺衽，式贊於謙沖；饌去邪蒿，不忘於規諫。」

鄒陽《上吴王書》曰：「衆口鑠金，積毁消骨。」江淹《詣建平王上書》曰：「積毁消金，積讒磨骨。」

張平子《四愁詩》：「美人贈我緑綺琴，何以報之雙南金。」杜工部詩：「許身愧比雙南金。」

《漢書·韓安國傳》：「累石爲城，樹榆爲塞。」庾子山詩：「塞迥翻榆葉，關寒落雁毛。」此少陵所謂「清新」也。

《唐風》：「無已大康，職思其憂。」季子所謂「思深」也。《陳風》「洵有情兮，而無望兮。」所謂「國無主」也。

閻伯嶼《彈碁局賦》：「粲若星離，偃如雲岸。」杜工部詩：「晨鐘雲岸濕，勝地石堂煙。」元稹詩：「雲岸猶封草，春江欲滿槽。」

梁簡文帝《紫騮馬詩》：「朱汗染香衣。」杜工部詩：「馬驕朱汗落。」

李太白詩「我寄愁心與明月，隨風直到夜郎西」，與杜工部詩云「故憑錦水將雙淚，好過瞿塘灩澦堆」意同。

《家語》：子路曰「願得白羽若月，赤羽若日」，謂旌旗也。杜工部詩「赤羽千夫膳」，盧綸詩「平明尋白羽」，則謂冠纓箭羽。

《禮·檀弓》曰「貍首之班然」，謂文采似貍之首，與《儀禮·大射》貍首之詩異。

酷，《說文》：「酒味厚也。」借爲慘，極言若酒味之酷烈也。《史記·曹相國世家》曰：「百姓離秦之酷。」司馬長卿《上林賦》曰「酷烈淑郁」，爲酷本訓。

曹大家《東征賦》曰：「脩短之運，愚智同兮。」王右軍《蘭亭序》曰：「況脩短隨化，終期於盡。」

王褒《九懷》曰：「上乘雲兮回回。」杜工部詩：「回回山根水。」《漢書》東方朔曰「土木衣綺繡，狗馬被繢罽」，范蔚宗《宦者傳》論曰「狗馬飾彫文，土木被緹繡」，李賀詩「練香薰宋鵲」，走狗薰香，不更奇乎？

陸機《大暑詩》曰：「播芳塵之馥馥。」沈休文《謝靈運傳》論曰：「賈誼、相如振芳塵於後。」

《莊子》曰：「天無爲以之清，地無爲以之寧。」嵇叔夜《養生論》曰：「無爲自得，體妙心玄。」

《史記》魏文侯曰「山河之固，此魏國之寶也」，吴起對曰「在德不在險」。陸機《辯亡論》曰「在德不在險」。言守險之由人也。

枚乘《重諫吴王書》曰：「漢知吴有吞天下之心，赫然加怒，遣羽林黄頭循江而下。」《史記·佞幸傳》：「鄧通以櫂船爲黄頭郎。」顔師古注曰：「櫂船，能持櫂行船也。土勝水，其色黄，故刺船之郎皆著黄帽，因號曰黄頭郎。」楊萬里詩：「絶憐紅船黄帽郎，緑蓑青蒻牽牙檣。」

殷仲容工書，尤善書額。王知敬亦善署書，當時雙絶，與仲容齊名。武后詔一人署一寺額，仲容題資聖寺，知敬題清禪寺，俱爲獨絶。竇臮《述書賦》曰：「殷公王公，齊名兼署。大乃有則，小非無據。騏驥將騰，鸞鳳欲翥。題二榜而跡在，歎百川而身去。」

古詩：「蓮葉何田田。」江淹《水上神女賦》曰：「野田田而虚翠，水湛湛而空碧。」

《亢倉子》曰：「失時之黍，大本華莖，葉膏短穗。」劉宰《發紹興詩》曰：「柔條桑著眼，短穗麥生鬚。」

謝莊《月賦》：「洒清蘭路，肅桂苑。」元稹詩：「椒房深肅肅，蘭路靄霏霏。」

《左傳》「襄公之適楚也，夢周公，祖而行」，《論語》「吾不復夢見周公」，前夢言楚之可適，後夢歎道之不行。

《公羊傳》曰：「殽之嶔巖，是文王之所辟風雨者也。」《史記·司馬相如傳》曰：「槃石裖崖，嶔巖倚傾。」

劉向《九歌》：「摇翹奮羽，馳風騁雨，游無窮兮。」王延壽《夢賦》：「雞知天雨而奮羽，忽嘈然而自鳴。」

《晉書·謝尚傳》：司徒王導辟爲掾，始到府通謁，導謂曰聞君能作雊鵒舞，一座傾想，寧有此理不，尚曰佳，便著衣幘而舞，導令坐者撫掌擊節。杜審言《贈崔融詩》：「興酣雊鵒舞，言洽鳳凰翔。」

《漢書·律曆志》注：章帝時，零陵奚景於冷道舜祠下得白玉琯。梁簡文帝《謝賜新曆表》曰：「觀斗辨氣，玉琯移春。」庾信《春賦》曰：「玉琯初調，鳴絃暫撫。」

帛以代簡，書而卷之。《揚子法言》曰：「一卷之書，必立之師。」編次而包之曰帙，《説文》：「書衣也。」

杜工部詩：「散帙壁魚乾。」藏之曰篋。《禮·學記》曰：「入學鼓篋，遜其業也。」

《本草》：筍，一曰竹芽。裴説詩：「竹芽生礙路，松子落敲巾。」

梁簡文帝《答湘東王書》曰：「似望城扉，如瞻星日。」竇臮《述書賦》曰：「若雲開而乍覩晴日，泉落而懸歸碧潭。」

竇臮《述書賦》曰：「石雖堅而云亡，紙可寄而寶傳。」謂鴻都石經之毁也。

顔延之《庭誥文》曰：「照若鏡天，肅若窺淵。」杜牧詩曰：「樓倚雙樹外，鏡天無一毫。」

《燕然山銘》曰：「玄甲耀日，朱旗絳天。」張衡賦曰：「揚芒熛而絳天兮，水泫沄而涌濤。」陸雲《南征賦》曰：「朱光僶而丹野，炎暉仰而絳天。」庾肩吾詩曰：「絳天揚遠旆，雷野驅長轂。」

鮑照賦曰：「盡若窮煙，離若剪絃。」李白詩：「腸斷若剪絃，其如秋思何。」孟郊詩：「怨聲能剪絃，坐撫零落琴。」

《莊子》：「覩一蟬，方得美蔭，而忘其身。」李端詩：「盤雲雙鶴下，隔水一蟬鳴。」杜牧詩：「雨過一蟬噪，飄蕭松桂秋。」

庾子山《哀江南賦》曰：「有齊將之閉壁，無燕師之卧牆。」其《連珠》又曰：「謀猷是習，權變須長。時增齊竈，或卧燕牆。」梁元帝賦曰：「作齊軍之減竈，歌燕師之卧牆。」《洞冥記》：「握鳳管之簫，拊落霞之琴，歌清吴春波之曲。」陸龜蒙《潺湲洞》詩：「似吹雙羽管，如奏落霞琴。」《史記·封禪書》曰：「於是天子始親祠竈，而事化丹砂諸藥，齊爲黄金矣。」張説詩：「緑竹初成苑，丹沙欲化金。」

班固《答賓戲》曰：「董生下帷，發藻儒林。」陳後主與江總書曰：「未嘗不促膝舉觴，連情發藻。」

揚雄《羽獵賦》曰：「焕若天星之羅。」祖鴻勳與楊休之書曰：「日華雲實，旁沼星羅。」鮑照《石帆銘》曰：「下濛地軸，上獵星羅。」

賈誼《旱雲賦》曰：「隆盛暑而無聊兮，煎沙石而爛熠。」庾肩吾《團扇銘》曰：「炎隆火正，石爍沙煎。」

永嘉末，盗發齊桓公墓，得金蠶數千簿。陰鏗詩：「金蠶詎可織。」

鄭司農注《周禮》有「荆州之羞魚，青州之蟹胥」。《説文》：「蟹醢也。」黄山谷詩：「蟹胥與竹萌，乃不羨羊羜。」

束晳《餅賦》有「牢丸」之目。《酉陽雜俎》「籠上牢丸」「湯中牢丸」，今之湯餅也。

糟曰酒骨，出孟蜀《食典》，亦曰酒滓，出《左傳》。

《蜀都賦》：「藏鏹巨萬，釽摫兼呈。」謝靈運《山居賦》：「銅陵之奧，卓氏充釽摫之端。」注：「裁木爲器曰釽，裂帛爲衣曰摫。」

東坡謂晨飲爲澆書，李黄門謂午睡爲攤飯。陸務觀詩：「澆書酒挹浮蛆甕，攤飯横眠夢蝶牀。」

李嶠上高長史書曰：「曾越嚴序，趨下風。希口吻之芳音，候眉宇之陽氣。而堂上百里，廏明無撤器之因。門下三千，毛遂乏處囊之地。」

《説文》「虒蝓」，蝸牛也。東坡詩：「壁經梅雨畫虒蝓。」謂蝸涎盤錯如畫也。杜少陵詩：「蟲書玉佩蘚。」與此意同。

《西京雜記》：會稽歲時獻竹簟供御，號爲流黄簟。流黄，淺黄也。與紺紅、縹紫，爲五色之間色。張載《擬四愁詩》曰：「佳人贈我筒中布，何以報之流黄素。」江淹《别賦》曰：「慙幽閨之琴瑟，晦高臺之流黄。」沈佺期樂府曰：「誰爲含愁獨不見，更教明月照流黄。」

司馬相如《美人賦》曰：「金爐香薰，黼帳周垂。」江淹《别賦》曰：「同瓊珮之晨照，共金爐之夕香。」

隋李諤《論文體書》曰：「連篇累牘，不出月露之形。積案盈箱，唯是風雲之狀。」蓋鑑六朝之浮靡，在韓文公起衰之先。

王延壽《魯靈光殿賦》曰：「緑房紫藥，窋咤垂珠。」

梁元帝《采蓮賦》曰：「緑房兮翠蓋，素實兮黄螺。」

謝靈運詩：「殷勤風波事，款曲洲渚言。」王褒與周弘讓書：「賢兄入關，敬承款曲。」

唐武后昇仙太子碑陰刻雜言《游仙篇》曰：「絳宫珠闕敞仙家，蜺裳羽旆自凌霞。碧落晨飄紫芝蓋，黄庭夕轉綵雲車。周旋宇宙殊非遠，寫望蓬壺停翠幰。千齡一日未言賒，億歲嬰孩誰謂晚。逶迤鳳舞時相向，變囀鸞歌引清唱。金漿既取玉杯斟，玉酒還用水膏釀。駐迴游天域，排空聊憩息。宿志慕三元，翹心祈五色。仙儲本性諒難求，聖跡奇術祕元猷。願允丹誠賜靈藥，方期久視御隆周。」

唐韋元旦《夏日斿神泉序》曰：「美原縣東北隅神泉者，雖無樹石森深之致，而有豁險清泠之異。韋子蓋嘗倦簿領，泆塵冥，爰命丞太原王公、主簿平陽賈公、尉南陽張公釋事以斿焉。喟然而歎曰：陵谷之變雖窮，造化之功何檢。有窮則適變，無檢則忘功。所以物效其奇，事冥其契。嗟乎！恨不得列之玉檻，漱以瓊漿，勝負無私，流俗所忿。徒觀其印潔，其味美。起自文明首秋，時則垂拱元夏。隤祥應運，非醴泉歟？不然，何明祈雜遝，降福肸蠁，而幽通之若此也。澗形如規，四望若掃，平地可深百許尺，東西延袤七八十尺。下積員泉，泓渟鏡澈，莫測其底。南流出界，雖雲漢昭回，而滲漉無竭，則所謂『上善利物，谷神不死』，豈虯龍窟宅、靈僊福祐、懷清佇俊、抱逸尋幽者乎？躋顥氣而瑩襟情，疏玄流而屏喧濁，忘歸淡定，盍賦詩云：『聞有濠梁地，駕言并四美。契冥邀異跡，勝會不延晷。澗響若琴中，泉華疑鏡裏。形隨員月正，制逐規虹起。澡流瑩彤缺一字，跂石涼玉趾。近焉將安適，行當潤濠汜。』賈言淑詩：『詞人擁高節，狎異尋幽賞。谿險洞深澗，瞰鏡疑無象。形隨滿魄員，氣逐非煙上。徙谷縈新溜，分谿疏舊壤。冥功兆缺一字即，効奇靈既往。共漱鳴缺一字清，超然缺二字想。』徐彥伯詩，碑石殘缺。尹元凱詩：『桐坂疏抱甕，崑丘落縣米。豈知中輔邑，迸泉毓爲醴。氣融靈兆作，潤洽沖務啟。月潭信玲瓏，霞溜幾清泚。潽潽上善用，的的煩慮洗。君子懷淡交，相從澗之底。』温翁念詩：『聞君泉壑幽，俯裂瀕陽趾。及我性情狎，遥輕武陵涘。欲窞明月制，沮澤涼風起。朋來想辟雝，日去疑濠汜。列坐殊滿腹，揚清非洗耳。髣髴參石旂，淡焉適真理。』李鵬詩：『昔日鳴絃地，今聞生澗汜。靈潽敝政餘，潤發彫文始。滴滴流珠散，渟渟明月止。善利懷若人，淡交挹君子。鏡澈無纖翳，天清滌煩滓。虚忝神僊臺，何由弄風晷。』」垂拱四年刻石。

唐李諒《湘中紀行詩》曰：「湘江永州路，水碧山崒兀。古木缺二字潭，陰雲起龍窟。峻屏夾澄澈，怪石生缺一字勒。缺一字艦時邅迴，輕舠已超忽。疾如奔羽翼，清可鑒毛髮。寂寞榜漁舟，逶迤逗商缺二字行十月杪，猿嘯中夜發。楓林寒始丹，菊花冬未歇。凝流緑可缺一字，積草浮堪擷。缺一字蒨每驚新，幽奇信誇絶。稠峰疊玉嶂，淺浪翻殘雪。石燕雨中飛，霜鴻雲外別。迴雁峰。泝洄已勞苦，覽翫還愉悦。鶴嶺訪胎仙，祈陽縣白鶴嶺道士屈志静得仙處。唐音吾亭仰文哲。祈陽唐亭元中丞次山所居。川閒缺一字漁釣，山上多薇蕨。無以佐雍熙，何如養疵拙。安人苟有績，撫己行將缺一字。此路好缺二字，吾其謝羈紲。大和四年十月廿五日，缺一字管都防禦觀察處置等使、桂州刺史兼御史大夫李諒過此偶題，并領男潁同登覽。」詩見石刻。

唐曹汾《去東林詩》曰：「峰頭不住起孤煙，池上相留有白蓮。塵網分明知束縛，要須騎馬別雲泉。會昌三年七月十三日，秘書省正字曹汾題。」詩見石刻。

唐趙光乘《古井銘》曰：「天寶九載冬十月，尉趙光乘檢校造，因勒銘云：費城之井，昭然道周。土缶舊得，石幹今修。徵大易之不改，垂一善於千秋。」末有紹聖四年逢完題字。井在山東費縣，即《國語》季桓子穿井得羵羊之井，費即季氏邑。此銘前人未載，《續古文苑》始録之。

唐元結《東厓銘》曰：「峿臺西面，攲竚高迴。在唐亭爲東厓，下可行坐八九人，其爲形勝，與石門石屏，亦猶宫羽之相資也。銘曰：『峿臺蒼蒼，西厓雲端。亭午厓下，清陰更寒。可容枕席，何事不安。』」見《浯溪考》。

唐李涉《南溪玄巖銘》曰：「桂爲郡也，巖其先之，有井室人民百千祀矣。居是邦者，匪哲則豪，何四三里之内，而巖不載於前籍？爲巖將屈於古，而合伸於今哉？爲人未知其巖，巖俟人以時哉？青溪子昧而未詳也。予之仲曰渤，受天雅性，生不雜玩。少嘗讀《高士傳》《列仙經》，游衡、霍幽遐之境，巢嵩、廬水石之奥。凡俗所遘，必皆礱磨大璞，翦鑿遺病，意適而制，非主於名。寶曆初，自給事中出藩於桂。一之年，治鄉野之病，二之載，搜郛郭之遺，得隱山玄巖，冥契素尚。余因謫去炎海，途由桂，林巖之勝，再遂其賞。勒銘洞石，表遠跡於他年。銘曰：桂之有山，潛靈億年。拔地騰霄，戟列刀攢。巖之有洞，窈窕鬱盤。虎挂龍懸，形狀萬端。威馳杳冥，仰沓巑岏。玉落磬墜，幽聲晝寒。巴陵地道，小有洞天。文籍之聞，吾何有焉。酒一巵兮琴一曲，嵁巖之下可以窮年。」見《粤西金石略》。

唐王邕《後浯溪銘》曰：「巋然峿臺，枕於祁陽。迥然楚方，臨於瀟湘。孤標一峰，不止百尺。嵯峨巨峻，缺字潔堪礪。英才别業，雅有儒風。河南元公，高卧其中。位爲獨坐，人不知貴。興愜兹地，心閑勝事。松花對偃，薜葉交垂。鑿巘作逵，因泉漲池。乃構竹亭，乃葺茅宇。群書當户，靈藥映圃。嘉賓駐舟，愛子能文。弄琴對雲，酒熟蘭薰。何必磻溪，方可學釣。何必衡嶠，方可長嘯。我牧此郡，契於幽尋。刻銘山岑，敢告煙林。」見《浯溪考》。

唐崔致遠檄黄巢書曰：「廣明二年七月八日，諸道都統檢校大尉某告黄巢：夫守正修常曰道，臨危制變曰權。智者成之於順時，愚者敗之於逆理。然則雖百年繫命，生死難期。而萬事主心，是非可辨。今我以王師則有征無戰，軍政則先惠後誅。將期克復上京，固且敷陳大信。敬承嘉諭，用戢奸謀。且汝素是遐甿，驟爲勍敵。偶因乘勢，輒敢亂常。遂乃包藏禍心，竊弄神器。侵凌城闕，穢黷宫闈。既當罪極滔天，必見敗深塗地。噫！唐虞已降，苗扈弗賓。無良無賴之徒，不義不忠之輩，爾曹所作，何代而無。遠則有劉曜、王敦覬覦晋室，近則有禄山、朱泚吠噪皇家。彼皆或手握强兵，或身居重任，叱吒則雷奔電走，喧呼則霧塞烟横。然猶暫逞奸圖，終殲醜類。日輪閥輾，豈縱妖氛。天網高懸，必除兇族。況汝出自閭閻之末，起於隴畝之間。以焚劫爲良謀，以殺傷爲急務。有大愆可以擢髮，無小善可以贖身。不唯天下之人皆思顯戮，抑亦地中之鬼已議陰誅。縱饒假氣游魂，早合亡神奪魄。凡爲人事，莫若自知。吾不妄言，汝須審聽。比者，我國家德深含垢，恩重棄瑕。授爾節旄，寄爾方鎮。爾猶自懷鴆毒，不歛梟聲。動則齧人，行唯吠主。乃至身負玄化，兵纏紫微。公侯則奔竄危途，警蹕則巡游遠地。不能早歸德義，但養頑兇。斯則聖上於汝有赦罪之恩，汝則於國有辜恩之罪。必當死亡無日，何不畏懼于天。況周鼎非發問之端，漢宫豈偷安之所。不知爾意，終欲奚爲。汝不聽乎《道德經》云：『飄風不終朝，驟雨不終日。』天地尚不能久，而況於人乎？又不聽乎《春秋傳》曰『天之假助不善非祚之也，厚其凶惡而降之罰』？今汝藏奸匿暴，惡積禍盈。危以自安，迷以不復。所謂燕巢幕上，漫恣騫飛。魚戲鼎中，即看焦爛。我緝熙雄略，糺合諸軍。猛將雲飛，勇士雨集。高旌大旆，圍將楚塞之風；戰艦樓船，塞斷吳江之浪。陶太尉銳於破敵，楊司空嚴可稱神。旁眺八維，横行萬里。既謂廣張烈火，爇彼鴻毛；何殊高舉泰山，壓其鳥卵。即日金神御節，水伯迎師。商風助肅殺之威，晨露滌昏煩之氣。波濤既息，道路即通。當解纜於石頭，孫權後殿。佇落帆於峴首，杜預前驅。收復京都，剋期旬朔。但以好生惡殺，上帝深仁。屈法申恩，大朝令典。討官賊者不懷私忿，諭迷途者固在直言。飛吾折簡之詞，解爾倒懸之急。汝其無成膠柱，早學見機。善自爲謀，過而能改。若願分茅列土，開國承家。免身首之横分，得功名之卓立。無取信於面友，可傳榮於耳孫。此非兒女子所知，實乃大丈夫之事。早須相報，無用見疑。我命戴皇天，信資白水。必須言發響應，不可恩多怨深。或若狂走所牽，酣眠未寤。猶將拒轍固，欲守株則。乃批熊拉豹之師，一麾撲滅烏合。鴟張之衆，四散分飛。身爲齊斧之膏，骨作戎車之粉。妻兒被戮，宗族見誅。想當燃腹之時，必恐噬臍不及。爾須酌量進退，分别否臧。與其叛而滅亡，曷若順而榮貴，但所望者，必能致之。勉尋壯士之規，立期豹變。無執愚夫之慮，坐守狐疑。某告。」崔致遠，新羅人，仕唐官侍御史。黄巢叛，高駢爲諸道行營兵馬都統以討之，辟致遠爲從事，此文蓋在高駢幕府所作。致遠東歸之後，手編表進於朝，有《桂苑筆耕》二十卷、《今體賦》一卷、《今體詩》一卷、《雜詩賦》一卷、《中山覆簣集》五卷。《唐藝文志》則稱《桂苑筆耕》二十卷、《文集》三十卷，而他皆不傳。

崔致遠招趙璋書曰：「都統太尉，馳問趙璋。古人有言曰：大廈成而燕雀相賀，湯沐具而蟣蝨相弔。審其賀之與弔，由彼依之與違。且爾同惡相成，異謀斯搆。遽爲犯順，尚敢偷安？今我水陸徵軍，天人助信。久審風雲之會，遠揚雷電之威。即當行展豹韜，立擒梟帥。克收城闕，静剗煙塵。想計爾曹，具知吾意。但以先春而後秋者天之道，重賞而輕罰者君之恩，遂乃馳吾咫尺之書，問爾方寸之事。爾等依憑大憝，猾亂中朝，罪已貫盈，理須誅剪。然若黄巢狠性，能改雄心自新。望其國封，建彼家社。勳業可超今邁古，恩榮可付子傳孫。必爲致之，速相報也。如或螳蜋努臂，猰貐磨牙，輒欲拒張，必當撲滅。爾須審詳至理，勸誘元兇。欲令天下知名，早申忠節。奈何草間求活，終作叛徒。況居成筭之中，即在覆巢之下。死生有命，禍福無門。唯審是非，可知成敗。所謂燕雀相賀，蟣蝨相弔，實在於知與不知，順與不順。良時易失，嘉會難逢。生爲有害之人，死作無知之鬼，深可恥也，深可痛也！勉惟去就，早副指蹤。悉之。」

南唐徐鉉《許長史井銘》曰：「長史含道，棲真九天。人非邑改，丹井存焉。射玆谷鮒，冽彼寒泉。分甘玉液，流潤芝田。我來自西，尋真紫陽。若愛邵樹，如升魯堂。敬刊翠琰，永識銀牀。噫嗟後學，挹此餘光。」此銘集中未載，見《建康志》。

宋歐陽文忠公《韓中令像贊》曰：「氣剛而毅，望之可畏。色粹而仁，近之可親。有韫于中，必見于外。庶幾髣髴，寫之圖繪。惟其盛德，不可形容。公德之豐，後世之隆。誰爲公子，丞相衛公。」款署：「尚書吏部侍郎、參知政事、廬陵歐陽脩撰。治平元年秋八月十日，三司使給事中、莆陽蔡襄書。」石刻在泉州城隍廟。

宋沈紳《鼓山銘》曰：「鼓岃崱，頂峰特。窮島夷，類封域。屏閩東，拱辰北。歲辛亥，帝司赤。竦紳烈，從陗陟。搴若華，揖瑶極。呵蜚霆，蹴鼇脊。披霄根，殫目力。高者仰，深必惕。謹其至，惟古則。熙寧四年丁竦、沈紳、陳烈同游。」福州鼓山石刻。

大宋福州社壇銘曰：「后牧民，天迺食。維社稷，作稼穡。風雨雷，贊生殖。協時日，祭有秩。歲庚午，夏率職。即坤維，眠壇域。地汙隘，制匪式。爰廣新，古是則。辛未春，工告畢。齊有廳，器有室。暘若雨，事咸飭。後之人，敬毋斁。元祐六年三月，温陵柯述撰，王裕民書。」在福州烏石山。

元管夫人寫竹寄外君，題云：「夫君去日竹新栽，竹子成林夫未來。容貌一衰難再好，不如花落又花開。」

虞邵菴《豆腐贊》曰：「掇山腴，治仙漿。軟於雲，潔於霜。舌生肥，齒不傷。君子食之壽而康，肘後服玉舊有方。」

黄晋卿《腴晦齋銘》曰：「王君仲致以腴晦名其齋，蓋有取乎？考亭朱子字元晦之祝辭云爾。夫所謂人，晦於身。神明内腴者，復而通也。今乃援其辭而左之者，通而復也。仲致來徵銘，則爲之銘曰：維皇播物，終始一誠。屈信相推，迺色迺形。有出于幽，以豐而亨。有入斯息，明彝之貞。而通而復，與時偕行。展也王君，斂其華英。退藏於密，以觀其生。與造物者，游神之廷。曰予庶幾，天之性情。我曷相之，式彰兹銘。」

柯敬仲《石屏記》曰：「高昌正臣，博古好雅。其燕處之室，凡可以供清玩者，莫不畢具，石屏其一也。異哉兹石，方廣僅咫尺，其文理粲然，有高深幽遠之思焉。絶頂渾厚者，如山如嶽；飛揚飄忽者，如煙如雲；横流奔激者，如江如河。斷者若岸，泓者若潭。或如林麓之蓊鬱；或如禽魚之游戲。使董北苑、僧巨然復生，其破墨用筆，不過是矣。古之人遇物之異者，必書其册。若斯屏之異，安得不爲之書也。因命之曰『江山曉思』，復書其背而刻之。至順二年夏四月望，奎章閣學士院鑒書博士文林郎柯九思記。」

柯敬仲《紫檀界方銘》曰：「兀坐草玄，風后爲奸。爾往鎮之，世掌我編。」

蘇昌齡《静學齋銘》曰：「人生而静，於惟本性。静以成學，斯得其正。寡欲則存，思誠則明。艮背止止，寂感相承。死灰不然，槁木多腐。彼偏於私，執一廢務。學貴適用，見學之工。乾闢坤翕，造物與同。徒好其名，不核其實。珉中玉表，餘將不食。昔我先覺，載著善言。覈其始終，毫髮靡愆。豐功遺烈，照映簡册。二表忠藎，六經日月。尚友古人，有志不渝。睎顔之人，亦顔之徒。勗哉徐君，士惟尚志。舜何人哉，睎之則是。」徐君者，徐績也。

明陳孟英《寸善堂銘》曰：「吴郡羅原敬，名其堂曰寸善，志爲道也。廬山陳完，銘以勖之，曰：善豈有寸，寸猶小積。由小而爲，終成大德。心言在仁，仁言在愛。愛言在公，公言德在。明乎其明，是之進善。求己之功，孳孳以踐。尺有所短，寸有所長。由寸至尋，于尋至常。忞忞弗怠，匪勇曷以。我行我勇，聖豈遠爾。譬彼于水，其盈由科。涓涓不止，將成江河。鑑觀於此，以守之篤。毋懈爾心，用規爾勗。」

陸儼山《弔劉生賦》曰：「唐士劉蕡，燕産也。感激殷憂，有薊邱易水之餘烈。以直言廢，故有祠祀直言也，在今昌平。皇明正德六載南至，史官深共承陵祀，道出祠下。顧瞻徘徊，乃述賦焉。其辭曰：洵劉生之瓌偉兮，已亮夫言出而毀隨。誕樹虛而賈實兮，紛振古之共悲。測彼蒼之倚伏兮，嗟生獨罹乎此時也。當明庭而鋪詞兮，既已謝乎無媒也。苟忠信之自卬兮，又奚必開金石而稱奇。願韜卷以有俟兮，恐歲暮之難期。凌冰雪以北渡兮，敬弔生之芳祠。空蘋藻於寒沍兮，悵瞻遡之遲遲。吁會合其猶然兮，羌昧己而前之。塞河決於微穴兮，當狂瀾之既頹。貔虎逸而負嵎兮，欲徒手以徑批。臨深淵而莫戒兮，聳旁觀之屢疑。佩宣王之昭訓兮，亦有道而言危。曰予既知夫隱衷兮，冀身卻而道垂。謂將來之可恃兮，竟陳言之誰施。風號寒而木怒號兮，尋采薇之舊蹤兮，路逶迤而多歧。睇西山之崔嵬。尋采薇之舊蹤兮，路逶迤而多歧。風號寒而木怒兮，恍有遇於斯須。情抑鬱而欲語兮，魂靡靡以難持。儻決機於轉圜兮，曰獨生之所私。」

申屠衡《春草堂銘》曰：「溫陵陳彥廉，作堂以奉母。扁之曰春草，蓋取唐孟郊詩語也。吴郡申屠衡爲之銘曰：渠渠新堂，厥位面陽。吾親來居，載燠載涼。青青草藂，色映窗牖。匪蘭而芳，與萱偕茂。念昔天寒，繁霜夜零。凝陰慘殺，枯荄弗萌。陽春既還，百卉均被。覆以恩光，煦以和氣。或蔓而延，或株而連。緑柔風偃，碧萋煙綿。仰瞻陽暉，恩深罔極。不滋而榮，不壅而植。寸心之微，陽德之溥。雖欲報之，於暉何補。報雖不能，奚敢怠忘。矧於養親，及兹壽康。時以序遷，流景易失。吾養無違，孜孜愛日。物以春榮，亦以秋悴。吾心有恒，匪懈於内。鼎列肴珍，匜浮醴醇。融融洩洩，無時不春。人孰無母，母爲節婦。人孰無子，子孝且友。池塘有夢，王孫不歸。賦詠雖工，風教曷裨。凡今之人，孰無秉彝。載登斯堂，視我銘詩。」

寒玉堂岔曲

寒玉堂岔曲序

《寒玉堂岔曲》，予仲氏之所作也。仲氏能三絃，每歌輒自製曲。惟以無關著作，初未嘗留稿，以故當時即多亡失，其後屢經遷徙，遂無復存者。辛卯夏，偶於藝人譚鳳元處得十餘曲，亟録而存之。嗟乎，予與仲氏别三年矣！雁病鴻羈，復歸無日。憶十餘年前，仲氏彈三絃，予歌其所作曲，亦尋常事耳，孰知今日竟不可得耶！編録至此，爲之撲筆黯然。叔明，壬辰夏日。

改寫曹植洛神賦

秋光如練，洛水潺湲。陳思王朝罷魏主，回轉東藩。蒼煙橫野色，斜日落虞淵。旌旗停碧岸，引駕欲登船。忽見那，縹緲煙波雲霧裏，一片神光到馬前。（過板）那君王見一麗人，洛川之畔。翩若驚鴻翔玉宇，宛若游龍獨往還。春松疑秀色，秋菊比芳顏。明珠翠羽光璀璨，桂旗波影自翩翻。疑是湘妃臨北渚，恍如神女降巫山。盈盈一水人咫尺，解佩求通一語難。悵春宵想象移情（卧牛）人不見。星懸銀漢無船渡，凌波一去渺如煙。綿綿此恨成千古，空剩下一片斜陽洛水寒。

歷史

上世號三皇，歲月茫茫。定禮樂，正天常。五帝治世，德被遐方。唐虞揖讓聖人邦，湯武爭誅道已傷。周室東遷綱紀紊，五霸七雄各逞强。楚漢爭秦歸一統，漢鼎三分魏已亡。晉室平吳方頌武，紛擾中華五姓狂。更分東晉居江左，無非是轉眼韶華夢一場。（過板）劉裕篡晋遂稱帝，八代爲君祚已亡。這正是忠臣徒嘆袁開府，天命終歸蕭建康。石城謡，義氣高傳（卧牛）千載上。梁滅齊，陳滅梁，叔寶風流頃刻亡。元魏北朝稱盛世，更有那一成一夏，兩趙三秦，四燕并五凉。周齊滅後隋文起，溥天之下始尊王。曾幾何時傳唐室，八水皇都王氣長。唐末相争分五季，天心眷顧宋家邦。遼金空自稱雄武，會看白燕過長江。元明帝業歸何處，玉壘浮雲變不常。這正是古今青史分明在，傷心人話舊興亡。

雨過數峰青

雨過數峰青，改變秋容。抱瑶琴尋佳客，漫步溪頭，過橋東。但則見，兩三茅屋在斜陽裏，村樹枝頭葉已紅。（過板）柴扉半掩，花深處，絶無車馬跡，但聽水流聲。童子立多時倚杖敲門，（卧牛）無人應。何不村前問牧童，説：誰家茅屋傍雲松。童子笑，唤先生，説：紅塵不在此山中，又何必勞君問姓名。今朝采藥往西南去，也不知在碧水青山第幾重。

少年行

碧水長堤，楊柳煙齊。青山一片暮雲低，紅杏梢頭挂酒旗。（過板）跨雕鞍五陵年少春風裏，醉章臺琵琶聽盡無（卧牛）無留意。揚鞭不顧障泥錦，一路飛花送馬蹄。

春閨怨一

倦尋芳春光亂，倚紗窗翠袖生寒。東風料峭正愁人，花飛萬點。楊柳含煙，玉人兒畫樓天，半捲珠簾。（過板）誤佳期，盼郎歸，含情無限，眉損春山。望天涯，玉門西去音（卧牛）音書斷。落紅滿地無人管，送盡斜陽雁不還。

春閨怨二

梅影横窗，清輝繞畫梁。佳人臨鏡懶梳妝，雙蛾蹙損怨更長。（過板）羅衣風動鬱金香。憶王孫平原草色年（卧牛）年年望。秋千院落春光晚，深下珠簾，月上海棠。

四時閨怨

春

燕剪生春水，青山懶畫眉。杜鵑枝上泣聲悲，梨花舞雪送春回。（過板）倦尋芳，海棠開罷，春光晚，負良宵，熏籠斜倚難（卧牛）難成寐。只剩那亂紅成陣落花飛，芳草池塘柳綫垂，刻意留春春不住，東風何事入羅幃。

夏

竹影横窗，淺碧池塘。深閨初换五雲裳，風弄芭蕉送晚凉。（過板）翠樓東細柳含煙，瀲灧波光。青山一髮憑（卧牛）憑欄望，殘霞外幾樹蟬聲，一片斜陽。

秋

秋月照嬋娟，銀鈎捲畫簾。玉人兒妝罷倚欄干，桂花零落玉臺寒。（過板）望銀河疏星明滅，蟾光滿，似嫦娥碧宵夜夜多（卧牛）多清怨。盼郎歸，羅裙罷繡鴛鴦綫，雲鬟蓬鬆懶上鬟。

冬

寒空無雁字，霜華滿玉墀。歸鴉數點噪空枝，簾捲黄昏欲雪時。（過板）玉梅花下交三九，瑣窗寒解佩低幃，（卧牛）暗香時至地。敲斷玉釵歌一曲，月明疏影碧雲遲。

送春

春在畫橋西，芳草煙齊。楊花飛盡短長堤，海棠開罷杜鵑啼。（過板）惜殘春吴姬勸酒，歌金縷，花枝風動舞羅衣。望平蕪萋萋又送王（卧牛）王孫去。錦鞍珠絡青驄馬，一别章臺路易迷。

秋夜

玉露淒清，寒月孤明。數行新雁帶秋聲，丹桂花開香滿庭。（過板）銀河如練挂疏星，綺窗聞落葉，金井響梧桐。嫦娥此際開（卧牛）開妝鏡。今宵夜色涼如水，碧落冰輪照玉屏。

亂雲斜日

亂雲斜日，草滿秋池。寒鴉窗外踏霜枝，簾捲黄昏欲雪時。（過板）東籬花謝，西風晚，怨飄零垂柳千條，（卧牛）衡陽雁字。恰正似孤城落葉江南賦，故國青山楚客詞。

集唐詩

江山數峰青，江樹遠含情。琵琶起舞换新聲，十二樓中月自明。（過板）碧天如水夜雲輕，洞房環佩冷，淡月照中庭。銀箏夜久殷（卧牛）殷勤弄。瑤階夜色涼如水，冰簟銀牀夢不成。

集宋詞

秋水澄空花梢冷，雲月朧明。小軒南浦，吟老丹楓，金風玉露不勝情。（過板）掩閑門碧梧秋老，沙渚蘋輕。秋來松菊荒（卧牛）荒三徑。紫簫漫捻度新聲，晚香都在酒杯中。銀浦流雲初度月，紫薇枝上露華濃。

壽詞

碧落悠悠，海上添籌。瑤池上壽，幾千秋，紫氣祥雲繞斗牛。（過板）安期初獻松齡酒。階前生瑞草，筵上獻金甌。海山遥祝無（卧牛）無疆壽。蒼松古柏神仙府，縹緲雲中五色樓。

菜根長

酸辣魚湯，紅燜肥腸。半斤的螃蟹，高醋鮮薑。燒賣是脂油拌韭黄。（過板）糟煨鴿蛋，蒸熊掌，雪白官燕把雞（卧牛）雞湯放。寄言紈綺與膏粱，繁華轉眼變滄桑。山家風味真堪賞，雞豚不似菜根長。

寒玉堂聯文

自序

余束髮受經之年，習篆隸真書。時得清整一二字，輒欣欣然喜。習益勤，進益銳。既而稍解點畫頓挫使轉之法則，有若掣肘扼腎，不復進長。而求其氣骨體勢，則復掣肘扼腎不進如昔日。隱居西山，晨夕求之，雖心知意會，終不能至。甚矣，斯道之難成也。世亂洊臻，避地海濱。杜門鑿坯，以謝賓客。緬慕昔賢，每懷靡及。既耻過情之聞，復累不虞之譽，而求書者踵於門。丁酉之秋，卧疾浹辰，不能執筆，口占聯文，將書以應求者。非能制心怡情，以脱於形骸之外也。庚子秋七月朔，西山逸士溥儒心畬書。

寒玉堂聯文　五言

竹摇蒼玉佩，松挂碧蘿衣。
竹窗涼夜永，松館夏雲寒。
院静鶯藏柳，窗低蝶挂梅。
構檠環石罅，維櫂釣溪雲。
雲凝芝蓋起，星轉玉繩明。
皓月仙人桂，清風隱士松。
院槿摇紅雪，溪檉絓碧絲。
金徽彈落雁，玉管寫來禽。
曠懷千古意，適志片時心。
蘿陰宜待月，竹徑自成秋。

桂宫雲作錦，芝圃玉爲田。
援琴待遥月，躡屐踏寒雲。
臨水烹雷莢，因風摘露葵。
蓬壁紛垂竹，藜牀亂疊書。
愛月常培竹，留香不剪梅。
作賦懷秋水，摛毫寫白雲。
高懷在泉石，遐思入風雲。
石蘿垂密幔，風竹映疏簾。
剪樹看山色，栽蕉聽雨聲。
梅如梁苑雪，石是錦川雲。
松蓋凝甘露，芝英覆彩雲。
鞠碧經霜葉，梅紅帶雪枝。
鏡銘延壽篆，鐙鑄吉羊文。

蕉風摇扇影，梅露綴珠光。
澗水停松影，天風折桂枝。
寒雲歸落木，遠岸隔飛鴻。回文。
叢竹生寒籟，疏梅發晚姿。
詩心江上月，逸興水邊雲。
書帙巢蟫蠹，琴囊隱鞠通。
女蘿摇碎月，仙露綴明珠。
梅萼留殘雪，松陰駐斷雲。
小巢藏巧婦，圓沼長慈姑。
掃地雲隨帚，調絃月滿琴。
龜鹿彫金鏡，瓊瑶刻玉巵。
臨水知魚樂，瞻雲羨鳥飛。
佩玉昭懿德，書紳守敬箴。

月隨方竹杖，風入斷文琴。
引經師服鄭，立德憲程朱。
玉潤含貞德，松堅有本心。
竹屋生虛白，松窗納遠青。
月倚挂瓢樹，風揚漉酒巾。
烹茶收蜜雪，汲井渫寒泉。
瞻雲陟蘿徑，卧月枕松根。
潭冰留竹葉，澗雪覆松根。
古硯生寒碧，殘碑搨硬黄。
樹帶春前雪，冰凝夜半風。
寒蟬依卧柳，晚蝶戀叢梅。
菀枯張璪樹，濃澹郭熙山。
瘿柏盤書架，枯匏作酒尊。

雙鉤成竹葉，飛白作梅根。
岸蘆連水白，野葛入窗青。
水清魚戲藻，雲密鶴棲松。
蟲穿霜後葉，鳥剥雨前茶。
遠江寒落雁，秋樹獨歸人。回文。
茂樹連山暗，寒梅傍水遥。
溪邊垂釣櫂，石上挂瓢松。
揮毫書落葉，調軫試焦桐。
菱開明月鏡，梅綻玉壺冰。
溪石堪爲硯，雲蘿可作衣。
白蓮秋釀酒，紅葉晚題詩。
硯水分蕉雨，茶香起竹煙。
振藻推明遠，含英羡孔璋。

文章金在礪，人品玉無瑕。
文章若寒木，詞賦發春華。
露浥淵明鞠，香浮和靖梅。
秋風鮑照賦，明月謝莊詩。
幽蘭能儷曲，叢桂欲留人。
天地堪懷古，江山獨賦詩。
湧泉文若水，垂露筆生花。
摛光珍美玉，敷藻艷春蘭。
莊生夢蝶意，逸少换鵝情。
流水喧猶静，烹茶苦亦甘。
露影龍鬚簟，秋光雁足鐙。
管城傳隸法，焦爨識琴音。
絶壁孤雲起，澄潭片月明。

文成從覆瓿，詩罷自焚香。
馳騖古今際，高步天地閒。
斗室觀周易，衡門讀漢書。
高山知静理，流水辨清音。
嘷猿向蘿月，招鶴下松雲。
問道赤松子，授書黄石公。
履道幽人吉，謙尊君子光。
聽水心常静，觀雲意自高。
幽谷多蘭蕙，芳洲足杜蘅。
瑾瑜瑕不揜，松竹氣常清。
觀雲能悟筆，垂釣欲忘筌。
瑶琴彈緑綺，玉板界烏絲。
妙韻傳雕竹，清商發爨桐。

墨傳丹邱子，筆號管城侯。
垂釣絲綸静，披書編簡香。
寒生垂沼竹，香動近窗梅。
龍賓研桂露，麟角寫芝英。
畫禪松月外，詩夢水雲閒。
空庭寒葉落，舊館月華清。
松蓋垂雲葉，蓮房墜露珠。
鶴歸松雪落，猿嘯峽雲開。
文章重珪璧，雅頌發宮商。
龍光騰劍氣，鳳沼起琴音。
雲山供潑墨，風月對彈琴。
秋節蘭爲佩，寒江桂作舟。

寒玉堂聯文　七言

析義六經尊服鄭，立言百世法程朱。

山窗静似無聲畫，水閣虚如不繫舟。

聞籟客談齊物論，臨書僧有折釵評。

和風夏長忘憂草，瑞露秋開含笑花。

瑶圃雙鸞棲玉樹，芝田一鶴在珠林。

歸卧青山枕白石，欲抱明月巢雲松。

香霧清輝杜工部，曉風殘月柳屯田。

叢梅似望峨嵋雪，片石遐觀太華峰。

斗室傍林棲白雀，衡門當壑倚青松。

每懷清興談風月，自有高懷滿水雲。

巖下結廬隨白鹿，林間攜酒聽黃鸝。
陋巷編詩存甲子，蓬門讀易識乾坤。
事親曾讀王祥傳，思舊翻書庾信銘。
霜飛舊館匏空繫，秋滿東籬鞠自華。
誰能對月無尊酒，我欲還山夢白雲。
畫裏江山盡平遠，秋來水木自清華。
平原葉舞商羊雨，曲巷花旋獨鹿風。
守道自知簞食樂，希賢敢謂布衣尊。
佳人日暮倚脩竹，山客雲深巢古松。
石邊碎影藤蘿月，溪上清聲薜荔風。
汲古自生書帶草，居貧閒種米囊花。
雪後寒林蕭照畫，雲中疊嶂郭熙山。
霜飛碧落寒無影，露下銀河夜有聲。

紙窗竹屋羲皇夢，秋水滄浪漁父歌。
東坡醉墨成疏竹，北苑寒山寫斷蕨。
板屋梅花千樹雪，石橋流水幾家煙。
霜餘彩蝶懸孤葉，雪後文禽守凍花。
破牆帶雨行蝸篆，遠渚隨風落雁書。
龜書出洛傳洪範，鳥跡行沙變古文。
作賦每教從覆瓿，題詩豈望得籠紗。
秃筆每思毛穎傳，孤峰如讀石帆銘。
槐葉零如枯樹賦，柳花飛似惜春詞。
蔡女新聲彈緑綺，曹娥細字界烏絲。
經藏孔壁聞絲竹，劍落豐城射斗牛。
盤螭金錯秦宫劍，舞鳳珠垂漢殿鐙。
龍飛龜掣銅盤字，虎躍蛟騰石鼓文。

考工尚見周官舊，奇字曾傳秦火餘。
舊書壓架成蟫館，疊石如巖隱蠣房。
積雨敗荷淪野水，避風寒鷺上空船。
欲識乾坤明物始，還從象緯測天經。
荒渠零雨飄菰葉，野澗寒風折竹枝。
鸞岡欲訪洪厓跡，鵠嶺如聞子晋笙。
徑曲盡培蝴蝶草，地高宜種鳳凰枝。
春雨棠梨開舊館，曉風楊柳拂空臺。
蟻浮鞠蕊清醪嫩，鴻戲芝英翰墨香。
簫史秦樓隨彩鳳，館娃吴殿舞驚鴻。
狎鷗偶得滄浪趣，騎鶴能生江海心。
嶙峋天禄陳東觀，嫏嬛珊瑚舞上林。
竹邊有興調琴軫，溪上忘機棄釣竿。

珍禽芳樹邊鸞畫，仙露明珠後主詞。
萬笏青峰翔一鶴，半輪皓鏡舞雙鸞。
新詞綺麗歌殘月，妙墨高寒寫斷雲。
峰倚青天通帝座，地因黄鶴識仙蹤。
兔毫醉墨漓蕉葉，鳳尾清商發爨桐。
絳珠仙草垂甘露，玉蕊瓊花綴鬘雲。
窗邊月印東坡竹，林外雲生北苑山。
紅杏爛於蘇氏錦，緑萍圓似沈郎錢。
隔澗叢梅疑是雪，傍江疏柳欲生煙。
竹聲清似倪迂畫，梅影寒於東野詩。
竹泉洗硯魚吞墨，松火烹茶鶴避煙。
殿瓦塵封東漢字，井闌苔繡北朝文。
半庭芍藥飄紅雨，滿架蒲桃綴紫雲。

花落早枝寒舞蝶，絮飛春樹晚啼鶯。回文。
躡屐亂山尋赭葉，攜琴曲水枕清流。
煙蘿碧水淪風晚，雪竹寒窗映月明。回文。
閒雲不出愚公谷，明月長臨隱士家。
豆棚積雨知秋永，藤架浮香覺露滋。
勇似相如將玉璧，辨同毛遂捧珠盤。
葛洪丹竈生瑶草，逸少鵝池起墨波。
兔毫書破三千櫝，鵨眼磨穿二十年。
窮年讀易韋應絶，半世論文髮尚青。
窗前古木宜招鶴，門外清溪可濯纓。
溪頭水净堪垂釣，絶頂風高莫振衣。
雪堂寫蕙能容棘，清秘圖山不著人。
芳草碧於青玉案，落花紅似赤城霞。

抱璞全生懷櫟樹，臨淵守戒繫包桑。
連林楓葉霞爲岸，隔浦蘆花雪作堤。
天下幾人堪共語，世間何物可躭情。
臨巖松似餐霞客，倚澗花如照水人。
天際片雲能作雨，林邊野水自生秋。
雲庵樓閣神仙府，松雪江山漁父村。
松留片白巖陰雪，峰失孤青水上雲。
惟酒無量不及亂，萬鍾於我何加焉。
雲迷楚岫南宫跡，墨染吴山北苑風。
輞川明月詩中畫，彭澤高風琴外音。
兩册旌功周鼎字，雙魚紀瑞漢甎文。
孝如曾子方稱可，樂似顔淵始爲賢。
碧嶂丹巖唐代畫，茂林脩竹晋時春。

樂取於人斯謂善，反求諸己是能賢。

花落山雞朝舞鏡，月斜江雁夜驚弓。

水映丹林寒落日，天連碧岫遠生雲。回文。

湘水幽蘭能儷曲，小山叢桂欲留人。

月下瓶花疑帶雪，山中硯水亦生雲。

緑波楊葉三篙水，白雪梅花一笛風。

水碧沙明瑶瑟夜，月斜雲斂畫屏秋。

莫漫登舟望秋月，會須攜酒對黄花。

草堂野水聽蛙曲，山館孤松認鶴巢。

好静樂山仁者壽，卓然飲酒聖之清。

春水緑波江令賦，曉霜楓葉謝公詩。

心如出岫白雲净，人似在山泉水清。

秋水明霞江似練，蘆花沙岸月如燈。

稷下應無彈鋏客，夷門猶有抱關人。
鞠花挂蝶堪成畫，柳葉鳴蟬可入詩。
寶匣飛光留桂影，霜毫垂露染松煙。
玉露涼生雲母扇，冰輪光瀉水晶簾。
上苑宫花名瑞應，北都寺竹報平安。
豈有黄金求國士，只宜明月伴詩人。
洗耳昔聞辭萬乘，披裘曾見芥千金。
詩品空潭瀉明月，文章寒木發春華。
帝謂卧龍嵇叔夜，人稱夷白蔡休明。
客懷皎若瑶臺雪，詩夢清如閬苑風。
月下援琴教鶴舞，雨中吹笛效龍吟。
千樹梨花春似海，百壺竹葉酒如淮。
東閣梅花南浦月，吴江楓葉楚山雲。

偶逢殘碣閒摹搨，時得新書自校讎。
北朝石刻神黿字，西漢甎銘五鳳年。
芳草晴川黃鶴水，桃花荒井赤烏船。
近窗鳥啄垂檐雪，繞檻魚分落沼花。
黿文鳥跡倉作則，龍章玉筯斯能傳。
春秋河洛乃經緯，詩書禮樂相陶鈞。
漢水久沈羊傅石，臨川新獲魯公碑。
澗陰春雨生黃獨，石罅仙風發紫芝。
横巖松幹留殘雪，傍澗梅根洗急湍。
攀蘿採藥分雲葉，翦樹觀碑洗石華。
雲連燕水河聲壯，天落齊煙嶽色高。
欲隨銀漢流槎影，獨攬秋雲賦月華。
梧葉闌干秋似水，梨花院落月如煙。

自有新詩題砌竹，還餘醉墨灑谿藤。
雲母屏風將曙夜，龍鬚竹簟已涼秋。
怡情自有風前竹，立節還餘雪後松。
荷蓋半圓藏翡翠，蘆花千點覆鴛鴦。
園樹經霜留碩果，庭梅帶雪發寒花。
欲訪白雲親授筆，還求黄石未燒書。
汲泉滌硯題新竹，掃壁濡毫畫古松。
龍賓竹露臨青李，鳳味松煙賦白華。
巖丹遠映千重樹，嶺白高盤萬疊雲。
游人自搨嵩人闕，道士曾傳岣嶁碑。
孤雲無意常依岫，飛鳥忘機每近人。
雲開月色臨疏户，風動蟬聲過別枝。
蕉葉閒書金錯字，菱花細鏤玉環文。

梨樹白於雙瑴玉，苔華青似五銖錢。
明月應無千里隔，浮雲惟見片時行。
書寄金丹四百字，帖臨玉版十三行。
秋雲織作天孫錦，斷木雕成海客槎。
松下雪消留鶴跡，竹邊煙散落蟾光。
瓊枝明月雲初度，蕙草秋風露未晞。
松柏獨能矜晚節，穠華誰不慕春榮。
迎風寶篳流蟾影，冰井高臺映露華。
静觀天地無終極，坐見江山成古今。
半輪月倚華池樹，一片雲生湘水秋。
曲澗繞門環聽水，短垣當户坐看山。
壺中歲月歡如此，橘裏乾坤樂未央。
落月竹邊時映水，斷林窗外不遮山。

春風醉客非關酒，秋鞠宜人不在香。
四圍碧嶂層雲合，萬疊青松片月高。
蕨薇春盡無人採，松柏陰成有鶴棲。
月如有恨成盈缺，天自無情變古今。
楊柳倒垂雙岸水，芭蕉斜捲半窗秋。
詩成寒木孤雲外，人在青山白水閒。
自有青山招隱士，尚餘黃鞠伴詩人。
蕙草不逢哀郢客，桃花應識避秦人。
尊盈美酒春長在，座有詩人氣自清。
琴徽綴以荆山玉，書帶縈爲湘水蘭。
琴音舒放嵇中散，詩境清高韋左司。
白鶴已忘秦甲子，青山獨見漢衣冠。
半塘月印芙蓉水，十里香隨橘柚風。

泰山片石能爲雨，湘水微波亦起雲。
圓池渌水浮菱葉，曲院清風掃竹花。
山中獨往穿巖樹，溪上閒來傍水雲。
遯世惟求賢者樂，臨文每憶古之人。
斗室瓣香彈緑綺，蓬窗尺素寫黄庭。
石林霜葉秋如畫，紙帳梅花夢亦清。
野豆作花長引蝶，山茶結子亦來禽。
藤花抱樹穿簾紫，瓜蔓纏樊入幕青。
清風欲下陳蕃榻，明月常隨李白舟。
洞庭曠遠終辭楚，督亢膏腴竟入秦。
林端過雨飛虹影，天際流雲洗月華。
晚樹雨晴鳩逐婦，春江水暖雁來賓。
客懷摇落江潭柳，别緒縈迴嶺上雲。

小山當户流空翠，古帖臨窗搨硬黄。
苑邊紅杏初含雨，湖畔垂楊欲化煙。
皎如梁苑連林雪，閒似吴山出岫雲。
黄鶯隔葉啼春水，紫燕穿簾送落花。
池塘淺水飄風絮，庭院斜陽轉露葵。
曲岸荷開明月浦，晚風人在木蘭舟。
碧沼荇流魚網疊，草堂松偃鶴巢斜。
銀漢不妨明月渡，碧空何礙片雲行。
竹院讀書寒映雪，梅窗吹笛夜停雲。
青山招隱籬邊鞠，白露懷人水上葭。
人品切磋瑶圃玉，文心澄澈碧壺冰。
臨文似湧千江水，潑墨能生萬壑雲。
向陽細草垂雲錦，近水幽花散綺羅。

石嶂雲飛遮日月，風潭水湧變魚龍。
中天望月思攀桂，永夜懷人賦采蕭。
歲云暮矣吴江冷，我所思兮湘水深。
黄鶯有意遷喬木，粉蝶無心逐落花。
清畏人知名益顯，静思己過德斯崇。
食魚豈必河之鯉，觀水能生逝者心。
流水浮雲堪入畫，清風明月不論錢。
蘿帶受風摇細影，松花落水起圓文。
蘆中渡客非求劍，路上披裘不取金。
飛案桃花浮硯水，入窗竹葉拂琴絃。
尋梅古渡招舟子，採藥深山問牧人。
風破雁行斜渡水，雨驚鴉陣亂投林。
暖水平池魚在藻，薰風拂檻鳥含桃。

松柏有心經歲月，篔簹多節傲風霜。
花陰難掃荼蘼影，苔徑長留楊柳煙。
殘霞返照臨江樹，野水斜分負郭田。
常懷皎日期修己，獨抱清風豈爲人。
壞垣積雨蝸成字，古木臨河鸛作巢。
野田臨水全成堰，老樹欹門半作牆。
琴至無聲參靜理，詩超有象悟天機。
自翦鮫綃穿鏡蒂，閒吹鳳管落燈花。
鐙摇雁足三更雨，簟捲龍鬚五夜風。
雲色遠生湖水白，山光斜照畫屏青。
瀟灑風生寒竹葉，葳蕤春滿凍梅梢。
霜落天高思作賦，月明雲斂欲登舟。
不可以風霜後葉，祟朝其雨水邊雲。

但與四時同化育，應無一物滯心胸。
萬里雲山王宰畫，半江風雪謝安舟。
小梅經雪低於竹，老樹逢春半作花。
驚沙落葉蕪城賦，寒日秋風易水歌。
金經日寫三千字，斗酒能消萬古愁。
户内蠨蛸頻送喜，枝頭杜宇欲催歸。
蝶繞柳枝飛似絮，黿浮蓮葉小於錢。
鵷雛不集三株樹，駿馬何煩七寶鞭。
明月隔江天隔水，落花如夢雨如煙。
枝上子規思杜宇，夢中蝴蝶亦莊周。
瑶臺琪樹明於雪，石洞流霞不見人。
文章七略劉中壘，辭賦三湘屈左徒。
隴上有花皆似雪，峽中無樹不生雲。

衡嶽攀登尋古篆，西山津逮訪奇書。
畫禪似識西來意，書法如參空外音。
册府嫏嬛傳寶笈，管城珠玉聚巾箱。
梅窗乍見連珠影，竹院時聞碎玉聲。
八景琅函開秘笈，五天雲錦啓圖球。
半生作客如張儉，四海論交似孔融。
玉壘錦江天寶日，茂林脩竹永和年。
平林積水城邊路，苦竹寒蒲江上村。
摩詰彈琴閒待月，劉伶荷鍤鎮隨身。
落梅亭館春多雨，飛絮池塘晚易風。
柳葉春波魚自樂，杏花微雨燕雙飛。
數行妙蹟傳衣帶，一卷奇書出枕函。
剡中自返五郎櫂，江左惟求大令書。

石壁白雲千尺雪，江村紅葉百重霞。
山静鶴聽松子落，庭空燕逐柳花飛。
林中掃葉安棋局，溪上分蒲引釣舟。
清泉煮茗燒松葉，殘雪堆籬覆鞠根。
溪頭竹葉分空翠，庭角梅花吹冷香。
鹿銜芝草隨仙客，鶴啄雲英舞隱君。
小園應有幽人賦，陋室惟宜君子居。
馴猿能識仙人藥，養鶴曾分處士糧。
山房久雨松生瓦，溪館多風葉入窗。
閒共幽人吟水石，相逢野老話桑麻。
梅影横窗添畫本，松枝引月動詩情。
閒栽緑竹邀明月，亂疊青峰引白雲。
渚雁驚霜寒渡水，嶺猿嘯月夜牽蘿。

柳塘春水無邊碧，花塢斜陽幾度紅。
泉烹苦茗琉璃碧，鞠釀香醪琥珀黄。
久戍風塵旗變色，遠征霜雪劍生花。
夜渚微青螢照水，高峰片白鶴歸山。
秋蟲似報機中婦，落雁還驚塞上人。
詩惟言志何須祭，文貴匡時不以雕。
閒雲髣髴歸山館，舊燕依稀認畫樓。
仙人桂子能延壽，阿母桃花可駐顔。
松蘿掃跡應回駕，煙水無人莫問津。
雲巖蒙密多幽草，石澗縈迴足細流。
圭竇惟以多聞富，蓬户能因立德尊。
交如曉月何妨淡，詩似秋雲不在多。
昔聞筆力能抗鼎，舊説文心似湧泉。

雪中應有袁安卧，柳下將尋陶令居。
詩如新筍何辭苦，言比陳醪不欲甘。
錦沼春生鷗鷺水，蓬山曉起鳳凰雲。
架松築室依危壁，疊石爲亭望遠川。
雪壓石屏層嶂白，風摇竹影一窗青。
穿巖結宇藏青壁，鑿石疏泉噴翠林。
移竹不删當路筍，種松長護覆窗枝。
秋深風起芙蓉水，日晚香生杜若煙。
九莖芝蓋生瑶圃，五色蓮華出鳳池。
窗臨飛棧懸磐石，壁負孤峰列錦屏。
考槃在澗堪棲隱，濯足臨流可嘯歌。
蓬窗隱樹停雲影，花徑穿籬引澗流。
寒鴉擇木銜殘雨，白鷺銜魚上古楂。

野蔓壓檐懸豆莢，叢條繞樹挂藤花。
竹屋傍山長欲雨，柴門近水早生秋。
泉飛直壁千尋雪，松響回巖萬壑雷。
老樹爲橋通石屋，懸巖架木起雲房。
山中待客烹雷莢，溪上尋僧借露瓢。
風入長松聲似雨，日沈高樹影如山。
嘯傲胸中羅海嶽，興酣筆底畫滄洲。
雲水閒情託毫素，松筠晚節寄丹青。
樹類八分枝屈鐵，石如飛白勢盤雲。
筆端長挾雲煙氣，紙上如聞風雨聲。
六書涵博徐常侍，八法神明王右軍。
卉草榮萎知物性，蟲魚化育見天心。
白雲綴梅明似玉，碧苔生柳小於錢。

雲邊月影沙邊雁，水外天光山外村。回文。
天連遠塞平沙白，水映寒霞晚樹紅。回文。
落月寒窗梅映雪，清波遠岸柳生煙。回文。
但讀詩書能樂志，與談忠孝即開顔。
晴波碧柳春歸燕，細雨紅窗晚落花。回文。
松風水月皆詩意，雲影秋光盡畫禪。
巖際孤松常挂月，階前片水亦生秋。
志清啜菽心常樂，筆妙觀雲意自高。
門前五柳堪停櫂，巖下雙松可築亭。
一徑煙霞堪嘯傲，半庭松竹可棲遲。
月華幾見沈滄海，雲影何曾滓太虚。
白鷺避風依斷柳，緑蘿經雨上孤松。
秋樹亂山銜落日，暮天寒水鍊明霞。回文。

鹿鳴緑野存詩義，烏步蒼苔識古文。
竹榻移窗窺月影，松巖置屋見雲根。
庭多細雨琴書潤，室有幽蘭翰墨香。
石澗水清猿掬月，山堂松静鶴聽琴。
滿院竹聲疑是雨，半窗松影欲生雲。
明月片雲寒映水，晚林孤岸遠依山。回文。
密樹蟲穿經雨葉，疏枝蝶守帶霜花。
白蒿經雨高於竹，粉蝶隨風亂似花。
今夜無人共明月，此時有客寫秋山。
僧院多風松落子，客窗積雨竹生斑。
梨樹白於雙轂玉，苔華青似五銖錢。
䨺𩇔雲外抱琴客，磊磊石邊垂釣人。
林間明月常如此，嶺上浮雲亦偶然。

愛人似種藍田玉，積善能生明月珠。

何日抱琴尋白石，有時潑墨寫青山。

濠上觀魚聊適興，亭邊放鶴久忘機。

幽谷藏雲生石耳，密林積雨落松毛。

畫中自有高山志，琴外能遺滄海情。

詩如皓月明秋水，筆似浮雲捲碧空。

野渡桃花三月雨，畫橋楊柳六朝煙。

洗耳何須潁川水，感懷不必楚峰雲。

荒岸荻花飛亂雪，遠村楓葉散餘霞。

舊館林泉應識客，故山猿鶴亦迎人。

雨夜前庭春宿燕，花時舊苑曉啼鶯。回文。

水映斜林寒落月，天連遠岫晚生雲。回文。

附録

附録一　詩詞集序跋彙編

西山集序

徐　琪

在昔疏籬種菊之客，扁舟放鶴之人，俗網不攖，卓然高蹈，尚矣。若夫漢宮傳燭，閥閱過於五侯；江左論文，歲月適當弱冠。數年華之妙選，宜致青雲；豈不黍之已離，遂尋白石。名山一片，聊寄吟蹤；清鐘數聲，不知世事。竊以爲《春秋》作而《詩》不可亡，風雅宜存其一字；富貴輕而道終不朽，文章足示乎千秋。乃於黄塵擾攘之中，領碧嶂高寒之趣。前生是佛，入古寺而恍覺重來；好句如仙，付奚囊而皆疑宿構。枕秘不輕爲人覺，門閒而忽有僧歸。海印上人微笑渡溪，談詩擊鉢，遇心畬主人於邂逅。偶然相值，遂與倡酬。兼述舊交，乃尋謭陋。僕以數年之契闊，已牢燕之東西，忽從隻字之推敲，竟泥鴻之印證。花晨月夕，每得句而必以相詒；雪後晴初，乍清吟而時聞索和。雖陸沉大地，而乾净之土仍留；壺納諸天，而羲皇之人具在。予無言矣，聽松風而自灑濤聲；語何形哉，題桐葉而即成梵譜。誰删繁而就簡，亦援古而證今。比三百而略有加增，已越葩經之數；編甲子而豈無次第，逴論羲熙之年。名以西山，就所居而務從其實；行趨東海，讀未見而益擴其知。至於古意之上溯謝陶，近體之直追韓杜。合元白爲一手，集蘇陸以同條。又其學問所鎔，天資默契。有無待鄙人之贅詞。噫，春猶未餞，公將有行。看衆木之扶疏，五柳亦絲絲摇曳；正落花之時節，一鞭望早早之歸來。聊寫離悰，并成四律：

相從三世共論詩，棣萼同依左右枝。令祖忠王與先德湛甫貝勒、令兄錫晋齋主人皆相從倡和，余曾以往來吟詠編爲《朱邸賡酬集》。昔見汪汪千頃度，琪昔識君尚在髫齡。今吟矯矯百篇詞。日長山静襟懷爽，風暖花開物候知。領略天心深道味，禪燈清磬夜涼時。

富貴功名棄若塵，旁觀請視是何人。王孫未免憐芳草，家學由來秉大椿。君少承庭訓，故所造彌精。偶寄閒雲遺好友，自將明月認前身。一生好佛關天性，知是蓮花有夙因。

插架琳瑯萬卷多，有時彎搨自摩挲。君所藏書畫極多，時以雙鈎名蹟見示。神傳頰上雙毫妙，影似潭邊一雁過。踏雪長途追北苑，時以李營邱、郭河陽諸雪景卷命題。春風寒食憶東坡。上年曾以坡公《黄州寒食詩》鈎以索題。不妨瓊笈從教看，下界容聽法曲歌。

萊衣日日奉萱堂，好侑循陔戲綵觴。萱堂康健勝常，君侍奉尤謹。春酒介眉同兕祝，諸昆繞膝比鵷行。歡聲自是家庭樂，和氣能薰草木香。敢把微吟隨驥尾，重逢再續舊篇章。

丁巳穀雨後五日，武林徐琪謹題於宣南接葉亭，時年六十有九。

集海印上人詩題西山集

溥　儒

上人入山讀僕詩，因請題詞，上人許之，未果作也。乃集前後見懷詩四首，補題簡端。

寶墨光凝慧聚堂，蒲團披展衲衣涼。偶然悟到無心處，巖草巖花自在香。

小築移栞傍戒壇，冷雲低拂繞桑乾。卧龍松頂娟娟月，應爲幽人一解顔。

昨夜微霜掠鬢絲，寢宫重疊屈原辭。衣裳帶取無多物，半是王孫劫後詩。
薊門瓢笠帶雲還，黄葉深深自閉關。此後因緣何處是，一藤遥指萬重山。

乘桴集序

溥儒

子曰：「道不行乘浮浮於海。」夫九州之外，斷髮文身之族，豈先王之民也乎哉？必有聖人教以禮樂，而使齊於先王之民耳。若夫大道既墜，禮樂凌遲，乘桴而浮海者，齊先王之民與，伍先王之民與？丁卯十二月，西山逸士書。

凝碧餘音跋

管翼賢

心畬先生年來以書畫自娱，人得其寸縑尺幅，咸知珍如拱璧。上視宋明二雪，論品詣殆過之也。先生落毫清暇，復耽吟詠，顧未聞其更長倚聲也。客歲偶出其《凝碧餘音》一帙見示，則婉辭逸句，雅韻欲流。其蒼涼既如唱大江東去，而哀豔所至又似歌曉風殘月。蓋直入眉山之室，而奪屯田之席矣。因以付鋟，公諸同好。將使後之覽者，知今日燕趙之間，猶有舊王孫云。甲申春季，管翼賢謹跋。

寒玉堂詩集序

錢仲聯

嗚呼，自古滄桑易代之際，西山薇蕨，託跡殷頑，寄孤憤幽情於詩畫，若明末宗室石濤上人，制行高峻，詩筆奇警，畫爲同時王原祁推爲大江以南第一，斯其選焉。吾觀近世，豈無其人哉？西山逸士溥心畬先生，亦石濤之倫矣。先生爲清宣宗之後，恭親王奕訢之孫。早受德意志天文博士，肆力百家，寀入其阻。才超學邁，文章爾雅。尤精六法，爲一代祭尊。與蜀人張大千，有「南張北溥」之譽。清社既屋，即絶意仕途。日寇據北京時，先生力拒其脅致，亮潔爲世重。後復兩閲桑劫，退居夷州十餘載。歷主上庠，桃李盈門下。著《群經通義》諸書，可窺其學之窔奥。工於詩，有《寒玉堂詩集》三卷，唐音落落，逸氣飄雲，融少陵、摩詰、龍標、玉溪於一冶。故國之思，身世之感，離亂之情，溢於行間。不徒合於古所謂「詩中有畫，畫中有詩」，得煙雲之供養而已。蓋先生王孫淪落，與清湘老人世異心同，并世之僅以詩書雙絶自眩者，是當望塵而莫之躡焉。昔者陳丈石遺，於民國所謂「清遺老」頗致譏議，丈申其說於《石遺室詩話》。心畬王孫（固曼殊貴胄），自不應以陳丈之論域之。心畬詩集，於逝世後一歲，其嗣孝華在臺爲之影印成書，世不易得。旅美丁嘉槺先生與溥先生爲至交，藏《寒玉堂詩集》《凝碧餘音詞》舊稿各一册，慨然斥資，將詩稿交出版社付梓問世，而委其責於毛君頌秋。頌秋既請沈軼劉先生序其詞，而以詩集之序屬余。昔年大千門下曹君大鐵輯印大千之詩，以余與大千爲早期交游而屬序，余既序之矣。心畬先生未嘗通縞紵，第念余舅祖翁松禪相國，爲同治、光緒兩朝帝傅，心畬之父貝勒載瀅故與二帝爲從昆弟，以是因緣，遂慨然命筆而不辭也。癸酉孟冬，八十六叟虞山錢仲聯序於蘇州大學中國近代文哲研究所。

附録二　溥心畬先生自述

陳雋甫　筆録

余六歲入學讀書，始讀《論語》《孟子》，共六萬餘字。初讀兩三行，後加至十餘行，必得背誦默寫。《論語》《孟子》讀畢，再讀《大學》《中庸》《詩經》《書經》《春秋三傳》《孝經》《易經》《三禮》《大戴禮》《爾雅》。在當時無論貴胄及四海讀書子弟，年至十六七歲，必須將十三經讀畢。因家塾讀書，放學假期極少，惟有年節放學，父母壽辰、本人生日放學一日外，皆每日入學。十三經中，惟《左傳》最多，至十七萬六千餘字。十年之内，計日而讀，無論天資優劣，皆可以讀畢十三經矣。七歲學作五言絶句詩，八歲學作七言絶句詩，九歲以後學作律詩、五七言古詩，文章則由短文至七百字以上之策論，皆以經史爲題。師又命圈點句讀《史記》《漢書》《通鑑》及《呂氏春秋》《朱子語録》及《莊子》《老子》《列子》《淮南子》等書，圈點句讀便不容粗心浮氣讀過。余蒙師陳夫子諱上應下榮，爲宛平名士，又從江西永新龍子恕夫子、宜春歐陽鏡溪夫子讀書。十歲學馳馬兼習滿文，并習英文、數學，然後入學校，名貴胄法政學堂，分爲正科、預備科、簡易科、聽講班，正科如大學，預備科如中學。辛亥後，併入清河大學。余十八歲畢業於此大學。在大學讀書時，先師歐陽鏡溪先生下榻於舊邸後之鑑園中，每日黎明常燈讀書，日出後，即赴學校，晚課後歸家，上燈時，再讀書至夜半，終年如是，無間寒暑。詩文皆有日課，當時京師耆宿，立一文社，曰正風文社，聘老學名宿爲社長，專爲世家子弟會文之所，凡子弟詩文及習字皆送文社評改，優者贈以筆墨花箋之類，獲者以爲榮。余時年十二歲，爲光緒三十四年，曾因社題名作《燭之武退秦師論》一篇，限五百字，《題隨園子不語詩》一首，限五言律體，文中猶計得兩句曰「可以謂之才也，不可以謂有純臣之度也」，《題子不語詩》曰「子不語名篇，隨意旨已愆。書原同稗史，義顯背尼宣。志怪頤堪解，搜其手自編。若教評筆墨，終遜蒲留仙」。此次得將獨多，計得松古齋五色信箋兩匣、賀蓮青七紫三羊毫筆四管、雲頭豔墨汁一瓶，此墨汁考試入闈所用，光帶藍色。童子無知，獲獎狂喜，夜課時，對師朗誦所作詩文，以手擊節，不覺拍到硯上，墨濺師鬚，大受呵責。

家塾師教，必先理學，以培根柢，必以正心修身爲體，應對進退之禮節爲用，故讀經之外，必講《朱子全書》《進（近）思録》《理學正宗》《大學衍義》《中庸衍義》《歷代史臣傳》等書，意在使先入爲主，發蒙啓義，雖讀萬卷，博覽各家，不至走入歧途，以此培植賢才，爲施教之本源。《中庸》曰「修道之謂教」，此所以修道也。然後講到訓詁，即每字之音義，以及名物之學，欲講訓詁，必須由小學入手，故許氏《説文解字》一書，必須在二十歲以前熟讀，方能探本窮源，再講諸經之箋傳注疏，即有條而不紊矣。又須詳記六經源流，即漢學師承，既有經書根柢，正義在心，然後旁及諸子百家之書，雖論理不同，或因時代有激有爲而言者，胸有真宰，亦不至惑於異説。余讀史苦於不能詳記，思得一法，自《史漢綱鑑》《資治通鑑》分成數遍讀之，一遍專記地名，一遍專記官名，一遍專記言語，一遍專記人名，若一遍不能多記，再加二三遍，雖不能全記，亦比草草讀過者，所記較多矣。蓋余才拙下，故以如此讀法亦覺有益。

余束髮受書，先學執筆、懸腕，次學磨墨，必期平正。磨墨之功，可以兼習運腕，使能圓轉。師又命在紙懸腕畫圓圈，提筆細畫，習之既久，自能圓轉。《書譜》所謂使轉也。古人習字，書於觚上，觚有稜，上窄下寬，立於几上，書時勢必懸腕，人人皆童而習之，書法自然工妙，與懸腕畫圈一理。始習顔、柳大楷，次寫晋唐小楷，并默寫經傳，使背誦與習字并進。十四歲時，寫半尺大楷，臨顔魯公《中興頌》、蕭梁碑額、魏鄭文公石刻，兼習篆隸書，初寫泰山嶧山秦碑、《説文部首》、《石鼓文》，次寫《曹全》《禮器》《史晨》諸碑。十七歲後，先師南歸，先母項太夫人親教讀書習字。時居清河鄉間，舊邸書籍皆蕩然無存，身邊只有所讀之書數卷、《閣帖》一部、唐宋元明書畫數卷而已。先母太夫人盡典賣簪珥，向書肆租書，命余誦讀抄寫，期滿歸還，再租他書，稍有積蓄，則買書命讀，應用之書，先母自寫一目録，次第購求，余雖不才，而不至廢學者，皆先母教誨也。

先母嘗誨余惟立志求學，以期有就。余十九歲，奉母命留德求學。二十二歲柏林大學畢業後，返家省親。完婚後二年，再度留德，入研究院。歸家後奉母，隱居馬鞍山（時年二十七歲）。山在宛平縣桑乾河西。先母教余曰：「汝以爲今日讀書有成就耶？須知此是初步，尚須積學博聞，將來多作立言之書，利物濟人功夫，皆在於立德立言之中。」故余又讀書十餘年，今所輯如《四書經義集證》《爾雅釋言經證》《寒玉堂千文》《經籍擇言》諸作，皆本於立言之旨，遵母訓也。嘗見先母手持《中庸》一卷終日研讀，請問何久讀一書，先母曰：「此書終身用之不盡，修身治國之道，皆在其中矣。」余僅憶先母慈訓著成一書，證以古賢母列女之事，名曰《慈訓纂證》。

余書雖終不能工，然臨寫古人已四十年。初寫篆隸真書。大字由顏、柳、歐，後即專寫《圭峰碑》。小楷初寫《曹娥碑》《洛神賦》，後亦寫隋碑。行書臨《蘭亭》《聖教》最久，又喜米南宫書，臨寫二十年，知米書出王大令、褚河南，遂不專寫米帖。錢梅溪嘗論米之天資超邁，後人不宜輕學，徒自取病。余初學米書，祇有欹側獷野，而少秀逸，不知探本窮源，至有此病。後學大令、虞、褚，始稍稍改正，知梅溪之言爲先覺矣。

余居馬鞍山始習畫。余性喜文藻，於治經之外，雖學作古文，而多喜作駢儷之文。駢儷近畫，故又喜畫。當時家藏唐宋名畫尚有數卷，日夕臨摩，兼習六法、十二忌及論畫之書，又喜游山水，觀山川晦明變化之狀，以書法用筆爲之，逐漸學步。時山居與世若隔，故無師承，亦無畫友，習之甚久，進境極遲，漸通其道，悟其理蘊，遂覺信筆所及，無往不可。初學四王，後知四王少含蓄，筆多偏鋒，遂學董、巨、劉松年、馬、夏，用篆籀之筆。始習南宗，後習北宗。然後始畫人物、鞍馬、翎毛、花竹之類，然不及習書法用功之專，以書法作畫，畫自易工，以其餘事，故工拙亦不自計。

詩以聲調格律爲要，會本有源，非率爾操觚所能者。三百篇之外，五言宜法漢魏，旁及陶謝六朝；七言及近體，必以唐人爲宗，則氣盛而格高，體嚴而品立。趁韻刻露，不重修辭，頗爲今世作詩之病，功夫不純，率爾造語，言之無文，漫無法度，其病尤甚，所謂太容易即難有佳作。《書譜》所謂「任筆成形」，意謂無法度也。推之詩畫皆爲一理，故辭高調雅爲詩上乘，五古近於古文，以澹古樸質爲宗，此更非積學不能矣。

余既學治小學，留意訓詁，遂喜金石文字。數十年所藏，三代鼎彝陶器甚多，考證其文字，著書曰《秦漢瓦當文字考》《陶文釋義》《吉金考文》《漢碑集解》《鼎彝瓦當》皆手拓其文字，加以考證，陶器異文，有補證於許書者尤多。昔稿已散佚，不復能記録矣。

《書·説命》曰「學於古訓乃有獲」，又曰「惟學遜志務時敏」，孔子曰「敏而好學」，凡學問之道以及文藝，必有師承，有師承則有法度，然後始能發揮己意，孔子曰「從心所欲不踰距」，加以敏學，方可成業。必求謹嚴，爲治學之本。人非天縱之聖，難求兼善，專業則精，務廣則荒，求備於一人，爲古聖之所戒。余積學數十年，顧以菲才，學無所成，陋劣寡聞，本不足述，身期遯世，焉用文辭。所以竭誠盡言者，欲使凡百君子，知先母教誨之艱難，有可以風世者焉。

附錄三　溥心畬先生學歷自述

余幼年未曾入小學讀書，因光緒年間，憲法未完全成立，凡宗室王公子弟，皆沿用舊制，在家塾讀書，年滿二十即出學當差。宣統三年（庚戌年，我時年十五歲），奉上諭成立貴胄法政學堂（此貴胄法政學堂，前身即貴胄陸軍學堂，畢業後送東西洋學軍事），凡王公大臣、勳舊子弟年及十五歲者，皆命入貴胄法政學堂讀書，有隱匿不報者，罪其家長。故余於宣統三年九月十五日，送入貴胄法政學堂。當時該學堂制度，分預備科、甲乙科、簡易科、聽講班。預備科等於中學；甲乙科等於大學；簡易科皆年齡在二十五歲以上四十以下者，等於速成班；聽講班則皆王公大臣，政事之暇，臨時召集聽講（由監督召集），并無日常課程。（簡易科、聽講班等於光緒年間之進士館，非積本學生。）在宣統四年辛亥，遜位詔下，學堂結束，即將預備科、甲乙科三班學生，并歸清河大學（在京北），旋又由清河大學學生中，有願學軍事者，保送入保定軍官學校。（故保定軍官學校第二期、第三期學生多與余同學。）其不願去校者，又并入北京市内法政大學，余即畢業於此大學。年十八歲，實爲遜位後二年（即癸丑年）。是時余嫡母、長兄皆居青島匯泉山（在馬場前），余因省親至青島，遂在禮賢書院補習德文。因德國亨利親王之介紹（亨利親王爲德皇威廉第二之弟，時爲海軍大臣），游歷德國，考入柏林大學（在今東德國，因校址已毁，西德今又成立，名民主自由大學），時餘年十九歲，爲遜位後三年（即甲寅年）。三年畢業後，回航至青島，時余嫡母爲余完婚。余是年二十二歲，（即遜位後六年，即丁巳年，是年夏五月完婚）。六月二十四日回北京馬鞍山戒臺寺，攜新婦拜見先母，後即在寺中讀書。明年，生長女韜華，秋八月再往青島省親，乘輪至德國，以柏林大學畢業生資格，入柏林研究院，在研究院三年半，畢業得博士學位。回國時，余年二十七歲，是年爲遜位後十一年（即壬戌年）。是年爲嫡母六十正壽，故由德國趕回青島祝壽。祝壽後，仍回北京馬鞍山戒臺寺。余年二十九歲，生長子毓岦，爲遜位後十三年（即甲子年）。因榮壽公主七十正壽（榮壽公主系余姑母），遂奉先母移城内居住。余年三十三歲，爲遜位後十七年（即丁卯年），應日本之聘，爲日本京都帝國大學教授。回國後，爲國立藝專教授。自蘆溝橋事變起，後即北平淪陷，余遂移居萬壽山居住。是年余四十四歲，爲遜位後二十八年（即己卯年）。日方屢請參加教育等事，遂稱疾不入城。以後之事，無可詳述。今序學歷，并非欲籍此宣傳，所以不憚詳説明陳述者，欲使對餘學歷懷疑者明瞭而已。

附録四　溥心畬先生事略

張目寒

先生名儒，字心畬，號西山逸士。系出清宣宗皇弟，祖恭忠親王，宣宗第六子，咸豐、同治、光緒三朝之重臣也。先生幼而岐嶷，英華外發，所爲詩文，每驚耆宿。初畢業於清河大學，既而游學德意志，畢業於柏林大學。返國省親，成婚禮，再赴德讀研究院，獲天文學博士歸，時年廿七矣。太夫人教之曰：「汝以爲今日讀書已有成耶？須知此初步耳。更須積學博聞，多下利物濟人功夫，或立言以垂諸世。」先生於是奉親隱居於宛平西山界臺，絶交游，謝徵辟，泛濫百家，窮研今古，并一一會通之。又以天潢貴胄，家藏書畫多宋元名蹟，心領目受，弄筆臨摹，皆能得其神理。如是者十年，然後出就北京師範大學及藝術專門學校教授。平居水墨揮灑，丹青點染，雖尺素寸縑，人争寶之，風流儒雅動一時，世比之爲趙王孫。七七事變起，日寇踞舊京，建僞府，欲致先生，先生堅卧不起。日酋徑造先生居，奉鉅金求畫，先生拒之，酋强留金以去，先生終斥還之。僞滿建國，先生慨然曰，豈有當乾道潛淵之時，徇小人儌幸之請，孔懷得國，罔念正名者。先生平生志節多如此。日寇降，膺遴選爲滿族國民大會代表。三十八年播遷來臺灣，居陋巷，蕭然若寒素，以鬻文與書畫自給，勤著述，雖炎州酷熱，未嘗稍輟。著有《四書經義集證》《爾雅釋言經證》《寒玉堂千文》《經籍擇言》《寒玉堂論畫》以及詩文集，總若干卷。至如《陶文考略》《慈訓纂證》，則昔年隱居大鞍山時所作也。先生之爲學也，先品德而後藝文，始以宋明理學培其德行，故生平行事，動不踰閑，是真能視名教爲樂地者。先生爲詩，古體宗漢魏，近體擅盛唐，以身經喪亂，蒼涼勃鬱，往往如杜少陵蜀中諸作。文則出入漢魏六朝，謹嚴閎肆，詄麗典則，自是當代一大手筆。先生之於繪事，精研六法，師諸造化，北宋風格衰廢者殆數百年，先生獨起而振之，以是舉世宗仰，而先生學術文章，幾爲之掩，顧天既以宏博絶逸之才資先生，又使之流離江海，故多奇而不遇於時，然先生藝事文章，後生景慕，且將垂楷模於無窮矣。先生生於光緒二十二年七月廿五日，卒於民國五十二年十一月十八日，享壽六十有八。

附録五　溥心畬先生墓表

彭醇士

嗚呼，斯文之弊久矣！學者能辨其名物，練於體要，所作粗有可觀，已不易得。若夫貫通六籍，旁及百家。原道敷章，感物吟志。晚近以來，殆無其人焉。渡海後，旗亭井水之製，喧於市坊，苟以弋名而已。其稽往可徵，屬辭必雅，婉而成章，煥乎有文，如江都陳含光先生、滿洲溥君心畬，無慚作者，今俱往矣，豈不痛哉。含光先生卒，予走哭之，君之喪，以疾未親其斂葬，又未祖於庭。平生氣類之好，相摩學問，奄忽不留，何可復得。而君之孤孝華，稱遺命來乞文，以表墓，不重可傷乎！按狀，君諱儒，字心畬，號西山逸士。清宣宗皇帝之曾孫，恭忠親王諱奕訢之孫，貝勒諱載瀅之子。世爲滿洲愛新覺羅氏，後以名爲姓，改稱溥，自君兄弟始也。貝勒早世，妣項太夫人，勖之嚮學。受德國天文博士，益肆志墳典，考覽經傳，博聞彊識，無所不通，以詩書謁敚，各習其師。晚學之士，疑莫能釋，於是綜覈群經，轉相訓注，使聖人微信大義，簡而易明。所纂述甚多，要皆書理淵澈，不取幣繡。爲文章茂美，才既高邁，應物無窮。康德改元，力争不得，乃作《臣篇》以著其意。又與陳曾壽書，并吐屬英華，含情惻惋。睥睨顔、謝，轢轢庾、徐。家蓄宋元名蹟，心定神閒，涉筆俱妙，以此傾動時輩，擅一代高名。與蜀人張君大千，稱「南張北溥」。自改天步，絶意仕進，居西山戒臺寺，讀書奉親，舉室晏如。日本之寇，以君勝國懿親，啖以重鎰，拒不肯收，百端協致，亦不屈也。兩京收復，當道延聘，將行辟命，固以啓辭，幅巾南游，群士景附。覽吴越山川之勝，流連久之。而□勢已逼，有書命留。歎曰，□□□□□□□，倉皇自舟山駕漁舟渡海。居臺灣十數年，陋巷繩樞，纓綏響集。嘗以碩學，歷聘鄰邦，受韓國漢城大學榮譽博士。好古敏求，善誘罔倦。先後主講北京師範大學、藝術專科學校、臺灣師範大學、東海大學、香港新亞書院。執贄門下請爲弟子者，不可勝數。所著書，《群經通義》四卷、《四書經義集證》十四卷、《爾雅釋言經證》四卷、《經訓類篇》八卷、《六書辨證》一卷、《靈光集》十五卷、《慈訓纂證》一卷、《寒玉堂文集》二卷、《詩集》一卷、《凝碧餘音詞》一卷、《華林雲葉》二卷、《寒玉堂聯文》一卷、《千文注釋》一卷、《論畫》一卷，又有《碧湖集》《上方山書》《白山志稿》若干卷，并存舊京。以癸卯年十月初三日卒，享年六十有八。嬪多罷特夫人，清陝甘總督諱升允女。已逝。子，男二。毓岦，即孝華。毓岑，早殤。女一，韜華，適劉。是年十月十三日，葬於陽明山之南原。君身遭國變，篤志好學，明習六藝，融會無間。方道喪禮壞，製裝斐然。足以振衰風，矯敗俗。而世獨高其繪事，豈不悲哉！予文質無稱，辱許非分。於垂絶之際，惓然欲託以久遠，何其摯耶！石可磨也亦可泐，君之所縣有如炳日，光不可滅也。

附錄六　相關評論資料選輯

近三十年中，清室懿親，以詩畫詞章有名於時者，莫如溥貝子儒。溥儒，字心畬，爲□□□之子。清末未嘗知名，入民國後乃顯。畫宗馬、夏，直逼宋苑，題詠尤美。人品高潔，今之趙子固也。其詩以近體絶句爲尤工。余見其《寄朠深游嶽麓》云：「湘水蕭蕭木葉疏，麓山風雨似匡廬。何時更乘浮雲去，回雁峰前數寄書。」「亂後長沙問舊棲，尺書遥寄隔雲霓。驂鸞横笛從君去，直過瀟湘北渚西。」《過趙山木故居》云：「不見高人舊草堂，斷橋斜柳亦堪傷。西山墓樹秋風起，亂後無人弔夕陽。」山木墓在西山。《題寺門松》云：「青青松樹寺門前，晚帶斜陽曉帶煙。昔日山僧曾挂錫，如今黛色已參天。」數詩皆有風致。其所爲詞，有《寒玉堂詩餘》。《題倚樓仕女·南浦》云：「秋雨濕瀟湘，向晚來吹起，滿懷愁緒。轉眼甚堪驚，碧窗寒，年光盡，不見柳花飛絮。樓頭悄立，幽情無恨誰能語。霜天欲暮，空惆悵佳期，幾時還遇。朱窗碎玉聲寒，正人倚西樓，雁横南浦。煙柳漸蕭疏，悲秋意、都付斷煙殘雨。連天草色，開簾日日凭欄處。韶光虚度，空翠袖淒涼，輕寒難禦。」《題靈光寺遼咸雍塔殘磚·望海潮》云：「壓塞寒山，凌空孤塔，興亡閲盡年華。滿月金容，莊嚴妙相，無端影滅塵沙。鼙鼓亂紛紛，是何處兵火交加。斷土零煙，有誰憑弔梵王家。荒城古戍鳴笳。見蕭蕭衰柳，落落飛鴉。檢點殘雲，低回片瓦，前朝舊事堪嗟。煙外夕陽斜。歎虚空粉碎，亂眼曇花。攜酒重來，只餘清淚灑天涯。」《暮春西郊·慶春澤》云：「荒井桃花，平橋苑水，碧天寥闊春深。殘月横斜，清光猶在疏林。呢喃燕語隨波去，聽宫門法曲仙音。恨難禁，倚遍殘紅，吟遍江潯。潛行況是宫前路，悵池臺春去，歌管聲沉。劫後精藍，是誰肯猶布黄金。樂游原上萋萋處，送殘春此日登臨。助悲吟，岸柳園花，掩淚相尋。」《山中暮春·望江南》云：「雲影澹，空翠落松壇。紫燕不來春欲老，斷煙零雨杏花寒，春怨正漫漫。」又《山居》二闋云：「清磬遠，蕭寺在雲端。翠竹含煙侵佛座，碧松飛雪落松壇，流水石幢寒。」「斜日落，十里晚楓林。秋色夜生千嶂雨，露華寒點萬家砧，涼意潤絲琴。」《題畫・北新水令》：「西風疏柳帶秋蟬，畫橋邊。綺霞紅亂夕陽寒，照水衰草暮連天。何處裏，笛聲怨。」《芍藥・臨江仙》云：「飛盡落花池上雨，斜陽剪破新晴。碧波摇影不成明。倚闌多少恨，商略繫離情。千轉繞花無一語，玉階仿佛寒生。溪煙淡淡柳青青。六畦春不管，流怨滿蕪城。」《減字木蘭花》云：「一溪春水，著雨楊花飛不起。寂寞黄昏，年年芳草憶王孫。碧雲吹斷，幾處朱樓鶯語亂，不似殘秋，衰草斜陽易惹愁。」《浣溪紗》云：「荒亭落葉雨連宵，何處相尋舊板橋，不堪秋盡水迢迢。樓外夕陽平野渡，寺門衰草記前朝，故宫殘柳日蕭蕭。」諸詞雖非極致，然自是麥秀黍離之音。千帆謹案：末二詞皆有舛律處，心畬當不至是，未悉厥故也。

（録自汪辟疆《光宣以來詩壇旁記・溥心畬》）

心畬貝子溥儒，書畫詩詞，爲一時懿親之冠。畫宗馬、夏，直逼宋苑，題詠尤美，人品高潔，今之趙子固也。著有《寒玉堂詩餘》。《題倚樓仕女圖・南浦》云：

「秋雨濕瀟湘，向晚來吹起，滿懷愁緒。轉眼甚堪驚，碧窗寒，年光盡，不見柳花飛絮。樓頭悄立，幽情無限誰能語。霜天欲暮。空惆悵佳期，幾時還遇。朱窗碎玉聲寒，正人倚西樓，雁横南浦。煙柳漸瀟疏，悲秋意、都付斷煙殘雨。連天草色，開簾日日凭欄處。韶光虚度。空翠袖淒涼，輕寒難禦。」《題靈光寺遼咸雍塔殘磚·望海潮》云：「壓塞寒山，凌空孤塔，興亡閲盡年華。滿月金容，莊嚴妙相，無端影滅塵沙。鼙鼓亂紛紛，是何處兵火交加。斷土零煙，有誰憑弔梵王家。荒城古戍鳴笳。見蕭蕭哀柳，落落飛鴉。檢點殘雲，低回片瓦，前朝舊事堪嗟。煙外夕陽斜。歎虚空粉碎，亂眼曇花。攜酒重來，衹餘清淚灑天涯。」《暮春西郊·慶春澤》云：「荒井桃花，平橋苑水，碧天寥闊春深。殘月横斜，清光猶在疏林。呢喃燕語隨波去，聽宫門法曲仙音。恨難禁。倚遍殘紅，吟遍江潯。潛行況是宫前路，悵池臺春去，歌管聲沉。劫後精藍，是誰猶布黄金。樂遊原上萋萋處，送殘春此日登臨。助悲吟。岸柳園花，掩淚相尋。」《山中暮春·望江南》云：「雲影淡，空翠落松壇。紫燕不來春欲老，斷煙零雨杏花寒。春怨正漫漫。」又《山居》二闋，其一云：

「清磬遠，蕭寺在雲端。翠竹含煙侵佛座，碧松飛雪落松壇。流水石幢寒。」其二云：「斜日落，十里晚楓林。秋色夜生千嶂雨，露華寒點萬家砧。涼意潤絲琴。」《題畫·北新水令》云：「西風疏柳帶秋蟬。畫橋邊。綺霞紅亂夕陽寒。照水衰草暮連天。何處裏，笛聲怨。」《芍藥·臨江仙》云：「飛盡落花池上雨，斜陽翦破新晴。碧波摇影不成明。倚闌多少恨，商略繫離情。千轉繞花無一語，玉階仿佛寒生。溪煙淡淡柳青青。六畦春不管，流怨滿蕪城。」《秋波媚》云：「雕梁燕語怨東風。小徑墜殘紅。萬點飛花，半簾香雨，飄去無蹤。牽愁楊葉渾難定，春恨竟誰同。黄鶯啼斷，海棠如夢，回首成空。」《减字木蘭花》云：「一溪春水。著雨楊花飛不起。寂寞黄昏。年年芳草憶王孫。碧雲吹斷。幾處朱樓鶯語亂。不似殘秋。衰草斜陽易惹愁。」《浣溪沙》云：「荒亭落葉雨連宵。何處相尋舊板橋。不堪秋盡水迢迢。樓外夕陽平野渡，寺門衰草記前朝。故宫殘柳日蕭蕭。」

（録自夏敬觀《忍古樓詞話·溥心畬》）

師曾以癸亥病殁金陵，自後十年間，畫家派别分歧，諸子亦風流雲散。惟有溥心畬，自戒臺歸城中，出手驚人，儼然馬、夏，余越園法度簡古而有韻味，餘子未有能出上述諸子之範圍也。

（節録自黄濬《花隨人聖盦摭憶》）

侍陳伏廬丈，并偕絅老至中山公園觀心畬愛新覺羅·溥儁（儒）之畫。余觀心畬畫，此爲第三次。心畬以故王孫，多見宋元名蹟，故其畫以宋元爲面目，而以天資濟之。初出問世，自具「虚中」。俄爲流俗所賞，以并蜀人張大千，號爲「南張北溥」，品乃斯下，全趨俗賞矣。夫獎掖人倫，足開風會。如朋黨相舉，則離道以險。若心畬者，不復自抑，則反樸無期，歆氣日盈，天機自淺矣。

（録自馬敘倫《石屋餘瀋·溥心畬畫》）

十多年來，我國的藝壇，無形中有一句流行的話，是「南張北溥」。張是指張大千，溥是説溥心畬。這「南張北溥」四字，可以有三種解釋：一是張是南方人，溥是北方人。二是張是擅長南派畫，溥是專工北派畫。三是南方畫家張是翹楚，北方畫家要推重溥。因爲張、溥二人都能書、能畫、能詩詞，精於鑑別，富於收藏，且是年富力强的當代美術家。但在上海方面呢，張大千最推重吴湖帆與謝玉岑兩人的畫，而謝玉岑却又最佩服張大千與吴湖帆的畫。由此看來，張大千、吴湖帆、溥心畬（謝玉岑已逝世十多年了）三人，在現代的國畫界，是有他們的特殊位置，這是凡是稍稍留心當代藝壇的都必知道吧。

可是他們三人，個性不同，畫風也異。張大千是四川内江人，在江南寄居的時期較久，即在近數年間，移居成都，每年也到上海三四次，勾留幾個月。他的性情豪爽，生活浪漫，没有一些拘束，好揮霍，好旅行，好飲食，好購藏名蹟，好協助戚友。惟不善積蓄，馮若飛説他：「富可敵國，貧無立錐。」就可以推想一般了。

溥心畬呢，生長北平，是溥儀的從兄。他愛静避囂，不大和社會接觸，四十多年來都是在北平西山，潛心藝術。因爲清宫收藏劇蹟的豐富，就近得着機緣的便利，研究觀摩，詩詞書畫，造詣日深。他的生活，與大千是有點相反。近年爲了滿族的團結，曾一度南下與有關方面商洽。

吴湖帆，江蘇吴縣人，住在上海，是吴清卿的孫，家傳書畫文物，非常豐富，他又是精鑑别、喜收藏。他擇友很嚴，最怕麻煩，不是知交的不可接見，社會的應酬，也不肯隨便參加。

談到他們的作畫，張大千是多方面的，無論個人繪作，或是對客揮毫，不假思索，引紙即寫，一天可以繪就十多張，甚至二十多張。筆落似蠶聲，倚馬可待。山水花鳥，仕女走獸，人物草蟲，無一不寫，寫好即題。溥心畬的畫，要在明窗浄几、閒適的時候，纔可動筆。所畫的是山水較多，花卉、人物間亦繪作。他的字和畫，異常調和匀稱。吴湖帆的畫，下筆謹慎，不肯草率從事。他認爲每一張畫，都可以留存，題畫也很經營。臨時立索和對客揮毫，是與溥心畬相同，不肯答應的。他工山水，近年好寫竹。

張、溥、吴三人的籍貫、個性、畫風，都各個不同，表現自然各異。但在藝術上天天努力去用功不懈，是相同的。他們的交誼，大千以前常常到故都去，與心畬往來很密；在上海時，與湖帆過從也多。獨有湖帆與心畬，一南一北，無緣相見，直至前年，溥心畬到上海，纔能有機會握手細談。同時大千恰值到滬，張、溥、吴三位藝壇鉅人，共敘一堂，真是藝壇佳話。今覓得他們三人合作的山水人物屏，製圖發表，供讀者們欣賞。

（録自藴清《略談張大千吴湖帆溥心畬》）

山水得宋法，下筆驚人，若彗星之横矚空際，其晶光莫得而掩。余訝其楷書似永瑆，詢之，則從《圭峰碑》來。永瑆亦嘗致力於此。行草則學《十七帖》《書譜》，而自成一體。

嘗隱居萬壽山之介壽堂，造謁求書畫者無虚夕，紙素山積，未能峻拒，而心每苦之。仰食者衆，復不能不賣畫以謀生活。恒作畫，至午夜不休。題句不假思索，操筆立就。嘗訪余於東莞新館，清談久之，夜復赴某氏招飲。次日相見，出兩軸示余，云：「飲罷歸來，倦而假寐，夜半復起，卒此二紙。」以「十笏」二大字爲贈。余曰：「天之生才不易，君當愛惜此腕，與君親厚者亦當爲君愛惜此腕。草率應酬之作多，取景日趨於平庸，用筆日流於甜熟，而君之畫名墮矣。盍如君平之筮卜，取足用而止，以節勞豫學乎？」

儒心靈手敏，日能寫四五軸，或扇十數持，潤筆月致數千金。北京畫人所得之豐足以抗衡者，齊璜一人耳。璜年八十，時久霸藝壇，而儒年未五十，與之比肩。顧璜嗇而儒泰，璜常有餘而儒苦不足。即舊藏劇蹟，如晋陸機《平復帖》、唐韓幹《照夜白馬卷》、宋人山水卷，皆不能久存也。世嘗言，文人多怪。文人豈欲以怪稱哉？以一人之才力，不足以供千百人之求索，遂以怪自遁。其才彌高者，其怪彌甚。昔文同善畫竹，四方之人持縑素請者足躡與門，同厭之，投縑於地，駡曰：「吾將以爲襪！」好事者傳之以爲口實，其後之不作畫，正其始之不自貴重其畫者也。是皆怪璜之怪，余獨惜儒之不怪，而輕用其身。居今之世，怪亦自全之道哉！

（節録自容庚《頌齋書畫小記·溥儒》）

「南張北溥」之稱，二三十年來幾爲海内外藝術界中人士所共知。有一天我問心畬，這個口號最初是誰叫出來的，他聽了大不高興，説道：「還不是大千自我宣傳的把戲！」原來三十年前，心畬之名遠過大千，但自從這個口號叫了出來之後，至少至少，張大千與溥心畬是齊名并稱了。馬敘倫先生在《石屋餘瀋》中評心畬曰：「初出自在，自在虛中，俄爲流俗所賞，以并蜀人張大千，號爲南張北溥，品乃斯下，全趨俗賞矣。」識者之論，可見一斑。原來溥心畬與張大千雖是十年的老朋友，但彼此之間貌合神離。因爲一是胸無城府，一則工於心計，兩個人的性格，完全是不相投的。心畬最不滿意大千的是常被大千所「利用」，例如請他題籤古畫，而那些古畫又從來没有經他看過的。譬如説吧，如幾年以前，心畬在臺北，他接到大千自南美寄去的信，内附籤條一帋，請他寫「董源萬木奇峰圖無上神品」十一個字，并請他署名蓋章。他説：「誰知道那幅畫是真是假呢？但又不好意思不寫啊！」其天真可見。

（節録自省齋《溥心畬二三事》）

我認識兩位舊王孫：一位是溥侗——紅豆館主，一位是溥儒——心畬。他們都是清室的後裔，并且與溥儀同輩分。然而他們的氣節高，一向不齒溥儀的所作所爲。在「九一八」以後，溥儀被敵利用到東北去做傀儡，他們尤爲痛恨。溥儀雖再三約他們出關，但他們都嚴詞拒絶。溥侗爲表示堅決起見，當時曾南下任職於南京某部，溥儒則出筆單賣畫於故都。這種高風亮節的態度，任人敬佩。

溥侗寫得一手好字，唱得一口好戲，對於昆曲尤有研究，可稱得起「權威」，一般舊劇圈子裏的朋友幾乎無人不知紅豆館主的大名。

紅豆館主現流落何方，不得而知，但心畬諒仍在北平賣畫。

心畬的名字或許還有人不怎麼知道，因爲他的畫没有普遍地流傳到南方。他在北方確是鼎鼎大名，幾乎無人不知：他的作品是經年的挂在北平琉璃廠的南紙店裏，大家一致認爲是國畫的珍品。記得張大千到北平開畫展的時候，朋友們也同時慫恿溥心畬開了一個展覽會，事後批評界一致下了「南張北溥」的評語。大千的聲名現在似乎在心畬之上，這或許是因爲張大千愛交游，遍歷天下名山巨川，廣結南北名流雅士的緣故吧。然而以畫論畫，我認爲他們的作品是各有千秋的。

心畬的畫最大的特色是淡遠秀麗有書卷氣，不管他畫的山水，花卉，或人物，都能引起人們絶美的意境。筆墨之工秀，著色之清新，章法之新穎，實爲今日國畫中北派的代表作。這完全得力於他那豐富的古畫收藏。因爲他是一位舊王孫，他有機會博覽内府寶藏，這對於他的創作是有極大影響的。據説他幼年，深居簡出，在北平西山静宜園住了十幾年，終日埋頭習畫。所以他有今日的成就絶非偶然。我們固然反對「臨摹」，但「臨摹」也是成爲一個畫家的基本要素。由臨摹進入觀模；由觀模而修養自己的胸襟，而至創造。一個畫家游覽名山巨川固甚重要，而摹擬觀模在學習過程中亦不可忽視。

心畬的畫充滿了高雅與富貴的氣氛，同時亦有無窮的詩意與書卷氣。這是他作品的長處，也是他作品的短處。他的畫挂在富貴人家或書香門第是非常相稱的，太平年月以之點綴昇平，那真是再好也没有的寶物。但懸之於十字街頭或生活窮苦的農工之家，又未免太不協調。這都是由於他的生活環境使然，他出身於帝王之家，平日受着封建貴族環境的薰陶，自然不能産生與大衆生活接近的藝術。假使他能突破他那象牙之塔的富貴環境，我相信他在藝術上必有更大的成就。只可惜他現在還困居在故都的一個古老破舊的王府裏過着那没落的舊王孫的生活——吃吃茶，逛逛公園，玩玩字畫，悲歡過去，惆悵未來！論者惜之。（心畬刻有「舊王孫」之圖章。）

心畬作畫，喜用絹。每畫必先以粗紙擬一底稿，再用絹畫出。有人對此頗有批評，説他這種畫法死板，有失中國畫氣韻生動的旨趣，但，實際上，他的作品無一張不生動！他雖有底稿，但他絶不是依樣畫葫蘆地照底稿去描摹，而是以淋漓的筆墨去揮寫。中國畫向忌「描」而重「寫」，凡「寫」出來的東西一定是氣韻生動的，凡「描」出來的東西無有不死板的。心畬作畫雖有底稿，但其作品仍生動有力，且每畫必成傑作，從無廢紙。這都是由於他嚴謹的方法所致。他不肯輕易對客揮毫，原因也在此。我認爲他這種作畫的方法并不是病，在紙張筆墨顔色都昂貴甚至花重價還採購不到的今日，實在值得我們學習。

心畬一向是衣冠整潔，對人彬彬有禮，有士大夫氣，蓋亦適如其畫。他不交際，不作無謂酬酢。他的一舉一動没有絲毫俗氣，每當海棠或牡丹盛開時節，他必在他那寬闊古老的王府裏柬請北平的名士賞花，賓主即席作詩寫畫，以盡雅興。

心畬可稱爲「駿馬秋風冀北」的北派繪畫的代表，才華冠絶的一位風雅人物。我喜歡他的畫，我敬愛他那傲霜的氣節，只可惜他還没有洗脱他那股「舊王孫」的氣息！

（録自熊佛西《舊王孫溥心畬》）

我總覺得，溥心畬有許多地方，是故意不以真面目與人相見。譬如他身歷滄桑，飽更憂患，人間情僞，其實無一不知。而他偏要叫人看成他是個書獃子，出門不認識路，買香煙不知道價錢，以至不記得自己的門牌等等。如果認爲他這是玩世，還不免流於淺一層的説法。我想，他大概是把老莊哲學和魏晉人作風揉合了，而表現爲對人生的一種態度。自古以來，帝王家的末一代，命運都是悲慘的，而作爲一個大亂之世的讀書人，尤其容易惹禍。溥氏以「舊王孫」而兼「名士」，身世與教養，使得他想到應如何「自苟」「用晦」以葆身？這就不得不「英雄欺人」了。他的成就畢竟在於畫，他偏要自命爲「經師」。他對於聲色狗馬、吹彈歌舞之道，樣樣都會，但總是一問三不知，充分顯示一股「腐儒」氣。而假如真有人想想他請教一點「理學」，他又會津津有味地跟你談起武俠小説來了。總之，他就是如此的不可捉摸，而使人無法接觸其「真際」。

我很不喜歡溥氏的詩。我覺得以他的思想深刻、感情纏綿，而詩功也不淺，爲什麼偏要愛作那種隔靴搔癢搭空架子的假唐詩？他平日議論，又極端推重陳蒼虬、趙堯生，這兩位同光體健者的詩，都是最沉鬱深透的，應該跟他不對胃口。有一次見面閒談，我故意痛詆明前後七子，并且過甚其詞地提出對於「詩宗盛唐」的藐視。溥氏笑了，他説：「我唸兩句好詩給你聽。早年在北平，有一天幾隻老鴉抵着窗户叫，趕它不走，越叫越起勁。當時我作了一首七絶，末兩句是『告凶今日渾閒事，已是曾經十死餘』。」溥氏説到這裏，把桌子一拍，大聲説：「這兩句你該説好吧！」從那一次我纔知道，這位老先生的「真詩」也是很了不起的。

（節録自周棄子《中國文人畫最後的一筆》）

凡是關心藝術的人，幾乎没有不承認，溥心畬先生是中國傳統畫家中，最富代表性的一位。也就因此，青年畫家或年輕人常批評他是一位不知創作的老朽、生活在二十世紀的古人、民主時代的封建皇族。實際上這些批評都欠公允。他在思想與行爲上都很保守也是事實，但是他并非毫無創作地臨摹古人，他在中國山水畫的傳統上亦有相當程度的貢獻。我們都知道溥先生對於山水、花卉、翎毛、草蟲和人物畫都有涉獵，但主要的還是山水。在他早期的山水中，多是師法南宋和北宋。我國畫壇自明初浙派以後，經過了董其昌褒南貶北，數百年來已再没有文人墨士去叩北宗的大門了。而溥先生能在這種頹廢的風尚中，敢於嘗試，崛現於民初的北方，并亦開創出一種新的局面，你還能説他是没有膽識，没有創意，没有自己的思想嗎？宋畫尚實，元畫尚虚。元人學北宋人的「南宗」畫法，而能變化了北宋人的氣質，這就是元畫的偉大成就處。但元以後，浙派是繼承南宋的「北宗」，却無法推進發展，反而流於形式化，於是失去原有的生氣而漸充滿匠氣，更爲士大夫階級所唾棄。可是溥先生學南宋的「北宗」，却以讀書文采來孵發山川之靈秀，一掃浙派的粗獷刻板，進而變化了北宗的氣質，化實爲虛，凌駕浙派之上，使匠氣的北宗，納入了文人畫的行列，成爲民國以來文人畫的代表。可惜他是生不逢時了，如果早生個三五百年，情形就完全不同了。清代以降，文人畫已漸趨没落，溥老師再高的才華，隻手已輓救不了文人畫的頽勢，難怪有人要稱他爲「中國文人畫的最後一筆」。

（節録自劉國松《溥心畬先生的畫與其教學思想》）

心畬先生在作客中，也是一面談笑，一面寫字或畫畫。這并非僅是爲了人情上的應酬，而是他一生「筆不離手」的生活習慣。他的字，精妍遒麗，上追虞、褚。他的畫，是從南宋的唐、劉、馬、夏人手。因功力深純，筆墨精微篤厚，所以不求擺脱傳統，而亦未嘗爲傳統所拘束，在平淡中自然有高妙之致，愈看愈顯出它的精神。有一次，我在朋友處，看到把溥先生的一幅畫，和另一名家的畫挂在一起。對比之下，愈覺溥先生的一筆一墨，無不奕奕有神；而那位名家的，好像一位過分疲勞的人，散漫得站立不穩。這對我發生了很大的啟發作用。

但他喜歡談經學，談小學，次之談詩。偶然談到字，却很少談到畫。恭維他的畫，他常默不出聲；恭維他的字，稍稍色動；恭維他的詩，可以引起他的話頭；恭維他的小學、經學，便滔滔不絕了。要從他學畫，他總要勸人先讀經，先懂小學。開始我以爲這是他爲了撑支門面。久而久之，漸漸瞭解他在經學上所下的工夫，不僅獨辟以經解經的一條正路，并且實際是他的精神教養的源泉。而小學則是爲了能知「筆意」的基礎。畫境深微，能談言微中的人少之又少。恭維他的話，在他聽起來都是隔靴搔癢的廢話。他談話有風趣，可以談上一整天，但決不談廢話，也是不願聽廢話的人。尤其是，没有精神修養，没有精神境界，僅以舞筆弄墨爲鑽營奔竟之方的人，在他的眼裏，真是半文不值。所以他總是要先從筆墨以上的地方求立身之地。

（節録自徐復觀《懷念溥心畬先生》）

先生作人，植基於經學，著有《四書經義集證》《爾雅釋言經證》，皆采以經證經的堅實方法，卓然成家。其手稿藏臺北「中央圖書館」。文則追六代，詩則直追盛唐，根深葉茂，沉麗深醇，非時流所能企及。書法植基於《説文》，立規於虞、褚，斂宏肆於矩矱之中，融骨力於風神之際，實近代所罕見。先生之於繪事，因體悟特深，功力特熟，實與其現實生活融爲一體。朋輩與先生相聚，先生談經論文，詼諧間出，常娓娓不倦者數小時，手不停揮，煙雲林壑出自腕底者亦數小時。蓋先生之性情趣味，自然流露之於書，尤流露之於畫。取途北宋，故格調之高，一掃董其昌後卑弱濡懦之習。腦無俗念，故風神之雅，一洗近百年來繁雜單寒之體。香港某書畫店，數次開近代畫展，先生畫蹟，騈列其間，有如魏晋大名士，雍容談笑於强顔作達者之間，深醇淡定，望之使人鄙吝都消，神情自遠。我私自計度，現時所標先生畫值，僅及一時風頭勁健者十分之二三；但百十年後，如社會尚有藝術氣氛，輕重取捨之間，必會倒轉過來，使先生得到公平的待遇。

（節録自徐復觀《溥心畬先生畫册序》）

先生最不喜宋人黃庭堅、陳師道一派的詩，有一次向我談起陳師傅（寶琛）的詩，說：「他們竟自學陳後山（師道）。」言下表現出非常奇怪似的開口大笑。我那時由於不懂陳後山，當然也不喜歡陳後山，也就隨著大笑。後來聽溥雪齋先生談起陳師傅對心畬先生詩的評論，說：「儒二爺盡作那空唐詩。」是指只摹仿唐人腔調和常用的詞藻，没有什麽自己獨具的情感和真實的經歷有得的生活體會，所以說「空唐詩」。這個詞後來誤傳爲「充唐詩」，是不確的。

（節録自啟功《溥心畬先生南渡前的藝術生涯》）

心畬先生的書法功力，平心而論，比他畫法功力要深得多。曾見清代趙之謙與朋友書信中評論當時印人的造詣，有「天幾人幾」之說，即是說某一家的成就是天才幾分、人力幾分。如果借用這種評論方法來談心畬先生的書畫，我覺得似乎可以說，畫的成就天分多，書的成就人力多。

他的楷書我初見時覺得像學明人王寵，後見到先生家裏挂的一副永光法師寫的長聯，是行書，具有和尚書風的特色。先師陳援庵先生常説：「和尚袍袖寬博，寫字時右手提起筆來，左手還要去攏起右手袍袖，所以寫出的字，絶無扶牆摸壁的死點畫，而多具有疏散的風格。和尚又無須應科舉考試，不用練習那種規規矩矩的小楷。如果寫出自成格局的字，必然常常具有出人意表的藝術效果。」我受到這樣的教導後，就留意看和尚寫的字。一次在嘉興寺門外見到黄紙上寫「啟建道場」四個大斗方，分貼在大門兩旁。又一次在崇效寺門外看見一副長聯，也是爲辦道場而題的，都有疏散而近於唐人的風格。問起寺中人，寫者并非什麽「方外有名書家」，只是普通較有文化的和尚。從此愈發服膺陳老師的議論，再看心畬先生的行書，也愈近「僧派」了。

（同上）

文學藝術的陶冶，常須有社會生活的磨練，纔能對人情世態有深入的體會。而先生却無須辛苦探求，也無從得到這種磨煉，所以作詩隨手即來的是那些「六朝體」和「空唐詩」。寫自然境界的，能學王、韋，不能學陶。在文章方面喜學六朝人，尤其愛庾信的《哀江南賦》，自己用小楷寫了不知幾遍。但《哀江南賦》除起首四句有具體的「戊辰之年，建亥之月，大盜移國，金陵瓦解」之外，全用典故堆砌，與《史記》《漢書》以來唐宋八家的那些豐富曲折的深厚筆法，截然不同。我懷疑先生的文風與永光和尚似乎也不無關係。但我確知先生所讀古書，極其綜博。藏園老人傅沅叔先生有時寄居頤和園中校勘古書，一次遇到一個有關《三國志》的典故出處，就近和同時寄居頤和園中的心畬先生談起，心畬先生立即說出見某人傳中，使藏園老人深爲驚歎，以爲心畬先生不但學有根柢，而且記憶過人。又一次看見先生閱讀古文，一看作者，竟是權德輿，又足見先生不但閱讀唐文，而且涉及一般少人讀的作家。那麼何以偏作那些被人譏誚爲「說門面話」的文章呢？不難理解，没有那種磨煉，可說是個人早年的幸福，但又怎能要求他作出深摯情感的文章、具有委婉曲折的筆法！不止詩文，即常用以表達身世的别號，刻成印章的像「舊王孫」「西山逸士」「咸陽布衣」等，都是比較明顯而不隱僻的，大約是屬於同樣原因。

（同上）

附錄七　溥心畬年譜簡編

説　明

一、本譜爲反映溥儒（心畬）之生平基本事蹟而編製，故僅列所經歷之事實，一般不作評論。

二、本譜繫年均採用舊曆，并於年份後注明相應干支。凡無日可考者則繫以月，月份不確者則標以季，日、月及季皆難詳則繫於此年之末。凡推定某時事蹟，則略加説明。

三、本譜所據材料以溥氏之詩文爲主，間考同時他人之著述。凡徵引他人材料，其然疑之間者，或該説法所據未明者，則注明見某人某文，以便進一步考訂。

四、溥氏書畫題款中資料豐富，然鑑於其真僞莫辨，故本譜僅以其生前出版作品集爲準，身後所出版各本畫集均不予採信。

五、溥氏撰有《溥心畬先生自述》（以下簡稱《自述》）及《溥心畬先生學歷自述》（以下簡稱《學歷自述》）兩文，皆偶有與本譜不相合處。如得證確爲兩文誤記，則牴牾記載不予採信，亦不再於譜中標明。

六、因本書未設輯佚一目，故溥氏詩文著作未見本集者多全文迻録於譜内。然《碧湖集序》《上方山志序》，因文章過長，且所載多與生平無涉，故從略未録。

七、本譜編訂過程中，參考了王家誠《溥心畬年譜》、邵峰《溥儒年譜》、王彬《年譜簡編》、孫旭光《溥心畬年表》以及臺北故宫博物院《溥心畬先生詩文集》所附年譜等資料，特此説明。

八、溥氏生平材料較爲複雜，目前所輯得者有限，因此本譜僅爲草稿初具，故云「簡編」。詳細考訂，尚俟他日。

一八九六年（丙申）　一歲

七月二十四日，生於北京恭王府。曾祖清宣宗道光帝旻寧，祖父恭忠親王奕訢，父貝勒載瀅。生母項氏，廣東南海人，屬廣東駐防旗。

八月，清德宗光緒帝賜名溥儒。《東華續録》光緒朝一百三十五卷載：「乙丑，賜郡王銜貝勒載瀅第二子名溥儒。」

一八九七年（丁酉）　二歲

一月，由祖父攜帶入朝謝恩，光緒帝賜之頭品頂帶。《東華續録》光緒朝一百三十五卷載：「諭。朕欽奉慈禧端佑康頤昭豫莊誠壽恭欽獻崇熙皇太后懿旨：郡王銜多羅貝勒載瀅之子溥儒，著加恩賞給頭品頂戴。」

一八九八年（戊戌）　三歲

五月二十九日，祖父奕訢卒，兄溥偉繼承恭親王爵位。

喪事畢後，由父兄攜往頤和園排雲殿謝恩，光緒帝賜以金帛，面諭曰：「汝名儒，汝爲君子儒，無爲小人儒。」

按，光緒帝面諭語，《鄭孝胥日記》載乃溥氏祖父恭忠親王語，未詳孰是。

一八九九年（己亥）　四歲

本年，讀《三字經》《百家姓》《千字文》等書發蒙。

本年，弟溥佑生。因時值守孝三年期間，於清廷禮制不合，無法呈報宗人府備案，故將溥佑過繼於饒餘敏親王爲後。

一九〇〇年（庚子）　五歲

本年，義和團運動爆發，八國聯軍攻入北京，慈禧太后攜光緒帝出逃西安。爲平息事件，慈禧下令處置支持義和團運動之臣工。父載瀅在其列，遭革爵，交宗人府圈禁。

一九〇一年（辛丑）　六歲

本年，始隨宛平名士陳應榮（字貴甫）讀四書五經，習論詩文。

一九〇二年（壬寅）　七歲

本年，學作五言絶句詩。見《自述》。

一九〇三年（癸卯）　八歲

十月十日，慈禧太后壽誕，隨家人至頤和園祝壽，慈禧命作聯，即吟五言聯以對，慈禧贊爲「本朝神童」，賞文房四寶。

本年，學作七言絶句詩。見《自述》。

本年，父載瀅有《贈陳貴甫先生》詩云：「有客有客，静寄東軒。（額曰香雪隖，溥儒讀書處。）撫髫相成，（儒兒時年八歲。）於茲託根。進修德業，實賴德人。式禮遵誥，存爲世珍。親受音旨，令德永聞。」

一九〇四年（甲辰）　九歲

本年，開始學作律詩、五七言古詩，文章則由短文至七百字以上之策論，皆以經史爲題。師又命圈點句讀《史記》《漢書》《通鑑》《吕氏春秋》《朱子語録》以及諸子等書。俱見《自述》。

一九〇五年（乙巳）　十歲

七月二十四日，爲儒生日。至頤和園叩見慈禧太后，太后命賦萬壽山詩，對以

「彩雲生鳳闕，佳氣滿龍池」，太后甚喜，盤賜金銀福壽字。

本年，始學騎馬，習滿文、英文、數學等。見《自述》。

本年，曾隨父母去西山戒臺寺居住。

一九〇六年（丙午）　十一歲

本年，弟溥德生。

一九〇七年（丁未）　十二歲

本年，參加正風文社，作《燭之武退秦師論》以及《題隨園子不語詩》。而此時書法亦已習篆隸、北碑、右軍楷行書，進而練習懸腕大字，并常雙鈎家藏晋唐宋元名蹟，藉以鍛煉筆力和研摹筆法。見《自述》。

一九〇八年（戊申）　十三歲

十月，光緒帝病危，溥儀應召入宮。十月二十一日，光緒帝駕崩。後，溥儀繼位，其父攝政王載灃和隆裕太后攝政，次年改號宣統。

傳云，儒此年曾受命入宮甄選皇帝。

按，此説恐不確。依清代禮制，庶出無甄選資格。

一九〇九年（己酉）　十四歲

本年，父載瀅卒。

本年，由母項太夫人延請歐陽鏡溪、龍學泰二師督課。

本年，始寫半尺大楷，臨顔真卿《中興頌》、蕭梁碑額以及漢魏石刻等；兼習篆書，初寫《嶧山碑》、《説文部首》及石鼓文等。

一九一〇年（庚戌）　十五歲

本年，習騎射，嘗求良馬於市，期年不獲。會哈密王至京朝貢，隨行驃騎勇士面見恭王府長史，云有西域良馬欲獻，但懼世子年幼不能控，請觀騎射，若能駕馭自如則獻。試騎，馬踔立不能止，故驃騎請明年再獻。

本年，入讀北京滿清貴胄法政學堂。見《學歷自述》。

一九一一年（辛亥）　十六歲

春，哈密驃騎依去歲約獻良馬。

秋，辛亥革命蔓延至京師，兄溥偉奉嫡母出奔青島。儒奉母項太夫人及弟溥僡遷出恭王府，移居清河二旗村。後來嘗與弟子徐建華述及此時出逃經歷云：「我從未對人提起過，在一個暗夜裏，從王府萃錦園一處草叢後的狗洞鑽出，這樣狼狽的逃離王府。」（徐建華口述、董桂因整理《丹青翰墨情》）

本年，因哈密所獻良馬無所用，故返還驃騎。

一九一二年（壬子）　十七歲

仲春，歐陽鏡溪、龍學泰南歸，由母項太夫人親授讀書習字。

本年，隨滿清貴冑法政學堂併入北京法政大學學習。見《學歷自述》。

本年，初仍居清河二旗村，後遷西山戒臺寺定居。袁思亮《萃錦園介壽記》載：「辛亥國難猝作，吾兄弟長者未及冠，弱者纔數齡耳。吾母挈之避村舍中，期年遂居西山戒臺寺。」

一九一三年（癸丑）　十八歲

冬，會大雪，持弓矢入山林射雉，得而獻母，受項太夫人責備。

本年，由兄溥偉作主，與前陝西總督升允之女羅清媛訂婚。

本年，畢業於法政大學，後入讀德國人所辦禮賢書院學德文。見《學歷自述》。

一九一四年（甲寅）　十九歲

本年，開始受人委託，爲人撰寫墓志銘。見《溥心畬先生詩文集》所附年譜。

本年，因德國亨利親王之介紹到德國游歷，考入柏林大學。見《學歷自述》。

按，關於溥儒留學德國一事，學界多有異議。據此年前後溥氏的履歷推測，此時當仍居於西山，未嘗至德國留學。

又按，《溥心畬先生詩文集》所附年譜針對溥氏留學一事采取避而不提之態度。以此態度觀之，則知該集所收石印本《西山集》僅存卷一部分恐是有意爲之，而陳雋甫所得亦恐非殘卷。蓋因是書所載與《自述》及《學歷自述》不合，故删去後二卷。

一九一五年（乙卯）　二十歲

八月，海印上人來游西山。蓋戒臺寺有傳戒儀式，上人應書記之聘，故乃至此。

與上人談《楞嚴經》《圓覺經》宗旨，深入玄妙，上人爲之稱歎。又招上人坐慧聚堂中，以所藏顔真卿《告身帖》墨蹟示之，上人有詩記其事。

秋，作《塞下曲》三首。

秋冬間，海印上人南歸湖湘。

一九一六年（丙辰）　二十一歲

秋，有西峰寺之游，并題詩數首，摹刻於寺北溝中。見胡玉遠編《燕都説故》。

本年，與清廷舊臣徐琪交往較密，曾以雙鈎《寒食帖》請其題跋。

一九一七年（丁巳）　二十二歲

穀雨後五日，徐琪爲稿本《西山集》作序。

暮春，當有青島之行，作有《匯波樓》《覺漚亭》《匯泉寺》《九水庵》《千佛山》《舜祠》等詩。

按，稿本《西山集》徐琪序云「名以西山，就所居而務從其實」，「行趨東海，讀未見而益擴其知」，其時兄溥偉寓居青島，此時「行趨東海」當即出山訪兄。又云

「春猶未餞，公將有行」，是知行在春末。

五月，與羅清媛完婚。見《學歷自述》。

六月二十四日，攜新婦回北平拜見生母項太夫人，居西山戒臺寺讀書。見《學歷自述》。

本年，跋徐琪見示《朱邸賡酬册》云：「右先考雲林貝勒遺墨十四册，乃戊申、己酉書貽貞盦先生者也。丁巳之歲，儒避西山，先生出以見示，儒瞻拜手澤，悲懷交集。昔王裒讀蓼莪之詩而隕涕，況親見先人之手書者乎？憶昔趨庭誦詩，曾蒙器許。至夫時殊世異，竄棄空谷，非先人之所以望於儒也。敬書數言，用志顛末。」

本年，以所藏李成、郭熙雪景圖卷請徐琪題跋。

一九一八年（戊午）　二十三歲

春，孫雄創漫社，與徐鼐霖、蕭方駿、金兆豐、鄧榕、冒鶴亭、涂鳳書、譚祖壬、李宣倜、曹經沅、溥僡等同爲社員。見王彬《年譜簡編》。

按，漫社社員前後多有變動，檢該社數次唱酬所編詩集，似未見溥氏兄弟明確入社記録，待考。

六月望後，陳寶琛來游，觀戒臺寺卧龍松，與之月下相對，共聽松風。陳氏賦詩多首，中有《六月望後匏庵芝南珍午貽書幼點嘿園約爲戒臺潭柘之游予先一日至三宿而歸》其四及之，云：「邂逅松下風，王孫皎如玉。七年不入城，飲澗飫山緑。所居樹石净，聽濤舊信宿。題詩媲鵾鴞，悃款難卒讀。郊迎恨不早，誰實任沈陸。心知大賢後，龍種詎偶俗。豪吟慎出口，輕薄易翻覆。難兄久居夷，何日復邦族。下絃月已高，相對但謖謖。」此與陳氏交往之始也。

夏，女韜華出生。

八月，至青島省親。見王彬《年譜簡編》。

一九一九年（己未）　二十四歲

秋，有書札寄海印上人，上人作《己未秋日得心畬居士詩札感賦》。

一九二〇年（庚申）　二十五歲

春夏間，爲勞乃宣《歸來吟》作序，并賦詩寄之。勞氏收信後作《溥心畬以詩寄懷并爲作歸來吟序依韻和答》。

秋，居西山戒臺寺，海印上人來訪。

九月八日，由海印上人陪同至西峰嶺展墓，歸途至龍泉庵休憩，海印上人有詩賦之。

九月九日，與海印上人登西山，有詩懷湘中遺民。

九月十日，與弟溥僡、海印上人游小觀音洞，海印上人於途中作詩記之。

是時，作《懷程居士》《秋夜寄程十髮》等詩懷程頌萬，兼以示海印上人。

此年秋冬或明年年初，海印上人將離西山至北平城中，稍作停頓即歸湘中，故作《送海印上人出山歸沅江也》以贈。

本年，陳寶琛居北平，與之交往較密，曾聽陳氏話光宣遺事，賦詩以記。

一九二一年（辛酉）　二十六歲

二月十六日，海印上人自北平還山，有《辛酉二月十六日都門還山途中雜感兼寄心畬居士》。稍後，又作有《雪夜讀心畬居士詩札書感》。

三月，海印上人至武昌，訪程頌萬，以儒所作懷程氏詩及贈上人印章見示，程氏作詩寄答。

四月，至青島。登泰山賦詩，如《題岱廟院》《登岱》等當爲此時所作。其中一詩刻於斬雲劍北盤路石壁，詩云：「蒼蒼復落日，遥下晚風林。滉漾連溪色，嵐光何處深。」

六月十七日，勞乃宣卒於青島，聞訃後作《輓勞玉初先生》。

秋，在戒臺寺重觀傳戒儀式，有詩賦之。復作有《望江南》一闋，詠歎秋日寺中光景。

此年至明年，似有南游之行，經山東、江蘇等地，抵浙江杭州而返。途中嘗至泰山、南京、馬鞍山等地游覽，有《金陵懷古八首》《西湖水竹居》《西湖絶句》《登開化寺六和塔》《莫愁湖拜曾文正公象》《西湖玉泉寺見李梅盦處士詩感興》等紀游詩多首。

按，溥氏此次南游未見其後來明確提及，而時人文獻中亦無所載。惟手寫定本

《南游集》卷上《重游理安寺》小注云：「理安兵後，古木盡伐，靈湫蜥蜴尚存，寺僧謂之龍子。」杭州理安寺前楠木於抗日戰爭間盡伐，故此「兵後」乃指抗日戰争後，而題中云「重游」則知抗戰前亦嘗至此游賞。檢稿本《西山集》卷二《西湖玉泉寺見李梅盦處士詩感興》小注云：「余南游訪梅盦，聞其已謝世矣。」李瑞清卒於一九二〇年，距此時甚邇，故而溥氏未及知此消息，亦乃其南游約在此年之旁證。

一九二二年（壬戌）　二十七歲

九月九日，有詩懷海印上人。

秋，兄溥偉移居大連。

本年，嘗出山游歷，訪京郊上方山、白帶山、蘆溝橋等地，至趙縣而返，過邯鄲樂毅墓而賦《再過樂毅墓》，再經涿鹿回北平。

按，此行目的未明，或即如《學歷自述》所云，乃至青島爲嫡母祝壽。

一九二三年（癸亥）　二十八歲

二月，出山，并賦《齊古賦》以見志。

按，溥氏出山時間多有争議，此從其《歸山别陳太傅》小注，蓋側重於政治上之出處。而檢溥氏《凝碧餘音集》中有《秋波媚·乙丑春日以下甲子出山後作》一詞，又袁思亮《萃錦園介壽記》亦載溥氏自云「蓋十有二年，始稍葺故邸後園而歸居焉」，則蓋此處「出山」或側重喬遷之義。

春，有詩懷胡嗣瑗。

夏，訪陳寶琛於北平府邸，得識陳頤，數相過從。陳氏嘗撰文回憶這段交往云：「溥氏年輕時，貌清秀而俊逸，爲人誠懇真摯，見聞廣博，而記誦精密，識見卓爾，思想活潑。這短短的數次晤聚之中，我覺得他真是一位彬彬有禮，雍容大度，與一般浮華矜持的五陵年少，大相徑庭。」

七月，有詩寄懷海印上人。

秋，陳寶琛招飲於釣魚臺，賦《陳弢盦太傅招飲釣魚臺》及《釣魚臺》等詩。

秋，有詩贈陳寶琛妹婿高潁民。
秋，江西劉惠和卒，作詩八首弔之。
秋，將歸山，有詩贈陳寶琛。
九月九日，出游登高，集中《九日》《自遣》《桑乾河》等詩約作於此時。
秋冬後至明年春夏間，似有東魯之行，曾至華不注山、大明湖、勞山寺等地，有詩記之。
本年，張勳卒，作《輓張忠武公》。
本年，弟溥德結婚，溥德嘗入宫贈宴。見張伯駒《春游瑣談》。

一九二四年（甲子）　二十九歲

春，作有《甲子東魯道中》。
春，作《和伯兄春日韻》。
春，經族兄溥侗介紹，與張目寒、陶梅庵訂交。見孫旭光《溥心畬年表》。
按，張目寒《溥心畬珍聞軼事》一文亦云訂交在本年，惟具體時間不詳。

是時，始漸修葺恭王府舊邸，準備從西山遷出。見袁思亮《萃錦園介壽記》。

五月二十四日，長子毓岦（即溥孝華）生。

六月，在西山。是時山雨連夕，巖壑出雲，坐澗橋觀瀑，即景賦詩。夏秋間，久雨不開，桑乾河水上漲，作《六月十五夜雨》《桑乾漲》《十八日夜雨》《桑乾河漲》《騎龍行》《北澗觀水入桑乾時久雨泛濫陰失經也》《連雨》諸詩。另作有《蛟辨》一文云：「甲子夏日，桑乾水漲，山民以爲蛟，作《蛟辨》。蛟挾風雨振溟渤，鼓舞雷電，裂山崩谷。雲動而霾合，濤湧而海立。疑其爲龍也。及其起北海，入南海，不興霖雨殪佽飛之箭，是蛟之果不爲龍也。聞蛟出於雉，潛於山谷。及其興也，蹈厲田隴，振蕩溟渤，豈神龍之宅，蛟又得而擅居耶？蛟之爲害，江南最多，有司募民操弓挾矢，掘土攻穴，必獲乃止。《月令》曰『季秋伐蛟』，甚之也。漢昭帝游渭水獲蛟，帝曰此魚鮔之類，非珍祥也，乃命爲鮓。若是，則鼎俎之供而刀匕之餘也，與鱣、鮪、鰋、鯉何殊哉。」見王會庵《溥心畬先生手書〈蛟辨〉》所載。

夏秋間，陳寶琛入山來訪。

稍後，舉家遷入恭王府舊邸花園，賦《秋日將出山感懷》《城中寄弟》《歸家》及《故園》等詩。

八月五日，鄭孝胥來訪，不遇。

八月六日，鄭孝胥來訪，談甚久，歸後於日記中評云「頗讀書，言論頗守正軌」。

八月十四日，溥儀賜宴於御花園絳雪軒，同與者載灃、陳寶琛、朱益藩、朱汝珍、温肅、羅振玉、王國維及弟溥僡等。

八月二十日，與鄭孝胥所差人談及兄溥偉對溥儀不滿，將赴天津。

九月，溥偉將出關，賦《九日送伯兄出塞》。

九月，與陳寶琛、朱益藩、羅振玉、王國維及潘敬等人於園中雅集，賦詩記之。

九月十九日，溥儀召見，與柯劭忞、鄭孝胥及莊士敦同賜膳。

秋，作古近體二十九首題夫人羅清媛所繪《招隱圖》，陳寶琛、章梫亦皆有詩題其後。

秋，海印上人圓寂，有詩悼之。因劉善澤來函告上人逝訊，得與訂交，作《贈劉腴深遺民》。

按，海印上人生前曾囑劉善澤將消息相告，故與劉氏訂交或在此年。準此，劉善澤《天隱廬詩集》集中《奉贈心畬王孫二首》《答心畬居士見憶》及《秋晚有懷西山逸士》當作於此時。

秋，兄溥偉有書寄至，乃作《甲子秋寄伯兄》。

十月十五日，制止羅振玉以厚利誘馮玉祥參謀長段某營救溥儀之計劃。

十一月九日，溥儀被逐出宮，搬至醇親王府。至醇邸覲見，後賦有《奔行在所》一詩。

十月二十二日，訪鄭孝胥。

十月二十四日，鄭孝胥來訪。

十月二十六日，復與羅振玉、王國維至鄭孝胥處。

十一月四日，溥儀令與劉驤業共同料理庶務，輪流入直，給夫馬費。

本年，陳寶琛重宴鹿鳴，作有《陳弢庵太傅重宴鹿鳴賦此以賀》。

本年，與楊鍾羲相見於京津間。《來室家乘》本年條下云：「舊王孫惇邸裔九皋、雪齋、仲業，恭邸裔心畬、叔明，惠邸裔憓軒、吉人，和邸裔叔和，肅邸裔有之，先後相見於京津間。雪齋、心畬、元伯、叔和皆能畫。」

一九二五年（乙丑）　三十歲

春，在恭王府舊邸中。恭王府萃錦園中有海棠六株，高三四十丈，爲七十年前舊物。時此數株海棠花開，作《秋波媚》一闋，有「海棠如夢，回首成空」云云，多所感慨。

閏四月六日，子毓岑生。

暮春，有詩懷湖南諸師友。

秋，手輯所爲詩作結爲《西山集》，印行百册，以餉朋好。

本年，與畫家溥伒、溥僩、關松房、惠均等人結「松風畫社」，研習繪事。

本年，參與譚祖壬、汪曾武在北平發起的「聊園詞社」及「趣園詞社」。毛大風《百年詩壇紀事》云：「譚祖壬在北京發起『聊園詞社』，參加者有俞陛雲、王式通、夏孫桐、汪曾武、章華、邵章、趙椿年、溥心畬、（溥）叔明、羅復堪、章鈺、郭則澐、楊味雲、邵瑞彭、壽石工等。與此同時，汪曾武組織『趣園詞社』，參加者大多數爲『聊園詞社』社友。兩社均未正式編印刊物，他們的唱和之作，散見於各詞集。」

一九二六年（丙寅）　三十一歲

春，由張目寒接引，在北平春華樓結交張善孖、張大千兄弟。

按，溥氏與張氏兄弟訂交，一説在明年。此從張目寒《溥心畬珍聞軼事》一文。

是時，萃錦園海棠花繁盛，邀名流騷客飲酒賦詩。朱家溍嘗記萃錦園例行詩會之景況云：「當時溥先生還住在恭王府的花園内，每年海棠開花季節要請客賞花賦詩。在這一年的花季，我也接到請帖，非常高興。當時我雖然算是已經學會作詩，但每次都很費時間，我想不過是詠海棠詩，不如頭一天在家作好帶去就行了。誰知到了那一天，當場由僡三先生（溥僡）發給每人一個韻條，是限韻的詩會。」

本年，因恭王府産權糾紛，與弟溥僡將輔仁大學告上法庭，兄弟二人在恭邸花園居住權獲得暫時保留。然法庭另行規定，須盡快別覓住所，將花園歸還所有者輔仁大學。

約本年或稍後，爲李盛鈖作《李琢齋先生墓志銘》。

一九二七年（丁卯）　三十二歲

春，有詩寄劉善澤。

稍後，應日本方面邀請，與弟溥僡東渡講學。此行由山海關而東過鴨緑江，至朝鮮，更渡海經馬關而抵江户（即東京）。後游淺草寺、日光山、稻荷川、東照宫、延歷寺等地。在日游歷月餘，經朝鮮境歸國。回國後，出版二人唱和詩集《瀛海塤篪》。

約此時，將所藏易元吉《雙猿圖》售予日人。

五月三日，王國維自沉昆明湖，有詩六首輓之，其一云：「蓆藁衣冠委路旁，行人下馬怨瀟湘。空悲片碧昆明水，天上誰看拜景皇。」其二云：「抑塞懷才似賈生，芳洲蘭杜不勝情。從今五柞宫前樹，千載猶爲鸞鳳聲。」其三云：「湛盧去國隕星文，玉樹長埋弔隱君。哭盡宫門碧落水，秋光一片葬寒雲。」其四云：「楚客英靈何處招，九嶷相望至今遥。月光不照盤雲殿，秋水空横織女橋。」其五云：「亦知直道豈能容，薄葬何須馬鬣封。忠慤墓前題片石，延陵雷雨起蛟龍。」其六云：「屋梁落月滿江村，關塞蒼茫夜返魂。君建朱旗乘白馬，怒潮八月捲吴門。」

十二月，再次客居天津，訪亡友李放故居，感而賦詩。復求海公吟詩之地不可得，亦有詩記之。後歸北平，於燕市見李放遺書散出，又感而有詩。

歲暮，爲朱祖謀題《彊村校詞圖》。

約本年，爲劉承幹繪《藏書樓圖》，并由冒廣生寄至。

按，《香書軒秘藏名人書翰》收有劉承幹寄溥氏書，具體作書年份不詳，惟中「冒鶴亭京卿南來」云云，檢《冒鶴亭先生年譜》一九二七年條下云「秋冬間，應劉翰怡（名承幹）之邀，先生赴湖州南潯鎮」，則此函當即作於本年。而函中又云「以《藏書樓圖》敬求法繪，旋由京卿寄到」，則畫亦當即本年所繪。

一九二八年（戊辰）　三十三歲

春，有萃錦園海棠花下雅集活動，何振岱作《萃錦園月夜海棠花下》一詩。

八月，畫扇寄劉承幹及張其淦。在此之前，曾託劉氏代爲編輯遺民詩什（或即《靈光集》）。見《香書軒秘藏名人書翰》所收劉承幹信札。

九月九日，作詩懷陳曾壽。

按，稿本《寒玉堂集》卷上《九日懷陳仁先侍郎》詩末注「侍郎未終三年之喪」，檢陳邦炎《陳曾壽年譜簡編》，陳母卒於一九二六年，故作詩時間當在一九二六至一九二九年間。而此詩又後於《丁卯嘉平重客津門求海公吟詩之地無復知者愴然而賦》一詩，故時間當在一九二七年十二月後。而一九三〇年溥氏跋冒廣生《寫經圖》云「戊辰之秋，僕與蒼虬侍郎相遇津門，侍郎方終三年之喪」，則可知一九二八年秋陳氏即守孝期滿，故此詩應即本年與陳氏相遇之前所作。

稍後，至天津，作有《津門道中》《津門弔故人李放》《天津雜詩》等。在津門得與守孝除服之陳曾壽相遇，讀其廬墓諸作，頗有感歎。

本年，日本詩社藝文社成立，陳寶琛、鄭孝胥等出任顧問，與齊白石、黄賓虹、葉恭綽、曹經沅及弟溥僡等同爲名譽會員。見李慶《日本漢學史》。

一九二九年（己巳）　三十四歲

三月，有萃錦園海棠花下展褉活動，見楊鍾羲《萃錦園展稧次叔明韻》《連日集萃錦園和心畬韻兼示纕蘅》。

九月九日，臨摹清人羅聘《竹園清飲圖》作《上元夜飲圖》，溥伒見而愛之，以畫几相易，并請題記。

本年，似有濟南之行，擬游覽歷山、舜祠、鵲華、黄河等地，適陳寶琛欲來訪，故函告情由。見李宗侗《敬悼溥心畬大師》。

約本年，爲劉善澤畫《松陰覓句圖》，并題詩其上。

一九三〇年（庚午）　三十五歲

三月，萃錦園中海棠花盛，有展上巳之舉，會者甚衆。時冒廣生亦與此會，作詩多首，并囑繪製《寫經圖》，以志鮮民之悲。楊鍾羲亦於此時至園中觀海棠，作有

《萃錦園看海棠》。

四月十五日，與曹經沅、周學淵同訪鄭孝胥，各求鄭氏十卷本詩集一部。

四月十六日，王揖唐、曹經沅約至松竹樓午飯，晤鄭孝胥、梁鴻志、吴達泉、李孺、唐立庵、周學淵等人。

春，朱汝珍歸廣州，作《送朱隘園歸廣州時兩粤方亂》。

春，曹經沅來過園亭，并作詩記其事，詩云：「世亂王孫賤，林棲不厭深。舊聞尊日下，幽築抱城陰。寫韻裁雲集，傳家萃錦吟。來游盛諸老，花底一相尋。」（曹經沅《春日過心畬園亭即贈兼示易廬》）

春，與陳寶琛、冒廣生、曹經沅、周學淵等有戒臺寺之游。至國花堂中，適值陰雨，故稍後作《國花堂坐雨圖》贈周學淵，并題詩其上，陳寶琛復有和韻之作。

同時，允爲曹經沅作《城西蠟屐圖》，曹氏賦詩以速之，詩云：「十里芳郊遍緑蕪，鴨頭新漲没菰浦。平生心折彝齋筆，乞寫城西蠟屐圖。」

同時，李宣倜作《春游雜詩》其二及之，云：「淡煙平楚儼江南，得力垂楊水幾灣。妙筆王孫追馬遠，可能一角補春山。」小注云：「心畬同游。」

季春，與弟溥僡招陳寶琛、柯劭忞、朱益藩及孫雄等於城北園林吟詠雅集，即席賦詩云：「筵開依茂樹，玉盞進春醪。苑草青羅帶，宫花白錦袍。清談連俊彦，遺響近風騷。何處瞻雲月，林中落鳳毛。」孫雄有和韻詩，并别作數詩記其事。

稍後，漫社易名賡社，與弟溥僡、冒廣生、李宣倜、曹經沅等同爲十二社員之一。

六月三日，黄維翰卒於北平寓所，作《哭黄申甫》弔之。

本月，持著色《寫經圖》贈冒廣生，并附跋文：「戊辰之秋，僕與蒼虬侍郎相遇津門，侍郎方終三年之喪，其廬墓諸作，哀恤追遠，津門耆舊多傳其辭，美孝子之思親也。庚午三月，鶴亭京卿屬作《寫經圖》，以志鮮民之悲。昔韓文公以博愛爲仁，天下始知仁。今鶴亭發揮天經教孝之義，於倫紀垂絶之日，豈將以孝援天下乎？且侍郎嘗有圖矣，而又繫辭立説，以彰其事，將廣其孝及於鶴亭，有孝子錫類之美。儒獲二善，敢不重拜。考《詩》之有圖者，梁有《毛詩圖》，唐有《毛詩草木蟲魚圖》，宋有《毛詩圖》，惜不傳於世，後人不見凱風、蓼莪之情。今願附蓼莪之義，寫風人之懷，以從侍郎之後，兩君其許我乎。」冒氏即作《題心畬書寫經第四圖》，并請朱祖謀書寫引首。

九月九日，連雨以雪，竹樹多爲所折，於燈下作畫，并書庾信《小園賦》，復題云：「子山遭時北遷，暮年多憂怨之作。余懷西山，不能遄返，無信之才，有信之悲，書《小園賦》以見志。」

仲秋，爲賡社吟詠活動週而復始之日，社中重印諸社友名單，孫雄有詩記之。

十一月二日，訪鄭孝胥，言及生時德宗賜名溥儒及祖父恭忠親王嘗曰「女爲君子儒，毋爲小人儒」等，并請鄭氏爲書「毋爲小人儒」匾額。

十一月三日，鄭孝胥答訪。

本年，張朝墉來訪，弟溥僡有詩送之，張氏復作《賀叔明贈別韻并柬乃兄溥心畬》。

本年，與夫人羅清媛在北平中山公園水榭首次舉辦畫展，被公推爲「北宗山水第一人」。

本年，所編《上方山志》十卷出版。

一九三一年（辛未）　三十六歲

二月五日，李宣倜訪鄭孝胥，求題儒仿蘇齋筆意所作《東坡居士像》。鄭氏後於日記中評所畫「頗佳」。

三月三日，曹經沅或嘗至萃錦園中觀海棠。

按，曹氏《上巳觴客十刹海酒樓分得金字》一詩末句云：「名園纔咫尺，試爲叩芳林。」小注云：「萃錦園海棠方盛月。」

三月七日，李宣倜、何振岱、曹經沅游京西吴園、可園、萬壽寺，時海棠已盛開，故歸途過萃錦園，籠燭於園中海棠花下，小酌賦詩。

三月十四日，蓋有萃錦園中雅集活動，李宣倜作《三月十四日晚萃錦園口號》。稍後，李宣倜作《雨中懷萃錦園山亭》。

三月十九日，與弟溥僡及李宣倜、何振岱、曹經沅等游極樂寺，欲於國花堂前補種海棠，李氏詩以記之。

四月初，黃濬作《叔明和余詠稷園牡丹四首清芊工貼再用前韻柬心畬兄弟時芍藥已續放》。

春夏間，郭則澐過訪。

七月二十三日，岳父多羅特升允卒於天津，約是時撰《皇清誥授光禄大夫太子太保大學士前陝西總督多羅特文忠公神道碑銘》《外舅多羅特文忠公誄》等。

夏秋間，郭則澐爲所畫山水小册題詩，而時寓居天津之章鈺亦有題詩，詩云：「家有寒秀集，畫境得妙悟。山水自清空，肯問鷗波路。」

秋，劉善澤以海印上人遺稿四册相寄，囑序而刊之。或劉氏信中復有所作《落葉詩》，因作《落葉詩》四首以相和答。

本年，龍學泰爲匪傷而卒，私謚之端惠先生，復作《皇清誥授通議大夫內閣侍讀龍端惠公墓志銘》。

按，檢《清代硃卷集成》所載龍氏履歷，其生年爲同治二年（一八六二），而《墓志銘》云春秋六十有九，由此推之，當卒於是年。

本年，楊鍾羲爲所作《西山草堂雪意圖》題詩。

一九三二年（壬申）　三十七歲

一月二十五日，日本策動「滿洲國」獨立，由溥儀出任執政，僞號「大同」。據云，儒嘗拒絶擔任日僞滿洲國官職，并作《臣篇》以表心志，斥溥儀「九廟不立，宗社不續，祭非其鬼，奉非其朔」，又諷其「作嬪異門，爲鬼他族」。見杜雲之《溥心畬的晚年生活》及薛慧山《溥心畬畫百松圖長卷》。

同時，又作《與陳蒼虬御史書》，分析形勢，説明利害，希望對方能妥善處理出處問題。

按，目前溥氏年譜多將《臣篇》繫於本年，然此説法之真實性甚爲可疑。檢萬大鋐《西山逸士的幾段逸事》云此文乃作於「抗戰以後」。而北京紫禁城出版社版《溥心畬書畫集》所載《臣篇》卷末則云「此余壬午山居告廟文也」，故又有一九四二年所作之説。以兄溥偉、弟溥僡以及交游舊臣此時與溥儀之關系來看，一九三二年之溥儒與溥儀明顯決裂之可能性不大。且此後一九三六年於《良友》雜志發表廣告性質之文字，溥儒猶以「溥儀蓋其介弟也」標榜，若彼時已鄙溥儀爲「作嬪異門，爲鬼他族」，則斷不能引此以自污。準此，則《寒玉堂文集》所收此《與陳蒼虬御史書》時間，亦尚待重加釐定。

早春，劉善澤撰成海印上人詩集序，旋即郵示。

清明後四日，與郭則澐、何振岱、曹經沅、李宣倜於極樂寺國花堂補植海棠，郭則澐有詩記之，何振岱復作《北京極樂寺補海棠記》述其始末。

稍後，與郭則澐游暘臺，觀賞杏花，歸過黑龍潭，期曹經沅、李宣倜而不至。是時，萃錦園海棠花盛開，有雅集之舉，適逢陰雨，見夏孫桐所作《金明池·溥心畬叔明兩王孫招集萃錦園看花雨阻未至用少游韻柬謝》、袁勵準所作《萃錦園賞雨中海棠》、宗威所作《萃錦園雨中觀海棠分得餐字即呈心畬叔明兩兄》、瞿宣穎《心畬招集萃錦園看海棠以風雨不赴代分均得江字》、李宣倜《萃錦園雨中看海棠分得俗字》及明年林志鈞所作《萃錦園海棠花下分韻得黛字》諸作所記。

春，張大千南歸，作圖贈別，李宣倜復題詩其後。

七月，訪冒廣生，出示所作《烈婦費氏傳》，請冒廣生書後，冒氏作《書烈婦費氏傳後》。

按，費氏事蹟見劉善澤《費莫烈婦詩》小序：「烈婦費莫氏，字稚華，威勤侯琦公瑶女，其先爲馬佳氏，瓦爾喀人，後有遷者，遂别爲費莫氏。少受諸經、《論語》，能通大義，事親以孝聞。年二十，適阿拉善王次子蓮都汪喜克。蓮字少雲，好游俠，喜馳騁，以顛躓傷臂及胸，越兩月嘔血死，烈婦仰藥以殉，距夫死僅一日也，年俱二十有五。」

夏秋間，歸北平西山。蓋歸途中游雷音寺、雲居寺、東峰石室等地，故此後重九日賦詩有「行盡邊山非故國，登樓王粲淚如絲」之句。

秋，所編海印上人《碧湖集》書成，序而刊之。

稍後，以《碧湖集》并「佛法僧寶」古銅印一枚寄贈劉善澤，劉氏有詩記其事。

除夕，劉善澤有詩懷之。

本年，程頌萬卒，有詩弔之。
本年，作《弔日本田邊華》。
按，田邊華於去歲卒，蓋此時方得消息，故有此作。
本年，於《遼東詩壇》發表《東園記》一文。
本年，於《湖社月刊》發表《駿馬詩》，詩云：「塞雲沙雁萬重山，一夜西風盡度關。駿馬不須愁苜蓿，輪臺城北幾人還。」
本年，爲李宣倜作《握蘭簃裁曲圖》，收入次年暮春所刊《握蘭簃裁曲圖詠》中。

一九三三年（癸酉）　三十八歲

春，接劉善澤詩，賦《和劉腴深學博除夕見懷韻》以寄。
二月，陳曾壽出關至長春，作《送蒼虬出關》《寄懷蒼虬侍郎遼東》等詩。
按，陳氏此時數次往返長春、天津間，故溥詩有「悲君復行役」一語。但兩詩皆未有明確標明寫作時地，惟厠於《和劉腴深學博除夕見懷韻》與《癸酉三月詠花寄何梅生》之間，是知當作於本年一月至三月間。檢《局外局中人記》，陳氏曾於本年一月二十一日歸津，復於二月二十二日赴長，故知當爲此時所作。

三月，萃錦園中海棠花開時，例行雅集，有分韻吟詠活動，見林志鈞《萃錦園海棠花下分韻得黛字》、李宣倜《萃錦園海棠得新字》及汪曾武《滿庭芳·溥心畬叔明二王孫招游萃錦園賞海棠》等。

是時，與親友多有唱和之作，集中《癸酉三月詠花寄何梅生》《園中暮春和清媛夫人韻》《詠園中海棠》等詩當作於此際。

暮春，園中海棠花凋謝，賓朋散去，獨對緑陰，感懷賦詩。

八月，李宣龔曾囑畫墨巢室，久未能成圖，至此先以山水畫一幅寄贈。

九月九日，出游登高，和周學淵韻作《鷓鴣天》詞一闋。

除夕，有書寄李宣龔，李氏作詩以報。

本年，畫作《寒巖積雪圖》在柏林中德美術展覽會上展出，獲得很高評價。

一九三四年（甲戌）　三十九歲

一月十六日，溥儀改「滿洲國」爲「滿洲帝國」，登基爲「滿洲帝國皇帝」，僞號「康德」。皇族舊臣紛紛往賀，弟溥僡亦在祝賀代表之列，作《送叔明弟出關》《減字花木蘭·送弟出關》等送之。溥僡在東北停留半年餘始歸，此間又作《遐方怨·懷弟未歸》《阮郎歸·寄弟遼東》等懷之。

春，有萃錦園海棠花下雅集活動，見靳志作《國香慢·甲戌展重三萃錦園看花拈雲字用弁陽老人賦趙子固凌波圖韻贈溥二心畬》。是時，與會者桐城何某，忽咯血驟厥，類中風，舁歸，屢吐舌踡身作蛇形，蜿蜒入牀下，疑爲蛇祟。項太夫人命綱紀代禱焉，是夕何蘇。事見郭則澐《靈洞小志》。

清明後，李宣龔因在并州，未及參與此會，故作有《清明後由并州言旋舊京萃錦堂花事將半矣》。

春，招郭則澐、李宣龔等人於萃錦園賞月，郭氏有詩記之，而李氏集中《心畬居士招飲什刹海賦謝》亦爲此時所作。

春，張大千亦至萃錦園中拜會，并請題《三十自畫像》。爲題詩云：「張侯何歷落，萬里蜀江來。明月塵中出，層雲筆底開。贈君多古意，倚馬識仙才。莫返瞿塘棹，猿聲正可哀。」見李永翹《張大千全傳》。

四月，東園櫻桃已熟，零落極多，感而賦《青玉案》詞。

五月七日，爲李宣龔六十壽辰，作佛釋畫以贈。

七月，朱益藩有《題贈溥心畬王孫姻詩二首》。

按，賀一清、朱烈所纂《朱益藩生平大事記》繫此二詩於此時，當有所本。

夏秋間，以戒臺所産山桃贈陳寶琛，陳氏有詩謝之。

初秋，陳三立爲所作畫題詩。蔣天樞《師門往事雜録》載：「昔年曾見散原老人未入集之作兩首，其一爲溥心畬題畫，詩云：靈均騷怨沉終古，獨惜芳菲託素毫。漫向荆關説舊事，解師造化一相遭。心畬王孫屬題所作畫，綴句應教。甲戌初秋，陳三立。」

八月，陳曾壽送亡室靈柩至北平，袁思亮亦應陳曾壽邀請，抱病由滬上來拜望陳三立，儒均得與相晤。陳曾壽以雨夜不寐賦詩一首呈陳三立，并邀請諸人作和詩，賦有《和蒼虬侍郎夜雨不寐原韻》詩。

是時，新蓄倒挂鳥一雙，賦有《倒挂幺鳳》。賓朋亦多有唱和之作，如袁思亮賦以《減字木蘭花·詠心畬齋中倒挂鳥》《減字木蘭花·再詠倒挂鳥要心畬作畫》，陳曾壽亦有《減字木蘭花·心畬王孫蓄倒挂鳥一雙屬賦一名收香》。又得出土宋代殘墨寸許，上有「朱煤」（一作「珠楳」）二字，袁思亮賦《減字木蘭花·心畬得出土宋代殘墨寸許上有朱煤二字屬以詞詠之》，陳曾壽亦賦《題心畬宋墨拓本》。

秋，陳曾壽爲所作《嬰兒捕蝶圖》題詩。

秋，袁思亮將歸滬上，作《寄懷心畬叔明兩王孫即次叔明送别韻》。

秋，姪女芝歸大連，有詩送之。

秋冬間，以伊秉綬所作隸書及自己所爲畫作贈李宣龔，李氏賦詩以謝。

十一月，《溥心畬畫册集》在北平出版。

本年或稍早前，蜀中耆宿林思進索畫，作有《寄溥心畬索畫》。

本年，於極樂寺畫松，李宣龔觀摩并記之以詩。

本年，由華北政府委員長黄郛介紹，任教於北平國立藝術專科學校，然不常至學校授課。

一九三五年（乙亥） 四十歲

二月一日，陳寶琛卒於北平寓所。

三月二十二日，曹經沅讀畢《西山集》稿本，并作題記。

春，陳曾壽爲題《秋園雜卉册子》，儒作《和蒼虯侍郎題予霜園冷豔圖原韻》。

是時，萃錦園海棠花盛，招朋好賞花，楊圻作《溥心畬叔明約萃錦園看海棠拈韻賞字》，郭則澐未赴，作《心畬招萃錦園賞花不赴適意園紅白海棠俱盛開徘徊花下惘然有作》記之。

五月七日，爲生母項太夫人六十壽辰，劉腴深有詩寄賀，冒廣生亦作詩致賀，郭則澐作《萃錦園介壽頌》，袁思亮復作《萃錦園介壽記》。

同時，爲慶壽另有堂會戲活動，所用爲富連成班底，連演數日，見朱家溍《記恭王府堂會戲》。

夏秋間，李國松宴請陳三立等人於譚氏寓齋，與弟溥德與此會，得識彭醇士。

按，彭醇士《寒玉堂畫集序》：「方二十四五年間，余宦暑舊京，合肥李君木公，觴散原先生於西城譚氏寓齋，心畬與弟叔明預焉，是爲余識君之始。」

八月十五日，在汪曾武寓齋雅集，與會者以夏桐孫所藏埃及女王畫像拓本爲題作詞，爲諸人講解女王掌故。

是月，張善孖與張大千聯袂北上，居頤和園聽鸝館。儒與二人朝夕過從，并合作畫幅多幀。時記者于非闇採用坊間流傳「南張北溥」而刊諸報端，是爲二人并稱之始。

九月，陳曾壽、袁思亮再次至北平探訪陳三立，同弟溥德、陳祖壬、周學淵、沈羹梅等與之過從，飲酒賦詩連日。

九月九日，陳三立等人游陶然亭，未能同至，賦《陳散原諸公游陶然亭未果從也分韻賦得一字》。

暮秋，游陶然亭，作《念奴嬌》詞一闋，稍後此詞并前詩收入汪曾武所輯《江亭秋興詩》中。

十二月，與張大千昆仲、蕭謙中、胡佩衡等，應邀赴天津永安飯店舉辦聯合畫展。見李永翹《張大千全傳》。

本年，經項太夫人允許，納李淑貞（即李墨雲）爲側室。

本年，於《詞學季刊》發表《虞美人·送章一山左丞南歸》《踏莎行·前題》《御街行·懷劉朠深湘浦》等三首。

本年，據云嘗拒絶爲僞滿洲國成立三週年作畫。屈祖明《皇族画家溥心畬》云：「僞滿洲國成立三週年時，日本華北派遣軍司令打算請溥先生與齊白石、陳半丁、俞陛雲分畫一堂春夏秋冬四季堂屏，送給溥儀，并派王揖唐和清朝遺老金梁等攜重金請溥先生畫第一堂屏，溥先生堅辭不允，之後齊白石三人亦相繼拒絶了。」

按，一云爲僞滿州國成立四週年時，待考。

本年，將所藏南宋無款山水手卷售予納爾遜美術館館長席克門。

一九三六年（丙子） 四十一歲

三月八日，爲夫人羅清媛生日，爲作圖以壽。

春，有萃錦園海棠花下雅集活動，汪曾武作有《臨江仙·萃錦園賞海棠分韻得疑字》及《八聲甘州·心畬王孫招賞萃錦園海棠分得還字》。

春，收史迪威（一作「斯迪威」）將軍女斯文森爲弟子。見孫旭光《溥心畬年表》。

春，再次於北平中山公園水榭舉辦畫展，爲時三天，刊登英文廣告藉以宣傳。

九月九日，應郭則澐之招，與夏敬觀、黄懋謙等人飲於亦雲巢別業，後同至香山觀紅葉。此行夏桐孫或亦與焉，故作有《丙子九日陪夏閏庵太守登高作》一詩。

本月，《良友》畫報刊載《畫家溥心畬氏》，有田英魁所攝照片多幀，另有文字介紹此时之基本生活情況，云：「溥心畬氏，名儒，清室貴裔，溥儀蓋其介弟也。民國建元以後，隱居北平，致力於書畫金石等，造詣極深，畫學北宋，飄逸絶俗，詩詞皆清麗。藝文而外，復精古琴及金石，對搨帖尤感興趣，家藏古代磚瓦碑碣甚多。

溥氏現任國立北平藝術學院教授之職，每週授課十數小時。本頁所誌，蓋其日常生活之素描也。」

秋，兄溥偉卒於長春，弟溥僡前往料理喪事，賦《丙子秋有伯兄之喪兼送弟出關》等詩。

本年，郭則澐於市廛得龔自珍所藏飛燕玉印，手拓一紙，請儒爲補飛燕小像，又請黄懋謙寫傳，而自作《鶯啼序》一闋以記其事。

本年，爲劉善澤寫真，并有詩寄之，詩云：「有句囊中滿，無衣天下寒。斯人不可見，寫作畫圖看。」

本年，將所藏《照夜白》卷售予滬賈葉叔重。張伯駒請當時之北平執政長官宋哲元從中斡旋，戒勿任之出境，然已爲此葉姓古董商販轉手於英人戴維德。

本年，在《詞學季刊》發表《月下笛·極樂寺題壁》《念奴嬌·九月陶然亭題壁》《八聲甘州》等三首。

按，是年一月李宣龔函致龍榆生云：「心畬居士寄來詞三闋，可爲《季刊》資料，謹附上。」當即此三闋。

一九三七年（丁丑） 四十二歲

三月十四日，招陳曾壽、周學淵、袁思亮、陳祖壬等於萃錦園看海棠花，而此時花尚未盛開，故陳曾壽賦有《恭王舊邸萃錦園海棠最盛心畬王孫數約看花至今歲始得踐適值歇枝春寒花遲小蕚而已》《丁丑三月至舊京與立之伯夔君任羹梅及心畬叔明兩王孫聚晤常至夜分始散心畬園中花正開以詩紀之》。

旬日後再集，則海棠已謝，而陳曾壽將歸長春，故作《極樂寺觀文官花送蒼虬出關》《河滿子・丁丑暮春送蒼虬出關》。

春，袁思亮將南旋，思亮有次陳曾壽《海棠詩》韻詩一首留别兄弟二人。

春，江庸訪李宣倜，告之萃錦園中海棠今歲甚稀，李氏感而賦詩寄贈。

春，曾與汪曾武、陳漢第、章鈺及弟溥僡有拈花寺之游。

五月十一日，瞿宣穎觀《碧湖集》後賦《心畬出示所輯益陽釋永光碧湖集因題其後奉贈時丁丑五月十日雨中》。

春夏間，與傅增湘、周肇祥、郭則澐等有「十老」之會。王振中《回憶溥儒先生》云：「溥儒先生與傅增湘、周肇祥、郭則澐、俞陛雲、溥忻、張國淦及其弟張海若、陳雲誥、徐鼐霖共十人，互約輪流作東，舉行聚餐雅會，每週一次。席間上下古今、琴棋書畫，無所不談。有時飯後興至，揮筆題詩作畫，至夜深始散。」

八月十四日，陳三立卒於北平寓所。雖陳宅未公開弔喪，然「聞訊前來哀悼者仍絡繹不絶」。以二人交往推斷，當亦在前來哀悼之列。

秋，游西山、昆明湖、靈巖寺等地，作《戰後孤城登望》《西山水中望昆明湖作》《秋日西山登望》《訪玉泉靈巖寺》等，詩多悽愴語，如「遼天望斷邊關路，不見單于萬馬來」「虞舜不復還，蒼梧夜猿起」「亂山連易水，慷慨弔荆卿」及「憂時覽八極，慽慽靡所從」等。

十一月，生母項太夫人逝世。

本年，聞劉善澤移家山中，作《移居圖》寄贈，并題詩畫上。後又以手編清遺民詩選《靈光集》姓氏目録寄示，并告知採入劉氏詩作，劉氏有詩謝之。

本年，以所繪山水寄贈龍榆生，龍氏作《八聲甘州・溥心畬以所作山水見寄賦此報之》。

約本年，義子溥毓岐進入溥家。「毓岐生數月喪母，三歲左右隨父入溥家玩耍，甚爲心畬憐愛」（王家誠《溥心畬年譜》）。

按，《凝碧餘音》排印本中有《點絳唇・詠陳姓兒》一闋，當爲此時爲毓岐所作，其中所述「藕臂金環，嬌人小髮飄紅綫。櫻桃初綻，嫩語猶零亂」恰爲二三歲小童之狀貌，而此年齡又正與初見毓岐年歲相合。

約本年，弟溥佑認祖歸宗，「心畬三弟溥佑在生母項氏逝世時，認祖歸宗，人稱『大三爺』，以與『三爺』溥德有所區別」（王家誠《溥心畬年譜》）。

一九三八年（戊寅）　四十三歲

四月二十三日，爲張其淦八十壽辰，作《壽張豫泉提學八十》《贈豫泉提學》二詩。

春夏間，有信寄李宣龔，蓋商討戰時出處等問題，李氏賦詩寄之云：「守分安心學苟全，吾生至此豈非天。養人事業今誰敢，善敗功名恐未然。待決江河民命賤，欲尋薪突戰氛連。世尊救苦終無補，手寫楞嚴或自賢。」時袁思亮亦賦有《點绛唇・心畬王孫山水小幅》，中有「除却丹青，何地悲離黍。愁如許。硯移窗午。滿地梨花雨」云云。故此可知王揖唐本年作《懷溥心畬儒三疊康韻》稱其「守默昔聞同李耳，逃名今更學韓康」「人遐室邇調飢苦，示疾維摩忘未忘」云云真實所指。

本年，王揖唐作《懷溥心畬儒三疊康韻》一詩。

本年，因項太夫人喪禮所費頗多，將家藏《平復帖》等售於張伯駒，藏北平燕京大學。

一九三九年（己卯）　四十四歲

二月，《西山逸士畫集》由商務印書館出版。

春，招王揖唐至萃錦園中觀海棠，王氏作《心畬易廬召飲萃錦園中看海棠》。

夏，李宣龔爲所畫馬題詩。此後又以書畫寄贈李宣龔，李氏賦詩以答。

按，從李氏答詩可知，此時溥氏正爲母守孝，有寫經之舉。據啟功《溥心畬先生南渡前的藝術生涯》載：「項太夫人逝世時，正當抗戰之際，不能到祖塋安葬，只得停靈在地安門外鴉兒胡同廣化寺，髹漆棺木，在硃紅底色上，先生用泥金在整個棺柩上寫小楷佛經，極盡輝煌偉麗的奇觀，可惜没有留下照片。又先生在守孝時曾用注射針抽出自己身上的血液，和上紫紅顔料，或畫佛像，或寫佛經，當時施給哪些廟中已不可知。」

秋，吴湖帆夫人卒，吴氏請李宣龔代求繪夫人遺詩「緑遍池塘草」詞意。

十月十日，李宣龔訪吴湖帆，轉交《緑遍池塘草圖》。稍後，該圖收入吴氏所編《緑遍池塘草》書中。

約本年或明年年初，遷居頤和園介壽堂。

按，王揖唐《心畬易廬召飲萃錦園看海棠》小注：「心畬爲言，明年花發，園已易主。」詩作於是年，則遷居當在此年春後或明年年初。

本年，同弟溥僡等人同任藝文社「社賓」。

本年，已與榮寶齋簽訂合同，所作書畫歸榮寶齋獨家售賣，而全家開銷亦由榮寶齋承擔。見石谷風《親歷畫壇八十年》。

本年至此後數年間，蓋因兵火阻隔，多與故舊音書斷絕，無通消息。劉善澤望書不至，有詩懷之。

一九四〇年（庚辰）　四十五歲

春，弟溥僡至南京，作《别弟游極樂寺》。溥僡至南京後，或出任僞考試院參事一職。至本年六月十八日，汪僞政權刊布《國民政府令》云：「考試院參事李元暉、溥叔明，秘書鮑竹蓀，呈請辭職。李元暉、溥叔明、鮑竹蓀均準免本職。」

按，溥氏二兄弟在抗戰中所採取之態度多所異同：此時溥僡積極與王揖唐交往，數有詩詞唱和，且《逸塘詩集》即爲其所校勘，書後復有其跋語；溥儒則以游歷山水爲主，誠如《學歷自述》其所云「日方屢請參加教育等事，遂稱疾不入城」。

七月八日，楊鍾義卒，有訃告來。

按，此訃告地址爲北新橋箍筲胡同十號，似爲溥僡地址，或乃由其轉達。蓋此時兄弟二人已析居，故此後溥儒所作《叔明弟自鬻豕臛相餉喜而有作》中云「與君咫尺若千里，卜居背郭疏風煙」。

本年，石谷風調至濟南工作，託其代爲收集陶文磚瓦，并由家人及弟子摹拓裝訂成册，自己間作考訂。寧砥中經拈花寺量源法師介紹，前來拜師，學畫山水。

本年，在《同聲月刊》創刊號發表《虞美人·送章一山太史》《踏莎行·前題》詞二首（内容與一九三五年《詞學季刊》所刊相同）。

本年，又於《華文大阪每日》發表《登玉泉山華嚴時至吕公洞》。

約本年作《五松圖》，王揖唐題詩畫上，并以之贈湯爾和。

一九四一年（辛巳）　四十六歲

本年，溥傑攜夫人嵯峨浩及幼女慧生至北平探望父親載灃，并游覽頤和園。或來居處拜訪，故得與溥傑等人同游萬壽山等地。

本年，次子毓岑病卒。

本年，弟溥佑病卒。

按，王家誠《溥心畬年譜》云溥佑「唯歸宗四年，即以四十歲英年早逝」。溥佑認祖歸宗在一九三七年，四年後當即爲一九四一年。而檢溥佑生於一八九九年，一九四一年乃四十三歲，與所謂「即以四十歲英年早逝」相牴牾，未詳何故，待考。

本年，有詞憶李宣龔，李氏有和韻答賦。

本年，於《同聲月刊》第一卷第五號、第六號及第九號連續發表《玉樓春·昆明湖作》《巫山一片雲·夏日湖上》《唐多令·玉泉山下泛舟》等多首。

一九四二年（壬午）　四十七歲

三月一日，輔仁大學傅增湘、陳垣等人於萃錦園中舉辦集會，陳灨一阻風未赴，作《恭邸花園已易主矣藏園援庵簡招觀海棠阻風未赴惘然有作》，詩中及之。

本年，作畫寄林思進，林氏作《八聲甘州·酬溥心畬寄畫》。

本年，於《同聲月刊》第二卷第三號發表《游上方山詩》二首。

一九四三年（癸未）　四十八歲

三月十一日，弟溥僡獲得南京汪僞政權頒發五級同光勳章。

四月，有和張大千題《羅浮夢影圖》詩，云：「疏影浮空斷路魂，枝花寥落不成村。可憐劫後山河改，舊夢迷離何處温。」

八月，龍榆生偕長女順宜北上游歷，過訪於介壽堂，龍氏作有《采桑子·癸未初秋於萬壽山之介壽堂獲晤溥心畬賦贈》。

本年，顏其寓所爲寒玉堂。見《溥心畬先生詩文集》所附年譜。

一九四四年（甲申）　四十九歲

季春，由管翼賢襄助，出版《凝碧餘音》一册，是集共收詞作九十三闋。

夏秋間，或至濟南舉辦畫展，途中賦《客舍聞雨書懷》。畫展期間，收得大量陶文磚瓦。

按，張景栻《濟南書肆記·高家古玩店》載：「高亦有心人，淪陷初期，於山東省立圖書館廢墟中撿拾漢魏石經殘字碎石片，積成一簏，待價而沽。溥心畬來濟南開畫展，出資收之。亡友張海清代送至北京頤和園寓所。」

畫展後，又至青島，登嶗山而賦《登勞山望東海》。

九月，已回北平。因染病需蘆根，童子陳寶鳳爲至湖邊搜尋，又嘗至林中掘山薑相餉，感而賦《詠童子陳寶鳳》《蘆根行》《湖上九月霜落草衰童子陳寶鳳入林斸山薑而餉余爲作斸雲圖并繫以詩》等。

按，疑陳寶鳳或即溥毓岐。毓岐二三歲時至恭王府中，至此已入溥家七年，其時年歲當在九、十歲間，與《詠童子陳寶鳳》題下小注「陳寶鳳九歲」適合。然檢王家誠《溥心畬年譜》則云，毓岐原名陳寶柟，或曾改名，不得而知，待考。

本年，《靈光集》或已編成。見《溥心畬先生詩文集》所附年譜。

一九四五年（乙酉）　五十歲

七月八日，日本無條件投降，北平光復。

冬，張大千飛抵北平，看望抗戰間羈留在此親友及弟子，故二人得再次相見。稍後，曾同大千及其弟子張正雍、慕凌飛、巢章甫在頤和園合影。

一九四六年（丙戌） 五十一歲

一月十五日，張大千攜董源《江堤晚景圖》至萬壽山寓處，燈下同觀此圖以度元宵。見李永翹《張大千全傳》。

二月上旬，張大千再攜所獲張即之《杜律二首》來請題識，即題云：「張樗寮書繼北宋四家而代興，有東坡之俊逸、海岳之奇縱。宋高宗貶易其九里松三字，竟不能，其書名見重當世如此。今歸大千道兄，此卷可謂能擇主矣。敬書數語識之。丙戌二月上浣，溥儒題。」見李永翹《張大千全傳》。

五月，蔣介石抵達北平，邀宴社會賢達，特約請爲滿族代表，參加在南京舉行的制憲國民大會。

按，王家誠《溥心畬年譜》據訪談及《滿族文化》載有此事，未標明在何月。檢李勇等編《蔣介石年譜》，蔣氏此年中惟四月三十日嘗由長春飛至北平召集軍事會議，於五月四日返回長春。如「邀宴社會賢達，特約請爲滿族代表」確有其事，則當即在此時。

十月，赴南京。此行目的蓋有二：其一，參加由北平故都文物研究會主辦的齊白石、溥心畬及白石弟子繪畫聯展。其二，作爲國大代表參加制憲國民大會。至南京後，住憲兵司令張鎮府邸。期間，蔣介石曾親自傳見，詢及處於淪陷區生活境況，甚爲詳細。

十月二十二日，與另兩位邊疆代表參加在南京舉行的制憲國民大會，「三位代表在會内外强調滿族對中華文化的貢獻，辛亥革命成功後，清室禪位，方使國政得以推行。依中山先生的『三民主義』，極力要求漢滿蒙回藏各族地位之平等」（王家誠《溥心畬年譜》）。

十月二十三日，在南京的聯合畫展閉幕，旋赴上海舉辦展覽，并會見上海美術界人士及記者。此兩次畫展效果并不理想，「由於飛機上帶來的畫件很多，標的價格有點嚇人」，「在畫展裏面很少有人問津，只得託出黃金榮、杜月笙幾位向人來拉面子，倒也賣了一點。南京方面，由最高峰的介紹，各部院會的首長也多少應酬了幾張」（奇蟲《溥心畬要南下拍賣畫件》）。

秋，嘗至江浙多處游覽，如棲霞山、石子崗、雞鳴棣、桃葉渡、燕子磯等。復於畫展期間游歷天目山，祭拜故友能和上人塔。

十二月二十二日，上書蔣介石，希望全國各族之間消除畛域，反對文藝、戲劇醜化和歧視滿人。

同月，攜眷返回北平。

此時，與久斷音訊之劉善澤通信，作《亂後得湘中劉隱君腴深書》寄劉氏。

按，劉善澤集中有《聞心畬王孫南下又北歸》，當爲此時所作。蓋劉氏作此詩以寄，故溥氏得信後作詩以報。

冬，國共內戰日趨激烈，賦有《聞警》一詩。

本年，收安和爲弟子。見王家誠《溥心畬年譜》。

本年，曾在北平故宮文物研究會徵集名家金石藏品，舉辦展覽。見石谷風《親歷畫壇八十年》。

本年，因子毓岦疑側室李墨雲不貞，斥之「要作申生，勿爲重耳」，毓岦憤而離家。見王家誠《溥心畬年譜》及《溥心畬傳》。

約本年底或明年初，嵯峨浩及幼女嫮生將被遣返日本，作《哀嫮生》以送之。

一九四七年（丁亥）　五十二歲

一月六日，蔣介石自南京回函，就去歲所提消除畛域問題作出回復。

春，聯絡滿族耆宿，在北平東四九條唐君武宅共商成立「北平滿族文化協進會」，擬訂會章，申請報備。

七月八日，夫人羅清媛病逝。

七月十六日，葬夫人於昆明湖東之東北義園，撰《皇清一品夫人多羅特氏墓志銘》。此時另作有《悼清媛夫人詞》二首，抒發哀思。

夏，至浙江游嚴陵釣臺，登桐廬，拜張中丞廟，作《桐廬張中丞廟頌并序》。按，該頌文云「丁亥之夏，余游嚴陵釣臺，登桐廬，拜公之廟」。然而以前後經歷揆之，登桐廬於是夏似不合理。或其事乃在本年秋，此乃溥氏誤記。

約九月，張大千自成都飛赴北平，仍居頤和園，二人常有過從。

秋，重有南游之行，準備出席國大行憲會議。此行作有《丁亥秋重游金陵》《感興》《登雨花臺》《哀金陵》《金陵感懷》《秦淮題壁》等詩。

南下不久，「墨雲前往南京會合，稍後長女韜華和義子毓岐，亦在某族人帶領下到南京相聚」（王家誠《溥心畬年譜》）。

十一月，當選爲國民代表大會代表及立監委委員。

是時，「北平滿族文化協進會」亦正式成立，任理事長。

歲暮，於雪中作詩懷陳曾壽。除夕未能北歸，在金陵度歲，賦《丁亥金陵除夕》《除夕感懷》等詩。

是時，被囚禁之龍榆生暫得出獄就醫，託龍氏女奉函慰問，函云：「榆生先生鑒：弟去歲抵京，本擬即奉訪。旋聞此意外事，憤訝之至。在公縲絏非辜，本不足爲辱。我輩所學，當爲千秋計。一時屈伸，望寬懷達觀爲幸。所謂内省不疚，何憂何懼。以公明達，當不以斯言爲河漢。弟擬於日内至醫院奉訪，冀稍以故人之意相慰。有用弟之處，所不敢辭。今先託女公子奉函。即頌痊安，不具。弟溥儒頓首。」

本年，收回列爲敵産充公的巨宅，見《新上海》報載。

一九四八年（戊子）　五十三歲

一月，爲北平滿族人争取救濟金三億元獲準。見王家誠《溥心畬年譜》。

三月，國民大會在南京召開。會後游南京靈谷寺，作《戊子三月游靈谷寺》《靈谷寺尋梅》《詠靈谷寺水晶花》《送靈谷寺與善上人退居》《宿靈谷寺樓聞雨》等。

此後，攜眷屬至杭州。據王家誠《溥心畬年譜》，此行乃應時任浙江省民政廳廳長阮毅成邀請，而實由國大秘書長洪蘭友之授意，洪氏嘗致函阮毅成云：「現在北方局勢日非，溥先生勢必不能北返。而南京也謡言很多，溥先生也不能安居。可否由兄來一電報歡迎，并代他準備住處。因爲溥先生雖是王孫，經濟并不寬裕。他又不願求人，一切只得拜託兄照料。」（阮毅成《記余紹宋、溥心畬二先生》）

至杭州後，先居於友人家中及蝶來飯店，後由阮毅成安排住進浙贛鐵路局在西湖畔之長橋招待所。侯家源時任浙贛鐵路局局長，素聞才名，因待爲上賓，并派鐵路專員兼科長章宗堯照顧起居。

春夏間，由章宗堯陪同，探訪浙江各地名勝，如六和塔、鳳林寺、雲林寺、北高峰、虎跑寺等地，多有詩作。後又由富春江而上，暢游嚴陵釣臺、天目山、柯山七星巖、會稽東湖等地，作《游天目山記》《游金華洞記》等。

五月，長女韜華隻身北返，年底由弟溥僡主婚，嫁與西鶴堂少東劉氏之子。見王彬《年譜簡編》。

夏秋間，嘗至滬上，與張大千、吴湖帆同爲陸丹林作《秋林高士圖》，自畫秋林并題詩，吴湖帆補石坡，張大千畫高士，冒廣生、沈尹默分别有詩詠歎三人此次合作。

按，此圖吴湖帆款署「戊子」，則當即作於本年。陳左高《文苑人物叢談·懷溥心畬》述其經過云：「據鄭逸梅、陳巨來口述，緣抗戰勝利後，陸丹林邀約溥心畬、張大千、吴湖帆暨冒鶴亭等，到其寓所聚酌。三位畫家一時意興遄飛，即席精繪《秋林高士圖》，冒老喜見合作佳構，欣然題詩其上云：『南張北溥東吴倩，鼎足聲名世所欽。能使英雄盡入彀，當今惟有陸丹林。』」然此文僅言溥氏至陸丹林寓所，未名何地。而檢鄭逸梅《藝林散葉續編》載「溥心畬來滬」，則知乃在上海。復檢張大千年譜，張氏留滬上正值春夏間，而溥儒集中《石門》《哀公路》《吴江行》等亦爲此時所作，如中有「槐梧夾道風蕭蕭」「吴天雨來江水白」等語，皆爲夏日景象，當是詠由杭至滬及由滬返杭之所見，故三人合作當在夏秋間。

又按，此行往來所作《石門》《哀公路》《吴江行》及《平湖望月傷王培東布衣》諸詩皆極可留意，多反映溥氏對當時政治之態度，如「古來征戰亦如此，霸圖盡逐東流水」「古倆春秋無義戰，嗟爾赳赳萬夫敵」等。

八月十五日，在西湖賞月，會雲多而不見月，賦《中秋無月》。

九月，中國圖書雜志公司出版《美術年鑒》，收録儒及女韜華（書中名毓韜）小傳，并刊有所作山水條屏數幀。儒小傳云：「擅長國畫、詩詞、古文、書法。氏自幼飽學，於經史子集無所不窺。北平法政大學畢業後，專心研究文學藝術，再入青島德國威廉帝國研究院，專攻西洋文學史，以是學養益進。曾任大學藝術教授多年。斯迪威將軍之女公子斯文森，即其女弟子。斯文森返國開首次之『中國畫展』，博得盛譽，蓋得氏藝術之真傳所致。辛亥革命後，氏隱居北平西山戒檀（壇）寺，前後計十餘年，專事繪畫。後遷西山頤和園，專攻經史小學。盧溝橋事變起，仍以鬻書繪畫度日，自全其純璞。三十五年，與畫家齊白石、張半陶南下京滬，并組織滿族協會，期以團結邊疆民族，贊襄中央建國之盛舉。氏繪畫以澹雅爲本，獨得宋元之真，故能雄澹致遠、俊逸出塵。題畫詩詞，書法秀逸，如散髻仙人朗朗行玉山高處也。楹帖行楷得剛健婀娜之致，若置之晚明中人，當不復辨。」

十月，游西溪交蘆庵。《寒玉堂畫論》云：「余嘗游西溪交蘆庵，見淺水岸邊覆破舟，白鷺立舟底，殘楓疏柳，秋色斑然，謂古人無此畫本。造化之奇，豈有盡乎？」

秋，至杭州藝術專科學校講學，教授北宗山水。見王家誠《溥心畬年譜》。

歲暮，在杭州度歲，賦有《歲暮江南未歸》《西湖暮雪寄蒼虬侍郎》。

約稍後至明年四月間，集此數年吟詠篇什，編爲《南游詩草》付梓。

一九四九年（己丑）　五十四歲

一月，章梫卒於杭州，有詩弔之。

同月，劉善澤卒於長沙，似未得消息。

三月，至餘杭超山及臨平安隱寺觀梅。

春，作《湖上連雨懷章一山左丞》，抒發哀思。又嘗自書詩卷寄高振霄。

約四月，杭州即將解放時，收到時任北京市長葉劍英來信，信中告知西山别墅保留完好，希望離杭北上，欣然復葉氏信，并託唐明哲投遞。見唐明哲《我所知道的溥心畬》。

四月，杭州解放。

稍後，從蘇堤附近鐵路招待所移居昭慶寺附近民居。唐明哲曾攜妻子來訪，見已打點行李，整裝待發。見唐明哲《我所知道的溥心畬》。

夏秋間，攜帶眷屬與章宗堯遷居上海。初寓新亞飯店，後遷至銅仁路北京西路口。此際與海上陳巨來、梁子衡等人往來。曾語陳巨來云，陳毅市長曾以車迎之市府，告儒曰：「中央最高首長知先生雖爲僞國大代表，未受絲毫賄賂，且未投一票，隱居西湖，人格可嘉，所以現在要請你重返北京，爲人民服務，擔任故宮博物院副院長之職。一俟你到京之後，所有封存西山你家之物件，當即啟封發還可也。吾是堅辭未允也。」見陳巨來《安持人物瑣憶》。

是時，上海市副市長潘漢年亦三次以函相召，敦促北上不已。見陳巨來《安持人物瑣憶》。

八月二十七日，攜眷屬及章宗堯等人於吴淞乘漁船出海。

八月三十日，在舟山登岸，賦《夜出吴淞》一詩，詩云：「暗渡吴淞口，藏舟一葉輕。片雲隨客去，孤月挂帆行。島嶼分旗色，風濤記水程。海門吹畫角，夢斷此時聲。（己丑八月二十七日，夜半藏舟，暗渡吴淞，三日至舟山，同行者章宗堯也。）」

稍後，由國民黨將領陳誠派專機接至臺灣，暫居於凱歌歸招待所。

按，溥氏突然渡海去臺之原因，據陳巨來《安持人物瑣憶》云：「突有北方來人告之曰，徐悲鴻知你將回京了，悲鴻在外聲言，必須把你大闢打倒，方稱其願云云。徐畫，溥所鄙視也，故欲乘此機會辱之耳。溥聞後，遂改北上爲南翔矣。」

九月，陳曾壽卒於上海寓所，稍後或即得消息。

按，溥氏去臺後所作《憶陳蒼虬侍郎》云「永日浮雲去，經年宿草新」，則稍後數月或已得消息。

約本月，應陳誠邀約與張大千、藍蔭鼎等人雅集，陳氏本意乃以「南張北溥并臺灣地區畫家作歡聚，「但是大家所關心的話題，都不免會談到大陸上的危局」（謝家孝《張大千的世界》）。

稍後，應臺灣省立師範學院（今臺灣師範大學）聘，爲該校藝術系教授。

十月，在臺北舉行去臺後首個個人展覽。見王家誠《溥心畬年譜》。

春節前，應邀往高雄舉辦個展，游歷臺南諸地。見王家誠《溥心畬年譜》。

一九五〇年（庚寅）　五十五歲

一月，在彰化章宗堯友人家度春節。見王家誠《溥心畬年譜》。

一月，與于右任、張默君、曾今可、郎静山等人至輞溪訪楊嘯霞，觀其所植蘭草，于右任有《與溥心畬等訪楊嘯霞》記其事。

本月嘗游關子嶺、阿里山等地，抵臺中舉辦個展。見王家誠《溥心畬年譜》。約在游覽中識廣欽上人，作《贈廣欽上人》五言律詩。

四月，《慈訓纂證》編成。

秋，以所作《贈廣欽上人》五律及所作圖示陳灨一，陳氏有次韻之作。

此時，有詩懷陳寶琛、陳曾壽、黎湛枝、章梫、温肅等人。

本年，參加全省美展，并擔任評審委員。見《溥心畬先生詩文集》所附年譜。

本年，曾在臺灣省立師範學院及東海大學任教或講學。自此長期定居臺北市臨沂街，闢畫室教授門徒。

本年，收蕭一葦、劉河北爲徒。

一九五一年（辛卯）　五十六歲

一月三日，爲陳灨一作《甘簃文稿序》。

春，萬大鋐來訪。據王家誠《溥心畬年譜》，萬氏乃國民黨在重慶時之情報人員，來臺後出任「調查局研究委員會主任委員」，藉故與儒接觸，實則暗行監視，「執行臺灣當局交辦的，不讓溥心畬定居海外的特殊任務」（包立民《合浦珠還萬里歸——記美籍華人萬公潛》）。

九月二十二日，臺東花蓮發生地震，時與周學藩同處一地，「其經過甚爲驚險有趣」（周學藩《致王念曾》）。

秋，跋闕漢騫書法册。

冬，收江兆申爲徒。

本年，辭謝「國策顧問」等職，居家授徒，從事著述。見《溥心畬先生詩文集》所附年譜。

一九五二年（壬辰）　五十七歲

春，任臺灣中本紡織公司名譽董事。見王彬《年譜簡編》。

春，李炳南創辦臺中佛教蓮社，爲題「蓮社化城垂法雨，華臺寶樹起慈雲」聯。

此時，劉璠質攜夫至臨沂街拜望，聞其父劉善澤在大陸去世，甚爲悲愴，謂「我的詩文從此没有切磋的機會了」。見邵峰《溥儒年譜》。

同時或稍後，有詩弔劉善澤，云：「隋珠在污泥，楚蘭萎宿莽。曠然本無懷，潛志絶塵網。靈均魂未招，元度亦長往。泰山今已頹，衆士安所仰。（原注：是時君方設帳長沙。）形神隔泉壤，寤寐縈夢想。關梁不可越，怨此河水廣。」

本年，嘗游汐沚靜修庵，有詩記之。

本年，在臺北世界書局遇李宗侗，敘及《平復帖》收藏及出售詳情。

本年，作有《爾雅釋言經證》《毛詩經義集證》《四書經義集證》等書。見《溥心畬先生詩文集》所附年譜。

一九五三年（癸巳）　五十八歲

春，應臺中師範學校校長黄金鰲之邀，至該校作有關書畫之演講。

五月，陳雋甫以所購《西山集》石印本見示，作跋語一通歸之。

本年，前往花蓮舉辦個展，復游太魯閣、安通潭及仙人洞等地。見王家誠《溥心畬年譜》。

本年，撰《易訓篇》託羅家倫轉交蔣氏，於文中闡明易理，諫行改革。見《溥心畬先生詩文集》所附年譜。

一九五四年（甲午）　五十九歲

四五月間，再次應黄金鰲邀請，前往臺中師範學校講課。後由方震五等人陪同游覽日月潭、草屯等地。

春，在臺北出席「國民大會」二次會議。

春夏間，題張大千贈臺静農畫册，曰：「凝陰覆合，雲行雨施，神龍隱見，不知爲龍抑爲雲也。東坡泛舟赤壁，賦水與月，不知其爲水月爲東坡也。大千詩畫如其人，人如其畫與詩，是耶，非耶，誰得而知之耶？」

本年，毛人鳳轉達宋美齡欲拜師學畫之意，「因心畬不願至官邸授課，夫人至臨沂街陋巷就教，安全問題不易維護，因而作罷」。見王家誠《溥心畬年譜》。

本年以《寒玉堂畫論》一文，獲得臺灣當局「教育部」第一届美術獎。

本年，辭去中本紡織公司董事一職。見王彬《年譜簡編》。

本年冬或明年春，姚兆明至寒玉堂拜師。見王家誠《溥心畬年譜》。

一九五五年（乙未）　六十歲

五月十一日，應邀與朱家驊、董作賓赴韓國講學，受贈韓國漢城大學榮譽博士，并游覽朝鮮行宫、昌慶院、佛國寺等地。

五月二十六日，轉赴日本，溥傑夫人嵯峨浩攜女至羽田機場迎接。

此後數月間，游歷久遠寺、清水寺以及南禪寺等地。

八月，與張大千、黄君璧在東京田村町四川飯店歡聚，并作詩贈大千。

秋，作《踏莎美人·乙未中秋海上》，頗多思念大陸之苦語，如「茫茫依舊山河影」「西風吹盡可憐宵，祇有征人歸夢逐寒潮」云云。

十一月，在東京，朱樸之來訪，有詩贈之。

十二月五日，接側室李墨雲信，知其欲來。

稍後，似跌傷，不良於行。

按，溥氏數封家書皆作於是年十二月，而其五中云「原來有個女傭人，會做點中國菜，忽然地也將脚跌傷，與我一樣不能做事」，故知跌傷當即在此時。

本年，在日本舉辦畫展。

本年，在東京與宋訓倫訂交。

本年，收李鐸若、伊藤啟子爲徒。

本年，毓岐腿疾嚴重，由溥孝華送醫，自此離開溥家。見王家誠《溥心畬年譜》。

一九五六年（丙申）　六十一歲

一月，李墨雲至東京。稍後，萬大鋐亦至東京。與二人登宇治川龜石樓，游法隆寺、後樂園、江之島辨天女神祠等地，後被接回臺灣。

按，溥氏計在日停留一年有餘。從家書内容以及後人傳記記載來看，其乃故意滯留日本。王家誠《溥心畬年譜》推測，溥氏遷延返臺乃出於以下幾點考慮：一、逃避家庭糾紛；二、喜歡日本氣候和自由生活；三、效法明末學者朱舜水，國變後避居東瀛，傳播中華文化。臺北傳聞日方積極籠絡溥氏，大陸方面亦有意藉嵯峨浩等人勸其返鄉，故而命負責秘密監視溥氏之萬公潛策劃，與李墨雲接其返臺。

約同月，《寒玉堂畫論》刊於《學術季刊》第四卷第四期。

本年，溥孝華與姚兆明訂婚，遷居花蓮。見王家誠《溥心畬年譜》。

本年底至明年初，應徐復觀邀請，由學生蕭一葦陪同到東海大學講學。課後，前往溝子口「故宮博物院」，由時任職其中之莊嚴、李霖燦作陪讀畫。

一九五七年（丁酉）　六十二歲

二月十六日，陳含光卒於臺北，《悼廣陵陳含光明經》《陳含光明經誄》約作於此時。

夏秋間，溥孝華、姚兆明由花蓮調回臺北。見王家誠《溥心畬年譜》。

八月十五日，撰成《寒玉堂論書畫》。

九月九日，有登高之舉，賦《丁酉九日登高》記之。

秋，游歷金瓜石、太平山等地，并在太平山觀伐木。

十一月，《寒玉堂論書畫》并《真書獲麟解》爲一册，由世界書局印行。

一九五八年（戊戌）　六十三歲

夏，題《唐人洗馬圖》。

十月前後，由萬公潛、李墨雲陪同，經香港赴泰國曼谷，在東京銀行曼谷分行舉辦畫展。

稍後，經陳昌蔚介紹，曼谷銀行總裁之妻姚文莉來學畫。其後，姚氏先後贈黑、白猿一對，飼養於寒玉堂，對儒晚年畫猿影響極大。見王家誠《溥心畬年譜》。

十二月，返香港大學演講，并於李寶椿大廈舉行畫展。

同時，得與學生林熙相遇，「坐談的時間較長，我纔問他他的母親是廣東何處人。他説南海，她的父親從前在北京太醫院作小官的」（林熙《從恭王府談到舊王孫》）。

此時，又應宋訓倫之請，書梁啟超所集宋詞楹聯「呼酒上琴臺，把吴鈎看了，闌干拍遍；明朝又寒食，正海棠開後，燕子來時」，并作跋語云：「歲在戊戌之冬，南游道出九龍。客館寂寥，端憂羈旅。暇日臨池，聊紓離索。邂逅宋君訓倫，遠逢舊雨，如接春暉。君以宋詞命寫楹聯，拙書不工，敢託氣類。今古興懷，若何一契。浮雲變滅，何有其極。觀於無外，不亦可乎。陋巷冱寒，時將改歲。槿籬霑雨，積潦停煙。并記時序，以待春時。西山逸士溥儒識。」

一九五九年（己亥）　六十四歲

一月，應香港新亞書院及香港大學邀請，爲師生講述書畫。

五月，臺灣歷史博物館舉辦「溥心畬書畫個人畫展」活動，展出作品三百餘幅，「包括個體書法及山水、花鳥、人物、仕女等」，「展前一日，博物館爲溥儒舉行記者招待會，在會上溥儒陳述了自己的書畫觀及經歷」（邵峰《溥儒年譜》）。

本年，所作《四書經義集證》手稿由臺北「中央圖書館」以十萬元購藏。

一九六〇年（庚子）　六十五歲

夏，杜雲之拍攝十六釐米紀録片《溥儒博士書畫》。

八月十五日，以陰雨未能見月，賦《庚子中秋無月》。後游大貝湖，感湖中景色而生懷鄉思緒。

同月，嘗至碧潭泛舟，游海會寺。

秋，於日本所收女弟子伊藤啟子造訪，每週至師大旁聽授課。見王家誠《溥心畬年譜》。

秋，姚兆明赴意大利求學，就讀國立羅馬藝術學院。見王家誠《溥心畬年譜》。

本年，賈納夫在香港舉辦書畫展覽會，特爲其《萬松書屋校碑讀畫圖》題詩并自畫中堂以寄，詩云：「避地依泉石，松陰覆逕斜。中原非故國，南海豈吾家。白屋閒書葉，青門比種瓜。此鄉無魏晋，應勝武陵槎。」

按，溥氏爲賈納夫題畫一事王彬《年譜簡編》繫於一九五九年。檢賈納夫《溥心畬先生在香港》一文提及此事，該文末云「心畬先生逝世七年」，而記溥氏爲其題詩則云十二年前事，以此兩處推知題畫乃溥氏逝世前五年之一九五八年間事。然溥氏一九五八年嘗至香港，與賈文所云「可惜那年他并没有來」恰相牴牾，未詳何故。而賈文又云「故此一直等到第二年的十月，纔和太太從臺北乘飛機來事繫於本年。

吃螃蟹」，并載其攜側室禮佛一事，皆與一九六一年時間及經歷相合，故姑將題畫一

一九六一年（辛丑）　六十六歲

三月，爲《十三經師承略解》題籤，於本月由臺灣書店出版。

春，游湯泉山，望鳳凰閣山館。再次至金瓜石游覽。後至月眉山靈泉寺，賦《游月眉山靈泉寺》《靈泉寺題壁》。

春夏間，游覽湯泉山、金瓜石、靈泉寺等地。

七夕，作《鵲橋仙》詞悼念夫人羅清媛。

九月，抵達香港，由賈納夫陪同，偕側室李墨雲赴沙田萬佛寺拜佛。

九月十九日，應李博文之邀赴中國酒家宴會，林熙、鮑少游、周千秋等人。

本年，有詩贈金滋軒。

本年，《溥儒博士書畫》榮獲金馬影展特別藝術獎。

本年，參加由美國新聞處主辦的「當代中國國畫藝術展覽」。

一九六二年（壬寅）　六十七歲

一月五日，弟溥德卒於北京。

春，游大屯山，泛舟青潭登龜山，重游靈泉寺。

夏，再次出游，登龜山，渡淡江。

七月七日，有詩悼念夫人羅清媛。

八月十日，爲白露節，至鳳凰閣留宿。

八月十五日，月色晴好，憶大陸親人而賦詩，有「爲客南溟近，思家北斗遥。湖山明鏡裏，佳會隔雲霄」等語。

十月，再次至香港舉行畫展，并在新亞書院藝術系講學三個月。

年底，因身體漸有不適而返臺，開始著手積極整理著述。

一九六三年（癸卯）　六十八歲

一月，《華林雲葉》一書録畢，并爲之作序，不久由弟子吴健同聯繫在廣文書局出版。

三月，右耳檢查出腫塊，拒絶切片檢查，後自行延請中醫治療。

春，至北投浴谷閑步，有詩記之。

閏四月五日，至臺灣中心醫院檢查，診斷爲淋巴腺癌。

閏四月七日，入榮民總醫院接受放射治療，照鈷六十。期間，黄君璧、王壯爲至醫院探望。

住院兩週後，因不耐鈷六十照射療法，自榮民總醫院返回寓所，復延中醫治療。此後即加緊爲未落款書畫落款。

六月，安和自臺中來訪，相談甚歡，贈以《杜甫詩意》册頁。

七月十四日，江兆申來訪，命觀所作手卷，後以自録《唐五律佳句選》交江氏帶回校對。

約同時，託李猷校對《靈光集》，囑其常來寒玉堂走動。

七月二十四日，六十八歲生日。適颱風過境，賀客僅李猷、方震五以及萬大鉉，「溥先生説話已失聲，嚥食物也很困難，他在席間只伸了三個指頭，表示這次生日只